Andreas Franz

Spiel der Teufel

Kriminalroman

Knaur Taschenbuch Verlag

Besuchen Sie uns im Internet:
www.knaur.de

Weitere Informationen über die Bücher
von Andreas Franz auch unter:
www.andreas-franz.org

Vollständige Taschenbuchausgabe September 2009
Knaur Taschenbuch.
Ein Unternehmen der Droemerschen Verlagsanstalt
Th. Knaur Nachf. GmbH & Co. KG, München
Copyright © 2008 bei Knaur Verlag
Ein Unternehmen der Droemerschen Verlagsanstalt
Th. Knaur Nachf. GmbH & Co.KG, München
Redaktion: Dr. Gisela Menza
Alle Rechte vorbehalten. Das Werk darf – auch teilweise –
nur mit Genehmigung des Verlages wiedergegeben werden.
Umschlaggestaltung: ZERO Werbeagentur, München
Umschlagabbildung: Thomas Schmitt / buchcover.com
Fine Pic®, München
Satz: Adobe InDesign im Verlag
Druck und Bindung: CPI – Clausen & Bosse, Leck
Printed in Germany
ISBN 978-3-426-63940-5

2 4 5 3 1

*Für
Helen Maria und Carsten Themba.
Ihr seid die neuen Sonnen in unserm
Familien-Universum. Lasst euer Licht leuchten
und geht den Weg, der für euch bestimmt ist.
Ihr könnt immer auf uns zählen.*

Glaub mir, ich kenne alle,
sogar den Teufel.
Und soll ich dir sagen,
wie er aussieht? ...
Wie du und ich.

PROLOG

St. Petersburg, November 2001

Es war kalt, als Larissa ihre Sachen packte. Kalt in der Stadt, wo bereits im Oktober der erste Schnee gefallen war, kalt in ihrem kärglich eingerichteten Zimmer, weil wieder einmal die Heizung nicht funktionierte und sich seit vorgestern am Fenster winzige Eisblumen gebildet hatten. Sie fror, obwohl sie über der Unterwäsche eine dicke Wollstrumpfhose, Wollsocken, eine Jeans und einen Wollpullover trug, wovon bis auf die Jeans alles von ihrer Mutter gestrickt worden war. Ihre Hände und ihre Nase waren von der Kälte rot. Sie hatte, als sie ihr Elternhaus verließ, gewusst, dass es in St. Petersburg nicht einfach werden würde, und sie hatte auch gewusst, dass sie sich als eine junge Frau vom Lande in der Großstadt erst einmal würde zurechtfinden müssen.

Anfangs schien es zu klappen. Sie kam mit dem Geld recht gut über die Runden, doch bereits nach vier Monaten waren ihre wenigen Ersparnisse aufgebraucht, und sie hatte überlegt, ob es nicht besser wäre, das Studium abzubrechen und wieder nach Hause zu fahren. Aber sie wollte unbedingt ein besseres Leben führen, ein besseres als ihre Eltern, und vielleicht würde sie es sogar schaffen, ihnen eines Tages hin und wieder etwas Geld zukommen zu lassen.

Doch jeder Tag wurde zu einem Kampf ums Überleben. Sie musste die Miete zahlen, die ihre herrische Vermieterin pünktlich an jedem Ersten des Monats einforderte, sie musste essen, was oft nicht mehr als trocken Brot und ein paar Kartoffeln waren. Seit sie in der großen Stadt lebte, hatte sie sich nichts Neues zum Anziehen zugelegt. Sie ging sehr sorgsam mit ihrer Kleidung um, die ihre Eltern ihr zum Abschied gekauft hatten, wofür sie ihr letztes Geld zusammengekratzt hatten. Aber sie waren stolz auf Larissa und ihren Ehrgeiz und hofften, sie würde es irgendwann besser haben.

Es dauerte nicht lange, bis Larissa einen Aushilfsjob in einem Restaurant fand, wo sie als Spülerin ein paar Rubel hinzuverdiente, und später in einem Sexshop, bis sie von dem Besitzer gefragt wurde, ob sie nicht lieber mehr Geld hätte. So hübsch und attraktiv, wie sie sei, wäre es ein Leichtes, in dieser teuren Stadt angenehm und ohne Sorgen zu leben. Sie wusste, was er damit meinte, bat jedoch um Bedenkzeit. Nach ein paar Tagen hatte sie sich entschieden, ihren Körper niemals zu verkaufen, lieber würde sie sterben. Doch bereits am Abend nach ihrem Entschluss, den sie dem Sexshopbesitzer mitteilte, standen, als sie sich bereits fürs Bett fertigmachen wollte, drei Polizisten vor ihrer Tür, zerrten sie wortlos die Treppe hinunter und in einen Streifenwagen und vergewaltigten sie mehrfach an einer dunklen Stelle am Ufer der Newa. Die Männer hatten die ganze Zeit über kaum ein Wort gesprochen, sie hatten nur ein paarmal hämisch gelacht, und als sie fertig waren, hatten sie Larissa einfach im Dreck liegenlassen und waren davongefahren, nicht ohne ihr vorher deutlich zu verstehen zu geben, dass sie ab sofort jeden Abend zwischen zwanzig Uhr und zwei Uhr an einer bestimmten Stelle zu stehen und so viele Freier zu bedienen habe, wie nach ihr verlangten. Sie hatten ihren Körper misshandelt und missbraucht, aber sie hatten nicht Larissas Willen und Stolz gebrochen, obwohl sie viele

Tage benötigte, um sich physisch von dem Geschehenen zu erholen.

Seit jener verhängnisvollen Nacht stand sie selbst in der größten Kälte allabendlich an der Straße und erfüllte Freiern die ausgefallensten und perversesten Wünsche, doch das Geld, das sie dabei verdiente, gehörte nicht ihr, nein, sie musste es bis auf ein paar wenige Rubel an die drei Polizisten abführen. Und wenn sie einmal keinen Freier hatte, was durchaus passierte, kamen die drei und vergingen sich wieder an ihr als Strafe dafür, nicht genug Einsatz zu zeigen.

Larissa wusste von einigen Studienkolleginnen, dass sie das gleiche Schicksal erlitten wie sie, und man munkelte, dass fast die Hälfte der Studentinnen Dinge tun musste, die sie eigentlich nicht tun wollten. Doch dies war nur ein Gerücht. Sie wusste aber auch, dass etliche von ihnen drogenabhängig waren oder an der Flasche hingen, weil sie dem Druck nicht mehr gewachsen waren. Und zwei dieser jungen Frauen hatten sich innerhalb weniger Tage das Leben genommen.

Knapp drei Wochen waren seit der ersten Vergewaltigung vergangen, als sie an einem Freitagmittag von ihrer Professorin in deren Büro bestellt und ihr Tee und Gebäck angeboten wurde. Die kleine, leicht gedrungene, aber nicht unattraktive Frau sah Larissa mit mütterlich-gütigem Blick an und sagte lächelnd und mit der gewohnt sanften Stimme, die sie nur manchmal leicht erhob: »Sie werden sich fragen, warum ich Sie in mein Büro gebeten habe. Nun, ich wollte Ihnen nur mitteilen, dass ich Sie für eine weit überdurchschnittlich talentierte Malerin halte, für ein Ausnahmetalent, um genau zu sein. Sie können sicher sein, dass ich das gewiss nicht jedem sage.«

Danach machte sie eine kurze Pause, die braunen Augen auf Larissa gerichtet, deren Gesicht sich gerötet hatte, denn solche Worte hatte sie bislang nur einmal gehört, von ihrem Lehrer in der Schule. »Geh weg von hier«, hatte er gesagt, »hier ist nicht der rechte Platz für eine junge und so talentierte Frau wie dich. Du hast so viel Ausdruck in deinen Bildern, so viel Gefühl, so viele Emotionen, du würdest dein Leben wegwerfen, wenn du hierbleiben würdest. Geh und folge deiner Bestimmung.« Nicht lange danach hatte sie sich auf den Weg nach St. Petersburg gemacht, mehr als zweitausend Kilometer von zu Hause entfernt, wo kaum jemand ein Telefon besaß, wo die meisten Häuser noch aus Holz gebaut und die Straßen, wenn es überhaupt welche gab, kaum als solche zu bezeichnen waren.

Aber die Illusion der schönen großen Stadt war spätestens vor drei Wochen wie eine Seifenblase zerplatzt. Und nun saß sie vor ihrer Professorin, die sie mit noch immer gütigem Blick ansah.

»Und ich möchte Ihnen auch sagen, dass ich St. Petersburg nicht für den geeigneten Ort halte. Ich meine, Sie sind hier nicht gut aufgehoben. Die Bedingungen hier sind für Sie, wenn ich mir Ihre Akte und Ihre Herkunft anschaue, alles andere als ideal. Aber lassen Sie mich auf den Punkt kommen, denn ich habe gleich noch einen Termin. Was ich sagen will, ist, dass ich Sie an einer anderen Universität unterbringen könnte, wo alles für Sie leichter wäre.«

»An einer anderen Universität? Was meinen Sie damit?«, fragte Larissa, den Kopf leicht zur Seite geneigt. Erst hatte ihr Lehrer in ihrem Dorf gesagt, sie solle nach St. Petersburg gehen, weil es keine Universität auf der ganzen Welt gebe, wo man die Feinheiten des Malens besser erlernen könne. Und nun sagte ihre Professorin, sie solle an einer anderen Universität studieren.

»Schauen Sie, in St. Petersburg gibt es nicht viele Studenten, die ein unbeschwertes Leben führen können. Sie sind nicht allein mit Ihrem Problem, ich kenne eine Menge anderer Studentinnen, die sich ihren Lebensunterhalt auf geradezu menschenunwürdige Weise verdienen müssen …« Larissa wollte gerade etwas einwerfen, doch ihre Professorin hinderte sie mit einer Handbewegung daran. »Lassen Sie mich bitte ausreden. Ich möchte nicht, dass Sie in dieser Stadt kaputtgehen. Ich habe sehr gute Beziehungen ins Ausland, besonders nach Deutschland. Ich weiß, dass Sie recht gut Deutsch sprechen, weil ihre Vorfahren aus Deutschland stammen und Sie zu Hause viel Deutsch gesprochen haben und … Nun, um es kurz zu machen, ich kann Sie an eine Universität in Berlin vermitteln, wo Sie in Ruhe studieren können, vorausgesetzt, Sie wollen das. Außerdem hätten Sie dort immer genug zu essen, ein schönes Zimmer und eine nette Familie, bei der Sie wohnen würden. Es ist eine Vorzugsbehandlung, ich weiß, aber ich weiß auch, dass Ihr Leben zurzeit nicht gerade ein Zuckerschlecken ist …«

»Was wissen Sie von mir?«

Larissas Professorin lächelte milde und gleichzeitig geheimnisvoll und erwiderte: »Genug. Man zwingt Sie zu Dingen, die Sie nicht tun wollen. Keine Frau will das, doch viele können sich nicht entziehen. Viele Studentinnen sind hier gezwungen, sich ihren Lebensunterhalt wie Sie zu verdienen. Nur leider kann ich nicht jeder helfen«, fügte sie bedauernd hinzu. »Was halten Sie von meinem Angebot? Ich habe erst vorhin die Anfrage dieser Familie auf meinen Tisch bekommen«, sagte sie und legte ein Foto und einen Brief vor Larissa, »und dabei habe ich sofort an Sie gedacht. Sie müssen sich aber schnell entscheiden, denn diese Familie braucht dringend Unterstützung im Haushalt.«

»Berlin? Was muss ich dafür tun?«, fragte Larissa misstrauisch.

»Das sagte ich bereits, Sie sollen im Haushalt helfen. Die Deutschen sind reich und großzügig. Sie werden es dort gut haben.«

»Und das geht einfach so?«

»Sie brauchen nur ja zu sagen, und ich werde alles Weitere in die Wege leiten. Schon in wenigen Tagen können Sie in Berlin sein, vorausgesetzt, Sie wollen das.«

»So schnell? Natürlich würde ich gerne, aber …«

»Was aber? Wahrscheinlich möchten Sie wissen, worin Ihre Gegenleistung besteht. Nun, es gibt keine. Sie müssen sich lediglich einer medizinischen Untersuchung unterziehen, das ist alles. Ich brauche nur anzurufen, und Sie können gleich zum Arzt gehen.«

Larissa fühlte sich etwas überrumpelt und sah ihre Professorin noch einen Tick misstrauischer an. Bisher war alles, was sie in St. Petersburg gemacht hatte, mit Bedingungen verbunden, nur ausgerechnet diesmal nicht? Aber die ihr gegenübersitzende Frau, die sie seit nunmehr gut zwei Semestern kannte und vor allem schätzte, lächelte sie nur an, aufmunternd und Hoffnung gebend.

»Überlegen Sie nicht zu lange, denn die Familie, die sich an mich gewandt hat, sucht wirklich sehr dringend eine Haushaltshilfe und jemanden, der die Kinder beaufsichtigt, wenn die Eltern einmal weggehen wollen. Es sind Arbeiten, die Sie sehr gut mit Ihrem Studium verbinden können. Sie wohnen umsonst, bekommen ein großzügiges Taschengeld und Kleidung und vielleicht noch die eine oder andere Zuwendung. Aber ich will Sie zu nichts drängen. Nehmen Sie ein paar Minuten auf dem Gang Platz und überlegen Sie es sich, ich muss dringend ein Telefonat führen. Lassen Sie sich das Angebot durch den Kopf gehen, und glauben Sie mir, ich verliere Sie nur sehr ungern, aber ich will wirklich nur Ihr Bestes. Sie werden es zu etwas ganz Großem bringen, das verspreche ich Ihnen. Ihre Bilder werden eines Tages in den größten und berühmtesten Galerien hängen. Bei Ihrem Talent.«

Larissa nickte, erhob sich und ging nach draußen. In ihrem Kopf drehte sich ein Karussell. Sie war mit einem Mal mit etwas konfrontiert worden, das sie in ihren kühnsten und verwegensten Träumen nicht geträumt hätte. Deutschland, ein Land,

12

über das sie immer nur Gutes gehört hatte. Aber Deutschland war weit weg, noch viel weiter weg von ihren Eltern, als sie jetzt schon war. Doch wenn sie nach Deutschland ging, würde sie nicht mehr mit fremden Männern schlafen müssen, sie würde keine Gewalt mehr erleben, sie würde ihr Studium beenden und es eines Tages geschafft haben, wie ihr Lehrer schon vor Jahren prophezeit hatte.

Nach etwa zehn Minuten wurde sie wieder in das Büro der Professorin gebeten.

»Und, sind Sie zu einem Entschluss gekommen?«

»Ich würde Ihr Angebot gerne annehmen«, antwortete Larissa leise, obwohl sie lieber noch etwas mehr Bedenkzeit gehabt hätte.

»Höre ich da einen kleinen Zweifel in Ihrer Stimme?«

»Nein, es ist nur, dass ich überhaupt keine Gelegenheit habe, mich von meinen Eltern zu verabschieden. Sie haben kein Telefon, und ein Brief dauert lang ...«

»Wenn Sie in Berlin sind, schreiben Sie ihnen von dort. Ich wollte Sie sowieso dringend darum bitten, mit niemandem über unser Gespräch zu reden. Sie wissen ja, die Neider sind überall. Und Ihre Eltern würden sich auch nur unnötige Sorgen machen, wenn sie schon jetzt von Ihrer Entscheidung erführen. Glauben Sie mir, es ist besser, wenn Sie fahren und ihnen schreiben, sobald Sie in Berlin angekommen sind.«

»Und wie komme ich dorthin?«

»Sie fahren mit dem Schiff und dann weiter mit dem Auto. Aber das wird man Ihnen alles noch erklären. Vertrauen Sie mir einfach.«

»Und was ist mit Papieren?«

»Auch das wird ganz unbürokratisch geregelt. Wir haben ein Abkommen mit den deutschen Behörden. Wir leben schließlich nicht mehr in der Sowjetunion, sondern in einem freien Land, das in der ganzen Welt angesehen ist«, antwortete sie mit einem warmen und weichen Lachen. »Wie gesagt, vertrauen Sie mir einfach. Soll ich den Arzt anrufen?«

Larissa nickte. Das Telefonat war nach kaum einer Minute beendet.

»Hier ist die Adresse, es sind nur ein paar Minuten zu Fuß. Die Untersuchung wird ein wenig dauern, aber Sie haben ja Zeit. Alles Gute und viel Glück.«

Larissa nahm den Zettel, verabschiedete sich von ihrer Professorin und ging zu der angegebenen Adresse. Die Untersuchung dauerte über vier Stunden, bis der Arzt ihr mitteilte, dass sie kerngesund sei und bedenkenlos nach Deutschland fahren könne. Zum Abschluss sagte er, dass in zwei Stunden eine Frau bei ihr vorbeikomme, um ihr letzte Instruktionen zu erteilen.

Die Frau, die sich nur mit »Marina« vorstellte und groß und schlank und kaum älter als Larissa war, kam gegen zweiundzwanzig Uhr in das kleine Zimmer, in dem Larissa hauste. Sie unterhielten sich etwa eine halbe Stunde, wobei die meiste Zeit die junge Frau sprach. Larissa solle ihre Sachen am Samstagnachmittag gepackt haben, am Abend um Punkt einundzwanzig Uhr stehe ein Wagen vor dem Haus, um sie abzuholen. Samstag, das war bereits morgen, also viel schneller, als ihre Professorin ihr gesagt hatte.

Als Larissa ihre wenigen Habseligkeiten gepackt hatte, sah sie sich noch einmal in dem kleinen Zimmer um, dachte an ihre Eltern, die beiden jüngeren Geschwister und an ihre ältere Schwester, die als Polizistin in Moskau arbeitete. Sie hätte gerne noch einmal mit ihr gesprochen, denn es gab niemanden, zu dem sie einen engeren Kontakt hatte, auch wenn sie ihr von der Vergewaltigung und Misshandlung und den vielen Demütigungen nichts erzählt hatte, zu sehr schämte sie sich dafür, und Larissa wollte auch nicht, dass sie sich Sorgen machte oder gar nach St. Petersburg kam. Sie liebte ihre Schwester, doch sie würde sich an die Anweisungen halten und ihr erst schreiben,

14

wenn sie in Berlin war. Und wenn die Familie so nett wie auf dem Foto war, würde sie vielleicht sogar mit ihr telefonieren dürfen.

Larissa wartete ungeduldig, bis es einundzwanzig Uhr war. Sie hatte Hunger und Durst und fror erbärmlich, ging mehr als zwei Stunden im Zimmer auf und ab, rieb sich immer wieder die mit dicken Handschuhen bedeckten Hände oder wärmte ihr Gesicht mit ihrem Atem, den sie in die Handflächen blies, die sie dicht vors Gesicht hielt.

Ein paar Minuten vor neun ging sie nach unten, wo bereits das Auto stand, das sie zum Hafen bringen würde. Und schon in zwei Tagen würde sie in Berlin sein, bei einer Familie, die sie nur von einem Foto kannte. Nette Menschen, mit zwei kleinen Kindern. Und doch beschlich sie ein mulmiges Gefühl, als sie in das Auto stieg, wo noch zwei andere junge Frauen außer dem Fahrer saßen. Auf dem Weg zum Hafen wurde kein Wort gewechselt, es herrschte eine beinahe beängstigende Stille. Larissa war nervös und aufgeregt, wollte sich dies aber nicht anmerken lassen, denn sie redete sich immer und immer wieder ein, es habe schon alles seine Richtigkeit, auch wenn ihr Bauch ihr etwas anderes sagte. Doch sie wollte nicht darauf hören. Ihre Gedanken waren bei ihrer Familie, ihrem Vater, der als Lehrer an einer kleinen Dorfschule gerade so viel verdiente, dass sie immer genug zu essen hatten, und bei ihrer Schwester, die es als Erste geschafft hatte, aus den ärmlichen Verhältnissen auszubrechen und eine einigermaßen gutbezahlte Anstellung bei der Polizei in Moskau hatte. In zwei, spätestens drei Tagen würde Larissa mit ihr Kontakt aufnehmen und ihr eine Menge mitzuteilen haben.

Am Hafen angelangt, standen dort bereits fünf weitere Fahrzeuge, zwei Lieferwagen, ein Mercedes und zwei Polizeiwagen. Die Türen der Lieferwagen wurden geöffnet, und etwa dreißig Personen stiegen aus, die jüngste vielleicht fünf Jahre alt, die älteste höchstens fünfundzwanzig. Nur die Fahrer waren älter.

Sie wurden zu einem Frachter geführt. Das mulmige Gefühl wurde immer intensiver und wandelte sich schlagartig in Angst. Am liebsten wäre Larissa davongerannt, doch um die Gruppe herum hatten sich mehrere Männer geschart, die wie Bluthunde aufzupassen schienen, dass auch jeder auf direktem Weg auf den Frachter ging. Unter diesen Männern befanden sich auch sechs Polizisten, und drei von ihnen waren ebenjene, die Larissa in den letzten Wochen mehrfach vergewaltigt hatten. Einer von ihnen grinste und zwinkerte ihr hämisch zu, während er sich eine Zigarette anzündete. Zwei kleine Kinder weinten und hielten sich bei den Händen, eine junge Frau begann plötzlich hysterisch zu schreien, bis einer der Männer sie kräftig am Arm packte, kurz schüttelte und ihr etwas ins Ohr flüsterte, das Larissa jedoch nicht verstand, weil sie zu weit weg war. Die Frau hatte vor Angst geweitete Augen und verstummte. Vier weitere Polizisten tauchten wie aus dem Nichts auf, unterhielten sich mit einem der Männer, und ein dicker Umschlag wechselte die Besitzer.

Es war ein riesiges Schiff mit vielen Containern. Zu einem davon wurden sie gebracht, wie eine Herde Schweine, die zur Schlachtbank geführt wurde. In dem riesigen Container, der von einer matten Glühbirne nur spärlich erhellt wurde, standen zwei Männer und zwei Frauen, von denen eine Larissa nur zu gut kannte – ihre Professorin, in deren Augen jetzt aber nichts Gütiges und Mütterliches mehr war. Sie runzelte lediglich die Stirn, als Larissa sie hilflos und fragend ansah. Rund um die Wände waren Liegen aufgestellt, in der Mitte des kalten Stahlwürfels war ein Tisch mit gefüllten Gläsern darauf. Die andere Frau sagte, dass jeder ein Glas mit der klaren Flüssigkeit trinken solle, es erleichtere die Reise. Als eine junge Frau, fast noch ein Mädchen, sich weigerte und fragte, was das für ein

Getränk sei, wurde sie nur angeherrscht, dies sei nicht der geeignete Ort, um Fragen zu stellen. Nachdem jeder sein Glas leergetrunken hatte, wurden sie in unmissverständlichem Befehlston gebeten, sich auf eine der Liegen zu legen. Larissa wurde wie allen andern auch erst etwas schwindlig, schließlich drehte sich alles um sie. Sie bekam kaum noch mit, wie die Frauen den Container verließen, die Männer jedoch blieben. Die Stahltür wurde mit einem lauten Knall zugeschoben und von innen verriegelt. Larissa spürte nur noch, wie ihr etwas in die Armvene injiziert wurde. Sie schlief ein.

DIENSTAG, 17. APRIL 2007

Sören Henning und Lisa Santos waren seit dem frühen Morgen in ihrem Büro und würden nicht nur heute, sondern auch die folgenden Tage damit zubringen, den Aktenstapel schrumpfen zu lassen, eine Tätigkeit, die keiner von ihnen gerne erledigte. Erschwerend kam hinzu, dass sie seit gestern Bereitschaft hatten und keiner von beiden in diesen Nächten wirklich schlafen konnte, da ständig damit gerechnet werden musste, dass sie aus dem Bett geklingelt wurden. Aber es war ruhig geblieben.

Seit Jahresbeginn war es beim K 1 relativ normal zugegangen. Sechs Vermisstenfälle, von denen vier schnell geklärt werden konnten, zwei Personen jedoch blieben weiterhin verschwunden, eine junge Frau von vierundzwanzig Jahren, die seit Mitte Januar mit ihrer zwei Jahre alten Tochter wie vom Erdboden verschluckt schien. Entweder war sie untergetaucht oder einem Verbrechen zum Opfer gefallen, denn man hatte herausgefunden, dass sie in ständiger Angst vor ihrem Ehemann lebte, der sie laut Aussage der Mutter täglich verprügelte und vergewaltigte und auch vor dem Kind nicht haltmachte. Der Ehemann wies diese Vorwürfe jedoch vehement zurück. Er behauptete, sie hätten eine normale Ehe geführt, seine Frau sei jedoch in letzter Zeit immer depressiver geworden, habe sich aber geweigert, einen Arzt zu konsultieren. Es gab auch einen Abschiedsbrief, der die Beamten allerdings stutzig machte, war er doch maschinengeschrieben und ohne Unterschrift, und es kam nur äußerst selten vor, dass jemand, der den Freitod wählte, sich auf diese Weise verabschiedete.

Der Mann, fast zwanzig Jahre älter und Direktor an einem

Gymnasium, war mehrfach vernommen worden, doch bislang war ihm kein Verbrechen nachzuweisen, es gab nicht einmal Indizien dafür. Das Haus war von oben bis unten durch- und untersucht worden, ebenso das Grundstück, die Garage und das Auto. So blieb den Beamten zumindest die Hoffnung, dass die Frau einfach nur einen Schlussstrich gezogen hatte, um ihrem Martyrium zu entfliehen.

Wesentlich gravierender für die Polizei war ein scheinbar sinnloses Tötungsdelikt, das jedem Kollegen an die Nieren gegangen war. Am 1. Januar (die rechtsmedizinische Untersuchung hatte ergeben, dass es in den frühen Morgenstunden geschehen sein musste) hatte ein Mann aus bisher ungeklärten Beweggründen erst seine Frau und anschließend seine beiden Kinder im Alter von zwei und fünf Jahren mit einer hohen Dosis Zyankali getötet, bevor er seinem Leben auf dieselbe Weise ein Ende setzte. Es fand sich kein einziger Hinweis auf ein Motiv für die schreckliche Tat, kein Abschiedsbrief, lediglich eine dahingekritzelte Notiz mit den Worten: »Ich halte es nicht mehr aus. Es ist die Hölle, nichts als die Hölle.« Doch was hielt er nicht mehr aus? Durch welche Hölle war er in seinem Leben gegangen, die ihn schließlich zu dieser Verzweiflungstat getrieben hatte?

Er war ein renommierter Hepatologe und erfahrener Chirurg in einer großen Klinik, besaß ein Haus in der besten Lage von Kiel, hatte keinerlei Schulden oder andere finanzielle Probleme (im Gegenteil, auf seinen beiden Konten befanden sich über drei Millionen Euro), sein Privatleben schien in Ordnung gewesen zu sein, es hatte bislang nicht einmal einen Kratzer in der heilen Welt dieser Familie gegeben. Keine bekannte Affäre, keine Ehekrise. Seit sieben Jahren war er mit seiner zehn Jahre jüngeren Frau, die aus einer angesehenen estnischen Unternehmerfamilie stammte, verheiratet, und jeder, der die beiden kannte, bewunderte sie für deren vorbildliche Ehe. Alle, die man in den folgenden Tagen und Wochen zum Teil mehrfach befragte, zuckten nur resignierend mit den Schultern, denn niemand hatte eine Antwort auf diese unfassbare Tat. »Erweiterter Selbstmord«, so der Fachjargon, lautete der Vermerk in den Akten, die noch längst nicht geschlossen waren und auch noch lange geöffnet bleiben würden. Erweiterter Selbstmord, da man davon ausging, dass er seinen eigenen Tod lange geplant hatte, seine Frau und die Kinder aber nicht alleinlassen wollte oder konnte.

Und noch immer rätselten die Beamten, was diesen erfolgreichen und angesehenen Mann veranlasst haben könnte, sich und seine Familie zu töten. Die einzige vage und kaum haltbare Vermutung war, dass er eventuell unter Depressionen litt, die jedoch von keinem bemerkt wurden (was sowohl zwei zu Rate gezogene Kriminalpsychologen und alle mit ihm in der Klinik zusammenarbeitenden und befragten Ärzte und Chirurgen für sehr unwahrscheinlich hielten).

Von der Klinikleitung wurde er aufgrund seiner Fähigkeiten als Chirurg geschätzt, von den Nachbarn als freundlich und hilfsbereit geschildert. Was also hatte diesen Mann dazu gebracht, sich und seine Familie zu töten? Keine Schulden, keine Ehekrise, beruflicher Erfolg, fast ein Leben wie im Bilderbuch, und doch musste es etwas gegeben haben, das ihn zu diesem letzten und endgültigen Schritt bewogen hatte. Doch was? Was konnte einen Menschen so verzweifeln lassen, dass er seine ganze Familie auslöschte? Es war ein Rätsel, das vielleicht nie gelöst werden würde, und wenn, dann höchstens durch einen Zufall, durch etwas, das man fand, wenn man zum zehnten oder zwanzigsten Mal den noch immer versiegelten großen Bungalow durchsuchte, oder, was noch besser wäre, wenn sich jemand melden würde, um womöglich den entscheidenden Hinweis zu liefern oder wenigstens einen Ansatzpunkt, was die für vier Menschen so tragische Nacht betraf.

Als Henning und Santos zu dem Ort des Geschehens gerufen wurden, lagen alle vier in ihren Betten, die Kinder schienen zu schlafen, ihre Gesichter hatten etwas Friedliches, der Mann hatte sich zu seiner Frau gelegt und hielt sie umarmt, als würden sie ebenfalls nur schlafen. Nach Rekonstruktion des Tathergangs wurde definitiv ausgeschlossen, dass es sich um eine Affekttat handelte, denn der Arzt hatte alles akribisch vorbereitet.

Es war ein tragischer und vor allem mysteriöser Fall, ein Fall, wie man ihn so in Kiel und Umgebung noch nie erlebt hatte und an den man sich noch lange erinnern würde. Aber vielleicht gab es ja doch irgendwann eine Lösung des Rätsels, auch wenn es erst in ein oder zwei oder zehn Jahren war.

»Wollen wir heute Abend was unternehmen?«, fragte Henning gegen vierzehn Uhr, nachdem sie eine Weile schweigend in ihre Akten vertieft waren. Seit beinahe zwei Jahren waren er und Lisa Santos ein Paar, aber nur inoffiziell. Jeder hatte eine eigene Wohnung, obwohl Henning meistens bei Lisa übernachtete, weil er es in seinem Verschlag, wie er seine kleine Wohnung nannte, nicht aushielt. Eine Wohnung in einem heruntergekommenen Viertel, ein Haus, in dem der Aufzug fast jeden Tag kaputt war, ein Haus, in dem viele Menschen wohnten, die von der Gesellschaft ausgespuckt worden waren oder die sich selbst ins Abseits gestellt hatten. Er wollte dort nicht mehr leben, aber es würde noch gut zwei Monate dauern, bis er eine Wohnung in unmittelbarer Nähe von Lisa beziehen würde.

Sie hatten schon einige Male von Heirat gesprochen, doch dies würde sie zumindest beruflich auseinanderbringen, was nichts anderes bedeutete, als dass sie in getrennten Abteilungen arbeiten müssten. Aber weder Santos noch Henning wollten vom K 1 weg, zu lange waren sie schon hier und zu gut verstanden sie sich mit ihren Kollegen, besonders mit Volker

Harms, ihrem Chef. Lisa hatte zwar schon mehrfach angedeutet, dass sie gerne Kinder hätte, doch dafür müsste sie ihre
gerade begonnene Laufbahn für eine Weile auf Eis legen, denn
es war nur noch eine Frage der Zeit, bis sie in den Rang einer
Hauptkommissarin aufsteigen würde. Ihr ging es finanziell
einigermaßen gut, ganz im Gegensatz zu Henning, der noch
immer Monat für Monat mehr als die Hälfte seines Nettoge-
halts an seine geschiedene Frau und die beiden Kinder über-
wies, die bei ihr lebten und für die sie das alleinige Sorgerecht
hatte. Nur noch einmal im Monat durfte er sie sehen, wobei
Markus ihn schon längst nicht mehr als seinen Vater anerkann-
te und nie da war, wenn Henning zu Besuch nach Elmshorn
fuhr. Dafür liebte Elisabeth ihren Vater umso mehr, und sie
kam sogar hin und wieder nach Kiel, um ihn zu besuchen. Sie
war mittlerweile vierzehn Jahre alt und zu einer ernsthaften
und introvertierten jungen Dame herangereift, was wohl nicht
zuletzt an einem traumatischen Erlebnis lag, das sie vor zwei
Jahren beinahe das Leben gekostet hätte. Aber genau dieses
Erlebnis war es, durch das Hennings Exfrau das alleinige Sorgerecht zugesprochen bekommen hatte. Dennoch äußerte Elisabeth immer öfter den Wunsch, zu ihrem Vater zu ziehen,
weil das Verhältnis zu ihrer Mutter sich zunehmend ver-
schlechterte.

»Gerne. Und wohin willst du mich ausführen?«, fragte Santos,
ohne aufzuschauen.

»Lass dich überraschen«, entgegnete Henning nur und wollte
noch etwas hinzufügen, als Harms mit einem Mal in der Tür
stand. Seine Miene verhieß nichts Gutes, als er näher trat, sich
einen Stuhl heranzog, sich verkehrt herum daraufsetzte und
die Ellbogen auf die Rückenlehne stützte. Er kaute einen Moment lang auf der Unterlippe und hielt den Blick gesenkt.

»Was ist los?«, fragte Henning, der sich zurückgelehnt hatte, in
die Stille hinein.

»Ich habe eben eine sehr traurige Nachricht erhalten«, sagte Harms leise und in einem Ton, den Henning und Santos von ihm nicht gewohnt waren. »Gerd ist tot.«

Henning starrte seinen Vorgesetzten entgeistert an. »Gerd? Was ist passiert?«

»Wie es aussieht, hat er sich das Leben genommen. Mehr weiß ich leider auch nicht. Ein paar Kollegen sind bereits auf dem Weg.«

»Wer?«

»Ziese und Hamann.«

»Wer hat ihn gefunden und wo?«, fragte Henning mit zusammengekniffenen Augen, die Hände gefaltet, wobei er so fest zudrückte, dass die Knöchel weiß hervortraten. Die Anspannung war im ganzen Raum zu spüren.

»Seine Frau, aber wie gesagt, nähere Einzelheiten sind mir nicht bekannt.«

Santos sagte mit leiser, monotoner Stimme: »Er hat erst vor ein paar Wochen seine Tochter verloren. Er hat zwar immer so getan, als hätte er es verkraftet, aber ich konnte mir das nie vorstellen. So einen Schicksalsschlag steckt man nicht einfach so weg.«

»Er hätte doch aber nie im Leben seine Frau zurückgelassen«, warf Henning ein. »Sie …«

»Tut mir leid«, sagte Harms schnell, »aber es ist unmöglich, in einen Menschen hineinzusehen. Nimm's einfach als die Tragik des Lebens hin. Wir alle haben doch in unserer Laufbahn schon die unmöglichsten Dinge erlebt.«

Henning sprang auf und tigerte durch das kleine Büro. Seine Kiefer mahlten aufeinander, er zog die Stirn in Falten, und sein Blick war düster, als er Harms ansah.

»Gerd und Selbstmord! Das passt einfach nicht. Ich will hinfahren. Wir kannten uns, seit er hier im Präsidium angefangen hat. Und ich kenne auch seine Frau Nina sehr gut.«

»Das weiß ich doch«, sagte Harms verständnisvoll und fast väterlich nickend. »Die Akten können warten.«

»Was ist mit dir, Lisa?«, fragte Henning.

Sie schlug wortlos die eben angefangene Akte zu und erhob
sich, als Hennings Telefon klingelte.

»Henning«, meldete er sich.

»Nina hier. Gerd ist tot«, schluchzte sie in den Hörer. »Kannst
du vorbeikommen, ich muss mit dir reden.«

»Ich hab's eben gehört und wollte schon losfahren. Lisa kommt
auch mit. Sind schon Kollegen von uns da?«

»Nein, aber sie müssten jeden Moment da sein. Es sind bis jetzt
nur zwei Streifenbeamte hier.«

»Wir sind schon unterwegs«, sagte er und legte auf. »Das war
Nina. Auf geht's.«

Gemeinsam gingen sie nach draußen und machten sich auf den
Weg zu dem Einfamilienhaus mit der Doppelgarage und dem
großen Garten in Strande, das Wegner erst vor wenigen Jahren
gebaut hatte und das noch längst nicht abbezahlt war. Wie
auch, war er doch erst neununddreißig und bezog das nicht
gerade üppige Gehalt eines Hauptkommissars, zu dem er vor
etwas mehr als zwei Jahren ernannt worden war.

»Kannst du dir vorstellen, warum er das gemacht hat?«, fragte
Henning nach einer Weile des Schweigens.

»Wie Volker schon so treffend sagte, keiner kann in einen andern hineinschauen«, erwiderte sie nur.

»Was denkst du gerade?«

»Keine Ahnung.«

»Dann geht's dir wie mir. Jeder, aber nicht Gerd.«

»Es ist das erste Mal, dass ein Kollege, den ich nicht nur vom
Sehen kannte, sich das Leben nimmt. Das ist alles«, sagte Santos und überspielte damit ihre Gefühle.

»Als ich noch ganz am Anfang bei der Truppe war, hat sich mein
damaliger Chef im Keller erhängt. Er hatte rausgekriegt, dass

seine Frau mit einem andern rumvögelte, während er sich den Buckel krumm schuftete. Und seine Frau hatte nicht etwa einen x-beliebigen Lover, nee, sie hat sich ausgerechnet mit seinem besten Freund eingelassen, und da hat er durchgedreht. Er kam mit sich und der Welt nicht mehr zurecht. Und eines Nachts ist er in den Keller gegangen, hat sich einen Strick genommen, noch eine Flasche Bier getrunken und … Seine Frau hat ihn am nächsten Morgen gefunden, hat die Beerdigung abgewartet und ist kurz darauf verschwunden. Kein Mensch weiß, wo sie heute lebt. Sie ist untergetaucht. Das hat uns damals alle sehr mitgenommen. Und jetzt das mit Gerd.«

»Hm«, murmelte Santos, die das Gesagte nur am Rande mitbekam, und sah aus dem Seitenfenster auf die Ostsee, die im sanften Licht der Frühlingssonne glänzte. Es war warm, wärmer als gewöhnlich um diese Jahreszeit. Aber seit Monaten schon war es zu warm, der Herbst war kein Herbst gewesen, sondern ein lang anhaltender Spätsommer, und der Winter ein langer Herbst. Und jetzt begann der Sommer – viel früher als üblich. Alle sprachen vom großen Klimawandel, und wie es aussah, war er bereits in vollem Gange. Sie interessierte das nicht, nicht in diesem Augenblick, schon gar nicht nach dieser Nachricht. Sie fragte sich, wie die nächsten Minuten und vielleicht sogar Stunden verlaufen würden. Es war schönes Wetter, aber es war ein trauriger Tag.

DIENSTAG, 14.35 UHR

Vor dem Haus standen ein Streifen- und ein Zivilfahrzeug aus dem Fuhrpark des Präsidiums sowie der Wagen der Kriminaltechnik, deren Beamte in der Garage zugange waren, und ein Notarztwagen. Ein uniformierter Beamter, vermutlich einer von denen, die als Erste vor Ort waren, kam ihnen entgegen. Henning hielt ihm wortlos seinen Ausweis hin, und er und Santos wurden durchgelassen. Auf der Straße hatten sich ein paar Schaulustige aus der Nachbarschaft versammelt und beobachteten das ungewöhnliche Treiben neugierig. Henning und Santos hatten so etwas schon öfter erlebt und registrierten es nur nebenbei, als sie ins Haus gingen, dessen Vordertür offen stand.

Sie betraten das sehr geschmackvoll und gemütlich eingerichtete Wohnzimmer, wo Nina Wegner mit verweintem Gesicht auf dem Sofa saß, neben ihr Kurt Ziese, Kommissariatsleiter und Chef von Wegner. Mitten in dem lichtdurchfluteten Zimmer, in dem Henning schon so viele Male war, stand eher unschlüssig Werner Hamann, ebenfalls ein direkter, aber noch junger Kollege von Wegner, kaum dreißig Jahre alt, der mit der Situation sichtlich überfordert war. Es war ein Unterschied, ob man es mit einem fremden Toten zu tun hatte oder mit jemandem, den man nicht nur näher kannte, sondern den man zudem noch schätzte. Henning wusste, dass Wegner ein beliebter Kollege war, auch wenn er hin und wieder Alleingänge startete, die ihm aber nicht übelgenommen wurden.

Nina sah Henning mit vom Weinen geröteten Augen an und sagte mit stockender Stimme: »Sören, warum? Warum, warum, warum?!«

Henning ging zu ihr und nahm sie in den Arm. Sie schluchzte wieder, ihr ganzer Körper wurde durchgeschüttelt, als er sie hielt. Nina war eine außergewöhnliche Frau, in Russland geboren, seit etwas über fünf Jahren in Deutschland. Sie war achtundzwanzig Jahre alt und gehörte zu jener Generation junger Russinnen, die für ihre Schönheit berühmt und auch begehrt waren. Etwa eins siebzig groß, blondes und feingelocktes Haar, das bis auf die Schultern fiel, feinporige Haut, markant geschwungene Lippen, strahlend weiße Zähne, das Hervorstechendste aber waren ihre großen braunen Augen, die einen

27

aparten Kontrast zu ihren Haaren bildeten. Sie war eine Frau, nach der sich die Männer umdrehten, eine Frau, bei der kaum ein Mann nein gesagt hätte. Eine Frau, von der viele träumten, für die es aber nur einen Mann gab – ihren Mann. Als Henning sie hielt, wirkte sie so unendlich traurig und zerbrechlich. Sie zitterte leicht, obwohl es warm in dem Zimmer war.

Ziese sah ihn beinahe hilflos an und erhob sich. »Frau Wegner«, sagte er mit seiner tiefen, sonoren Stimme, »wenn irgendetwas ist, Sie können sich jederzeit an mich wenden.« Und zu Henning mit einem kaum merklichen Schulterzucken: »Wir gehen dann mal. Bleibt ihr noch einen Moment? Gerds Mutter müsste eigentlich bald eintreffen. Lasst Frau Wegner nicht allein, okay?«

»Keine Sorge«, erwiderte Henning leise, »wir kümmern uns um sie. Wir treffen uns nachher im Präsidium.«

»Kann ich dich vorher noch kurz unter vier Augen sprechen?«, fragte Ziese.

»Natürlich. Ich bin gleich wieder da«, sagte Henning zu Nina, die sich aus seiner Umarmung löste und nickte und sich die Tränen mit einem Taschentuch aus dem Gesicht wischte.

Sie gingen nach draußen. Ziese, der über eins neunzig und damit gut zehn Zentimeter größer als Henning war, sah diesen an und meinte leise: »Das war ein klassischer Suizid. Weiß der Geier, warum er sich auf diese Weise davongeschlichen hat.« Er sprach langsam und bedächtig, die Hände in den Taschen seiner Cordhose vergraben. Über dem blauen Hemd trug er ein kariertes Sakko, und irgendwie erinnerte er Henning immer ein wenig an Sherlock Holmes. Nur die Pfeife fehlte und die berühmte Mütze. Und Knickerbocker trug er natürlich auch nicht.

»Was meinst du mit klassisch?«

»Ein Schlauch vom Auspuff ins Wageninnere, der Motor lief, als er gefunden wurde, und das Garagentor war verschlossen. Das meine ich mit klassisch.«

»Höre ich da einen Zweifel in deiner Stimme?«, fragte Henning. Ziese schüttelte den Kopf. »Nein, ich wollte es dir nur sagen.« »Und dafür willst du unter vier Augen mit mir sprechen? Nur, um mir das mitzuteilen? Komm, spuck's aus, da ist doch noch irgendwas.«

Ziese verzog den Mund und meinte, ohne dass ein anderer es hören konnte: »Keine Ahnung, ich weiß selber nicht, was ich von der Sache halten soll. Gerd war nicht der Typ für so was. Abgesehen von den zwei Jahren in Russland war er seit über zwölf Jahren in meiner Abteilung.« Er zuckte mit den Schultern: »Was ich damit sagen will, ist, ich glaube ihn ziemlich gut gekannt zu haben.«

»Davon gehe ich aus. Hat er einen Abschiedsbrief hinterlassen?« »Nein, zumindest haben wir noch keinen gefunden. Abschiedsbriefe liegen ja in der Regel sehr sichtbar auf dem Tisch oder dem Regal. Auch das wäre nicht seine Art gewesen. Und außerdem hat er Nina doch über alles geliebt, sie war die Frau seines Lebens. Für sie hätte er alles getan, wenn du verstehst.«

Für einen Moment entstand eine Pause, dann sagte Henning: »Ich weiß. Willst du damit andeuten, dass wir uns etwas näher mit der Sache beschäftigen sollen?«

»Ich will nur sichergehen, dass es wirklich Selbstmord war. Ich will, dass alle Fakten stimmen.«

»Also doch Zweifel. Wann hast du Gerd das letzte Mal gesehen?«

»Am Freitag, weil ich gestern den ganzen Tag unterwegs war. Er machte auf mich nicht gerade den Eindruck, als würde er vorhaben ... Ach was«, winkte Ziese ab, »manche faseln die ganze Zeit davon, dass sie sich umbringen, und tun's dann doch nicht, aber die, die alles in sich reinfressen, die tun's. Und Gerd hat immer alles in sich reingefressen. Nicht mal, als das mit Rosanna passiert ist, hat er sich groß was anmerken lassen. Tut mir leid, ich begreif's einfach nicht. Na ja, es wird schon alles seine Richtigkeit haben«, sagte er in einem Ton, als würde er seinen Worten selbst nicht glauben.

»Nee, richtig ist da gar nichts, aber womöglich werden wir die Wahrheit nie erfahren. Wie bei diesem Arzt.«

»Was meinst du damit?«

»Na ja, warum er's getan hat. Ich geh wieder rein, schau aber nachher noch mal bei dir im Büro vorbei.«

»Bis dann«, verabschiedete sich Ziese, ein alter, erfahrener Polizist, den nichts so leicht aus der Ruhe bringen konnte, der auf alles eine Antwort zu haben schien und der von seinen Mitarbeitern den liebevollen Beinamen Paps bekommen hatte. Doch hier schien auch er keine Antwort zu haben. Noch ein paar läppische Monate, und er würde in Pension gehen und einen gutgeführten und vor allem sauberen Laden hinterlassen. Er war ein aufrechter, integrer Kriminalist, den alle schätzten. Immer sehr auf sein Äußeres bedacht, meist mit Anzug oder wie heute einer Kombination und stets mit Krawatte, selbst an Tagen, an denen das Thermometer über dreißig Grad stieg, was in Kiel jedoch nur sehr selten vorkam. Henning konnte sich nur zu gut vorstellen, wie es in Ziese rumorte, denn Wegner war nicht nur ein Mitarbeiter, sondern auch ein Freund gewesen. Einer, auf den jederzeit Verlass war, auch wenn er bisweilen sehr eigenwillige Ermittlungsmethoden anwandte.

Bevor Henning zurück ins Haus ging, schaute er bei der Spurensicherung vorbei. Er betrat die Garage, wo sich drei Beamte in weißen faserfreien Anzügen aufhielten und einen recht neuen schwarzen BMW 525 untersuchten. Wegner war längst in den inzwischen eingetroffenen Leichenwagen gebracht worden, mit dem er auch gleich in die Rechtsmedizin gefahren werden würde. Tönnies, der Leiter der Spurensicherung, kam zu Henning.

»Schöner Schiet, was? Bringt sich so mir nichts, dir nichts um.«

»Was genau ist passiert?«

»Den Schlauch vom Auspuff durchs Seitenfenster, alles luftdicht abgeklebt und den Motor laufenlassen. Die Maschine ist
total heißgelaufen, wahrscheinlich hat er's irgendwann heute
Nacht gemacht. Na ja, ist ja auch egal, wann.«

»Ist das mit den neuen Autos nicht ziemlich schwer, ich meine,
durch den Kat?«

Tönnies sah Henning beinahe mitleidig an, zog die Stirn in Falten und antwortete: »Ich bitte dich, du kannst den modernsten
Kat haben, wenn du den Motor nur lange genug laufenlässt,
bist du irgendwann weg. Wie gesagt, es war alles luftdicht abgeklebt, da geht dir recht schnell der Sauerstoff aus.«

»Trotzdem, untersucht das hier, als würde es sich um den Bun-
despräsidenten handeln.«

»Warum?«

»Weil ich es so will.«

»Glaubst du vielleicht, wir sind zum Spaß hier?«, wurde Henning ziemlich brüsk angefahren. »Die gleiche Order haben wir
schon von Ziese bekommen. Alles klar?«

»Dann lasst euch nicht aufhalten. Aber untersucht das Klebe-
band auf Fingerabdrücke. Ich will wissen, ob nur seine oder
auch noch andere drauf sind. Und legt mir die Fotos so bald
wie möglich auf den Tisch. Ich will alles haben, und wenn ich
alles sage, dann meine ich auch alles. Wann kann ich damit
rechnen?«

»Wenn wir hier fertig sind und alles ausgewertet haben«, entgegnete Tönnies kühl. »Was willst du eigentlich? Hast du etwa Zweifel, dass es Selbstmord war?«, fragte er mit gerunzelter Stirn.

»Ich habe immer Zweifel, liegt wohl im Blut.«

»Warte, ich hab da was, das du dir anschauen solltest. Hier«,
sagte Tönnies und deutete auf den Beifahrersitz, »zwei Flaschen russischer Wodka vom Feinsten. Er scheint sich vorher
noch mal so richtig die Kante gegeben zu haben.«

»Wodka? Mir war nicht bekannt, dass Gerd trinkt«, meinte Henning nachdenklich.

»Die meisten Alkoholiker verstehen es hervorragend, ihre Sucht zu verbergen. Das solltest du eigentlich wissen.«

»Woher denn, ich habe nie getrunken.«

»Hab ich auch nicht gemeint.«

»Dann ist's ja gut.«

Henning begab sich zurück ins Haus, wo Santos neben Nina auf dem Sofa saß, ihre Hand hielt und mit ihr sprach. Die Unterhaltung stoppte abrupt, und beide Frauen blickten auf, als er hereinkam. Er überlegte, ob er das Thema Alkohol ansprechen sollte, beschloss aber, es für den Moment noch zu unterlassen.

»Wie weit sind die da draußen?«, wollte Nina wissen.

»Ich kann dir nicht sagen, wie lange das noch dauern wird. Möchtest du drüber sprechen?«

»Über was denn?«, fragte Nina verzweifelt und wischte sich mit einer Hand eine Strähne aus der Stirn. Seit sie sich kennengelernt hatten, hatte es für sie nur einen Mann gegeben – Gerd. Und nun war er tot. Selbstmord. Ihr noch junges Leben war noch mehr aus den Fugen geraten, als es ohnehin schon war, nachdem vor gut zwei Monaten ihre knapp fünfjährige Tochter Rosanna von einem Raser totgefahren wurde. Es geschah am helllichten Tag, und doch hatte keiner der Anwohner in der Nachbarschaft etwas von dem Unfall mitbekommen, obwohl gerade in solchen Wohngegenden mit vorwiegend Ein- und Zweifamilienhäusern immer irgendjemand am Fenster steht oder sich im Garten aufhält, doch ausgerechnet an jenem Tag hatte niemand etwas gesehen. Die gesamte Nachbarschaft war zum Teil mehrfach befragt worden, aber keiner konnte Angaben zum Unfallhergang machen. Nur der dumpfe Aufprall des Mädchens war zu hören gewesen und das Jaulen eines durchstartenden Motors. Ein paar Stunden später fand man den Wagen in einem Waldstück. Das Fahrzeug war von seinem Besitzer am Tag zuvor als gestohlen gemeldet worden. Im Innern lagen mehrere Flachmänner und zwei leere Wodkaflaschen, was vermuten ließ, dass der Täter, von dem nach wie vor jede Spur fehlte, zum Zeitpunkt des Unfalls betrunken war. Bei dem Besitzer des Wagens handelte es sich um einen alleinstehenden älteren Mann, der für die Unfallzeit ein absolut wasserdichtes Alibi hatte, denn er war mit Freunden aus seiner Rentnerclique auf einer Bootstour auf der Elbe unterwegs.

Rosanna starb einen Tag vor ihrem fünften Geburtstag. Für Gerd war eine Welt zusammengebrochen, auch wenn er sich das kaum anmerken ließ, doch in einem Gespräch mit Henning gab er zu erkennen, wie sehr ihn der Verlust seiner Tochter schmerzte. »Das Leben geht weiter«, hatte er gesagt, »es muss weitergehen. Ich habe ja Nina, und irgendwie werden wir es schon schaffen. Sie ist das Beste, was mir je passiert ist.« Und dabei hatte er gelächelt, als hätte er bei diesen Worten an ein Liebeslied gedacht, das im Radio seit Monaten hoch- und runtergespielt wurde. Das war vor etwa einer Woche, und Henning konnte und wollte nicht glauben, dass sein Freund innerhalb weniger Tage den fatalen Entschluss gefasst haben sollte, seinem noch recht jungen Leben ein Ende zu setzen. Er hätte es gespürt, Gerd hätte ein Signal ausgesandt, aber sie hatten gelacht, Scherze gemacht und sich wie immer ganz normal unterhalten. Vielleicht wollte Henning es aber auch nur nicht glauben, weil er mit ihm einen echten Freund verloren hatte.

»Du wolltest, dass ich komme. Was kann ich für dich tun, Nina?« Henning nahm in dem Sessel schräg neben der Couch Platz und betrachtete Nina, die so verloren und unendlich hilflos wirkte. Sie war eine liebenswerte Frau, die er vom ersten Moment an gemocht hatte, deren Tür jederzeit offen stand, die eine hervorragende Gastgeberin war und mit der man sich phantastisch unterhalten konnte.

Sie spielte mit ihren Fingern und ließ eine Weile verstreichen, bevor sie mit fester Stimme antwortete: »Finde heraus, was wirklich passiert ist. Gerd hat sich nicht umgebracht.«

»Aber …«

»Nein, kein Aber. Gerd hat sich nicht umgebracht«, wiederholte sie einen Tick energischer. »Er hätte mich nie allein gelassen. Ich habe das Ziese nicht gesagt, weil er mir sowieso nicht geglaubt hätte …«

»Jetzt mal schön der Reihe nach«, versuchte Henning sie zu beschwichtigen. »Was bringt dich zu der Annahme, dass Gerd keinen Selbstmord begangen hat?«

»Weil ich ihn zu gut kannte. Ich kannte ihn besser als irgendjemand sonst. Weißt du, als wir uns damals in St. Petersburg zum ersten Mal sahen, das war etwas ganz Besonderes. Ich habe ihn gesehen und mich in ihn verliebt. Und bei ihm war es genauso. Ich weiß nicht, ob du das verstehen kannst«, sagte sie mit einem Lächeln und diesem unvergleichlichen slawischen Akzent, der ihrem perfekten Deutsch beigemischt war, was nicht zuletzt daran lag, dass sie, bevor sie ihren Mann traf, neben Kunst auch Germanistik studiert hatte. Das Lächeln verschwand jedoch sofort wieder, und ihre Miene bekam erneut diesen unendlich traurigen Ausdruck, und da war auch für einen kurzen Moment wieder diese Leere in ihren Augen. »Der Tod von Rosanna war für uns beide ein Schock, und wir haben viel zusammen geweint. Aber es gab etwas, das uns am Leben hielt und uns Hoffnung gab.« Sie seufzte auf, ein paar Tränen stahlen sich aus ihren Augen und tropften auf ihre helle Sommerhose. Sie fing wieder an zu weinen, stand auf, ging ins Bad und kehrte kurz darauf zurück, Stolz im Blick und in der Haltung. Russischer Stolz.

»Was für eine Hoffnung?«, fragte Henning.

»Nur eine Woche nach Rosannas Tod habe ich erfahren, dass ich schwanger bin …«

»Du bist schwanger?«, wurde sie von Henning unterbrochen,

34

den diese Nachricht völlig unerwartet traf. Gerd hatte bisher nichts davon erwähnt, nicht einmal ansatzweise. Keine Andeutung, nichts.

»Ja, verdammt noch mal, ich bin schwanger, Anfang des vierten Monats, auch wenn man das noch nicht sieht. Nur meine Brust ist ein bisschen größer geworden. Und ich werde das Kind bekommen und allein großziehen. So hat Gott es wohl gewollt.« Und nach einem kurzen Innehalten: »Und jetzt ganz ehrlich: Glaubt ihr allen Ernstes, Gerd hätte mich ausgerechnet jetzt allein gelassen? Glaubt ihr das wirklich?«

»Das heißt, Gerd wusste von deiner Schwangerschaft«, sagte Henning mehr rhetorisch und zu sich selbst.

»Ja, natürlich. Oder meinst du, ich würde ihm so etwas Wunderbares verheimlichen? Die Aussicht auf das Baby hat ihm Kraft und Zuversicht gegeben, das versichere ich euch. Er hat sich wie ein kleines Kind auf das Baby gefreut, auch wenn er immer noch getrauert hat, genau wie ich. Und diese Trauer wird auch nie vergehen, denn Rosanna wird immer in meinem Herzen bleiben. Nur dass ich jetzt um zwei Menschen trauere. Ganz ehrlich, würdest du dir das Leben nehmen, wenn du wüsstest, dass deine Frau schwanger ist?«

Henning schüttelte den Kopf und erinnerte sich an die Zeit, als er noch verheiratet gewesen war und die beiden Schwangerschaften seiner Frau miterlebt hatte und irgendwann selbst schwanger wurde, wie er manchmal scherzhaft bemerkte. Und bei Gerd dürfte es nicht anders gewesen sein. Gerd war ein Kämpfer, ein harter Hund, vor allem gegen sich selbst, der aber nie die Grenzen überschritt. Er hatte seinen Vater verloren, als er selbst gerade begann die Karriereleiter bei der Kripo hochzusteigen; ein Verlust, den er nie wirklich verwunden hatte, denn sein Vater war sein großes Vorbild gewesen. Und sich einfach so davonzustehlen war nicht seine Art. Er hätte Signale ausgesendet, da war sich Henning sicher.

35

»Hat sich eigentlich schon ein Arzt um dich gekümmert?«

»Er wollte mir eine Spritze geben, aber ich brauche nichts, was mich ruhigstellt. Ich schaffe es auch so. In dem Dorf, wo ich herkomme, gehört der Tod zum Alltag, er geht von einer Tür zur nächsten und weiter und weiter und weiter.«

Allmählich begriff Henning, warum Nina so erstaunlich gefasst war, auch wenn er es nicht nachvollziehen konnte. Er selbst wäre zusammengebrochen wie wohl die meisten, er hätte mit Gott und der Welt gehadert, warum ausgerechnet er das erleiden musste, doch Nina war ein anderes Kaliber, stammte aus einem anderen Kulturkreis, besaß eine andere Mentalität, obwohl sie sich sehr gut an die deutschen Verhältnisse und Gegebenheiten angepasst hatte.

»Vielleicht gehe ich auch zurück zu meinen Eltern. Was soll ich hier noch? Hier könnte ich niemals vergessen ...«

»Nina, bitte«, unterbrach Henning sie, »ich halte das für keine so gute Idee. Du hast doch Freunde, unter anderem mich und Lisa. Du kannst immer auf uns zählen.«

Nina lächelte gequält und zuckte mit den Schultern. »Das ist nett von euch, aber ich habe doch alles verloren, was in meinem Leben wichtig war. Das ist nicht gegen euch gerichtet, aber erst Rosanna und dann Gerd ... Welcher normale Mensch kann so etwas verkraften?« Und nach ein paar Sekunden beinahe unerträglichen Schweigens: »Seht ihr, auch ihr habt keine Antwort darauf. Das tut so unbeschreiblich weh, so weh. Ich habe Gerd mehr geliebt als irgendeinen andern Menschen, das ist eine Liebe für die Ewigkeit. Ich habe ihn geliebt und werde ihn immer lieben. Es gibt keinen Mann, der jemals seinen Platz einnehmen wird, denn Gerd war einfach nur gut zu mir.«

»Das wissen wir«, sagte Santos und legte eine Hand auf Ninas Schulter. »Dürfen wir dir trotzdem ein paar Fragen stellen, oder sollen wir lieber später oder morgen noch mal kommen?«

»Nein, macht ruhig. Es ist doch egal, ob jetzt, morgen oder irgendwann«, antwortete sie und nestelte am Saum ihrer grünen Bluse.

»Wann genau hast du Gerd gefunden?«, fragte Henning.

»Vor ungefähr anderthalb Stunden, als ich heimgekommen bin. Ich war das Wochenende über bei einer alten Freundin aus St. Petersburg, die jetzt in Hamburg als Übersetzerin arbeitet. Gerd hatte es nicht so gern, wenn ich gerade in letzter Zeit viel allein war. Deshalb hat er mich am Freitagabend zu ihr gefahren, weil er das ganze Wochenende Dienst hatte …«

»Warum bist du nicht selbst gefahren, du hast doch ein Auto?«

»Gerd bestand darauf. Er sagte, dass er mich in meinem Zustand nicht gerne allein fahren lässt. Na ja, und außerdem kenne ich mich in Hamburg nicht gerade gut aus. Gerd hat mich bei Maria abgesetzt, ist kurz mit nach oben gekommen und hat noch einen Tee mit uns getrunken, bevor er wieder nach Hause gefahren ist. Das war das letzte Mal, dass ich ihn gesehen habe. Wir haben uns an der Haustür verabschiedet, er hat mir einen Kuss gegeben und mir über die Wange gestreichelt und mich so seltsam angesehen.«

»Was meinst du mit seltsam?«, fragte Santos.

»Ich kann es nicht erklären, aber es war ein Blick, der irgendwie melancholisch war. Ich dachte zuerst, es wäre wegen des verlängerten Wochenendes, das er allein verbringen musste. Vielleicht war es aber … Nein, ich glaube, ich rede Blödsinn.« Sie stockte wieder, wischte sich ein paar Tränen weg, schneuzte sich die Nase und fuhr fort: »Ich bin um kurz nach halb eins nach Hause gekommen, obwohl Gerd mir versprochen hatte, mich am Bahnhof abzuholen. Ich habe ihn angerufen, erst auf seinem Handy, aber da sprang nur die Mailbox an, dann zu Hause und schließlich im Büro. Ich habe ihn nicht erreicht und dachte mir, er hat vielleicht einen besonderen Auftrag und sein Handy ausgeschaltet.«

»Entschuldige, wenn ich dich unterbreche, aber hatte Gerd

sein Handy öfter ausgeschaltet?«, fragte Santos, die immer auf ihrem Mobiltelefon erreichbar war.

»Nein, eigentlich nicht«, antwortete Nina und sah Santos an, »aber ich habe ihn auch nur ganz selten angerufen, wenn er im Dienst war. Er hat immer angerufen und … Er wollte immer wissen, wie es mir geht. Er hat sich eben Sorgen um mich gemacht. Aber das ist nicht so wichtig. Ich bin dann schließlich mit dem Bus hergefahren. Als ich ankam, war alles wie immer, die Garage war zu, die Haustür abgeschlossen … Trotzdem hatte ich so ein komisches Gefühl. Irgendwie war alles so kalt. Ich habe dann noch einmal versucht, ihn zu erreichen, und dann ging auch endlich einer aus seiner Abteilung an den Apparat. Er hat mir schließlich gesagt, dass Gerd gestern noch ganz normal Dienst hatte, heute hätte er aber frei. Ich wusste ja, dass Gerd heute und morgen frei gehabt hätte, und deshalb habe ich mich auch so gewundert, dass er mich nicht vom Bahnhof abgeholt hat. Ich bin dann rausgegangen, und als ich an der Garage stand, habe ich ganz leise den Motor laufen hören. Da war mir klar, dass etwas ganz Schreckliches passiert sein musste.«

»Und dann bist du in die Garage rein?«, sagte Henning.

»Natürlich, was glaubst du denn? Ich werde diesen Augenblick nie in meinem Leben vergessen. Er saß hinter dem Steuer, sein Kopf lag auf dem Lenkrad, seine Arme hingen runter. Ich habe die Tür aufgerissen und den Motor abgestellt, aber ich habe sofort gesehen, dass Gerd tot war. Ich bin wie in Trance ins Haus gerannt und habe Ziese angerufen. Was danach war, weiß ich nicht mehr, ich bin einfach nur ziellos durchs Haus gelaufen.«

»Wann habt ihr das letzte Mal miteinander gesprochen?«

»So gegen Mitternacht. Ich wollte ihm nur gute Nacht sagen.«

»Hat er da schon geschlafen, oder hat er auf deinen Anruf gewartet?«

»Nein, er war noch im Dienst und irgendwo unterwegs, frag

mich aber nicht, wo. Ich hatte auch gedacht, er wäre schon zu Hause, aber als er hier nicht abgenommen hat, hab ich's auf seinem Handy probiert.«

»Er hatte gestern den ganzen Tag Dienst und auch noch nachts?«, fragte Henning zweifelnd, der kaum einmal länger als zwölf Stunden am Stück gearbeitet hatte, außer in absoluten Notsituationen oder wenn akuter Personalmangel wegen zum Beispiel Krankheit herrschte.

»Ja, das kam gerade in letzter Zeit öfter vor. Als ich ihn angerufen habe, war er ziemlich kurz angebunden, weil er an einer Observierung teilnahm. Er hat nur gemeint, er würde so gegen drei Schluss machen und sich sofort hinlegen, weil er nach dem langen Tag einfach kaputt war. Ja, und er wollte mich am Mittag vom Bahnhof abholen. Er hat aber noch gesagt, er könne es gar nicht erwarten, mich wiederzusehen. Seine letzten Worte waren: »Ich liebe dich.«

»Und danach gab es keinen Kontakt mehr?«

»Nein, warum auch?«

»Das heißt, du bist nach dem Telefonat zu Bett gegangen und ziemlich bald eingeschlafen«, konstatierte Henning.

Nina zögerte mit der Antwort und sagte schließlich, ohne Henning anzusehen: »Ja und nein. Momentan nehme ich ein Schlafmittel. Es ist zwar rein pflanzlich, hat aber eine starke Wirkung. Der Phytotherapeut hat mir versichert, dass es dem Baby nicht schadet. Letzte Nacht konnte ich aber nicht richtig schlafen, es war nur so ein Hindämmern, und wenn ich mal weggenickt bin, kamen diese bösen Träume, die ich in letzter Zeit schon öfter hatte, obwohl ich das Schlafmittel genommen hatte. Davor habe ich noch einen Tee getrunken und mich so gegen halb eins hingelegt.«

»Und dann bist du ziemlich bald eingeschlafen«, meinte Henning.

»Hast du nicht zugehört? Ich habe nicht richtig geschlafen ...«

39

»Entschuldigung, ich bin auch ein bisschen durcheinander. Gerd war schließlich mein Freund.«

Nina lächelte wieder und sah erst Santos und dann Henning vergebend an. »Danke, dass du das sagst. Es tut gut. Er war immer für andere da, wenn sie ihn brauchten, das weißt du selbst. Und er hat mich geliebt, er hat es mir jeden Tag gezeigt und auch immer wieder gesagt. So jemand nimmt sich doch nicht das Leben! Sei ehrlich, so jemand bereitet doch nicht in aller Ruhe seinen Selbstmord vor? Oder?!«

»Und wenn es eine Affekthandlung war?«

Nina lachte auf und sagte kopfschüttelnd: »Gerd und Affekthandlung! Gerd hat nie im Affekt gehandelt, das müsstest du am besten wissen.«

»Schon, aber ...«

»Du immer mit deinem Aber! Es gibt kein Aber, es gibt nur Fragen, kapierst du das nicht?«, fuhr ihn Nina wütend an. »Gerd hat keinen Selbstmord begangen, okay?«

»Entschuldige, Nina, ich wollte dich nicht aufregen. Ich muss dir aber diese Fragen stellen, denn wenn wir ermitteln, dann müssen wir auch einen Grund beziehungsweise ein Motiv für einen Selbstmord oder ein Gewaltverbrechen haben.«

»Schon gut, meine Nerven liegen einfach blank.«

»Du brauchst dich nicht zu entschuldigen. Wieso bist du so ruhig? Ich hatte erwartet, dass du ...«

»Das ist nur äußerlich. Wenn ich erst allein bin ...« Sie hielt inne und sah Henning mit zusammengekniffenen Augen an. »Oder zähle ich jetzt vielleicht sogar zu den Verdächtigen, weil ich nicht hysterisch rumschreie?«, fragte Nina ironisch. »Ich neige nun mal nicht zu Hysterie oder Schreianfällen. Auch nicht nachher, wenn ihr weg seid. Ich mache die Dinge eben anders mit mir aus. Das ist meine Mentalität.«

»Gerds Mutter ...«

»Sie wird um ihren Sohn trauern«, sagte sie lapidar. »Jede Mut-

40

ter trauert um ihren Sohn, wenn er das Einzige ist, was ihr noch geblieben ist. Sie hatte doch niemanden mehr außer ihm – und manchmal auch mich.«

»Du verstehst dich nicht sonderlich gut mit ihr?«

»Das ist eine lange Geschichte«, antwortete sie ausweichend.

»Verstehe«, murmelte Henning nachdenklich.

»Nein, das kannst du nicht verstehen. Und ich will's dir auch gar nicht erklären. Ich bin eben nur eine Russin«, sagte sie mit einer Spur von Sarkasmus in der Stimme.

»Das tut mir leid, wenn da etwas zwischen euch steht. Aber noch mal zu Gerd. Hat er irgendwann einmal erwähnt, dass er bedroht wird oder in Gefahr ist?«

»Nein, hat er nicht«, antwortete sie gedankenverloren. Sie machte eine Pause und fuhr nach einigem Überlegen fort: »Und doch muss da etwas gewesen sein, über das er mit mir nicht reden wollte oder konnte. Ich verstehe das doch auch nicht. Ich verstehe überhaupt nichts mehr. Das ist alles ein großes Rätsel für mich.«

»Und du hast keine Ahnung, wo er gestern Nacht war?«

»Nein. Als ich ihn angerufen habe, war er mit dem Dienstwagen unterwegs.«

»Allein?«

»Nein, als ich gestern Nachmittag mit Gerd telefoniert habe, hat er mir gesagt, dass ihn am Abend ein Kollege abholen wollte, und der würde ihn auch wieder nach Hause bringen.«

»Kennst du den Namen des Kollegen?«, fragte Henning mit gerunzelter Stirn.

»Nein, beim KDD kenn ich keinen. Ich weiß nur, es ging um irgendeine Observierung. Gerd hat aber nie detailliert über seine Arbeit mit mir gesprochen, da war er ganz eisern.«

Henning sah Santos kurz von der Seite an, die seinen Blick jedoch bewusst nicht erwiderte und offenbar das Gleiche dachte wie er. Was hatte Gerd mit dem KDD zu tun? Aber diese Frage ließ sich leicht anhand der Dienst- und Einsatzpläne beantworten.

»Moment, Moment, wieso KDD? Die haben doch ihre eigenen Leute.«

Nina zuckte mit den Schultern. »Gerd hat es gesagt. Es kann natürlich auch sein, dass ich mich verhört habe. Ach, ich weiß doch auch nicht …«

»Was hat Ziese über die Observierung gesagt?«

»Gar nichts, wir haben nicht darüber geredet«, antwortete Nina.

»Und warum nicht?«

»Keine Ahnung, ist doch auch egal.«

»Aber Ziese ist beziehungsweise war sein Vorgesetzter. Er wird dich doch darauf angesprochen haben …«

»Nein, hat er nicht. Und außerdem, was hat das mit Gerds Tod zu tun?«

»Unter Umständen eine ganze Menge. Wir müssen rekonstruieren, wo Gerd in den letzten Stunden vor seinem Tod war, mit wem er zusammen war und was er gemacht hat.« Henning hielt kurz inne und sagte dann, wobei seine Stimme sehr eindringlich klang: »Nina, gibt es irgendwas, was du uns verheimlichst? Hat Gerd sich in letzter Zeit vielleicht auffällig benommen? War er anders als sonst? Mal abgesehen von Rosannas Tod.«

»Ich kann es nicht beschreiben, aber er hat sich schon seit längerem ein bisschen seltsam verhalten, und das hatte nichts mit Rosannas Tod zu tun, weil es schon vorher begonnen hatte. Er wollte sich zwar nichts anmerken lassen, aber ich habe es gespürt. Etwas stimmte nicht mit ihm, doch ich weiß nicht, was.«

»Und wie hat sich das geäußert? War er nervöser als gewöhnlich oder introvertierter oder vielleicht auch schnell gereizt? Oder hast du eine andere Erklärung?«

»Ich habe überhaupt keine Erklärung. Ja, er wirkte auf mich nervöser und manchmal auch irgendwie ruhelos. Ich habe ihn sogar darauf angesprochen, doch er hat nur gelacht und gesagt, ich würde mir das bloß einbilden. Aber ich habe mir das nicht eingebildet, ganz sicher nicht. Er hat zwar versucht, sich normal zu geben, aber ich habe gemerkt, dass irgendwas nicht in Ordnung war ... Sören, Gerd hat sich nicht umgebracht, er ist ermordet worden, da bin ich ganz sicher«, sagte sie mit einer Überzeugung, die über jeden Zweifel erhaben war, und stand auf. »Soll ich euch was zeigen? Ihr könnt mich jetzt für verrückt erklären, aber ich glaube zu wissen, wann er gestorben ist. Dazu müsst ihr aber mit nach oben kommen.«

Henning und Santos standen ebenfalls auf und folgten Nina in den ersten Stock. Vor dem Schlafzimmer blieb sie stehen, sah die beiden an und öffnete die Tür. Das Bett war unberührt. Darüber lag eine bunte Tagesdecke, die Ninas Mutter gehäkelt hatte, eine feine, diffizile Arbeit mit russischen Motiven.

»Hast du die Betten gemacht?«, fragte er.

»Nein, es war so, als ich gekommen bin. Fällt euch irgendetwas auf?«

Henning und Santos schüttelten die Köpfe. »Nein, was?«

»Schaut euch doch mal etwas genauer um«, forderte Nina sie auf.

Santos bemerkte es als Erste. »Meinst du die Uhr?«

Nina nickte. »Sie ist um dreiundzwanzig Minuten nach zwei stehengeblieben. Wir haben sie seit etwa einem Jahr, und sie war noch nie kaputt. Und hier«, sagte sie und deutete auf den Nachtschrank, »mein Wecker, zwei Uhr dreiundzwanzig. Seltsam, nicht? Und jetzt schaut auf meine Armbanduhr. Genau dasselbe. Diese Uhr hat Gerd mir zum Geburtstag geschenkt. Nimm sie ruhig in die Hand, aber dreh bitte nicht dran rum.«

Henning betrachtete sie, zeigte sie Santos, die wie gebannt und sichtlich fasziniert auf das Zifferblatt sah und ihm schließlich einen ratlosen Blick zuwarf. Es handelte sich um eine Herrenarmbanduhr mit Mondphase und ewigem Kalender, die jedoch in keinem Kaufhaus erworben werden konnte, nur bei sehr ausgewählten Juwelieren. Aufwendig gestaltet und sehr exklusiv. Patek Philippe. Henning fragte sich, woher Gerd das Geld für eine solch teure Uhr hatte, die sich ein normaler Polizist selbst im Range eines Hauptkommissars niemals leisten konnte, auch wenn Nina durch ihre Malerei nicht unwesentlich zum Lebensunterhalt beitrug. Ihre Bilder hingen in verschiedenen Galerien und kosteten vierstellige Summen. Einmal hatte sie sogar eins für über zehntausend Euro verkauft, wie Gerd ihm vor einigen Monaten mit stolzgeschwellter Brust mitteilte. Dennoch reichten die Erlöse der Verkäufe längst nicht an das Gehalt ihres Mannes heran, dafür hätte sie jeden Monat ein Bild verkaufen müssen, aber es waren vielleicht drei oder vier im Jahr.

Nina nahm die Uhr wieder an sich und sagte, als könnte sie Hennings Gedanken erraten: »Ich kenne mich mit Uhren nicht aus, aber ich glaube, dass sie nicht billig war, und ich habe ihn auch schon ein paarmal gebeten, nicht so viel Geld auszugeben, aber Gerd hat gerne solche Geschenke gemacht ...«

»Es ist eine Herrenuhr«, bemerkte Henning.

Nina erwiderte nur: »Ich mag Herrenuhren lieber. Ich habe noch nie eine Damenuhr besessen.«

»Wann war dein Geburtstag?«, wollte Henning wissen, ohne auf Ninas Worte einzugehen, denn er konnte sich vorstellen, dass sie nicht einmal ansatzweise ahnte, was diese Uhr wert war. Selbst im Internet ersteigert, hätte sie noch ein Vermögen gekostet. Dabei war das Haus noch nicht abbezahlt, zumindest hatte Gerd ihm das gesagt. Und in der Garage standen ein Auto der Oberklasse und ein Opel Corsa der neuesten Generation, Ninas Wagen.

»Das hast du vergessen? Am 23. Februar. Letztes Jahr bei meinem siebenundzwanzigsten wart ihr noch dabei. Diesmal haben wir aber nicht gefeiert. Rosanna war erst zwei Wochen

44

tot, und wir wollten niemanden um uns haben. Aber wir wussten zu dem Zeitpunkt schon, dass ich schwanger bin. Das war für uns ein Grund, trotz all der Trauer ein wenig zu feiern, wenn auch nur zu zweit.« Und nach einer kurzen Pause: »Als ich heute Morgen aufgewacht bin, habe ich die Uhr umgebunden und festgestellt, dass sie stehengeblieben ist. Eine neue Uhr, die wie diese beiden hier um exakt dieselbe Zeit stehengeblieben ist. Habt ihr eine Erklärung dafür? Und erzählt mir nicht, dass das Zufall ist. Drei Uhren können nicht rein zufällig zu genau derselben Zeit stehenbleiben. Die Wahrscheinlichkeit, einen Sechser im Lotto zu haben, ist mit Sicherheit größer, oder?«

Henning kaute auf der Unterlippe und warf Santos einen nachdenklichen Blick zu. Seit seinem letzten großen Fall glaubte er ohnehin nicht mehr an Zufälle, höchstens an Fügungen, doch das hier überstieg seinen Verstand, weil es ins Mystische ging, in eine Dimension, zu der er keinen Zugang hatte. Er hatte schon viel erlebt und gehört, aber so etwas noch nie. Drei Uhren, die alle zur selben Zeit zu ticken aufgehört hatten. Und Nina hatte recht, eher würde er den Lotto-Jackpot knacken.

»Nein, das ist kein Zufall«, murmelte Santos, die noch immer mit einer Mischung aus Faszination und Ungläubigkeit auf die Uhren starrte. »Aber ob das der Todeszeitpunkt ist, wird die gerichtsmedizinische Untersuchung ergeben. Sie können es natürlich nicht auf die Minute genau bestimmen …«

»Er ist um diese Zeit gestorben«, sagte Nina in einem Ton, der keinen Widerspruch duldete.

»Gelangt man in die Garage auch noch auf einem andern Weg als durch das Tor?«

»Es gibt eine Tür vom Garten aus.«

»Und das Tor wird elektrisch betrieben? So vom Auto aus?«

»Ja, warum fragst du? Du warst doch schon oft genug hier.«

»Sicher, aber ich habe noch nie das Garagentor betätigt. Wenn

Gerd sich das Leben genommen hat, wovon wir bis jetzt ausgehen müssen ...«

»Er hat sich nicht das Leben genommen!«, fuhr Nina Santos wütend an. »Irgendwer hat Gerd auf dem Gewissen und es wie Selbstmord aussehen lassen. Wer immer es war, er hat genau gewusst, dass ich nicht zu Hause war und in der Nachbarschaft um diese Zeit alle schlafen. Der Mörder muss überhaupt sehr viel über uns gewusst haben. Ich weiß aber nicht, wer es sein könnte. Ich bin einfach nur ratlos.«

»Dürften wir einen kurzen Blick in sein Arbeitszimmer werfen?«, fragte Henning.

»Natürlich«, erwiderte Nina und ging vor ihm zu dem kleinen Zimmer am Ende des Flurs. »Wonach suchst du?«

»Vielleicht nach einem Abschiedsbrief. Lass uns einfach machen.«

»Es gibt keinen Abschiedsbrief, ich habe schon längst nachgesehen.«

»Wo hast du nachgesehen?«

»Na, wo schon? Auf dem Tisch, im Schlafzimmer, im Flur. Wenn sich jemand umbringt, dann liegen die Abschiedsbriefe doch immer sichtbar auf dem Tisch. So ist es zumindest im Fernsehen. Oder ist das in der Realität anders?«

»Nein, das ist schon die Regel. Außer jemand begeht einen Suizid im Affekt. Aber das war ja wohl keine Affekthandlung. Gehen wir rein.«

Sie betraten das Arbeitszimmer, in dem sich ein kleines Bücherregal mit vorwiegend kriminalistischer Fachliteratur befand, ein Schreibtisch mit einem Notebook darauf, einem Foto in einem silbernen Rahmen, das Gerd mit seiner Frau und seiner kleinen Tochter zeigte, einem Ablagekorb, in dem sich außer einer Rechnung keine weiteren Papiere befanden, einer Schreibtischlampe und zwei Kugelschreibern, die neben dem Notebook auf einem Block lagen. Ein Schreibtischstuhl, eine digitale Tischuhr, die jedoch ganz normal die Zeit anzeigte. Das Zimmer machte einen aufgeräumten, ordentlichen Eindruck, keine Spur von Fremdeindringen, und es sah auch nicht so aus, als hätte jemand etwas gesucht.

»Warst du vorhin schon mal hier drin?«, fragte er Nina.

»Nein, ich habe nur kurz reingeschaut, als ich nach Hause gekommen bin, weil er sich gerne hier oben aufgehalten hat und ich dachte, dass er vielleicht eingeschlafen ist. Warum?«

»Die Uhr«, sagte Henning nur und deutete darauf.

Nina zuckte mit den Schultern und entgegnete: »Es können ja nicht alle Uhren stehenbleiben.«

»Macht es dir was aus, wenn Lisa und ich uns etwas umsehen?«

»Bitte, tut euch keinen Zwang an.«

Sie durchsuchten den Schreibtisch, das Bücherregal, und schließlich schaltete Henning das Notebook an. Nachdem es hochgefahren war, fragte er: »Hat Gerd damit gearbeitet?«

Nina sah Henning verwundert an und antwortete: »Er hat es nur zum Arbeiten benutzt, oder wenn er ins Internet ging. Warum?«

»Es sind keine Dateien drauf, nur Spiele.«

»Was? Er hat in der letzten Zeit fast jeden Tag mindestens eine Stunde hier gearbeitet. Und er hasste Computerspiele.«

»Hier, schau selbst«, sagte Henning. Nina kam näher und starrte mit gerunzelter Stirn auf den Bildschirm. »Zwei Ballerspiele, Kriegsspiele ...«

»Das versteh ich nicht. Er hat Briefe geschrieben, er hat die Steuererklärung gemacht, er hat viel im Internet recherchiert, und er hat auch manchmal Arbeit mit nach Hause gebracht. Da müssten Hunderte von Dateien drauf sein, aber ganz bestimmt keine Spiele, und schon gar nicht solche. Da hat sich jemand dran zu schaffen gemacht«, stellte sie fest.

»Wir nehmen das Notebook mit und lassen es analysieren. Du bist doch damit einverstanden, oder?«

»Natürlich.«

»Es könnte sein, dass du recht hast mit deiner Vermutung«, sagte Santos zu Nina, während Henning das Notebook ausschaltete, zusammenklappte und unter den Arm klemmte. »Verlass dich drauf, unsere Rechtsmediziner werden herausfinden, ob die Todesursache tatsächlich eine Kohlenmonoxidvergiftung war oder doch etwas anderes dahintersteckt.« Ihre Worte klangen, als würde auch sie nicht mehr an Selbstmord glauben.

Henning pflichtete ihr stillschweigend bei, auch wenn ein Restzweifel blieb. Er würde die kriminaltechnische Auswertung abwarten und vor allem das Autopsieergebnis. Und sollte es Mord gewesen sein, dann war es ein sehr geplanter. Doch warum sollte Gerd ermordet worden sein? Hatte es etwas mit seiner Ermittlungsarbeit zu tun? Hatte er sich mit Leuten angelegt, denen er nicht gewachsen war? Aber er war nur ein normaler Kriminalbeamter, und soweit Henning wusste, bearbeitete er keine spektakulären Fälle, weil das organisierte Verbrechen in und um Kiel kaum stattfand. Kiel war eben nicht Berlin, Hamburg oder Frankfurt, und das war auch gut so.

Nein, dachte Henning, es ist zu früh, Spekulationen anzustellen, viel zu früh. Und doch gaben ihm zwei Dinge zu denken – die Uhren und die Festplatte des Notebooks, auf der sich außer dem Betriebssystem nur Spiele befanden, obwohl Nina steif und fest behauptete, ihr Mann habe Computerspiele gehasst.

»Nina, ich möchte noch einmal aus deinem Mund hören, dass er nie mit dir über seine Arbeit gesprochen hat. Hat er oder hat er nicht?«

»Nein, verdammt noch mal, das hat er nicht! Er hat mir zwar ab und zu von bestimmten Fällen erzählt, aber das war nie etwas Besonderes. Eben das Übliche, was in seiner Abteilung bearbeitet wurde. Wenn zum Beispiel illegale Prostituierte abgeschoben werden mussten. Aber er hat nie Namen genannt, und es hat mich auch nicht interessiert. Gerds Arbeit war praktisch tabu, und ich wollte ihn auch nicht mit Fragen nerven.«

»Okay, dann beantworte mir bitte noch eine letzte Frage. Hat Gerd getrunken? Ich meine, hat er viel Alkohol getrunken, möglicherweise seit Rosannas Tod?«

Nina sah ihn entgeistert an. »Nein, Gerd hat nicht getrunken, auch nicht, als Rosanna gestorben ist. Gerd hatte sich immer unter Kontrolle. Vielleicht mal ein Glas Wein, wenn wir abends zusammengesessen sind, aber sonst nicht. Das müsstest du doch wissen. Und du eigentlich auch«, wandte sie sich an Santos. »Ihr wart doch einige Male bei uns, und da war nie viel Alkohol im Spiel. Warum stellst du mir eigentlich eine solche Frage?«

»Die von der Spurensicherung haben zwei leere Wodkaflaschen auf dem Beifahrersitz gefunden. Hast du die vorhin nicht gesehen, als du in der Garage warst?«

»Nein, hab ich nicht. Da war nur Gerd, und ich bin ins Haus gerannt, um die Polizei anzurufen.«

»Hast du eine Erklärung dafür?«

Nina lachte höhnisch auf. »Nein, ich habe keine Erklärung dafür. Aber soll ich dir erklären, wie der russische Geheimdienst arbeitet? Da werden immer wieder Menschen umgebracht, und jedes Mal lassen sie es so aussehen, als hätten die Opfer Selbstmord begangen oder wären bei einem Unfall oder durch eine Krankheit ums Leben gekommen oder ein Räuber hätte die Tat begangen. Ich erinnere nur an Alexander Litwinenko und Juri Schtschekotschichin oder Anna Politkovskaja, falls dir die Namen etwas sagen.« Sie machte eine Pause und sah zu Boden.

»Willst du damit etwa andeuten, dass Gerd vom KGB umgebracht wurde?«, fragte Henning mit Zweifel im Blick und hochgezogenen Brauen, als würde er Nina für verrückt halten.

Sie tat, als würde sie es nicht bemerken, und antwortete mit klarer und fester Stimme: »Den KGB gibt es schon lange nicht mehr, er heißt heute FSB. Und nein, das glaube ich nicht. Warum sollten die sich an einem kleinen Polizisten die Finger schmutzig machen? Ich wollte es auch nur als Beispiel nennen. Man kann jeden Mord als Selbstmord oder Unfall hinstellen und es so lange der Öffentlichkeit weismachen, bis sie es glaubt. Wer aber zu viel fragt, wird umgebracht. Das ist ganz einfach.« Sie ging an den Schrank, holte drei Gläser und Untersetzer heraus und stellte alles auf den Glastisch. Dann verschwand sie wortlos in der Küche, kehrte mit einer Glasflasche zurück, deren Etikett sie zuhielt, schenkte ein und sagte: »Wisst ihr, was Wodka wörtlich bedeutet?«

»Nein, was?«

»Wässerchen. Ganz einfach nur Wässerchen.« Nina hielt ihr Glas hoch. »Kommt, stoßt mit mir an, es wird euch nicht umbringen.«

»Wir sind im Dienst«, bemerkte Henning und schüttelte bedauernd den Kopf. »Und ...«

»Und was? Gerd hat doch auch getrunken, oder habe ich dich vorhin falsch verstanden? Gerd war doch ein Säufer ...«

»Das habe ich nie behauptet!«, verteidigte sich Henning vehement. »Das ...«

»Kommt, stoßt mit an, ihr werdet gleich viel lockerer sein, ihr wirkt nämlich ziemlich verkrampft«, sagte Nina. »Na, was ist?«

»Es geht nicht«, erwiderte Henning. »Ich trinke keine harten Sachen. Und Lisa auch nicht.«

»Ach ja?«, entgegnete Nina plötzlich scharf, trank ihr Glas in einem Zug leer und stellte es mit Wucht auf den Tisch. »Dann lasst mich euch was sagen. Gerd hasste nicht nur Computerspiele, er hasste auch Wodka. Wir waren einmal zu einer russischen Hochzeit eingeladen, kurz nachdem wir uns kennengelernt hatten, und da sollte er mit den Männern anstoßen.

Weißt du, wie bei uns Wodka getrunken wird? Nicht wie hier in einem winzigen Gläschen, nein, da wird dieses Teufelszeug in ein Wasserglas gefüllt, und es wird erwartet, dass man das Glas in einem Zug leert. Aber es bleibt nie bei einem Glas, da werden bei einer solchen Feier von jedem Einzelnen mehrere Flaschen getrunken. Wer das nicht gewohnt ist, hat schon verloren. Gerd hat aber gute Miene zum bösen Spiel gemacht und sein Glas leer getrunken. Kurze Zeit später musste er raus und sich übergeben und war für den Rest des Tages kaum noch ansprechbar. Seitdem hasste er dieses Zeug. Ich schwöre dir, er hätte nie im Leben zwei Flaschen Wodka getrunken, auch wenn er vorgehabt hätte, sich umzubringen. Nie, nie!«

»Es war nur eine Frage«, versuchte Henning die sichtlich aufgewühlte Nina zu beschwichtigen, die sich aber dennoch so gut in der Gewalt hatte, dass die Trauer ihr kaum noch anzumerken war. Wie konnte jemand, ging es ihm durch den Kopf, nach dem grausamen Tod der Tochter und wenig später dem angeblichen Selbstmord des Ehemannes so die Contenance bewahren? Rosanna und Gerd, die beiden Menschen, die in ihrem Leben die größte Rolle spielten. Und diese beiden Menschen waren ihr innerhalb kürzester Zeit genommen worden, und nun stand sie da, schwanger und nicht wissend, wie ihre Zukunft aussehen würde. Vielleicht würde sie hierbleiben, aber vielleicht würde sie auch in ihre Heimat zurückkehren, dorthin, wo ihre Wurzeln waren und sie wenigstens noch ihre Eltern, Geschwister und andere Verwandte hatte. Henning wusste auch, dass sie jeden Monat zweihundert Euro an ihre Eltern schickte, eine Summe, von der die ganze Familie in diesem Dorf in der Nähe von Murmansk profitierte, weil dies mehr war, als ihr Vater in einem Monat verdiente.

»Nein, es war nicht nur eine Frage, es war eine Unterstellung. Das vor euch ist übrigens kein Wodka, es ist nur Wasser. Ich hab euch reingelegt«, sagte sie eisig. »So wie Gerd reingelegt wurde.«

»Das ist dir gelungen. Wann kommt Gerds Mutter?«, wechselte Henning schnell das Thema.

»Sie müsste eigentlich jeden Moment hier sein.«

»Können wir dich allein lassen, ohne dass du …«

»Mein Gott, natürlich könnt ihr gehen. Oder glaubt ihr, ich tu mir was an?« Sie schüttelte den Kopf und fügte mit einem beinahe zynischen Lachen hinzu, das nur ihre Verzweiflung widerspiegelte: »Nein, diesen Gefallen tu ich keinem, denn ich will wissen, wer Gerd umgebracht hat. Findet heraus, was wirklich passiert ist. Und wenn ihr's wisst und dieses Schwein habt, dann lasst mich einen Augenblick mit dem Monster allein, damit ich ihm in die Augen schauen kann. Ich will ihm nur in die Augen schauen, nicht mehr.«

»Nina, ich kann deinen Hass verstehen und …«

»Nein, kannst du nicht! Oder hast du innerhalb von wenigen Wochen die Menschen, die du am meisten geliebt hast, verloren? Niemand kann das verstehen, der das nicht erlebt hat. Ich habe Rosanna im Bauch getragen, ich habe sie unter Schmerzen zur Welt gebracht, ich habe ihr alles gegeben, was sie brauchte … Sie war so ein liebes Mädchen, aber was erzähl ich euch da, ihr kanntet sie ja. Und ich habe sie so sehr geliebt, und dann kommt dieser besoffene Raser und fährt sie tot. Schon da ist eine Welt für mich zusammengebrochen. Wenn Gerd nicht gewesen wäre, ich glaube, man hätte mich in die Psychiatrie einliefern müssen. Aber er hat mich aufgerichtet und gesagt, das Leben würde weitergehen und wir würden es schaffen, schließlich hätten wir schon viel mehr geschafft. Und jetzt ist auch er tot.« Sie seufzte auf, Tränen stahlen sich aus ihren Augen, die sie mit einem Taschentuch abtupfte. »Aber ich werde nicht aufgeben, bis ich weiß, was passiert ist. Da hat jemand anders seine Hand im Spiel gehabt, und ich will wissen, wer. Und sollte ich ihn vor euch finden, dann kann ich für nichts garantieren.«

»Hass ist ein schlechter Ratgeber …«

»Sören, du kapierst es wohl noch immer nicht. Mir ist alles genommen worden, was in meinem Leben wichtig war. Ich habe nichts mehr, wofür es sich zu leben lohnt, außer dem Baby, das jetzt ohne Vater aufwachsen muss. Und noch was, es ist kein Hass, nur unendliche Trauer, und ich will einfach nur verstehen, warum Gerd sterben musste. Er war doch noch so jung, noch nicht einmal vierzig.«

»Natürlich, entschuldige«, sagte Henning und nahm Nina in den Arm. »Wir werden rauskriegen, was passiert ist, das verspreche ich dir hoch und heilig. Und wir werden alles in unserer Macht Stehende tun, um den oder die Mörder zu schnappen, sollte es kein Selbstmord gewesen sein.«

Nina löste sich aus der Umarmung und trat einen Schritt zurück. Ihre Augen funkelten, als sie mit wieder eisiger Stimme Henning anfuhr: »Habe ich dir nicht genug Beweise geliefert? Willst du das alles, was du bis jetzt gesehen und gehört hast, einfach ignorieren? Ich habe recht, du wirst es sehen. Aber es kann natürlich auch sein, dass man Beweise vernichtet. Gerd war seit einiger Zeit verändert, warum, kann ich nicht sagen. Aber er muss an etwas dran gewesen sein, das ihn das Leben kostete. Finde heraus, was es war.«

»Was meinst du mit ›an etwas dran gewesen‹?«, fragte Henning mit zusammengekniffenen Augen und fasste Nina mit beiden Händen an den Schultern. »Komm, rück schon raus damit.«

Sie erwiderte seinen Blick und antwortete mit fester Stimme: »Ich sag doch, ich weiß es nicht. Er hat mit mir nicht über seinen Job gesprochen. Bitte, Sören, finde heraus, was Gerd in letzter Zeit gemacht hat. Was immer hier passiert ist, das war ein Komplott oder … Ach, ich weiß doch auch nicht, was ich denken soll!«

»Was für ein Komplott? Hast du einen bestimmten Verdacht?«

»Nein, das war bloß so dahingesagt. Ich denke nur, dass irgendjemand Gerd gehasst haben muss, aber ich weiß nicht, wer das gewesen sein könnte.«

»Auch keine Vermutung?«

»Nein, verdammt noch mal!«, schrie Nina Henning an. »Nein! Wie oft willst du es noch hören?!«

Er ließ sie wieder los und trat einen Schritt zurück. »Wir tun unser Möglichstes, um Gerds Tod aufzuklären. Und wir halten dich natürlich auf dem Laufenden. Willst du ihn noch mal sehen, bevor er …?«

»Aufgeschnitten wird? Du kannst es ruhig sagen, es macht jetzt auch nichts mehr. Ja, ich würde ihn gerne noch einmal sehen.«

»Dann komm so schnell wie möglich in die Rechtsmedizin …«

»Ich warte noch auf meine Schwiegermutter, sie wird bestimmt mitgehen wollen. Ich möchte mich in aller Ruhe von ihm verabschieden, wenn das überhaupt möglich ist. Ich meine, ich war noch nie in der Pathologie …«

»Ich werde dafür sorgen, dass du alle Zeit der Welt hast«, versprach Henning. »Und wenn die Autopsie vorüber ist, wird er zurechtgemacht und eingekleidet, und dann hast du noch einmal Gelegenheit, Abschied zu nehmen. Darauf gebe ich dir mein Wort.«

»Danke, das ist ganz lieb von dir. Und auch danke, dass ihr gekommen seid. Ich weiß, dass ich mich auf euch verlassen kann.«

»Das sind wir dir und vor allem auch Gerd schuldig. Wir finden raus, was da vorgefallen ist. Und du versprichst mir, keine Dummheiten zu machen.«

»Keine Sorge, ich habe ja noch diese Verantwortung«, sagte sie und deutete auf ihren noch flachen Bauch, in dem allmählich Leben heranwuchs. »Ich kann nicht gehen.«

»Das wollte ich nur hören. Und sollte dir noch irgendwas einfallen, du weißt schon, etwas, das für uns wichtig sein könnte, dann ruf an, wir kommen sofort.«

»Versprochen«, erwiderte sie, begleitete Henning und Santos zur Tür und blieb stehen, bis sie in ihren Wagen eingestiegen waren, und wartete, bis sie außer Sichtweite waren.

DIENSTAG, 16.20 UHR

Auf der Fahrt in die Rechtsmedizin sagte Santos: »Sören, du kannst mich jetzt totschlagen, aber für mich sind die Fakten eindeutig. Es war Mord, der als Selbstmord getarnt wurde. Wir sollten als Erstes mit Ziese sprechen und ihn fragen, woran Gerd zuletzt gearbeitet hat.«

»Das hatte ich sowieso vor«, entgegnete Henning mit aufgesetzt stoischer Ruhe, was Santos sofort erkannte und ihm auch nicht übelnahm. Gerd Wegner war sein Freund gewesen, sie kannten sich seit mehr als fünfzehn Jahren und hatten sogar eine Weile in derselben Abteilung Dienst geschoben. Sie konnte sich vorstellen, was in ihm vorging, auch wenn er es sich nicht anmerken lassen wollte, denn nach wie vor war Henning ein in sich gekehrter Mann, der nur selten Emotionen zeigte. Nur wenn sie mit ihm allein war, abends oder an freien Tagen, kam er auch mal aus seinem Schneckenhaus gekrochen.

Aber auch sie selbst war ziemlich verwirrt und kaum in der Lage, die Situation einzuschätzen, zu viele zum Teil sehr seltsame Dinge hatte sie in der letzten Stunde erlebt, speziell das mit den Uhren. Sie hatte schon von solchen Sachen gehört, aber heute zum ersten Mal mit eigenen Augen gesehen. Es war etwas Übernatürliches, mit dem normalen Verstand nicht Greifbares oder Begreifbares, und doch schien es real zu sein. Und wie Nina steif und fest behauptete, ihr Mann sei ermordet worden. Dieser Ausdruck in ihrer Stimme und ihren Augen, Santos würde das nie vergessen. Das hatte nichts mit Glauben,

55

sondern mit Wissen zu tun. Vielleicht der untrügliche Instinkt einer Frau, die ihren Mann besser als jeder andere kannte, weil sie ihn über alles liebte.

»Ich war ja nur ein paarmal bei ihnen, aber die müssen eine sehr harmonische Ehe geführt haben, soweit ich das mitbekommen habe«, sprach Santos ihre Gedanken vorsichtig aus, als sie sich dem Institut für Rechtsmedizin näherten. »Auch wenn ich glaube, dass er Geheimnisse vor ihr hatte.«

Ohne auf den letzten Satz einzugehen, sagte Henning: »Das zwischen ihnen war mehr als Harmonie, die waren wie füreinander geschaffen. Einfach perfekt. Kennst du eigentlich ihre Geschichte?«

»Nur bruchstückhaft. Wenn wir bei ihnen waren, haben sie nie darüber gesprochen.«

»Gerd und Nina haben sich in St. Petersburg kennengelernt, als er von 2000 bis 2002 dort im Austausch war. Sie war damals noch Kunststudentin. Die haben sich gesehen, und es hat gefunkt. Nach einem halben Jahr war die Hochzeit, und sie ist natürlich mit nach Deutschland gekommen, als seine Zeit drüben vorbei war. Ich weiß noch genau, wie er und sie Ende Januar 2002 hier eingetroffen sind. Ich steckte noch in meinem unendlichen Tief, aber Gerd habe ich eine Menge zu verdanken. Wir haben so viel Zeit miteinander verbracht … Das war noch vor deiner Zeit.« Er hielt für einen Moment inne, dann fuhr er fort: »Nina kommt aus irgend so 'nem Dorf in der Nähe von Murmansk, wollte dort aber nicht versauern. Jedenfalls, als sie hier ankamen, war sie schon hochschwanger und hat nur etwa zwei Wochen später Rosanna zur Welt gebracht. Den Rest kennst du.«

»Sie tut mir leid, sie tut mir wirklich unendlich leid. Warum werden manche Menschen so gestraft? So jung und schon so viel durchgemacht. Sie hat doch weiß Gott niemandem etwas getan, und Gerd auch nicht. Er war doch nur einer von uns.«

»Stimmt, und genau deshalb will ich wissen, was da passiert ist. Gerd war viel zu anständig und verantwortungsbewusst, als dass er sich aus dem Staub gemacht hätte. Nee, jeder, aber nicht Gerd. Weißt du, Lisa, mir ist eigentlich zum Heulen zumute, aber ich kann nicht. Vielleicht bei der Beerdigung, obwohl ich Beerdigungen hasse.«

»Wer nicht? Na ja, es gibt schon so ein paar komische Kauze, die keine Beerdigung auslassen, du weißt schon, was ich meine.«

»Hm.« Er schien Santos' letzte Worte gar nicht mehr wahrgenommen zu haben, als er vor dem Gebäude der Rechtsmedizin parkte. Sie stiegen aus und gingen in die heiligen Hallen zu Prof. Jürgens, der seit einem halben Jahr Leiter der Rechtsmedizin war, weil sein Vorgänger, Prof. Reinhardt, sich in den vorzeitigen Ruhestand begeben hatte. Es war allerdings kein richtiger Ruhestand, Reinhardt war jetzt als Berater für Kriminaldokumentationen im Fernsehen tätig, wo er mit seinen Fachkenntnissen brillieren konnte.

Jürgens war Ende vierzig, hatte einen jungenhaften Charme und stets ein freundliches Lächeln auf den Lippen. Die Zusammenarbeit mit ihm gestaltete sich wesentlich einfacher als mit Reinhardt, da er immer ein offenes Ohr hatte und auch seine Analysen und Autopsieergebnisse in für Laien verständlicher Weise erklärte, während Reinhardt meist mit Fachbegriffen um sich warf, obwohl er genau wusste, dass weder Henning noch Santos kaum etwas davon verstanden.

Jetzt war Jürgens' Gesicht wie eine Maske, ernst und undurchdringlich, kein Lächeln, kaum ein Verziehen des Mundes, nur ein tiefer Seufzer, als er erst Santos und danach Henning die Hand reichte.

»Hallo«, begrüßte er sie. »Er liegt schon auf meinem Tisch. Dauert aber noch 'n Augenblick, bis wir anfangen können, ihr wisst ja, wie das läuft.«

»Hast du ihn dir schon näher angeschaut?«, fragte Henning

57

und ging zu dem kalten Metalltisch in dem kalten Raum, auf dem der Tote lag. Jürgens zog das Laken von Gerds Gesicht. Für einen Moment herrschte absolute Stille. Gerds Gesichtszüge waren entspannt und doch auf eine gewisse Weise starr, was vielleicht auch nur am Licht lag, das in der Rechtsmedizin anders war als in den Büros des Präsidiums. Schließlich sagte Henning leise: »Als würde er nur schlafen.«

»Ein sehr langer Schlaf«, bemerkte Jürgens trocken. »Es heißt, er habe sich mit Auspuffgasen das Leben genommen. Das wundert mich eigentlich.«

»Wieso wundert dich das?«

»Schaut her, die Fingernägel. Sie sind nicht rosa, normalerweise ein typisches Zeichen für eine Kohlenmonoxidvergiftung. Er hätte die Dämpfe über einen längeren Zeitraum einatmen müssen, aber danach sieht es nicht aus, denn auch sein Gesicht müsste diese rosa Färbung aufweisen, die Leichenflecken müssten tiefrot sein und, und, und … Dazu kommen noch einige andere Merkmale, die ich euch aber ersparen will. Ich glaube nicht, dass er im Auto gestorben ist, und wenn, dann nicht durch Auspuffgase. Aber ich hab hier schon die verrücktesten Dinge erlebt, deshalb halte ich mich erst mal zurück.«

»Kannst du schon etwas über den Todeszeitpunkt sagen?«

»Laut Lebertemperatur zwischen ein und drei Uhr letzte Nacht. Noch genauer eingrenzen kann ich's, wenn ich ihn aufgeschnitten habe.«

»Zwei Uhr dreiundzwanzig«, bemerkte Santos lapidar.

»Hä?«

»Kleiner Scherz von Lisa«, warf Henning schnell ein, um weitere Fragen zu unterbinden. »Kanntest du ihn?«

»Wer kannte ihn nicht?«, war die Gegenfrage von Jürgens. »Außerdem war er öfter mal hier und hat bei Autopsien zugeschaut.«

»Was heißt öfter mal?«

»Öfter jedenfalls als vorgeschrieben. Er scheint sich sehr für mein Metier interessiert zu haben.«

»Hast du eine Erklärung dafür?«, wollte Santos wissen.

»Nein. Es gibt aber noch ein paar Kollegen von euch, die hin und wieder herkommen, um Autopsien beizuwohnen. Ist nicht unbedingt unüblich … Aber nun zum Wesentlichen. Auf dem Totenschein steht ›Suizid‹ …«

»Genau deswegen sind wir hier«, wurde Jürgens von Henning unterbrochen. »Es gibt Anzeichen, dass es keiner war, sondern die Sache inszeniert wurde. Kann natürlich auch sein, dass wir uns irren, aber wenn du sagst, dass er nicht durch Auspuffgase gestorben ist, dann bekräftigt das nur unsere Hypothese. Du wirst vermutlich eine Menge Alkohol in seinem Körper finden …«

»Das weiß ich schon, zwei Flaschen Wodka. Um's kurz zu machen, auf was soll ich achten?«

»Auf dem Beifahrersitz lagen besagte zwei leere Wodkaflaschen. Seine Frau versichert jedoch glaubhaft, dass er eine tiefe Aversion gegen dieses Zeug hatte. Er trank nur selten Alkohol, und schon gar keinen hochprozentigen Stoff. Und es gibt auch noch einige andere Merkwürdigkeiten.«

»Das heißt, ich soll nach etwas suchen, das einen Suizid ausschließt. Richtig?«

»Richtig. Auch wenn die Staatsanwaltschaft nur eine Routineuntersuchung veranlasst, um die Sache so schnell wie möglich vom Tisch zu kriegen. Untersuch ihn auf Medikamente, die ihn außer Gefecht gesetzt haben könnten, oder auch auf Verletzungen, die auf den ersten Blick nicht zu erkennen sind. Vielleicht wurde er auch vergiftet …«

»Es gibt Gifte, die schon nach sehr kurzer Zeit gar nicht mehr oder nur sehr schwer nachzuweisen sind, und für extrem aufwendige Untersuchungen fehlen mir die Mittel. Ihr wisst ja selbst, wie gerade bei uns in den letzten Jahren der Rotstift angesetzt wurde.«

59

»Versuch's trotzdem«, bat Henning.

»Verratet ihr mir noch ein bisschen mehr, ihr habt nämlich meine unersättliche Neugier geweckt?«

»Sein Notebook wurde allem Anschein nach manipuliert. Außerdem existiert kein Abschiedsbrief, zumindest hat man noch keinen gefunden. Er war keiner, der sich einfach so davongeschlichen hätte. Er wollte seine Frau, die das Wochenende über bei einer Freundin in Hamburg war, heute Mittag am Bahnhof abholen. Dazu ist Nina im vierten Monat schwanger. Unter uns, würdest du ihm zutrauen, sich das Leben zu nehmen, wenn er weiß, dass seine Frau schwanger ist? Nach dem Tod ihrer Tochter hatten sie wieder eine Perspektive. Reicht das für eine ausführliche Untersuchung?«

Jürgens fuhr sich mit einer Hand durch das stetig lichter werdende blonde Haar und seufzte auf. »Ich werde tun, was in meinen Möglichkeiten steht. Und ich werde auch das Unmögliche ins Kalkül ziehen. Sobald ich Näheres weiß, melde ich mich. Um ganz ehrlich zu sein, ich war ziemlich verwundert, als es hieß, er habe sich das Leben genommen. Ich bin deiner Meinung, dass das nicht seinem Stil entsprochen hätte. Auf der andern Seite …«

»Nina und Gerds Mutter müssten eigentlich jeden Moment eintreffen«, sagte Henning schnell. »Zumindest Nina will ihn noch mal sehen, bevor er aufgeschnitten wird.«

»Alles klar. Der Staatsanwalt und mein Kollege kommen erst in etwa einer Stunde. Vorher kann ich sowieso nicht anfangen. Ihr hört von mir.«

»Und solltest du tatsächlich was finden, was nicht zu einem Suizid passt, ruf sofort an, und wenn's mitten in der Nacht ist.«

»Soll ich etwa Überstunden schieben? Ich bin seit sieben auf den Beinen.«

»Hab ich dich jemals um einen Gefallen gebeten? Bitte, nur dieses eine Mal«, sagte Henning.

Jürgens schürzte die Lippen und meinte: »Es kann spät werden, sehr spät sogar. Noch was?«

»Wir düsen rüber ins Präsidium, ein paar Kollegen befragen.
War eigentlich Ziese schon hier?«

»Nein, warum?«

»Nur so. Ach ja, falls es kein Selbstmord war, informier Lisa
oder mich zuerst. Die andern können ruhig noch einen Augenblick warten.«

»Du verlangst eine Menge von mir, aber okay. Allerdings
kann ich die Information nicht sehr lange zurückhalten, das
musst du verstehen. Und sollten mein Kollege und ich etwas finden, das ganz offensichtlich auf Mord hinweist, und
der Staatsanwalt ist noch anwesend«, er zuckte mit den
Schultern und verzog den Mund zu einem entschuldigenden
Lächeln, »wie soll ich das zurückhalten, ich meine, ich bin
kein Magier. Und außerdem muss bei Mord die Staatsanwaltschaft …«

»Das weiß ich doch. Gib uns nur ein paar Stunden Vorsprung,
wenn es denn möglich ist.«

»Ihr macht das ja verdammt geheimnisvoll. Haltet ihr mich
wenigstens auf dem Laufenden?«

»Du hast mein Wort drauf. Bis bald«, sagte Henning und verließ mit Santos die Rechtsmedizin. Vor dem Gebäude kamen
ihnen Nina und ihre Schwiegermutter entgegen. Nina machte
noch immer einen sehr gefassten Eindruck, während Gerds
Mutter ein verweintes Gesicht hatte. Henning war ihr erst einmal begegnet, bei der Beerdigung ihres Mannes, der wie sein
Sohn Polizist gewesen war, allerdings beim LKA in der Aus-
landsfahndung. Er war vor über zehn Jahren bei einem Einsatz
ums Leben gekommen, während einer Verfolgungsjagd, bei
der der Fahrer die Kontrolle über den Wagen verloren hatte
und frontal gegen eine Betonmauer gekracht war. Sie waren sofort tot. Bei der Trauerfeier für die beiden im Dienst gestor-

61

benen Beamten fanden sich über fünfhundert Kollegen aus ganz Schleswig-Holstein ein.

»Guten Tag«, sagte Henning zu ihr und senkte leicht den Kopf, denn Gerds Mutter war kaum größer als einsfünfundfünfzig. »Es tut uns leid, was mit Ihrem Sohn geschehen ist. Wir haben ihn sehr gemocht.«

»Sind Sie Kommissar Henning?«, fragte die etwa sechzigjährige Frau mit schwerer Stimme.

»Ja. Entschuldigung, dass ich mich nicht vorgestellt habe. Prof. Jürgens erwartet Sie bereits. Einfach die Treppe runter und dann rechts. Es ist nicht zu verfehlen.«

»Danke«, sagte Frau Wegner und wollte bereits gehen, als Nina Henning zuflüsterte: »Wie sieht er aus?«

»Als würde er schlafen. Ruf an, wenn du Hilfe brauchst, Lisa und ich … Na, du weißt schon.«

Nina nickte Henning dankbar zu und ging mit Gerds Mutter in das Gebäude.

Henning sah Santos an und sagte: »Das ist immer der schlimmste Augenblick für die Angehörigen. Du siehst den Menschen, den du am meisten geliebt hast, auf einem kalten Metalltisch liegen und weißt, dass er nie wieder mit dir sprechen wird, nie wieder seinen Arm um dich legen wird, nie wieder mit dir lachen oder weinen wird, er ist einfach weg.«

»Nina ist stark«, entgegnete Santos, »auch wenn der große Knall noch kommt. Ich hoffe, sie verliert nicht das Baby.«

»Sie ist Russin, die haben eine andere Mentalität. Sie wird es schaffen. Und das Baby wird sie immer an Gerd erinnern. Es ist das Einzige, was ihr von ihm geblieben ist. Und jetzt lassen wir mal alle Emotionen außen vor und konzentrieren uns auf den Fall. Ich schlage vor, dass wir als Erstes mit Volker und dann mit Ziese sprechen. Der soll uns die Einsatzpläne von Gerd zeigen. Sollte er gestern tatsächlich mit einem Kollegen unterwegs gewesen sein, dann wird das ja vermerkt sein.«

»Und wenn nicht?«

»Wenn was nicht?«

»Wenn er mit keinem Kollegen unterwegs war oder der Dienstplan auf unerklärliche Weise verschwunden ist? Oder wir einen
manipulierten Dienstplan vorgelegt bekommen?«

»Nicht von Ziese, der ist überkorrekt. Und sollte es Ungereimtheiten innerhalb seiner Abteilung geben, wird er die gnadenlos aufdecken.«

»Und angenommen, die Dienst- und Einsatzpläne stimmen
und Gerd war gestern nicht unterwegs? Keine Observierung,
sondern nur Schreibtischarbeit?«

»Dann hat er Nina angelogen. Aber davon wollen wir doch
mal nicht ausgehen. Obwohl, sollte er hinter seinem Schreibtisch gesessen haben, wird es auch genügend Zeugen geben.«

»Und wenn es weder das eine noch das andere war?«

»Ich kann dir nicht ganz folgen«, sagte Henning, obgleich er
ahnte, was Santos mit ihrer Frage bezweckte.

»Oh, ich denke schon, dass du das kannst.«

»Nein, drück dich gefälligst klarer aus«, erwiderte er leicht ungehalten.

»Okay, dann werde ich eben klarer. Was, wenn Gerd weder an
einer Observierung beteiligt war noch hinter seinem Schreibtisch gesessen hat?«

»Was immer er gestern gemacht hat, wir werden es sehr bald
erfahren. Aber was bezweckst du eigentlich mit deinen selt-
samen Fragen?«

»Weiß ich selber nicht, ist nur so ein Gefühl. Gerd schiebt seinen normalen Dienst, fährt nach Hause und bringt sich in aller
Seelenruhe um. Das passt doch nicht. Er telefoniert gegen Mitternacht mit Nina, und zweieinhalb Stunden später ist er tot.
Da ist doch was faul. Und hast du dir die Armbanduhr genauer
angesehen? Patek Philippe. Hallo, wie kann sich ein Bulle so
was leisten? So ein Teil kostet eine fünfstellige Summe. So was

schenken Millionäre ihrer Gattin oder ihrer Geliebten zum Geburtstag oder zu Weihnachten oder mal so nebenbei, aber ein einfacher Bulle? Ganz zu schweigen von dem 5er BMW und dem Haus ...«

»Ich hatte genau die gleichen Gedanken, ich hab die Uhr schließlich in der Hand gehalten. Lisa, bitte, ich kapier das alles selber nicht und kann im Augenblick keinen klaren Gedanken fassen. Zweifelst du etwa an seiner Integrität? Oder ...«

»He, warum so gereizt? Du hast mit der Hypothese angefangen, dass es kein Selbstmord war. Also fang ich schon mal an gedanklich zu ermitteln. Hier passen einfach viele Dinge nicht zusammen. Der Lebensstil, den die beiden geführt haben, steht in keiner Relation zum Einkommen. Oder hat er eine stinkreiche Mutter?«

»Du weißt so gut wie ich, dass seine Mutter eine Polizistenwitwe ist. Worauf willst du eigentlich hinaus?«

»Ich habe keinen blassen Schimmer, woher Gerd das viele Geld hatte, aber wir sollten ihn überprüfen. Sein Konto, seine Aktivitäten innerhalb und außerhalb des Präsidiums ...«

»Damit unterstellst du ihm, dass er krumme Dinger gedreht hat. Ist dir klar, was du da behauptest?«

»Ich unterstelle und behaupte gar nichts. Aber was weißt du wirklich von ihm? Wenn er nicht tot wäre, wüsstest du dann von dieser Uhr? Oder von seinem superschicken Schlitten? Ich hab ihn jedenfalls bisher noch nicht damit gesehen. Obwohl du angeblich sein Freund warst, hattest du keine Ahnung, dass er wieder Vater werden würde. Es gibt einfach zu viel, was mich nicht nur irritiert, sondern auch ziemlich nachdenklich stimmt.«

»Mich doch auch«, sagte Henning leise. »Ich kann und mag mir nur nicht vorstellen, dass er vielleicht korrupt gewesen ist. Dann hätte er eine perfekte Fassade ...«

»Es ist gut, Sören. Wir wissen nichts, absolut nichts. Außerdem haben wir alle unsere Fassade, du, ich, jeder. Lass uns die Sache mal kurz durchspielen. Kein Selbstmord, sondern Mord. Warum bei ihm zu Hause? Warum auf diese Weise? Warum wurde er nicht erschossen oder erstochen? Wenn es Mord war, dann ein sehr clever inszenierter. Es gibt Fragen über Fragen und nicht eine einzige Antwort, nur vage Vermutungen.«

»Es wird vielleicht Fragen über Fragen geben, wenn wir Näheres aus der Rechtsmedizin und von Ziese wissen. Ich habe aber jetzt noch keine Lust, Spekulationen anzustellen, bevor wir nicht absolut sicher sein können, dass es Mord war.«

»Und das mit den Uhren und seinem Notebook?«, warf Santos ein.

»Woher soll ich das wissen?!«, sagte er unwirsch, den Blick stur geradeaus auf die Straße gerichtet.

»Bleibt's eigentlich bei dem Essen heute Abend?«, wechselte Santos schnell das Thema, denn sie wollte ihren Freund und Kollegen nicht noch mehr reizen.

Henning wandte den Kopf zur Seite, damit sie sein Grinsen nicht sah. »Klar, aber nur, wenn nichts dazwischenkommt.«

»Es kommt was dazwischen. Wenn wir uns was vornehmen, kommt immer was dazwischen.«

»Sei doch nicht so pessimistisch. Außerdem, wenn's heute nicht klappt, dann eben morgen oder übermorgen.«

»Morgen und übermorgen hab ich schon was vor.«

»Aha, und was?«

»Mein Freund kommt mich besuchen, und wir wollen einen schönen Abend verbringen. Oder auch zwei«, sagte sie, ohne Henning dabei anzusehen, doch aus dem Augenwinkel registrierte er, wie sie schmunzelte.

»Oh, das ist natürlich was völlig anderes. Da will ich nicht stören.«

Sie legte ihre Hand auf seine und sagte: »Wir nehmen uns einfach nichts vor, bis der Fall gelöst ist, egal, wie lange es auch dauert. Gerd wurde umgebracht, das sagt mir mein Bauch, mein Instinkt oder was immer es ist. Du weißt, ich bin alles andere als ein Esoterikfreak oder glaube an allen möglichen übernatürlichen Humbug, aber das mit den Uhren hat mir doch mächtig zu denken gegeben. Als wollte er Nina damit etwas mitteilen oder nur ein Zeichen senden. Ist schon ziemlich seltsam.«

»Mir geht das auch nicht aus dem Kopf. Ich hab ja schon viel erlebt, aber so was noch nicht.«

»Es gibt eben Dinge zwischen Himmel und Erde …«

»Mein Gott, jetzt komm mir nicht mit solchen Sprüchen! Sorry, war nicht so gemeint, aber ich krieg das einfach nicht auf die Reihe. Tut mir leid, wenn ich schlecht drauf bin, ist nicht gegen dich gerichtet. Lass uns kurz mit Volker reden und danach mit Ziese. Ich will alles über die letzten Stunden oder auch Tage von Gerd wissen. Und sollte auch nur die geringste Ungereimtheit auftauchen, ich schwöre dir, ich werde so lange nicht ruhen, bis wir die Sache aufgeklärt haben.«

»Ich weiß«, entgegnete Santos ruhig. »Ich kenn dich schließlich schon eine Weile.«

DIENSTAG, 17.10 UHR

Sie fuhren auf den Parkplatz vor dem Präsidium, stiegen aus, Henning nahm das Notebook vom Rücksitz, und dann gingen sie nach oben. Volker Harms schien sie bereits ungeduldig zu erwarten. Harms war ein ruhiger Mensch, seit knapp zehn Jahren Kommissariatsleiter, seit knapp zehn Jahren hatte er keinen Außendienst mehr gemacht. Er wollte es so, er organisierte, dirigierte, koordinierte, ansonsten ließ er seinen Beamten so viel Freiraum wie möglich, allen voran Henning und Santos.

Auch wenn er meist nachsichtig mit seinen Mitarbeitern umging, selbst wenn sie Alleingänge starteten, ohne ihn vorher einzuweihen, so kam es doch hin und wieder vor, dass ihm der Kragen platzte und er auch mal losbrüllte, besonders wenn wichtige Entscheidungen ohne vorherige Absprache mit ihm gefällt wurden. Henning und Santos wussten aber sehr genau, wie weit sie gehen durften, ohne ihn zu sehr zu reizen, denn mit einem gereizten oder gar wütenden Volker Harms war nicht zu spaßen. Er hielt ihnen den Rücken frei, wo er nur konnte, dafür erwartete er, stets über den Stand der Ermittlungen auf dem Laufenden gehalten zu werden. Wer dem nicht nachkam, musste sich darauf gefasst machen, von Harms kräftig zusammengestaucht zu werden. Und vor vier Jahren hatte er es nicht nur bei einem Zusammenstauchen bewenden lassen, sondern einen jungen Kollegen vom Dienst suspendiert, als dieser über mehrere Tage auf eigene Faust ermittelt hatte und schließlich in Harms Büro erschien, als wäre nichts gewesen. Das allein war aber nicht der Grund für die Suspendierung, sondern die Tatsache, dass er seinen Fehler nicht einsehen wollte. Die Suspendierung wurde später aufgehoben und der Kollege in ein Revier versetzt, wo er wieder Streifendienst versehen musste.

»Und?«, fragte er, aber es klang wie: Nun rückt schon raus mit der Sprache, was hat euer Besuch bei Nina Wegner ergeben.

»Könnte sein, dass Gerd keinen Selbstmord begangen hat«, sagte Henning, nahm Platz und legte das Notebook auf den Schreibtisch, während Santos sich ans Fenster stellte.

»Ziese war vorhin hier. Er klang auch nicht sonderlich überzeugt, dass einer seiner besten Männer so etwas getan haben sollte. Was veranlasst euch zu dieser Theorie?«, fragte Harms.

»Schwer zu erklären, ist mehr ein Gefühl«, antwortete Henning ausweichend. »Wir müssen die Auswertung der KTU abwarten und vor allem das Ergebnis der Autopsie.«

»Seit wann verlässt du dich auf dein Gefühl, das ist doch eher Lisas Spielwiese?«

Santos musste unwillkürlich lächeln, während Henning seinen Vorgesetzten wütend ansah. »He, du warst nicht bei ihm zu Hause, also lass das. Wir warten alle Ergebnisse ab, und dann sehen wir weiter. Aber Lisa und ich glauben, dass er sich nicht umgebracht hat. Und Gerds Frau hält es sowieso für völlig ausgeschlossen. Du kanntest Gerd doch auch, oder?«

»Natürlich, warum?«

»Nur so. Oder nein, ich verrat dir was – seine Frau ist schwanger. Im vierten Monat. Sie hat es eine Woche nach dem Tod ihrer Tochter erfahren. Außer ihr und Gerd wusste bisher niemand davon. Ich habe ihn erst letzte Woche in der Kantine getroffen, und er hat nichts erzählt, nicht einmal eine Andeutung. Und noch was, er machte auf mich alles andere als einen depressiven Eindruck ...«

»Die wenigsten, die sich umbringen, lassen sich das im Vorfeld anmerken«, warf Harms ein.

»Falsch, die meisten senden Signale aus, die aber von der Umwelt, und seien es die engsten Angehörigen, nur selten wahrgenommen werden. Das solltest du eigentlich wissen. Gerd war weder depressiv noch suizidgefährdet, mein Wort drauf. Reicht dir das schon mal als kleiner Vorgeschmack?«

»Was meinst du mit Vorgeschmack?«

»Es gibt noch einige andere Dinge, aber die erzählen wir dir später, wir haben nämlich noch einen Termin mit Ziese.«

»Nur einen kleinen Tipp, ich bin nämlich verdammt neugierig«, sagte Harms, beugte sich nach vorn und spielte mit seinem Kugelschreiber, ohne Henning aus den Augen zu lassen.

Santos kam vom Fenster zum Schreibtisch und fragte Harms: »Wie spät ist es?«

»Du hast doch selber eine Uhr, und außerdem hängt eine an der Wand.«

»Ich weiß, sag's mir trotzdem.«

»Mein Gott, zwölf nach fünf. Warum? Um was geht's hier eigentlich? Rätselraten?«, erwiderte Harms genervt.

»Nina, Gerds Frau, war das ganze Wochenende bis heute Morgen bei einer Freundin in Hamburg. Als sie dort heute aufgewacht ist, stand ihre Uhr auf zwei Uhr dreiundzwanzig.«

»Ja und? Das passiert nun mal, wenn die Batterie leer ist«, entgegnete Harms noch einen Tick ungehaltener.

»Die Uhr hat keine Batterie, es ist eine Automatik, sehr elegant und alles andere als eine Billigmarke. Gerd hat sie Nina vor knapp zwei Monaten zum Geburtstag geschenkt.«

»Und weiter? Auch eine Automatik kann …«

Santos hob die Hand und stoppte Harms. »Nina kam mit dem Bus nach Hause, obwohl Gerd sie vom Bahnhof abholen wollte. Sie ging ins Schlafzimmer, weil sie dachte, er hätte vielleicht die Zeit verpennt, aber Gerd war nicht da, das Bett war sogar unbenutzt. Dafür standen sowohl die Wanduhr als auch der Wecker auf zwei Uhr dreiundzwanzig. Zufall?« Santos schüttelte den Kopf. »Eher nicht.«

»Augenblick, damit ich das recht verstehe«, sagte Harms und grinste spöttisch. »Ihr wollt damit doch wohl nicht andeuten, dass Gerd aus dem Jenseits eine Botschaft geschickt hat? Ihr meint das nicht ernst, oder?«

»Und wenn?«, sagte Santos mit herausforderndem Blick und stützte sich mit beiden Händen auf den Schreibtisch. »Wenn du dort gewesen wärst, würdest du nicht mehr zweifeln. Es hatte etwas Unheimliches, ehrlich. Eine Uhr, okay, aber drei?! Ausgeschlossen. Wir haben keine Erklärung, und ich will auch nicht spekulieren und auch keinen Kommentar mehr hören, aber in dem Haus ist letzte Nacht irgendwas passiert, das unseren Verstand bei weitem übersteigt.«

Harms fuhr sich mit der Zunge über die Lippen und machte auf einmal ein nachdenkliches Gesicht. Das Grinsen war wie eingefroren, keine dumme Bemerkung mehr. Auch ihn schien das Gehörte zu überfordern, was er gegenüber Henning und Santos allerdings nie zugeben würde. »Okay, ich nehm das mal kommentarlos hin. Noch etwas?«

Santos zuckte mit den Schultern, deutete auf das Notebook und sagte: »Das gehörte Gerd. Es wurde manipuliert. Wir bringen's gleich zur KTU …«

»Inwiefern manipuliert?«, wollte Harms wissen.

»Nina behauptet, Gerd habe das Notebook ausschließlich zum Arbeiten benutzt oder um Rechnungen zu bezahlen oder im Internet zu surfen. Nur eins hat er nie gemacht, er hat nie Computerspiele gespielt, auch das haben wir von Nina. Als wir vorhin das Notebook angestellt haben, waren da aber nur Spiele drauf, sonst gar nichts.«

Harms Miene wurde noch eine Spur nachdenklicher, als er sagte: »Was noch?«

»Die Spusi hat auf dem Beifahrersitz zwei leere Wodkaflaschen gefunden, deren Inhalt Gerd angeblich vor seinem Ableben konsumiert hat. Aber Nina schwört Stein und Bein, dass er Wodka nicht ausstehen konnte, wofür es einen triftigen Grund gibt, den sie uns auch genannt hat. Halten wir also fest: drei Uhren, die um exakt dieselbe Zeit stehengeblieben sind, ein Computer, auf dem sich nur noch Spiele befinden, obwohl Gerd nie gespielt hat, und zwei Flaschen Wodka, die er nie im Leben freiwillig getrunken hätte. Das stinkt nicht nur zum Himmel, das stinkt bis ans Ende des Universums. Und noch was, Gerd hat mit Nina um Mitternacht noch telefoniert und ihr gesagt, dass er sie liebe. Sagt das jemand, der zu dem Zeitpunkt schon den Entschluss gefasst hat, sich umzubringen? Ganz ehrlich, sagt jemand so etwas zu dem Menschen, den er am meisten liebt?« Sie sah Harms wieder mit diesem herausfordernden und typischen Lisa-Santos-Blick an.

»Und wenn die Autopsie und die Auswertung der KTU keinen weiteren Hinweis für eure doch etwas abwegige und für meine Begriffe ziemlich weit hergeholte Theorie liefern und der Selbstmord bestätigt wird?«, wich Harms der Frage aus.

»Du hast meine Frage nicht beantwortet«, sagte Santos, ohne sich von der Stelle zu rühren. »Würdest du Gerd zutrauen, dass er seiner Frau etwa zweieinhalb Stunden vor seinem Tod sagt, dass er sie liebt? Du magst das alles vielleicht für abwegig und weit hergeholt halten ...«

»Lisa, ich weiß nicht, was in Gerd vorgegangen ist. Ich weiß nicht, was letzte Nacht passiert ist, ich weiß eigentlich überhaupt nichts außer dem, was ich bis jetzt von Kurt und euch erfahren habe. Ich kannte Gerd, aber ich kannte ihn nicht gut genug, um ihn menschlich beurteilen zu können. Ich weiß nur, dass er tot ist und ihr mir eine Menge Stoff zum Nachdenken gegeben habt. Und nun noch mal zu meiner Frage: Was, wenn weder die Autopsie noch die KTU einen Hinweis auf Fremdverschulden erbringen und der Selbstmord bestätigt wird?«

»Dann haben der oder die Killer perfekte Arbeit geleistet, oder wir haben uns geirrt«, antwortete Santos mit stoischer Ruhe. »Trotzdem glaub mir, Sören und ich wissen, dass wir recht haben. Und glaub mir, wir werden Nina nicht im Stich lassen. Es sei denn, du untersagst uns jegliche weiteren Ermittlungen.«

»Auch wenn ich das täte, würdet ihr nicht auf mich hören. Außerdem vertraue ich euch, auch wenn sich das meiste wie ein schlechtes Märchen anhört. Vielleicht hat ja Uri Geller seine magischen Kräfte walten lassen.«

»Bitte, Volker, lass diese Witze, mir ist im Moment nicht danach zumute«, sagte Henning barsch. »Wir sprechen gleich mit Kurt, danach mit Gerds Kollegen. Angeblich war er letzte Nacht bei einer Observierung eingesetzt. Wir werden es überprüfen. Wir werden ganz viel zu überprüfen haben. Wir haben doch dein Okay, oder?«

»Wie könnte ich euch daran hindern?«, sagte Harms mit aufgesetzt ernster Miene. »Verschwindet, wirbelt aber noch nicht zu viel Staub auf, denn sollte eure Theorie stimmen, dann haben wir es möglicherweise mit einem sehr gefährlichen Gegner zu tun. Und ihr mit einer Menge Überstunden.«

»Könnte sein.«

»Nein, nicht könnte, sondern ganz sicher. Wenn ein Mord derart inszeniert wird, dann handelt es sich um einen Profi. Und ihr wisst so gut wie ich, wie Profis arbeiten. Lautlos und perfekt.« Er schlug mit einer Hand auf den Tisch und stand auf. »Aber bisher kennen wir weder das Autopsieergebnis noch die Auswertung der Spurensicherung. Deshalb lassen wir alles auf uns zukommen. Sollte sich jedoch euer Verdacht bestätigen, werden wir in die Offensive gehen. Und jetzt ab mit euch, Kurt lässt normalerweise um Punkt fünf den Hammer fallen, es sei denn, er macht heute eine Ausnahme.«

»Er wird eine Ausnahme machen, schließlich hat er einen seiner fähigsten Leute verloren. Wir sind schon weg.« Henning nahm das Notebook und wollte mit Santos bereits den Raum verlassen, als Harms' Stimme sie zurückhielt.

»Nicht so schnell«, sagte er und fuhr sich mit der Zunge über die Lippen. »Über eins müsst ihr euch aber im Klaren sein. Sollte Gerd einem Verbrechen zum Opfer gefallen sein, werden sich aller Voraussicht nach das LKA und die Interne einschalten. Es besteht dann auch die Möglichkeit, dass sie uns den Fall komplett aus den Händen nehmen. Ich will euch nur vorwarnen.«

»Und?«, bemerkte Henning schulterzuckend. »Ich hab keine Probleme mit denen, es sei denn, sie behindern unsere Ermittlungen. Und abnehmen lasse ich mir von denen überhaupt nichts. Und Kurt werden wir in die Details erst einweihen, wenn wir sicher sind, dass er auf unserer Seite steht.«

»Sören, Kurt ist einer der anständigsten Bullen, die ich kenne. Mit ihm kannst du über alles reden. Ich sag das selten, aber für ihn lege ich meine Hand ins Feuer. Der würde nicht mal eine Scheibe Brot als Bestechung annehmen.«

»Ich lege meine Hand für niemanden mehr ins Feuer«, entgegnete Henning hart und kompromisslos. »Schönen Abend noch.«

»Auch nicht für mich oder Lisa?«, rief Harms ihnen hinterher. Henning drehte sich an der Tür um und sagte: »Ich hab mich doch deutlich genug ausgedrückt, oder?«

Auf dem Flur meinte Santos: »Du bist ganz schön geladen.«

»Na und? Du doch auch. Du hättest dich eben mal hören und vor allem sehen sollen.«

»Liegt nur daran, dass ich eben einiges nicht begreife«, rechtfertigte sich Santos auf dem Weg zu Ziese, der sein Büro eine Etage höher hatte, mit einem Ausblick, um den ihn viele Kollegen beneideten.

»Genauso geht's mir.«

Henning klopfte nur kurz an die Tür und trat mit Santos ein, ohne eine Antwort abzuwarten. Ziese sprach mit zwei Kollegen aus seiner Abteilung und blickte auf.

»Wir sind so weit durch«, sagte er, woraufhin sich die Beamten erhoben und das Büro verließen. »Nehmt Platz«, bat er Henning und Santos und deutete auf die beiden Stühle vor seinem Schreibtisch. Und nachdem sie sich gesetzt hatten und ohne Henning und Santos zu Wort kommen zu lassen: »Gerd war einer meiner besten Männer, wenn nicht der beste. Er wird meiner Abteilung fehlen. Wart ihr noch lange bei seiner Frau?«

»Eine Stunde etwa«, antwortete Henning, doch bevor er fortfahren konnte, wurde er von Ziese mit einer Handbewegung gestoppt.

»Was hat sie gesagt?«

»Nicht viel. Sie will nur nicht wahrhaben, dass Gerd Selbstmord begangen hat.«

73

»Da geht es ihr wie mir. Mir kommt das auch ein wenig seltsam vor. Nein, nicht ein wenig, sondern sehr seltsam. Ich habe inzwischen mit allen Kollegen gesprochen, keinem ist irgendwas Ungewöhnliches an Gerds Verhalten in letzter Zeit aufgefallen, ich eingeschlossen. Er war wie immer. Wir haben am Freitagmittag etwas länger zusammengesessen, und da erweckte er nicht den Anschein, als sei er depressiv. Er ist so gegen drei nach Hause gefahren, weil er Nina nach Hamburg bringen wollte.«

»Hat er sich jemals näher über den Tod seiner Tochter geäußert?«

»Sicher. Als es passierte, war er völlig am Boden. Das würde wohl jedem von uns so gehen. Aber er hat sich verdammt schnell wieder aufgerappelt. Eine Woche, vielleicht zehn Tage, dann war er wieder voll da. Was ist eure Theorie?«

»Wir haben keine«, hielt sich Henning bedeckt. Er kannte Ziese zwar recht gut und schätzte ihn auch, wollte aber im Augenblick noch keine Vermutungen äußern. »Wie war sein Dienstplan von Samstag bis gestern?«

»Warum?«

»Reine Neugier.«

»Reine Neugier gibt es nicht bei uns, dahinter steckt immer mehr«, bemerkte Ziese und sah Henning prüfend aus seinen graublauen Augen an. »Warum willst du seinen Dienstplan einsehen?«

»Wir möchten gerne wissen, was Gerd gestern gemacht hat, mit wem er zusammengearbeitet hat, mit wem er in den letzten Stunden vor seinem Ableben in Kontakt war …«

»Ich verstehe noch immer nicht, was das mit seinem Tod zu tun haben soll.«

Henning ließ einen Moment verstreichen, bis er sagte: »Wenn wir dir helfen sollen, Licht in die Sache zu bringen, dann gib uns einfach die Informationen. Alles andere kommt später.«

»Sören, ich bin seit beinahe vierzig Jahren und damit ungefähr doppelt so lange wie du bei diesem Verein, und schon sehr bald werde ich diese Tür dort für immer hinter mir schließen. Und wer mich kennt, weiß, dass ich mit Vertraulichkeiten umgehe wie ein Priester mit der Beichte. Reicht dir das?«

»'tschuldigung, ist nicht gegen dich gerichtet. Also, es gibt Indizien, nicht mehr und nicht weniger, die darauf hindeuten, dass es eventuell kein Suizid war. Bevor ich dir aber mehr erkläre, müsste ich wissen, was Gerd seit Samstag gemacht hat.«

»Ich habe dir vorhin schon gesagt, dass ich mir nicht vorstellen kann, dass Gerd … Ach, lassen wir das. Ihr wollt also wissen, wo der verdammte Mistkerl sich rumgetrieben hat.« Er seufzte auf, lehnte sich zurück und verschränkte die Arme vor dem Bauch. »Ich hab das schon überprüft, Gerd hatte am Samstag und Sonntag Bereitschaft, gestern schob er normal Dienst bis um sechs, danach ist er nach Hause gefahren, um später noch mit Konrad auf Streife zu gehen.«

»Konrad vom KDD?«

»Hm.«

»Und wie lautete ihr Auftrag?«

»Hotelobservierung. Der Typ, um den es ging, war zwar die ganze Zeit über da, allerdings allein. Diese Infos hab ich vorhin erhalten.«

»Und wie lange wurde observiert, das heißt, wann wurde abgebrochen? Oder handelt es sich um eine längerfristige Sache?«

»Details kenne ich nicht, Konrad und Gerd sind auch nur für die beiden Kollegen eingesprungen, die eben hier waren und den Personalnotstand beim LKA ausgleichen. Sie werden heute wieder übernehmen. Wie das letzte Nacht war, da müsstet ihr Konrad fragen, der kommt aber erst gegen sechs, Nachtschicht.«

»Hat Gerd in den vergangenen Tagen oder Wochen an einem besonderen Projekt gearbeitet oder mitgewirkt?«

75

»Falls du denken solltest, dass er sich durch seine Arbeit Feinde geschaffen haben könnte, muss ich dich enttäuschen. Gerd hat den ganz normalen Kram gemacht, unspektakulär und eigentlich auch uninteressant. Er war zwar oft im Außendienst tätig, doch mindestens genauso viel Zeit hat er hinter seinem Schreibtisch verbracht. Aber warum interessiert dich das?«

»Nur so.«

»Spiel doch mit offenen Karten. Du glaubst nicht an einen Selbstmord, Lisa nicht und ich auch nicht. Und warum glauben wir es nicht?« Ziese breitete die Arme aus und fuhr fort: »Ganz einfach, weil wir Gerd zu gut kannten oder zu kennen meinten und er der Letzte gewesen wäre, von dem wir so was angenommen hätten. Aber ich habe seit vorhin über vieles nachgedacht und bin immer wieder zu dem Schluss gekommen, dass es unmöglich ist, in einen andern hineinzuschauen.« Henning überlegte, ob er Ziese etwas über die Stunde und die gewonnenen Erkenntnisse bei Nina Wegner berichten sollte. Er warf Santos schnell einen fast hilfesuchenden Blick zu, die ihm mit einem kaum merklichen Nicken zu verstehen gab, dass sie auf seiner Seite war. Überhaupt verstanden sie sich seit einiger Zeit wie ein altes Ehepaar, das nicht mehr viele Worte brauchte, um sich zu verständigen. Sie hatten sich gesucht, doch es hatte eine lange Zeit gebraucht, bis sie sich auch gefunden hatten. Hin und wieder gab es zwar Auseinandersetzungen, was vor allem an Santos' Temperament lag, das sie von ihrem spanischen Vater in die Wiege gelegt bekommen hatte, aber so schnell sie auch an die Decke ging, so schnell kam sie wieder runter. Henning wusste, wie sie zu besänftigen war. Oft genügte ein Lächeln oder eine Bemerkung oder eine simple wortlose Umarmung.

»Ich habe doch eben schon von Indizien gesprochen, die …«

»Siehst du, hatte ich doch glatt schon wieder vergessen. Um was für Indizien handelt es sich?«

»Dein Versprechen gilt weiterhin?«, fragte Henning noch einmal.

»Wenn du mir nicht vertraust, da ist die Tür«, entgegnete Ziese ernst und ohne eine Miene zu verziehen.

»Wir haben, genau wie du, nach einem Abschiedsbrief gesucht, aber keinen gefunden. Und als erfahrener Polizist weißt du so gut wie ich, dass Selbstmörder, die ihre Tat so akribisch planen und ausführen, immer einen Brief hinterlassen. Hätte er allerdings ganz kurzfristig diesen fatalen Entschluss gefasst, quasi eine Kurzschlussreaktion, wäre das natürlich was anderes. Aber erstens hätte er das Nina nie angetan, und zweitens wissen wir alle, dass Gerd von seiner ganzen Art her oder aufgrund seiner psychischen Konstitution nicht gefährdet war.«

»Ich bin kein Psychologe«, warf Ziese ein, »aber ich stimme dir im Wesentlichen zu. Andererseits gebe ich zu bedenken, dass der Tod seiner Tochter ihn womöglich doch mehr mitgenommen hat, als wir alle annehmen, auch wenn er sich das nicht anmerken ließ. Was noch?«

»Es gibt noch etwas, das gegen einen Suizid spricht«, sagte Henning mit bedeutungsvoller Miene und hielt kurz inne.

»Ja, und was?«, fragte Ziese ungeduldig.

»Nina ist schwanger. Im vierten Monat, um genau zu sein. Und nur sie und er wussten bisher davon. Oder war dir das bekannt?«

Ziese schüttelte den Kopf und sah Henning verwundert an.

»Nein, er hat das nie erwähnt.«

»Siehst du, er hat mit niemandem darüber gesprochen. Rosannas Tod war sicher ein Schlag für ihn, aber er war ein Kämpfer. Ich kannte ihn nicht anders, und du sicher auch nicht. Nina hat gesagt, er habe sich auf das Kind gefreut.«

»Habt ihr noch irgendwelche Überraschungen für mich parat?«

Henning verzog den Mund und meinte: »Sein Notebook wurde manipuliert, wir gehen zumindest davon aus.«

Zieses Blick wanderte von Henning zu Santos und wieder zu Henning: »Inwiefern? Und woher willst du das wissen?«

»Nina sagt, dass er es hauptsächlich zum Arbeiten benutzt hat. Keine Spiele, nur Arbeit und Internet. Aber was haben wir gefunden? Nur Spiele. Ich werde das Notebook gleich noch zur KTU bringen, die sollen sich drum kümmern und sehen, ob sich doch noch Dateifragmente auf der Festplatte befinden …«

»Und wenn die Festplatte einfach ausgetauscht wurde?«, meldete sich Santos zu Wort. »Für einen Profi ist das eine Sache von ein paar Minuten.«

»Das stimmt«, pflichtete ihr Henning bei. »Ich tendiere auch eher dahin, dass die Platte ausgewechselt wurde. Kurt, das war ein inszenierter Mord, wobei sich der Mörder zwar ziemlich viel Mühe gegeben hat, und doch bin ich fast überzeugt, dass er gar nicht vorhatte, den perfekten Mord zu begehen. Er hat gespielt, es hat ihm wahrscheinlich Freude oder Spaß oder was immer bereitet, das alles so zu inszenieren. Doch noch fehlen uns die endgültigen Beweise. Jürgens von der Rechtsmedizin hat mir aber zugesichert, dass wir Bescheid kriegen, sobald die Autopsie abgeschlossen ist …«

»Es ist aber jemand von der Staatsanwaltschaft anwesend …«

»Tja, er wird aufwendige Untersuchungen durchführen müssen, die Zeit in Anspruch nehmen. Zum Beispiel, ob Gerd den Wodka freiwillig getrunken hat.«

»Also das mit dem Wodka, darüber hab ich mich auch gewundert. Gerd war kein Trinker, das hätte ich gemerkt. Er hat ja kaum mal bei Feiern was getrunken, höchstens ein Glas Sekt oder ein Bier.« Er strich sich mit einer Hand über das dichte graue Haar und fuhr fort: »Jetzt stellt sich aber die Frage nach dem Warum? Warum wurde er umgebracht?«

Santos erwiderte: »Wenn es Mord war, dann gibt es auch ein Motiv. Entschuldigung, war ein blöder Spruch …«

»Wieso?«

»Weil es für jeden Mord ein Motiv gibt, und wenn es nur Wut ist. Aber lass mich noch mal auf das zurückkommen, was Sören vorhin schon gefragt hat, und überleg gut, bevor du antwortest. Könnte es sein, dass er in irgendeiner Sache ermittelt hat und dabei Leuten auf die Füße getreten ist, die das nicht abkönnen und gleich zu solch drastischen Maßnahmen greifen? Vielleicht ging's um die Abschiebung einer oder mehrerer illegaler Prostituierter, deren Luden das nicht verknusen konnten?«

Ziese überlegte, wobei er auf der Unterlippe kaute und aus dem Fenster schaute. Schließlich antwortete er: »Wir ermitteln des Öfteren im Rotlichtmilieu, aber wann genau Gerd zuletzt dort im Einsatz war, kann ich so aus dem Stegreif nicht sagen. Doch sehr viel gibt's für uns dort nicht zu tun. Wir sind zwar die Abteilung für organisiertes Verbrechen, doch bei uns geht es, verglichen mit andern Städten wie Berlin, Frankfurt oder Hamburg, eher ruhig zu. Wir haben es auch mit illegalen Prostituierten zu tun, mit Zigaretten- und Drogenschmugglern und hier und da auch mal mit Menschenhändlern, aber wenn wir in dem Bereich ermitteln, dann in der Regel in Zusammenarbeit mit dem LKA. Wir schieben eher eine ruhige Kugel. Geht nach Frankfurt oder Berlin, die haben riesige Dezernate, weil die Kriminalitätsrate dort doch um ein Vielfaches höher ist. Wir sind gerade mal sechs Leute, Gerd noch eingerechnet. Okay, bei unsern Kollegen vom LKA sieht das schon wieder anders aus, die haben aber auch ganz andere Kompetenzen und Einsatzbereiche. In den vergangenen vier Wochen hatten wir zwei Abschiebungen. Ich meine, es handelte sich um eine Russin und eine Weißrussin. Eine davon hat Gerd persönlich betreut und zum Schiff gebracht. Aber ich schweife ab. Wie wollt ihr weiter vorgehen?«

»Wir warten das Obduktionsergebnis ab, vorher unternehmen

wir gar nichts. Wir werden aber gleich noch mit Konrad reden und dann nach Hause fahren. Heute können wir eh nichts mehr tun.«

»Kinders, das ist mir alles zu hoch. Ich frag mich nur … Nein, diese Frage stell ich mir jetzt noch nicht. Ich will erst sicher sein, dass Gerd ermordet wurde.«

Henning und Santos standen auf, nickten Ziese zu, und Henning sagte: »Wir bringen das Notebook zur KTU und melden uns bei dir, sobald wir Genaueres wissen. Mach's gut.«

Ziese erwiderte nichts darauf, sondern erhob sich ebenfalls und stellte sich ans Fenster. Er schien mit seinen Gedanken auf einmal weit weg zu sein. Die Hände in den Taschen seiner Cordhose vergraben, wandte er Henning und Santos den Rücken zu, als sie das Zimmer verließen.

Draußen sagte Santos: »War es richtig, ihn schon jetzt in alles einzuweihen?«

»Er hätte es doch sowieso erfahren. Ob jetzt oder morgen, das ist doch egal. Komm, ich will endlich dieses Notebook loswerden und dann mit Konrad reden. Außerdem hat er längst nicht alles erfahren, zum Beispiel, woher Gerd das viele Geld hatte. Und das mit den Uhren weiß er auch nicht. Ich meine, ich würd's auch nicht glauben, hätt ich's nicht mit eigenen Augen gesehen.«

Sie lieferten das Notebook bei Kommissar Noll in der Kriminaltechnik ab und baten darum, so schnell wie möglich über den Festplatteninhalt informiert zu werden. Um kurz nach sechs begaben sie sich zum Kriminaldauerdienst, wo wie so oft hektisches Treiben herrschte. Sie fanden Oberkommissar Konrad an seinem Schreibtisch, wo er sich mit einer Kollegin unterhielt. Er blickte zur Seite, als Henning und Santos näher traten.

»Ihr kommt wegen Gerd?«, fragte Konrad, ein beleibter und ungepflegt wirkender Mittvierziger mit langen braunen Haaren, dunklen Augen, unter denen dicke Tränensäcke sich wie Wasserschläuche aufblähten, und Bartstoppeln, die wild in seinem Gesicht wucherten. Es kursierte das Gerücht, er würde gern die Hand aufhalten und es mit dem Gesetz bisweilen nicht allzu genau zu nehmen. Außerdem sagte man ihm nach, nicht zimperlich mit potenziellen und überführten Straftätern umzugehen. Doch nachweisen konnte man ihm bisher nichts, da es offenbar einige in seinem Umfeld gab, die ihm den Rücken freihielten. Von seinem Privatleben war Henning nichts bekannt, lediglich, dass er bereits zum vierten Mal geschieden war.

»Erraten. Können wir kurz allein reden?«, erwiderte Henning, der eine tiefe Aversion gegen Konrad hegte, schon seit sie sich das erste Mal vor zehn Jahren über den Weg gelaufen waren. Sein Blick hatte etwas Finsteres, Bedrohliches, seine Hände waren groß und fleischig, das Abbild des bösen Bullen, den er nur zu gern raushängen ließ.

»Gehen wir in den Besprechungsraum.«

Dort angekommen, sagte Konrad, dessen Atem unangenehm nach Zigarettenrauch roch, als er direkt vor Henning stand und ihm in die Augen blickte, mit monotoner, schnarrender Stimme: »Ich bin vorhin schon angerufen worden, deshalb bin ich auch früher hier angetanzt. Das mit Gerd ist tragisch, vor allem, wenn man bedenkt, dass ich einer der Letzten war, der ihn gesehen hat. Wie kann ich euch helfen?«

»Wir haben erfahren, dass du gestern mit Gerd eine Observierung durchgeführt hast. Um was ging's dabei?«

»Hat das was mit seinem Selbstmord zu tun?«, fragte er misstrauisch.

»Unter Umständen. Also?«

»Ich kann euch beruhigen, es war ein reiner Routineeinsatz, der alles andere als aufregend war. Wir haben das Steigenberger observiert, weil wir einen Hinweis erhalten haben, dass

ein Waffenhändler dort abgestiegen sein soll, um sich möglicherweise mit ein paar andern Typen da zu treffen. War
aber nicht so, wenigstens nicht, solange wir da waren. Wir
haben weder ihn noch eine andere gesuchte Person zu Gesicht bekommen, obwohl er eingecheckt hatte.«

»Wann war euer Einsatz beendet?«

»Um dreiundzwanzig Uhr wurden wir abgelöst. Aber auch die
Kollegen hatten kein Glück. Wir sind offenbar geleimt worden, oder man hat uns bewusst mit falschen Informationen gefüttert.«

»Wer?«

Konrad zuckte mit den Schultern. »Keine Ahnung. Wir haben
die Information am Nachmittag erhalten und Gerd dazuge-
holt, der bis kurz davor nichts davon wusste.«

»Wie wir erfuhren, hast du ihn zu Hause abgeholt. Hast du ihn
später auch nach ...«

Konrad unterbrach Henning mit einer abrupten Handbewegung. »Wer erzählt denn so'n Quatsch? Ich hab ihn nicht abgeholt.«

»Aber du hast ihn nach Hause gefahren.«

»Wollt ihr mich verarschen?!«, blaffte er Henning und Santos
an, wobei seine Augen wütend funkelten und er eine drohende
Haltung einnahm. Henning konnte sich auf einmal sehr gut
vorstellen, wie er mit Verdächtigen oder Festgenommenen um-
sprang. »Noch mal zum Mitschreiben. Ich habe ihn weder abgeholt noch nach Hause gefahren. Nachdem wir abgelöst wurden, bat er mich, ihn an der Ostseehalle abzusetzen. Ich hatte
ihn zuvor gefragt, ob er noch was vorhat oder ob wir noch'n
Bier trinken gehen, aber er hat nur gemeint, heute nicht. Weitere Fragen hab ich mir erspart, sein Wunsch war mir Befehl.
Er schien nicht gerade gut drauf gewesen zu sein. Zufrieden?«

»Inwiefern war er nicht gut drauf?«, fragte Santos, die noch
Ninas Worte im Ohr hatte, dass Gerd, als sie ihn um Mitter-

82

nacht angerufen hatte, so gar nicht den Eindruck erweckt hatte, als würde er beabsichtigen, sich zwei oder zweieinhalb Stunden später das Leben zu nehmen. Aber in den letzten Stunden war Gerds Tod immer rätselhafter und verwirrender geworden. Es gab zu viele Unklarheiten und wahrscheinlich auch Lügen.

»Keine Ahnung, er hat kaum ein Wort geredet, sich einen Kaugummi nach dem andern in den Mund gesteckt und schien nicht bei der Sache zu sein. Ich hab ein paarmal versucht, mit ihm zu reden, aber er hat sich auf kein Gespräch eingelassen. Er war gestern Abend schon ein bisschen komisch drauf.«

»Wann hast du ihn an der Ostseehalle abgesetzt?«

»Das kannst du dir leicht selber ausrechnen. Um elf trafen die Kollegen vom LKA ein, also war's so gegen zehn nach, Viertel nach elf …«

»Moment, LKA? Wer hat denn nun die Information bekommen, ihr oder das LKA?«

»Mein Gott, du stellst vielleicht Fragen! Das LKA, aber wir wurden gebeten, den ersten Teil der Observierung vorzunehmen. Mann, frag die doch selber, die haben die Infos bekommen und uns gebeten mitzumachen.«

»Und dann, ich meine, als die andern da waren?«

»Ich bin zurück ins Präsidium, war dort bis heute Morgen um sechs und bin dann nach Hause. Warum interessiert euch das alles?«

»Weil wir wissen wollen, was Gerd in den letzten Stunden vor seinem Tod gemacht hat. Wenn ein Kollege ums Leben kommt, ganz gleich, ob durch Selbstverschulden oder …«

»Mein Gott, ich kenne das auswendig. Kommt auf den Punkt. Wann hat er sich umgebracht?«

»Wird die Autopsie ergeben. Wir haben noch nicht mal einen Anhaltspunkt. Wirkte er gestern ungewöhnlich nervös oder fahrig?«

83

»Nee, aber ich kannte ihn ja kaum, weil ich nur selten was mit ihm zu tun hatte. Deshalb kann ich nicht beurteilen, ob er anders war als sonst. Auf jeden Fall erschien er mir ziemlich mies gelaunt und vielleicht auch nervös.«

»Hat er telefoniert, während ihr unterwegs wart?«

»Einmal ganz kurz. Er hat gemeint, er müsse mal pinkeln gehen, dann hat er aber draußen sein Handy rausgeholt und jemanden angerufen. Was geredet wurde, konnte ich nicht verstehen. Er hat gepinkelt und telefoniert.«

»Also war es kein dienstliches Gespräch?«

»Mein Gott, woher soll ich das denn wissen? Ich gehe mal davon aus, sonst wäre er ja wohl im Wagen geblieben.«

»Und wann war das ungefähr?«

Konrad überlegte und antwortete nach einer Weile: »Zehn, halb elf, genau hab ich's nicht mehr im Kopf. Nicht lange danach wurden wir abgelöst. Wird wohl so gegen halb elf gewesen sein.«

»Könnte es auch sein, dass er angerufen wurde, als er mal austreten musste?«

Konrad rollte mit den Augen und sagte sichtlich genervt: »Nein, er hat sein Handy aus der Hemdtasche geholt und eine Nummer gewählt, das hab ich nämlich zufällig gesehen. Wenn ihr jetzt wissen wollt, ob ich ihn gefragt habe, mit wem er telefoniert hat, nein, hab ich nicht, weil's mich nicht interessiert hat.«

»Wurde er später vielleicht mal angerufen?«, fragte Santos gelassen, auch wenn sie Konrads Art nicht leiden konnte, vor allem aber seine Blicke, die immer wieder zu ihr wanderten, als wollte er sie ausziehen und am liebsten über sie herfallen. Sie fragte sich, wie er wohl mit Frauen im Allgemeinen umging. Bestimmt nicht wie ein Gentleman, dachte sie. Allein die Vorstellung, von ihm angefasst zu werden, löste bei ihr mehr als nur Unbehagen aus. Sie wollte es sich auch gar nicht vorstellen.

»Nicht, solange wir zusammen waren.«

»Alles klar, das war's schon. Sollte dir doch noch was einfallen, du weißt ja, wo du uns findest.«

»Mir fällt garantiert nichts mehr ein, ich hab nämlich schon reichlich überlegt, was gestern Abend so war. Tja, es ist zum Kotzen, unser Job frisst irgendwann jeden von uns auf.«

»Nicht jeden, aber einige«, bemerkte Santos. »Wir sehen uns spätestens auf der Beerdigung. Du kommst doch, oder?«

»Wenn ich bis dahin nicht gerade auf dem Sterbebett lieg oder bei einem Einsatz ums Leben gekommen bin ...«

»Scherzkeks.«

Sie verließen das Besprechungszimmer. Konrad blieb noch kurz auf dem Gang stehen und sah ihnen nach.

Außer Hörweite, sagte Santos: »Dieser Kerl geht mir mächtig auf'n Senkel. Hast du gesehen, wie der mich die ganze Zeit angeglotzt hat?«

»Der ist nun mal so. Nimm's locker.«

»Was soll's, ich muss ja zum Glück nicht mit ihm zusammenarbeiten. Seine Aussage war allerdings ziemlich aufschlussreich, macht die Sache aber gleichzeitig immer mysteriöser. Wenn das stimmt, was Konrad gesagt hat, dann hat Gerd Nina angelogen. Noch mal von vorn. Als Nina ihn um Mitternacht angerufen hat, wo war er da? An der Ostseehalle? Er hätte aber auch genauso gut schon zu Hause sein können ...«

»Stopp mal, nicht so schnell. Konrad muss spätestens um halb zwölf im Präsidium gewesen sein. Das lässt sich leicht nachprüfen, das Büro des KDD ist immer besetzt. Mich interessiert vielmehr, warum sich Gerd ausgerechnet an der Ostseehalle hat absetzen lassen? Und mich interessiert außerdem, mit wem er telefoniert hat, als er angeblich nur pinkeln ging? Ich meine, das lässt sich ganz leicht rauskriegen, vorausgesetzt, er hat von seinem normalen Handy aus telefoniert.«

»Ich sag's ja ungern, aber ich werde das Gefühl nicht los, dass

85

Gerd Geheimnisse hatte. Nur welcher Art? Denkst du dasselbe wie ich?«

»Ich weiß zwar nicht, was du denkst, aber ich schlage vor, dass wir uns mal so richtig in seinem Haus umsehen.«

»Und wir sollten die Nachbarn befragen, ob ihnen letzte Nacht irgendetwas Ungewöhnliches aufgefallen ist. Wäre ja immerhin möglich, dass zufällig jemand ein fremdes Auto gesehen hat, das die verkehrsberuhigte Straße entlanggefahren ist.«

Henning schloss für einen Moment die Augen. »Ich kann nicht mehr klar denken, ich habe nämlich einen Wahnsinnshunger. Lass uns jetzt erst mal was essen, dann sehen wir weiter. Ich mag mir gar nicht ausmalen, dass Gerd sich in etwas reingeritten hat, aus dem er nicht mehr rauskam. Vielleicht kannte ich ihn überhaupt nicht, und der wahre Gerd war ein mir völlig Fremder«, sagte er, als sie am Büro anlangten. Sie gingen hinein. Harms war noch immer da, als hätte er darauf gewartet zu hören, was seine Beamten mit Ziese und Konrad besprochen hatten.

Sie erstatteten ihm einen kurzen Bericht, bei dem der Gesichtausdruck von Harms zunehmend nachdenklicher wurde und er schließlich fragte: »Und wie wollt ihr weiter vorgehen?«

»Fragen stellen, sehr viele Fragen stellen. Aber nicht mehr heute«, sagte Santos. »Außerdem sollten wir erst das Obduktionsergebnis abwarten, bevor wir überhaupt etwas unternehmen.«

Harms sah Santos an und meinte beinahe väterlich: »Lisa, ich kenn dich schon viel zu lange, du kannst mir nichts vormachen. Ihr beide habt doch längst einen Plan ausgeheckt. Hab ich recht?«

Sie hob die Hand zum Schwur und entgegnete: »Haben wir nicht. Wir wissen ja nicht mal, wo wir ansetzen sollen. Wir haben uns vorgenommen, sein Haus auf den Kopf zu stellen, wir werden die Nachbarn befragen, wir werden noch mal mit Nina sprechen, und wir können nur hoffen, dass wir einen

Anhaltspunkt finden. Wir machen uns aber jetzt vom Acker und sehen, wie wir morgen vorgehen. Tschüs und schönen Abend noch.«

»Euch auch.«

Auf dem Weg nach unten sagte Henning: »Ich möchte nach dem Essen noch mal zu Nina. Ich hab so viele Fragen.«

»Ich halte das für keine so gute Idee. Wir sollten warten, bis wir das Obduktionsergebnis haben. Wir können ihr alle Fragen stellen, sobald wir den Beweis haben, dass er keinen Selbstmord begangen hat.«

»Brauchen wir wirklich noch diese letzte Bestätigung?«

»Sören, ich will vermeiden, dass wir voreilig handeln. Kein Schnellschuss. Es kann doch auch sein, dass er an der Ostseehalle sein Auto stehen hatte und ...«

»Blödsinn! Warum sollte er ...«

»Weil er vielleicht nicht wollte, dass man seine Nobelkarosse auf dem Präsidiumshof sieht und dumme Fragen stellt? Komm, wir gehen essen und fahren dann nach Hause und warten auf den Bericht von Jürgens.«

»Wie du meinst.«

Sie kehrten bei einem Italiener ein, aßen Spaghetti mit Knoblauchsoße und tranken jeder ein Glas Rotwein. Sie waren noch nicht ganz fertig, als Henning einen Anruf aus der Kriminaltechnik erhielt.

»Ja?«, meldete er sich.

»Es geht um das Notebook von Gerd. Willst du's am Telefon hören oder es dir lieber hier vor Ort anschauen?«

»Wieso?«

»Ich hab was Interessantes gefunden. Wenn du dich beeilst, zeig ich's dir heute noch, ansonsten morgen. Wir haben immerhin schon halb acht, und ich hab noch was vor.«

»Wir sind gleich bei dir«, sagte Henning und steckte das Handy ein.

»Was ist?«, fragte Santos.

»Leg dein Besteck hin, wir sollen in die KTU kommen, es geht um Gerds Notebook.« Er ging zur Kellnerin, beglich die Rechnung und fuhr noch einmal ins Präsidium. Ohne anzuklopfen, betraten sie das Büro, in dem sich nur noch Werner Noll aufhielt, sechsundzwanzig Jahre alt und ein wahres Computergenie.

Er blickte kurz auf und sagte: »Wurde auch Zeit …«

»He, he, es ist gerade mal zehn Minuten her, seit …«

»Verstehst auch keinen Spaß mehr, was?«, erwiderte Noll, ohne eine Miene zu verziehen. »Nehmt euch jeder einen Stuhl und setzt euch, ich hasse es, wenn jemand neben oder hinter mir steht.« Und nachdem sich Henning und Santos gesetzt hatten: »Spiele, nichts als Spiele.«

»Hä? Und dafür lässt du uns hier antanzen?«, blaffte Henning ihn an. »Das weiß ich selber schon.«

»Na ja, Spiele aller Art, aber auch was anderes. Kurzen Moment, dauert noch ungefähr zwei Minuten.«

»Was denn?«, fragte Henning, ungeduldig mit den Fingern auf seine Oberschenkel klopfend.

Noll sah ihn nur an und grinste. »Nicht so nervös. So, gleich ist es so weit … Voilà, the message.«

Henning und Santos starrten sprachlos auf den Bildschirm, bis Noll sagte: »Ist ein Screensaver. Ihr könnt das Zeug immer und immer wieder lesen. Er springt nach genau sieben Minuten an.«

»Das gibt's doch nicht«, stieß Henning hervor. »Das kann nicht wahr sein!«

»Ein Abschiedsbrief als Bildschirmschoner. Öfter mal was Neues«, entgegnete Noll lakonisch.

»Liebe Nina. Wenn du das hier liest, bin ich schon nicht mehr am Leben. Ich habe Rosannas Tod nicht verwunden, und es tut mir leid, aber ich kann nicht anders, als ihr zu folgen. Sie war mein Ein und Alles. Liebste Nina, bitte verzeih mir. Geh zurück zu deinen Eltern und such dir einen andern Mann, dann wirst du mich auch schnell vergessen. Gerd.«

»Sag mal«, fragte Santos ruhig, »sind da irgendwelche Programme drauf, mit denen man so was kreieren kann? Ich meine, ich könnte das nicht, ich wüsste gar nicht, wie das geht.«

»Schön, dass du mitdenkst«, erwiderte Noll mit hochgezogenen Brauen. »Um deine Frage zu beantworten, nein, es ist kein entsprechendes Programm drauf. Auf dieser Festplatte befinden sich ausschließlich Spiele und ebendas hier. Was sagt uns das?«

Henning zuckte mit den Schultern, und auch Santos sah ihn ratlos an.

»Ich verrat's euch. Dieser Screensaver wurde auf einem andern Rechner gestaltet und auf diesen hier übertragen. Ohne Programm, einfach nur als Datei, die unter Windows läuft. Nächste Frage.«

»Hast du irgendwelche alten Dateifragmente entdeckt?«, wollte Henning wissen.

»Nein, die Platte ist praktisch jungfräulich. Die Spiele wurden erst vor kurzem draufgeladen, das neueste ist eigentlich noch gar nicht auf dem Markt. Es erscheint offiziell erst in drei Wochen, und die Softwarehersteller sind da sehr genau, was die Auslieferungstermine angeht. Ich frag mich auch, woher Gerd das hatte oder gehabt haben sollte. Er kann es nur illegal erworben haben.«

»Blödsinn. Kommen wir zum Wesentlichen. Wenn ich dich recht verstanden habe, hat er die Festplatte gelöscht und …«

»Nee, nee, so einfach ist das nicht. Gerd hat öfter mal bei mir reingeschaut und mich um Rat gefragt, wenn es um PC-Angelegenheiten ging. Er war ein ziemlicher Laie, die Grundbegriffe beherrschte er zwar einigermaßen, das heißt Briefe schreiben und so weiter, aber glaubt mir, allein bei Word oder Excel

89

kannte er maximal zwanzig Prozent der Funktionen, und das ist schon sehr hoch gegriffen.«

»Was willst du damit andeuten?«

»Ganz einfach – ich kann mir nicht vorstellen, dass er das hier gewesen sein soll«, sagte Noll, lehnte sich zurück und deutete mit einer Hand auf den Bildschirm. »Ich meine, wie sollte Gerd so einen perfekten Screensaver herstellen, wo er doch ein absoluter Amateur war? Schaut euch nur diese geile Grafik an, da war ein Perfektionist am Werk. Allein die Gestaltung des Hintergrunds erfordert eine mächtige Portion Knowhow, das Gerd nicht hatte. He, er war erst vor ein paar Tagen wieder hier und hat sich von mir ein paar Excel-Sachen erklären lassen. Ich hab's versucht, ob er's allerdings kapiert hat, wage ich zu bezweifeln. Und noch was – eine Festplatte komplett zu löschen, ohne Spuren, sprich Fragmente zu hinterlassen, das funktioniert alles andere als einfach, dass schaffen nur Profis. Und das war Gerd definitiv nicht. Er hätte wahrscheinlich das gemacht, was die meisten tun, nämlich die Platte einfach neu formatiert, um beispielsweise ein neues Betriebssystem zu installieren. Aber hier ist Windows Vista drauf, das erst seit kurzem auf dem Markt ist, Spiele und der Screensaver. Ich hab mal mein Spezialprogamm abgespult und im Schnelldurchgang alles durchgecheckt und nichts sonst entdeckt. Wenn ihr mich fragt, wurde die alte Platte gegen diese ausgetauscht, ob von Gerd oder von jemand anderem, das müsst ihr herausfinden. Mir kommt das jedenfalls ein bisschen sehr seltsam vor. Oder Gerd war doch gewiefter, als ich dachte.« Er verzog den Mund und schüttelte den Kopf. »Nee, war er nicht, dafür lege ich meine Hand ins Feuer. Der hatte von Computern eigentlich null Ahnung. Er konnte einigermaßen damit arbeiten, wie es jeder hier im Präsidium können muss, mehr aber auch nicht.«

»Danke für deine Hilfe«, sagte Henning und erhob sich. »Machst du morgen noch mal einen Durchlauf?«

»Pure Zeitverschwendung. Ich kann ja mal die Festplatte raus-
nehmen und mir auch sonst das Innenleben des guten Teils angucken, aber ...«

»Tu's bitte, du brauchst doch höchstens 'ne halbe Stunde dafür.
Du würdest mir einen großen Gefallen tun.«

»Euer Auftrag ist mir Befehl. Und jetzt raus, meine Freundin
wartet, und unsere Lieblingsserie fängt in einer Stunde an. *Dr.
House* und danach *Monk*. Kennt ihr doch, oder?«

Ohne etwas zu erwidern, verließen Henning und Santos das
Büro. Auf der Fahrt zu ihr verloren sie kein Wort über das
Gehörte und Gesehene. Erst als sie vor Santos' Wohnung standen, sagte sie: »Wir reden heute nicht mehr über Gerd. Versprochen?«

»Versprochen.«

DIENSTAG, 20.45 UHR

»Ich muss unbedingt duschen«, sagte Santos und warf Henning diesen ganz speziellen Lisa-Santos-Blick zu, den er nur zu
gut kannte. Aufforderung im Blick, Aufforderung in der Stimme, doch nicht unangenehm, ganz im Gegenteil, eine Aufforderung, der er gern nachkam. Wann immer Lisa unter Stress
stand, wollte sie seine Nähe spüren, wandte sie sich nicht ab,
wie viele andere es getan hätten.

»Ich auch«, erwiderte er und folgte ihr ins Bad, wo sie sich fast
eine Stunde aufhielten. Anschließend setzten sie sich aufs Sofa,
machten den Fernseher an, und Lisa schlief an Hennings Schulter ein, während in seinem Kopf ein Karussell kreiste. Irgendwann machten sich auch bei ihm der Stress und die Anspannung des vergangenen Tages körperlich bemerkbar, und ihm
fielen die Augen zu. Um kurz nach elf wurden sie von Hennings Handy geweckt – Prof. Jürgens.

»Ich hab doch gesagt, es könnte spät werden. Und da ich auch endlich nach Hause will, nur ganz schnell Folgendes: Euer Kollege kann sich unmöglich selbst ins Jenseits befördert haben, das haben ein oder mehrere andere für ihn erledigt. Ich habe in seinem Blut eine ziemlich hohe Konzentration Flunitrazepam nachweisen können. Damit hätte man einen Elefanten von den Beinen geholt ... Na ja, nicht ganz, aber ...«

»Augenblick«, sagte Henning, der mit einem Mal hellwach war, »Fluniwas?«

»Rohypnol oder auch K.-o.-Tropfen. Gehört zur Gruppe der Benzos. Dazu kommt eine Blutalkoholkonzentration von 1,1 Promille, in seinem Magen befand sich Wodka, aber beileibe nicht zwei Flaschen. In seiner Lunge war kein Kohlenmonoxid feststellbar, woraus was gefolgert werden kann?«

Für einen Moment herrschte Stille, dann sagte Henning: »Willst du damit andeuten, dass Gerd bereits tot war, als er ins Auto gesetzt wurde?«

»Sieht ganz so aus.«

»Und wenn er das Zeug genommen hat, nachdem er das Auto präpariert hat?«

»Pass auf, wenn du Fluni in der von mir sichergestellten Dosis zu dir nimmst, bist du relativ schnell im Reich der Träume, das heißt nicht ganz, in der Regel übergibst du dich erst mal, was Gerd getan hat, wie ich ebenfalls feststellen konnte. Ihm wurde hundeübel, er hat gekotzt, und danach ist er allmählich weggedämmert. Habt ihr Erbrochenes im oder um das Auto herum gefunden? Oder im Haus?«

»Keine Ahnung, da muss ich die Spusi fragen.«

»Tu das. Wenn nichts gefunden wurde, hat jemand gründlich sauber gemacht. Aber kommen wir zurück zum Ablauf, wie ich ihn mir vorstelle. Wenn du schläfst, bist du normalerweise nicht mehr in der Lage, auch nur einen einzigen Schluck zu dir zu nehmen. Ich kenne jedenfalls keinen, der das schafft. Im

Umkehrschluss heißt das, jemand muss ihm den Wodka einge-
flößt haben, bevor Gerd quasi ohnmächtig wurde. Man wollte
es wie einen Suizid aussehen lassen, aber solche Spielchen spielt
man nicht mit mir.«
Henning war verwirrt, weil er nicht begriff, was Jürgens sagte.
»Und wenn er erst den Wodka und dann die K.-o.-Tropfen ...«
»Sören, noch mal zum Mitschreiben, hätte Gerd zwei Flaschen
Wodka innerhalb von sagen wir einer Stunde leer gemacht,
glaub mir, er wäre da schon nicht mehr fähig gewesen, auch nur
einen Schritt vor den andern zu setzen. Vor allem, da er an Alkohol ja angeblich überhaupt nicht gewöhnt war, was im Prinzip auch seine Leber und die Bauchspeicheldrüse dokumentie-
ren. Nach anderthalb Liter Wodka wäre er tot gewesen, weil er
mindestens vier Promille gehabt hätte. Vier Promille hält jedoch nur ein erfahrener Trinker aus, aber keiner, der nur ab
und an mal ein Glas Bier oder Wein trinkt. Außerdem hätte er
sich spätestens nach einer halben Flasche schon das erste Mal
übergeben, aber das hat er bereits getan, nachdem er das Fluni
intus hatte. Ich kann dir sogar ganz genau sagen, wie viel Wodka sich in seinem Magen befand, als wir ihn aufmachten ... Moment, hier hab ich's, das waren ziemlich exakt sechshundert-
zehn Milliliter oder 0,61 Liter. Die Blutalkoholkonzentration
wäre jedoch, hätte er diese Menge freiwillig zu sich genommen
und wäre er am Leben geblieben, wesentlich höher gewesen,
insbesondere, da außer dem Wodka nur geringe Essensreste
vorhanden waren, die er nicht mit dem Fluni ausgekotzt hat.
Wodka auf nüchternen Magen bekommt keinem. Weil er aber
offensichtlich bereits kurz nach der Einnahme der K.-o.-Trop-
fen gestorben ist, konnte der Alkohol nur noch teilweise in den
Blutkreislauf gelangen. Ach ja, statt Kohlenmonoxid fanden
wir auch Wodka in seiner Lunge, das heißt, er hat sich noch
einen hinter die Binde gekippt, als er schon im Sterben lag.
Kleiner Scherz. Du kannst es drehen und wenden, wie du

willst, es war Mord. Da hat sich jemand recht große Mühe gegeben, aber eben nicht genug. Und jetzt seid ihr an der Reihe, ich habe meine Aufgabe erfüllt. Morgen Vormittag werde ich die Staatsanwaltschaft entsprechend informieren. Das heißt, ich gebe euch zwölf Stunden Vorsprung ab jetzt. Mehr kann ich für euch nicht tun.«

»Danke. Auch dafür, dass du dir die Nacht um die Ohren geschlagen hast.«

»Gern geschehen. Und jetzt will ich nur noch heim. Meldet euch, wenn ihr was habt, ich bin verdammt neugierig.«

»Sicher«, meinte Henning und wollte bereits auf Aus drücken, als er schnell noch sagte: »Stopp! Was ist mit dem Todeszeitpunkt?«

»Ach ja, hätt ich doch beinahe vergessen. Zwischen zwei und halb drei letzte Nacht. Lisa hatte übrigens recht mit ihrer Uhrzeit. Sie muss einen sechsten Sinn haben. Tschüs.«

Henning sah Santos an, die mitgehört hatte, und meinte: »Lass uns zu Nina fahren, ich habe eine Menge Fragen.«

»Um diese Zeit?«

»Wann sonst? Wir wollen doch unsern schmalen Vorsprung sinnvoll nutzen, oder?«, sagte er mit einem Augenzwinkern und ging noch einmal ins Bad, um sich das Gesicht zu waschen und die Haare zu kämmen. Er war müde und hätte sich lieber ins Bett gelegt und lange geschlafen, aber sein Jagdinstinkt war geweckt worden, und wenn dies der Fall war, konnte er sowieso nicht einschlafen, er hätte nur wach gelegen und gegrübelt. In ihm war jene Unruhe, die ihn antrieb und zu Höchstleistungen beflügelte. Zumindest manchmal. Santos kam zu ihm, wusch sich die Hände und benetzte ihr Gesicht mit Wasser, warf einen langen Blick in den Spiegel und trocknete sich ab.

»Fertig?«, fragte er, während er an den Türrahmen gelehnt dastand, die Arme verschränkt.

»Fertig«, antwortete sie mit einem gequälten Lächeln.

94

DIENSTAG, 23.35 UHR

Um fünf nach halb zwölf hielten sie vor Wegners Haus. Die Rollläden waren heruntergelassen, nur durch einige Ritzen schimmerte noch Licht. Die Straße war wie in den meisten Orten rund um die Ostsee, Kiel eingeschlossen, wie ausgestorben, wenn die Urlaubszeit noch nicht angebrochen war. Jetzt, kurz vor Mitternacht, kam es ihnen vor, als befänden sie sich in einer Geisterstadt. Nichts war zu hören, geschweige denn zu sehen, nicht einmal ein bellender Hund oder eine Katze, die über die Straße schlich. Es war eine gespenstische Atmosphäre, zumindest empfand Santos dies so, auch wenn sie sich nicht fürchtete. Es gab ohnehin kaum etwas, wovor sie Angst hatte.

Sie klingelten und warteten, bis sich Ninas Stimme aus dem Lautsprecher meldete.

»Wir sind's, Sören und Lisa«, sagte Henning.

Nina öffnete. Sie trug noch immer die Kleidung vom Nachmittag. Ihre Augen hatten einen matten Glanz, als sie vor ihnen stand und sie wortlos an sich vorbeitreten ließ.

»Wir wissen, dass es sehr spät ist, aber …«

»Die Polizei klingelt doch sonst nur nachts, wenn sie jemanden verhaften kommt«, sagte Nina mit schwacher Stimme.

»Nicht immer. Wir müssen dir nur unbedingt ein paar Fragen stellen und uns noch mal genau umschauen«, erwiderte Santos, um Nina zu beruhigen.

»Um diese Zeit? Hätte das nicht bis morgen warten können?«

»Nein, leider nicht.« Und im Flüsterton: »Ist Gerds Mutter hier?«

Nina verneinte. »Du kannst ruhig ganz normal sprechen. Sie ist wieder nach Hause gefahren. Sie hat gemeint, sie würde es hier drin nicht aushalten. Damit hat sie aber nur ausdrücken wollen, dass sie es mit mir nicht aushält. Na ja, so ist sie nun mal, eine verbitterte alte Frau. Tut mir leid, wenn ich so rede, aber wir beide werden wohl nie zueinanderfinden. Ich glaube, sie gibt mir die Schuld an dem ganzen Leid, das ihrer Familie zugefügt wurde. Ich muss inzwischen damit leben.«

Sie nahmen im Wohnzimmer Platz. Auf dem Tisch lag eine aufgeschlagene Bibel. Nina griff danach und sagte: »Ich hoffte eine Lösung darin zu finden, vielleicht auch etwas Ruhe. Vorhin war ich in der Kirche und habe mit dem Pfarrer gesprochen. Aber glaubt mir, in dieser Situation kann keiner helfen. Doch irgendwie wird es schon weitergehen. Darf ich euch etwas anbieten? Ein Bier? Ich habe noch ein paar Flaschen da.«

Henning sah Santos an, als würde er von ihr Zustimmung erwarten, und antwortete: »Du brauchst dir keine Umstände zu machen.«

»Das sind keine Umstände, ich bin froh, dass ihr hier seid. Du auch, Lisa?«

»Ausnahmsweise.«

»Gut, dann geh ich mal was holen. Lisa, du weißt ja, wo die Gläser stehen, wenn du so lieb wärst und …«

»Natürlich«, sagte Santos, stand auf und ging zum Schrank, nahm drei Gläser und Untersetzer heraus und stellte sie auf den Tisch.

Nina kehrte kurz darauf mit dem Bier zurück und schenkte ein. Sie prosteten sich zu.

Nina trank einen Schluck und sagte: »Und jetzt verratet mir, warum ihr mitten in der Nacht zu mir kommt.«

Henning wischte sich mit dem Handrücken über den Mund und antwortete: »Zum einen möchten wir dir mitteilen, dass du recht hattest. Gerd hat keinen Selbstmord begangen, das haben wir vor etwa einer halben Stunde erfahren.«

Nina zuckte mit den Schultern und erwiderte: »Ich habe nichts anderes erwartet. Wie ist er gestorben?«

»Das können wir dir leider noch nicht beantworten, erst morgen.«

96

»Und warum nicht jetzt?«

»Weil wir es offiziell noch gar nicht wissen dürfen. Aber das ist nicht der alleinige Grund, weshalb wir hier sind …«

»Und was sind die andern Gründe?«, fragte Nina und pustete gekonnt eine Strähne weg, die über dem rechten Auge hing. Sie saß vornübergebeugt, die Arme auf den Schenkeln, und drehte zwischen den langen, schmalen Fingern langsam das noch halb volle Glas.

»Wir müssen mehr über Gerd erfahren …«

Nina lachte sarkastisch auf und entgegnete: »Was wollt ihr denn wissen? Ihr kanntet ihn doch, ihr habt euch fast täglich im Präsidium gesehen. Was soll ich euch denn noch groß über ihn erzählen?«

»Nina, es gibt so viele Ungereimtheiten, und wir wollen doch nur seinen Mörder fassen. Du könntest uns dabei helfen, auch wenn einige Fragen dir vielleicht seltsam erscheinen mögen oder dir unangenehm sind.«

»Red nicht lange um den heißen Brei herum, frag einfach. Ich glaube aber kaum, dass ich euch behilflich sein kann.«

»Sag mir noch mal, wann du Gerd letzte Nacht angerufen hast.«

»Ziemlich genau um Mitternacht, aber das weißt du doch.«

»Und wo war er da gerade?«

»Bei einer Observierung, und das hab ich dir auch schon heute Nachmittag gesagt«, antwortete Nina mit verständnislosem Blick.

»Und mit wem?«

»Mit wem, mit wem? Woher soll ich das wissen? Ich weiß nur, dass er mit einem Kollegen unterwegs war.«

»Wir haben mit besagtem Kollegen vorhin gesprochen, und er hat glaubhaft versichert, dass die Observierung um Punkt elf beendet war, das heißt, sie wurden von einem andern Team abgelöst.«

»Was?« Nina sah Henning skeptisch an. »Das kann nicht sein, Gerd war …«

»Nina, glaub mir. Der Kollege hat Gerd noch gefragt, ob sie was trinken gehen wollen, aber Gerd hat abgelehnt. Er bat stattdessen, an der Ostseehalle abgesetzt zu werden. Ich sage es nur ungern, aber wie es aussieht, hat Gerd dich angelogen. Und noch mehr sieht es danach aus, als hätte er Geheimnisse vor dir gehabt. Laut Aussage des Kollegen soll Gerd zudem recht nervös gewirkt haben, und er soll auch mies drauf gewesen sein. Also ganz anders, als du uns euer letztes Telefonat geschildert hast.«

Nina wirkte plötzlich abwesend und sah an die Wand. Es war, als würde ihr Blick ins Leere gehen. Ihre Hände zitterten leicht, als sie das Glas auf den Tisch stellte. Sie schien mit dem Gehörten überfordert zu sein. Auch wenn sie versuchte, gelassen zu bleiben, konnte sie ihre Unruhe und Nervosität vor Henning und Santos nicht verbergen. Andere in ihrer Situation wären zusammengebrochen, hätten hysterisch geschrien und wären überhaupt nicht mehr ansprechbar gewesen. Aber nicht Nina, die eine nach außen hin beinahe stoische Ruhe zeigte, die jedoch nur eine perfekt aufgelegte Maske war.

»Ich kann das nicht glauben. Gerd hätte mich doch nie angelogen«, sagte sie, stand auf und fuhr sich mit beiden Händen durch das dichte Haar. »Es war Mitternacht, als ich mit ihm telefoniert habe, ich irre mich nicht. Es war Mitternacht …«

»Das glauben wir dir auch, aber er war zu diesem Zeitpunkt schon nicht mehr im Dienst. Und jetzt stellt sich uns die Frage, wo er zwischen Viertel nach elf und seinem Tod war. Fakt ist, dass er keinen Selbstmord begangen hat. Aber die drei Stunden vor seinem Tod fehlen uns. Wo war er, was hat er gemacht, mit wem hat er sich getroffen? Hat er sich überhaupt mit jemandem getroffen, und hat er vielleicht diesen jemand mit hergebracht?« Henning zuckte mit den Schultern und fuhr fort: »Wenn wir über seine letzten Stunden Bescheid wüssten, wäre

98

alles viel einfacher. Aber so haben wir nicht mal einen Anhaltspunkt, was geschehen sein könnte.«

»Und ihr meint, ich könnte euch helfen? Wie denn? Ich bin wie
vor den Kopf gestoßen von dem, was ihr mir sagt. Gerd und
ich hatten nie Geheimnisse voreinander, zumindest habe ich
das immer geglaubt. Ich schwöre euch, ich weiß nicht, wo er
gewesen sein könnte. Mir schießen auf einmal die verrücktesten Sachen durch den Kopf.« Sie rieb sich die Augen und sah
zum Fenster, hinter dem sich nichts als der heruntergelassene
Rollladen befand, und murmelte kaum hörbar, als spräche sie
mit sich selbst: »Vielleicht hatte er eine Geliebte, deren Mann
hinter das Verhältnis gekommen ist und …«

»Nina, das können wir so gut wie ausschließen. Betrogene
Männer betreiben nicht einen solchen Aufwand, wenn sie ihren Nebenbuhler beseitigen. Da wird entweder geschossen
oder zugestochen, das ist die Regel. So einen Aufwand wie bei
Gerd betreibt kein gehörnter Ehemann. Überleg noch mal
ganz genau, wie Gerd sich in letzter Zeit verhalten hat. Hat er
nie eine Andeutung gemacht, an was er gerade dran ist? Hat er
wirklich nie über seine Arbeit gesprochen? Ich meine, manchmal macht man Bemerkungen so nebenbei, um sie einfach los-
zuwerden. Hat ihn irgendwas belastet, oder hattest du das Gefühl, dass ihn etwas belastet?«

»Er war in den letzten Wochen oder sogar Monaten irgendwie
verändert. Er hat viel gegrübelt und war häufig abwesend, wenn
ich mit ihm sprach.« Mit einem Mal hielt sie inne, zog die rechte
Augenbraue hoch, fuhr sich mit der Zunge über die Lippen und
schaute Henning entschuldigend an. »Tut mir leid, aber ich hätte euch das schon am Nachmittag sagen sollen. Da war was, als
ich ihm von meiner Schwangerschaft erzählte. Ich hatte den
Eindruck, dass er alles andere als erfreut darüber war. Er hat
mich angesehen wie nie zuvor, es war ganz komisch. Eben so, als
würde er sich überhaupt nicht freuen. Aber das dauerte nur ein

paar Sekunden, denn ich habe ihn gefragt, was mit ihm los sei, worauf er sofort antwortete, gar nichts, er habe nur nicht mit einer solch wunderbaren Nachricht gerechnet. Das war's eigentlich schon. Aber jetzt im Nachhinein sehe ich noch ganz genau sein Gesicht vor mir, vor allem seine Augen. Er hat sich nicht gefreut, auch wenn er das immer wieder beteuert hat.«

»Wieso immer wieder?«, wollte Santos wissen.

»Na ja, ich habe ihn danach noch einige Male gefragt, ob er sich freut, und er gab mir das Gefühl, sich zu freuen. Mein Gott, was hat er bloß gemacht? Was wollte er an der Ostseehalle? Ich begreif das alles nicht. Warum hat er mich angelogen?«

»Wir hoffen das herauszufinden. Wir werden alle Telefonate der vergangenen Monate, die er von hier und seinem Handy aus geführt hat, überprüfen und natürlich auch die von seinem Dienstapparat. Auch wenn es bitter für dich ist, aber es muss etwas in seinem Leben gegeben haben, von dem du unter keinen Umständen etwas wissen durftest. Es kann auch sein, dass er dich einfach nur schützen wollte ...«

»Und ich dachte immer, dass wir über alles sprechen würden. Keine Geheimnisse, das hatten wir uns einmal geschworen. Und jetzt das. Das ist so ungerecht. Was hat er bloß getan?«

»Das finden wir heraus, das verspreche ich dir, denn das ist das wenigste, was wir für dich tun können. War er in den vergangenen Tagen, Wochen oder Monaten häufiger weg als früher?«

»Was meinst du?«

»Na ja, manche Männer kommen von der Arbeit nach Hause, duschen, essen und verabschieden sich wieder, angeblich, weil sie noch etwas Wichtiges oder Dringendes zu erledigen haben. Sei bitte ehrlich, wenn du antwortest.«

»Ich bin immer ehrlich. Nein, er war sehr viel zu Hause, außer wenn er Dienst hatte.«

»Was heißt sehr viel? War er doch hin und wieder unterwegs, auch wenn er nicht im Dienst war?«

»Schon, aber welcher Mann geht nicht ab und zu mal mit Freunden etwas trinken?«

»Dauerte der Dienst vielleicht manchmal länger als normal?«

»Nein. Aber was ist in eurem Beruf schon normal? Manchmal hat er acht Stunden gearbeitet, manchmal auch zehn oder zwölf. Und wenn er Bereitschaft hatte …«

Henning beugte sich nach vorn. Er hatte die Hände gefaltet und überlegte. Schließlich sagte er: »Dürfte ich bitte noch mal die Uhr sehen, die Gerd dir zum Geburtstag geschenkt hat?«

»Warum?«

»Einfach so«, schwindelte er.

»Sie liegt auf dem Sideboard. Ich verstehe zwar nicht …«

»Ich werde es dir gleich erklären«, sagte Henning, erhob sich und holte die Uhr, die wieder ganz normal tickte. Er hielt sie eine Weile in der Hand und betrachtete sie von allen Seiten – die eingravierte Nummer, die dieser Uhr das Zertifikat des absolut Persönlichen verlieh, das extrem aufwendig gestaltete Zifferblatt, die Mondphasenanzeige. Alles Handarbeit, aus Hunderten kleinster und winzigster Teile zusammengesetzt. »Das ist eine Patek Philippe. Hast du auch nur die geringste Ahnung, was eine solche Uhr kostet? Das ist ein kleines und sehr feines und sehr, sehr teures Kunstwerk.«

Nina holte tief Luft, trank von ihrem Bier und antwortete: »Ich kenne mich mit Uhren nicht aus, aber ich habe ja schon heute Nachmittag gesagt, dass ich glaube, dass sie nicht ganz billig war. Gerd war manchmal verrückt, er hat mir teure Geschenke gemacht und dabei vergessen, dass es Wichtigeres im Leben gibt als materielle Güter. Aber so war er nun mal.«

Henning hielt die Uhr in der Hand und sagte: »Mag sein. Doch das hier ist nicht nur ein teures Geschenk, das ist Luxus pur. Ich bin zwar auch kein Experte, aber ich vermute, dass sie mindestens zwanzigtausend Euro gekostet hat.«

Ninas schrilles Lachen erfüllte das ganze Zimmer. »Zwanzigtausend Euro?! Nie im Leben! Woher hätte Gerd so viel Geld haben sollen? Nein, nein, nein, du musst dich irren! Vielleicht hat er sie bei E-Bay erstanden oder bei einer Auktion, aber er hat bestimmt nicht zwanzigtausend Euro ausgegeben, dazu kenne ich ihn viel zu gut. Er hat schon des Öfteren Schnäppchen gemacht wie diese Couchgarnitur, die eigentlich zwölf- oder dreizehntausend hätte kosten sollen, aber das Möbelgeschäft hat zugemacht, und er hat die Sachen für dreitausend bekommen.«

»Das mit der Couchgarnitur mag ja sein. Aber glaub mir, die Uhr ist mindestens so viel wert, es sei denn, es handelt sich um eine Fälschung. Wir können das ganz leicht von einem Experten überprüfen lassen. Was ist eigentlich mit dem Haus? Ist es abbezahlt?«

Ninas Haltung straffte sich, ihr Blick, in dem auf einmal ein gefährliches Feuer loderte, wanderte von Henning zu Santos und wieder zu Henning, bevor sie leise, aber sehr scharf sagte: »Worauf wollt ihr hinaus?«

»Beantworte bitte meine Frage. Ist das Haus abbezahlt oder nicht?«

»Weißt du, Sören, ich hätte alles von dir erwartet, aber nicht so was. Du denkst allen Ernstes, Gerd könnte korrupt gewesen sein? Das ist doch der Hintergrund deiner Frage, oder?«

»Nina, bitte beruhig dich. Das ist nicht der Hintergrund meiner Frage, wir müssen jetzt aber ganz schnell anfangen und Gerds Leben durchleuchten. Ist das Haus abbezahlt?« Er nahm wieder Platz und legte die Uhr auf den Tisch.

»Nein, natürlich nicht«, ereiferte sich Nina und sprang auf. »Was sollen diese Unterstellungen?«

»Es sind keine Unterstellungen. Und jetzt hör mir bitte zu, okay?«, sagte Henning und beugte sich nach vorn.

»Ich hab das Gefühl, ich dreh gleich durch. Könnt ihr euch vorstellen, wie es in mir aussieht?« Sie stockte, trank einen wei teren Schluck von ihrem Bier und sagte mit einem verdächtigen Zucken um die Mundwinkel: »Okay, ich versuche ganz ruhig zu sein.«

»Danke. Nina, dieses Haus, die Uhr, der neue BMW, das sind Dinge, die weder ich noch Lisa uns von unserem Gehalt jemals leisten könnten. Seit wann hatte Gerd so viel Geld, um das alles zu bezahlen? Ich kann mich nämlich noch daran erinnern, wie ihr in einer kleinen Dreizimmerwohnung angefangen habt und jeden Pfennig dreimal umdrehen musstet. Aber dann habt ihr vor zwei Jahren dieses Haus gebaut, jetzt dieser BMW, dazu hat er dir wertvolle Geschenke gemacht, und wenn ich mich hier so umsehe, dann sehe ich eine ziemlich teure Einrichtung ...«

»Und das fällt euch erst heute auf? Vorher habt ihr nie etwas gesagt. Habt ihr euch euren Teil gedacht? Habt ihr gedacht, Mann, die müssen aber viel Geld haben, wenn die sich das alles leisten können? War es so? Natürlich war es so. Aber jetzt, wo Gerd tot ist, da fällt euch das mit einem Mal auf, das heißt, ihr sprecht es aus. Ich seh doch, was ihr denkt! Gerd war korrupt, anders ist das alles nicht zu erklären. Wie Schlangen kommt ihr aus euren Löchern gekrochen ...«

»Nina, stopp, das ist unfair! Wir ...«

»Unfair?! Nein, es ist unfair, was ihr jetzt macht. Ihr versucht auf Gedeih und Verderb, Gerd etwas anzuhängen, was er bestimmt nicht gemacht hat. Er hat es nicht verdient, dass man so über ihn denkt. Er war ein guter Mann, das weiß ich, und das wisst ihr auch ...«

»Das bestreiten wir auch gar nicht. Ich habe dir vorher gesagt, dass einige Fragen unangenehm sein könnten, und du hast uns gestattet, diese Fragen zu stellen. Wir sind nicht hier, um Gerds Ansehen zu beschmutzen, wir sind hier, um seinen Mörder zu fassen. Und dazu gehört leider manchmal auch, Angehörigen oder Freunden wehzutun. Ich wünschte, ich könnte dir das ersparen.«

Für einen Moment herrschte Stille. Nina atmete ein paarmal tief ein und sagte dann: »Es tut mir leid, ich wollte nicht so reagieren. Ihr macht ja auch nur euern Job. Bitte verzeiht, ich bin einfach nur fürchterlich traurig und durcheinander. Verzeiht ihr mir?«

»Wir verstehen dich ja. Trotzdem, wir fragen uns, woher hatte er das Geld? Hat er im Lotto gewonnen oder mit Aktien spekuliert?«

Nina lief im Zimmer umher, lehnte sich an das Sideboard und schloss die Augen. Sie atmete hastig und schüttelte den Kopf.

»Ich habe mir nie Gedanken darüber gemacht«, antwortete sie kaum vernehmlich. »Ich habe Gerd nie gefragt, wie viel er verdient. Als er mir vor zwei Jahren sagte, er sei zum Hauptkommissar befördert worden, dachte ich, er würde jetzt mehr Geld bekommen. Wisst ihr«, sagte sie mit entschuldigendem und verlegenem Lächeln, »ich bin in einem Dorf in Russland groß geworden. Wir hatten nie viel Geld, im Gegenteil, die Armut war unser ständiger Gast. Manchmal hatten wir im Winter nicht genug Holz zum Heizen. Die Heizung funktionierte fast nie, und wir hatten nur noch den Kaminofen. Oft hatten wir nicht genug zu essen … Es war schrecklich und doch schön, weil wir eine Familie waren und zusammengehalten haben und es immer noch tun. Genauso war es mit Gerd. Wir haben zusammengehalten, egal was auch passiert ist. Ich wollte immer einen Mann wie ihn, einen, zu dem ich aufblicken kann. Bei ihm fühlte ich mich geborgen. Er war der beste Mann, den ich mir wünschen konnte. Und jetzt ist dieser Mann tot. Ich weiß nicht, wie es weitergehen soll …«

»Es wird weitergehen, du bist stark …«

»Das sagt jeder, der mich nicht wirklich kennt. Dabei ist alles nur Fassade. Aber ich habe gelernt, hart zu sein. Die Winter in meinem Dorf zerbrechen dich, oder sie machen dich hart.«

104

»Du bist nicht hart«, sagte Santos sanft, ging zu Nina und legte einen Arm um sie. »Das ist nur ein Schutz. Und glaub mir, ich kann dich verstehen, und Sören auch …«

»Nein, das kann keiner verstehen, der so etwas noch nicht erlebt hat«, entgegnete Nina.

»Das ist es ja, wir haben Ähnliches erlebt. Es wird eine Weile dauern, aber irgendwann wirst du zur Ruhe kommen.«

Nina hatte wieder Tränen in den Augen, als sie sagte: »Aber wann ist dieses Irgendwann? Das Leben mit Gerd war so schön. Natürlich haben wir uns auch gestritten, das passiert in jeder Ehe, aber normalerweise ging es bei uns sehr harmonisch zu. Lass es mich so ausdrücken: Die Zeit mit Gerd war die beste aller Zeiten, und jetzt ist es die schlechteste aller Zeiten. Das hat irgendjemand mal geschrieben, ich weiß nicht, wer, aber jeder von uns kennt das Beste und das Schlechteste. Und ein russisches Sprichwort sagt: Es kann nichts Gutes ohne Böses geben. Hier bei uns war jahrelang nur das Gute, doch auf einmal ist auch das Böse mit aller Macht eingezogen. Und das macht mir Angst.«

Santos wusste nicht, was sie darauf erwidern sollte, und sagte: »Dürfen wir uns im Haus noch mal kurz umsehen?«

»Ja, natürlich. Ich möchte ja auch, dass Gerds Mörder gefasst wird, aber ich glaube kaum, dass ihr etwas finden werdet. Wer immer auch hier war, er hat ganze Arbeit geleistet, das habt ihr doch auch an dem Notebook gesehen.«

»Nur eine Frage noch. Seit wann hatte Gerd den neuen Wagen?«

»Vier, fünf Wochen. Aber das müsste doch irgendwo stehen.«

»Ja, klar.«

Henning und Santos blieben noch etwa eine Stunde. Sie suchten nach möglichen Hinweisen in Gerds Zimmer, nach Spuren in der Garage, sie gingen in den Keller, wo er sich einen Hobbyraum eingerichtet hatte, und schließlich noch einmal zu Nina, um ihr mitzuteilen, dass ihre Suche erfolglos war. Sie sagte, sie habe nichts anderes erwartet, und bedankte sich mit den Worten: »Danke für eure Freundschaft. Ich wüsste nicht, was ich ohne euch machen würde. Ihr seid jederzeit herzlich eingeladen. Und wenn es geht, lasst mich wissen, wenn ihr etwas herausgefunden habt.«

»Danke für dein Vertrauen«, sagte Henning und umarmte Nina. »Wir halten dich auf dem Laufenden, versprochen.«

Um halb zwei fuhren sie zurück nach Kiel. Sie waren noch etwa einen Kilometer von Santos' Wohnung entfernt, als Hennings Handy klingelte. Er kannte die Nummer und ahnte, dass der Anruf nichts Gutes bedeutete.

DIENSTAG, 19.15 UHR

Nach einem sonnigen und für hiesige Verhältnisse sehr warmen Apriltag zog nun ein angenehm kühler auflandiger Ostwind über Kiel. Der intensive salzige Geruch der Ostsee hatte sich über die Stadt gelegt, ein Geruch, den er über alles liebte. Hier war er vor achtunddreißig Jahren geboren worden, hier war er zur Schule gegangen, und hier würde er auch noch viele Jahre verbringen, denn er konnte sich nicht vorstellen, woanders zu leben.

Er stand einen Augenblick am offenen Fenster und schaute hinunter auf den gepflegten Park, wo sich nur wenige Menschen aufhielten, von denen zwei sich auf die See zubewegten, die nur etwa zweihundert Meter von der Klinik entfernt war. Er hatte die Hände in den Taschen seiner Leinenhose vergraben und dachte über den vergangenen Tag nach, der für ihn aus vier Routineoperationen bestanden hatte, zwei Bypässe und zwei Herzschrittmacher. Die Liste der Patienten war lang, und wer sich jetzt für eine OP anmeldete, musste mindestens drei Monate warten, es sei denn, es handelte sich um einen Notfall. Nach einem letzten Telefonat sprach Lennart Loose noch kurz mit Frau Mattern, seiner Sekretärin, einer sehr ansehnlichen Mittvierzigerin, die bereits für seinen Vater tätig gewesen war, bis dieser vor zwei Jahren in den Ruhestand ging und die Leitung der Klinik seinem Sohn übertrug, bevor er sich mit seiner zweiten, dreiunddreißig Jahre jüngeren Frau in das neue Domizil in Südspanien zurückzog.

Eigentlich hatte Loose die Klinik nicht übernehmen wollen, zu viel Verantwortung war damit verbunden, zu viel Arbeit neben seiner eigentlichen Tätigkeit als Chirurg. Aber sein Großvater hatte diese Klinik unmittelbar nach dem Krieg mit aufgebaut, und sein Vater, ein überaus dominanter und bisweilen herrischer Mann mit Hang zur Tyrannei, hatte sie mit Hilfe von Fördergeldern des Landes Schleswig-Holstein in den achtziger Jahren erweitert und mit den damals modernsten Geräten versehen, von denen einige aber längst hätten ausgetauscht werden müssen, wofür jedoch die nötigen Mittel fehlten. Ein MRT der neuesten Generation war nicht unter drei Millionen Euro zu haben, die die Klinik nicht aufbringen konnte, der CT war sechzehn Jahre alt, doch mittlerweile gab es Geräte, die wesentlich detailgetreuere Aufnahmen lieferten. Viel Geld war in einen Anbau investiert worden, womit die Klinik über mittlerweile zweihundertzwanzig Betten verfügte.

Looses Vater hatte großen Wert darauf gelegt, dass vornehmlich Privatpatienten behandelt wurden, obwohl natürlich auch Kassenpatienten Zutritt fanden, schließlich war es keine Privatklinik, und nun hatte er sie seinem Sohn übergeben und dabei keinen Widerspruch geduldet. Loose hatte nur eine Bedingung gestellt – dass er so wenig wie möglich mit Verwaltungsangelegenheiten konfrontiert würde. Und obwohl diese Bedingung erfüllt worden war, fühlte er sich auch heute noch

107

der Aufgabe eines Klinikleiters kaum gewachsen, was er seinen Mitarbeitern jedoch nicht zeigte.

Loose war ein eher unsicherer Mensch, der erst dann seine Unsicherheit ablegte, wenn er den Operationssaal betrat. Er war ein Meister seines Fachs, ein Perfektionist, und er war sich dessen durchaus bewusst. Mittlerweile galt er in Deutschland als einer der besten Herzspezialisten. Schon als Kind hatte ihn alles interessiert, was mit dem Inneren des menschlichen Körpers zu tun hatte, eine Leidenschaft, die über zwei Generationen hinweg vererbt worden war.

Loose war jedoch von Natur aus schüchtern und wenig durchsetzungsfähig. In seiner Kindheit und Jugend wurde er häufig von unerklärlichen Angstzuständen heimgesucht, die wie aus dem Nichts auftauchten, meist aber genauso schnell wieder weggingen, wie sie gekommen waren. Erst als er seine Frau Kerstin kennenlernte, verschwand auch die Angst, die ihn sogar während seines Studiums bisweilen behindert hatte, auf Nimmerwiedersehen. Die Ursache für die Angst kannte er schon lange – sein Vater. Er hatte stets über alles bestimmt und niemandem in seinem Umfeld eine Chance gelassen, sich zu wehren. Seine Mutter war eines Tages einfach auf und davon und meldete sich erst einen Monat nach ihrem spurlosen Verschwinden bei ihrem Sohn. Ohne seinem Vater davon zu erzählen, traf er sich mit ihr in Paris, wo sie ihm verständlich machte, dass sie die Familie verlassen musste, weil sie sonst an dem tyrannischen Verhalten ihres Mannes zugrunde gegangen wäre. Loose war zu diesem Zeitpunkt zweiundzwanzig Jahre alt. Noch immer pflegte er einen sehr intensiven Kontakt zu seiner Mutter, die häufig nach Kiel zu Besuch kam, aber in Paris ihre zweite Heimat gefunden hatte. Sie hatte nicht wieder geheiratet und schien mit ihrem jetzigen Leben sehr zufrieden zu sein.

Frau Mattern schaltete den Computer aus, packte ihre Tasche

und verabschiedete sich von ihrem Chef, nicht ohne ihm noch einen schönen Abend zu wünschen.

Loose hatte sich bereits seine Jacke übergestreift, als plötzlich die Tür aufging und ein Mann und eine Frau ins Vorzimmer traten.

»Ja, bitte?«, sagte Loose mit hochgezogenen Brauen, denn er hatte einen langen und anstrengenden Tag hinter sich und wollte nur noch zu seiner Familie und einen geruhsamen Abend verbringen, das Aquarium säubern, ein wenig Musik hören und sich mit seiner Frau unterhalten. Und später vielleicht, wenn die Kinder schliefen, noch einen kleinen Spaziergang machen.

»Tut mir leid, das habe ich ganz vergessen, aber die Herrschaften waren vorhin schon hier und sagen, es sei äußerst dringend«, erklärte Frau Mattern, der die Situation sichtbar peinlich war. Sie war eine Perle, immer höflich, immer korrekt, fast penibel. Über die Fehler anderer sah sie generös hinweg, eigene Fehler, und wenn es nur die Winzigkeit eines vergessenen Termins war, konnte sie sich kaum verzeihen. »Ich habe gesagt, sie sollen zwischen sieben und halb acht wiederkommen.

»Also gut, aber viel Zeit habe ich nicht. Sie hätten einen Termin machen sollen, Herr und Frau …«

»Es wird nicht lange dauern«, sagte der Mann mit slawischem Akzent, ohne die Frage nach dem Namen zu beantworten, während die Frau, eine Eurasierin von mittlerer Größe, Loose schweigend musterte. Um ihren Mund war ein leicht spöttischer Zug, den Loose nicht zu deuten wusste. »Es geht um meine Mutter und … Wir können aber auch morgen wiederkommen, wenn es Ihnen dann besser passt.«

Loose holte tief Luft und meinte: »Also gut, folgen Sie mir bitte.« Er wartete, bis das ungleiche Paar in seinem Büro war, schloss die Tür hinter sich und deutete auf zwei Ledersessel, während er hinter seinem Schreibtisch Platz nahm und sich zurücklehnte. »Was kann ich für Sie beziehungsweise Ihre Mutter tun?«

»Sie braucht dringend ein neues Herz«, sagte der Mann, der noch immer keine Anstalten machte, sich vorzustellen.

»Herr …«

»Nennen Sie mich einfach Igor, meinen Nachnamen könnten Sie sowieso nicht aussprechen.«

»Also, Herr Igor, um es kurz zu machen, um ein neues Herz zu bekommen, muss Ihre Frau Mutter auf der Empfängerliste von Eurotransplant stehen, was Ihnen bekannt sein dürfte. Hat sie die deutsche Staatsangehörigkeit, oder ist sie Angehörige eines EU-Mitgliedsstaates?«

»Nein, sie ist Russin«, antwortete Igor, ein großgewachsener bulliger Mann, dessen Alter schwer zu schätzen war. Er konnte dreißig, aber auch bereits über vierzig sein. Er hatte sehr kurz geschnittene hellbraune Haare, blaue Augen und trug einen zu ihm passenden Dreitagebart. »Ist das ein Problem?«

»Allerdings. Wenn Ihre Frau Mutter ein neues Herz benötigt, muss sie sich an die zuständigen Stellen in Russland wenden. Es tut mir leid, aber mir sind die Hände gebunden.«

Igor warf seiner Begleiterin einen Blick zu, die keine Miene verzog. Mit einem Mal lächelte er. »Ich glaube nicht, dass Ihnen die Hände gebunden sind. Wir haben erfahren, dass Sie einer der besten Herzchirurgen in Deutschland sind und schon viele Transplantationen vorgenommen haben«, sagte er in einwandfreiem Deutsch. »Ihnen als Leiter dieser Klinik wird doch bestimmt etwas einfallen.«

»Nein, Herr … Igor …, mir fällt ganz sicher nichts ein. Es tut mir leid für Ihre Mutter, aber wie schon gesagt, mir sind aufgrund der gesetzlichen Bestimmungen die Hände gebunden. Nicht ich bestimme, wer ein Herz bekommt, sondern Eurotransplant. Selbst wenn wir einen Weg finden würden, Ihre

Mutter auf die Liste zu setzen, müsste sie mindestens ein, vielleicht auch zwei Jahre warten, bis ein Spenderherz zur Verfügung steht.«

»Und wenn wir bereits ein Herz hätten?«, fragte Igor und betrachtete seine sauber manikürten Fingernägel. Sowohl Igor als auch seine Begleiterin waren äußerst gepflegte Erscheinungen.

»Wie soll ich das verstehen?«

»So, wie ich es gesagt habe.«

Loose beugte sich nach vorn, die Hände gefaltet, und sah Igor durchdringend an. »Woher haben Sie ein Herz?«

»Ich habe es, das müsste Ihnen reichen.«

»Hören Sie, ich leite eine sehr renommierte Klinik, und ich führe grundsätzlich keine illegalen Transplantationen durch, damit wir uns recht verstehen«, sagte Loose scharf und unmissverständlich. »Und nun entschuldigen Sie mich bitte, ich habe einen langen Tag hinter mir.«

»Bleiben Sie sitzen«, sagte Igor ruhig, »meine Begleiterin und ich sind noch nicht fertig. Sie sind eine Koryphäe auf Ihrem Gebiet und werden doch nicht so unhöflich sein, eine höflich vorgetragene Bitte einfach abzuschlagen, oder? Das würde meine sensible russische Seele sehr verletzen.« Dabei legte er eine Hand auf die Brust.

»Was wollen Sie wirklich?«, fragte Loose mit zusammengekniffenen Augen, den Kopf leicht zur Seite geneigt.

»Ihre Hilfe, nichts weiter. Ist Frau Mattern noch da?«

»Und wenn?«

Ohne darauf einzugehen, sagte Igor: »Elena, würdest du bitte nachsehen, ob Frau Mattern noch in ihrem Büro ist? Wenn ja, dann schick sie nach Hause.«

Elena, eine attraktive, rassige Frau von vielleicht dreißig Jahren, erhob sich, öffnete die Zwischentür und schüttelte den Kopf.

»Sehr gut. Prof. Loose, lassen Sie uns nicht lange wie die Katze um den heißen Brei gehen, so sagt man doch hier in Deutschland, oder? Wir sind hier, weil wir Ihre Hilfe benötigen. Oder um es anders auszudrücken, wir bitten Sie um Ihre Hilfe.«

Elena, die sich nicht wieder gesetzt hatte, sondern jetzt hinter Loose stand, hatte die Arme verschränkt. Loose drehte sich zu ihr um und sah wieder diesen leicht spöttischen Zug um ihren Mund, der ihn nervös machte, so wie es ihn nervös machte, sie in seinem Rücken zu spüren. Doch er wagte nicht, ihr das auch zu sagen, denn sie versprühte etwas, das er nicht zu beschreiben imstande war, aber für einen Moment verglich er sie mit einer Schlange, die nur darauf wartete, ihre Giftzähne in die vor ihr sitzende Beute schlagen zu können. Er schluckte, wobei sein Adamsapfel auf und ab hüpfte, und sagte: »Um was bitten Sie mich?«

»Nun, eigentlich ist es keine Bitte, verzeihen Sie, wenn ich mich eben falsch ausgedrückt habe. Sie sind ab sofort bei uns angestellt. Oder um es klarer zu formulieren, Sie werden ab sofort für uns arbeiten.«

Loose wollte aufspringen, doch mit einem Mal spürte er Elenas Hand auf seiner Schulter.

»Bleiben Sie sitzen«, waren die ersten Worte aus ihrem Mund, seit sie bei Loose war. Sie hatte eine etwas rauhe und dennoch sanfte, schmeichelnde Stimme, der etwas Kaltes, fast Eisiges beigemischt war, genau wie ihren Augen, die Loose musterten, als würde sie versuchen in seinen Kopf zu dringen, um seine Gedanken zu lesen.

»Für wen soll ich arbeiten?«, fragte Loose und bemühte sich dabei so gelassen wie möglich zu klingen, auch wenn Unsicherheit und vor allem Angst sich wie eine stählerne Faust in seinen Magen drückte.

»Für die Firma. Wir sind ein global operierendes Unternehmen, und wir würden uns sehr geehrt fühlen, Sie als einen unserer Mitarbeiter begrüßen zu dürfen.«

»Sie sind also nicht wegen Ihrer Mutter gekommen«, stellte Loose fest.

»Korrekt. Meine Mutter kenne ich überhaupt nicht, ich bin in einem Waisenhaus aufgewachsen. Aber das tut nichts zur Sache. Wir sind allein wegen Ihnen hier. Und natürlich haben wir auch kein Herz, entschuldigen Sie, wir haben schon ein Herz, aber keins, das transplantiert werden kann, wenn Sie verstehen«, sagte Igor, wobei er kurz und laut auflachte.

Elena stand plötzlich neben Loose, ihr Gesicht dicht an seinem, so dicht, dass er ihren Atem auf seiner Haut spürte und ein paar Spitzen ihrer dunklen, fast schwarzen Haare. Sie roch angenehm, auch wenn es nur ihr Eigenduft war, kein Parfum, nicht einmal der Geruch von Seife, nur ihre Haut. Zu jeder anderen Zeit hätte er versucht mit ihr zu flirten, mehr aber auch nicht, denn er war glücklich verheiratet und noch nie fremdgegangen, auch wenn sich ihm schon oft die Gelegenheit geboten hatte. Er liebte seine Frau und seine Kinder und würde um nichts in der Welt dieses Glück aufs Spiel setzen. Es war alles gut so, wie es war, doch hier und jetzt war nichts, aber auch rein gar nichts gut.

»Haben Sie verstanden, was mein Partner gesagt hat?«, flüsterte sie ihm mit unverkennbar russischem Akzent ins Ohr.

»Ja«, war alles, was er herausbrachte. Die aufkeimende Angst schnürte ihm die Kehle zu und ließ sein Herz schneller schlagen. Ihm wurde mit einem Mal bewusst, dass mit den unheimlichen Besuchern nicht zu spaßen war, und allmählich gewann er den Eindruck, dass Elena die Gefährlichere von beiden war. Erst hatte sie eine ganze Weile geschwiegen, nun übernahm sie die Wortführung.

»Sehr gut. Und jetzt gehen wir ein wenig mehr ins Detail. Sie sind ein exzellenter Transplanteur, wie wir erfahren haben. Und genau so jemanden suchen wir. In Schleswig-Holstein sind wir noch unterbesetzt, was gute Chirurgen betrifft. Ihre

Klinik ist berühmt für ihre Herzspezialisten, von denen Sie der mit Abstand beste sind. Sie beschäftigen aber auch ganz hervorragende Augenärzte, Neurologen und Mikrochirurgen, aber die interessieren uns weniger. Wir sind bemüht, die Lücken in bestimmten Bereichen zu füllen. Ein paar Ihrer werten Kollegen stehen bereits in unseren Diensten, aber es fehlen trotzdem noch gute Leute.«

»Um was für eine Firma handelt es sich?«, quetschte Loose mühsam hervor.

»Das werden Sie noch rechtzeitig erfahren. Doch vorher müssen wir das Geschäftliche abwickeln. Werden Sie für uns arbeiten?«, fragte Elena und sah Loose aus ihren ungewöhnlich blauen Augen an, bevor sie zum Fenster ging und es schloss, als würde sie fürchten, jemand könnte von draußen zuhören, obwohl dies unmöglich war. Dann kam sie zurück und setzte sich auf den Schreibtisch, wobei sie nur wenige Zentimeter von dem sichtlich eingeschüchterten Loose trennten.

»Es ist illegal«, murmelte er.

»Illegal! Mein Gott, was ist in dieser Welt schon noch legal? Ich möchte wetten, dass wir, wenn wir Ihre Klinik einmal genauer unter die Lupe nehmen würden, mit Sicherheit so einiges finden würden, das unter die Rubrik ›illegal‹ fällt. Stimmt's, oder hab ich recht?«

Loose war wie paralysiert. Er hatte in seinem Leben schon eine Menge erlebt, viele Tragödien, viele Glücksmomente, und er hatte schon viel über unsaubere Machenschaften von Chirurgen und Ärzten gehört, aber dies hier sprengte seine Vorstellungskraft. Er kam sich vor wie ein Darsteller in einem schlechten und billigen Kriminalfilm oder eine Figur in einem schrecklichen Alptraum.

»Nun, keine Antwort ist auch eine Antwort. Aber um Ihre und unsere Zeit nicht unnötig zu vergeuden, will ich Ihnen erklären, um was es geht. Es gibt sehr viele Menschen, die dringend

114

auf ein Spenderorgan angewiesen sind, aber aus den unterschiedlichsten Gründen keines erhalten. Und um diesen armen kranken Menschen zu helfen, sind wir da. Wir sorgen dafür, dass jeder, der ein neues Organ braucht, auch eins erhält, oder wenn nötig auch zwei oder drei, es hängt ganz von den finanziellen Möglichkeiten des oder der Betreffenden ab. Und dazu benötigen wir natürlich die entsprechenden Fachkräfte.«

Elena machte eine Pause, sprang mit einer unglaublichen Leichtigkeit und Eleganz vom Tisch und setzte sich wieder neben ihren Partner. Sie schürzte die Lippen und sah Loose an, dessen Puls sich allmählich beruhigte.

»Es tut mir leid, aber ich kann und werde das nicht tun. Ich habe einen hippokratischen Eid geleistet ...«

»Hören Sie auf mit diesem Geschwätz«, fuhr ihm Elena ins Wort. »Sie scheinen offenbar noch nicht begriffen zu haben, um was es geht. Sie können zwischen zwei Alternativen wählen – ja oder nein. Es gibt da nur ein klitzekleines Problem – ein Nein akzeptieren wir nicht.«

»Das ist Wahnsinn! Sie sind Verbrecher ...«

»Bevor Sie sich weiter echauffieren, möchte ich Ihnen eine kleine Geschichte erzählen. Menschen kommen aus der ganzen Welt zu uns, und warum? Nun, ganz einfach, wegen eines Organs. Wer es sich nicht leisten kann, die bestmögliche medizinische Versorgung zu erhalten, geht nach Indien, in die Türkei oder nach Rumänien, wo zum Beispiel eine Niere für wenig Geld zu bekommen ist, die Risiken aber enorm hoch sind. Viele Spender sterben und auch viele Empfänger, weil die Nachsorge größtenteils mehr als mangelhaft ist. Nun, das ist das Gesetz von Leben und Tod oder auch von Macht und Ohnmacht. Ich würde nie nach Indien gehen, um mir eine Niere einpflanzen zu lassen, da würde ich lieber sterben. Na ja, vielleicht bin ich auch nur zu anspruchsvoll. Unsere Klientel kommt jedenfalls nicht aus den unteren Kreisen, wo jeder Cent dreimal umgedreht werden muss. Zu unseren Kunden zählen unter anderem Staatsoberhäupter, Politiker, hochrangige kirchliche Würdenträger, Künstler, Unternehmer ... Wir haben alles im Angebot, Herz, Leber, Niere, Bauchspeicheldrüse, nun, einem Arzt brauche ich nicht zu sagen, was heutzutage alles transplantiert werden kann. Und die Liste der potenziellen Kunden ist lang, aber bei uns braucht garantiert keiner ein oder zwei Jahre oder gar länger zu warten. Woanders warten sich manche praktisch zu Tode, aber das wissen Sie sicher selbst nur zu gut.«

»Aber das ...«

»Lassen Sie mich bitte ausreden«, sagte Elena mit kühler Freundlichkeit. »Wir tun etwas für die Menschen, die sich nicht aufgeben wollen. Es sind die Kämpfer, die Starken. Wie heißt es doch so treffend – nur die Starken überleben. Oder sind Sie da anderer Meinung?«

»Woher stammen die Organe?«, fragte Loose, als hätte er die letzten Worte nicht vernommen.

»Diese Frage beantworten wir Ihnen ein andermal. Fragen Sie doch lieber, was für Sie dabei herausspringt. Wollen Sie das gar nicht wissen?«

»Nein, es interessiert mich nicht«, sagte Loose mit plötzlich aufkeimendem Mut, auch wenn die Angst ihn noch immer umklammert hielt. Er wollte wenigstens versuchen, die Situation für sich zu retten, auch wenn er tief in seinem Inneren spürte, dass es sinnlos war. »Ich brauche kein Geld, ich habe genug. Und jetzt möchte ich Sie dringlichst bitten, mein Büro zu verlassen. Dieses Gespräch hat nie stattgefunden. Ich kann natürlich auch die Polizei verständigen«, fuhr er fort und legte seine Hand auf das Telefon.

»Das würde ich an Ihrer Stelle unterlassen«, sagte Elena, erhob sich wieder, setzte sich auf den Schreibtisch und sah Loose direkt in die Augen. »Wir gehen erst, wenn wir Ihre Zusage ha-

116

ben. Sie können es drehen und wenden, wie Sie wollen, Ihre Antwort kann nur ja lauten. Und noch etwas: Wir bitten Sie nicht, für uns zu arbeiten, wir verlangen es.«

Es entstand eine Pause, während der keiner ein Wort sprach und kein Laut von draußen in den Raum drang. Elena musterte Loose wieder so durchdringend wie schon zu Beginn des Gesprächs.

»Und wenn ich trotzdem nein sage?«, fragte er, ohne Elena anzusehen, da er ihrem Blick nicht standhielt. Sie strahlte eine Kraft und Stärke aus, die ihn ängstigte.

»Das werden Sie nicht tun. Ich habe Ihnen doch schon gesagt, wer zu unseren Kunden zählt. Und es werden täglich mehr. Die Firma wächst und wächst und expandiert«, entgegnete sie mit wieder diesem spöttischen Zug um den Mund.

»Firma? Was für eine Firma?«

»Einfach nur Firma.«

Loose sah Elena an und lächelte gequält. »Aha. Wenn Sie von Firma sprechen, dann meinen Sie die Mafia, richtig?«

»Tz, tz, tz, was für ein böses Wort. Mafia! Wir sind ein Unternehmen, das es sich zur Aufgabe gemacht hat, Menschen zu helfen, die in Not geraten sind. Ergo, Sie stehen in Diensten derer, die Ihre Hilfe benötigen.«

»Ihr Zynismus ist nicht zu überbieten.«

»Die ganze Welt ist ein einziger Zynismus. Sie werden tun, was wir verlangen, und dafür werden Sie fürstlich entlohnt. Wir wollen doch schließlich alle, dass wir zufrieden sind. Sehen Sie es einfach so, es ist eine Win-win-Situation. Alle gewinnen …«

»Nein«, stieß Loose aus, »es gibt Verlierer, in Ihrem Geschäft gibt es immer Verlierer! Und ich will auch gar nicht wissen, wer die Verlierer sind, aber ich betrachte zumindest mich und meine Kollegen als solche. Wir werden gezwungen, Dinge zu tun, die wir nicht tun wollen!«

»Okay, kommen wir zum Ende.« Elena ging wieder um den Tisch herum, zog eine kleine Mappe aus ihrer Tasche und setzte sich neben Igor. »Schauen Sie«, sagte sie und legte die Mappe auf ihre Schenkel, »ich habe hier ein Schatzkästchen. Wollen Sie wissen, was für ein Schatz sich darin befindet?«

Loose sagte nichts, er sah Elena nur an und versuchte in ihrem Gesicht zu ergründen, was in ihr vorging. Sie erwiderte seinen Blick, doch es gab nichts, das er darin lesen konnte, weil sie es nicht zuließ.

»Sie wollen es wissen, ich sehe es Ihnen an. Mal schauen, was wir da alles haben … Hm, ziemlich viel. Nun ja, wir sind eben gründlich und sehr gut vorbereitet. Da hätten wir zwei reizende Kinder, Adrian und Alina. Sechs und zehn Jahre alt. Sehr hübsche und auch sehr wohlerzogene Kinder, wie wir festgestellt haben. Aber keine Angst, wir haben ihnen nichts getan, nur kurz mit ihnen gesprochen. Ganz unverfänglich.«

»Woher …?« Loose rang nach Fassung, doch Elena ließ ihn nicht weiter zu Wort kommen.

»Außerdem wäre da noch diese überaus attraktive Frau, um die Sie vermutlich viele Männer beneiden. Sehr attraktiv, sehr nett und zuvorkommend. Kerstin hat eine angenehme Stimme, so ein warmes und weiches Timbre. Und diese Augen … Wenn ich keine Frau wäre … Tja, Sie haben tatsächlich alles, was ein Männerherz begehrt. Sie müssen Ihre Familie sehr lieben, so glücklich, wie Sie alle aussehen. Sie lieben sie doch, oder?«, sagte Elena und breitete mehrere Fotos vor Loose aus. »Und Sie wollen doch bestimmt nicht, dass auch nur einem von ihnen etwas passiert. Ich jedenfalls würde wie eine Löwin für meine Familie kämpfen.«

Aus Looses Gesicht verschwand sämtliche Farbe. Er starrte auf die Fotos und stammelte: »Woher haben Sie das?«

»Bevor wir mit unseren Angestellten ein Einstellungsgespräch

führen, ziehen wir im Vorfeld natürlich sehr genaue Erkundi-
gungen über sie ein. Das haben wir auch bei Ihnen getan, wie
Sie sehen«, erwiderte sie mit undefinierbarem Lächeln.
»Lassen Sie meine Familie in Ruhe, die haben mit dem hier
nichts zu tun«, sagte er beinahe flehend, während sich Schweiß
auf seiner Stirn bildete und sein Herz raste.
»Das liegt ganz bei Ihnen und wie Sie sich entscheiden. Bei
einem Nein werden wir uns an Ihre Familie halten. Und glauben Sie mir, es gibt nichts und niemanden, der sie beschützen
wird. So leid es mir tut, aber Ihre Familie gehört dazu. Unsere
Arme reichen weit, sehr, sehr weit. Sie werden niemanden finden, der auf Ihrer Seite ist. Finden Sie sich einfach damit ab,
dass wir in einer verkommenen Welt leben. Willkommen in der
Realität.«
Die letzten Worte waren wie durch einen Nebel zu ihm ge-
drungen. Er fragte mit belegter Stimme: »Wie viel Bedenkzeit
habe ich?«
Elena hob ihren linken Arm, schaute auf die Uhr und antwortete: »Eine Minute.«
»Was muss ich tun?«
»Ich dachte, das hätte ich Ihnen schon erklärt.«
»Aber hier in der Klinik kann ich das nicht machen. Das ist
unmöglich.«
»Das verlangt auch keiner von Ihnen, wir sind schließlich keine
Unmenschen. Wie Sie sicherlich bereits gehört haben, werden
hier in Kiel betuchten Patienten ganz legal Organe eingepflanzt,
die sie eigentlich gar nicht bekommen dürften. Eine Gesetzes-
lücke, die es innerhalb der EU meines Wissens nach nur in
Deutschland gibt. Da wedelt zum Beispiel ein saudischer Mul-
timillionär oder Milliardär mit ein paar hunderttausend Euro,
und schon kriegt er eine Leber, die für jemand anderen vorgesehen war. Bei uns geht das alles etwas anders zu, irgendwie
sogar legaler.« Sie schürzte für einen Moment die vollen, wohl-

119

geformten Lippen und fuhr fort: »Ihr erster Termin ist morgen am frühen Abend. Sie haben, soweit uns bekannt ist, nach sechzehn Uhr keine Operation mehr. Sie werden an einem bestimmten Treffpunkt abgeholt und zu Ihrem neuen Arbeitsplatz gebracht, wo Sie unseren Chef kennenlernen und sich schon mal mit den Räumlichkeiten vertraut machen können. Und natürlich bringen wir Sie auch wieder zurück, der Taxiservice ist inbegriffen.«

»Morgen Abend? Wie soll ich das meiner Frau erklären?«

»Ihnen wird schon etwas einfallen. Außerdem werden Sie spätestens um zehn wieder zu Hause sein. Sie sehen sich morgen unsere Klinik an, es wird ein Gespräch mit Ihnen geführt werden, worin Ihnen auch mitgeteilt wird, wann Ihr erster Einsatz ist. Eine Herztransplantation gehört für Sie doch zur Routine. Wir verfügen übrigens nur über die modernsten Geräte, moderner als in den meisten Kliniken, was nicht zuletzt an unseren Kunden liegt, die nur die beste Betreuung für ihr gutes Geld erwarten. Aber das nur nebenbei. Und noch etwas: Sprechen Sie mit niemandem darüber, wir würden es umgehend erfahren. Denken Sie immer daran, wir wissen alles über Sie. Und wenn ich von ›wir‹ spreche, dann meine ich nicht nur Igor und mich. Und sollten Sie auf die Idee kommen, die Polizei einzuschalten, wird Ihre Familie nicht mehr das sein, was sie jetzt ist. Da stirbt jemand ganz unverhofft durch einen Unfall, oder ein anderer begeht Selbstmord. Ich möchte Ihnen gar nicht in allen Einzelheiten erklären, wie viele unterschiedliche Todesarten es gibt. Aber manchmal fangen wir auch mit einem kleinen Finger an und arbeiten uns allmählich vor. Diese Qualen werden Sie Ihrer Familie doch sicher ersparen wollen. Ich jedenfalls würde allein bei dem Gedanken eine Gänsehaut bekommen. Ich hoffe, ich habe mich deutlich genug ausgedrückt. Haben Sie das verstanden?«

Loose nickte. Er war nicht fähig, auch nur ein weiteres Wort herauszubringen. Er dachte an seine Frau und die Kinder, das Wertvollste in seinem Leben. Und er würde niemals zulassen, dass ihnen etwas angetan wurde.

»Sehr gut. Seien Sie morgen um Punkt siebzehn Uhr am Eingang des Hauptbahnhofs. Ein weißer Lieferwagen wird Sie abholen. Einen schönen Abend noch, Prof. Loose, und danke für Ihr Verständnis.« Elena nahm ihre Tasche und gab Igor ein Zeichen. Sie standen auf und gingen zur Tür, wo Elena sich noch einmal umdrehte und sagte: »Und lassen Sie sich nichts anmerken, weder hier noch zu Hause, man würde nur dumme Fragen stellen. Bis morgen. Ach ja, vergessen Sie bitte nicht, Sie gehören ab sofort zum Team. Und sollten Sie Dummheiten machen, dann sage ich Ihnen gleich, dass wir nicht drohen, sondern sofort handeln, und Sie wissen, was ich damit meine. Jetzt dürfen Sie aber nach Hause zu Ihrer netten Familie.«

Loose blieb noch einige Minuten sitzen, bis die fast kataleptische Starre, die ihn befallen hatte, sich löste und er sich erheben konnte. Er zitterte, alles an und in ihm zitterte, immer und immer wieder zog die vergangene Stunde wie ein irrealer Traum an ihm vorbei. Er hatte sich nie etwas zuschulden kommen lassen, er hatte immer seine Steuern auf Heller und Pfennig gezahlt, er hatte stets versucht, die bestmögliche Arbeit abzuliefern, und er hatte immer nur eins gewollt – seine Familie zu schützen. Und auf einmal musste er feststellen, dass andere Macht über ihn hatten. Über ihn, seine Frau und seine Kinder. Er hatte panische Angst, die sich ins Unermessliche steigerte, je länger er darüber nachdachte, was soeben hier in seinem Büro geschehen war. Er wurde gezwungen, Verbrechen zu begehen, ohne dass er ein Verbrecher war. Aber er konnte nichts dagegen tun, sie waren einfach gekommen und hatten ihm ihre Bedingungen diktiert. Am liebsten wäre er in irgendeine Kneipe gefahren, um sich sinnlos zu betrinken, bis er vergessen hatte, was vorgefallen war. Er verwarf den Gedanken wieder, wartete

121

noch einen Augenblick, bevor er sich die Jacke überzog und nach Hause fuhr. Nein, dachte er, ich werde mir nichts anmerken lassen.

Seine Frau Kerstin empfing ihn wie jeden Abend mit einem Kuss, während die Kinder bereits auf ihren Zimmern waren.

»Tut mir leid«, sagte er und hängte seine Jacke an den Haken, »aber heute war einiges los in der Klinik. Es kann auch morgen wieder ziemlich spät werden, ich musste mehrere Patienten annehmen, die dringend behandelt werden müssen.«

»Wie heißt die Frau denn?«, fragte sie verschmitzt lächelnd und legte ihre Arme um seinen Hals. »Ist sie hübsch?«

»Ja, sehr hübsch sogar«, antwortete er und sah ihr in die Augen. »Aber mit dir kommt sie trotzdem nicht mit.«

»Dann bin ich ja beruhigt. Du hast bestimmt Hunger, und mir knurrt auch der Magen, ich habe nämlich auf dich gewartet. Adrian und Alina sind schon oben, du kannst ihnen aber noch gute Nacht sagen.«

Er hatte keinen Hunger und schon gar keinen Appetit, aber er würde gute Miene zum bösen Spiel machen, um möglichen unangenehmen Fragen von Kerstin vorzubeugen.

»Ich geh schnell hoch und mach mich frisch. In zehn Minuten können wir essen.«

Adrian schlief bereits. Loose wollte nicht, dass er wach wurde, und schlich auf Zehenspitzen wieder hinaus und ging zu Alina, die auf dem Bett saß und Kopfhörer aufhatte. Mit zehn befand sie sich bereits in einem Alter, in dem sie allmählich von einem Kind zu einer jungen Dame heranreifte. Sie nahm die Kopfhörer ab, er setzte sich zu ihr auf die Bettkante und legte einen Arm um sie. Er malte sich aus, was wäre, wenn er sie verlieren würde – sie, Adrian und Kerstin. Er würde es nicht aushalten. Er würde zerbrechen wie ein Tonkrug, der auf einen Steinboden fiel. In Tausende winziger Scherben. Nein, er würde nicht

122

zulassen, dass ihnen etwas zustieß, dass man sie vielleicht quälte oder gar tötete. Die Drohungen, die Elena ausgesprochen hatte, waren deutlich genug gewesen. Und er würde eine Lösung finden, da war er sicher. Irgendwann. Jetzt jedoch waren seine Gedanken wie gelähmt. Er würde Alina eine gute Nacht wünschen und ihr einen Kuss auf die Stirn geben und ihr noch einmal durchs Haar streichen, nach unten gehen und etwas essen und kein Wort über das verlieren, was in der Klinik geschehen war.

»Mach nicht mehr zu lange«, sagte Loose zu seiner Tochter. »Bis um neun und nicht länger. Gute Nacht und träum was Süßes.«

»Hm. Nacht«, rief sie ihm hinterher. Er schloss die Tür und ging ins Bad, wusch sich lange das Gesicht mit kaltem Wasser, trocknete sich ab und besah sich im Spiegel. Er meinte in den letzten Stunden um Jahre gealtert zu sein, zumindest fühlte er sich so. Als er die Hände von sich streckte, bemerkte er, dass seine Finger leicht zitterten. Er öffnete den Medizinschrank und holte eine Packung Valium heraus, nahm eine Tablette mit zehn Milligramm und schluckte sie mit etwas Leitungswasser. Die Wirkung würde in wenigen Minuten eintreten und er sich hoffentlich besser fühlen. Und wenn er noch ein Glas Wein trank, würde er auch schlafen können. Denn nichts brauchte er dringender als Schlaf, obwohl alles in ihm zum Zerreißen angespannt war und er am liebsten seine Familie genommen und abgehauen wäre. Aber wie er Igor und vor allem Elena einschätzte, würden sie ihn finden, egal, wo auf der Welt er sich versteckte. Er hatte noch nie eine Frau kennengelernt, die eine solche Eiseskälte ausstrahlte wie diese Elena. Hübsch und eisig bis ins Mark.

Angst beherrschte sein Denken, Angst vor morgen, Angst vor der Zukunft. Nein, nicht Angst, sondern Furcht. Angst hatte man vor etwas Unbekanntem, Furcht vor einer sichtbaren Gefahr. Und je länger er nachdachte, desto bewusster wurde er sich, dass sein und das Leben seiner Familie nicht mehr in seinen Händen lag, sondern in den Händen einer Organisation, die sich nur die »Firma« nannte. Doch wer versteckte sich hinter dieser Firma?

Du musst einen kühlen Kopf bewahren, dachte er, während er auf dem Wannenrand saß und nicht merkte, wie die Zeit verrann. Erst das Klopfen an die Tür ließ ihn hochschrecken. Ein Blick auf die Uhr verriet ihm, dass eine halbe Stunde vergangen war, seit er das Badezimmer betreten hatte.

»Schatz, kommst du essen? Ich verhungere fast.«

Er wurde aus seiner Lethargie gerissen, sprang auf, öffnete die Tür, versuchte zu lächeln und sagte: »Tut mir leid, aber ich war so in Gedanken versunken. Ein Patient bereitet mir Kummer. Sein Zustand ist sehr bedenklich, und wir brauchen dringend ein Spenderorgan.«

»Du sollst doch die Arbeit nicht mit nach Hause bringen«, sagte Kerstin. »Hier schaltest du gefälligst ab.« Dabei sah sie ihn von unten herauf an und legte einen Arm um seine Hüften.

»Du hast ja recht, wie immer.«

Auf dem Weg nach unten dachte er: Ich werde tun, was sie von mir verlangen, doch ich werde kämpfen. Aber noch während er dies dachte, überfiel ihn wieder diese Furcht, diese unsägliche, unerträgliche Furcht. Elena und Igor waren Menschen, mit denen nicht zu spaßen war, das hatten sie ihm deutlich zu verstehen gegeben, denn für sie zählte ein Leben offenbar nichts. Loose hatte schon etliche Male von solchen Verbrechern gehört und nie gedacht, jemals mit ihnen in Berührung zu kommen. Das Verbrechen spielte sich außerhalb seines Lebens ab, außerhalb seiner Familie, seiner Klinik. Und nun musste er fassungslos feststellen, dass er von einer Sekunde zur andern in den Sumpf des Verbrechens gezogen worden war. Und es gab keine Chance, dem zu entfliehen. Er ging nach unten, wo Kerstin bereits den Tisch gedeckt hatte. Er würde versuchen, so zu tun, als wäre es ein Abend wie jeder andere. Kerstin sollte sich nicht beunruhigen, sie sollte nicht einmal ansatzweise merken, was in ihm vorging. Ihm war zum Heulen zumute, als er sich an den Tisch setzte und sagte: »Das sieht wieder einmal sehr gut aus. Und wenn es auch so schmeckt. Wenn ich dich nicht hätte, würde ich glatt verhungern.«

»Wenn du mich nicht hättest, hättest du eine andere«, entgegnete sie wie immer, wenn er diesen Satz sagte, obwohl sie sich jedes Mal geschmeichelt und bestätigt fühlte. Sie liebte ihren Mann und würde alles für ihn tun.

Zum Essen trank Loose zwei Gläser Wein, und allmählich legten sich die Anspannung und Nervosität, die sich in den letzten zwei Stunden wie ein Eisenring immer fester um seine Brust gezogen hatten. Aber eines blieb dennoch – die Furcht.

Er saß noch eine Weile mit Kerstin zusammen, der Fernseher lief, sie blätterte in einer Illustrierten. Sie schwiegen, aber es war kein unerträgliches, lautes Schweigen, sondern eins, durch das jeder dem andern gestattete, sich nach einem langen Tag zu erholen. Um kurz nach elf begaben sie sich ins Bad, machten sich für die Nacht fertig und gingen zu Bett. Kerstin schlief in seinem Arm ein, während er fast die ganze Zeit über wach lag. Als der Wecker um sieben Uhr klingelte, hatte er kaum eine Stunde geschlafen. Er wusste, ein wahrhaft furchtbarer Tag lag vor ihm.

MITTWOCH, 1.50 UHR

»Verstanden. Wir sind in zehn Minuten da«, sagte Henning und beendete das Gespräch.

»Was ist los?«, fragte Santos, die hinter dem Steuer saß.

»Das war Karen vom KDD. Eine Tote im Gewerbegebiet am

Ostuferhafen. Ermordet. Sie sind schon vor Ort, der Rest der Truppe rückt gleich nach.«

»Was geht denn hier auf einmal ab? Zwei Tote innerhalb von ungefähr vierundzwanzig Stunden. Was hat sie noch gesagt?«

»Dass es sich um eine Asiatin handelt. Mehr werden wir gleich erfahren.«

Als sie eintrafen, standen mehrere Autos vor einer Lagerhalle, die kaum hundert Meter vom Wasser entfernt war. Zwei Streifenwagen und ein roter Opel Vectra befanden sich am rechten Ende der Halle. Nachts war in dieser Gegend nie etwas los. Manchmal übernachteten ein paar Obdachlose hier, die sich jedoch mit Eintreffen der Polizei oder eines Wachdienstes meist rasch aus dem Staub machten.

Henning und Santos gingen zu Karen Meister und wechselten ein paar Worte mit ihr und Konrad, bevor sie sich der Toten zuwandten. Sie war vollständig bekleidet, mit einer Jeans, einem leichten hellen Pulli und Sneakers und lag auf dem Rücken zwischen zwei Containern mit Altreifen, die Augen geschlossen. Was sofort auffiel, waren die beiden Einschüsse in der Brust und einer genau zwischen den Augen. Dort, wo die Kugeln in die Brust eingedrungen waren, hatten sich auf dem Pulli große rote Flecken gebildet. Die Einschusslöcher waren ganz deutlich zu erkennen.

»Sieht nach einem Auftragsmord aus«, meinte Henning gewohnt trocken und ging in die Hocke, ohne jedoch etwas anzufassen. Er betrachtete die noch recht junge Frau eindringlich. »Dass es eine Asiatin ist, ist nicht zu übersehen. Nur woher aus Asien?«

»Wir sind auch schon am Überlegen«, sagte Karen Meister und begab sich ebenfalls in die Hocke. »Wir tippen auf Südostasien. Malaysia, Vietnam, Kambodscha, irgendwo diese Ecke.«

»Hatte sie Papiere bei sich?«

»Nee. Keine Tasche, kein Beutel, nichts. Vielleicht hat sie was in ihren Jeanstaschen, aber wir fassen erst was an, wenn die andern angetrabt und die Fotos im Kasten sind. Wir können nur hoffen, dass sie jemand als vermisst meldet.«

Henning fuhr sich mit einer Hand über das stopplige Kinn. Er hatte vorhin zwar geduscht, aber das Rasieren hatte er sich bis zum Morgen aufsparen wollen.

»Kann ich mir nicht vorstellen. Sie wurde von einem Profi umgelegt, und solche Opfer werden in der Regel nicht vermisst. Wenn es sich um eine Streitigkeit im Milieu handelt, machen die das unter sich aus. Möglicherweise hat sie aber auch gar keine Angehörigen.«

Henning stellte sich wieder hin, und Santos sagte: »Wenn das ein Auftragsmord war, warum hier?«

»Wir wissen doch noch gar nicht, ob sie auch hier umgebracht wurde«, entgegnete Henning. »Vielleicht hat man sie nur hier entsorgt. Warten wir erst mal ab, was die Spusi rausfindet.«

»Spedition Phillips«, bemerkte Santos nach einem Blick auf das nicht zu übersehende Logo über dem riesigen Einfahrtstor mit den großen Oberlichtern. Neben der Halle parkten drei Trucks. »Vielleicht hat sie hier gearbeitet.«

»Auch das werden wir noch früh genug erfahren«, sagte Henning, ohne den Blick von der Toten abzuwenden. Er schätzte sie auf Ende zwanzig bis Mitte dreißig. Sie hatte eine sehr glatte Haut, soweit er dies im Licht der eingeschalteten Autoscheinwerfer erkennen konnte, und sehr schmale und zarte Hände, die in keiner Weise verkrampft waren. Auch ihr Gesichtsausdruck wirkte entspannt, als wäre sie von ihrem Mörder überrascht worden. Du hast nicht damit gerechnet, dass du in Gefahr schwebst, dachte er. Und schon gar nicht, dass du bald tot sein würdest. Zwei Schüsse in die Brust, einer in den Kopf. Irgendwer hat irgendjemanden damit beauftragt, dich aus dem Weg zu räumen. Aber wenn jemand von einem

Auftragskiller umgebracht wird, dann geschieht dies nie ohne Grund, dachte er weiter. In was warst du verwickelt? Oder hast du einfach nur zu viel gewusst und wurdest für jemanden gefährlich? Er wandte sich Santos und Meister zu. »Sie wurde nicht hier getötet. Man brachte sie aber her, damit sie schnell gefunden wird. Wie habt ihr's erfahren?«, fragte er Karen Meister.

»Bei der Zentrale ging ein Anruf ein, dass hier eine weibliche Leiche liegen soll. Das ist alles.«

»Handelte es sich bei dem Anrufer um einen Mann oder eine Frau?«

»Eine Frau.«

»Wann ging der Anruf ein?«

»Ein Uhr vierzehn.«

»Sonst irgendwas? Ausländischer Akzent vielleicht?«

»Da müsste ich nachfragen, das Gespräch wurde ja mitgeschnitten.«

»Dann tu das. Und von wo wurde angerufen?«

»Telefonzelle am Hauptbahnhof.«

»Da habt ihr's doch schon. Warum sollte jemand von einer Telefonzelle am Hauptbahnhof anrufen, der bummelig zehn Minuten von hier entfernt ist? Die Leiche liegt mitten im Gewerbegebiet, und der Täter oder ein Mitwisser ist zum Bahnhof gefahren, um uns zu verständigen. Man wollte, dass sie so schnell wie möglich gefunden wird.«

»Mag schon sein, aber lass das doch die Spurensicherung abklären«, meinte Santos nur.

»Ich hab trotzdem recht. Sie hatte entweder Dreck am Stecken oder war jemandem im Weg. Und mein ganz persönlicher Tipp ist, dass sie aus Vietnam stammt. Die machen sich seit zwei, drei Jahren immer mehr bei uns breit. Und nicht alle gehen einer ordentlichen Arbeit nach. Außerdem gibt es nicht nur Spannungen unter den Vietnamesen selbst, sondern auch zwi-

128

schen ihnen und anderen Gruppierungen. Und aus genau diesem Grund wird es verdammt schwer werden, denjenigen zu finden, der sie auf dem Gewissen hat. Ich halte es eigentlich für beinahe unmöglich.«

Er wollte noch etwas hinzufügen, als er die beiden Wagen der Spurensicherung und direkt dahinter den des Arztes von der Rechtsmedizin vorfahren sah. Er war gespannt auf das Ergebnis der ersten Erkenntnisse vor Ort, vor allem, ob sie mit seiner Vermutung übereinstimmten. Noch in den Autos zogen sie sich ihre weißen Nylonanzüge über. Jetzt in der Nacht sahen sie in diesen Anzügen mit den Kapuzen, die fast bis zu den Augen heruntergezogen waren, wie Gespenster aus. Dazu herrschte eine beinahe unnatürliche Stille, lediglich ein Flüstern war zu hören und hin und wieder das leichte Anschlagen der Wellen an die Kaimauer. Der Himmel war wolkenlos, durch den Neumond strahlten die Sterne noch heller als sonst. Die Luft hatte sich nach dem recht warmen Frühlingstag erheblich abgekühlt. Henning und Santos fröstelten, was aber möglicherweise auch daran lag, dass beide seit mehr als achtzehn Stunden auf den Beinen waren – mit einer Unterbrechung, als sie es sich bei Santos für eine kurze Zeit gemütlich machen konnten, bis der Anruf von Jürgens sie wieder aus dem Haus trieb. Der Tag war extrem anstrengend und auch aufwühlend gewesen. Erst hatte es einen ihrer Freunde und Kollegen erwischt, und nun kam innerhalb weniger Stunden noch eine weitere Leiche hinzu. In seinen bisherigen Dienstjahren hatte er noch nie in einer solch kurzen Zeit zwei auf unnatürliche Weise zu Tode Gekommene gehabt.

Santos erklärte den Angekommenen kurz die Lage, die sich nur wenig später an die Arbeit machten. Zwei Stative mit grellen Halogenscheinwerfern wurden aufgebaut, Koffer auf den Boden gelegt und geöffnet. Der Fotograf schoss Bilder aus allen erdenklichen Blickwinkeln, bevor sich Prof. Jürgens einen ersten Eindruck von der Leiche verschaffen konnte. Henning und Santos standen neben ihm und beobachteten ihn bei der vorläufigen Leichenschau. Er leuchtete ihr mit einer Taschenlampe in die Augen, die Nase, den Mund und hinter die Ohren und schließlich auf die Hände, wo er besonders lange verweilte, ohne jedoch etwas zu sagen.

»Und?«, fragte Henning nach einigen Minuten ungeduldig.

Ohne aufzublicken, meinte Jürgens: »Sie ist noch relativ warm, ihre Lebertemperatur beträgt 34,9 Grad. Das heißt, wenn man die aktuelle Außentemperatur von 6,4 Grad nimmt, ist sie nicht länger als eine halbe, maximal eine Stunde tot. Und wenn ich mir die Stelle hier anschaue, gehe ich mal davon aus, dass sie nicht hier umgebracht wurde. Dazu befindet sich zu wenig Blut in der unmittelbaren Umgebung der Toten. Die Todesursache habt ihr sicherlich selbst schon gesehen. Mehr irgendwann im Laufe des Tages. Und bitte erwartet nicht, dass ich jetzt noch ins Institut fahre.«

»Nein, das erwartet keiner von dir«, sagte Henning. »Verrat uns nur, welcher Nationalität sie angehört.«

»Ich bin kein Hellseher, doch ich würde auf Vietnamesin tippen. Aber unter Vorbehalt, sie kann genauso gut aus Kambodscha oder Laos stammen. Genaueres kann ich erst später sagen.«

Henning beugte sich nach unten zu Jürgens und durchsuchte die Jeanstaschen der jungen Frau, ohne jedoch etwas zu finden.

»Nichts, aber auch rein gar nichts. Sie hat vorerst keinen Namen. Und bevor wir den nicht haben, nennen wir sie Jane Doe.«

Jürgens sah ihn verwundert an. »Wieso ausgerechnet Jane Doe.«

»Ganz einfach, in den USA werden unbekannte Leichen entweder John Doe oder Jane Doe genannt. Ich könnte sie auch Lieschen Müller nennen, aber bei einer Ostasiatin klingt das ein bisschen merkwürdig, oder?«, sagte Henning grinsend.

Auch Jürgens konnte sich ein Grinsen nicht verkneifen und antwortete: »Nenn sie doch, wie du willst, ihr kann's egal sein. Ich bin dann mal weg. Und bitte keine weitere Leiche heute Nacht, ich brauch wenigstens ein bisschen Schlaf.« Bevor er sich erhob, sagte er so leise zu Henning, dass kein anderer es hören konnte: »Kann ich dich mal kurz unter vier Augen sprechen?«

Sie erhoben sich, und Henning bedeutete ihm mit einer Kopf-bewegung, mit zur Kaimauer zu kommen.

Dort angelangt, fragte er: »Was gibt's?«

Jürgens holte eine Schachtel Zigaretten aus seiner Jackentasche und zündete sich eine an. Er stellte einen Fuß auf einen nied-rigen Betonpfeiler und sagte: »Die Kleine war nicht ohne. Sie ist meines Erachtens von ihresgleichen umgebracht worden.«

»Was willst du damit andeuten?«, fragte Henning mit gerun-zelter Stirn.

»Die Haut an ihren Fingerkuppen ist weggeätzt, das heißt, ihr könnt euch das mit den Fingerabdrücken sparen. Was das be-deutet, brauch ich dir wohl nicht groß zu erklären.«

»Du meinst, sie war selber eine Profikillerin?«, sagte Henning mit Zweifel im Blick.

»Ich gebe nur wieder, was ich gesehen habe. Aber welch andere Erklärung hast du dafür, dass jemand so was tut? Kleine Gano-ven machen das nicht, sondern nur Profis. Und noch was, mei-ner Meinung nach hat sie Kampfsport betrieben. Nach dem, was ich bis jetzt von ihr sehen konnte, was zugegebenermaßen nicht viel war, ist sie durchtrainiert bis in die letzte Sehne, und an ihren Händen, besonders den Handkanten und den Knö-cheln, ist das ebenfalls zu erkennen. Für einen Laien eher nicht, aber ich hatte schon zwei- oder dreimal Kampfsportler auf meinem Tisch und kenne den kleinen, aber feinen Unterschied, was die Hände betrifft. Ich kann mich natürlich auch irren, aber wir können ja wetten.«

»Nein danke, kein Bedarf. Untersuch sie einfach so gründlich wie möglich. Ich will alles über unsere Jane Doe wissen.«

Jürgens nahm einen letzten Zug an der Zigarette, drückte sie mit der Schuhspitze aus und sagte: »Mir ist da gleich noch was eingefallen. Erst Gerd, dann unsere Unbekannte. Vielleicht gibt es da einen Zusammenhang.«

»Inwiefern?«

»Na ja, Gerd in der Abteilung Organisierte Kriminalität, sie vermutlich eine Auftragskillerin. Kommt dir das nicht auch ein bisschen seltsam vor?«

Henning sah zu Santos, die sich mit Karen Meister unterhielt, und sagte schließlich: »Das ist ziemlich weit hergeholt, findest du nicht?«

»Meinetwegen, ist sowieso dein Fall. Ich habe lediglich eine Vermutung geäußert. Bis dann.«

Henning begleitete Jürgens zu seinem Wagen und sagte: »Angenommen, nur mal so rein hypothetisch, du hast recht, dann hat Gerd womöglich in ein Wespennest gestochen oder ...« Er biss sich auf die Unterlippe, denn er wollte nicht aussprechen, was er dachte.

Jürgens ließ eine kurze Weile verstreichen, bis er fragte: »Oder was? Keine Ahnung, denn wie ich schon sagte, es ist dein Fall. Ich bin zum Glück nur Rechtsmediziner. Außerdem kanntest du ihn besser.«

»Könntest du anhand von Untersuchungen feststellen, ob die beiden irgendwas verbunden hat? Und wenn es nur ein Haar oder eine Faser ist.«

Jürgens lachte leise auf, hustete einmal und meinte: »Vielleicht finde ich ja eine bestimmte Körperflüssigkeit von Gerd bei ihr oder besser in ihr.«

»Bitte?«, fragte Henning, der nicht wusste, worauf Jürgens hinauswollte.

»Es steht in meinem vorläufigen Bericht, den du gegen Mittag kriegst, er muss nur noch getippt werden. Auch unser über alles geschätzter Oberstaatsanwalt Sturm erfährt es frühestens nach seinem Mittagessen. Um es kurz zu machen, dein lieber Freund hatte kurz vor seinem Tod Geschlechtsverkehr, und zwar ungeschützten. Das haut dich jetzt um, was? Vor allem, wenn man bedenkt, dass seine über alles geliebte Frau gar nicht in Kiel, sondern in Hamburg weilte. Und wenn ein aufgeklärter und sicherlich auch verantwortungsvoller Mann wie Gerd ungeschützt mit einer anderen Frau als seiner eigenen schläft, dann weiß er, dass er kein Risiko eingeht, weil er die Frau aller Wahrscheinlichkeit nach schon länger kennt.«

»Das glaub ich jetzt nicht, ich ... äh ... Und wenn er sich nur selbst befriedigt hat? Soll in den besten Ehen vorkommen. Vielleicht hat ihm seine Frau gefehlt«, warf Henning ein, der seine letzten Worte selbst nicht glaubte.

Jürgens sah Henning mit hochgezogenen Brauen und leicht von unten an und schüttelte den Kopf. »Dann frag ich mich, von wem die andere Körperflüssigkeit stammt, die ich an seinem kleinen Mann und an den Schamhaaren gefunden habe. Und diese Körperflüssigkeit war nicht ein paar Tage alt, sondern relativ frisch. Außerdem habe ich mehrere dunkle Haare gefunden. Vielleicht gehören sie ja sogar zu deiner Jane Doe.«

Jürgens registrierte Hennings Fassungslosigkeit, klopfte ihm freundschaftlich auf die Schulter und sagte: »Nimm's nicht so schwer, es ist in diesem Leben immer wieder das Gleiche – wir glauben jemanden zu kennen und müssen am Ende feststellen, dass wir ihn doch nicht kennen. Passiert sogar unter Ehepartnern. Finde raus, was geschehen ist. Und das mit der andern muss Gerds Frau ja nicht unbedingt erfahren. Das sind Interna, die nur uns was angehen. Wir sehen uns.«

Jürgens stieg in seinen Mercedes, zog die Tür zu und startete den Motor. Henning sah ihm nach, bis er hinter der Lagerhalle verschwunden war. Er begab sich mit langsamen Schritten zu Santos und sagte: »Hast du die Leute instruiert?«

»Inwiefern? Was hattest du überhaupt mit Jürgens zu be-
quatschen? Darf ich nicht mehr mitspielen«, fragte sie pi-
kiert, denn sie fühlte sich übergangen und ließ Henning das
deutlich spüren.

»Erklär ich dir gleich. Ich muss mal kurz rüber.« Er ging zu
den Beamten der Spurensicherung, stellte sich neben Tönnies,
der am Nachmittag schon bei Gerd gewesen war, und sagte:
»Ich …«

Tönnies hob nur die Hand und meinte: »Wir werden so gründlich wie nur irgend möglich vorgehen. Und tschüs.«

»Könnt ihr feststellen, ob die Kleine Schmauchspuren an den
Händen hat?«

»Können wir. Aber warum? Glaubst du, sie hat sich selbst erst
in den Kopf und dann in die Brust geschossen oder umgekehrt?«, fragte Tönnies bissig, der alles andere als glücklich
wirkte, nach einem langen Tag auch noch mitten in der Nacht
einen Tatort beackern zu müssen. Henning konnte es ihm nicht
verdenken, denn während er gleich nach Hause fahren durfte,
würde es für die Männer und Frauen der Spurensicherung noch
bis zum frühen Morgen weitergehen.

»Nein, das hat einen andern Grund. Und bitte informiert mich
über erste Erkenntnisse so schnell wie möglich, aber nicht vor
acht Uhr.«

»Garantiert nicht, denn um die Zeit werde ich hoffentlich selig
in meinem Bettchen schlummern und nicht vor Mittag aufstehen. Du wirst dich schon gedulden müssen. Und jetzt verschwinde und lass uns unsere Arbeit machen.«

Henning verabschiedete sich von ihm und Karen Meister, die
ebenfalls im Gehen begriffen war, und sagte zu Santos: »Du
fährst. Ich hab einiges mit dir zu bereden.«

»Ach ja?«, fragte sie schnippisch.

»Lass uns fahren«, entgegnete Henning müde, in dessen Kopf
tausend Gedanken auf einmal waren und der wusste, dass in die-

ser Nacht an Schlaf nicht zu denken war, weil diese verdammten Gedanken nicht abzustellen sein würden. Und jetzt galt es zudem noch, Lisa zu besänftigen, an der die vergangenen Stunden ebenfalls sichtbare Spuren hinterlassen hatten. Es war etwas anderes, an einen Tat- oder Fundort zu kommen und eine fremde Person tot aufzufinden oder einen Kollegen, der auch noch ein guter Freund gewesen war. Als sie auf dem Heikendorfer Weg waren und in den Ostring abbogen, sagte Henning: »Gerd hat sich gestern Abend oder Nacht mit einer Frau getroffen.«

»Hm.«

»Was hm? Hast du nicht gehört, was ich gesagt habe? Gerd hat sich gestern mit einer andern Frau getroffen.«

»Also gut, wer sagt das?«, fragte Santos, die noch immer beleidigt schien.

»Jürgens.«

»Und weiter? War er dabei, oder was?«, fragte sie spöttisch.

»Quatsch, und jetzt spiel um Himmels willen nicht länger die beleidigte Leberwurst, das steht dir nicht …«

»Ich bin nicht beleidigt«, verteidigte sich Santos und gab auf der fast leeren Straße Gas. »Schieß los.«

»Jürgens wollte sich mit mir allein unterhalten, um mir einiges von Gerds Autopsie zu berichten, was wir noch nicht wissen konnten und offiziell erst nachher schriftlich auf den Tisch kriegen. Gerd hat sich nicht nur mit einer andern Frau getroffen, er hat auch mit ihr geschlafen.«

»Du spinnst doch, oder? Das hätte Gerd Nina im Leben nicht angetan …«

»Es ist aber so. Jürgens hat bei ihm fremdes Körpersekret im Genitalbereich festgestellt, und zwar recht frisches. Ich hab auch gedacht, der hat sie nicht mehr alle, aber er macht keinen Spaß, schon gar nicht, wenn's um so was geht. Und er hat mir noch was gesagt, nämlich, dass er mehrere dunkle Haare an Gerds Körper gefunden hat, die unter Umständen von unserer Toten stammen.«

»Moment, damit ich das richtig verstehe. Gerd hatte gestern Nacht ein Rendezvous mit einer Frau, mit der er auch geschlafen hat? Ist nicht dein Ernst, oder?«

»Was weiß ich, was in ihn gefahren ist. Ich weiß eigentlich überhaupt nichts mehr.«

»Und diese Frau könnte unsere Tote von eben sein?«

»Ach was, das hat bis jetzt keiner behauptet. Kann auch sein, dass seine uns noch unbekannte Sexualpartnerin gar nichts mit dem Mord zu tun hat. Was mir aber nicht aus dem Kopf geht, ist, dass er sich an der Ostseehalle so gegen Viertel nach elf hat absetzen lassen. Vielleicht hat er sich dort mit der Frau getroffen, sie haben eine Nummer geschoben und …«

»Dann war das aber eine sehr schnelle Nummer«, warf Santos ein, »denn um zwölf hat er mit Nina telefoniert. Und ich kann mir beim besten Willen nicht vorstellen, dass er ihr gesagt hat, wie sehr er sie vermisst oder liebt oder was immer, während gleichzeitig sein Dödel in einer andern drinsteckt. Wenn er's tatsächlich gemacht hat, dann nach dem Telefonat. Der Todeszeitpunkt liegt knapp zweieinhalb Stunden danach. Und was man in gut zwei Stunden alles machen kann, das wissen wir beide, oder?«, fragte sie grinsend.

»Sicher«, antwortete Henning, ohne auf ihren für ihn im Moment unpassenden Humor einzugehen. »Mein Gott, ich kenne doch Gerd, oder besser, ich kannte ihn. Jeder, aber nicht er!« Henning fasste sich an die Nase und schien ins Leere zu blicken. »Das ist mir alles noch zu hoch. Zwei Tote innerhalb von kaum vierundzwanzig Stunden, erst Gerds inszenierter Selbstmord, dann unsere Asiatin …« Er hielt inne und meinte mit einem Mal: »Nehmen wir mal an, die beiden Morde hängen zusammen. Welche Rolle spielt dann Gerd? Oder besser, welche Rolle könnte er gespielt haben?«

»Keine Ahnung, worauf du hinauswillst.«

»Wenn ich das nur selber wüsste. Ach ja, Jürgens hat noch was ziemlich Interessantes entdeckt – sie hatte sich die Haut an den Fingerkuppen weggeätzt. Möglich, dass sie eine Auftragskillerin war. Er meint, noch mehr Hinweise darauf an ihren Händen gefunden zu haben. Und jetzt dürfen wir ein ziemlich kompliziertes Puzzle zusammensetzen.«

Santos hatte aufmerksam zugehört, den Blick auf die menschen- und fast autoleere Straße gerichtet. Sie begriff noch nicht, was sie eben gehört hatte, es war zu kompliziert, vielleicht auch nur zu spät und sie zu müde, aber sie traute Gerd einfach nicht zu, seine große Liebe Nina betrogen zu haben. Auch wenn die Tote vom Hafen eine recht ansehnliche junge Frau gewesen war, aber sie und Nina trennten allein schon vom Äußeren her Welten. Sie kannte Gerd, seit er aus Russland zurückgekehrt war, ein attraktiver Mann, der jedoch nur Augen für Nina hatte und immer von ihr schwärmte. Nein, Gerd hätte sich niemals mit einer andern Frau eingelassen.

Nach ein paar Sekunden sagte sie: »Sören, das ist mir zu hoch. Wenn Gerd von einem Auftragskiller umgelegt wurde und dieser Auftragskiller eine Frau war, womöglich unsere Tote, warum hat man dann sie umgelegt, nachdem sie ihren Job doch so hervorragend erledigt hatte? Kannst du mir das erklären?«

»Ich habe keinen blassen Schimmer. Außerdem haben wir bis jetzt noch nicht den geringsten Anhaltspunkt, dass die beiden Morde zusammenhängen.«

»Komm, mach mir nichts vor, wir wissen es zwar nicht, aber wir spüren es. Und wenn das alles, was du da gesagt hast, so stimmen sollte, dann muss Gerd in etwas reingerutscht sein, aus dem er nicht mehr aus eigener Kraft rauskam. Denk doch nur an die Ungereimtheiten in seinem Leben. Das Auto, die Luxusuhr, alles Dinge, von denen wir nichts wussten. Ich meine, von dem Haus schon, doch wir haben uns nie Gedanken darüber gemacht. Aber wir wussten zum Beispiel nichts von seinem neuen BMW. Ich kenne keinen aus unserm Dunstkreis,

der sich einen solchen Schlitten leisten könnte, es sei denn, die
Frau oder der Mann verdient ordentlich mit. Woher um alles in
der Welt hatte er das Geld? Ninas Bilder bringen zwar einiges
ein, aber …«

»Lisa, es ist verdammt spät, und ich möchte eigentlich nur noch
ins Bett. Und du solltest auch besser schlafen. Wir können
nicht mehr klar denken und Spekulationen … Nee, nicht jetzt.
Bringst du mich zu mir nach Hause, ich muss allein sein.«

»Warum?«

»Weiß nicht, einfach so.«

Santos kannte Henning mittlerweile zu gut, als dass sie seine
kleine Lüge nicht durchschaute. Er würde zu Hause grübelnd
durch seine Wohnung im elften Stock des vergammelten Hauses
inmitten eines sozialen Brennpunkts tigern, sich auf den Balkon stellen, auf den Hafen schauen und seine Gedanken kreisen lassen. Und wenn es ihn überfiel, auf einem Block auf mehreren Seiten aufschreiben, was ihm gerade in den Sinn kam.
Wenn überhaupt, würde er eine oder zwei Stunden schlafen
und am Morgen so tun, als würde es ihm blendend gehen, obwohl er sich hundsmiserabel fühlte und mit der im Laufe des
Tages immer stärker und fordernder werdenden Müdigkeit
auch seine Laune mehr und mehr absackte. Sie hatte diese An-
wandlungen schon einige Male miterlebt, zuletzt im Herbst
vergangenen Jahres, als ein elfjähriges Mädchen auf dem Weg
zum Sportverein spurlos verschwunden war. Tagelang hatte die
Polizei die Gegend durchforstet, eine Sonderkommission war
schon am zweiten Tag gebildet worden, deren Leiter Sören
Henning war. Knapp zwei Wochen später fand man die
schrecklich zugerichtete Leiche des Mädchens nur wenige hundert Meter vom Sportverein entfernt in einem Gebüsch. In der
darauffolgenden Zeit hatte Henning öfter zu Hause übernachtet, sich den Kopf zermartert, psychologische Profile zu erstel-
len versucht und sie einige Male mitten in der Nacht angerufen

und gesagt, dass er sie sehen wolle. Es war einer dieser Fälle, für die er sich psychisch und physisch verausgabt hatte. Und nicht anders würde es diesmal sein. Und obgleich nur ungern, würde sie ihm auch jetzt wieder den Gefallen tun und ihn vor seiner Haustür absetzen.

Um kurz nach drei hielt sie vor dem Haus. Er verabschiedete sich mit einem Kuss von ihr und sagte, bevor er ausstieg: »Nicht sauer sein, das hat nichts mit dir zu tun …«

»Ist doch gut. Außerdem sind wir nicht verheiratet. Bis nachher. Und bitte versuch zu schlafen, wir brauchen dich. Schalte dein Gehirn ab, okay?«

Er lächelte Lisa zu und streichelte ihr über die Wange, stieg aus, beugte sich noch einmal nach unten und sagte: »Mal sehen.« Dann schlug er die Wagentür zu und ging zum Haus.

Santos sah ihm nach und wartete, bis er im Flur war, wendete und fuhr zu sich. Vier, maximal fünf Stunden Schlaf blieben ihr, und sie wurde das Gefühl nicht los, dass der Fall eine weitaus größere Dimension hatte, als es zunächst ausgesehen hatte. Speziell nach dem, was Henning ihr in den letzten Minuten erzählt hatte. Ich muss auch abschalten, dachte sie, als sie in ihre Wohnung trat und sich wünschte, Henning wäre jetzt bei ihr und sie könnte in seinem Arm einschlafen. Sie machte sich für das Bett fertig, legte sich hin und schloss die Augen. Es dauerte nur wenige Sekunden, bis sie einschlief.

MITTWOCH, 3.20 UHR

Sören Henning hatte sich eine Flasche Wasser aus dem Kasten neben der Spüle geholt und trank in langen Schlucken. Er setzte sich auf den Stuhl vor dem Esstisch, nahm den darauliegenden Block und einen Stift und begann zu schreiben.

Schon vorhin im Auto, als er sich mit Lisa beinahe in die Haare gekriegt hätte, waren mehrere Fragen aufgetaucht, die er unbedingt zu Papier bringen musste, sonst würde er sie womöglich am Morgen vergessen haben, oder wenigstens ein paar von ihnen.

1. Woher hatte Gerd so viel Geld? Wir müssen sein Konto oder seine Konten überprüfen, sofern er mehrere hat. Ebenfalls überprüfen, ob das Haus abbezahlt ist.
2. War Gerd in kriminelle Geschäfte verwickelt? Organisiertes Verbrechen? Und wenn ja, wo könnten wir die Beweise dafür finden? Bei ihm zu Hause? Aber wo? Wo würde jemand wie Gerd Aufzeichnungen verstecken?[*]
3. Oder waren diese Aufzeichnungen auf der ausgetauschten Festplatte? Wahrscheinlich, denn warum sonst hätte der Mörder/die Mörderin sie mitgehen lassen? Aber jeder macht Sicherungskopien, vor allem, wenn es sich um brisantes Material handelt. Und Gerd war überaus korrekt. (Wirklich???)
4. Was hat es mit dem Bildschirmschoner auf sich?
5. Sollte Gerd mit dem organisierten Verbrechen kooperiert haben, dann würde das auch seinen finanziellen Wohlstand erklären. (Noch Spekulation!!!)
6. Wer ist die Frau, mit der Gerd sexuellen Kontakt hatte? Ist sie auch seine Mörderin?
7. Warum wurde Gerds Mord so akribisch inszeniert? Warum wurde er nicht einfach erschossen?
8. Warum hat Gerd Nina betrogen? Und warum hat das niemand bemerkt? Frauen merken doch fast immer, wenn der

---

[*] Brisantes Material könnte er in einem Schließfach deponiert haben!!! Wir sollten nach einem Schlüssel oder einem Hinweis auf ein Schließfach suchen!!!

140

Mann eine Affäre hat. Nina hat doch diese Antennen. Bei ihr sind die Uhren stehengeblieben, als Gerd starb etc. Kann aber auch sein, dass sie von Gerds Affäre wusste, will es aber vor uns nicht zugeben, um den Schein der heilen Welt zwischen ihr und Gerd aufrechtzuerhalten. Wie wahrscheinlich ist das? Keine Ahnung, es würde aber zu Ninas russischer Seele passen.

9. Aber warum hätte Gerd Nina betrügen sollen? So was tut man doch nur, wenn es in der Ehe kriselt oder die Beziehung gestört ist. Davon war jedoch nie etwas zu spüren, im Gegenteil. Lisa und ich können uns doch nicht so täuschen!!!

10. Aber was wollte Gerd Montagnacht an der Ostseehalle? Und mit wem hat er während der Observierung telefoniert? Mit der Frau, mit der er sich später getroffen hat?

11. Was ist mit dem Zeitfenster zwischen Mitternacht und ca. 2.30 Uhr? Um Mitternacht hat Nina mit ihm telefoniert, und er klang angeblich völlig normal (Nina behauptet, er klang normal; s. Punkt 8, Ehekrise). War er da schon mit einer andern Frau zusammen? Hat Nina mit ihm telefoniert, während er mit einer andern im Bett war?

12. Warum wurde Gerd von einem Auftragskiller ermordet? (Mann oder Frau?) Frage: War es ein Auftragskiller, oder gehen wir nur davon aus? Noch Spekulation!!!

13. War die Asiatin seine Geliebte und auch seine Mörderin? War sie auf Gerd angesetzt und sollte ihn umbringen? Wenn ja, wie haben sie sich kennengelernt? (Alles noch Spekulation!!! Seine Sexualpartnerin kann auch völlig unbescholten sein!!!)

14. Mit wem hatte Gerd in letzter Zeit Kontakt? An welchem Fall arbeitete er? (Ziese behauptet, Gerd habe sich nur mit Routinefällen beschäftigt, aber was, wenn Gerd auch außerhalb der Routine ermittelt hat??? Rausfinden, ob, und wenn, was es gewesen war!!!)

141

15. Aber wenn er ohne Wissen von Ziese ermittelt hat, muss er das außerhalb seiner Dienstzeit getan haben (s. Punkt 14). Hat er evtl. auf eigene Faust in einem bestimmten Fall oder Milieu ermittelt? Gerd war ein harter Hund, keine Angst vor Gefahr. Wollte immer die Welt verbessern!!! Nein, Gerd war nicht korrupt!!! Oder er war ein perfekter Schauspieler. Wenn er die Seiten gewechselt hat, warum? Und wann? Wer oder was könnte ihn dazu gebracht haben, seinen Beruf zu verraten? (Spekulation, Spekulation!!!)

16. Alle Telefonate der letzten Zeit überprüfen, auch die von seinem Dienstapparat aus.

17. Gibt es eine Möglichkeit, sein Bewegungsprofil zu überprüfen?

Henning gähnte und fuhr sich mit einer Hand über die Augen. Er schaute auf die Uhr – zwanzig nach vier. Scheiße, dachte er, ich hätte lieber schlafen sollen. Er lehnte sich zurück, verschränkte die Arme hinter dem Kopf und starrte an die Wand mit der überdimensionalen Deutschlandkarte, ohne jedoch etwas Bestimmtes anzusehen, denn er war mit seinen Gedanken weit weg. Gerd war ein guter Freunde gewesen, und ihm war es ein Rätsel, warum er ermordet worden war. Vor allem die Art und Weise machte ihn stutzig. Er beugte sich wieder nach vorn und schrieb weiter:

18. Der Mord muss von langer Hand vorbereitet gewesen sein. Mit wem hat Gerd sich angelegt, dass er aus dem Weg geräumt werden musste? Mafia? Hatte er deshalb so viel Geld, und wurde er vielleicht gierig? Keine Ahnung.

19. Fragen, ob Spusi Spuren von Geschlechtsverkehr im Haus gefunden hat, falls sie überhaupt im Haus waren.

Mit einem Mal zuckte er zusammen, als er an Gerds Tochter Rosanna dachte. Er wollte den Gedanken nicht weiterdenken, zu absurd erschien er ihm, doch schließlich schrieb er mit zittrigen Fingern:

20. War Rosannas Tod kein Unfall, sondern auch Mord? Vielleicht eine Warnung? Unfallfahrer bis heute nicht geschnappt. Auch hier Alkohol im Spiel. Wir haben nur ein Auto gefunden, in dem sich Flachmänner und zwei leere Wodkaflaschen befanden. Zwei Wodkaflaschen – wie bei Gerd!!! Und das Auto war als gestohlen gemeldet!!! Gibt es einen Zusammenhang zwischen beiden Todesfällen??? Wie groß ist die Wahrscheinlichkeit? Zufall??? Ein gestohlenes Fahrzeug, ein angeblich betrunkener Fahrer, der ein Kind totfährt in einem reinen Wohngebiet?
21. Gerd war schockiert über den Verlust seiner Tochter, hat aber gesagt: »Das Leben geht weiter, es muss weitergehen. Ich habe ja Nina, und irgendwie werden wir es schon schaffen. Sie ist das Beste, was mir je passiert ist.« Klang ehrlich, Gerd hätte in einer solchen Situation niemals gelogen. Aber warum hat er zu keiner Zeit Ninas erneute Schwangerschaft erwähnt?
22. Ist Nina auch in Gefahr? Unwahrscheinlich, der oder die Mörder interessieren sich nicht für sie, sonst hätten sie sich zuerst an sie gehalten. Hat Gerd von der Schwangerschaft vielleicht niemandem erzählt, um Nina zu schützen? Macht Sinn. Nina ist nicht in Gefahr.

Henning atmete ein paarmal tief durch und las dann noch einmal die Punkte, die er aufgeschrieben hatte.
O verdammt, ich komm nicht weiter. Ich leg mich jetzt drei Stunden aufs Ohr und … Rosanna, Rosanna, Rosanna. Sie war knapp fünf Jahre alt und kam bei einem Unfall ums Le-

143

ben. Ein Todesraser, von dem nach wie vor jede Spur fehlt. Moment, vielleicht hat Gerd auf eigene Faust nach ihm gefahndet und ... Bitte hör auf, dachte er, warf den Stift auf den Tisch, erhob sich, ging auf den Balkon und schaute einen Moment über das noch nächtliche Kiel. Das Gesicht von Gerd tauchte vor ihm auf, ein jungenhaftes Gesicht, das ihn jünger erscheinen ließ, als er in Wirklichkeit war. Die meisten, die ihn nicht kannten, glaubten, er hätte kaum die dreißig überschritten, dabei stand er kurz vor seinem vierzigsten Geburtstag. Und er sah die kleine Rosanna, ein Wirbelwind, ihrer Mutter wie aus dem Gesicht geschnitten, mit langen blonden Haaren. Lediglich die blauen Augen hatte sie von ihrem Vater, große blaue und neugierige Augen. Und sie war überdurchschnittlich intelligent gewesen. Er erinnerte sich an Fragen, die sie gestellt hatte, die die meisten Vierjährigen nie stellen würden. Für sie war alles interessant, sie hatte ihre Umgebung sehr aufmerksam und auch kritisch beobachtet, und sie hatte viel gelacht. Ein glückliches Mädchen, behütet aufgewachsen bis zu diesem schrecklichen Tag im Februar. Henning hatte ihren kleinen zertrümmerten Körper in der Rechtsmedizin gesehen und nichts als Wut und Trauer und eine unendliche Leere empfunden. Der Tod eines Kindes war immer etwas Besonderes, im negativen Sinn. Der Tod eines Kindes, das man selbst nur zu gut kannte, war noch härter zu verkraften. Gerd hatte stumm neben ihm gestanden, seine Miene wie zu Eis erstarrt, keine Tränen. Erst als sie wieder draußen waren, brach es aus ihm heraus, und es dauerte fast eine halbe Stunde und mehrere Gläser Bier, bis er sich einigermaßen beruhigt hatte. Henning hatte ihn nach Hause gefahren, wo Nina mit versteinertem Gesicht auf ihn wartete. Seitdem war er nicht mehr bei ihnen gewesen. Und nun fragte er sich, was in den vergangenen zwei Monaten geschehen war, ob es einen Bruch in der Beziehung zwischen Nina

und Gerd gegeben hatte. Henning hatte oft genug davon gehört, dass der Tod eines Kindes eine Ehe wie ein zu Boden fallendes Glas zerbrechen ließ. Und zwangsläufig musste er an seine eigene gescheiterte Ehe denken, an die schönen Jahre und wie es schließlich immer mehr bergab ging, sie sich nichts mehr zu sagen hatten, weil er sich abkapselte. Noch heute trauerte er manchmal dieser Zeit hinterher, aber allmählich verblasste die Erinnerung, und er dachte nur noch an seine beiden mittlerweile fast erwachsenen Kinder, die er viel zu selten sah. Dass er überhaupt wieder ins normale Leben zurückgefunden hatte, lag zu einem großen Teil an Lisa, die ihm gezeigt hatte, dass es auch ein Leben nach einer gescheiterten Ehe gab, und mit der er sich besser verstand als mit seiner Exfrau in den meisten Jahren ihrer Ehe. Seit der Scheidung giftete sie nur noch gegen ihn, stellte immer neue und immer unverschämtere Forderungen, obwohl er finanziell auf Sparflamme lebte und sie leicht hätte arbeiten gehen können, doch noch gelang es ihr, sich dieser Pflicht zu entziehen. Aber spätestens wenn seine Tochter Elisabeth aus dem Haus war, würde sie sich nicht mehr drücken können. Und sollte sich bestätigen, was seine Tochter ihm kürzlich mitgeteilt hatte, nämlich, dass seine Ex einen festen Freund hatte, der sogar des Öfteren bei ihr übernachtete und umgekehrt, würde Henning einen Anwalt einschalten und prüfen lassen, ob sie nicht gezwungen werden könnte, sich eine Arbeit zu suchen. Als gelernte Betriebswirtin und Übersetzerin würde es ein Leichtes für sie sein, etwas Geeignetes zu finden, und wenn sie von zu Hause aus arbeitete.
Er merkte, wie er immer müder wurde, es war mittlerweile kurz nach halb fünf. Er ging zurück ins Zimmer, schloss die Balkontür und legte sich, so wie er war, auf das seit vielen Wochen nicht bezogene Bett. Augenblicklich schlief er ein.

145

MITTWOCH, 8.45 UHR

»Moin«, sagte Henning, als er ins Büro kam, wo Harms und Santos ein Gespräch führten und in seine Richtung blickten. »Was Neues?«

»Hi«, wurde er von Santos begrüßt, »gut geschlafen?«

»Geht so«, entgegnete er wortkarg.

»Nein, nichts Neues«, sagte Harms, der an die Schreibtischkante gelehnt dastand. »Lisa hat mir schon einen ausführlichen Bericht über euren Einsatz letzte Nacht gegeben. Lassen wir uns überraschen, was bei der Obduktion unserer unbekannten Toten herauskommt.«

Henning hörte den Unterton in Harms Stimme. »Du meinst, ob Jürgens etwas findet, das beide Morde in Zusammenhang bringen könnte. Ich hoffe nicht, fürchte es aber. Und falls sich meine Befürchtungen bewahrheiten, haben wir die Arschkarte gezogen. Wissen wir schon irgendwas über die Identität der Toten?«

»Null. Ich werde aber nachher mit dem Staatsanwalt sprechen und fragen, ob wir ein Foto veröffentlichen …«

»Hätte ich auch vorgeschlagen«, meinte Henning und holte sich einen Kaffee, den Santos wie jeden Morgen frisch aufgebrüht hatte, und setzte sich. »Allerdings sollten wir das Foto so retuschieren, dass der Einschuss in der Stirn nicht sichtbar ist. Wir werden auch keinem einzigen Reporter mitteilen, wie sie gestorben ist. Sie ist einfach eine unbekannte Tote, die am Hafen gefunden wurde.« Er nippte an dem noch heißen Kaffee und stellte die Tasse auf den Tisch.

»Einverstanden. Glaubst du denn an einen Zusammenhang zwischen den Morden?«, wollte Harms wissen und nahm hinter seinem Schreibtisch Platz, während Santos am Fenster stand und sich noch zurückhielt.

Henning ließ einen Moment verstreichen, bevor er antwortete:

146

»Ich dachte, ich hätte mich eben schon ziemlich deutlich ausgedrückt. Ja, ich glaube an einen Zusammenhang. Aber bevor
wir hier leere Phrasen dreschen, ich habe eine Liste mit zweiundzwanzig Punkten mitgebracht, die ich gerne mit euch
durchgehen würde. Das heißt, erst mal nur mit euch, bevor wir
die Kollegen einweihen. Ich will jetzt aber nicht alle Punkte im
Detail besprechen, sondern nur die wesentlichen. Okay?«
»Schieß los«, sagte Harms, der gespannt war, was Henning
vorbereitet hatte.
»Also, wir wissen, dass Gerds Suizid kein solcher war. Ich hab
mir natürlich Gedanken gemacht, und seit gestern Abend haben sich mir immer neue Fragen aufgetan. Vor allem, als Konrad sagte, dass er Gerd so gegen Viertel nach elf an der Ostseehalle abgesetzt hat, fingen bei mir die Alarmglocken an zu läuten. Und dann kam eins zum andern. Fakt ist, dass er Nina
angelogen hat, als sie um Mitternacht telefonierten. Er sagte
ihr, er sei noch im Dienst und könne nicht lange sprechen. Aber
er war nicht mehr im Dienst, zumindest offiziell nicht. Was
also hat er an der Ostseehalle gewollt, und was passierte in der
Zeit zwischen Mitternacht und seinem Tod? Nina behauptet,
er habe am Telefon ganz normal geklungen …«
»Sie hat ihn angerufen?«, fragte Harms.
»So ist es.«
»Das heißt, auf seinem Handy. Wir können doch ganz leicht
überprüfen, wo in etwa er sich zu dem Zeitpunkt aufgehalten
hat. Ich werde das gleich veranlassen. Fahr fort.«
»Sollte er zu Hause gewesen sein, dann war vielleicht sein Mörder oder seine Mörderin bei ihm. Ich weiß, ich weiß, ich speku-
liere im Augenblick noch, aber was, wenn er sich an der Ostseehalle mit jemandem getroffen hat und mit dem- oder derje-
nigen zu sich nach Hause gefahren ist? Lisa und ich waren
letzte Nacht bei Nina, um ihr noch ein paar Fragen zu stellen,
und ich kann dir sagen, wo Gerd wohnt, da sind nachts alle

147

Fenster verrammelt und die Rollläden runtergelassen. Das ist eine Geisterstadt. Sollte Gerd jemanden mitgebracht haben, dann hat das garantiert kein Mensch gesehen. Dennoch sollten wir, wie ich bereits gestern vorschlug, sämtliche Nachbarn befragen, vielleicht ist ja doch einem etwas aufgefallen, oder jemand hat was gehört. Außerdem möchte ich wissen, was die Nachbarn über Gerd und seine Familie zu sagen haben. Letzteres sollte jedoch so diskret wie möglich geschehen. Ich möchte Nina so weit es geht da raushalten, obwohl sie's wahrscheinlich sowieso erfahren wird. Ist auch egal«, winkte er ab und holte die drei Seiten, die er vom Block abgerissen hatte, aus seiner Jackentasche.

»Es gibt im Prinzip drei Punkte, die für mich wesentlich sind. Wenn euch noch weitere einfallen, okay. Punkt eins: Gerd hatte mehr Geld als für einen Bullen üblich. Das Haus, das Auto, die Uhr, die er Nina zum Geburtstag geschenkt hat. Allein für die Uhr müsste jeder von uns mindestens ein halbes Jahr arbeiten und dürfte sich nichts sonst leisten, nicht mal eine Schachtel Zigaretten.«

»Was für eine Uhr?«, fragte Harms mit gerunzelter Stirn.

»Patek Philippe. Die Dinger sind sauteuer …«

»Das weiß ich selbst«, wurde er von Harms unterbrochen. »Und weiter?«

»Und weiter? Hallo, kannst du rechnen? Ich frage mich nämlich, woher er die Kohle hatte. Von seinem Gehalt allein hätte er die unmöglich bezahlen können. Und von seinem neuen BMW wusste ich bis gestern auch nichts. Und dass der auch nicht für 'n Appel und 'n Ei zu haben ist, dürfte bekannt sein. Ich fürchte, er hatte eine Menge Geheimnisse, nicht nur vor Nina, sondern auch vor uns …«

»Wenn ich mal kurz einhaken darf. Du warst doch meines Wissens nach öfter mal bei ihm. Hast du den Wagen nie gesehen?«

»Nee, da stand immer nur der Corsa vor der Garage. Außerdem war ich zuletzt nach der Beerdigung seiner Tochter bei ihm. Ich weiß nur, dass er bis vor nicht allzu langer Zeit einen Golf gefahren hat. Ich geh davon aus, dass er sich den Wagen irgendwann in den letzten Wochen zugelegt hat, was leicht rauszufinden sein dürfte. Die Kiste ist jedenfalls ziemlich neu, und das allein zählt für mich im Moment. Ich schlage vor, dass wir Einsicht in sein Bankkonto beantragen und die Kontobewegungen der letzten Monate überprüfen.«

Santos trat näher und sagte: »Du glaubst doch nicht allen Ernstes, dass Gerd, sollte er die Seiten gewechselt haben, schmutziges Geld auf sein normales Konto eingezahlt hat. So blöd wäre er nie gewesen. Und ganz ehrlich, mir gefällt nicht, wie du ihn hinstellst. Wie einen Verbrecher …«

»Glaubst du vielleicht, mir gefällt das? Wir kennen oder besser kannten uns seit ungefähr fünfzehn Jahren, und für mich war er immer ein absolut integrer Polizist. Ich will es mir nicht vorstellen, dass er ein falsches Spiel gespielt hat, aber wir müssen es zumindest in Erwägung ziehen. Und glaub mir, ich wünsche mir nichts mehr, als dass sich für alles eine logische und nachvollziehbare Erklärung findet. Vor allem aber wünsch ich mir, dass Gerd sauber geblieben ist. Im Augenblick spricht allerdings doch eine Menge gegen ihn.«

»Was hast du noch?«, fragte Harms mit ruhiger Stimme, um die Spannung, die sich von Minute zu Minute steigerte, zu nehmen.

Henning holte tief Luft, schloss kurz die Augen und fuhr fort: »Tut mir leid, wenn ich eben ein bisschen laut geworden bin, aber das nimmt mich ziemlich mit, nee, es kotzt mich an.« Er winkte ab. »Punkt zwei: Gerd hatte laut Jürgens nicht lange vor seinem Tod Geschlechtsverkehr. Da Nina bis gestern Mittag in Hamburg war, kann sie als Bettgenossin ausgeschlossen werden. Die Frage ist, ob die Unbekannte auch seine Mörderin ist. Konrad hat gesagt, dass Gerd während der Observierung mal austreten musste, aber draußen mit jemandem telefoniert hat. Nina war's nicht, denn sie hat mit ihm erst um Mitternacht gesprochen. Hat er sich da mit jemandem an der Ostseehalle verabredet, vielleicht sogar mit seiner Geliebten? Das heißt, wir sollten sämtliche Telefonate, die er in letzter Zeit geführt hat, auch die vom Büro aus, überprüfen. Vielleicht ergibt sich ja daraus eine Spur. Und Punkt drei: Ich halte es für keinen Zufall, dass kaum vierundzwanzig Stunden nach Gerds Ermordung eine tote Asiatin, vermutlich aus Vietnam, am Osthafen gefunden wurde. Auch sie wurde offenbar von einem Auftragskiller umgebracht ...«

»Stopp, stopp!«, unterbrach ihn Harms erneut. »Dass Gerd von einem Auftragskiller ermordet wurde, ist nicht bewiesen. Noch nicht ...«

»O mein Gott, bewiesen oder nicht, alles deutet doch darauf hin«, brauste Henning auf. »Die K.-o.-Tropfen, die zwei Wodkaflaschen, obwohl er fast nie getrunken hat ... Laut Jürgens hat Gerd vor seinem Tod K.-o.-Tropfen verabreicht bekommen, und zwar so viel, dass es einen Elefanten umgehauen hätte. Er wäre somit unmöglich in der Lage gewesen, danach noch zwei Flaschen Wodka zu trinken und im Anschluss daran das Auto im volltrunkenen Zustand so zu präparieren, wie wir es vorgefunden haben. Ich bin mir fast sicher, es gibt eine Verbindung zwischen beiden Morden. Ein paar Kollegen sollen sich mal im Milieu umhören, vor allem unter den Vietnamesen. Auch wenn die Hoffnung, dass die quatschen, praktisch null ist. Aber einen Versuch ist es allemal wert. Und dann hab ich da noch einen Punkt: Rosanna. Rosanna wurde von einem bis heute unbekannten Raser getötet, das Auto wurde kurze Zeit später von unsern Kollegen aufgefunden. Korrigiert mich, aber ich meine mich erinnern zu können, dass auf dem Beifahrersitz zwei leere Wodkaflaschen lagen und man bislang davon ausging, dass der Todesraser betrunken war, als der Unfall geschah.

Zwei Wodkaflaschen waren bei Rosanna im Spiel, zwei Wodkaflaschen bei Gerd. Zufall?« Henning schüttelte den Kopf und sah Harms an. »Ich glaub's seit heute Nacht nicht mehr, das heißt, ich halte seit heute Nacht alles für möglich. Was immer Gerd auch gemacht hat, er konnte aus irgendwelchen Gründen nicht mehr zurück, weil er schon zu tief im Sumpf drinsteckte. Wer weiß?«

Santos wiegte den Kopf hin und her. »Das ergibt keinen Sinn. Sollte Rosanna tatsächlich vorsätzlich getötet worden sein, dann hätte man Gerd doch vorher eine Warnung zukommen lassen und er hätte alles getan, um sie zu schützen. Im organisierten Milieu ist das doch üblich, oder? Das war ein Unfall und nichts anderes.«

»Vielleicht hat man ihn auch gewarnt und ihm gedroht, aber er hat's nicht ernst genommen. Ihr merkt, ich stelle Thesen und Hypothesen auf, von denen ich bis jetzt nicht eine einzige beweisen kann, aber ich bin überzeugt, dass wir Beweise finden werden.«

»Lass mich noch mal auf Gerds Ermordung zurückkommen«, sagte Santos. »Welche Gruppierung aus dem Organisierten käme für so was in Frage? Vietnamesen, Russen, Italiener, Albaner? Wer ist auf solche Morde spezialisiert, oder welcher Gruppierung können wir diese Handschrift zuordnen? Ich kenne keine, wobei ich zugeben muss, mich im organisierten Milieu nicht sonderlich gut auszukennen. Gerd war der Experte.«

Henning zuckte die Schultern. »Woher soll ich das wissen? Ich habe genauso viel oder wenig Ahnung wie du. Ich weiß nur eins, hinter dem Mord an Gerd steckt weit mehr als nur ein Tötungsdelikt aus niederen Beweggründen. Und sollte sich zudem herausstellen, dass er und unsere Asiatin etwas miteinander hatten, dann wird's richtig heiß.«

Harms neigte den Kopf ein wenig zur Seite und sagte: »Wie

hab ich das zu verstehen? Wie kommst du darauf, dass Gerd und die Tote …«

»Ich dachte, Lisa hätte dich schon informiert. Wie bereits erwähnt, hatte Gerd vor seinem Tod Geschlechtsverkehr. Und Jürgens hat bei Gerd dunkle Haare gefunden hat, und zwar ähnlich denen, die unsere Tote hat. Es besteht durchaus die Möglichkeit, dass die beiden was hatten. Warum sie aber umgebracht wurden, das gilt es zu lösen. Es gibt Fragen über Fragen.«

»Lisa hat vorhin etwas davon erwähnt, dass bei der Toten die Haut an den Fingerkuppen weggeätzt war …«

»Hat Jürgens gleich bei der Leichenschau vor Ort festgestellt. Könnte sein, dass sie eine Auftragskillerin war, die beseitigt werden musste. Vielleicht wusste sie zu viel, vielleicht war sie jemandem im Weg, vielleicht war es auch nur ein Revierkampf, bei dem sie den Kürzeren zog. Ich hab keine Ahnung, was hinter der ganzen Sache steckt. Wir gehen jetzt erst mal zu Kurt. Er soll uns in allen Einzelheiten berichten, an was Gerd in letzter Zeit gearbeitet hat. Und wenn wir bei Kurt nicht weiterkommen, dann vielleicht bei einem andern Kollegen. Irgendwo wird sich schon was finden. Veranlass bitte, Volker, dass die Nachbarn befragt werden. Lisa und ich durchkämmen noch mal Ninas Haus, wogegen sie mit Sicherheit nichts einzuwenden hat, und außerdem möchte ich gern mit Gerds Mutter sprechen. Dann bitte unbedingt einen Beschluss besorgen, mit dem wir Einblick in sein Konto oder seine Konten erhalten. Um die Vietnamesen sollen sich die Kollegen vom OK kümmern. Lisa und ich gehen jetzt gleich hoch und besprechen das mit Kurt. Er soll seine Leute auf die Piste schicken.« Und nach einer kurzen Pause: »So, das war's eigentlich von meiner Seite. Ich denke, damit hätten wir unsern Arbeitstag schon mal im Wesentlichen durchgeplant. Sonst noch was?«

»Du bist ziemlich in Fahrt«, bemerkte Harms lapidar.

»Hast du ein Problem damit?«, fragte Henning mit herausforderndem Blick.

»Nein, aber du weißt, Wut ist in unserm Job nicht hilfreich, im Gegenteil. Geh es sachlich und nüchtern an, auch wenn's schwerfällt. Nur ein gutgemeinter Rat.«

»Keine Sorge, sobald ich hier raus bin, werde ich der sachlichste und nüchternste Bulle auf Erden sein«, entgegnete Henning mit unüberhörbarem Sarkasmus. »Aber soll ich dir was sagen? Gerd war mein Freund, und ich werde alles in meiner Macht Stehende tun, um herauszufinden, was vorgestern Nacht passiert ist. Es war Mord, und Gerd war möglicherweise in kriminelle Machenschaften verwickelt. Aber ganz ehrlich, ich glaube das nicht – und ihr doch auch nicht, oder?« Für wenige Sekunden herrschte eine beinahe betroffene Stille, bis Henning fortfuhr: »Keine Antwort ist auch eine Antwort. Gerd hat kein doppeltes Spiel gespielt, und ich werde das beweisen. Und ob unsere Asiatin was mit dem Mord zu tun hat, kriege ich auch raus. Ich weiß nur eins, Gerd hat Nina geliebt und hätte ihr niemals weh getan …«

»Und wenn er doch mit einer andern Frau eine Affäre hatte?«, warf Santos ein. »Du kannst doch Jürgens' Obduktionsergebnis nicht einfach ad absurdum führen. Er hatte was mit einer andern, und du wusstest nichts davon. Wärst du in seiner Situation gewesen, du hättest ihm auch nichts von einer andern Frau erzählt. Es gibt sicherlich eine Erklärung, aber ich fürchte, du wirst sehr enttäuscht sein …«

»Das ist mir egal. Ganz gleich, was er auch gemacht hat, es ist meine Pflicht, seinen Mörder zu fassen.«

»Es ist unsere ganz normale Pflicht«, sagte Santos. »Wir werden diesen Fall wie jeden andern auch behandeln, klar?«

»Sicher, nur in allen andern bisherigen Fällen hatten wir keine persönliche Beziehung zu den Opfern oder ihren Angehöri-

153

gen. Ganz objektiv kann keiner von uns an die Sache rangehen. Wir können den Fall natürlich auch abgeben und Däumchen drehen.«

»Blödsinn! Es geht doch lediglich darum, die Ermittlungen nicht verbissen zu führen, sondern sachlich, wie Volker schon sagte. Und jetzt lass uns endlich zu Kurt gehen, und danach fahren wir zu Nina. Aber vorher klingeln wir bei ihr durch, nicht dass wir vor verschlossener Tür stehen.«

»Was ist mit den Fotos, die bei Gerd gemacht wurden?«, fragte Henning.

»Sind vorhin reingekommen. Hier, bitte.« Harms legte den Stapel vor Henning.

Dieser betrachtete eins nach dem andern, runzelte ein paarmal die Stirn und meinte: »Sieht auf den ersten Blick wirklich wie Selbstmord aus. Mein lieber Scholli, da hat jemand ganze Arbeit geleistet. Wie lange dauert es, ein Auto so abzukleben? Zehn Minuten, eine Viertelstunde?«

»Weniger«, antwortete Harms. »Ein Profi, wenn es denn einer war, schafft das in maximal fünf Minuten. Das ist kein großer Akt.«

»Aber es ist eine Handschrift. Hatten wir in letzter Zeit Fälle, in denen Selbstmorde mit Auspuffgasen verübt wurden?«

»Schauen wir mal.« Harms öffnete ein Fenster im Monitor. »In diesem Jahr nur zwei. Aber die Opfer waren einfache Bürger, die nicht mehr leben wollten. Der eine hatte schwere Depressionen und zahlreiche Klinikaufenthalte hinter sich, der andere litt unter der Trennung von seiner Familie. Sonst hab ich keine weiteren Einträge.«

»Gehen wir?«, fragte Santos. »Wir haben eine Menge vor.« Sie warf Henning einen aufmunternden Blick zu, der sich daraufhin erhob und mit ihr das Büro verließ. Sie konnte sich sehr gut in seine Lage versetzen, wie es in ihm rumorte, seine Gedanken nicht zur Ruhe kamen, weil er einfach nicht wahrhaben wollte,

154

dass Gerd womöglich nicht der integre Polizist war, als den ihn alle kannten. Und sollte sich tatsächlich herausstellen, dass Gerd in schmutzige Geschäfte verwickelt gewesen war, so würde Hennings Weltbild noch einen weiteren tiefen Riss bekommen.

»Sören«, sagte sie auf dem Flur, während sie vor dem Aufzug standen, »ich weiß, wie du dich fühlst …«

»Nein, das kannst du nicht wissen. Ich …«

»Sag nicht immer, ich kann das nicht wissen. Ich kenn dich lang genug, um in deinem Gesicht lesen zu können. Oder bist du auch ein Spieler mit einer perfekten Maske?«

»Ach was!«, antwortete er unwirsch. Der Aufzug kam und brachte sie in den vierten Stock.

Ziese befand sich in einer Besprechung mit vier Mitarbeitern, als Henning und Santos sein Büro betraten. Er stoppte mitten in seinen Ausführungen, runzelte die Stirn und sagte: »Ihr kommt genau richtig. Wir gehen gerade den Tagesablauf durch.«

»Wir wollten eigentlich unter sechs Augen mit dir sprechen«, erwiderte Henning, woraufhin die andern Beamten ihn zum Teil verständnislos ansahen.

»Kein Problem, aber normalerweise habe ich keine Geheimnisse vor meinen Leuten. Was ihr mir zu sagen habt, kann jeder hören. Wir haben natürlich das mit der Toten am Osthafen erfahren und wollen gleich mit unsern Ermittlungen beginnen, da es sich möglicherweise um einen Mord im organisierten Milieu handelt und …«

»Wenn ich kurz unterbrechen darf, aber was wisst ihr bis jetzt von ihr?«, fragte Santos.

»Nur, dass sie eine Asiatin ist. Der vorläufige Bericht vom KDD ist nicht gerade sehr aufschlussreich, außer der Tatsache, dass sie vermutlich einem Auftragsmord zum Opfer gefallen ist. Und ihr?«

155

»Auch nicht mehr«, log Henning und lehnte sich an die Tür.
»Wir haben noch ein paar Fragen an dich, was Gerd betrifft.«

»Bitte, fragt«, sagte Ziese.

Henning zögerte. Er kannte außer Ziese und Hinrichsen keinen der andern aus der Abteilung näher und wusste nicht, inwieweit er ihnen vertrauen konnte. Santos übernahm für ihn das Sprechen und sagte: »Wir brauchen sämtliche Informationen darüber, woran Gerd in den vergangenen sechs Monaten gearbeitet hat. Dafür benötigen wir seine Dienstpläne.«

»Ich hab euch doch schon gestern erklärt, dass Gerd in letzter Zeit reine Routinefälle bearbeitet hat«, entgegnete Ziese seltsam kühl und distanziert.

»Wir ermitteln in einem Mordfall, und deshalb ist es wichtig, dass wir Einblick in alle Fälle erhalten, die in Gerds Zuständigkeit fielen.«

Ziese ließ einen Moment verstreichen, bevor er sagte: »Das kann dauern. Ich versteh aber nicht ganz, warum das relevant sein soll. Könnt ihr mir das vielleicht etwas näher erklären?«

»Wir kommen gerne nachher noch mal wieder, wenn du allein bist«, ergriff jetzt Henning das Wort.

»Ich stehe euch in zwanzig Minuten zur Verfügung. Vorher muss ich noch meine Männer instruieren.«

»Okay, dann aber gleich von mir noch eine Kleinigkeit. Hört euch mal unter den Vietnamesen um, ob dort jemand unsere Unbekannte kennt. Ein Foto dürftet ihr doch inzwischen haben, oder?«

»Wir haben ein Foto, aber …«

»Dann lass es vervielfältigen, und legt es jedem vor, der auch nur ansatzweise vietnamesisch aussieht. Wir brauchen ihre Identität, und zwar schnell.«

Einer der Beamten, Hinrichsen, zog die Stirn in Falten und sah Henning beinahe mitleidig an. Henning kannte ihn recht gut,

156

er war schon mindestens zwanzig Jahre bei der Truppe und hatte eine Menge erlebt.

»Hör zu, du stellst dir das alles einfacher vor, als es ist. Aus den Schlitzaugen kriegst du nichts raus. Die mauern bis zum Geht-nichtmehr. Bei den Chinesen geht's meist um Schutzgelder, aber wenn du sie fragst, ob sie zahlen, lächeln sie dich nur an und tun so, als wäre alles in Butter. Dabei leben diese armen Schweine am Existenzminimum, während die Gangs kräftig abkassieren. Bei den Vietnamesen ist es das Gleiche, obwohl es da weniger um Schutzgelder geht, sondern hauptsächlich um Zigarettenschmuggel, wobei die allerdings inzwischen ihr Betätigungsfeld ausgedehnt haben. Aber wenn du einen Schmuggler hochnimmst, garantiere ich dir, dass du aus dem kein Sterbenswörtchen rauskriegst. Eher lässt er sich killen.«

»Wieso?«

»Ich hab schon oft genug mit diesen Typen zu tun gehabt, die sind härter als Stahl. Aber das ist nur äußerlich. Hast du schon mal probiert, durch Stahl durchzugehen, wenn da keine Tür ist? Die haben eine verfluchte Angst zu reden, und ich kann dir auch sagen, warum. Zum einen hängen ganze Familien dran, zum andern tut's verdammt weh, wenn einem der Finger oder die Hand bei vollem Bewusstsein abgesäbelt wird. Wir werden das tun, was wir immer tun, wenn's heiß wird. Wir werden die Leute befragen, das Ergebnis wird aber gleich null sein, auch wenn man unsere Tote kannte. Die haben ihre ganz eigenen Gesetze, die wir als Deutsche oder Europäer nie begreifen werden.«

»Das klingt so, als wäre es sinnlos, sich mal umzuhören«, meinte Henning.

»Es ist sinnlos, aber manchmal sollen auch Wunder geschehen«, erwiderte Hinrichsen schulterzuckend. »Doch ich hab längst aufgehört, an diese Wunder zu glauben. Sören, ich will dir ja nicht sämtliche Illusionen rauben, aber die Asiaten sind in den letzten Jahren wie die Heuschrecken hier eingefallen. Sie kontrollieren einen nicht unbeträchtlichen Teil des organisierten Verbrechens, aber kein Normalsterblicher merkt es, weil sie es wie kaum eine andere Organisation verstehen, im Verborgenen zu arbeiten. Wir hier wissen davon, sind aber im Prinzip machtlos. Die haben sich ihre eigene Welt mit hergebracht, einschließlich ihrer Kultur, ihrer Geschichte und ihres verdammten Lächelns. Tut mir leid, wenn ich so rede, aber das ist nun mal so. Ich spreche nur aus jahrelanger Erfahrung.« Er atmete einmal tief durch und fuhr fort: »Und trotzdem geh ich gern chinesisch oder vietnamesisch essen. Schmeckt einfach verteufelt gut und belastet meinen Geldbeutel nicht allzu sehr. Ich hab nichts gegen die persönlich, ehrlich, aber wenn du in dieser Abteilung arbeitest, kriegst du manchmal einfach nur das große Kotzen.«

»Versucht's trotzdem«, sagte Henning.

»Natürlich. Aber mal 'ne andere Frage: War die Kleine tätowiert?«

Henning machte ein ratloses Gesicht, das Hinrichsen sofort zu deuten wusste.

»Okay, ich seh schon, du hast keine Ahnung. Wenn sie zum Organisierten gehört hat, dann war sie garantiert auch tätowiert. Die Russen protzen mit ihren Tattoos, die haben alle möglichen Symbole, vor allem, wenn sie im Knast waren. Bei den Vietnamesen sind's eher kleine, unauffällige Zeichen, die du nie dahingehend deuten würdest, dass der Träger eines solchen Tattoos einer kriminellen Vereinigung angehört.«

»Du hast recht, ich kann's dir nicht sagen, weil sie vollständig bekleidet war, als sie gefunden wurde. Aber Lisa und ich fahren sowieso nachher in die Rechtsmedizin«, sagte Henning, der dies eigentlich nicht vorgehabt hatte, nun aber neugierig geworden war.

»Schaut, ob sie tätowiert ist, und lasst Fotos davon machen. Wir sind nämlich auf der Suche nach neuen Tattoos, wobei wir noch längst nicht alle entschlüsselt haben. Wie gesagt, die halten's Maul, wenn wir Fragen stellen.«

»Und es gibt überhaupt keinen Weg, an die ranzukommen? Gab es nie einen Informanten aus deren Reihen?«

»Natürlich gab und gibt es Informanten. Aber das Komische ist, dass die wenigen, mit denen wir bisher gesprochen haben, nur Bruchstücke von dem wissen, was wirklich abgeht. Keiner weiß über die gesamte Struktur Bescheid. Die Kleinen, die auf der unteren Ebene, kennen selbst nicht alle Zeichen, nur die, die für ihr Betätigungsfeld notwendig sind.« Hinrichsen hob die Schultern und meinte bedauernd: »Du siehst, wir haben ein gewaltiges Problem. Aber wenn wir euch irgendwie behilflich sein können, lasst es uns wissen. Damit meinen wir in erster Linie Gerd. Er war ein prima Kerl und hat's nicht verdient, so übern Jordan geschickt zu werden.«

Henning nickte. »Wir hätten euch sowieso mit einbezogen, deshalb sind wir ja hier. Wann können wir mit den Dienstplänen rechnen?«, fragte er Ziese.

»Wartet einen Moment, wir bringen das schnell zu Ende, ihr habt nämlich meinen Einsatzplan für heute gewaltig durcheinandergewürfelt. Aber was soll's. Männer, macht euch an die Arbeit und hört euch in der Szene um. Wir sehen uns später.«

Die vier Beamten erhoben sich fast gleichzeitig. Hinrichsen sah Henning kurz, aber intensiv an, als wollte er ihm etwas mitteilen, ging dann jedoch an ihm vorbei, ohne sich noch einmal umzudrehen. Nachdem die Tür ins Schloss gefallen war, sagte Ziese, der aufgestanden war: »Warum wollt ihr mich unbedingt allein sprechen?«

»Das haben wir doch schon gesagt.«

»Bitte versucht nicht, einen alten Hasen wie mich zum Trottel zu machen. Ihr bekommt selbstverständlich seine Dienstpläne und was immer ihr sonst noch wollt. Ich bitte nur darum, dass ihr mir nichts vorenthaltet.«

»Hatten wir nicht vor«, sagte Santos schnell. »Wir müssen aber noch ein paar Details mit dir bereden. Zum Beispiel, woran Gerd zuletzt gearbeitet hat.«

»Moment, das kann ich euch gleich sagen.« Er holte einen Hängeordner aus seinem Schreibtisch, schlug ihn auf, blätterte ein paar Seiten um und schüttelte den Kopf. »Ganz normaler Kram. Hier, seht selbst.« Er schob den Ordner über den Tisch. »Ich sehe jedenfalls nichts, was den Mord an ihm erklären könnte. Der einzige größere Einsatz war zusammen mit ein paar Kollegen vom LKA, als ein Tipp einging, dass ein Frachter mit Illegalen an Bord anlegen würde. Die haben das Schiff sofort nach Andocken mit einem SEK gestürmt und alles durchsucht, aber Fehlanzeige. Da hat uns jemand ganz offensichtlich an der Nase rumgeführt.«

»Und wann war das?«, fragte Henning beiläufig, während er weiter in dem Ordner blätterte, ohne jedoch auf etwas Nennenswertes zu stoßen.

»Vorletztes Wochenende. Warum?«

»Nur so. Wie es auf den ersten Blick aussieht, hatte sein Tod wohl nichts mit seiner Arbeit zu tun.« Henning lehnte sich zurück und ließ einige Sekunden verstreichen. Danach sagte er wie selbstverständlich: »Wir gehen jedoch davon aus, dass beide Morde miteinander in Verbindung stehen.«

Einen Moment lang herrschte vollkommene Stille, bis Ziese mit einer Prise Skepsis und ungläubigem Blick sagte: »Wiederhol das noch mal.«

»Du hast mich schon richtig verstanden. Noch wissen wir nicht das Geringste über irgendwelche Zusammenhänge, aber es gibt zwei Faktoren, die darauf hindeuten. Erstens, Gerd war in deiner Abteilung, und zweitens, er wurde genau wie unsere Asiatin von einem Auftragskiller umgebracht. Zufall? Nee, nicht hier in Kiel, nicht hier! Und ich glaube schon lange nicht mehr an Zufälle. Wann hatten wir zuletzt zwei Morde innerhalb von

160

vierundzwanzig Stunden, mal abgesehen von diesem durchge-
knallten Typ vor etwas über zwei Jahren? Dazu kommt, und
das bitte ich dich vorläufig noch vertraulich zu behandeln, dass
Gerd vor seinem Ableben mit einer Frau zusammen war. Und
sie haben keinen Kaffee getrunken, sondern sich ordentlich
vergnügt …«

»Warte, warte, nicht so schnell«, wurde er von Ziese unterbrochen. »Was heißt, er hat sich mit einer Frau vergnügt? *Seine*
Frau war in Hamburg, und ihre Ehe war überaus harmonisch.«

»Tja, das dachten wir bis letzte Nacht auch. Jürgens hat uns
darauf aufmerksam gemacht. Er hat entsprechende Spuren bei
Gerd gefunden. Noch wissen es nur wir, der Staatsanwalt erfährt es erst gegen Mittag. Jürgens hat uns einen kleinen Vorsprung verschafft. Aber das nur nebenbei. Ich hätte auch nie
für möglich gehalten, dass Gerd eine andere haben könnte,
aber wir erleben immer wieder neue Überraschungen.«

»Und wer ist die werte Dame?«

»Sie hat ihren Namen nicht auf seinen kleinen Mann geschrieben und auch sonst nichts hinterlassen, außer ein bisschen
Körperflüssigkeit. Aber Jürgens hält es nicht für ausgeschlossen, dass unsere Asiatin …«

»Du hast sie doch nicht mehr alle!«, brauste Ziese auf und
zeigte Gerd den Vogel.

»Kleiner Scherz. Trotzdem glauben wir an eine Verbindung.
Im Übrigen hatte sich die Kleine die Haut an den Fingerkuppen weggeätzt.«

»Ich glaube, es ist wirklich an der Zeit, dass ich in den Ruhestand gehe«, stieß Ziese hervor. »Ich hatte einmal vor zwölf
Jahren mit einem Auftragskiller zu tun, das war in Frankreich,
als wir dort mit den französischen Kollegen zusammenarbeite-
ten, um diesen verfluchten Schweinehund endlich hinter
Schloss und Riegel zu bringen. Der hatte sich auch die Finger

entsprechend präpariert, nur um keine Fingerabdrücke zu hinterlassen. Wir haben den Mistkerl gefunden, da war er aber schon tot. Irgendwer war uns zuvorgekommen, irgendwer, der nicht wollte, dass unsere Ermittlungen in eine bestimmte Richtung gelenkt wurden. Das nur mal als kleine Geschichte aus meinem Erfahrungskästchen.«

»Und wir gehen davon aus, dass auch unsere Tote eliminiert wurde, weil sie womöglich zu viel wusste. Der Unterschied zu deinem Fall damals ist nur, dass unsere Dame auf keiner Liste stand. Sie lag am Hafen, ohne dass wir auch nur das Geringste über sie wissen. Und doch kann ihr Tod kein Zufall sein. Verstehst du jetzt, warum wir mit dir allein sprechen wollten?«

»Ich konnte ja nicht ahnen, welche Überraschungen ihr für mich parat habt. Mein Gott, in was für einer Welt leben wir?!«

»In einer beschissenen«, sagte Henning. »Du bist bald raus aus diesem Laden, Lisa und ich haben noch ein paar Jahre vor uns.«

»Jaja, schon gut, ihr habt mein tiefstes Mitgefühl. Weiß Nina schon von der andern?«

»Nein, und wir werden es ihr auch nicht sagen. Sie soll Gerd so in Erinnerung behalten, wie er … O Scheiße, ich weiß nicht mal, wie und wer er wirklich war. Wusstest du zum Beispiel von seinem recht aufwendigen Lebensstil?«

»Inwiefern aufwendig? Er hat sich ein Haus gebaut, aber damit ist er hier im Präsidium nicht allein.«

»Es ist nicht nur das Haus. Er hat auch sonst weit über seine Verhältnisse gelebt.«

»Wie hab ich das zu verstehen?«, fragte Ziese mit zusammengekniffenen Augen.

»Der BMW …«

»Du meinst den Wagen, in dem er sich … In dem er umgebracht wurde?«

162

»Ob er in dem BMW umgebracht wurde, ist noch unklar. Aber du hast den Wagen gesehen …«

»Natürlich, doch ich muss zugeben, dass ich mir gestern in der ersten Aufregung keine Gedanken darüber gemacht habe. Aber jetzt, wo du es erwähnst … Was habt ihr noch rausgefunden?«

»Er hat offenbar wesentlich mehr Geld besessen, als für einen von uns üblich ist. Und da drängen sich natürlich eine Menge Fragen auf. Woher stammte das Geld? Mit wem hatte er Kontakt? Und dahinter steht die alles entscheidende Frage: Woran hat er gearbeitet? Hat er womöglich in Bereichen ermittelt, von denen du gar nichts wusstest?«

Ziese stand auf und lief im Raum umher, den Blick zu Boden gerichtet. Mit einem Mal blieb er stehen und sagte, ohne auf die letzten Fragen einzugehen: »Ihr habt meine volle Unterstützung. Wenn er ein Kameradenschwein war, will ich es wissen, auch wenn ich es eigentlich gar nicht wissen will. Mein bester Mann und die Hand aufhalten und vielleicht auch noch andere verraten?! Das ist für mich unvorstellbar. Aber selbst das Unvorstellbare ist möglich, das habe ich oft genug erleben müssen. Oder wie irgendjemand mal gesagt hat: Das Unvorstellbare wird in dem Augenblick Realität, in dem man es mit eigenen Augen sieht oder am eigenen Leib erlebt. Ich hätte für Gerd jederzeit meine Hand ins Feuer gelegt, und solange nichts Gegenteiliges bewiesen ist, tue ich es immer noch. Ich kann es mir einfach nicht vorstellen, weil es für mich unvorstellbar ist.«

»Nicht nur für dich. Aber jetzt verstehst du einmal mehr, warum wir erst mal mit dir allein sprechen wollten. Muss ja nicht jeder gleich seine eigene Geschichte über Gerd erfinden, noch bevor wir Beweise haben, dass er was angestellt hat.«

»Tut mir leid, wenn ich vorhin so schroff war. Ich verlass mich auch darauf, dass ihr den Fall mit äußerster Diskretion behandelt. Aber sollte Gerd korrupt gewesen sein, dann will ich es wissen, auch wenn es noch so weh tut«, sagte Ziese, der alte Haudegen, resigniert.

»Wir werden dir nichts verschweigen. Nur bitte, lass Nina da raus, sie hat in den letzten Wochen schon genug durchmachen müssen.«

»Du glaubst doch nicht im Ernst, dass ich noch Salz in die Wunden streue? Sören, wir kümmern uns ausschließlich um Gerd. Du kriegst die Akten, die Dienstpläne, alles, was du willst. Nur schaff mir dieses Schwein herbei, das mir meinen besten Mann genommen hat.«

»Mein Wort drauf. Wann können Lisa und ich zumindest seine Dienstpläne haben?«

»Kommt in zwanzig Minuten wieder.«

Henning und Santos verließen das Büro, sahen sich draußen nur vielsagend an und gingen schweigend die Treppe hinunter. Henning rief in der Rechtsmedizin an.

»Kannst du schon irgendwas zu unserer Toten sagen?«

»Stell mir die Frage ein wenig konkreter«, gab Jürgens zurück.

»Nationalität ...«

»Junge, ich bin kein Hellseher. Aber wie ich vor ein paar Stunden schon erwähnte, liegen ihre Wurzeln definitiv in Südostasien. Ihr Körper weist drei Einschusswunden auf, von denen alle drei tödlich waren. Mehr kann und darf ich nicht sagen, weil die Autopsie offiziell noch nicht begonnen hat. Doch meine erste Einschätzung hat sich bereits bestätigt, nämlich dass sie sehr durchtrainiert war und wohl eher asketisch gelebt hat. Aber das betrifft nur den Augenschein der äußeren Leichenschau. Doch um dich zu beruhigen, sie war nicht die Frau, die mit Gerd gevögelt hat. Die Haare stimmen nicht überein, und auch auf Geschlechtsverkehr deutet bei der Dame nichts hin, das heißt, sie hatte mit ziemlicher Sicherheit schon länger keinen Mann. Jetzt dürft ihr auf die Suche nach der großen Unbe-

164

kannten gehen. Na ja, vielleicht ist sie ja gar nicht so groß«, sagte er, wobei Henning meinte ihn grinsen zu sehen.

»Hast du irgendwelche Kampf- oder Abwehrspuren ausmachen können?«

»Null, nada, niente. Und jetzt lasst mich zufrieden, ich melde mich, sobald die Autopsie beendet ist.«

»Warte, nur noch eine Frage. Ist sie tätowiert? Ich meine, hat sie irgendwelche auffälligen Tattoos?«

»Ich weiß zwar nicht, wie du darauf kommst, aber sie hat tatsächlich eine Tätowierung am linken Oberarm.«

Und als Jürgens nicht weitersprach: »Lass dir doch nicht alles aus der Nase ziehen. Was für ein Motiv ist es?«

»Eine Rose mit einem Schwert oder Messer, das heißt, das Messer geht durch die Rose durch oder kreuzt sie, keine Ahnung, wie ich das deuten soll.«

»Danke, das war doch schon mal was. Wann fangt ihr an?«

»Dürfte sich nur noch um Minuten handeln. Und ja, bevor du mich weiter löcherst, ich werde ein besonders großes und schönes Foto von dem Tattoo machen. Recht so?«

»Du bist ein Schatz«, sagte Henning grinsend. »Und tschüs.«

Und zu Santos: »Du hast's gehört. Dann wollen wir doch mal herausfinden, welche Bedeutung diese Tätowierung hat. Ich brauch jetzt noch einen Megabecher Kaffee, danach sehen wir uns die Dienstpläne von Gerd an.«

»Und was ist mit der Hausdurchsuchung?«

»Alles der Reihe nach. Ruf du bei Nina an und frag, wann wir kommen können. Aber verrat ihr erst mal nicht, was wir vorhaben.«

»Und warum nicht?«

»Vielleicht fängt sie sonst an zu suchen und verwischt möglicherweise Spuren. Du weißt doch, wie Frauen sind.«

»He, das ist hoffentlich keine Anspielung.«

»Um Himmels willen, nein, du bist natürlich die große Aus-

165

nahme von der Regel«, entgegnete Henning und zwinkerte ihr zu.

»Das will ich dir ausnahmsweise mal glauben.«

Santos wählte vom Büro aus Ninas Nummer. Nach dem zehnten Läuten legte sie auf und schüttelte den Kopf. »Sie ist nicht zu Hause.«

»Warte, ich hab ihre Handynummer. Hier«, sagte er und zeigte sie ihr auf dem Display.

»Dann ruf du sie doch an.«

»Lisa, bitte, ich möchte mich nur ein paar Minuten bei einem Kaffee zurücklehnen. Tu mir den Gefallen und speichere ihre Nummer in deinem Handy ab.«

Santos gab nach, ohne noch etwas zu erwidern, und diesmal erreichte sie Nina.

»Ja, bitte?«, meldete sich Nina, weil die Nummer unterdrückt war.

»Hi, ich bin's, Lisa. Wo bist du gerade?«

»Unterwegs. Was gibt's?«

»Wir würden gerne nachher bei dir vorbeischauen. Würde es dir so gegen Mittag passen?«

»Da bin ich auf jeden Fall wieder zu Hause. Gibt's was Besonderes?«

»Nein, nur noch ein paar Fragen. Bis nachher.«

»Hm, bis nachher.«

Santos legte den Hörer auf, stellte sich ans Fenster und sah hinunter auf die Straße. Es war ein weiterer sonniger Tag, doch die Temperaturen sollten laut Wetterbericht kaum die Fünfzehn-Grad-Marke erreichen, es musste sogar mit ein wenig Regen gerechnet werden. Bis auf ein paar Schönwetterwolken, die zum Greifen nahe schienen und doch ein paar Kilometer über ihr waren und wie Wattebäusche aussahen, war der Himmel von einem wunderschönen Blau. Sie wäre jetzt gerne nach draußen gegangen und an die See gefahren, um einen ausge-

166

dehnten Spaziergang zu machen, um abzuschalten und ihre Gedanken schweifen zu lassen. Sie liebte diese einsamen Spaziergänge, auf denen sie allein mit sich und der Natur war. Dabei schöpfte sie jedes Mal neue Kraft und Energie, die ihr während der Arbeit häufig entzogen wurde. Doch nicht nur bei der Arbeit, auch im Privatleben. Mindestens dreimal in der Woche fuhr sie zu ihrer Schwester nach Schleswig, die dort in einem Heim wohnte und seit einem brutalen Überfall in einer andern, für Lisa und ihre Eltern nicht zugänglichen Welt lebte. Meist saß sie am Fenster und sah hinaus auf den Park, oder sie starrte auf den Fernseher, ohne dass jemand wusste, was von dem Gesehenen und Gehörten sie mitbekam und verstand. Seit nunmehr dreiundzwanzig Jahren war sie ein Pflegefall. Sie musste gewaschen, angekleidet, gewickelt, gekämmt und gefüttert werden, weil sie die wichtigsten Funktionen, die ein Mensch normalerweise ausführte, nicht mehr kannte. Vielleicht tief in ihrem Inneren, aber ihr Körper war unfähig, etwas zu tun. Manchmal bewegte sie ihre Finger oder auch eine Hand, manchmal schien es, als würde sie lächeln, doch meist war ihr Gesicht eine Maske, die Haut blass, der Mund farblos, es sei denn, Lisa hatte ihr Lippenstift und Rouge aufgelegt und ihr die Haare gebürstet. Wenn sie dies tat, sprach sie mit ihr, und hin und wieder meinte sie eine Reaktion zu spüren. Aber es war nur Wunschdenken, dass Carmen eines Tages aus ihrem beinahe komatösen Zustand erwachen würde, ihr Gehirn war zu sehr geschädigt. Das regelmäßig angefertigte CT zeigte riesige schwarze Felder, die einer Kraterlandschaft glichen und laut Ärzten im Laufe der Jahre größer geworden waren. Sie verglichen es mit der Festplatte eines Computers, von der die wesentlichen Teile des Betriebssystems gelöscht worden waren. Doch anders als bei einem Computer konnte dieses Betriebssystem nicht wiederhergestellt werden.

Am 12. Mai würde sich der verhängnisvolle Tag zum dreiundzwanzigsten Mal jähren, und Lisa würde nie vergessen, wie Carmen sich an jenem Abend verabschiedete, um mit Freunden und Bekannten in einer Disco zu feiern. Alle waren angetrunken oder betrunken, und sie wollte nicht mit ihnen nach Hause fahren. Bis heute weiß niemand, wie sie versucht hat, nach Hause zu kommen.

Als ihre Eltern am nächsten Morgen das unberührte Bett sahen und nachdem sie bei allen angerufen hatten, mit denen Carmen unterwegs gewesen war, doch keiner sagen konnte, mit wem sie nach Hause gefahren war, wurde die Polizei eingeschaltet. Doch zu diesem Zeitpunkt war bereits ein anonymer Anruf bei der Dienststelle eingegangen. Ein Mann sagte, eine Tote liege in einem Waldstück in der Nähe des Schlosses Gottorf.

Aber Carmen war nicht tot, sie lebte, auch wenn ihre Vitalfunktionen auf ein Minimum reduziert waren. Und nicht lange danach sagten die Ärzte, dass sie für immer ein Pflegefall sein werde. Hätte man jedoch spätestens eine Stunde nach dem Verbrechen einen Arzt kontaktiert, sie hätte vermutlich keine bleibenden Schäden davongetragen.

Carmen war fast vierzig Jahre alt und noch immer eine sehr schöne Frau, auch wenn ihr Gesicht einer Maske glich. Und es gab keinen Menschen, den Lisa mehr liebte als sie. Manchmal fragte sie sich, ob es richtig war, so zu fühlen, denn es gab noch mehr Personen in ihrem Umfeld, ihre Eltern, Sören Henning, für den sie eine tiefe Zuneigung empfand, aber Carmen war ihre Schwester, und da war ein Band zwischen ihnen, das niemals durchtrennt werden konnte. Gestern hätte sie eigentlich zu ihr gewollt, um sich zwei oder drei Stunden bei ihr aufzuhalten, mit ihr zu sprechen, auch wenn es wieder ein einseitiges Gespräch geworden wäre, doch Carmen war die Einzige, der sie alles, was sie bewegte und berührte, erzählen konnte. Vielleicht schaffe ich es heute Abend, dachte sie, während ihr Blick noch immer auf die Straße gerichtet war.

168

»An was denkst du?«, wurde sie in ihren Gedanken unterbrochen und zuckte erschrocken zusammen, denn sie hatte Henning, der in seinem Sessel saß, die Füße auf den Schreibtisch gelegt, völlig vergessen.

»Nichts weiter«, antwortete Santos und drehte sich um.

»Wann fährst du wieder zu Carmen?«

»Du kannst wohl Gedanken lesen. Heute Abend, wenn ich es schaffe.«

»Sie wird auch mal ohne dich auskommen ...«

»He, ich dachte, wir wären mit diesem Thema durch«, zischte Santos. »Carmen ...«

»Carmen ist deine Schwester, doch dein Leben voll und ganz nach ihr auszurichten ist verkehrt. Du vergisst darüber dich selbst, aber das hab ich dir schon oft genug gesagt. Sie wird nicht wieder aufwachen und so sein wie früher.«

»Das ist mein Problem.«

»Wie du meinst. Ich denke, es wird Zeit, dass wir uns die Dienstpläne ansehen«, sagte Henning und stellte den leeren Becher auf den Tisch, stand auf, streckte sich und fuhr fort: »Entschuldige, aber ich werde das wohl nie begreifen.«

»Was?«

»Das zwischen dir und Carmen. Ich denke nur, sie genießt die bestmögliche Betreuung, nicht nur im Heim, sondern auch von deinen Eltern und von dir. Mir kommt es immer so vor, als würde Carmen an erster Stelle stehen und danach ...«

»Und danach?«, fragte sie mit einem Blick, der wie ein Geschoss war.

»Vergiss es. Komm, sonst arbeiten wir wieder bis in die Nacht hinein. Und du willst ja schließlich noch nach Schleswig.«

»Gut erkannt«, entgegnete sie. »Und damit du's nicht vergisst, Carmen kommt tatsächlich an erster Stelle, aber das bedeutet nicht, dass ich andere darüber vergesse.«

»Andere vielleicht nicht, aber dich vergisst du viel zu oft.«

169

»Lass uns gehen«, sagte Santos nur und konnte die Tränen kaum unterdrücken, weil Henning einen Nerv getroffen hatte, und das nicht zum ersten Mal. Er hatte recht, aber sie war unfähig, dies auch einzugestehen. Carmen würde ein Pflegefall bleiben, ob sie dreimal in der Woche zu ihr fuhr oder nicht, aber die Zeiten, in denen sie bei ihr war, waren für sie auch entspannend. Wenn sie ihr die Haare machte, sie schminkte, ihr Geschichten erzählte, die ihr keiner sonst erzählen konnte und die sie auch niemand anderem erzählen würde, nicht einmal Sören. Geschichten, die nur sie betrafen, ihre Gefühle, ihre Gedanken. Carmen war eine geduldige Zuhörerin, und das allein zählte. Sören würde das nie verstehen.

MITTWOCH, 7.15 UHR

Lennart Loose hatte eine mehr als unruhige Nacht hinter sich, als er aufstand und sich zum ersten Mal seit einer halben Ewigkeit wie gerädert fühlte. Als säße er in einem sich immer schneller drehenden Karussell. Er setzte sich wieder auf die Bettkante, den Kopf in den Händen vergraben. Seine Frau Kerstin war schon seit halb sieben auf, wie jeden Morgen, außer am Wochenende. Adrian musste in den Kindergarten gebracht und Alina für die Schule fertiggemacht werden, das heißt, Kerstin würde sich um ihr Pausenbrot kümmern, wobei sie sehr darauf achtete, dass es nicht nur schmeckte, sondern auch nahrhaft war. Sie hatte die Kinder von Anfang an mit gesunder Ernährung vertraut gemacht. Sie aßen gerne Gemüse und Käse, machten kein angewidertes Gesicht, wenn Spinat auf den Tisch kam, und konnten Süßigkeiten noch genießen, ohne sie in sich hineinzuschlingen. Loose bewunderte seine Frau dafür, wie sie mit den Kindern umging. Nur sehr selten erhob sie die Stimme,

Schläge waren ohnehin tabu, alles wurde verbal geregelt, wobei Alina und Adrian gleiche Rechte zugestanden wurden.

Loose hörte die Stimmen der Kinder aus dem Esszimmer, wo sie ihr Frühstück einnahmen. Er wäre gerne zu ihnen gegangen, doch er war in einem miserablen Zustand, und er wagte kaum in den Spiegel zu schauen, hatte er doch gerade eine Stunde geschlafen, trotz des Valiums und des Weins. Dabei standen für heute zwei Operationen an. Eine künstliche Herzklappe musste eingesetzt und ein Schrittmacher implantiert werden. Dazu kamen vier Routineuntersuchungen, zwei Gespräche mit Patienten, die obligatorische Visite und sicher noch das eine oder andere Telefonat.

Nein, keine Telefonate, ich werde Frau Mattern anweisen, alle nicht dringenden Gespräche selbst zu übernehmen, da ich um Punkt halb fünf die Klinik verlassen muss. Und wenn sie mich fragt, warum, werde ich sagen, dass es um eine Überraschung für meine Frau geht. Ach, irgendwas wird mir schon einfallen. Aber was, wenn ein Notfall reinkommt und ich operieren soll? Dann muss eben ein anderer für mich einspringen. Ich werde meine Familie keiner unnötigen Gefahr aussetzen.

Um fünf am Bahnhof. Wo sie mich wohl hinbringen? Ich möchte das nicht tun, ich möchte das nicht tun!, dachte er und fuhr sich verzweifelt durchs Haar, während er noch immer die Stimmen der Kinder und seiner Frau unten hörte. Loose erhob sich allmählich vom Bett, ging zum Fenster und öffnete es. Angenehm frische Luft strömte herein. Er schaute hinaus. Sein Herz schlug schnell, es war, als würde seine Brust zugeschnürt. Er mahnte sich zur Ruhe, doch als er daran dachte, dass ein sehr langer und mit vielen Ungewissheiten versehener Tag bevorstand, wurde ihm übel. Seit Jahren hatte er nicht mehr eine solche Angst verspürt, und doch musste er gute Miene zu einem extrem bösen Spiel machen.

Er zog eine Hose und ein T-Shirt an und ging nach unten, um

sich von den Kindern zu verabschieden. Er drückte beide an sich und hoffte inständig, sie unversehrt wiederzusehen. Ja, er würde alles tun, um seine Familie vor diesen Verbrechern zu schützen. Alles, und wenn er sein eigenes Leben dafür hingeben musste. Kerstin sah ihn etwas verwundert an und fragte: »Hast du schlecht geschlafen?«

»Nur schlecht geträumt«, antwortete er mit einem Lächeln, das eher einer Grimasse glich. »Ich mach mich dann mal fertig.«

»Und ich bring Adrian in den Kindergarten und komm gleich wieder, dann können wir zusammen frühstücken. Bis gleich.«

»Hm.«

Er stellte sich unter die Dusche, rasierte sich und zog sich an. Kerstin kehrte zurück, als er gerade die Treppe herunterkam.

»Und, alles klar im Kindergarten?«

»Ja, warum? Was ist los mit dir? Irgendwas stimmt doch nicht.«

»Nein, nein, ich hab doch schon gesagt, dass ich schlecht geträumt habe.«

»Und verrätst du mir, was?«, fragte sie und legte die Tüte mit den Brötchen auf den bereits gedeckten Tisch.

»Es ging um eine OP, bei der der Patient mittendrin aufgewacht ist«, log er. »Ich bin total erschrocken, aber der Mann hat mich nur angeschaut und gesagt, ich solle ruhig weitermachen, er würde gerne zusehen. Das war ein absoluter Horror.«

»Schatz, das war ein Traum und wird in Wirklichkeit nie passieren. Du bist der Beste und hast die besten Leute um dich. Deine Anästhesistin ist einsame Spitze, da wird keiner wach.«

»Ich weiß. Trotzdem ist allein die Vorstellung erschreckend. Ich möchte jetzt aber nicht weiter drüber reden. Es wird Zeit, dass ich in die Klinik komme, in gut zwei Stunden habe ich meine erste OP.«

»Ach, das hab ich total vergessen«, sagte Kerstin, während sie ein Sesambrötchen aufschnitt, »Gregor hat gestern angerufen und gefragt, ob ihr euch nicht mal wieder treffen wollt. Er hat versucht, dich in der Klinik zu erreichen, aber du warst im OP. Du sollst dich doch bitte mal bei ihm melden.«

»Hat er sonst was gewollt?«

»Nein, warum?«

»Nur so. Heute klappt's jedenfalls nicht, weil es bei mir sehr spät werden kann. Vielleicht morgen.«

»Ihr habt euch lange nicht gesehen, hat er zumindest gesagt.«

»So vor einem Monat, genau weiß ich's nicht mehr. Wir haben eben beide viel zu tun.«

»Ihr seid doch Freunde.«

»Ja, und ich ruf ihn auch bestimmt so bald wie möglich an. Zufrieden?«, sagte er gereizt, woraufhin Kerstin sichtlich erschrocken aufblickte.

»Entschuldigung, dass ich das überhaupt erwähnt habe …«

»He, es tut mir leid, dass ich dich so angefahren habe, mir wächst im Moment einfach alles über den Kopf.«

»Kann ich dir irgendwie helfen?«

»Nein, außerdem geht das auch wieder vorüber«, antwortete er schulterzuckend. »Und mit dem Abendessen wartest du besser nicht auf mich, es könnte spät werden.«

»Wie spät?«, fragte sie verwundert.

»Zehn oder elf. Ist aber eine Ausnahme.«

Er hatte ein Brötchen gegessen und eine Tasse Kaffee getrunken, stand auf, zog seine Jacke über und nahm seine Tasche. Kerstin begleitete ihn zur Tür und sagte: »Pass auf dich auf.« Danach gab sie ihm einen Kuss, er lächelte ihr noch einmal zu und ging zu seinem Auto. Er fuhr los, das große Tor öffnete sich automatisch. Nach wenigen hundert Metern hielt er am Straßenrand und nahm zwei Tabletten, die ihn während der nächsten Stunden wach halten würden. Gegen Mittag würde er noch einmal zwei nehmen. Es war das erste Mal seit langem,

173

dass er zu so was griff, denn normalerweise nahm er weder Beruhigungs- noch Aufputschmittel zu sich.

Um Punkt halb neun betrat er die Klinik, stieg die Treppe in den ersten Stock hinauf, wo sich sein Büro befand, begrüßte Frau Mattern, besprach mit ihr kurz den Tagesplan und teilte ihr mit, dass er um halb fünf die Klinik verlassen würde. Sie fragte nicht, was er vorhatte, doch ihr Blick sagte mehr als tausend Worte, war sie doch gewohnt, dass ihr Chef nie früher als achtzehn Uhr die Tür hinter sich zumachte.

Auf seinem Schreibtisch fand er die Notiz, dass sein alter Freund Gregor Stein ihn zu erreichen versucht hatte. Gregor, dachte er, er wäre der Einzige, dem ich mich anvertrauen würde. Mal sehen.

Er machte sich für die erste OP fertig. Seine Hände zitterten leicht. Er mahnte sich zur Ruhe, nahm noch eine Tablette, wartete einen Augenblick, bis die Wirkung eintrat, und begab sich zum Operationssaal. Er hatte Angst.

MITTWOCH, 8.15 UHR

»Was sollte die Aktion letzte Nacht? Ich hatte mich doch unmissverständlich ausgedrückt, dass Ti Le professionell entsorgt wird. Und jetzt muss ich erfahren, dass ihr sie einfach am Hafen abgelegt habt. Das ist eine Riesensauerei, denn die Bullen sind nicht blöd. Die werden sofort eine Verbindung herstellen. Und genau das ist es, was wir unter allen Umständen vermeiden wollten. Ti Le hat schlampig gearbeitet, deshalb musste sie sterben. Aber ihr wart keinen Deut besser, im Gegenteil, denn ihr habt der Firma großen Schaden zugefügt, wie groß, das werden die nächsten Tage zeigen. Wer ist verantwortlich?«

»Du hast gesagt, wir sollen sie umlegen und entsorgen«, versuchte sich einer der Angesprochenen zu verteidigen, wobei sein Blick unruhig umherschweifte. »Außerdem haben wir sie gar nicht umgelegt, sie war schon tot, als wir zum Hafen kamen. Das ist die Wahrheit!«

»So, sie war also schon tot. Was für seltsame Zufälle es doch gibt. Und ihr habt sie mal so rein zufällig am Hafen gefunden.«

»Nein, nicht zufällig, wir sind doch dort hinbestellt worden. Jemand hat uns angerufen, und die Stimme hat sich angehört wie deine und …«

»Was soll diese alberne Geschichte? Ich habe euch nicht angerufen, denn es gab nichts mehr zu besprechen.«

»Es ist keine Geschichte, ich schwöre es.«

»Alex, lieber Alex, wie lange bist du in dem Geschäft? Einen Tag?«

»Ein paar Jahre. Warum?«

»Ein paar Jahre. Nach ein paar Jahren solltest du aber wissen, wie das funktioniert. Und Lügen funktionieren schon mal gar nicht. Du hast einen großen Fehler begangen, und ich frage mich, wie du den wieder ausbügeln willst. Sag's mir, Alex.«

»Ich habe keinen Fehler gemacht, sondern nur Anweisungen befolgt. Wenn sie nicht von dir kamen, dann tut es mir leid. Ich habe nur gedacht …«

»Du bist nicht zum Denken da, sondern um Befehle auszuführen. Was ist mit dir, Peter? Du warst auch dabei.«

»Ich … äh …«

»Äh, äh! Wer von euch beiden übernimmt denn nun die Verantwortung? Nur wer Verantwortung übernimmt, ist ein richtiger Mann. Also?«

Alex warf Peter einen kurzen Blick zu, den dieser nicht erwiderte, und sagte schließlich: »Wir waren beide verantwortlich. Es tut uns leid, dass wir dich nicht zufriedenstellen konnten.

Wir werden alles tun, damit so etwas in Zukunft nicht mehr vorkommt.«

»Davon gehe ich aus. Ich gebe euch noch eine Chance, es ist die letzte. Ihr kennt die Spielregeln. Versager werden nicht geduldet, sie schaden nur dem Geschäft. Und Ausflüchte lass ich nicht gelten. Ich möchte gerne mit jedem von euch kurz allein reden. Alex, wenn du bitte mit nach drüben kommen würdest.«

Alex erhob sich, folgte in das Nebenzimmer und schloss die Tür hinter sich. Er war mittelgroß und leicht untersetzt und trug eine Jeans, ein T-Shirt und darüber eine schwarze Lederjacke. Er hatte kurze schwarze Haare und fast schwarze Augen, wagte es jedoch nicht, sein Gegenüber anzusehen, obwohl er normalerweise einen furchteinflößenden Eindruck machte. Es gab nicht wenige, die Angst vor ihm hatten, Angst vor seiner körperlichen Kraft, Angst davor, er könnte ihnen weh tun. Er war fünfunddreißig und lebte seit mehr als zehn Jahren in Deutschland, erst in Frankfurt, dann in Berlin, in Hamburg und seit gut einem Jahr in Kiel. Seine Familie in Russland hatte er seit langem nicht gesehen. Er hatte nur sporadischen Kontakt zu seinen Eltern, Geschwistern und anderen Verwandten, von seinen ehemaligen Freunden ganz zu schweigen.

»Setz dich. Möchtest du etwas trinken? Ich weiß, dieser Job ist oft nicht leicht, aber wer es zu etwas bringen will, muss auch etwas dafür tun. Es ist das Gesetz des Gebens und Nehmens. Du gibst uns etwas und bekommst im Gegenzug etwas von uns. Aber damit sage ich dir ja nichts Neues. Ein Wässerchen?«

»Es ist noch sehr früh«, antwortete Alex unsicher.

»Das stimmt, aber es macht dich vielleicht lockerer, du wirkst nämlich sehr verkrampft. Ist doch kein Drama, das mit Ti Le. Vielleicht hat euch ja wirklich jemand reingelegt. Die Bullen

176

werden sowieso nie rauskriegen, wer sie ist. Komm, lass uns zusammen anstoßen und die Sache von letzter Nacht runter- spülen und vergessen.«

»Okay.«

Alex wurde ein volles Glas gereicht, sie stießen an, Alex kippte den Inhalt in einem Zug hinunter und fühlte sich gleich etwas besser. Wenn ihm Wodka angeboten wurde, war dies ein gutes Zeichen. Sein Gegenüber aber nippte nur an dem Glas und stellte es auf den Tisch.

»Wie geht es deiner Familie?«, wurde er gefragt. »Du hast sie lange nicht gesehen.«

»Es geht so.«

»Was heißt das? Geht es ihnen gut oder nicht so gut?«

»Im Großen und Ganzen gut. Warum willst du das alles wis- sen?«

Ohne auf die Frage einzugehen: »Du willst doch sicher, dass es ihnen auch in Zukunft gutgeht, oder?«

»Ja, natürlich. Ich war ewig nicht bei ihnen. Ich weiß nur, dass meine Mutter sehr krank ist.«

»Dann fahr zu ihr, ein Sohn sollte bei der Mutter sein, wenn sie im Sterben liegt. Sie liegt doch im Sterben, oder?«

»Ich weiß es nicht. Als ich das letzte Mal mit meinem Vater telefoniert habe, hat er gesagt, dass es ihr sehr schlecht geht und die Ärzte nicht viel für sie tun können.«

»Dann fahr heim und kümmere dich um sie. Aber du bist doch auch sicher bereit, ein Opfer dafür zu bringen, dass wir dich fahren lassen. Bist du bereit?«

Alex starrte auf sein leeres Glas und nickte nur. Er hob ledig- lich kurz den Blick und sah auf das fast noch volle Glas auf dem Tisch.

»Hier, trink, ich mag jetzt nicht. Und dann noch mal, bist du bereit, ein Opfer zu bringen? Ich möchte es aus deinem Mund hören.«

177

»Jaaa«, antwortete er zögernd, nachdem er ausgetrunken hatte.

»Na also, ist doch gar nicht so schwer. Schick mir Peter rein, aber warte draußen.«

Nur wenige Sekunden darauf erschien Peter, ein kleiner, bulliger Mann von kaum eins siebzig, mit ungewöhnlich großen Händen, die in krassem Gegensatz zu seiner sonstigen Statur standen. Auch er trug Jeans, doch über einem weißen Hemd ein schwarzes Jackett. Er blieb stehen, die Beine leicht gespreizt, die Hände vor dem Schritt verschränkt. Wie beim Militär oder bei der Polizei.

»Wie geht es deinen Lieben zu Hause?«

»Ich hoffe, gut«, antwortete Peter, ohne sich von der Stelle zu rühren. »Ich habe lange nichts von ihnen gehört. Ist auch nicht so wichtig.«

»Die Familie ist immer wichtig, es kommt nur drauf an, welche Familie an erster Stelle steht. Schließlich gibt es für dich zwei Familien. Die Sache von letzter Nacht vergessen wir, okay? Das heißt, wir vergessen es, wenn du einen Auftrag erfüllst.«

»Ich allein?«, fragte Peter erstaunt, wobei er zum ersten Mal den Ansatz einer Gefühlsregung zeigte. »Und was ist mit Alex?«

»Er wird etwas anderes übernehmen. Deshalb wollte ich euch allein sprechen. Wie lange arbeitest du schon mit ihm zusammen?«

»Wir kennen uns seit dem Militär.«

»Das ist keine Antwort.«

»Seit etwa fünfzehn Jahren.«

»Fünfzehn Jahre sind eine lange Zeit. Dann seid ihr also richtig gute Freunde, wenn ich das recht verstanden habe?«

»Ja.«

»Und Freunde bringen Opfer. Du willst deine Familie doch bestimmt bald wiedersehen, du willst mit deinen Lieben feiern, trinken, essen, ihnen Geschenke bringen.«

»Ja.«

»Gut, das wollte ich hören. Wie viel bedeutet dir die Firma?«

»Sie ist meine neue Familie.«

»Ja, wir sind eine große Familie. Und sie wird immer größer. Wenn du so weitermachst, wirst du eines Tages sehr weit oben stehen, denn du hast das Zeug dazu. Du kannst aber nur oben stehen, wenn du dich von dem befreist, was dich auf dem Weg dorthin behindert. Du verstehst sicherlich, was ich meine.«

»Nein, nicht ganz«, antwortete er ehrlich.

»Es geht um dich oder Alex. Wer ist wichtiger? Du oder er?«

»Ich«, kam es wie aus der Pistole geschossen.

»Gute Antwort. Ich sehe das übrigens genauso. Deshalb wirst du eine ganz spezielle Aufgabe übernehmen. Es geht um Alex. Ich habe ihm eindeutige Instruktionen erteilt, und er hat sich nicht daran gehalten ...« Als Peter etwas dagegen sagen wollte, wurde er mit einer Handbewegung daran gehindert. »Er war verantwortlich für gestern. Du kennst deine Aufgabe?«

»Ich soll ...«

»Du oder er? Es liegt allein bei dir.«

»Er«, antwortete Peter wieder sehr schnell.

»Dann weißt du, was du zu tun hast. Du kannst es gleich erledigen, ich warte hier. Und wenn du fertig bist, komm rein und hol dir deinen Lohn ab. Geh und tu, was getan werden muss. Aber bitte sei nicht zu laut dabei.«

Peter nickte, sah sein Gegenüber kurz an, ging zu Alex und sagte: »Wir sollen nach Hause fahren und auf Anweisungen warten. Komm.«

Alex stand auf und war bereits auf dem Weg zur Tür, als Peters Stimme ihn zurückhielt. »Warte, ich hab was vergessen.«

Alex drehte sich um. Er hatte keine Zeit mehr, etwas zu sagen, zu schnell hintereinander trafen ihn die Schüsse. Peter trat zu ihm, schraubte den Schalldämpfer ab, beugte sich über seinen

179

noch röchelnden Freund und sagte, bevor Alex die Augen für immer schloss: »Tut mir leid, alter Freund, aber die Familie ist alles, was ich habe. Tut mir wirklich leid.«

Ein letzter Blick auf den Toten, dann steckte er die Pistole in das Holster unter seinem Jackett und den Schalldämpfer in die Innentasche und drehte sich um und sah in ein zufrieden lächelndes Gesicht.

»Gute Arbeit. Er war nicht mehr zuverlässig, und außerdem hat er zu viel getrunken. Du wirst noch heute einen neuen Partner bekommen, Oleg. Um fünf holt ihr am Bahnhof jemanden ab. Sein Name ist Lennart Loose, Prof. Lennart Loose. Hier ist ein Foto von ihm. Du bringst ihn in die Klinik nach Heikendorf und auch wieder zurück zum Bahnhof. Mehr gibt es heute für dich nicht zu tun. Du kannst gehen, um Alex und seine Wohnung kümmern sich andere. Ach ja, erzähl den andern nicht von der abenteuerlichen Geschichte mit Ti Le, es würde sie nur verunsichern. Aber jetzt schlaf dich erst mal aus, es war eine lange Nacht. Und hier, das ist für dich.«

Peter nahm einen Umschlag entgegen, warf einen Blick hinein und sah mehrere Geldscheine. Ohne etwas zu sagen, verließ er den langgezogenen Bau, über dem in verwitterten Lettern der Name einer Spedition stand, die in der ganzen Welt tätig war, jedoch schon seit vielen Jahren ihren Sitz in einem Gewerbegebiet direkt am Hafen hatte. Dieses Gelände gehörte noch immer den Eigentümern der Spedition, die zu den reichsten und einflussreichsten Familien in und um Kiel zählten. Er fuhr vom Hof und direkt in seine Wohnung, die nur wenige hundert Meter entfernt war. Er würde schlafen und um fünf diesen Arzt abholen. Mit dem Lieferwagen, mit dem er zusammen mit Alex auch schon andere Ärzte abgeholt hatte.

Obwohl er mit Alex so viele Jahre verbracht hatte und sie zu besten Freunden geworden waren, verschwendete er keinen

Gedanken mehr an ihn. Ihm war beigebracht worden, nie zurückzusehen. Und daran würde er sich halten. Das Leben ging für ihn weiter, doch er wusste, dass er sich nie einen Fehler erlauben durfte, sonst würde es ihm ergehen wie Alex. Nein, dachte er, ich werde nie einen Fehler machen. Es war deine Schuld, ganz allein deine Schuld. Du bist schuld, dass du tot bist, ich habe dir nur geholfen zu sterben. Und es stimmt, du hast zu viel getrunken, und das ist in unserm Job tödlich.

Er hielt an einem dänischen Imbiss, aß zwei Hotdogs und trank einen Becher Kaffee dazu. Danach überquerte er die Straße und betrat ein großes Mehrfamilienhaus aus den fünfziger Jahren, in dem kaum einer den andern kannte, das hatte er längst herausgefunden. Anonymität. Einer der wichtigsten Grundsätze in seinem Geschäft. Seine Wohnung lag im zweiten Stock. Auf dem Weg nach oben begegnete ihm eine junge Frau, die ihn nur kurz ansah, als sie ihn leise grüßte. Er grüßte freundlich zurück. Er hatte sie schon oft gesehen, doch nie in Begleitung eines Mannes. Sie lebte allein, so viel wusste er von ihr, so wie er wusste, wo sie arbeitete, dass sie jeden Abend gegen neunzehn Uhr nach Hause kam und deutsche Schlager hörte, wenn auch nicht laut. Er hätte sich ihr gerne einmal vorgestellt, einen Kaffee mit ihr getrunken und noch mehr gemacht. Sie ist einsam, dachte er wieder einmal, und vielleicht wartet sie nur darauf, dass ich den ersten Schritt tue. Aber darauf muss sie lange warten. Wenn ich eine Frau brauche, weiß ich schon, wo ich hingehen muss.

Er schlief bis um fünfzehn Uhr, duschte und zog sich frische Sachen an. Um sechzehn Uhr erhielt er einen Anruf, dass er seinen neuen Partner, den er schon lange kannte, um Viertel vor fünf abholen sollte. Um sechzehn Uhr dreißig verließ Peter seine Wohnung und setzte sich hinter das Steuer des Lieferwagens mit der Aufschrift eines Blumenladens.

MITTWOCH, 10.20 UHR

Büro von Kurt Ziese, Kommissariatsleiter Organisierte Kriminalität, Menschenhandel, Prostitution.

Eine dicke Akte lag ausgebreitet auf dem Tisch. Ziese schrieb etwas auf einen Block und bat Henning und Santos wortlos, Platz zu nehmen. Als er fertig war, sagte er: »Hier, das, was ihr wolltet. Ich hab's überflogen und konnte auf den ersten Blick nichts Ungewöhnliches entdecken, doch vielleicht findet ihr ja was. Gerd hat sehr akribisch Buch geführt. Aber lest selbst.«

Henning blätterte kurz in der Akte und sagte erstaunt: »Das sind nur die letzten sechs Monate. War der immer so genau?«

»Das war Gerd. Da könnten sich die meisten andern in meiner Abteilung eine dicke Scheibe von abschneiden.«

»Nicht nur in deiner Abteilung«, bemerkte Henning und dachte an sich selbst und wie lange er bisweilen brauchte, um seine Akten zu bewältigen. Mindestens zwanzig lagen unbearbeitet auf seinem Tisch.

Ohne darauf einzugehen, meinte Ziese: »Es gibt nichts, was er nicht dokumentiert hat. Wann er zum Dienst erschienen ist, wann er gegangen ist, mit wem er unterwegs war. Hin und wieder war er auch allein draußen, besonders in letzter Zeit.« Dabei sah Ziese die vor ihm sitzenden Kollegen vielsagend an.

»Gab es dafür Gründe?«, fragte Santos.

»Natürlich gab es die, er hat sie zumindest aufgeschrieben. Aber warum er in den vergangenen sechs Monaten immer öfter allein auf Achse war, entzieht sich meiner Kenntnis. Außerdem hat er in letzter Zeit recht häufig krankheitsbedingt gefehlt. Aber immer nur für zwei Tage, das heißt, er brauchte keine Krankmeldung ...«

»Augenblick, Gerd war öfter mal krank? Welche Krankheiten hat er angegeben?«

»Das Übliche, grippaler Infekt, Durchfall, du kennst das ja.«

182

»Nein, das kenne ich nicht, weil ich seit knapp sieben Jahren keinen einzigen Tag gefehlt habe.«

»Glückspilz. Ich werde mir gleich noch die weiter zurückliegenden Akten zu Gemüte führen und schauen, ob da auch schon was Ähnliches drinsteht.«

»Hinrichsen war doch sein Partner. Hat der nie was gesagt, ich meine, wenn Gerd allein auf Tour war?«, fragte Henning, während er weiter in der Akte blätterte.

Ziese schüttelte den Kopf. »Es ist ja nicht ungewöhnlich, dass meine Leute allein losziehen …«

»Halt mal, du hast anfangs gesagt, du konntest keine Ungereimtheiten feststellen, aber jetzt klingt das doch schon ziemlich merkwürdig, oder findest du nicht?«

»Merkwürdig oder nicht, wenn er vermerkt hat, dass er zum Beispiel bei einer Illegalen war, um sie auf die Abschiebung vorzubereiten, dann lässt sich das nur schwer nachprüfen. Vor allem wissen wir nicht, wie lange er sich bei der Dame aufgehalten hat und was er davor oder danach gemacht hat. Wir können lediglich nachprüfen, ob die Dame tatsächlich existiert hat und abgeschoben wurde. Ich kann euch nur meine umfassende Hilfe anbieten, mehr nicht. Ich werde mit Hinrichsen reden, der weiß wahrscheinlich am ehesten über Gerds Aktivitäten Bescheid. Und wenn ihr wollt, nehme ich mir in aller Ruhe die Akten vor und informier euch, sobald ich etwas gefunden habe, das mir seltsam erscheint.«

»Damit würdest du uns eine wesentliche Arbeit abnehmen. Wie lange wirst du brauchen?«

»Gebt mir zwei Tage. Was habt ihr jetzt vor?«

»Wir haben uns bei Nina angemeldet. Sie weiß aber nicht, was wir bei ihr wollen.«

»Und das wäre?«

»Suchen. Und hoffentlich etwas finden, das uns ein wenig mehr Aufschluss über das gibt, was sich vorgestern bei Gerd zugetragen hat. Wenn's sein muss, stellen wir das ganze Haus und die Garage auf den Kopf.«

»Ihr beide allein?«, fragte Ziese zweifelnd.

»Nina wird uns bestimmt behilflich sein. Wenn überhaupt jemandem daran gelegen ist, seinen Mörder zu finden, dann ihr. Übrigens, der Unfalltod von Rosanna war womöglich gar kein Unfall, was aber nur eine Hypothese ist.«

Ziese erhob sich wie in Zeitlupe, stützte sich mit beiden Händen auf den Tisch und sagte: »Wie kommst du darauf? Hast du Beweise für diese absurde Theorie?«

»Erinnerst du dich noch an den Unfallhergang? Und an das Auto, das wenig später gefunden wurde?«

»Natürlich, warum?«

»In Gerds Wagen lagen zwei leere Wodkaflaschen, in dem Auto, das Rosanna übern Haufen gefahren hat, lagen ebenfalls zwei leere Wodkaflaschen. Es kann natürlich auch Zufall sein. Aber sollte ich recht behalten, nur für den Fall, dann haben wir es mit höchst gefährlichen Leuten zu tun, die vor nichts, aber auch rein gar nichts zurückschrecken. Fragt sich nur, welche Organisation könnte so skrupellos sein, dass sie sogar Kinder ermordet? Ein Einzeltäter würde so was nicht machen, es sei denn, er hätte einen gewaltigen Hass auf Gerd, ohne dass Gerd etwas davon mitbekommen hat. Ganz auszuschließen ist es natürlich nicht, dass es mit seiner Affäre zu tun hat, vorausgesetzt, es gab eine solche. Es soll bekanntlich Männer geben, die sich fürchterlich rächen, wenn ihnen die Frau ausgespannt wird.«

»Hätte es sich um einen Racheakt gehandelt, dann hätte man gestern mit großer Wahrscheinlichkeit Einbruch- und auch Kampfspuren gefunden, denn Gerd hätte seinen Nebenbuhler wohl kaum ins Haus gelassen«, warf Ziese ein. »Meines Wissens nach gab es aber keine Einbruch- oder Kampfspuren.«

»Ja, richtig. Und deshalb glaube ich, dass es mit seiner Arbeit zu tun hat. Hat er eigentlich viele Überstunden geschoben?«

Ziese überlegte einen Moment und antwortete schließlich: »Ich würde eher sagen, er hat Dienst nach Vorschrift gemacht. Ich hab doch schon erwähnt, dass bei uns nicht so wahnsinnig viel los ist. Wie in jeder Abteilung gibt's natürlich auch Ausnahmen, aber in der Regel kam er morgens zwischen acht und halb neun und ist spätestens um fünf nach Hause gefahren.«

»Nina hat aber behauptet, Gerd habe häufig Überstunden geschoben. Wir werden sie noch mal fragen, ob er immer pünktlich zu Hause war. Und wir werden sie fragen, was es mit seinen Fehlzeiten auf sich hatte. Ich möchte wetten, er kam häufig erst spätabends oder in der Nacht. Tschüs und melde dich, sobald du was gefunden hast«, sagte Henning und wollte bereits gehen, als Ziese ihn zurückhielt.

»Ähm … ich muss euch noch etwas sagen, auch wenn ich mich damit auf dünnes Eis begebe. Es handelt sich um eine interne Sache und …«

»Und was?«

Ziese machte den Eindruck, als würde er überlegen, wie er die folgenden Worte formulieren sollte. Er kniff die Lippen zusammen und kratzte sich am Hals.

Als er nicht fortfuhr, meinte Henning: »Du sprichst in Rätseln …«

»Ist ja gut.« Ziese nahm wieder Platz, holte tief Luft und sagte: »Eigentlich hab ich dem keine besondere Bedeutung zugemessen, na ja, jedenfalls bis vorhin, als ich von der andern Toten hörte. Vielleicht hat sein Tod ja doch was mit seiner Arbeit zu tun. Um's kurz zu machen, Gerd wurde einige Male vom LKA angefordert, das heißt, er wurde um Mithilfe gebeten. Fragt mich aber nicht, in welchem Bereich genau er tätig war, er hat immer nur von Observierungen gesprochen und der Personalnot drüben. Jedenfalls wurde ich von denen gefragt, ob ich ihn hin und wieder entbehren könne, und da wir nicht gerade überlastet sind, habe ich ihn eben freigestellt. Ich werde mich aber mit den Kollegen dort in Verbindung setzen und mich kundig machen, wofür sie ihn brauchten.«

Henning schüttelte fassungslos den Kopf und sagte lauter als gewollt: »Mann, da reden und reden wir, und du rückst im letzten Moment mit einer so wichtigen Info raus. Solltest du noch mehr auf Lager haben, dann sag's bitte hier und jetzt, wir ermitteln schließlich in einem Mordfall.«

»Da ist nichts mehr. Tut mir leid.«

»Mit wem beim LKA hat er zusammengearbeitet?«

»Keine Ahnung, das war eine ganz formelle Anfrage und Bitte, die an mich gerichtet wurde. Und ich habe dieser Bitte stattgegeben.«

»Sag mal, ich hab das Gefühl, ich bin hier auf dem falschen Dampfer. Du als Gerds Vorgesetzter musst doch wissen, mit wem er …«

»Ich weiß es aber nicht!«

»Dann find raus, wofür sie ihn brauchten und mit wem er was auch immer gemacht hat, und zwar schnell«, sagte Henning scharf. »Und ich erinnere mich, wie du vorhin bei unserm ersten Gespräch erwähnt hast, dass Gerd vorletztes Wochenende mit Leuten vom LKA und vom SEK einen Frachter gestürmt hat und …«

»Das war was völlig anderes. Da war auch Hinrichsen mit dabei. Wir werden nun mal, wenn Not am Mann ist, vom LKA in Operationen einbezogen. Das ist schon seit Ewigkeiten Usus, zumindest solange ich hier arbeite. Jetzt interpretiert um Himmels willen nichts da rein, okay?«

»Wir suchen nach Fakten, dann interpretieren wir. Ich brauche Namen, damit auch wir uns mit den Kollegen vom LKA kurzschließen können. Und wenn du's nicht tust, werde ich das übernehmen«, sagte Henning. »Hast du ihn denn nie konkret gefragt, was er macht?«

»Natürlich hab ich das, und er hat's mir auch gesagt. Routineeinsätze wie vorgestern Abend. War's das?«

»Nein, aber wir gehen jetzt trotzdem. Melde dich, sobald du Näheres weißt.« Daraufhin drehte Henning sich um, gab Santos ein Zeichen, und sie verließen das Büro.

Ziese sah ihnen nachdenklich hinterher, stand auf, holte sich einen Kaffee und aus der untersten Schublade seines Schreibtischs eine Flasche Cognac und gab etwas davon in den Kaffee. Er war mit den Nerven schon seit vielen Jahren am Ende, was er sich jedoch nicht anmerken ließ, und auch keiner in der Abteilung wusste, dass er ebenfalls seit Jahren an der Flasche hing. Man sah es ihm nicht an, er war nicht aufgedunsen, sondern immer noch schlank und drahtig, er wirkte nach wie vor gepflegt, erschien pünktlich zum Dienst und erledigte seine Aufgaben. Seine Sprache war klar, und niemand hätte vermutet, dass er Alkoholiker war. Nur wenn man genauer hinschaute, was jedoch keiner tat, erkannte man, dass in seinen einst so wachen Augen kein Glanz mehr war, bisweilen wirkten sie wie tot. Seine Energie, die ihn früher ausgezeichnet hatte, hatte nachgelassen, die Batterien waren fast leer, und ihn interessierte kaum noch, was um ihn herum vorging. Allerdings verfügte er immer noch über einen messerscharfen analytischen Verstand. Vielleicht hatten ihn die beinahe vierzig Jahre bei der Polizei geprägt, vielleicht lag es aber einfach nur in seinem Blut.

Seine Ehe war nur noch ein Nebeneinanderherleben, die vier Kinder waren längst aus dem Haus und in alle Windrichtungen verstreut, er hatte keine Hobbys, keine Interessen, aber er hatte eine Vorstellung, was er machen würde, wenn er Ende Juni für immer das Präsidium verließ.

Erst vor wenigen Wochen hatte er wieder einen Arzttermin gehabt, bei dem ihm gesagt worden war, dass sein Körper der eines Vierzigjährigen sei und der Alkohol noch keine Spuren hinterlassen habe. Sein Vater hatte auch ein Leben lang getrunken und war erst im vergangenen Jahr friedlich in seinem Bett eingeschlafen, mit achtundachtzig. Dennoch war sein Leben unbefriedigend, er war einsam, und keiner merkte es. Es war kein Selbstmitleid, sondern die nüchterne Erkenntnis eines Mannes, der zeit seines Lebens für andere da gewesen war, die sich jetzt aber einen Dreck um ihn kümmerten. Und nicht einmal mit seiner Frau konnte er darüber sprechen, dass er manchmal am liebsten alles kurz und klein schlagen würde. Sie würde nur sagen, er solle sich nicht so anstellen, und dabei entweder in einem Buch lesen oder fernsehen oder mit irgendwelchen Bekannten telefonieren. Er hatte es satt, richtig satt. Und das mit Gerd war tragisch, aber nicht zu ändern. Er würde Henning und Santos die nötigen Informationen beschaffen und hoffen, sie würden ihn während der nächsten zwei Monate in Ruhe lassen. Denn nichts anderes wollte er, nur in Ruhe gelassen werden. Und mit seiner Pensionierung würde eine neue Zeitrechnung anbrechen.

Ziese trank seinen Kaffee, hielt die Flasche gegen das Licht und sah, dass sie noch gut gefüllt war, goss die Tasse halbvoll mit Cognac und schüttete den Inhalt in einem Zug hinunter. Er blieb noch einen Augenblick sitzen, bevor er sich erhob, das Fenster öffnete und anschließend zu seinem Mantel ging, eine Flasche Eau de Toilette in die Hand nahm und mehrere Spritzer auf sein Gesicht und den Hals verteilte. Zuletzt steckte er sich einen Pfefferminzbonbon in den Mund, wartete noch einen Moment, bevor er zum Hörer griff und eine Nummer wählte.

MITTWOCH, 11.15 UHR

Auf der Fahrt zu Nina sagte Santos: »Kurt ist ganz schön durch den Wind. Sollte er irgendwelche Hinweise finden, dass sein bester Mann in unlautere Geschäfte verwickelt war, ich fürchte, dann verliert er den Glauben an die Menschheit, wenn das nicht schon längst passiert ist.«

»Nach dem eben ist mir das so was von egal. Ehrlich. Er betont doch selber immer wieder, dass er schon bald mit dem Laden nichts mehr zu tun hat, also kann ihm auch egal sein, was Gerd getrieben hat. Dem geht das doch alles am Arsch vorbei.«

»Du bist heute echt ein Zyniker vor dem Herrn«, sagte Santos verständnislos. »Na ja, nicht nur heute«, konnte sie sich nicht verkneifen hinzuzufügen. »Kurt ist und bleibt ein feiner Kerl.«

»Hab ich was anderes behauptet? Aber er geht in zwei Monaten in den Ruhestand, und wir müssen uns weiter mit dem Pack rumschlagen. Doch dass er uns so quasi im Vorübergehen zuwirft, dass Gerd mit dem LKA zusammengearbeitet hat, angeblich aber nicht weiß, was Gerd dort gemacht hat, das ist für mich eine Nummer zu hoch. Tut mir leid, dafür fehlt mir jegliches Verständnis.«

»Mann, bist du schlecht drauf. Ich glaub, ich halt lieber für den Rest des Tages meinen Mund.«

»Ja, ich bin schlecht drauf, verdammt schlecht sogar. Er hätte uns das gleich am Anfang oder schon gestern sagen können …«

»Das war für ihn gestern doch noch überhaupt nicht relevant, denn da hatten wir noch nicht die zweite Leiche. Sören, ich bitte dich, mach ihn jetzt nicht für etwas verantwortlich, wofür er nichts kann. Wie hättest du an seiner Stelle reagiert? Hättest du sofort eine Verbindung hergestellt, ich meine, dass es etwas mit Gerds anderer Tätigkeit zu tun haben könnte? Ich jedenfalls nicht.« Sie zuckte mit den Schultern und fuhr in gemäßigtem Ton fort: »Wenn es denn überhaupt eine Verbindung gibt, was ich noch sehr bezweifle. Mit dem LKA zusammenzuarbeiten ist ja kein Verbrechen, im Gegenteil. Erinnere dich mal dran, wie oft wir schon mit denen im Einsatz waren.«

»Aber nicht mit Kollegen vom OK.«

189

»Oh, da arbeiten für dich wohl die bösen Jungs, was?«, entgegnete sie.

Henning sagte nichts darauf, nur seine Kiefer mahlten aufeinander, ein Zeichen für seine Anspannung und auch Wut. Hätte man ihn jedoch gefragt, er hätte nicht sagen können, worauf oder auf wen er wütend war. Sie passierten das Ortsschild von Strande und hielten keine fünf Minuten später vor Wegners Haus. Ninas Corsa stand vor der Garage, die von der Spurensicherung versiegelt worden war. Ein kräftiger kühler Wind blies von der Ostsee kommend übers Land, was Santos frösteln ließ. Der vorhin noch strahlend blaue Himmel zog sich allmählich zu, es sah aber nicht nach Regen aus. Henning blieb stehen und ließ seinen Blick über die Straße und die Häuser gleiten. Er sah nur zwei Menschen, die den Bürgersteig entlanggingen, und ein Auto kam ihnen entgegen und fuhr langsam an ihnen vorbei.

»Absolut tote Hose«, murmelte Henning vor sich hin. »Sogar am Tag. Kein Wunder, dass keiner das mit Rosanna gesehen hat.«

»Ich will rein, mir ist kalt«, sagte Santos und drückte auf die Klingel.

MITTWOCH, 11.30 UHR

»Hab ich nicht schon alles beantwortet, was ihr wissen wolltet?«, fragte Nina mit gekräuselter Stirn, nachdem Henning und Santos eingetreten waren. Sie wirkte abgehetzt, als wäre sie gerade erst zur Tür hereingekommen und hätte einen langen und anstrengenden Vormittag hinter sich.

»Letzte Nacht schon«, erwiderte Henning, »doch inzwischen sind neue Fakten aufgetaucht und damit auch neue Fragen. Dürfen wir uns setzen?«

»Natürlich«, sagte Nina. »Möchtet ihr was trinken? Einen Kaffee vielleicht? Du siehst ziemlich müde aus«, bemerkte sie mit Blick auf Henning.

»Danke, das wäre sehr nett. Ich will dir aber keine Umstände bereiten.«

»Das sind keine Umstände«, entgegnete sie und verschwand in der Küche.

Henning lehnte sich zurück und schloss die Augen. Er verspürte leichte Schmerzen in der linken Schläfe, meist ein Zeichen für eine aufkommende Migräne, das Letzte, was er jetzt gebrauchen konnte.

»Hast du was?«, fragte Santos.

»Nee, nur leichte Kopfschmerzen. Geht bestimmt gleich weg.«

»Willst du eine Tablette, ich hab welche dabei.«

Henning grinste und meinte mit noch geschlossenen Augen, während er die Schläfe leicht mit den Fingerspitzen massierte: »Gibt's eigentlich irgendwas, was ihr Frauen nicht dabeihabt? Rück mal eine raus, schaden kann's nicht.«

Santos holte ihm ein Glas Wasser, und er schluckte die Tablette.

Nina kehrte wenig später mit einem Kännchen Milch aus der Küche zurück, nahm drei Tassen, Untertassen und Teelöffel aus dem Schrank und ein Schälchen mit Würfelzucker.

»Dauert noch einen Augenblick«, sagte sie, setzte sich in den Sessel und schlug die Beine übereinander. »Ihr habt neue Fakten? Dann lasst mal hören.«

»Wir können dir leider nichts über den Stand der laufenden Ermittlungen mitteilen, aber wenn du so freundlich wärst, uns ein paar Fragen zu beantworten?«

»Bitte.«

»Dürften wir einen Blick in eure Kontoauszüge werfen?«

»Oh, es geht also wieder um meine teure Uhr und das Auto und das Haus«, entgegnete sie ironisch und beugte sich nach vorn, die Hände gefaltet. »Was glaubt ihr zu finden? Ein paar

191

hunderttausend oder gar Millionen? Vergesst es, Gerd war nicht korrupt, er hat auch keine Erbschaft gemacht oder im Lotto gewonnen, sondern sich alles redlich verdient ...«

»Er war nur ein Polizist wie Lisa und ich«, sagte Henning.

»Aber vielleicht konnte er einfach gut mit Geld umgehen.«

»Egal, welchen Rang jemand bei der Polizei hat, keiner kann sich das leisten, was Gerd sich in letzter Zeit geleistet hat. Keiner, Nina, keiner. Da kannst du noch so geizig sein, bei unserm Gehalt sind keine großen Sprünge möglich. Außerdem sind wir doch nicht hier, um uns zu streiten, sondern seinen Mörder zu finden.«

»Ja, und trotzdem tut ihr so, als wäre Gerd ein Verbrecher gewesen, auch wenn ihr's nicht direkt ausdrückt. Aber bitte, ich werde den Ordner mit den Kontoauszügen holen, obwohl das sehr privat ist.«

Als Nina das Zimmer verlassen hatte, sagte Santos leise: »Sie benimmt sich heute irgendwie seltsam. So kühl.«

»Das würd ich nicht so ernst nehmen, sie ist einfach fertig. Versetz dich mal in ihre Lage, falls das überhaupt möglich ist. Ich kann's nicht, nicht mal ansatzweise.«

Nina kam die Treppe herunter und reichte Henning wortlos den Ordner, holte den Kaffee in der Küche und schenkte ebenso wortlos ein.

»Danke«, sagte Henning und blätterte die Auszüge durch, wobei Santos näher an ihn heranrückte und mitlas.

»Wer hat sich bei euch um die Geldangelegenheiten gekümmert?«, fragte Santos.

»Gerd. Ich konnte noch nie besonders gut mit Geld umgehen, und deshalb habe ich ihn auch nie gefragt, wie viel er verdient und was wir monatlich so zu zahlen haben. Das ist die Wahrheit.«

»Aber du weißt schon, wie hoch die monatliche Rate für das Haus ist«, sagte Henning.

»So um die fünfhundert Euro.«

Er legte den Ordner auf den Tisch und fragte: »Das sind alle Auszüge?«

»Ja, warum?«, fragte Nina mit hochgezogenen Brauen zurück.

»Da sind nur die ganz normalen Einnahmen und Ausgaben aufgeführt, das Gehalt, das Haus, die Versicherungen, Strom und so weiter.«

»Ja, und?«

»Den BMW und die Uhr wird er ja wohl nicht geschenkt bekommen haben. Und vom Himmel sind sie ganz sicher auch nicht gefallen. So leid es mir tut, Nina, aber etwas stimmt hier nicht. Es sei denn, Gerd hatte noch ein zweites Konto, von dem du nichts wusstest oder wissen durftest. Oder habt ihr ein zweites Konto, von dem du uns noch nichts gesagt hast?«, fragte Henning und beobachtete Nina sehr aufmerksam. Sie erwiderte seinen Blick und schüttelte den Kopf.

»Nein, es existiert kein zweites Konto, ich schwöre es. Und wenn es eins gibt, dann weiß ich nichts davon«, sagte sie schulterzuckend und mit einem entschuldigenden Lächeln.

»Wir werden es herausfinden. Wie oft war Gerd in den letzten Wochen oder Monaten krank?«

»Was?«, fragte sie irritiert.

»Wie oft war er krankgeschrieben?«

»Gerd war nie krankgeschrieben, zumindest nicht, solange wir uns kannten. Ich kann mich jedenfalls nicht erinnern. Er hat nur einmal zwei Tage freigenommen, als das mit Rosanna passiert ist. Und dann natürlich bei der Beerdigung. Was soll diese Frage?«

»Er hat sich bei Ziese öfter krankgemeldet. Und jetzt fragen wir uns natürlich, warum?« Henning gab etwas Zucker in den Kaffee, rührte um und trank einen Schluck.

»Das verstehe ich nicht. Gerd war nie krank. Und er war auch

193

nicht zu Hause. Er ist jeden Morgen zum Dienst gegangen, außer an seinen freien Tagen.«

»Wenn er nicht hier war, wo war er dann? Was hat er gemacht,
was weder du noch Ziese wissen durften? Überleg noch mal
genau, wie sein Verhalten in den vergangenen Monaten war.
Du hast zwar schon erwähnt, dass er sich etwas verändert hatte, aber ich würde es gerne ein wenig genauer wissen. Wie hatte
er sich verändert?«

»Das hab ich doch auch schon alles gesagt. Mein Gott, nervös
war er, unkonzentriert, er wollte öfter allein sein, hat sich in
sein Zimmer zurückgezogen und viel gegrübelt. Aber wenn ich
ihn darauf angesprochen habe, hat er nur gesagt, dass es ihm
gutgehe. Ich wusste ja, dass es ihm alles andere als gutging, aber
er hat mich nicht an sich rangelassen. Mehr fällt mir wirklich
nicht ein. Außerdem habe ich letzte Nacht fast kein Auge zugemacht. Ich bin todmüde und kann doch nicht schlafen. Was
soll ich jetzt bloß tun?«, fragte sie mit Tränen in den Augen.

»Was? Hierbleiben und allein leben, wo ich doch kaum jemanden kenne?«

»Die Nachbarn ...«

»Die Nachbarn! Denen bin ich doch egal. Da kümmert sich
jeder nur um seinen eigenen Kram. Gestern war nicht mal einer
von denen hier, um sich zu erkundigen, wie es mir geht, obwohl die mitbekommen haben, was passiert ist. Gegafft haben
sie, nur gegafft. Ist ja auch eine Sensation, wenn mal einer von
ihnen umgebracht wird.« Sie machte eine kurze Pause und fuhr
dann fort: »Wisst ihr, für die bin ich nur eine Ausländerin, außer für die alten geilen Säcke, die mir sabbernd hinterherglot-
zen, wenn ich über die Straße gehe und sie mal wieder gerade
was im Vorgarten zu tun haben oder ihre Autos polieren. Das
ist die bigotteste Gegend, die ich kenne. Ich werde wegziehen,
das habe ich beschlossen, ich weiß nur nicht, wohin. Alles verkaufen und einfach nur weg.«

»Überstürz nichts, lass ein paar Tage oder Wochen ins Land gehen«, sagte Santos mitfühlend und legte eine Hand auf die von Nina. »Trotzdem musst du jetzt erst mal stark sein. Und die Nachbarn sollten dich im Augenblick nicht weiter kümmern.«

»Ja, die starke Nina wird es schon schaffen«, entgegnete sie höhnisch auflachend. »Immer schön stark sein und … Ach, ich mag nicht mehr, ich will auch nicht mehr diese Sprüche hören. Gerd hat das Gleiche gesagt. Schatz, wer sind schon die Nachbarn?« Sie trank einen Schluck Kaffee. »In meinem Dorf kennt jeder jeden, aber es ist anders als hier. Bei uns hilft man sich, wenn es einem andern schlechtgeht, oder man sitzt zusammen und unterhält sich oder isst und trinkt. So etwas gibt es hier nicht, das ist Deutschland. Jeder denkt nur an sich, und die meisten wollen in Ruhe gelassen werden. Aber ich habe einen Entschluss gefasst. Spätestens nach der Geburt des Babys werde ich diesen Ort verlassen. Vielleicht auch schon früher. Ich überlege noch, ob ich nicht doch zurück in meine Heimat gehe. Dort habe ich wenigstens Menschen, die mich kennen und lieben. Mal sehen.«

»Wir mögen dich auch«, sagte Henning.

»Das weiß ich doch, und es ist auch nicht gegen euch gerichtet«, erwiderte sie mit versöhnlicher Stimme. »Aber wie lange ist das her, seit wir uns zum letzten Mal so richtig gesehen haben? Ich weiß es noch, es war letztes Jahr im Sommer. Wir haben gegrillt und einen richtig schönen Abend verbracht. Und davor haben wir Silvester gefeiert. Zweimal in fast anderthalb Jahren. Das ist nicht oft.«

»Stimmt, aber …«

»Komm, es ist gut. Ich will auch keine Ausreden oder Rechtfertigungen hören, nicht jetzt. Was habt ihr noch?«

»Hattest du jemals die Vermutung oder gab es Anzeichen, dass Gerd dich betrogen haben könnte?«

195

Nina sah Henning, ohne zu antworten, mit seltsamem Lächeln an und rührte unentwegt in ihrer Tasse. Ihre Augen, die eben noch sehr müde und trüb waren, wurden mit einem Mal wach und hell.

»Hast du verstanden, was ich gesagt habe?«, fragte Henning nach, den Ninas Blick nervös machte.

»Ja, hab ich. Und nein, ich hatte weder eine Vermutung, noch gab es Anzeichen für eine Geliebte. Hatte er denn eine?«

Santos sah Henning von der Seite an, als wollte sie ihm bedeuten, bloß den Mund zu halten, doch er schien es nicht wahrzunehmen oder er ignorierte es einfach, obwohl sie vereinbart hatten, Nina nichts von einer möglichen Geliebten zu sagen.

»Es sieht so aus. Er hatte jedenfalls kurz vor seinem Tod noch Geschlechtsverkehr, und da du in Hamburg warst, kommst du als seine Partnerin nicht in Frage.«

Nina holte tief Luft und ließ sich zurückfallen. Ihr Blick ging zur Decke, als sie sagte: »Okay, er hat mit einer Frau geschlafen. Ist sie auch seine Mörderin?«

»Du nimmst das einfach so hin?«

»Soll ich schreien? Ist sie seine Mörderin?«

»Das wissen wir nicht, weil wir ihre Identität nicht kennen.«

»Dann kann es also sein, dass er mit ihr im Bett war, während ich ihn angerufen habe. Stimmt doch, oder?«

Henning erwiderte nichts darauf, sondern zuckte nur mit den Schultern.

»Würdet ihr mich jetzt bitte allein lassen, ich bin müde. Wann wird Gerd freigegeben?«

»Du wirst rechtzeitig informiert. Aber eine Frage hätte ich noch. Hat er nie Andeutungen gemacht, dass er in Gefahr ist oder sein könnte?«

»Nein. Und ich hätte auch nie gedacht, dass er mich betrügen würde. Es ist schon seltsam, aber er hat mich immer in dem Glauben gelassen, mich zu lieben. Und jetzt das.«

196

»Nina, wir würden uns gerne noch einmal im Haus und in der Garage umsehen.«

»Bitte nicht jetzt, Sören. Von mir aus morgen …«

»Nur einen Blick, bitte.«

»Na meinetwegen. Aber die Spurensicherung hat gestern schon alles auf den Kopf gestellt. Ihr werdet nichts finden. Oder wollt ihr euch den schönen neuen BMW angucken«, fragte sie spöttisch. »Aber der ist ja nicht mehr hier, weil er in die Kriminaltechnik gebracht wurde.«

»Was?«, fragte Henning überrascht. »Wer hat das veranlasst?«

»Keine Ahnung. Ich dachte, das wäre eine Anweisung von euch.«

»Wir wurden bis jetzt nicht informiert. Wann war das denn?«

»Ganz früh heute Morgen, die Sonne war noch nicht mal aufgegangen. Die haben Sturm geklingelt. Ich war gerade weggenickt, als die vor der Tür standen.«

»Moment«, sagte Henning, holte sein Handy aus der Tasche und rief bei der Kriminaltechnik an. Nach kaum mehr als einer Minute war das Gespräch beendet, und er meinte nachdenklich: »Die haben den Wagen nicht. Nina, bitte überleg genau – kanntest du die Männer?«

»Nein, ich hab die noch nie zuvor gesehen. Außerdem handelte es sich um einen Mann und eine Frau. Die kamen so gegen sechs hier an. Er hatte die Autoschlüssel und ist mit dem Wagen losgefahren. Die Frau hat die Garage wieder versiegelt und ist ihm dann nachgefahren… Sag mal, stimmt irgendwas nicht?«

»Kann man so sagen. Ein Mann und eine Frau. Wie alt ungefähr?«

»Zwischen Ende zwanzig und Mitte dreißig. Die Frau schien mir ein bisschen älter zu sein.«

»Und als sie draußen waren, haben sie die Garage wieder versiegelt.«

»Hab ich doch eben gesagt. Sie haben gemeint, dass die Garage noch mal gründlich untersucht werden müsse und ich sie bitte nicht betreten soll. Hab ich was falsch gemacht?«

»Quatsch! Haben sich unsere Kollegen ausgewiesen? Kannst du dich an ihre Namen erinnern?«

Nina überlegte, stand auf und ging unruhig im Zimmer auf und ab. »Ich meine, einer von ihnen hieß irgendwas mit owski im hinteren Teil des Namens. Scharowski, Schabrowski oder so ähnlich. Ich weiß nicht, es war so früh, ich hatte kaum geschlafen, und ich hab mir die Ausweise nicht genau angesehen. Und mich hat auch nicht interessiert, was die wollten, ich wollte nur, dass sie so schnell wie möglich wieder verschwinden.«

»Kannst du die beiden beschreiben?«, fragte Henning.

Der Mann war etwa einsachtzig groß, hatte kurze rotblonde Haare und blaue Augen. Er war sehr schlank und hatte etwas Stechendes im Blick. Vom ersten Moment an war er mir unsympathisch. Sie war ein ganzes Stück kleiner, ziemlich dunkle Haare, die knapp bis auf die Schultern fielen, braune oder grüne Augen und recht attraktiv. Aber so genau hab ich mir die auch nicht angeschaut.«

»Haben sie gesagt, dass sie aus dem Präsidium oder vom LKA kommen?«

»Nein, nur, dass sie das Auto abholen wollen, um es in die Kriminaltechnik zu bringen.«

»Und du hast dich nicht gewundert, dass jemand morgens um sechs vor deiner Tür steht? Ich meine, das Auto hätte auch noch zwei oder drei Stunden länger warten können.«

»Natürlich hab ich mich gewundert, aber … Entschuldigung, wenn ich mich falsch verhalten habe, das war nicht meine Absicht.«

»Wir machen dir doch keinen Vorwurf. Vielleicht gibt es ja auch eine ganz simple Erklärung dafür.« Er wollte gerade noch etwas hinzufügen, als sein Telefon klingelte. Er sah keine Num-

mer auf dem Display und meldete sich mit einem knappen
»Ja«.

»Kommissar Henning?«, fragte eine weibliche Stimme mit
deutlich russischem Akzent.

»Ja.«

»Hören Sie mir gut zu und stellen Sie keine Fragen und antworten Sie nur mit Ja oder Nein. Sind Sie allein?«

»Nein.«

»Ist Ihre Partnerin bei Ihnen?«

»Ja.«

»Noch jemand?«

»Ja.«

»Kann jemand mithören?«

»Nein.«

»Haben Sie ein gutes Gedächtnis?«

»Es geht.«

»Dann rufen Sie mich um Punkt dreizehn Uhr unter folgender
Nummer an: 007812... Haben Sie's behalten?«

»Moment, das sind mir doch zu viele Zahlen, ich muss es aufschreiben«, sagte er und holte einen Kugelschreiber und einen
kleinen Notizblock aus seiner Jackeninnentasche.

»Schreiben Sie so, dass es niemand außer Ihnen sieht. Sind Sie
bereit?«

»Ja.« Henning hielt den Stift so, dass weder Nina noch Santos
erkennen konnten, was er aufschrieb.

»007812... Punkt dreizehn Uhr. Es geht um Wegners Tod. Ich
verlasse mich auf Sie. Und sparen Sie sich die Mühe, herauszufinden, wem die Nummer gehört, es ist sinnlos. Und bitte sprechen Sie nicht mit Ihren Kollegen darüber, bis wir uns getroffen haben, Frau Santos ausgenommen.« Sie legte auf, ohne eine
Erwiderung von Henning abzuwarten. Er steckte das Handy
und den Zettel ein.

Santos fragte: »Wer war das?«

199

»Volker. Wir müssen das mit dem Haus verschieben, wir sollen zurück ins Präsidium kommen«, log er. »Ja, dann wollen wir mal los. Ruf an, wenn wir irgendwas für dich tun können oder falls dir noch etwas einfällt. Okay?«

»Danke, aber ich werde schon zurechtkommen. Lasst mich wissen, wenn ihr Neuigkeiten habt.«

»So ganz leicht wird das nicht, weil wir dir wie gesagt über laufende Ermittlungen keine Auskünfte geben dürfen.«

»Aber in diesem Fall könnt ihr doch mal ein Auge zudrücken.«

»Mal sehen, versprechen kann ich nichts«, erwiderte Henning. »Du solltest dich ein bisschen ausruhen, du siehst ziemlich abgespannt aus. Bis bald.«

Nina begleitete Henning und Santos zur Tür, wartete, bis sie in ihr Auto eingestiegen waren, winkte ihnen nach und ging zurück ins Haus.

Henning wendete, und Santos fragte: »Das eben war doch nicht Volker.«

»Nein, aber ich konnte es nicht vor Nina sagen. Ich soll um eins eine Frau anrufen, die mir irgendwas über Gerd mitzuteilen hat. Genauer gesagt über seinen Tod.«

»Seine Bettgespielin?«

»Woher soll ich das denn wissen?!«

»Hallo, entspann dich.«

»Ich bin entspannt.«

»Na, dann sitzt wohl ein anderer Sören Henning neben mir«, erwiderte Santos schmunzelnd.

»Kann schon sein.«

»Und weiter? Was hat diese Frau gesagt? Lass dir doch nicht alles aus der Nase ziehen.«

»Nichts ›und weiter‹. Sie hat einen ziemlich starken russischen Akzent, ganz anders als Nina. Ich sollte auf ihre Fragen nur mit Ja oder Nein antworten, und dann hat sie mir eine Telefonnummer gegeben. Ich lass mich einfach überraschen.«

»Wir haben schon halb eins, und ich hab Hunger. Können wir nicht noch kurz halten und uns was holen?«

»Muss aber schnell gehen, ich will unsere geheimnisvolle Unbekannte nicht warten lassen.«

»Hat sie vom Handy oder Festnetz angerufen?«, fragte Santos. »Kieler Nummer?«

»Nee, fängt mit 007 an. James Bond lässt grüßen«, antwortete er trocken.

»007? Ist das nicht die Vorwahl von Russland?«

»Keinen Schimmer. Ich ruf da gleich an, vorher will ich gar nicht drüber nachdenken.«

»Vielleicht ist es ja tatsächlich die Frau, mit der Gerd was hatte«, bemerkte Santos auf der Fahrt nach Kiel.

»Lisa, das ist mir im Augenblick so was von egal. Und ja, ich geb zu, dass ich nervös bin, denn ich bin sicher, dass diese Frau mir einiges zu sagen hat. Sie wollte wissen, ob ich allein bin oder jemand bei mir ist und so weiter. Und dann hat sie mir diese Nummer gegeben. Sie kennt meinen Namen, und sie weiß auch von dir. Ich soll aber vorerst mit niemandem über das Telefonat sprechen, du ausgenommen. Löchere mich also bitte nicht weiter mit Fragen, ich hab nämlich keine Antworten.«

»Woher kennt sie mich?«

»Himmel noch mal, ich weiß es doch nicht! Ich weiß ja nicht mal, woher sie meine Nummer hat.«

Santos wollte eigentlich nichts mehr darauf erwidern. Ihr Gesichtsausdruck war mit einem Mal ernst geworden, als sie dennoch sagte: »Vielleicht von Gerd.« Sie mochte es nicht, wenn Henning wütend war, wenn er sie anfuhr und manchmal auch richtig laut wurde, obwohl sie wusste, dass er es nie böse meinte, denn dazu verhielt er sich ihr gegenüber die meiste Zeit zu respektvoll und auch liebevoll. Er hatte viele harte Jahre hinter sich, von denen fünf mit Sicherheit die schwersten seines Lebens waren. Aber auch heute noch trug er eine schwere Last, über die er jedoch nicht gerne sprach. Finanzielle Probleme machten ihm zu schaffen, Probleme, für die er nichts konnte, weil seine Exfrau in dieser Hinsicht einfach cleverer war und sich bei der Trennung gleich eine überaus gewiefte Anwältin zur Seite gestellt hatte. Diese Anwältin hatte es geschafft, Henning nicht nur finanziell an den Abgrund zu führen und die Richterin davon zu überzeugen, seiner Ex das alleinige Sorgerecht zu übertragen, vor zwei Jahren hatte sie auch erwirkt, dass er seine Kinder nur noch einmal im Monat sehen durfte, obwohl Elisabeth, die zu diesem Zeitpunkt noch dreizehn war, sich vehement dagegen gewehrt hatte. Inzwischen war sie fünfzehn, stritt sich immer öfter mit ihrer Mutter und versuchte so oft wie möglich bei ihrem Vater zu sein, während Markus, der längst volljährig war, jeden Kontakt mit seinem Vater verweigerte, da er ihm die Alleinschuld am Scheitern der Ehe gab. All dies nagte an Henning, und er grübelte viel und hatte bisweilen depressive Phasen, die jedoch vergingen, sobald er mit Lisa zusammen war. Und nun war zu allem Übel auch noch sein Freund Gerd ermordet worden, ein weiterer Tiefschlag, von dem er sich erst erholen musste.

Henning war im Laufe der letzten Jahre zu einem Zyniker geworden, der häufig die Grenzen seiner Wortwahl überschritt und es vielen nicht leicht machte, mit ihm auszukommen. Zum Glück gab es außer Lisa noch andere Personen, die zu ihm hielten, allen voran Volker Harms und der Polizei- und Kriminalpsychologe Jan Friedrichsen, der schon viele Gespräche mit ihm geführt hatte und ihm immer wieder Mut machte und wusste, dass er und Lisa praktisch zusammenlebten.

Sie hielten an einem Imbiss, und Henning und Santos kauften sich jeder ein Fischbrötchen und eine Dose Cola. Henning schaute immer wieder auf die Uhr. Um vier Minuten vor eins setzten sie sich ins Auto, warteten noch einen Augenblick, und Henning tippte genau dreißig Sekunden vor der vereinbarten

Zeit die Nummer in sein Handy. Nach dem dritten Läuten wurde abgehoben.

»Ja?«

»Henning hier.«

»Wo sind Sie jetzt?«

»In Kiel ...«

»Ist außer Frau Santos noch jemand bei Ihnen?«

»Nein.«

»In Ordnung. In welcher Straße befinden Sie sich gerade?«

»Westring.«

»Gut. Fahren Sie zur Hörnbrücke und bleiben Sie dort zwei Minuten mit heruntergelassenem Fenster stehen. Was für ein Auto fahren Sie?«

»Einen dunkelblauen Opel Vectra. Aber ich kann dort nicht einfach parken.«

»Nur zwei Minuten, damit ich mich vergewissern kann, dass Sie auch wirklich allein kommen. Ich melde mich, sobald ich Sie vorfahren sehe. Sollte ich jedoch ein anderes Auto bemerken, das Ihnen folgt, wird es keinen Kontakt mehr geben, und Sie werden auf sehr wichtige Informationen verzichten müssen.«

Wie schon vorhin legte sie auf, ohne eine Erwiderung abzuwarten. Henning kaute wieder auf der Unterlippe und meinte:

»Die Frau ist so was von vorsichtig. Ich habe eine Nummer in Russland gewählt, und sie befindet sich hier in unserer Nähe.«

»Wenn sie so vorsichtig ist, hat das mit Sicherheit einen sehr triftigen Grund. Wahrscheinlich hat sie eine russische Handynummer, ist aber hier in Kiel. Du kannst ebenso eine Rufumleitung fürs Festnetz einrichten. Es gibt aber auch noch andere Möglichkeiten.«

»Das weiß ich selber. Ich frag mich, was diese Frau will? Und was weiß sie über Gerds Tod?«

»Sei doch nicht so ungeduldig, in ein paar Minuten erfährst

du's«, sagte Santos und sah Henning von der Seite an und legte eine Hand auf seinen Oberschenkel. »Das alles nimmt dich mehr mit, als du zugeben willst, und das kann ich nachvollziehen. Wenn ich dir helfen kann, sag's …«

»Du bist meine Partnerin und hilfst mir sowieso …«

»Nein, ich meine, wenn du mit dieser Frau allein sprechen willst oder sie mit dir, ich hab kein Problem damit.«

»Tut mir leid, wenn ich etwas von der Rolle bin, es hat nichts mit dir zu tun.«

Der Verkehr wurde dichter, je weiter sie in die Innenstadt kamen. Kurz hinter der Hörnbrücke stoppte Henning, schaltete den Warnblinker ein und ließ das Fenster herunter. Nur wenige Sekunden später klingelte sein Telefon.

»Ich sehe Sie. Fahren Sie auf den Parkplatz, dann gehen Sie zum Eingang des Drogeriemarkts im Hauptbahnhof und warten dort. Frau Santos kann mitkommen, das heißt, ich möchte sogar, dass sie mitkommt.«

»Wie edel von Ihnen.«

»Sparen Sie sich Ihren Sarkasmus …«

»Und wie erkenne ich Sie?«, fragte Henning schnell, bevor sie wieder auflegte.

»Ich erkenne Sie. Bis gleich.«

Henning fuhr zum Parkplatz und sagte: »Sie will uns beide sehen. Vielleicht befürchtet sie, du könntest Verstärkung rufen.«

»Das hätten wir doch tun können, als wir noch unterwegs waren. Sie hat Angst, sonst würde sie nicht diese Vorsichtsmaßnahmen treffen.«

»Und woher willst du das wissen? Ich hoffe nicht, dass das eine Falle ist.«

»Hätte sie keine Angst, wäre sie nicht so vorsichtig. Und warum sollte uns jemand eine Falle stellen? Wir wissen doch im Moment noch überhaupt nichts über Gerds Tod, außer dass er ermordet wurde.«

204

»Und Selbstmordattentate werden nur bei Nacht verübt, wenn keiner auf der Straße ist«, entgegnete Henning lakonisch.

»Idiot. Hast du etwa Schiss?«

»Quatsch. Auf geht's.«

Im Bahnhof hielten sich viele Menschen auf. Henning und Santos stellten sich neben den Eingang des Drogeriemarkts und warteten einen Moment, bis sein Telefon erneut klingelte.

»Wie ich sehe, sind Sie tatsächlich allein. Kommen Sie die Treppe hoch zur Tafel mit den Abfahrtszeiten.«

Oben angelangt, sagte Henning: »Wo will sie uns noch überall hinschicken?«

»Nirgends, aber drehen Sie sich bitte nicht um«, war die Antwort. »Sehen Sie mich nicht an, ich weiß nämlich nicht, ob ich beobachtet werde. Wenn wir sprechen, dann tun Sie so, als würden Sie und Frau Santos sich unterhalten.«

»In Ordnung. Aber ist das der richtige Platz für …«

»Nein, ist es nicht. Ich will nur Ihr Wort, dass ich Ihnen bedingungslos vertrauen kann.«

»Sie haben mein Wort«, entgegnete Henning leise. »Ganz gleich, was Sie uns auch zu sagen haben, wir werden vorläufig mit niemandem darüber sprechen.«

»Gerd hat gesagt, dass ich mich im Fall der Fälle an Sie wenden soll. Haben Sie heute Abend schon etwas vor?«

»Nein«, antwortete Santos schnell.

»Gut. Dann treffen wir uns um halb elf an der St.-Johannis-Kirche. Sie wissen, wo die ist?«

»Ja, ich wohne fast um die Ecke«, antwortete Henning. »Und dann?«

»Dann folgen Sie mir mit Ihrem Wagen. Und keine Angst, ich habe nicht vor, Sie in Gefahr zu bringen.«

»Und wer garantiert uns, dass wir Ihnen vertrauen können?«, wollte Santos wissen.

»Diese Garantie kann ich Ihnen leider nicht geben. Wir hätten uns auch im Steigenberger treffen können, aber das wird seit ein paar Tagen observiert, wie Sie sicherlich erfahren haben.«

»Ihretwegen?«, fragte Henning süffisant lächelnd.

»Nein, es ist nur ein Ablenkungsmanöver«, antwortete die Frau, als hätte sie die Spitze in Hennings Worten nicht gehört.

»Wie soll ich das verstehen?«

»Das erklär ich Ihnen alles heute Abend. Und bitte, ich muss mich auf Sie verlassen können, Gerd hat mir ausdrücklich Ihre Namen genannt, falls ihm etwas zustoßen sollte. Sie würden doch einen Freund nicht verraten, oder?«

»Würden Sie es?«

»Wir sehen uns später.« Sie war bereits im Begriff zu gehen, als Henning sie mit der Frage zurückhielt: »Wie ist Ihr Name?«

»Auch das erfahren Sie später. Bis dahin nennen Sie mich einfach Frau Wegner.«

»Bitte?«, stieß Santos hervor. »Aber ...«

»Kleiner Scherz. Um halb elf auf dem Parkplatz gegenüber der St.-Johannis-Kirche. Sie beide allein.«

»Wir werden da sein«, entgegnete Henning, und als nichts mehr kam, drehte er sich um und sah nur noch viele Menschen, darunter viele Schulkinder. »Sie ist weg.«

»Die muss ja eine höllische Angst haben«, sagte Santos leise.

»Und mir kommt das gelinde ausgedrückt ziemlich unheimlich vor. Wie in einem Agententhriller. Hast du so was schon mal erlebt, ich meine, dass dich eine völlig fremde Frau anruft und dir Infos zukommen lassen will?«

»Nee, ist auch für mich das erste Mal. Was machen wir jetzt?«

»Du hattest einen Plan ...«

»Der gründlich über den Haufen geworfen wurde. Eigentlich wollte ich noch mit Gerds Mutter sprechen, aber das verschieben wir auf morgen oder übermorgen.«

»Was erhoffst du dir von diesem Gespräch?«, fragte Santos, während sie sich auf den Ausgang zubewegten.

206

»Wenn ich das wüsste. Vielleicht hat er ihr gegenüber ja mal Andeutungen gemacht und … Aber falls wir eben nicht verarscht wurden, wissen wir heute Abend schon mehr. Präsidium?«

»Wenn's sein muss«, sagte Santos und stieg ins Auto. Keine zehn Minuten später hielten sie vor dem Gebäudekomplex, in dem die Kriminalpolizei untergebracht war.

»Ich bin eigentlich todmüde«, meinte Henning, als sie nach oben gingen. »Am liebsten würde ich mich für zwei oder drei Stunden hinlegen.«

»Mach doch. Volker wird nichts dagegen haben, nachdem du dir die Nacht um die Ohren geschlagen hast.«

»Ich sag nur noch schnell hallo und verschwinde dann. Ich halt sonst den Abend nicht durch. Wer weiß, wie lange der dauert. Außerdem brummt mir der Schädel wie verrückt.«

»Kein Wunder, wenn du nachts nicht schläfst.«

»Meinst du vielleicht, ich hab das freiwillig gemacht? Und außerdem kommen mir nachts nun mal die besten Gedanken. Kann ich nichts für. Und bitte kein Wort zu Volker wegen eben, nicht mal 'ne Andeutung.«

»Für wie blöd hältst du mich eigentlich?«, sagte Santos und sah Henning beinahe mitleidig an.

»Du bist die klügste Frau, die ich kenne. Und die bezauberndste. Ich schwöre es ohne gekreuzte Finger und Zehen.«

»Es wurde auch mal Zeit, dass du das erkennst.«

MITTWOCH, 14.20 UHR

Volker Harms saß in seinem Büro. Bei ihm waren zwei Männer, die weder Henning noch Santos jemals zuvor gesehen hatten. Sie wandten ihre Köpfe, und Harms winkte seine beiden Beamten herbei.

»Kommt rein. Darf ich vorstellen, Hauptkommissar Klose und Hauptkommissar Lehmann vom LKA, Herr Henning und Frau Santos. Holt euch Stühle und setzt euch zu uns, wir gehen gerade den Fall Wegner durch.«

»Hallo«, sagte Henning nur und begutachtete die beiden Fremden für Sekundenbruchteile, bevor er mit Santos ins Nebenzimmer ging, um die Stühle zu holen. »Was wollen die denn hier?«, fragte er im Flüsterton.

Santos zuckte mit den Schultern und sah ihn ratlos an. »Mich interessiert viel mehr, was das LKA bei Volker will? Bei Kurt würd ich's ja verstehen, aber …«

»Nicht jetzt, die werden sonst misstrauisch. Sei nur vorsichtig, was du sagst. Dein erster Eindruck?«

»Noch keiner. In einer Minute kann ich dir mehr sagen.«

»Dazu wirst du in einer Minute keine Gelegenheit haben«, entgegnete Henning.

»Ich geb dir ein Zeichen mit dem Daumen.«

»Und ich wollte nach Hause«, stöhnte Henning, als sie zurück in Harms' Büro gingen und ihre Stühle an seine Seite stellten, um Lehmann und Klose besser im Blick zu haben.

»Du leitest die Ermittlungen im Fall Wegner?«, fragte Klose mit sonorer Stimme, ein stämmiger Kerl mit breiten Schultern und gewellten schwarzen Haaren, der den ganzen Stuhl ausfüllte und selbst im Sitzen größer war als manch einer im Stehen, während Lehmann eher schmächtig wirkte, mit einem spitzen Kinn und Oberlippenbart, der ihn offenbar männlicher machen sollte. Das Auffälligste war jedoch seine überproportional lange Nase, und Henning fragte sich für einen Moment, wie Lehmann es schaffte, seinen Schnauzer zu pflegen, ohne sich dabei die Nasenspitze abzuschneiden. Seine stahlblauen Augen musterten Henning und Santos.

»Sind wir uns schon mal begegnet?«, fragte Henning.

»Nicht, dass ich wüsste«, antwortete Klose.

208

»Nun, dann schlage ich vor, dass wir es erst mal beim Sie belassen.«

»Oh, Entschuldigung für diesen Lapsus, der mir immer unterläuft, wenn ich mit Kollegen zusammen bin, auch wenn ich sie nicht kenne. Ist eine blöde Angewohnheit von mir, weil ich denke, dass wir alle am selben Strang ziehen und irgendwie auch eine Familie sind.«

»Ich habe nur eine Familie, aber die ist nicht hier im Präsidium«, konterte Henning. »Kommen wir zur Sache. Sie sind wegen Wegner hier, richtig?«

»Erfasst. Also noch mal von vorne – Sie leiten die Ermittlungen im Fall Wegner?«

»Das wissen Sie doch längst von Herrn Harms. In welcher Abteilung beim LKA sind Sie?«

»OK. Gerd oder Herr Wegner wurde uns von Herrn Ziese zur Verfügung gestellt, wenn Not am Mann war, was in letzter Zeit häufiger vorkam. Von Herrn Ziese haben wir auch erfahren, was passiert ist.«

Henning warf einen kurzen Blick zur Seite und sah, wie Santos den Daumen waagrecht hielt.

»Und wie können wir Ihnen weiterhelfen? Wir leiten eine Morduntersuchung und führen keine Ermittlungen im Bereich organisierte Kriminalität durch.«

»Darüber sind wir uns durchaus bewusst«, meldete sich nun Lehmann zu Wort, wobei sich seine Haltung straffte und er mit der rechten Schulter zuckte. »Doch Wegner hat auch mit uns zusammengearbeitet.«

»Und in welcher Angelegenheit?«, fragte Santos.

»Darüber können und dürfen wir Ihnen leider noch keine Auskunft geben, aber …«

»Was wollen Sie dann hier? Entweder wir kooperieren, oder Sie arbeiten weiter an Ihren Sachen, und wir versuchen den Mörder unseres Kollegen zu finden«, entgegnete Santos kühl

209

und doch charmant lächelnd, was die beiden ihr Gegenübersitzenden sichtlich irritierte.

»Wegners Tod ist uns allen sehr nahegegangen. Wir wissen allerdings auch, dass Sie und Wegner befreundet waren«, sagte Lehmann und sah Henning an. »Da könnte doch leicht der Verdacht entstehen, dass Sie befangen sind und unter Umständen Dinge tun, die nicht nur Ihnen, sondern auch andern hier schaden könnten. Außerdem ist bei Mord eines Kollegen doch normalerweise die Interne zuständig. Oder ist mir da was entgangen? «

»Befangenheit kenne ich nur von Richtern, und ich kann mich nicht erinnern, jemals etwas getan zu haben, das andern geschadet hätte. Und was die Interne betrifft, die haben sich bisher nicht blicken lassen.«

»Nun, bezüglich Ihrer Person haben wir andere Informationen. Der Fall liegt zwar sieben Jahre zurück, aber Sie haben sich nicht gerade mit Ruhm bekleckert …«

»Stopp, das geht zu weit«, funkte Harms energisch dazwischen. »Das von damals hat mit Wegners Tod nicht das Geringste zu tun. Herr Henning hat sich nie etwas zuschulden kommen lassen, und auch in dem von Ihnen angedeuteten Fall hat er sich voll und ganz an die Regeln gehalten. Wenn Sie gekommen sind, um mit Dreck um sich zu werfen, erkläre ich dieses Gespräch sofort für beendet, damit das klar ist.«

»Ich entschuldige mich in aller Form, war nicht so gemeint …«

»Doch, war es«, sagte Henning und beugte sich nach vorn. »Sie scheinen sich sehr genau über mich und vermutlich auch über meine Kollegen informiert zu haben. Hab ich recht?«

»Nein, haben wir nicht, ich habe den Fall damals nur eingehend verfolgt und …«

Jetzt ergriff Klose das Wort. »Hören wir doch mit diesem Geplänkel auf und kommen lieber zum Wesentlichen. Wie können wir Ihnen bei Ihren Ermittlungen behilflich sein?«

210

»Lassen Sie mich überlegen«, sagte Henning und fuhr sich mit einer Hand übers Kinn, während es in seinem Kopf hämmerte und er sich nur noch wünschte, nach Hause fahren und sich für zwei oder drei Stunden ins Bett legen zu dürfen. »Vielleicht, indem Sie uns einfach unsere Arbeit machen lassen. Wir mischen uns auch nicht in Ihre Ermittlungen ein. Waren Sie schon bei Herrn Ziese?«

»Gerade vorhin, direkt nachdem er uns angerufen hatte. Er zeigte sich jedenfalls wesentlich kooperativer als Sie.«

»Wegner war ja auch in seiner Abteilung. Aber wissen Sie was, ich habe da schon eine Idee, wie Sie uns helfen könnten, doch das funktioniert nur nach dem Quidproquo-Prinzip. Sie geben uns Informationen und wir Ihnen. So läuft das für gewöhnlich unter Kollegen. Wenn Sie damit einverstanden sind, steht einer Zusammenarbeit nichts im Wege, oder?«, sagte Henning und sah erst Harms, dann Santos an, die sich ein Grinsen kaum verkneifen konnte.

»Und wie stellen Sie sich das vor?«, wollte Lehmann wissen.

»Indem Sie mir zum Beispiel gleich hier ein paar Fragen beantworten. Oder war Wegner in derart geheimer Mission unterwegs, dass Sie der Schweigepflicht unterliegen?«, sagte Henning herausfordernd.

Für einen Moment herrschte Schweigen, dann meinte Klose: »Also gut, fragen Sie.«

»Wegner war in letzter Zeit häufig für das LKA im Einsatz. So auch am Vorabend seiner Ermordung. Was genau war sein Auftrag?«

»Sie meinen seinen letzten?«

»Ja.«

»Es ging lediglich um eine Observierung, was Ihnen aber längst bekannt sein dürfte. Nichts Weltbewegendes, glauben Sie mir. Sie gehen doch wohl hoffentlich nicht davon aus, dass sein Tod etwas mit seiner Tätigkeit für uns zu tun hat?«

211

»Wovon ich ausgehe oder nicht, kann ich zu diesem Zeitpunkt noch nicht sagen, weil ich noch keinen einzigen konkreten Hinweis habe, was vorgestern geschah. Uns fehlen ziemlich exakt drei Stunden im Leben des Gerd Wegner ...«

»Drei Stunden?«, fragte Klose zweifelnd. »Der Todeszeitpunkt wurde auf Viertel nach zwei bis halb drei festgelegt. Heißt das, seine Spur verliert sich ab elf?«

»Gegen Viertel nach elf wurde er von Kollege Konrad an der Ostseehalle abgesetzt. Uns fehlen jegliche Informationen, was er von da ab bis zu seinem Tod gemacht hat. Wir wissen allerdings, dass seine Frau mit ihm um Mitternacht noch kurz telefoniert hat.«

»Für uns war er nicht mehr im Einsatz«, sagte Klose.

»Das dachte ich mir schon. Um was ging es bei der Observierung?«

»Ach kommen Sie, Sie wissen doch genau, um was es ging. Aber ich will Ihnen den Gefallen tun und es Ihnen noch einmal erklären. Es handelte sich um einen Drogen- und Waffenhändler, der sich mit ein paar Typen im Steigenberger treffen sollte. Doch die Aktion hat sich nicht gelohnt, weil die andern nicht aufgetaucht sind.«

»Und trotzdem wurde das Hotel die ganze Nacht über weiter observiert?«

»Natürlich, die Kerle halten sich in diesem Job nicht an vorgegebene Uhrzeiten. Kommen Sie mal für ein paar Tage zu uns, und Sie werden verstehen, was ich meine. Im Gegensatz zu uns schieben Sie eine relativ ruhige Kugel.«

Ohne auf die letzte Bemerkung einzugehen, sagte Santos: »In welchen Bereichen wurde Wegner in der Vergangenheit noch eingesetzt?«

»Wir haben einen Puff mit Illegalen hochgehen lassen, sind aber wieder mal nur an die Kleinen, sprich die Huren, rangekommen. Die Hintermänner sind wie Phantome, die kassie-

212

ren nur ab, lassen sich aber nie blicken. Außerdem haben wir ein Containerschiff gestürmt und gefilzt, nachdem wir einen Hinweis erhalten hatten, dass in einem der Container Menschen nach Deutschland geschmuggelt werden sollten. Aber auch das war eine Fehlinformation. Ansonsten wurde er hauptsächlich bei Observierungen eingesetzt. Wir gehen also davon aus, dass sein Tod nichts mit seiner Arbeit für uns zu tun hat.«

Henning lehnte sich zurück und schlug die Beine übereinander. Er wartete einen Moment, bevor er die nächste Frage stellte. »Was ist mit der toten Asiatin?«

»Wir haben erst vorhin davon erfahren«, sagte Klose bedauernd. »Was es damit auf sich hat, entzieht sich noch unserer Kenntnis.«

»Ich bitte Sie, es liegt doch geradezu auf der Hand, dass dieser Mord nicht zufällig nur knapp vierundzwanzig Stunden nach Wegners Ermordung geschah.«

»Dann wissen Sie offensichtlich mehr als wir«, entgegnete Klose. »Wissen Sie mehr?«, fragte er süffisant lächelnd.

»Nein, aber ich kann zwei und zwei zusammenzählen. Zwei Auftragsmorde in einem derart kurzen Zeitabstand, dazu noch in Kiel …«

»Und? Hier ein Polizist, da eine Asiatin. Und ich will Ihnen eins sagen, Kiel mag zwar, verglichen mit andern Großstädten, für manch einen ein Provinznest sein, aber das organisierte Verbrechen hat auch hier längst Fuß gefasst. Wir sind in unserer Abteilung voll und ganz ausgelastet, weil wir es schon lange nicht mehr nur mit Drogendealern und Illegalen zu tun haben, sondern sich auch ganz andere Bereiche bei uns breitmachen. Deshalb bitten wir auch immer wieder um Unterstützung von andern Dienststellen, weil wir einfach über zu wenig Personal verfügen. Aber Wegners Mörder kommt garantiert nicht aus dieser Grauzone.«

»Was macht Sie da so sicher?«, fragte Santos mit hochgezogenen Brauen. »Wegner war schließlich für Sie tätig, und Sie halten nach wie vor wichtige Informationen zurück.«

»Wer sagt das?«

»Ich. Er war viel öfter für das LKA tätig, als Sie uns weismachen wollen, das sehe ich Ihnen an der Nasenspitze an.«

»Dann sollten Sie mal Ihre Augen überprüfen lassen. Aber zurück zu Ihrer Frage, was uns so sicher macht, dass Wegners Mörder nicht aus dieser Grauzone kommt. Nun, weil Wegner der erste Polizist seit einer halben Ewigkeit wäre, der wegen seines Jobs umgebracht wurde. In den letzten zwanzig Jahren gab es nur zwei oder drei Todesfälle, wo Beamte aus der OK-Abteilung im Dienst ums Leben kamen, aber keiner von ihnen wurde umgebracht. Wegner stand zudem nicht an vorderster Front, sondern wurde nur hin und wieder zur Unterstützung angefordert.«

»Was heißt hin und wieder?«, fragte Santos weiter.

»Okay, ich korrigiere mich. In letzter Zeit brauchten wir ihn immer häufiger, weil unsere Kapazitäten einfach nicht ausreichten. Aber um es salopp zu formulieren, er war nur ein Mitläufer und kein Entscheider, und er hat auch nicht undercover für uns gearbeitet. Das heißt, er stand nicht in der Schusslinie, dafür haben wir unsere speziell ausgebildeten Leute.«

»Sie haben vorhin von andern Bereichen gesprochen, die sich immer mehr breitmachen. Um welche handelt es sich dabei?«

»Menschenhandel, Waffenhandel, Schutzgelderpressungen, Geldwäsche in ganz großem Stil, Wirtschaftskriminalität, gekoppelt mit organisiertem Verbrechen und so weiter. Aber wie schon erwähnt, wir kriegen immer nur die Kleinen, an die Großen ist kein Rankommen. Haben wir damit Ihre Fragen zufriedenstellend beantwortet?«

»War nett, mit Ihnen zu plaudern«, entgegnete Henning, ohne auf die Frage einzugehen. »Wenn wir Ihnen irgendwie

214

behilflich sein können, lassen Sie es uns wissen. Ich muss mich leider gleich verabschieden, ein wichtiger Termin wartet auf mich.«

»Wir werden auf Ihr Angebot die Zusammenarbeit betreffend gerne zurückkommen«, sagte Klose. »Vielleicht sogar schon sehr bald. Ich muss das nur noch mit meinen Kollegen absprechen. Aber nachdem ich jetzt so viel über Wegners Aktivitäten bei uns preisgegeben habe, würde ich schon noch gerne ein paar Worte zu Ihren bisherigen Erkenntnissen hören.«

Henning zuckte mit den Schultern, breitete die Arme aus und meinte mit gespieltem Bedauern: »Da haben Sie leider Pech, wir haben nämlich bisher gar nichts. Wir wissen lediglich, dass es kein Suizid war, obwohl es so aussehen sollte. Aber der oder die Täter sind stümperhaft vorgegangen, wie sich bei der Obduktion rausstellte. Noch wissen wir nicht, wo wir ansetzen sollen. Wir haben allerdings herausgefunden, dass er weit über seine Verhältnisse gelebt hat, was selbst mir entgangen ist, und ich kannte ihn seit ungefähr fünfzehn Jahren. Und da fragen wir uns: Woher hatte er all das Geld?«

Klose runzelte die Stirn. »Inwiefern lebte er über seine Verhältnisse?«

»Ganz einfach, er besaß mehr Geld, als er verdiente. Nicht einmal seine Frau weiß, woher dieses Geld stammte. Sie kennen seine Frau?«

»Nein. Und er hat auch nie von ihr erzählt. Er war ohnehin eher wortkarg.«

»Da fällt mir ein, war heute Morgen so gegen sechs jemand von Ihnen bei Wegner zu Hause und hat den BMW abgeholt, um ihn in die Kriminaltechnik zu bringen?«

»Was? Warum soll einer von uns zu nachtschlafender Zeit …«

»Es waren zwei Beamte, ein Mann und eine Frau, bei Nina Wegner, haben sie aus dem Bett geklingelt und ihr gesagt, sie müssten den Wagen zur KTU bringen. Da ist er aber nie eingetroffen, ich hab nämlich sofort dort angerufen. Fragt sich: Wer war bei Frau Wegner, und wer hat sich als Polizeibeamte ausgegeben, und wo ist der Wagen jetzt?«

»Bei uns arbeiten nur zwei Frauen im Ermittlungsdienst ...«

»Und wie sehen die aus? Frau Wegner konnte beide Beamte sehr gut beschreiben.«

»Nikki ist etwa eins achtzig, kräftig gebaut, kurze hellbraune Haare ...«

»Das reicht schon, sie scheidet aus. Und die andere?«

»Ist dienstlich in Albanien und kommt erst nächste Woche zurück. Von uns kann's also keine gewesen sein.«

»Okay. Wie gut kannten Sie Wegner und wie lange?«

Klose sah Lehmann an und meinte nach einigen Sekunden: »Gekannt haben wir uns schon seit Jahren, fragen Sie aber nicht, seit wann genau. Und wie gut?« Er hob die Schultern.

»Mein Gott, nach dem, was Sie gerade eben berichtet haben, offenbar nicht sehr gut. Was vermuten Sie denn, in was er dringesteckt haben könnte?«

»Ich vermute überhaupt nichts. Aber vielleicht finden wir es ja gemeinsam heraus«, sagte Henning.

»An uns soll es nicht liegen«, erwiderte Klose. »Nun, wir wollen Ihre Zeit nicht länger in Anspruch nehmen, Sie haben noch einen Termin, und wir müssen auch los.« Er und Lehmann erhoben sich und reichten erst Santos, danach Henning und Harms die Hand. »War nett, Sie kennengelernt zu haben. Wir melden uns morgen noch mal. Wäre doch gelacht, wenn wir den Mörder unseres Kollegen nicht finden würden. Wir sehen uns.«

»Bis morgen.«

Henning wartete, bis Lehmann und Klose die Tür hinter sich zugemacht hatten, und sagte dann zu Harms: »Was wollten die?«

»Sören, die kamen ein paar Minuten vor euch hier rein und erkundigten sich nach dem aktuellen Stand. Bevor ich über-

216

haupt was sagen konnte, wart ihr auch schon da. Ich versteh nicht ganz, warum du so schroff und, verzeih den Ausdruck, unhöflich mit ihnen umgesprungen bist. Sie machen doch auch nur ihren Job.«

»Genau wie ich. Und das Unhöfliche kam ja wohl zuerst von denen, oder? Ich lass mich nun mal nicht gerne von Leuten duzen, die ich nicht kenne. Wer damit nicht klarkommt, dem kann ich auch nicht helfen.«

»Es sind Kollegen …«

»Und? Ich hab die beiden noch nie zuvor gesehen, und sie tun gleich so, als wären wir alte Kumpel. Nicht mit mir. Und noch was – die verheimlichen uns etwas. So schnell, wie die auf der Matte standen.«

»Hör mal, der Tod eines Unsrigen spricht sich wie ein Lauffeuer rum. Die hätten genauso gut auch gestern schon hier sein können. Aber lassen wir das. Was ist da mit Gerds Auto?«

»Hab ich doch schon erzählt. Meiner Meinung nach haben sich zwei Personen als Polizisten ausgegeben und den Wagen mitgenommen, angeblich, um ihn zur KTU zu bringen, wo er aber nicht gelandet ist. Da frag ich mich doch, was an dem Auto so besonders ist. Irgendwas stinkt hier zum Himmel, und dieser Klose und sein Kollege Lehmann verschweigen uns eine ganze Menge. Aber einmal hat Klose sich verplappert, als er nämlich sagte, dass Gerd in letzter Zeit immer häufiger von ihnen angefordert wurde. Angeblich wegen Personalmangel! Dass ich nicht lache! Auch wenn ich rasende Kopfschmerzen habe, ich kann immer noch klar denken. Gerd beim OK, er hatte eine Menge Schotter, und er wurde von einem Auftragskiller umgebracht …«

»Warum versteifst du dich so sehr auf einen Auftragskiller? Kann die Tat nicht auch einen völlig andern Hintergrund haben?«, sagte Harms zweifelnd.

»Mann, weil alles darauf hindeutet. Oder glaubst du etwa, der Mord an einer möglichen Auftragskillerin geschah rein zufällig und hat mit Gerd nichts zu tun? Volker, hier wird ein Spiel gespielt, das ich noch nicht durchschaue, aber ich bin lernfähig und werde dieses Spiel und seine Regeln irgendwann kapieren. Habt ihr die Reaktion dieser beiden Heinis gesehen, als ich von unserer unbekannten Toten berichtete? Da kamen nur platte Sprüche, von wegen das organisierte Verbrechen hat auch in Kiel Fuß gefasst und so weiter, und so fort. Saudummes Geschwätz! Die Morde hängen zusammen, ich weiß nur noch nicht, wie.«

»Ich gebe Sören recht«, meldete sich Santos zu Wort. »Aber statt uns hier und jetzt die Köpfe heißzureden, sollten wir lieber wieder an die Arbeit gehen. Das heißt, ich werde das tun, Sören ...«

»Ich fahr heim«, sagte er. »Ich hab wirklich rasende Kopfschmerzen. Ich hab das Gefühl, mir platzt gleich der Schädel.«

»Dann kurier dich aus. Aber ganz schnell noch was. Die bisherigen Befragungen der Nachbarn von Gerd haben nichts erbracht. Außerdem ist der vorläufige Bericht der Rechtsmedizin eingetroffen ...«

»Gerds oder der der Asiatin?«

»Gerds. Selbstmord ausgeschlossen. Lies, wenn du wieder fit bist, ist nichts Weltbewegendes. Kann ich morgen mit dir rechnen?«

»Natürlich. Ich bin ja nicht krank, ich hab nur Kopfschmerzen. Zu Hause werd ich zwei Tabletten einwerfen und leg mich schlafen. Heute Abend bin ich wieder voll auf dem Damm. Tschüs und bis morgen.«

Santos folgte Henning nach draußen und sagte auf dem Flur so leise, dass niemand sonst es hören konnte: »Soll ich dich nachher abholen?«

»Nein, ich nehm den Dienstwagen und komm zu dir. So gegen acht.«

»Warum fährst du nicht gleich zu mir? Da kommst du wenigstens nicht auf dumme Gedanken. Wo die Tabletten sind ...«

218

»Okay, okay, ich leg mich in das schöne große Bett. Ich …
äh …«
»Ja?«
»Ich liebe dich, auch wenn es oft nicht so aussieht. Bis später.«
Santos lächelte nur verschmitzt, drehte sich um und ging zurück ins Büro. Henning fuhr zu Santos' Wohnung, nahm zwei
Tabletten, ließ den Rollladen herunter und legte sich hin. Er
schloss die Augen. Das Hämmern in seinem Kopf war beinahe
unerträglich. Dazu kam eine leichte Übelkeit. Migräne. Seine
Gedanken wanderten kurz zu dem vor ihm liegenden Abend,
dann sagte er sich, jetzt nicht denken, bitte nicht denken, und
schlief ein. Erst als Lisa sich neben ihn legte und ihre Hand sein
Gesicht streichelte, wachte er wieder auf.
»Hallo, ich wollte dich nur wecken«, flüsterte sie ihm ins Ohr.
»Du möchtest ja bestimmt noch was essen und dich frisch
machen.«
»Hm«, knurrte Henning, drehte sich zu ihr um und öffnete
vorsichtig die Augen. Er sah den lächelnden Mund und sagte:
»Schön, dass du da bist. Wie spät ist es?«
»Zehn vor neun. Ich hab dich schlafen lassen.«
Er umarmte sie und zog sie zu sich heran. Ihre Wärme tat ihm
gut, er liebte es, sie einfach nur im Arm zu halten und den Duft
ihrer Haut einzuatmen. Niemand duftete so gut wie sie.
»Wie lange bist du schon hier?«
»Seit halb sechs. Ich hab mich auf die Couch gelegt und bin
auch eingenickt. Wie geht's deiner Rübe?«
»Alles wie weggeblasen. Ich war wohl einfach nur erschossen.
Ich werde eben älter«, sagte er, ohne Lisa loszulassen.
»O ja, und wie. Ich werde dir bald einen Rollstuhl besorgen,
und wir suchen uns eine Wohnung mit Fahrstuhl oder ein
Haus, in dem wir einen Treppenlift einbauen können, ich werde nämlich auch nicht jünger.«
»Gegen mich bist du doch noch ein Kind«, sagte er grinsend.

219

»Ich weiß, Papa. Und jetzt schwing deinen Hintern aus dem Bett, wir wollen die Dame doch nicht warten lassen. Vielleicht ist sie ja ganz hübsch, so wie die meisten Russinnen, die wir kennen.«

»So viele kennen wir ja nun auch wieder nicht. Aber ihrer Stimme nach zu urteilen ...«

»Raus jetzt, ich muss vorher noch einen Happen essen. Ich mach uns ein paar Schnitten, und du gehst unter die Dusche und rasierst dich.«

»Ich würde viel lieber was ganz anderes machen«, erwiderte er und strich Lisa über den Rücken bis zum Po.

»Später. Ab ins Bad.«

Henning erhob sich, blieb einen Moment sitzen, schüttelte ein paarmal den Kopf – keine Schmerzen.

»Ich hab das vorhin übrigens ernst gemeint.«

»Was?«, fragte Santos, als wüsste sie nicht, wovon er sprach.

»Dass ich dich liebe. Tut mir leid, wenn ich manchmal so unausstehlich bin, es hat nie etwas mit dir zu tun.«

»Ich weiß, sonst wären wir schon längst nicht mehr zusammen.«

Sie sprang vom Bett und ging in die Küche. Henning holte sich frische Unterwäsche und Socken aus dem Schrank und begab sich unter die Dusche.

Santos kam ins Bad und sagte, während das Wasser über Hennings Körpers lief und er sich einseifte: »Sturm war übrigens vorhin bei uns, du warst noch keine zwei Minuten weg.«

»Was hat er gewollt?«

»Sich nach dem Stand der Ermittlungen erkundigen. Das Ganze hat maximal zehn Minuten gedauert. Kein Wort, dass wir aus den Ermittlungen raus sind.«

»Was? So kenne ich Sturm überhaupt nicht. Ich hatte erwartet, er würde vorschlagen, dass wir eine Soko bilden, um die Morde so schnell wie möglich aufzuklären, oder dass die Interne übernimmt.«

»Volker hat das sogar angesprochen, aber Sturm hat gemeint, das wäre wohl noch nicht nötig, er würde sich voll und ganz auf uns verlassen. Als Letztes hat er uns noch seine volle Unterstützung zugesagt.«

»Leeres Phrasengedresche.«

Santos hatte die letzte Bemerkung schon nicht mehr gehört, denn sie war zurück in die Küche gegangen, um Teewasser aufzusetzen.

Henning duftete frisch. Er hatte sich rasiert und ein Eau de Toilette aufgelegt, das Lisa ihm zu Weihnachten geschenkt hatte. Nach dem Essen räumten sie gemeinsam den Tisch ab.

Um halb zehn verließen sie das Haus und fuhren zur St. Johanniskirche, wo sie um zwanzig nach zehn eintrafen, stellten sich auf den Parkplatz gegenüber der Kirche und warteten. Sie hatten leise Musik an, als Santos fragte: »Meinst du, es war richtig, Volker nicht einzuweihen?«

»Keine Ahnung. Hören wir doch erst mal, was sie uns zu sagen hat. Offiziell sind wir doch gar nicht mehr im Dienst. Hast du eigentlich was Neues von unserer Jane Doe erfahren?«

»Von wem?«

»Der Asiatin.«

»Wusste gar nicht, dass sie Jane Doe heißt. Nein, Jürgens hat sich bis jetzt nicht gemeldet.«

»Seltsam. Normalerweise ist der doch immer so schnell.«

»Vielleicht wurde die Obduktion ja auch erst heute Nachmittag durchgeführt«, entgegnete Santos, die mit einem Mal Hennings Hand auf ihrer spürte. Er fühlte sich heute auf eine besondere Weise zu ihr hingezogen, doch wenn man ihn gefragt hätte, woran das lag, er hätte keine Antwort darauf gehabt.

Pünktlich um halb elf kam ein Renault Clio auf den Parkplatz, hielt direkt neben Henning, das Fenster wurde runtergelassen, und die Frau, deren Gesicht in der Dunkelheit nicht zu erkennen war, sagte: »Folgen Sie mir, es sind nur ein paar hundert Meter.«

221

Nur wenige Minuten später stoppten sie vor einem mehrstö-
ckigen Haus, das nur zwei Blocks von dem Haus entfernt
war, in dem Henning wohnte. Sie befanden sich in der düs-
tersten Gegend von Kiel, in der gerade in letzter Zeit immer
häufiger Überfälle begangen wurden und Gangs sich be-
kriegten, die Polizei jedoch dem machtlos gegenüberstand.
Aber daran dachte Henning jetzt nicht.

MITTWOCH, 16.30 UHR

Lennart Loose verabschiedete sich von Frau Mattern und sagte,
dass sie auch ruhig früher Schluss machen könne, sie schiebe
ohnehin viel zu viele Überstunden.
»Danke. Aber ich sollte Ihnen noch ausrichten, dass Dr. Stein
noch einmal angerufen hat, vor etwa einer Viertelstunde.«
»Hat er eine Nachricht hinterlassen?«
»Nein, er hat nur gefragt, ob Sie zu sprechen seien. Er will es
später auf Ihrem Handy noch einmal probieren. Ich habe ihm
jedoch gesagt, dass Sie heute noch einen wichtigen Termin
haben.«
»Das war gut. Ich muss los. Schönen Abend noch.«
Sein Herz schlug dumpf gegen seinen Brustkorb, sein Mund
war trocken, als hätte er seit Tagen nichts getrunken. Er fuhr
zum Hauptbahnhof und blieb noch ungefähr zehn Minuten
sitzen, bevor er ausstieg und sich zum Eingang begab. Kaum
dort angekommen, sah er einen weißen Lieferwagen mit der
Aufschrift eines Blumengeschäfts direkt vor ihm halten, in
dem zwei Männer saßen, von denen einer heraussprang und
in akzentfreiem Deutsch sagte: »Prof. Loose?«
»Ja.«
»Steigen Sie hinten ein, ich setze mich zu Ihnen.«

»Wo fahren wir hin?«

»Zur Klinik. Bitte«, sagte der Mann, der trotz des trüben Wetters eine Sonnenbrille trug und die Tür von innen zuschlug, nachdem Loose auf einem komfortablen Sitz Platz genommen hatte. Der Mann klopfte zweimal gegen die undurchsichtige Trennwand, woraufhin sich der Lieferwagen in Bewegung setzte.

»Wie lange werden wir unterwegs sein?«, fragte Loose.

»Nicht länger als eine halbe Stunde. Haben Sie ein Handy dabei?«

»Ja.«

»Dann schalten Sie es bitte aus, Sie sind zurzeit nicht erreichbar.«

Loose holte das Telefon aus seiner Tasche und folgte der Aufforderung.

»Haben Sie etwas zu trinken hier?«

»Nein, leider nicht«, antwortete der Mann höflich. »Aber in der Klinik gibt es alles, was das Herz begehrt. Sie brauchen auch keine Angst zu haben, niemand wird Ihnen etwas tun, wenn Sie sich an die Anweisungen halten.«

»Welche Anweisungen?«

»Prof. Loose, ich möchte Sie bitten, mich nicht mehr zu fragen, ich darf Ihnen keine Antwort geben. Ich heiße übrigens Oleg.«

Loose nickte nur und senkte den Blick, obwohl es fast vollkommen dunkel war und er kaum etwas sah, schon gar nicht, in welche Richtung sie sich bewegten. Da war nur das Klappern des Metalls, das ihn an seine Zeit als Rettungssanitäter erinnerte, die er durchlaufen hatte, bevor er in der Klinik seines Vaters anfing. Die Krankenwagen klapperten und schepperten bei jeder Bewegung, bei jeder Unebenheit, und genauso war es hier. Sie fuhren nicht schnell, der Fahrer hielt sich offenbar genau an die Geschwindigkeitsbegrenzung, weshalb Loose vermutete, dass sie sich entweder noch in der Stadt oder auf einer Land- oder Bundesstraße befanden. Er dachte an seine Frau und die Kinder und hoffte, sie würden nie erfahren, mit welchen Leuten er es zu tun hatte. Er schickte ein Stoßgebet nach dem andern zum Himmel, und doch wusste er, dass es nichts nützen würde. Er war einer Organisation ausgeliefert, die er nicht kannte, von der er nie etwas gehört hatte, die aber extrem gefährlich war. Allein wie diese Elena und ihr Kumpan Igor mit ihm gesprochen hatten, ließ keinen Zweifel offen, was geschehen würde, wenn er sich nicht bedingungslos ihren Forderungen unterwarf.

Noch während er in Gedanken versunken war, stoppte der Lieferwagen, um wenige Sekunden später langsam weiterzufahren, über Kies oder Schotter, wie Loose vermutete. Kurz darauf hielt er endgültig, der Motor wurde ausgestellt, die Tür aufgestoßen, und der Mann sprang hinaus und sagte: »Wir sind da.«

Sie befanden sich in einer Tiefgarage, in der mehrere Limousinen und luxuriöse Sportkarossen standen. Von Bewegungsmeldern gesteuerte Lichter gingen an, sobald sie sich ihnen näherten. Sie betraten einen Lift und stiegen im zweiten Stock aus. Loose lief zwischen den beiden Männern einen Flur entlang. Schließlich hielten sie vor einer hohen dunkelbraunen Holztür, einer der beiden klopfte an und drückte die Klinke hinunter.

»Bitte, nach Ihnen«, sagte er und ließ Loose an sich vorbeitreten. In dem großen, sehr modern und gemütlich eingerichteten Raum befanden sich drei Personen, von denen ihm zwei nur zu gut bekannt waren – Igor und Elena. Der dritten Person, einem Mann von vielleicht sechzig Jahren in einem hellgrauen Maßanzug, unter dem er ein blau-weiß gestreiftes Hemd und eine einfarbige rote Krawatte trug, war er bisher nicht begegnet. Er trat mit einem offenen Lächeln auf Loose zu, reichte ihm die

224

Hand, die dieser nur zögernd nahm, begrüßte ihn mit einem kräftigen Händedruck und sagte freundlich: »Es freut mich, Sie in meinem Haus willkommen heißen zu dürfen, Prof. Loose. Es ist mir sogar eine Ehre. Elena und Igor kennen Sie ja bereits. Die beiden Herren, die Sie hergebracht haben, sind Peter und Oleg. Ich hoffe, Sie wurden gut behandelt.«

Sein Deutsch war perfekt, wenn auch mit einem starken russischen Akzent behaftet wie bei Igor.

»Ich wurde gut behandelt«, erwiderte Loose. »Ich frage mich nur …«

Loose wurde mit einem leichten Heben der Hand unterbrochen. »Meine Gäste sind mir heilig, und ich möchte mich auch gleich dafür entschuldigen, dass wir Sie in diesem Ungetüm von Auto hergebracht haben, aber es war garantiert nur dieses eine Mal. In Zukunft werden Sie standesgemäß befördert. Aber bitte, nehmen Sie doch Platz.«

»Herr …«

»Verzeihen Sie meine Unhöflichkeit, ich habe mich noch gar nicht vorgestellt. Ich bin Dr. Koljakow und leite diese wundervolle Klinik, von der Sie sich nachher auch noch ein Bild machen können. Peter, Oleg, wenn ihr bitte draußen warten würdet.«

Loose setzte sich in einen ausladenden und sehr weichen braunen Ledersessel im englischen Stil, Elena und Igor hatten weit auseinander auf dem breiten Sofa Platz genommen, während Koljakow sich im Sessel gegenüber von Loose niederließ. Koljakow war höchstens eins siebzig, untersetzt, mit einem leichten Hang zur Fettleibigkeit, soweit dies durch seinen vorteilhaft geschnittenen Anzug erkennbar war. Er trug eine Brille und roch nach einem dezenten Herrenparfum. Er war sehr gepflegt, die grauen Haare modisch frisiert, die Hände professionell maniküert, selbst die Krawatte hatte einen perfekten Knoten. Die schwarzen italienischen Schuhe schienen ebenfalls maßgefertigt zu sein. An seinem linken Ringfinger glänzte ein großer Diamantring, am linken Handgelenk eine ebenfalls mit Diamanten besetzte Uhr. Alles an ihm strahlte Geld und Macht aus, wie er sich bewegte, wie er sprach, wie wohlkalkuliert er seine Gestik und Mimik, aber auch seine Worte einsetzte. Loose hatte schon mit ähnlichen Männern und Frauen zu tun gehabt, in die hineinzusehen praktisch unmöglich war, weil sie es gelernt hatten, ihre perfekt sitzende Maske zu jeder Zeit auf- zuhalten. Und Koljakow gehörte definitiv zu dieser Sorte.

»Darf ich Ihnen etwas anbieten? Ein Glas Wein vielleicht? Ich habe einen exzellenten 96er Bordeaux aus einer kleinen, aber exklusiven Winzerei, deren Inhaber ich persönlich seit langem kenne.«

»Danke, aber ich habe seit dem Frühstück praktisch nichts mehr zu mir genommen und …«

»Oh, ich weiß, was Sie sagen wollen, und auch dafür wurde Vorsorge getroffen. Wir begeben uns in wenigen Minuten in das Nebenzimmer, wo wir uns bei einem guten Essen über dies und jenes unterhalten werden. Und später werden Sie selbst- verständlich nach Hause gefahren. Nur ein kleines Glas vor dem Essen, Sie würden mir eine große Freude bereiten«, sagte er, doch der Ton, in dem er sprach, klang nicht wie eine Bitte, eher wie eine Aufforderung, fast wie ein Befehl, dem sich Loose nicht widersetzen mochte.

»Igor, würdest du bitte die Flasche holen und dich danach um die Sachen kümmern, die dringend erledigt werden müssen?«

»Natürlich«, antwortete Igor, erhob sich und verließ beinahe geräuschlos den Raum, was nicht zuletzt an dem extrem fein- florigen rötlichen Teppichboden lag, der die gesamten etwa sechzig bis siebzig Quadratmeter ausfüllte. Loose sah sich kurz um. Die Decke war seiner Schätzung nach ungefähr drei Meter fünfzig bis vier Meter hoch und mit Stuck verziert, an einer Wand befand sich ein langes Bücherregal mit, soweit er dies erkennen konnte, hauptsächlich medizinischer Fachliteratur, fünf Bilder naturalistischer Meister hingen direkt gegenüber, quadratisch angeordnet, das fünfte Bild in der Mitte des Quadrats, eine Einheit, die Ganzheit vermittelte. Sämtliche Motive zeigten das Leben in seiner Vielfalt, lediglich das in der Mitte den Tod. Ein verstörendes Ensemble, das Loose dennoch in den Bann zog.

Elena, die gestern noch so viel gesprochen hatte, hielt sich im Hintergrund, und wenn sie ihn auch nicht direkt ansah, so spürte er doch, wie sie ihn beobachtete, fixierte wie eine Schlange, nur zu bereit, ihre Giftzähne in sein Fleisch zu stoßen. Er fragte sich für einen kurzen Moment, ob sie und Koljakow liiert waren, obwohl sie leicht seine Tochter hätte sein können, denn sie war eine ausgesprochen schöne und rassige junge Frau, bei der so ziemlich jeder Mann schwach geworden wäre.

Igor kehrte mit der Flasche Wein zurück, stellte drei Gläser auf den Tisch und zog den Korken.

»Danke, Igor, aber geben wir doch dem Wein noch ein wenig Zeit, sein Bouquet zu entfalten«, sagte Koljakow, woraufhin Igor sich mit einer leichten Verbeugung und ohne ein Wort verabschiedete.

Koljakow nahm ein goldenes Etui, öffnete es, hielt es Loose hin und sagte: »Rauchen Sie?«

Loose schüttelte den Kopf. »Nein, es ist schlecht für das Herz. Oder wie heißt es so schön – Rauchen kann tödlich sein, Rauchen kann zu einem langsamen und schmerzhaften Tod führen. So steht es doch auf den Packungen, oder?«

Koljakow lachte, als hätte er einen guten Witz gehört, entnahm eine Zigarette, reichte Elena das Etui, die ablehnte und sagte: »Du müsstest doch inzwischen wissen, dass ich nicht rauche.«

»Ich werde es mir merken.« Und zu Loose: »Auf meiner Pa-

227

ckung steht so was nicht. Aber Sie haben recht, es schadet dem Herzen, nur, es gibt nun mal Dinge im Leben, auf die selbst wir Ärzte nur ungern verzichten, auch wenn wir unsern Patienten immer wieder sagen, tu dies nicht, tu das nicht, es schadet dir nur. Doch wir selbst halten uns nicht daran. Aber ist es nicht genau das, was uns Menschen ausmacht? Unsere Grenzen auszuloten, über den Tellerrand zu schielen und Verbote zu missachten? Jeder möchte doch nur zu gerne wissen, was auf der anderen Seite ist, die man aber nur sehen kann, wenn man nicht nur neugierig ist, sondern auch etwas tut. Ich halte mich nicht an Regeln, zumindest nicht an alle.«

»Sie vielleicht nicht …«

»Prof. Loose, wie heißt es doch in dem heiligen Buch so schön – sie predigen Wasser und trinken Wein.« Dabei lachte er wieder auf, zog an seiner Zigarette und schnippte die Asche in den großen Kristallaschenbecher auf dem Tisch. »Keiner ist vollkommen, auch Sie nicht. Sie haben wie jeder andere Ihre Dunkelkammer, zu der nur Sie Zutritt haben.«

Loose nahm all seinen Mut zusammen und sagte: »Dr. Koljakow, kommen wir doch endlich zum Wesentlichen. Warum bin ich hier?«

Koljakows Miene wurde schlagartig ernst, als er nach einem tiefen Zug antwortete: »Ich dachte, das hätten Elena und Igor Ihnen bereits gestern erklärt. Waren sie nicht deutlich genug? Elena, hast du dem Herrn Professor nicht deutlich genug erklärt, worum es geht?«

»Doch, das habe ich. Sehr deutlich sogar.«

»Da hören Sie's, und Elena würde mich nie anlügen. Hab ich recht, Elena?«

»Natürlich hast du recht.«

»Mir wurde gesagt, ich soll Herztransplantationen vornehmen. Wie stellen Sie sich das vor? Ich leite selbst eine Klinik und …«

228

»Das ist uns durchaus bekannt, sonst hätten wir Sie gar nicht erst ausgewählt. Für uns sind nur die Besten gut genug. Das Einzige, was Sie tun müssen, ist, Sie müssen ab sofort die Prioritäten neu setzen. Aber das dürfte für einen erfahrenen Mann wie Sie kein Problem darstellen, vor allem, da Sie mit der Verwaltung Ihrer Klinik so gut wie nichts zu tun haben. Und zu Ihrer Beruhigung, wir nehmen Ihre Dienste nicht jeden Tag in Anspruch, höchstens einmal pro Woche, manchmal auch weniger, da wir noch zwei weitere Herzchirurgen beschäftigen. Es hängt von der Auftragslage ab. Und wie Elena Ihnen sicher auch gesagt hat, wird es nicht zu Ihrem Schaden sein.«

»Ach ja? Und was ist mit den Drohungen?«

»Professor, Sie sollten nicht jedes Wort auf die Goldwaage legen ...«

»Oh, da hab ich wohl etwas falsch verstanden«, entgegnete er zynisch. »Ihre Lakaien haben mir also nicht damit gedroht, meiner Familie etwas anzutun, wenn ich Ihnen nicht bedingungslos zu Diensten stehe? Korrigieren Sie mich, wenn ich ...«

»Hören Sie auf«, sagte Koljakow und beugte sich zu Loose hinüber. »Erstens sind Elena und Igor nicht meine Lakaien, und zweitens beschäftigen wir Ärzte, die von Anfang an die Regeln akzeptieren. Und es gibt welche wie Sie, die wie Wildpferde sind, die erst gezähmt werden müssen. Es ist doch ganz einfach, Sie arbeiten für uns, und in Ihrem Leben wird sich kaum was ändern. Ihre Familie wird nie etwas erfahren, es sei denn, Sie unterschreiben nicht.«

Koljakow nahm einen letzten Zug an der Zigarette und drückte sie aus.

»Was soll ich unterschreiben?«, fragte Loose mit zusammengekniffenen Augen.

»Den Arbeitsvertrag. Es ist eine rein formelle Angelegenheit,

229

die wir nachher erledigen. Nun, ich denke, der Wein hat lange genug geatmet«, sagte Koljakow und schenkte ein. Er hob sein Glas und fuhr fort: »Lassen Sie uns auf die Zukunft anstoßen. Und streichen Sie das Wort ›Drohung‹ einfach aus Ihrem Gedächtnis und ersetzen es durch ›Bitte‹. Ich bitte Sie, für uns zu arbeiten. In unserer Klinik arbeiten keine Monster, sondern ausschließlich die besten Ärzte. So viele können sich doch nicht irren, oder?«

Loose wartete, bis Koljakow und Elena von dem Wein getrunken hatten, nahm einen Schluck und behielt das Glas in der Hand, wobei er in die rote Flüssigkeit blickte. »Was ist das für eine Klinik?«

Koljakow lächelte beinahe freundschaftlich und antwortete: »Ich hatte schon befürchtet, sie würden mich das gar nicht mehr fragen. Es ist eine Privatklinik für plastische Chirurgie. Sie wissen ja, heutzutage gibt es so viele Menschen, die mit ihrem Aussehen unzufrieden sind. Die Nase ist nicht gerade genug, der Busen zu klein oder zu groß, oder er hängt und soll wieder rund und fest aussehen, oder der Bauch ist zu fett, das Bindegewebe zu schlaff und, und, und … Nun, mein Bauch ist auch zu dick, aber ich würde mich nie unters Messer legen, nur um ein paar Kilo Fett absaugen zu lassen. Es ist meine Schuld, wenn ich keinen Sport treibe und zu viel esse. Aber es kommen immer mehr, die unbedingt etwas verändern wollen. Wir beschäftigen selbstverständlich auch in der plastischen Chirurgie nur die Besten ihres Fachs. Sie werden lange nach einer Klinik suchen müssen, die auch nur annähernd einen Standard aufweist wie die unsere.«

»Und die Transplantationen? Wo finden die statt?«

»Hier im Haus. Wir haben extra eine Station dafür eingerichtet, zu der niemand außer den Befugten Zutritt hat.« Er hielt inne, trank einen weiteren Schluck, ließ einen Moment verstreichen, bis er fortfuhr: »Bei uns bekommt jeder, der über die notwendigen finanziellen Mittel verfügt, ein entsprechendes Organ. Erst gestern hatten wir eine Lebertransplantation, die sehr gut verlaufen ist. Die Patientin wird nach Aussage unseres Spezialisten schon sehr bald wieder ein ganz normales Leben führen können, natürlich mit den entsprechenden Medikamenten. Ohne unsere Hilfe wäre sie aber innerhalb der nächsten drei bis sechs Monate gestorben, vermutlich durch ruptierte Ösophagusvarizen. Sie hätte eine Familie mit drei Kindern zurückgelassen und ein Unternehmen, dass sich seit Generationen in Familienbesitz befindet, auch wenn sie in den letzten Jahren nicht mehr in der Lage war, es zu führen. Das hat ihr Mann längst übernommen. Er ist im Übrigen auch der Grund für ihre Alkoholsucht, ein Fremdgänger und Betrüger vor dem Herrn. Ich hatte das zweifelhafte Vergnügen, ihn kennenzulernen, und war gelinde gesagt angewidert. Aber das nur nebenbei.«

»Und warum hat diese Patientin, die doch offensichtlich über sehr viel Geld verfügt, sich nicht über Eurotransplant eine Leber beschafft? Erklären Sie's mir bitte, Dr. Koljakow.«

»Lassen wir diese akademischen Titel doch weg, Herr Loose. Es gibt mehrere Probleme mit Eurotransplant. Erstens sind die Wartelisten sehr lang, und da nützt manchmal auch der größte Reichtum nichts, und zweitens ist unsere Patientin, wie ich bereits erwähnte, Alkoholikerin. Sie hat sich im Laufe der letzten knapp zwanzig Jahre die Leber regelrecht kaputt gesoffen. Zirrhose kurz vor dem Endstadium, zum Glück kein Krebs, dann hätten auch wir nicht mehr helfen können. Aber nach eingehenden Untersuchungen befanden wir sie als Empfängerin für geeignet. Als nasse Alkoholikerin wäre sie bei Eurotransplant gar nicht erst auf die Liste gekommen, das dürfte Ihnen hinreichend bekannt sein.« Er hielt erneut inne und sagte schließlich: »Das ist eine himmelschreiende Ungerechtigkeit innerhalb dieses Systems, denn Alkoholismus ist eine Krankheit, die behandelt werden muss. Stattdessen geht man mit diesen armen Menschen wie mit Aussätzigen um. Wir hingegen behandeln sie mit Würde und Anstand. Natürlich haben wir ihr auch die Risiken vor Augen geführt, sollte sie weiterhin trinken, was sie vermutlich tun wird, weil sie eine sehr labile Person ist, aber das ist nicht mehr unser Problem. Ruiniert sie sich auch diese Leber, die so jungfräulich ist wie ein neugeborenes Baby, wird sie, wenn sie vorher nicht dement wird oder das Korsakow-Syndrom sie heimsucht, wieder eine Leber erhalten. Sie hat das Geld, und wir haben die Organe.«

»Und woher stammen die Organe?«

»Das, Herr Kollege, fällt unter das Klinikgeheimnis, doch irgendwann werden wir Sie auch in dieses Geheimnis einweihen«, antwortete Koljakow mit mildem, fast verzeihendem Lächeln, als hätte Loose gerade eine besonders dumme Frage gestellt, warf einen Blick auf seine Uhr und trank sein Glas leer. »Gehen wir doch nach nebenan, das Essen dürfte bereit sein, der Duft zieht schon verführerisch in meine Nase. Ein gutes Essen, ein guter Wein und eine schöne Frau, was braucht der Mann mehr zum Leben? Außer Geld natürlich.«

Ohne darauf einzugehen, sagte Loose: »Eine Frage noch. Wer garantiert mir, dass meiner Familie nichts passiert?«

»Sie garantieren es, Sie ganz allein. Aber machen Sie sich darüber keine Gedanken, es ist unnötig. Ihre Fähigkeiten sind Garantie genug.«

»Inwiefern garantiere ich es? Ich bin Chirurg und auch nur ein Mensch und mache Fehler und …«

Koljakow hob wieder die Hand und sagte: »Wir sind alle nur Menschen, und keiner ist perfekt. Ihre Garantie für Sie und Ihre Familie besteht darin, dass sie mit niemandem über Ihre Tätigkeit bei uns sprechen. Und ›niemand‹ bedeutet, nicht einmal Ihre Frau sollte davon erfahren, was aber letztlich Ihre

232

ganz persönliche Entscheidung ist. Sie sind praktisch ein Geheimnisträger.«

»Und wenn ich doch mit meiner Frau darüber spreche? Oder zur Polizei gehe? Töten Sie mich dann?«

Koljakow schürzte die Lippen, beugte sich nach vorn, fixierte Loose und antwortete nach einigen Sekunden, ohne auf die letzte Frage einzugehen: »Keiner wird Ihnen glauben. Es wird sein, als würden Sie gegen eine Gummiwand rennen, immer und immer wieder. Wir hatten erst kürzlich einen Patienten, der eine sehr exponierte Position bei der Justiz innehat. Und er ist beileibe nicht der Einzige, der unsere Arbeit unterstützt. Diese Klinik steht unter einer ganz besonderen Protektion, ohne die wir gar nicht so effektiv arbeiten könnten, wie wir es tun. Zu unseren Patienten zählen Politiker, Unternehmer, Richter, Staatsanwälte, Künstler aus allen Bereichen, hochrangige Geistliche und viele mehr. Genügt Ihnen diese Antwort. Und ich betone es noch einmal, Sie brauchen keine Angst zu haben, wir sind doch keine Bestien.«

»Und was ist, wenn ein Patient stirbt?«

»Dieses Risiko besteht immer, selbst bei einer Schönheitsoperation. Wenn einer unserer Ärzte jedoch fahrlässig handelt oder sich nicht unter Kontrolle hat, ist das etwas anderes. Die Maxime lautet: keine Drogen, keine Tabletten, kein Alkohol. Aber jeder unserer Mitarbeiter wurde genauestens überprüft, bevor wir ihn einstellten. Nur zu Ihrer Beruhigung, bei uns ist bis jetzt noch kein Patient nach einer Transplantation verstorben, im Gegenteil, alle erfreuen sich bester Gesundheit.«

»Aber ich weiß doch aus eigener Praxis, dass mitunter Organe abgestoßen werden und wir dann nicht mehr helfen können, obwohl sämtliche Parameter stimmten«, sagte Loose nervös.

»Nun, auch das ist bei uns einkalkuliert, weshalb stets ein weiteres Organ zur Verfügung steht. Das sichern wir unseren Pa-

233

tienten zu, vorausgesetzt, der Patient oder ein Angehöriger ist
bereit, den Preis dafür zu zahlen. Das ist ein besonderer Service
unseres Hauses, den meines Wissens nach keine andere Klinik
oder Institution bietet.«
Loose kniff die Augen zusammen und stieß ungläubig hervor:
»Hab ich das richtig verstanden, Sie haben immer ein Ersatzor-
gan parat? Wie …?«
»Wie ich schon sagte, es gehört zum Service. Details erfahren
Sie noch, aber es ist nichts, worüber Sie sich Gedanken zu machen brauchen.«
»Sie haben eben gesagt, dass Sie jeden Ihrer Mitarbeiter überprüft haben. Mich würde interessieren, was Sie über mich
wissen?«
»Alles, lieber Kollege, alles von Ihrer Geburt bis jetzt. Zum
Beispiel, dass Sie die Leitung der Klinik nie übernehmen wollten, aber keine Chance hatten, sich gegen Ihren Vater zu wehren. Viel lieber würden Sie sich ausschließlich auf ihre Chefarzt-
rolle konzentrieren, wobei Ihre große Passion der Chirurgie
gehört. Bei uns sind Sie nur und ausschließlich Chirurg. Sie
brauchen hier wirklich vor niemandem Angst zu haben, wir
sind äußerst friedliebende Menschen, und die ausgestoßenen
Drohungen vergessen Sie wieder. Hunde, die bellen, beißen
nicht, heißt es doch so schön. Und nun kommen Sie, wir können uns bei Tisch weiterunterhalten.«
Koljakow hievte sich aus seinem Sessel, strich die Krawatte gerade, warf Elena, die sich ebenfalls erhoben hatte, einen schnellen Blick von der Seite zu und wartete, bis Loose sein Glas
leergetrunken hatte. Dieser fragte sich, woher Koljakow all diese Informationen hatte. Er würde es herausfinden, aber noch
blieb ihm keine andere Wahl, als mitzuspielen.
Sie begaben sich ins Esszimmer. Eine junge Frau, gekleidet wie
eine Bedienung in einem Nobelrestaurant, mit dem Unterschied, dass sie einen sehr kurzen schwarzen Rock trug, der

234

kaum über ihren Po reichte und ihre Beine sehr gut zur Geltung brachte, servierte wortlos Hirschrücken mit Preiselbeeren und Bandnudeln. Während des Essens erging man sich in Small Talk, den Loose wie eine Befreiung empfand, denn allmählich wich die Last, die auf seine Schultern drückte, bis er fragte: »Ab wann benötigen Sie meine Dienste?«

»Am Freitag ist Ihre erste OP. Wir haben eine Patientin aus meiner Heimatstadt Moskau, die bereits mehrere Eingriffe hinter sich hat, aber ohne ein neues Herz lägen ihre Überlebenschancen bei maximal einem halben Jahr. Es handelt sich um ein fünfjähriges Mädchen, das schon so viel Schmerz und Leid über sich ergehen lassen musste. Sie ist das einzige Kind eines sehr reichen und sehr angesehenen Unternehmers, der nur seine über alles geliebte Tochter retten will.«

»Es gibt Millionen und Abermillionen von Kindern, die unter den erbärmlichsten Bedingungen leben und leiden. Selbst hier in Deutschland wird es doch immer schlimmer und ...«

Koljakow winkte ab. »Lieber Kollege, wir alle wissen von diesen armen Kreaturen, aber wir können nicht jedem helfen. Es gibt kein Patentrezept, das ganze Elend dieser Welt auf einmal zu beseitigen.«

»Nein, sicher nicht. Gehe ich richtig in der Annahme, dass die Eltern des Kindes gewillt sind, eine Menge Geld für sein Leben zu zahlen?«

»Sehr richtig sogar. Wir leben nun mal in einer Zweiklassengesellschaft, eine Mittelschicht gibt es doch kaum noch in der westlichen Welt. Es gibt Reiche, und es gibt Arme, und die Schere klafft immer weiter auseinander. Und es ist leider so, dass wir den Armen nur sehr bedingt helfen können, weil es einfach zu viele sind. Aber ich sehe auch den Hintergrund Ihrer Frage und will Ihnen sagen, dass Sie nichts Unrechtes oder Illegales tun. Sie geben Menschen nur das zurück, was sie sonst unweigerlich verlieren würden – ihr Leben. Und las-

235

sen Sie uns bitte nicht über irgendwelche ethischen oder moralischen Aspekte philosophieren, die sind in unserer Welt doch längst verlorengegangen. Mir steht die Heuchelei der Ethiker und Moralapostel bis zum Hals. Machen Sie Ihre Augen auf, Sie sind von Heuchlern umgeben. Oder wo, glauben Sie, sind Ihre sogenannten Freunde, wenn es Ihnen wirklich dreckig geht? Ich behaupte aber mit Fug und Recht, dass wir nicht heucheln. Hier steht jeder für jeden ein, wir sind eine große Familie. Im Vordergrund steht für uns die Hilfe, die wir Bedürftigen anbieten.«

»Ja, sofern sie über das nötige Kleingeld verfügen«, entgegnete Loose bissig.

»Ganz genau. Sie gehören doch auch zur privilegierten Schicht, oder? Sie haben Geld, Sie haben Macht, was will man mehr? Warten Sie«, sagte Koljakow, leckte seine Gabel ab und zog damit einen kaum sichtbaren Strich über die weiße Damasttischdecke. »Hier oben, da sind Sie, da bin ich und noch einige andere. Darunter befinden sich die finanziell weniger Gutgestellten. Und je tiefer ich mit der Gabel gehe, desto ärmer werden die Menschen. Und nun stellen Sie sich vor, Ihre Frau oder eines Ihrer Kinder würde schwerkrank. Sie lieben Ihre Familie mehr als sich selbst, aber Sie sind hilflos. Alles, was Sie haben, ist Ihr Geld. Ich spreche bewusst nicht von Herz. Nehmen wir an, bei Ihrer Frau wird eine schwere Lebererkrankung diagnostiziert und ihr wird gesagt, dass sie eine neue Leber benötigt, weil sie sonst sterben müsse. Das Problem ist nur, Ihre Frau würde auf der Empfängerliste ganz weit unten stehen, und die Hoffnung, rechtzeitig ein passendes Spenderorgan zu finden, ist verschwindend gering. Würden Sie da nicht nach andern Möglichkeiten suchen, um dem Tod ein Schnippchen zu schlagen? Seien Sie ganz ehrlich, würden Sie nicht Ihr Geld nehmen und einen andern Weg suchen, um Ihrer schwerkranken Frau ein neues Leben zu schenken? Einen Weg, der jenen unter dem Strich verschlossen bleibt?« Koljakow zog die Stirn in Falten und sah Loose durchdringend an.

»Ich kann diese Frage nicht beantworten, ich war glücklicherweise nie in einer solchen Situation«, sagte Loose mit belegter Stimme und gesenktem Blick.

»Ich bitte Sie, ein wenig Phantasie werden Sie doch wohl aufbringen. Sie würden es genau so tun, wie ich Ihnen sagte. Und Sie würden eine Lösung finden, denn jeder, der genügend Geld hat, findet eine Lösung für ein Problem, das mit Geld aus der Welt zu schaffen ist. Und dabei spielen moralische Bedenken auf einmal keine Rolle mehr. Sie würden nicht mehr daran denken, dass Sie vielleicht etwas Unrechtes tun, weil Ihre Gedanken allein bei Ihrer Frau sind, die Sie über alles lieben. Sie würden auch nicht fragen, woher die neue Leber stammt, Sie würden es gar nicht wissen wollen, denn es geht auf einmal nur noch um das Wohl Ihrer Frau.«

Koljakow machte eine Pause und registrierte jede Regung in Looses Gesicht.

»Was soll das?«, fragte Loose. »Wollen Sie mir hier die moralische Unbedenklichkeit Ihres Handelns erklären?«

»Nein, ich will nur, dass Sie sich in die Lage derer versetzen, die verzweifelt sind. In den Medien wird immer über die verzweifelten Armen geschrieben, aber dass es auch unter den Reichen arme und leidende Menschen gibt, darüber berichtet man nicht. Ständig wird über Hartz IV und die zunehmende Armut in diesem Land geschrieben, aber das ist der Lauf der Welt. Es gibt Gewinner und Verlierer. Glauben Sie mir, ich wünschte mir auch nichts sehnlicher als eine Welt, in der alle gleich behandelt werden, aber das ist Wunschdenken. So eine Welt wird es nie geben. Und nun sagen Sie mir, was Sie tun würden, wenn Sie für eines Ihrer Familienmitglieder ein neues Organ benötigen würden? Oder für sich selbst? Die Dinge einfach hinnehmen und es als Schicksal abtun oder als von Gott gewollt? Niemals. Sie würden kämpfen, und Ihre effektivste Waffe wäre Ihr Geld. Und was wäre das Resultat?« Koljakow ließ sich zurückfallen, breitete die Arme aus und fuhr mit ernster Miene fort: »Sie würden gewinnen. Und Sie hätten keine Skrupel und kein schlechtes Gewissen, weil Sie nur noch froh wären, Ihre über alles geliebte Frau wiederzuhaben. Und behaupten Sie jetzt nicht, dass das nicht stimmt, denn das würde ich Ihnen nicht abkaufen.«

»Ich sagte doch schon, ich kann diese Frage nicht beantworten. Das Einzige, was ich bis jetzt von Ihnen höre, sind Klischees.«

»Herr Loose, die ganze Welt ist ein einziges Klischee, nur wollen wir es nicht wahrhaben. Der schwule Friseur, der korrupte Polizist, die dumme Blondine, die Liste ließe sich beliebig lange fortführen. Und Sie könnten meine Frage schon beantworten, Sie wollen es nur nicht. Und warum nicht? Ich sage es Ihnen – Sie sind wie jeder andere auch, Sie wollen der Wahrheit nicht ins Gesicht sehen. Denn würden Sie es tun, was würden Sie sehen? Auch das sage ich Ihnen – sich selbst. Aber gut, ich respektiere Ihre Haltung, denn ich dachte früher ähnlich wie Sie, bis ich merkte, dass die Spielregeln des Lebens ganz anders sind, als ich mir immer vorgaukelte …«

»Woher wollen Sie wissen, was …?«

»Lassen Sie mich bitte ausreden«, sagte Koljakow mit sanfter Stimme und verklärtem Blick. »Ich träumte wie Sie und die meisten andern von einer besseren Welt und musste irgendwann ernüchtert feststellen, dass es diese bessere Welt nicht gibt und auch nie geben wird. Und wenn Sie ganz ehrlich sind, wissen Sie das auch längst. Die Menschen sind Narren, sie pflegen stets alles in Gut und Böse einzuteilen und vergessen darüber die ganzen Schattierungen dazwischen. Wir denken in den Kategorien Gut und Böse und merken gar nicht, dass es weder das eine noch das andere gibt. Es gibt kein absolutes Gut, und es gibt kein absolutes Böse … Wer hat Ihrer Meinung nach das schlimmere Los, der leidende Arme oder der leidende Reiche? Sie werden sagen, der leidende Arme, doch ich sage Ihnen, es ist der leidende Reiche. Er sieht all seinen materiellen Besitz, der ihm aber nichts nützt, wenn der Krebs seine Lunge zerfressen hat oder das Herz nicht mehr richtig schlägt. Oder wenn das eigene Kind stirbt und man hilflos ist und weiß, dass die Millionen auf dem Konto nichts, aber auch rein gar nichts wert sind. Die jedoch, die kein oder nur wenig Geld haben, finden sich leichter mit ihrem Schicksal ab als jene, die alles haben. Warum, fragt man sich, sind die Armen leidensfähiger als die Reichen? Darauf gibt es eine ganz einfache Antwort. Die Reichen wollen nicht sterben, weil sie zu sehr an ihrem Besitz hängen und nicht loslassen können. Nun, das ist nicht unser Problem. Aber um auch diesen armen Reichen zu helfen, dazu sind wir da. Sie sind die eigentlich armen Kreaturen, weil viele oder vielleicht sogar die meisten von ihnen nie zu leben gelernt haben ... Darf ich Ihnen noch etwas anbieten? Ein Glas Wein? Oder einen exzellenten Cognac?«

»Nein, danke, ich hatte schon zwei Gläser Wein, und außerdem sagten Sie doch selbst, dass Ihre Ärzte ...«

»Sie sind doch nicht im Dienst. Noch nicht. Ich denke, ich werde mir einen Cognac genehmigen, sozusagen als Digestivum. Elena, würdest du bitte die Flasche und zwei Gläser holen?«

Sie stand wortlos auf, holte die Flasche und die Gläser und schenkte erst Koljakow und anschließend sich selbst ein. Er hob das Glas, prostete ihr zu und schüttete die braune Flüssigkeit in einem Zug hinunter, während Elena nur einen winzigen Schluck nahm und das Glas gleich wieder auf den Tisch stellte. Seit über einer halben Stunde hatte sie kein Wort gesagt, die recht einseitig geführte Unterhaltung jedoch sehr aufmerksam verfolgt. Koljakow sah sie an und meinte: »Schmeckt es dir nicht?«

»Du weißt doch, dass ich Cognac nicht so sehr mag. Tut mir leid.«

»Schon gut«, winkte er ab.

»Wie sind Sie überhaupt auf mich gekommen?«, fragte Loose.
»Sie sind uns empfohlen worden, oder wie man so schön sagt, Sie wurden uns ans Herz gelegt.« Dabei lachte er wieder, als hätte er einen besonderen Witz gemacht, auf den Loose jedoch nicht reagierte. Ihm war nicht nach Lachen zumute.

Es war fast halb neun, als Koljakow sagte: »Kommen Sie, ich möchte Ihnen noch Ihren Arbeitsbereich zeigen, bevor Sie zurückgebracht werden. Dabei können Sie auch gleich Wünsche äußern, denn jeder Chirurg hat doch seine Eigenheiten. Wir werden alles tun, um Ihnen die Arbeit so angenehm wie möglich zu gestalten, obgleich ich sicher bin, dass Sie kaum Wünsche haben werden. Doch machen Sie sich selbst ein Bild von unserer Einrichtung.«

Sie erhoben sich, durchquerten das Zimmer und gelangten an eine Wand. Koljakow drückte einen Knopf, und eine auf den ersten Blick unsichtbare Tür öffnete sich.

»Mein Privataufzug«, sagte er wie selbstverständlich. Sie fuhren in das zweite Untergeschoss, die Tür öffnete sich, und sie betraten einen langen Flur. Zwei Schwestern kamen ihnen entgegen und grüßten freundlich. »Das«, er deutete auf eine Tür, »ist Operationssaal eins. Hier wird gerade eine Niere verpflanzt, ein Routineeingriff, wie Sie wissen, aber für den Patienten lebensnotwendig, da er schon seit über sechs Jahren an der Dialyse hängt und sich mittlerweile auch andere Beschwerden eingestellt haben. Im Übrigen sind alle fünf Operationssäle fast identisch ausgestattet, mit dem Unterschied, dass in OP zwei eine hochmoderne Herz-Lungen-Maschine steht. Hier«, fuhr er fort und machte die Tür auf, »bitte schön, so sieht Ihr Reich aus.« Er schaltete das Licht an. Loose sah sich um. Es gab auf den ersten Blick nichts, was er zu beanstanden gehabt hätte, im Gegenteil, er hatte noch nie einen perfekter ausgestatteten OP-Saal zu Gesicht bekommen. Er nickte anerkennend und bemerkte lapidar: »Sieht gut aus.«

240

»Gut? Lieber Kollege, hier finden Sie nur die besten und teuersten Geräte und Instrumente. Ich gehe davon aus, dass wir wesentlich besser ausgestattet sind als Ihre Klinik, womit ich nichts gegen Ihre Klinik gesagt haben will.«

»Wir verfügen ebenfalls über hochmoderne Geräte, lieber Kollege«, konnte sich Loose nicht verkneifen zu entgegnen, auch wenn seine Klinik mit dieser, was die Ausstattung betraf, nicht im Geringsten mithalten konnte. Doch das wollte Loose nicht zugeben, nicht hier und jetzt.

»Nun, in Afrika sind zwanzig Jahre alte Geräte ganz sicher modern«, sagte Koljakow lächelnd, als wüsste er nicht nur über Looses Leben, sondern auch über dessen Klinik genauestens Bescheid.

»Was ist mit MRT und CT?«, fragte Loose, ohne auf die letzte Bemerkung einzugehen.

»Haben Sie sich schon genügend umgeschaut? Nicht, dass am Freitag etwas fehlt, das hätte fatale Folgen. Wie ich schon sagte, Sie dürfen jeden Wunsch äußern.«

Loose schritt langsam durch den Raum, nickte immer wieder und meinte: »Es ist alles vorhanden, soweit ich das auf den ersten Blick erkennen kann.«

»Freut mich. Hören Sie während der OP gerne Musik, oder bevorzugen Sie die absolute Stille?«

»Ich höre wie viele meiner Kollegen Musik.«

»Und was bevorzugen Sie? Klassik oder eher modern? Wir haben einen Arzt, der nur Punk hört, ein schrecklicher Krach, der für meine Begriffe mit Musik nichts zu tun hat, aber er braucht es.«

Zum ersten Mal an diesem Abend musste Loose lächeln, als er antwortete: »Eagles, Lynyrd Skynyrd, aber auch Metallica, falls Ihnen diese Gruppen etwas sagen.«

»Nein, doch ich werde ja bei Ihrer Premiere in diesem Haus anwesend sein, zumindest für eine gewisse Zeit. Wir erwarten am Freitag auch hohen Besuch, der sich ebenfalls ein Bild von dieser Einrichtung verschaffen wird. Wenn Sie mir bitte folgen wollen.«

»Haben Sie auch künstliche Herzen?«

»Natürlich, was denken Sie denn?! Wir sind auf alle Eventuali-täten vorbereitet. Sollte ein Herz abgestoßen werden, benöti-gen wir selbstverständlich lebenserhaltende Geräte, bis ein neues Organ zur Verfügung steht.«

Sie gingen den leicht gebogenen Flur entlang und kamen an zwei weiteren Operationssälen vorbei. Koljakow öffnete eine Tür und sagte: »MRT und direkt nebenan CT. Auf der anderen Seite des Gangs ...«

»Warten Sie«, unterbrach ihn Loose und trat näher an den Kernspintomographen heran. »Das ist das neueste Modell. Fünfundneunzig Dezibel, richtig?« Er war beeindruckt, wollte sich das aber nicht allzu sehr anmerken lassen.

»Sehr richtig«, antwortete Koljakow. »Egal, wo Sie hinschau-en, Sie werden nur die neuesten Geräte finden. Der CT wur-de auch erst vor zwei oder drei Monaten geliefert. Wir sind darauf bedacht, unserem Personal die bestmöglichen Ar-beitsbedingungen zu bieten. Und da Sie als Perfektionist gel-ten, dachte ich mir, dass Ihnen all dies zusagen würde. Aber kommen Sie, ich zeige Ihnen noch schnell die andern Räu-me.« Er machte die Tür hinter sich zu und öffnete eine auf der gegenüberliegenden Seite des Gangs. »Hier werden en-doskopische Untersuchungen durchgeführt. Nebenan ist ein gewöhnliches Röntgengerät, und ein ultramoderner Sono-graph befindet sich in dem Raum links von Ihnen. Am Ende des Gangs ist das Labor. Eigentlich gibt es nichts, was wir nicht haben. Wie Sie sehen, ist für unsere Patienten bestens gesorgt. Und jetzt besuchen wir noch kurz die Station, wo Sie die kleine Svenja kennenlernen werden, die von Ihnen am Freitag operiert wird.«

»Sie ist schon hier?«, fragte Loose erstaunt.

»Sie kam gestern an. Sie soll sich eingewöhnen, und die Vorun-
tersuchungen müssen durchgeführt werden, damit übermorgen alles reibungslos abläuft. Sie ist ein liebes Kind, aber das
werden Sie selbst gleich sehen.«

Sie fuhren mit dem Aufzug in den dritten Stock und betraten
eine Station, die nur wenig mit einer normalen Krankenhaus-
station gemein hatte – überall Bilder an den Wänden, sanfte
Farben, kein grelles Licht.

»Momentan haben wir sechs Patienten, von denen aber drei im
Lauf der Woche entlassen werden«, sagte Koljakow. »So, da
sind wir.«

Sie betraten das sehr wohnlich eingerichtete Zimmer. Svenja
schlief. Sie war an einen Monitor angeschlossen, der ihren
Blutdruck und die Herzfrequenz anzeigte. Ein Mann von etwa
vierzig Jahren saß an ihrem Bett und las in einem Buch. Koljakow ging zu ihm und flüsterte ihm etwas ins Ohr. Der Mann
stand auf, kam zu Loose und reichte ihm die Hand. Er sagte
etwas auf Russisch, und Koljakow übersetzte.

»Herr Rachmanoff dankt Ihnen, dass Sie die Operation durchführen … Und er sagt, er habe volles Vertrauen in Ihre Fähigkeiten.«

»Richten Sie ihm aus, dass ich mein Bestes tun werde, um seiner Tochter zu helfen.«

Koljakow tat es. Rachmanoff reichte Loose erneut die Hand
und bedankte sich mit einem kräftigen Händedruck.

»Gehen Sie ruhig näher ans Bett heran, schauen Sie in das Gesicht der Kleinen. Sie ist so unschuldig und rein und hat doch
schon mehr durchgemacht als die meisten Erwachsenen. Aber
nur noch wenige Tage, und es wird ihr gutgehen. So, wir sollten Vater und Tochter wieder allein lassen. Die Untersuchungs-
befunde und Aufnahmen bekommen Sie am Freitagvormittag.
Ein Kurier wird sie Ihnen in die Klinik bringen.«

243

»Was wird in Ihrer Klinik alles transplantiert?«, wollte Loose wissen, als sie wieder auf dem Weg zum Aufzug waren.

»Alles, was heutzutage transplantiert werden kann, vom Pankreas bis zur Lunge. Und für jeden Bereich haben wir unsere Spezialisten.«

»Aber es gibt viele Chirurgen in Deutschland, die Herzen transplantieren. Warum haben Sie ausgerechnet mich ausgewählt?«

»Weil Sie in Schleswig-Holstein der Beste sind. Wir hatten bis vor wenigen Tagen einen Kollegen von Ihnen, von dem wir uns aber leider trennen mussten. Ein tragischer Fall. Doch um Sie zu beruhigen, er war kein Deutscher.«

»War?«

»Haben Sie sonst noch Fragen?«

»Was heißt war?«, ließ Loose nicht locker.

»Entschuldigen Sie, aber ich spreche in der Vergangenheit, weil er nicht mehr in unseren Diensten steht. Er wurde in seine Heimat zurückgeschickt. So, ich denke, wir sind fertig. Es fehlt eigentlich nur noch Ihre Unterschrift. Sobald Sie die geleistet haben, sind Sie entlassen und dürfen nach Hause zu Ihren Lieben.«

»Wie nett von Ihnen. Kann ich davon ausgehen, dass Ihre Spürhunde mich ab sofort auf Schritt und Tritt bewachen werden?«

»Nein, das wäre dann doch des Guten zu viel. Wir wissen ja, dass wir auf Sie zählen können. Kommen Sie, wir erledigen noch schnell das Formelle, und danach werden Elena und Peter Sie wieder zum Hauptbahnhof bringen, Oleg ist leider verhindert. Ihre OP ist für neunzehn Uhr am Freitag eingeplant, das heißt, wir erwarten Sie spätestens um sechzehn Uhr hier, damit Sie sich in aller Ruhe vorbereiten und vor allem noch mit Ihren Assistenten besprechen können.«

»Wo ist hier?«, fragte Loose mit hochgezogenen Brauen, der

244

die ganze Zeit überlegt hatte, welche privaten Schönheitskliniken er in der Umgebung von Kiel kannte, aber ihm fiel nur eine ein, die er jedoch noch nie betreten hatte und von der er auch nicht genau wusste, wo sie sich befand.

Ohne darauf einzugehen, sagte Koljakow: »Sie werden selbstverständlich wieder abgeholt, dann jedoch standesgemäß mit einem schwarzen Mercedes 500 SE. Seien Sie bitte um Punkt halb vier am Bahnhof.« Und auf dem Weg zum Aufzug: »Ich hatte eigentlich mit einer Frage von Ihnen gerechnet. Es macht mich ganz nervös, wenn Sie so zurückhaltend sind.«

»Was meinen Sie?«

»Elena, würdest du ihm bitte sagen, was ich meine?«

»Es geht um Ihr Honorar. Wollen Sie gar nicht wissen, was Sie für etwa fünf Stunden Arbeit inklusive Taxiservice bekommen?«, fragte sie mit einem spöttischen Zug um die Mundwinkel.

»Als ob es mir ums Geld ginge. Mich würde viel mehr interessieren, was hier vor sich geht.«

»Das haben wir doch ausführlich besprochen«, entgegnete Elena. »Gut, wenn Sie nicht fragen, werde ich es Ihnen sagen. Sie erhalten pro Operation zwanzigtausend Euro. Ich meine, das ist selbst für jemanden wie Sie ein recht ordentlicher Nebenverdienst, vor allem, wenn man bedenkt, dass es steuerfrei ist. Bei fünf OPs im Monat macht das satte hunderttausend Euro. Und aufs Jahr hochgerechnet …«

»Ich kann selber rechnen. Aber ich hätte eine andere Frage. Was kostet denn zum Beispiel ein Herz? Oder eine Leber?«

Als sie in den Aufzug traten, sagte Koljakow: »Ein Herz kostet fünfhunderttausend, eine Leber zwischen siebenhundertfünfzigtausend und einer Million, Nieren sind geradezu Schnäppchen, Pankreas bewegt sich im Leberbereich.«

»So teuer?«

»Wissen Sie, vor ein paar Jahren wurde ein neuer Markt mit

Dumpingpreisen aufgemacht. In Hongkong befindet sich die Zentrale, in Kolumbien werden die Operationen durchgeführt, die Ärzte kommen aus Israel und einigen arabischen Staaten und werden extra dafür eingeflogen. Ein Riesenaufwand bei sehr geringem Profit. Die Leistungen sind entsprechend mangelhaft. Wie ich hörte, sterben viele Patienten nicht lange nach der OP, sofern sie diese überhaupt überleben. Wir sind der Rolls-Royce oder Mercedes, die andern ein chinesischer Kleinwagen. Wir sind teuer, aber unerreichbar gut, die andern billig – in jeder Hinsicht. Dort bekommen Sie ein Herz schon für achtzig- bis neunzigtausend Euro. Das würde bei uns nicht einmal die Betriebskosten decken.«

Loose überlegte einen Augenblick und sagte schließlich etwas zaghaft: »Ich finde, zwanzigtausend steht dann doch in keiner Relation zu diesen Preisen. Können wir über mein Honorar verhandeln?«

Koljakow klopfte Loose auf die Schulter und meinte lachend: »So gefallen Sie mir. Das ist der Beginn einer guten und fruchtbaren Zusammenarbeit. Ja, natürlich können wir verhandeln. Was schwebt Ihnen denn vor?«

Loose hatte nicht mit einer solchen Reaktion gerechnet und sagte nach ein paar Sekunden: »Das Doppelte.«

Koljakow wiegte den Kopf hin und her und entgegnete: »Wir haben gewaltige Unkosten, Sie haben die Geräte selbst gesehen. Und jeder Patient erhält eine Einzelbetreuung. Einigen wir uns doch auf dreißigtausend, ich denke, damit ist jedem gedient. Wir wollen schließlich, dass unsere Ärzte zufrieden sind.«

»Einverstanden.«

»Wunderbar, wunderbar! Dann unterschreiben Sie bitte hier«, sagte Koljakow, nachdem er die Papiere aus dem Schreibtisch geholt hatte.

»Bekomme ich eine Kopie?«, fragte Loose, nachdem er unterschrieben hatte.

246

»Nein, es gehört zu den Grundsätzen des Hauses, dass alle Unterlagen hier aufbewahrt werden. Sie brauchen jedoch keine Angst zu haben, wir halten unser einmal gegebenes Wort. Elena ist Zeuge, Sie bekommen dreißigtausend pro OP und ...«

»Aber es wird nicht auf eines meiner Konten überwiesen, oder?«

»Um Himmels willen, nein, wir wollen doch nicht das Finanzamt mit unnötiger Arbeit beschäftigen. Wir haben bereits ein Konto für Sie in Österreich eröffnet, auf das Sie jederzeit Zugriff haben. Die entsprechenden Unterlagen erhalten Sie am Freitag.«

Koljakow begleitete Loose zur Tür und sagte, während er ihm die Hand reichte: »Es war nett, Sie persönlich kennengelernt zu haben. Auf gute Zusammenarbeit. Elena und Peter werden Sie jetzt nach Kiel bringen. Einen schönen Abend noch, und passen Sie gut auf sich auf. Ach übrigens, ich habe ganz vergessen zu erwähnen, dass unsere Organisation auf der ganzen Welt karitativ tätig ist, und ich versichere Ihnen, unsere Spenden versickern nicht in irgendwelchen dubiosen Kanälen, sondern gelangen direkt zu den Bedürftigen. Es ist wie eine Spritze, die intravenös gesetzt wird und sofort Wirkung zeigt. Nun will ich Sie aber nicht länger aufhalten. Ich wünsche Ihnen nochmals einen schönen Abend. Sie werden es nicht bereuen, mit uns zusammenzuarbeiten.«

Von den beiden Männern, die Loose herbegleitet hatten, war nichts zu sehen. Elena sagte, als würde sie Looses Gedanken erraten: »Peter wartet unten im Wagen auf uns. Oleg ist anderweitig unterwegs.«

»Das ist mir so was von egal«, erwiderte Loose, der sich hundeelend fühlte und immer noch hoffte, dies alles wäre nichts als ein böser, ein sehr böser Traum. Aber die Frau neben ihm war so real, genau wie der Hirschbraten, dessen Geschmack er noch

247

im Mund hatte, und die Eindrücke, die in den vergangenen Stunden auf ihn eingeprasselt waren.

Sie fuhren schweigend mit dem Lift nach unten. Peter saß hinter dem Steuer. Elena gab ihm kurz ein Zeichen, bevor sie die hintere Tür öffnete und nach Loose einstieg. Sie klopfte wie vorhin Oleg zweimal gegen die Trennwand, Peter startete den Motor und fuhr aus der Tiefgarage.

»Prof. Loose?«, sagte Elena in das Dunkel hinein.

»Ja?«

»Wie geht es Ihnen?«

»Sie stellen vielleicht Fragen!«

»Geben Sie mir Ihre Hand, bitte«, sagte sie kaum hörbar.

»Ja, und?« Loose streckte die Hand aus.

Elena kam ganz dicht an sein Ohr und flüsterte: »Ich werde Ihnen helfen, das versichere ich Ihnen. Ich kann aber nicht laut sprechen, weil man vorne alles mithören kann. Haben Sie mich verstanden?«

»Sie und mir helfen? Tut mir leid, aber das kaufe ich Ihnen nicht ab. Nicht nach dem, was Sie gestern bei mir abgezogen haben. Das ist nur ein Trick«, entgegnete er ebenfalls flüsternd.

»Ich werde tun, was Sie verlangen, denn das Wohl meiner Familie liegt mir sehr am Herzen.«

»Gut, dass Sie das begriffen haben. Ich wollte mich nur noch mal vergewissern, dass Sie auch wirklich auf unserer Seite stehen und keine Dummheiten machen.«

»Keine Angst, das werde ich nicht.«

»Ich sehe, Sie haben erkannt, was für Sie wichtig ist. Das ist gut so.«

»Das eben war also ein Test?«

»Richtig. Und jetzt Ende der Unterhaltung.«

Elena lehnte sich zurück und fragte in wieder normalem Ton: »Sind Sie zufrieden mit dem Abend?«

»Es geht.«

»Wenn Sie tun, was wir sagen, werden Sie auch weiterhin zufrieden sein. Ah, ich hasse diese Rumpelkiste.«

»Sind Sie mit Dr. Koljakow liiert?«

»Ich arbeite für ihn, mehr nicht. Er hat eine Frau.«

»Das will nichts heißen. Und Sie, haben Sie einen Mann?«

»Nein«, erwiderte sie, »aber warum interessiert Sie das?«

»Nur so.«

»Ein Mann fragt eine Frau nie nur so, ob sie einen Mann hat.«

Peter drosselte die Geschwindigkeit merklich, hielt schließlich an und schaltete den Motor aus.

»Kommen Sie gut nach Hause«, sagte Elena, die sitzenblieb, während Peter die Tür aufmachte und Loose herausließ.

Es war dunkel geworden, ein paar Tropfen fielen auf das Pflaster. Loose stieg in seinen Wagen, startete den Motor aber noch nicht. Die Innenbeleuchtung ging langsam aus und wurde in vielen Schattierungen dunkler und dunkler. Es gibt kein absolutes Gut und auch kein absolutes Böse. Wenn er es recht bedachte, stimmte es.

Die vergangenen Stunden gingen ihm durch den Sinn. Er hatte die Operationssäle und Behandlungszimmer vor Augen und die hochwertigste medizinische Technologie, die er nie zuvor in solch geballter Form gesehen hatte. Er verspürte ein Kribbeln in seinem Magen, war er doch ein Perfektionist und würde es immer bleiben. Koljakow hat eigentlich in vielem recht, dachte Loose. Ich werde mein Bestes geben, denn ich bin der Beste. Er fuhr los. Unterwegs hielt er kurz an und legte die Stirn an das Lenkrad. Sein Leben hatte sich innerhalb der letzten vierundzwanzig Stunden um hundertachtzig Grad gedreht. Zwei Minuten vor zehn kam er zu Hause an. Er fühlte sich noch immer nicht sonderlich gut, aber bei weitem nicht mehr so elend wie noch vor einer guten halben Stunde.

Die Kinder schliefen längst, Kerstin war im Wohnzimmer und las in einem Buch, während im Hintergrund leise klassische

Musik lief. Sie blickte auf und sagte: »Es ist ziemlich spät geworden.«

»Tut mir leid, Schatz.« Er beugte sich zu ihr hinunter und gab ihr einen Kuss. »Ich habe leider eine schlechte Nachricht für dich. Wie es aussieht, werde ich in der nächsten Zeit mehr zu tun haben.«

»Und was heißt das konkret?«, fragte sie mit gerunzelter Stirn.

»Lass uns ein andermal drüber reden, okay? Und nein, ich habe keine Geliebte, falls du das denken solltest.«

»Dann ist es ja gut«, sagte sie nur und vertiefte sich wieder in ihr Buch. Sie fragte diesmal nicht, ob er schon etwas gegessen habe. Der Hirschbraten war köstlich gewesen. Der Wein auch. Und Koljakow war eigentlich ein netter Typ.

»Ach übrigens, Gregor war vorhin hier. Er wundert sich, dass du nicht wenigstens mal kurz bei ihm anrufst.«

»Warum ist er hergekommen?«

»Sehen, ob's dich noch gibt.«

»Ich hab im Augenblick überhaupt keine Zeit, und sein Gequatsche brauch ich auch nicht.«

»Ihr seid Freunde.«

»Der meldet sich doch nur, wenn er mal wieder Frust schiebt. Sonst lässt er manchmal monatelang nichts von sich hören, obwohl ich bei ihm angerufen habe. Wenn er das nächste Mal anruft, richte ihm aus, dass ich mich im Lauf der nächsten Woche rühre.«

Loose begab sich ins Bad, duschte, rasierte sich und ging wieder nach unten. Er nahm sich ebenfalls ein Buch und tat, als würde er lesen. Mit seinen Gedanken war er jedoch ganz woanders. Nach ein paar Minuten ging er in sein Arbeitszimmer, holte das Klinikverzeichnis aus der Schublade und suchte nach allen Schönheitskliniken in der Umgebung von Kiel, die sich in dreißig bis maximal fünfundvierzig Minuten erreichen ließen.

250

Wenig später hatte er vier Adressen, von denen drei ausschließlich Privatpatienten behandelten.

Dreißigtausend pro Transplantation steuerfrei, dachte er. Macht bei vier Operationen hundertzwanzigtausend. Mal zwölf sind das fast anderthalb Millionen. Viermal so viel, wie ich jetzt verdiene. Brutto. Er lehnte sich zurück, die Arme hinter dem Kopf verschränkt, und überlegte. Es war ein gutes Angebot, auch wenn man ihn dazu genötigt hatte, es anzunehmen. Aber wie hatte Koljakow doch gesagt, er brauche keine Angst zu haben, er solle das Wort ›Drohung‹ aus seinem Gedächtnis streichen. Und manche Menschen müssten einfach zu ihrem Glück gezwungen werden.

MITTWOCH, 22.10 UHR

Henning und Santos warteten, bis die unbekannte Frau ausgestiegen war und ihr Fahrzeug abgeschlossen hatte. Sie gab mit der Hand ein Zeichen, und Henning und Santos gingen auf sie zu. Im fahlen Licht der Straßenlaternen war ihr Gesicht nur schwer zu erkennen, zumal sie sich leicht abgewandt hatte.

»Danke, dass Sie mich nicht enttäuscht haben. Gehen wir nach oben.«

»Sie wohnen hier?«, fragte Henning.

»Oben erkläre ich Ihnen alles«, antwortete sie.

Sie fuhren mit dem Lift in den sechsten Stock. Der Geruch von Bohnerwachs vermischte sich mit anderen undefinierbaren Gerüchen, die sich nicht wesentlich von denen unterschieden, die Henning aus dem Haus kannte, in dem er wohnte. Hinter einer Tür dröhnte der Fernseher, hinter einer andern stritten sich ein Mann und eine Frau lautstark in einer Sprache, die

251

Henning nicht verstand. An den Wänden hatten Sprayer irgendwann vor Jahren ihre ersten Versuche gemacht, und niemand hatte es bis jetzt für nötig befunden, diese neu zu streichen. Wer hier lebte, das wusste Henning aus eigener Erfahrung, war es für die Eigentümer nicht wert, in einer sauberen Umgebung zu wohnen, lediglich der Boden wurde regelmäßig gewachst.

Die Frau steckte einen von vielen Schlüsseln in ein Schloss und machte die Tür auf. Die Luft in der Wohnung war stickig und abgestanden, kalter Rauch hatte sich in jeder Ritze des Zimmers festgesetzt. Auf einem kleinen Tisch stand ein überquellender Aschenbecher, und über den Tisch verteilt lag Asche. Außerdem waren darauf zwei benutzte Gläser, wobei sich in einem noch ein wenig Flüssigkeit befand, eine Flasche Wodka und zwei Flaschen Bier und neben der Couch mehrere leere Schnaps- und Bierflaschen. Das Sofa und der Sessel waren zerschlissen, der Schrank ein Relikt aus längst vergangenen Zeiten. Eine einsame Glühbirne baumelte von der Decke und spendete spärliches Licht. Ein kleiner Fernseher versteckte sich in der Ecke neben dem Fenster, ein altes Kofferradio stand daneben.

»Nehmen Sie Platz«, sagte die Frau, die sehr ausgeprägte Gesichtszüge hatte, mit hervorstehenden Wangenknochen und fein geschwungenen Lippen. Das Auffälligste waren jedoch die großen blauen Augen, die einen besonderen Kontrast zu ihren dunkelbraunen, fast schwarzen schulterlangen Haaren bildeten. Sie war eher klein, vielleicht einsfünfundsechzig, schlank, hatte schmale Hände mit langen grazilen Fingern, und sofern dies unter dem weiten Pullover auszumachen war, hatte sie eine gute Figur. Ihre leicht rauchige Stimme unterstrich das außergewöhnlich attraktive Erscheinungsbild. »Es sieht zwar nicht sehr einladend aus, aber es ist momentan der einzige Ort, wo wir sicher sind.«

»Ist das Ihre Wohnung?«, wollte Santos wissen.

»Nein, ich benutze sie nur hin und wieder, ich lebe sehr anonym.«

Anonymer als hier kann man gar nicht wohnen, dachte Henning.

»Dürfen wir Ihren Namen erfahren? Wir wissen gerne, mit wem wir es zu tun haben.«

»Verzeihen Sie, wenn ich mich noch nicht vorgestellt habe. Nennen Sie mich Ivana. Möchten Sie etwas trinken?«

»Nein, danke«, sagte Henning mit Blick auf die dreckigen Gläser und den ewig nicht abgewischten Tisch und setzte sich mit Santos auf die Couch.

»Ist das Ihr richtiger Name? Wir können auch anhand des Nummernschilds Ihre Identität herausfinden.«

»Tun Sie das, es wird Sie nicht weiterbringen. Aber vergeuden wir doch nicht unsere kostbare Zeit mit solchen Kleinigkeiten. Hier, mein Führerschein und mein Ausweis«, sagte sie und holte beides aus der Tasche. »Ivana Müller, wohnhaft hier, obwohl ich hier gar nicht wohne.«

»Sehr origineller Nachname. Sind die Papiere gefälscht?«, wollte Henning wissen.

»Das überlass ich Ihrer Phantasie.«

Henning holte tief Luft, reichte ihr den Ausweis und Führerschein und sagte: »Kommen wir zur Sache. Welche Informationen haben Sie über Gerds Tod?«

Ivana holte ein Glas aus dem Schrank, goss sich Cola ein und setzte sich auf den einzigen Stuhl. Sie trank das Glas zur Hälfte leer und behielt es in der Hand. »Ich möchte mich entschuldigen, dass ich Ihnen solche Unannehmlichkeiten bereite, aber Gerd hat mir aufgetragen, dass ich, sollte ihm etwas zustoßen, unbedingt mit Ihnen sprechen soll. Und er hat gesagt, dass Sie sein Freund sind.« Dabei sah sie Henning prüfend an, als wollte sie in seinen Augen lesen, inwieweit sie ihm vertrauen konnte.

253

»Das stimmt, wir waren gute Freunde«, erwiderte Henning.
»Was hat Sie beide verbunden?«
Ivana lächelte geheimnisvoll und antwortete: »Wir waren auch gute Freunde. Sehr, sehr gute Freunde.«
»Das hört sich fast an, als hätten Sie ihn geliebt.«
Ivana trank das Glas aus und stand auf. Sie ging zum Fenster, zog den Vorhang zu und sagte, wobei sie Henning erneut lange in die Augen blickte: »Ja, ich habe ihn geliebt – und er mich. Gerd war der beste Mann, den ich je getroffen habe.« Sie fuhr sich mit der Zunge über die Lippen und ließ einen Moment verstreichen, bevor sie weitersprach. »Und ich bin schuld an seinem Tod.«
»Moment, Moment, damit ich das recht verstehe«, sagte Henning mit ungläubigem Blick, »Sie hatten eine Affäre und …«
Ivana schüttelte vehement den Kopf. »Nein, das war keine Affäre, das war viel mehr. Aber das werden Sie nie verstehen.«
»Vielleicht ja doch, obwohl ich Gerd nur als liebevollen Ehemann und Vater in Erinnerung habe«, erwiderte Henning ironisch.
»Ich sage ja, Sie werden das nie verstehen …«
»Dann erklären Sie's uns.« Santos legte ihre Hand beruhigend auf die von Henning, den sie selten so aufgewühlt und durcheinander erlebt hatte, was sie gut nachvollziehen konnte, wurde er doch von jetzt auf gleich mit etwas konfrontiert, das das in den letzten vierundzwanzig Stunden ohnehin ins Wanken geratene Bild von seinem Freund praktisch vollends zerstörte.
»Sie glauben, Gerd hat eine glückliche Ehe geführt, aber da muss ich Sie enttäuschen. Er und Nina hatten sich schon lange auseinandergelebt …«
»Das stimmt nicht, das ist eine infame Lüge!«, brauste Henning mit hochrotem Kopf auf. Santos hatte Mühe, ihn festhalten, damit er nicht aufsprang.
»Beruhigen Sie sich wieder. Ich hatte nicht vor, Ihre heile Welt

254

zu zerstören. Sie wollen doch hören, warum Gerd sterben musste. Dazu müssen Sie aber die ganze Geschichte kennen. Ich hoffe, Sie haben ein wenig Zeit mitgebracht.«

»Sagen Sie uns erst, warum Sie schuld an seinem Tod sind«, ergriff Santos wieder das Wort.

»Weil ich ihn in etwas verwickelt habe, was ich nie hätte tun dürfen. Ich werde mir das nie verzeihen und die Schuld für den Rest meines Lebens mit mir herumtragen.«

Ivana seufzte auf und wollte bereits weitersprechen, als Henning sagte: »Könnte ich vielleicht doch ein Bier haben?« Und als sie ihm ein Glas reichte: »Danke, ich trinke aus der Flasche.« Er öffnete sie und nahm einen langen Schluck.

»Gerd und ich haben uns in St. Petersburg kennengelernt, als er für zwei Jahre dort war. Ich weiß nicht, ob es Zufall, Schicksal oder Fügung war, aber mir scheint, ich musste ihn einfach kennenlernen. Ich bin Polizistin. Meine Ausbildung habe ich in Moskau gemacht und auch drei Jahre dort gearbeitet. Ich komme aus einem Dorf ungefähr tausend Kilometer von Moskau und gut zweitausend Kilometer von St. Petersburg entfernt. Meine Eltern und meine beiden Brüder leben noch dort, nur meine Schwester Larissa und ich wollten weg, das heißt, ich wollte unbedingt die Welt sehen, meine Schwester musste erst überredet werden wegzugehen. Es gab keine Perspektive, nicht einmal genügend Männer. Anfang 2001 ist sie nach St. Petersburg gegangen.« Sie trank von ihrer Cola, wartete und überlegte, wie sie die nächsten Worte wählen sollte. Schließlich fuhr sie fort: »Larissa ist vier Jahre jünger als ich, aber wir haben uns immer blendend verstanden. Sie war eine begnadete Malerin, sie hatte ein unglaubliches Talent, das haben ihr alle bestätigt. Larissa hätte es wirklich schaffen können, wenn diese verfluchten Schweine nicht gewesen wären.« Sie stockte erneut, kämpfte mit den Tränen und trat wieder ans Fenster, Henning und Santos den Rücken zugewandt.

255

»Was ist passiert?«, fragte Santos nach einer Weile.

Ivana drehte sich um und lehnte sich gegen die Fensterbank. »Sie hat sich von St. Petersburg aus regelmäßig bei mir gemeldet. Entweder hat sie geschrieben oder kurz angerufen, und ich habe sie dann zurückgerufen. Larissa hatte kein eigenes Telefon, ich musste sie immer in einem Postamt anrufen. Aber auf einmal brach der Kontakt ab. Das letzte Mal, dass ich mit ihr gesprochen habe, war am 7. November 2001. Als ich nach zwei Wochen nichts von ihr gehört hatte, wurde ich unruhig. Ich habe in der Uni angerufen, aber dort sagte man mir nur, dass Larissa schon seit mehreren Tagen nicht mehr am Unterricht teilgenommen hatte, angeblich, weil sie krank war.« Ivana seufzte. »Wenn sie krank gewesen wäre, dann hätte sie sich gemeldet und es mir gesagt, es sei denn, sie wäre in einem Krankenhaus gewesen. Aber dann hätte sie schwerkrank sein müssen. Das hielt ich jedoch für ziemlich unwahrscheinlich, denn Larissa war nie krank gewesen, sie war sehr robust. Also habe ich es bei ihrer Vermieterin versucht und erhielt die Auskunft, dass Larissa schon seit fast zwei Wochen nicht mehr dort wohnte. Ich habe es in den darauffolgenden Tagen mehrfach in der Uni versucht, aber ich bekam jedes Mal dieselbe Antwort. Sie glauben gar nicht, welche Sorgen ich mir machte. Als gar nichts mehr half, bin ich nach St. Petersburg gefahren, um herauszufinden, was mit Larissa war. Ich habe mit der Vermieterin gesprochen, mit Larissas Kommilitonen, mit ihrer Professorin, aber keiner wusste angeblich, wo sie steckte. Ich bin schließlich zur Polizei gegangen, um eine Vermisstenanzeige aufzugeben. Dort bin ich dann Gerd zum ersten Mal begegnet. Und wie ich schon sagte, es war entweder Zufall oder Fügung, denn in St. Petersburg gibt es nicht nur eine Polizeistation. Er hat das mit der Anzeige mitbekommen und mir seine Hilfe angeboten, als er merkte, dass seine Kollegen kein Interesse zeigten, etwas zu unternehmen. Sie taten zwar so, als würden sie Larissa suchen, aber in Wirklichkeit sagten sie es nur, um mich zu beruhigen.«

Ivana machte eine Pause, fuhr sich mit dem Handrücken über die Stirn und gab sich wieder große Mühe, die Tränen zu unterdrücken, was ihr jedoch nicht ganz gelang.

»Haben Sie sie gefunden?«

Ivana putzte sich die Nase, wischte die Tränen weg und antwortete: »Nein, aber ich fühlte ganz tief in mir drin, dass etwas Schreckliches passiert war. Es war ein Gefühl, das ich nicht beschreiben kann. Doch ich musste wieder nach Moskau.« Sie ging im Zimmer umher, blieb stehen und sah Santos lange an.

»Haben Sie eine Schwester?«

»Ja.«

»Ist sie jünger?«

»Nein, und ich möchte auch nicht über sie sprechen.«

»Entschuldigung, das geht mich auch nichts an. Aber vielleicht können Sie sich vorstellen, wie es mir ergangen ist. Ich habe nicht aufgegeben, nach Larissa zu suchen. Im Januar habe ich dann einen Antrag gestellt, nach St. Petersburg versetzt zu werden. Meinem Gesuch wurde stattgegeben, und ich konnte am 1. Juli 2002 dort anfangen. Ebenfalls im Januar war ich noch zweimal in St. Petersburg. Ich habe mit Gerd gesprochen, aber er musste ja schon bald wieder zurück nach Deutschland. Als er sich von mir verabschiedet hat, hat er gesagt, er glaube nicht, dass Larissa noch am Leben sei. Er war ganz ehrlich, und das habe ich sehr an ihm geschätzt. Er hat mir seine Adresse und Telefonnummer gegeben und mich gebeten, ihn zu informieren, sobald ich etwas Neues weiß.«

»Hatten Sie da schon eine Beziehung mit ihm?«, fragte Santos.

»Nein, wir kannten uns ja kaum, wir haben uns da sogar noch gesiezt. Das zwischen uns hat erst hier in Deutschland angefangen. Aber das erkläre ich Ihnen gleich noch … In der Folgezeit habe ich unzählige Kommilitonen gefragt, wo Larissa sein könnte, aber keiner konnte oder wollte mir helfen. Sie war wie vom Erdboden verschluckt. Macht es Ihnen etwas aus, wenn ich rauche?«

»Nein«, sagte Santos, die viel zu gespannt auf das war, was Ivana zu berichten hatte.

Ivana holte sich jetzt auch eine Flasche Bier, zündete sich eine Zigarette an und blies den Rauch zur Decke. »Ich wollte nicht wahrhaben und konnte es mir auch nicht vorstellen, dass Larissa aus eigenem Willen einfach weggegangen sein sollte. Jeder, aber nicht Larissa … Dann war ich eines Tages wieder in der Universität, um mich noch einmal bei Studenten nach Larissas Verbleib zu erkundigen, und plötzlich hat eine gesagt, dass sie mich gerne treffen würde, aber allein. Sie machte einen total verunsicherten Eindruck.« Sie hielt kurz inne und berichtete dann weiter: »Es war Anfang Oktober, wir hatten uns für den Abend in einem Café verabredet, und da hat mir Katarina, so hieß sie, eine unglaubliche Geschichte erzählt. Sie kannte Larissa, und zwar ziemlich gut. Sie hat mir gesagt, dass sie schon mehrfach vergewaltigt wurde und sich ihr Studium durch Prostitution verdiene, aber das meiste Geld an bestimmte Männer abführen müsse. Ich habe sie gefragt, was das für Männer seien. Sie hat kurz gezögert und wollte schon aufstehen, aber ich habe ihr gut zugeredet und erklärt, sie könne mir bedingungslos vertrauen. Ganz gleich, was sie mir auch sage, ich würde es niemandem verraten.

Was ich dann zu hören bekam, war einfach nur furchtbar. Ich erfuhr, dass die Männer, die sie immer wieder vergewaltigten und Geld von ihr kassierten, Polizisten waren, also Kollegen von mir … Es ist schon lange kein Geheimnis mehr, wie korrupt und oft auch brutal unsere Polizei ist, aber ich hätte nie für möglich gehalten, dass es so schlimm ist, auch wenn ich selbst mehr als fünf Jahre bei der Polizei war und einiges miterlebt habe. Ich habe sie nach den Namen der Polizisten gefragt, doch sie konnte mir keinen einzigen nennen. Aber sie hat mir berichtet, dass Larissa das Gleiche durchmachen musste. Auch sie wurde vergewaltigt und gezwungen, auf der Straße zu stehen und Freier zu bedienen, denn Katarina und Larissa haben auf demselben Straßenstrich gearbeitet. Ich frage mich heute noch, warum sie nie mit mir darüber gesprochen hat. Ich kann mir das nur so erklären, dass sie sich fürchterlich geschämt hat und vielleicht sogar dachte, alle Polizisten wären gleich, ich eingeschlossen. Trotzdem hatten wir regelmäßigen Kontakt.«

Als Ivana nicht weitersprach, fragte Santos: »Und dann?«

»Entschuldigung, ich muss erst meine Gedanken ordnen. Und dann ist sie aufgestanden und hat mich gebeten, die Rechnung zu übernehmen, sie müsse wieder an die Arbeit, sie sei ohnehin schon viel zu spät dran. Etwa eine Woche später wollte ich mich noch einmal mit Katarina treffen, aber da erfuhr ich, dass sie tot war. Sie wurde mit eingeschlagenem Schädel am Ufer der Newa gefunden. Es hieß nur, sie sei vergewaltigt und anschließend von einem Unbekannten erschlagen worden. Und jetzt kommt das Perfide – die Polizei hat auch in diesem Fall nicht ermittelt. Sie war ja nur eine kleine Studentin und vor allem eine Hure …«

»Moment mal«, unterbrach Henning sie, »wieso wurde in einem Mordfall nicht ermittelt? Das gibt's doch nicht, ich meine …«

Ivana lachte höhnisch auf. »Herr Henning, in Russland ticken die Uhren anders, das hat etwas mit dem System zu tun. Aber weiter. Ich erfuhr, dass sehr viele Studentinnen sich ihren Lebensunterhalt und ihr Studium durch Prostitution verdienen müssen. Und ihre Zuhälter sind fast alle Polizisten. Diese Mädchen haben keine Chance, weil die meisten vom Land kommen und keine Ahnung haben, was in dieser Stadt vor sich geht. Für Touristen ist St. Petersburg schön, für die, die sich länger dort aufhalten oder sogar leben müssen, kann es die Hölle sein, genau wie Moskau.« Sie trank einen Schluck Bier und steckte sich noch eine Zigarette an. »Ich fand heraus, dass immer wieder junge Frauen spurlos verschwanden, alle so im Alter zwischen achtzehn und fünfundzwanzig. Und alle waren sie Studentinnen. Das Schlimme war, es gab niemanden, mit dem ich über diese Sache reden konnte. Es hat mich über zwei Jahre intensivster Recherche gekostet, bis ich erfuhr, was mit diesen Mädchen passierte. Ihnen wurde ein Studienplatz in Berlin versprochen, aber vorher müssten sie sich von einem Arzt untersuchen lassen. Ab dann ging immer alles ganz schnell.« Mit einem Mal stockte ihre Stimme, ihre Augen wurden glasig, und sie hatte Mühe weiterzusprechen. Mit traurigem Blick sagte sie: »Keines dieser Mädchen ist jemals in Berlin angekommen. Bei meinen Recherchen fand ich heraus, dass sie meistens mit dem Schiff nach Deutschland gebracht wurden, und von hier wurden sie entweder innerhalb Deutschlands verteilt oder nach Skandinavien weitergeschickt. Aber was mit ihnen geschah, das wusste ich nicht. Ich fand jedoch einen Weg, das Vertrauen einiger Leute zu gewinnen, die für die Organisation und die Transporte verantwortlich sind. Und so wurde ich allmählich nicht nur ein Bestandteil der Firma, wie sie sich nennen, sondern gewann auch tiefe Einblicke. Aber was ich dann erfuhr, ist so grauenvoll, dass ich dachte, ich verliere den Verstand. Es geht um Menschenhandel in unvorstellbarem Ausmaß, so pervers und menschenverachtend, dass Sie sich das nicht mal in Ihren schlimmsten Träumen vorstellen können. Als ich Gerd …«

»Augenblick«, wurde sie erneut von Henning unterbrochen, »sprechen Sie von Menschenhandel im Sinn von Zwangsprostituierten?«

»Ja und nein. Es geht nicht nur um Prostitution und Pornographie. Das, wovon ich spreche, ist eine völlig andere Schiene. Es geht um Babys, Kinder, Jugendliche und Erwachsene bis maximal dreißig Jahren, männlich und weiblich.«

Ivana atmete ein paarmal tief ein und aus, trank ihre Flasche leer und holte sich eine neue.

»Und was ist es, wenn nicht Prostitution und Pornographie?«, fragte Santos.

»Als ich Gerd davon berichtete, hielt er mich zunächst für verrückt. Er dachte, ich sei vollkommen durchgeknallt und hätte den Sinn für die Realität verloren. Aber ich schwöre, es ist nichts als die reine Wahrheit …«

»Ja, was denn?«, fragte Henning, der immer ungeduldiger wurde.

»Ich muss mich darauf verlassen, dass Sie mit niemandem darüber sprechen, denn genau das scheint Gerd zum Verhängnis geworden zu sein. Er hat sich Leuten anvertraut, die zur Firma gehören, ohne dass er es wusste. Damit wurde er zum Sicherheitsrisiko und musste beseitigt werden …«

»Würden Sie uns jetzt vielleicht endlich mal verraten, um was es geht?«

»Versprechen Sie mir erst, dies alles absolut vertraulich zu behandeln.«

»Ja, mein Gott, wir versprechen es«, erklärte Henning barsch. Santos stand auf und sagte zu ihm: »Lass uns mal kurz nach draußen gehen, ich muss mit dir reden.«

Henning erhob sich widerwillig und ging mit Santos auf den Flur.

»Was ist? Die zieht doch da drin eine Riesenshow ab …«

»Nein, tut sie nicht. Merkst du Idiot eigentlich gar nicht, dass sie panische Angst hat? Reiß dich um Himmels willen zusammen, oder ich setz das Gespräch mit ihr allein fort.«

»Okay, ich hör mir das noch ein paar Minuten an, aber irgendwann ist meine Geduld am Ende.«

»Was ist los? Hast du wieder Kopfschmerzen?«

»Nein, verdammt noch mal! Aber die will doch nur ihren ganz persönlichen Rachefeldzug führen, und dabei ist Gerd draufgegangen, weil er zu gutgläubig war.«

»Sören, ich hab das Gefühl, du hast die ganze Zeit nicht zugehört. Ihr geht es nicht um Rache, sie will uns etwas mitteilen. Oder bist du etwa sauer, dass Gerd ein Geheimnis hatte, von dem du als sein Freund nichts wusstest? Ist es das?«

»Bullshit!«

»Aha, da hab ich wohl voll ins Schwarze getroffen. Hör zu, wir gehen da jetzt wieder rein, und du wirst dich gefälligst benehmen. Hast du das verstanden?«

»Lisa, sei doch mal realistisch und …«

»Realismus ist doch normalerweise dein Terrain. Aber um dich zu beruhigen, ich bin realistisch, doch gleichzeitig sagt mir mein Bauch, dass Ivana dringend unsere Hilfe braucht. Vergiss nicht, wir wollen Gerds Mörder finden, und Sie kann uns unter Umständen ein ganzes Stück weiterbringen.«

»Okay, gehen wir wieder rein.«

Ivana hatte sich in den Sessel gesetzt und sagte zu Henning: »Sie haben Probleme mit mir. Ich nehme Ihnen das nicht übel, bei Gerd war es anfangs dasselbe. Und wahrscheinlich werden Ihre Probleme mit mir noch größer, wenn Sie den Rest der Geschichte erfahren.«

»Ivana«, sagte Santos, »wofür braucht man diese Menschen? Wozu werden sie gezwungen?«

»Sie werden zu überhaupt nichts gezwungen, alles geschieht freiwillig. Man sagt ihnen, sie würden einen guten Job in Deutschland bekommen oder einen Studienplatz. Den Eltern von Babys oder Kindern sagt man, dass ihre Kinder in Deutschland in guten Familien aufwachsen würden. Wissen Sie, in Russland leben sehr viele arme Menschen, auch wenn die Regierung gerne etwas anderes behauptet. Gehen Sie nach Moskau, der teuersten Stadt der Welt, wo sich die Reichen ihre Enklaven aus

Supervillen, Luxuswohnungen und hohen Mauern geschaffen haben, aber nur ein paar Blocks weiter vegetieren die Menschen in verschimmelten Wohnungen dahin. Viele wissen nicht, woher sie das Geld für Lebensmittel oder die Heizung im Winter nehmen sollen. Nicht anders ist es in St. Petersburg. Es gibt sehr viele Millionäre und auch Milliardäre, aber im Schnitt leben die Menschen von ungefähr zweihundert Euro im Monat. Am härtesten trifft es Familien mit Kindern und Alte. Viele können ihre Kinder nicht mehr ernähren und schicken sie auf die Straße. Fragen Sie mal die ganz normalen Leute, ob sie zufrieden sind mit ihrer Situation, und Sie werden immer wieder die gleiche Antwort bekommen – nein.«

»Ja, aber was hat das ...«

»Lass Ivana doch ausreden«, sagte Santos.

»Danke. In Russland gibt es nur Arme und Reiche. Viele Reiche und sehr, sehr viele Arme. Eine Mittelschicht existiert so gut wie gar nicht. Viele Eltern schicken ihre Kinder trotzdem zur Universität in der Hoffnung, sie würden es eines Tages besser haben. Oft sind die Kinder aber viele hundert oder gar tausend Kilometer von zu Hause entfernt und wissen überhaupt nicht, wie sie ihr Studium finanzieren sollen. Und das wissen natürlich auch andere und nutzen das gnadenlos aus ... Aber gut, Sie haben mich gefragt, was mit diesen Menschen passiert. Man braucht sie nicht nur für Prostitution oder Kinderpornographie, nein, das würde ich nach dem, was ich erfahren habe, jetzt nicht einmal mehr als so schlimm empfinden, auch wenn es natürlich schlimm ist, ich will nichts verharmlosen ...«

»Und weiter?«, sagte Santos.

Mit wieder diesem traurigen Ausdruck in den Augen und verhaltener Stimme fuhr Ivana fort: »Man braucht ihre Organe.«

Henning sah Ivana entgeistert mit zusammengekniffenen Augen an, während Santos sichtlich mit dem Gehörten zu kämpfen hatte.

»Es geht um Organhandel von ungeheurer Dimension, größer, als Sie es sich vorstellen können. Es ist ein globales Geschäft. Hier im reichen Westen gibt es viele Menschen, die dringend auf ein Spenderorgan angewiesen sind. Manche warten, bis sie tot sind, andere kaufen sich eins. Niere, Leber, Herz, Bauchspeicheldrüse, Lunge … Alles, was verwertbar ist, wird transplantiert. Und natürlich kommen auch reiche Russen, wenn sie etwas brauchen. In Deutschland befindet sich die Zentrale, von hier aus wird alles geregelt, hier werden die meisten Operationen durchgeführt und so weiter.«

»Warten Sie, warten Sie«, sagte Henning, der sichtlich überfordert war, »das ist mir zu hoch und auch zu heftig. Damit würden Sie ja behaupten, dass die von Ihnen angesprochenen Menschen hergebracht werden, um …«

»Um was? Ausgeschlachtet zu werden? Ja, dafür werden sie hergebracht. Und niemand vermisst sie. Die Eltern sind froh, einen weniger im Haus zu haben, den sie durchfüttern müssen, und denken, ihrem Kind oder ihren Kindern geht es gut, die Studenten freuen sich auf das Schlaraffenland Deutschland oder Schweden, Norwegen, Dänemark oder Finnland, und im Prinzip ist alles in bester Ordnung.«

»Haben Sie Beweise für Ihre Behauptungen?«

»Ja, sogar eine ganze Reihe«, antwortete Ivana ruhig. »Organhandel ist ein unglaublich boomender Markt, damit werden weltweit jährlich Milliarden von Dollar verdient, Tendenz steigend. Wenn die an die Börse gehen würden, die Aktien würden in astronomische Höhen schnellen … Entschuldigung, das ist nur mein Zynismus, der manchmal mit mir durchgeht.«

»Aber die Eltern werden ihre Kinder doch vermissen«, sagte Henning. »Ich meine, sie werden sich doch nach einer gewissen Zeit wundern, wenn sie kein Lebenszeichen von ihnen bekommen.«

»Die Kinder werden angeblich adoptiert, und den Eltern wird

gesagt, dass es ab sofort keinen Kontakt mehr gibt. Schließlich sollen sich die Kinder schnellstmöglich in die Familie eingliedern. Wen kümmert's? Ich sagte ja schon, dass viele froh sind, wenn sie einen weniger durchzufüttern haben.«

»Aber Studenten werden in der Regel nicht mehr adoptiert, und ich könnte mir außerdem vorstellen, dass einige Angehörige zur Polizei gehen und ihre Kinder als vermisst melden und …«

»Wenn ich Sie unterbrechen darf, aber Sie stellen sich das so einfach vor. Die Polizei nimmt die Anzeigen natürlich auf, dann wird gesagt, man würde sich drum kümmern, und in Wahrheit wird überhaupt nichts unternommen. Und wenn doch einmal ein Polizist seinen Beruf ernst nimmt, ist es meist so, dass er entweder in die tiefste Provinz versetzt wird oder auch einfach verschwindet. In Russland leben manche Polizisten sehr gefährlich. Entweder man schwimmt mit dem Strom, oder man spielt mit seinem Leben. So ist das Gesetz. Ich weiß, das hört sich brutal und grausam an, aber soll ich Ihnen etwas sagen? Es ist die Realität. Und das, was ich Ihnen zu erzählen habe, ist das Brutalste und Grausamste, was man sich überhaupt nur vorstellen kann.«

»Ich habe eine Frage«, sagte Santos, die sichtlich erschüttert und aufgewühlt war. »Wer sind die Hintermänner, und vor allem, wer führt diese Operationen durch? Und es gibt noch viele Fragen mehr, zum Beispiel: Was geschieht mit den Leichen?«

»Ich kenne längst nicht alle Hintermänner, ich bin nur eine kleine Mitarbeiterin in einem riesigen Konzern, aber einer der einflussreichsten ist Lew Luschenko. Er ist Multimilliardär, ihm gehört ein sehr erfolgreicher Fußballklub, er besitzt Einkaufsmeilen in der ganzen Welt, er hat sich im Lauf der letzten Jahre in Spanien und Italien riesige Grundstücke und Immobilien zugelegt, und das alles mit Blutgeld, das durch legale Investitionen natürlich reingewaschen wurde. Offiziell ist er Unternehmer, spielt im Gas- und Ölgeschäft eine gewichtige Rolle, hat in mehreren internationalen Unternehmen ein gewaltiges Mitspracherecht, weil er große Anteile hält, und ist politisch sehr aktiv. Er liebt es geradezu, sich in der Öffentlichkeit zu präsentieren. Er ist ein Saubermann, den man gerne sieht, weil er das moderne Russland verkörpert und man so sein möchte wie er. Was er wirklich treibt, erfährt kaum einer, weil bei uns die Presse einer derartigen Zensur unterliegt, dass Enthüllungsberichte über bestimmte Personen gar nicht an die Öffentlichkeit dringen und wenn, dann nur über Umwege. Jedes Jahr werden mehrere Journalisten umgebracht, die es wagen, sich mit Themen zu beschäftigen, die sie offiziell nichts angehen. Anna Politkovskaja steht nur stellvertretend für viele andere. Ich will aber nicht abschweifen. Luschenko steht in der Hierarchie zwar nicht an der Spitze, doch sehr weit oben. An ihn heranzukommen ist praktisch unmöglich, weil er von allen Seiten nicht nur beschützt, sondern auch hofiert wird. Er ist überall ein gerngesehener Gast, er bereist die ganze Welt, er wird von Staatsoberhäuptern empfangen und sitzt bei wichtigen Verhandlungen mit am Tisch. Sein Aufstieg war rasant, kam aber für Insider nicht unerwartet, denn bevor er Multimilliardär wurde, war er von 1986 bis 1991 ein hohes Tier beim KGB und nach dessen Auflösung beim FSB, genau wie sein Mentor und Ziehvater.«

Als Ivana nicht weitersprach, fragte Henning: »Von wem reden Sie?«

»Ist das nicht egal? Aber ich könnte Ihnen den Namen eines Mannes nennen, der sich nur ein paar Kilometer von hier aufhält und auch hier wohnt. Er gehört ebenfalls in die Riege der Schwerkriminellen und kennt Luschenko persönlich. Er ist Arzt, ehemals Leiter einer großen Klinik und Chefchirurg, dem nachgesagt wird, dass er in den achtziger Jahren mit Genehmigung, manche behaupten sogar im Auftrag der Regierung, sehr zweifelhafte Experimente an Menschen durchgeführt hat. Man sieht es ihm nicht an, sie würden ihn für einen freundlichen und netten Herrn halten, der nur das Beste für Sie will. In Wirklichkeit ist er wie Luschenko ein Teufel in Menschengestalt. Er operiert heute nicht mehr selbst, sondern ist Cheforganisator für die Kliniken und verantwortlich für die Anwerbung von Ärzten in Deutschland, Skandinavien, Großbritannien und die romanischen Länder. Natürlich macht er sich längst nicht mehr selbst die Finger schmutzig, die Drecksarbeit lässt er von seinen Sklaven erledigen, wie er sie abfällig nennt. Aber auch diese Sklaven sind sehr gut ausgewählte Männer und Frauen, die eine harte Schule durchlaufen haben, in der ihr Gewissen ausgeschaltet wurde. Sie töten auf Kommando, zeigen keine Emotionen und ... Für sie zählt ein Menschenleben nichts, sie sind nur noch Maschinen, die quasi auf Knopfdruck gehorchen. Sie werden gut bezahlt, doch wenn einer von ihnen Mist baut, wird er umgelegt, denn ein Fehler ist schon zu viel. Etliche von ihnen sind ehemalige Geheimdienstler oder hatten beim Militär eine führende Position inne oder waren bei der Polizei.«

»Wer ist dieser andere? Kennen wir ihn?«, fragte Santos neugierig.

»Mit Sicherheit nicht. Und bitte entschuldigen Sie, wenn ich Ihnen seinen Namen nicht nenne ...«

»Und warum nicht?«

»Ich will nicht, dass Sie etwas Unbedachtes tun, so wie Gerd es offenbar getan hat. Außerdem gehört auch er zu den Unantastbaren, und sich mit ihm anzulegen würde zwangsläufig Ihren Tod bedeuten, denn er genießt Protektion von ganz oben, und wenn ich von ganz oben spreche, dann meine ich ganz oben. Das spielt sich auf politischer Ebene ab. Und die, von denen ich rede, sind knallharte Geschäftsleute, kaltblütig, skrupellos.

Denken Sie sich irgendeinen Superlativ aus, er reicht nicht, um zu beschreiben, was dort vor sich geht. Jemand hat mir mal gesagt: Den Teufel erkennt man erst, wenn man ihm die Hand gibt und er sie nicht mehr loslässt. Ich kann das nur bestätigen. Das, worüber ich Ihnen erzähle, ist das Spiel der Teufel. Ein Teufel neben dem andern. Nach außen geben sie sich seriös und integer, manche sogar christlich oder gottesfürchtig. Sie sind Mäzene und Wohltäter, bauen Kinderheime oder sogar ganze Dörfer, aber nur, um damit zu vertuschen, welche Fratze sich hinter ihrer Fassade verbirgt. Es geht ausschließlich um Macht und Geld, nichts anderes. Jemand hat einmal gesagt, wer Geld hat, hat Macht, und wer Macht hat, regiert das Geld. Wer nicht für sie ist, ist automatisch gegen sie und damit ein Feind, der liquidiert werden muss. In Russland sterben jedes Jahr nicht nur viele Journalisten auf mysteriöse Weise, sondern auch Menschenrechtler, weil sie die Wahrheit sagen oder schreiben, aber die Regierung wäscht ihre Hände in Unschuld. Das seien alles nur Verschwörungstheorien, und mit den angeblichen Morden habe die Regierung nichts zu tun. Aber dann soll mir einer verraten, warum es keine einzige Polit-Talkshow mehr gibt, warum Menschenrechtler nicht mehr im Fernsehen auftreten dürfen und vom Untergrund aus agieren müssen. Alles wird kontrolliert, von der Regierung, vom FSB und von all jenen, die in der Liga der Unantastbaren mitspielen.« Ivana atmete tief durch. »Ich will Ihnen aber auch die anderen Fragen beantworten, zum Beispiel, wer die Operationen durchführt. Das sind Spezialisten aus ganz Europa. Sie werden von der Firma angeheuert, und wer sich weigert, der wird gezwungen. Man setzt die jeweilige Person unter Druck, und glauben Sie mir, der Druck ist so stark, dass sich keiner weigert ...«

»Wie werden diese Leute unter Druck gesetzt?«, fragte Henning, noch immer mit einem leichten Zweifel in der Stimme, der jedoch allmählich schwächer wurde.

»Man macht ihnen klar, dass ihnen keine Wahl bleibt. Wer nicht sofort mitzieht, dem werden die Konsequenzen aufgezeigt, entweder für sich oder seine Familie, wobei man sich zuallererst an die Familie halten würde. Aber schon bei den sogenannten Einstellungsgesprächen werden die Betreffenden derart eingeschüchtert, dass sie gar nicht wagen, sich zu weigern. Allerdings gibt es auch genügend Ärzte und Chirurgen, die keine Skrupel kennen, sondern nur das Geld sehen.

Es gibt aber Chirurgen, die irgendwann zerbrechen. Wenn das der Fall ist, werden sie einfach ausgetauscht, nachdem sie einen tödlichen Unfall hatten oder an plötzlichem Herzversagen gestorben sind oder einen allergischen Schock hatten oder auf eine andere Weise ums Leben gekommen sind. Einer von diesen armen Schweinen hat sich zur Jahreswende das Leben genommen. Er hat erst seine Frau und die beiden Kinder getötet und anschließend sich selbst. Er war einer der renommiertesten Hepatologen in Europa. Sie müssten den Fall eigentlich kennen, weil er sich in Kiel zugetragen hat.«

Henning schluckte schwer und sah Ivana wieder mit diesem ungläubigen Blick an. »Sie sprechen von Prof. Thiessen?«

Ivana nickte. »Er hat auch für die Firma gearbeitet, bis er es nicht mehr ausgehalten hat. Nachdem man merkte, dass er der Belastung nervlich nicht länger gewachsen war, beschloss man, ihn zu beseitigen. Thiessen schien das aber irgendwie zu ahnen und kam diesen Bluthunden zuvor. Er hat sich meiner Meinung nach das Leben genommen, weil er wenigstens im Tod noch so etwas wie Würde bewahren wollte.«

»Was wissen Sie noch über Thiessen?«, fragte Henning, der wie elektrisiert war. Mit einem Mal machte alles Sinn, das fehlende Motiv, die scheinbar sinnlose Tötung seiner Familie, bevor er sich selbst mit Zyankali umbrachte, die Notiz mit den lapidaren Worten: »Ich halte es nicht mehr aus. Es ist die Hölle, nichts als die Hölle.« Die friedliche und sorgenfreie

Welt des renommierten und bei allen Mitarbeitern beliebten Spezialisten für Lebererkrankungen und besonders -transplantationen war zerstört worden. Henning und seine Kollegen hätten noch zehn oder zwanzig Jahre die Akten geöffnet halten können, nie wären sie auf die Idee gekommen, dass sein Tod in Verbindung mit der Organmafia stehen könnte. Ivana gab Informationen preis, die diesen sogenannten erweiterten Suizid plötzlich so klar und auf eine gewisse Weise auch verständlich machten.

»Er war immer freundlich, immer höflich und fachlich unbestritten einer der Besten. Aber diese verdammten Bestien haben ihn kaputtgemacht. Er hatte zwei schulpflichtige Kinder und eine sehr nette Frau. Sein Fehler war, dass er zu gut in seinem Beruf war – und viel zu sensibel. In dem Moment, in dem die Firma ihn angeheuert hat, war das im Prinzip schon sein Todesurteil.«

»Das hört sich an, als hätten Sie ihn persönlich gekannt.«

»Nein, aber es wurde natürlich hinter vorgehaltener Hand in der Firma darüber gesprochen. Die mögen es nicht, wenn einer sich aus dem Staub macht, wenn Sie verstehen. Die legen lieber selbst Hand an.«

»Von wie vielen Ärzten sprechen wir?«

»In Deutschland oder Europa?«

»Beides.«

»In Deutschland knapp über fünfzig hochqualifizierte Chirurgen, in Skandinavien etwas weniger als die Hälfte, für die andern Länder fallen mir jetzt im Moment nicht die genauen Zahlen ein, aber es dürften insgesamt so an die dreihundert sein. Dazu kommen noch Assistenzärzte, Anästhesisten, Pfleger, Krankenschwestern und so weiter, von denen die meisten aber aus Russland oder einem andern osteuropäischen Land stammen. Die einzige Voraussetzung ist, dass sie die jeweilige Landessprache einigermaßen beherrschen. Die sind alle heilfroh, endlich gutes Geld zu verdienen.«

»Aber das muss doch auffallen? Ich meine, es gibt doch Spender und Empfänger. Wo kommen die Empfänger her beziehungsweise wie werden die Kontakte hergestellt?«

Ivana lächelte, wobei ihr Blick ins Leere ging und sie sich eine Zigarette ansteckte, bevor sie antwortete: »Die Nachfrage ist groß, und das Netzwerk wird immer dichter. Da wird zum Beispiel bei einem wohlhabenden Patienten eine nicht behandelbare Herzmuskelentzündung diagnostiziert, die über kurz oder lang zum Tode führen wird. Die Information wird weitergegeben, der Patient entsprechend kontaktiert, und sofern er willens und vor allem finanziell in der Lage ist, ein Herz zu kaufen, bekommt er es auch. Und glauben Sie mir, es gibt mittlerweile sehr viele Menschen, die gerne eine halbe Million oder mehr für ein Organ auszugeben bereit sind. Und jeder profitiert, der Arzt, der als Informant tätig ist und einen andern ans Messer liefert, der Chirurg, der die Operation durchführt, und natürlich ganz besonders die ehrenwerten Damen und Herren ganz oben. Nicht zu vergessen der Patient, dem ein neues Leben geschenkt wird. Die Empfänger kommen übrigens aus der ganzen Welt. Deutschland ist das Paradies für jemanden, der ein Organ braucht.«

»Aber nicht für den, der dafür getötet wird, damit ein anderer leben kann. Es tut mir leid, doch irgendwie kommt mir das alles sehr abstrus vor. Menschen, die wegen ihrer Organe getötet werden«, sagte Henning kopfschüttelnd.

»Ach ja? Und woher, glauben Sie, kenne ich Thiessen? Aus der Zeitung? Nein, ich könnte Ihnen nämlich Details nennen, was seinen Tod betrifft, die nie in der Zeitung standen. Zum Beispiel, wie er sich und seine Familie umgebracht hat.«

»Das können Sie auch von Gerd haben«, entgegnete Henning trocken.

»O ja, natürlich, woher sonst?! Haben Sie Gerd die Informationen gegeben? Ich habe ihn gefragt, was er über Thiessens

Tod weiß, und er sagte, gar nichts weiter, weil es nicht in seinen Zuständigkeitsbereich fiel. Aber Sie haben mich gefragt, was mit den Leichen passiert. Das ist ganz einfach, sie werden wieder nach Russland gebracht und dort entsorgt. Es ist ein riesiges Land und …«

»Wie kommen sie her und wieder zurück?«

»In Containern. Ein- bis zweimal pro Woche legt ein Schiff entweder aus St. Petersburg, Tallinn, Kaliningrad, Klaipeda, Riga, Turku, Oslo, Stockholm oder Göteborg in Rostock und Kiel an, mit in der Regel nur einem Container voller Menschen, meistens so zwischen fünfzehn und zwanzig, manchmal auch ein paar mehr. Es kommt aber auch vor, dass zwei Container geliefert werden, denn die Nachfrage ist enorm.«

»Augenblick mal, ich denke, die Spender kommen alle aus Russland«, warf Henning ein.

»Tun sie ja auch, nur wird nicht immer dieselbe Route gewählt. Abgelegt wird außer in den Wintermonaten immer in St. Petersburg. Manchmal geht die Fracht von dort direkt in einen der deutschen Ostseehäfen, meist wird aber in einem andern Hafen umgeladen. Deshalb sind die Schiffe auch immer mindestens einen Tag länger unterwegs als normalerweise üblich. Und diese ganz speziellen Container passieren den Zoll, ohne jemals kontrolliert zu werden. Sie werden mit einem Kran vom Schiff geholt, auf einen Lkw geladen, und dann geht es zu den entsprechenden Kliniken. Den genauen Ablauf kenne ich aber selbst nicht, weil ich nie dabei war und auch mit der Logistik nichts zu tun habe. Aber hin und wieder lässt einer eine Bemerkung fallen.«

»Heißt das, die Beamten sind bestochen?«

»Glauben Sie vielleicht, Bestechung funktioniert nur in Russland? Es kommt nur auf die Summe an, dann wird jeder schwach. Was verdient ein Zollbeamter? Zweitausend im Monat netto? Geben Sie ihm noch zweitausend steuerfrei, und er fühlt sich wie ein König. Da werden keine Fragen gestellt, was sich in diesen Containern befindet, da werden die Augen zugemacht und die Papiere unterschrieben und abgestempelt. Auf den Frachtpapieren steht dann so was wie Computer, Fernsehgeräte, Textilien … Und wenn doch mal einer der Beamten nachfragt, dann erklärt man ihm zum Beispiel, es handle sich um Kunstgegenstände, die nicht ausgeführt werden dürfen. Und dann wedelt man mit ein paar Scheinen, und alles ist gut. Larissa kam übrigens auch in einem solchen Container in Kiel an.«

»Sie sagten doch vorhin, dass Sie nicht wissen, was mit Larissa passiert ist«, warf Henning ein.

»Ach ja, stimmt, das sagte ich. Ich gebe zu, das war eine Lüge. Ich war vor sechs Monaten noch einmal in St. Petersburg und habe Larissas ehemalige Professorin aufgesucht. Sie hat mir alles erzählt …«

»Ach, einfach so? Sie sind also so mir nichts, dir nichts bei ihr reinspaziert, haben ihr ein paar Fragen gestellt, und sie hat schön brav geantwortet.«

»Ich weiß, dass es schwer für Sie ist, das alles zu verstehen. Nein, sie hat erst angefangen ihr verdammtes Maul aufzumachen, nachdem ich ihr einen Finger nach dem andern gebrochen hatte und sie vor Schmerzen fast wahnsinnig wurde. Sie hat gewinselt wie ein geprügelter Hund und mich angefleht, ihr nicht mehr weh zu tun oder sie gar zu töten. Dieses verkommene Miststück! Aber sie hat gestanden, Larissa verkauft zu haben.«

»Was haben Sie mit ihr gemacht?«

»Was hätten Sie an meiner Stelle getan?«

»Das ist keine Antwort«, sagte Henning.

»Es ist eine.«

»Sie haben sie umgebracht«, konstatierte Santos, die fror, obwohl es in der Wohnung nicht kalt war. Es war eine Kälte, die von innen kam und von ihrem ganzen Körper Besitz ergriffen hatte.

273

»Ich würde eher sagen, ich habe die Welt von einem stinkenden Stück Scheiße befreit. Sie hat Larissa und Hunderte, vielleicht sogar Tausende von Mädchen und Frauen in den Tod geschickt. Und warum? Nur wegen des Luxus – eine tolle Villa, tolle Autos, tolle Kleider und eine angesehene Stellung in der Gesellschaft. Sie hat es nicht anders verdient.«

»Warum haben Sie sie nicht angezeigt?«

»Haben Sie nicht zugehört? Sie anzuzeigen hätte *meinen* Tod bedeutet, weil ich bereits zur Firma gehörte. Aber das wollen Sie gar nicht verstehen, weil es nicht in Ihr Weltbild passt. Die Polizei ist immer anständig, immer auf der Seite des Gesetzes und lässt sich nie etwas zuschulden kommen …«

»Blödsinn, ich weiß auch, dass bei uns nicht alles rund läuft«, unterbrach Henning sie gereizt.

»Könnte ich vielleicht auch ein Bier haben oder vielleicht einen Wodka?«, fragte Santos, der das bisher Gehörte mächtig zusetzte. Die zum großen Teil monotonen und auch weitgehend emotionslosen Erzählungen hatten Spuren bei ihr hinterlassen, das Frösteln wurde immer stärker. Henning sah sie stirnrunzelnd an, doch ihre einzige Erwiderung war ein Schulterzucken.

Ivana nickte und holte eine Flasche Wodka und ein Glas, schenkte ein und reichte das Glas Santos. Sie kippte den Inhalt in einem Zug hinunter, schüttelte sich, denn es brannte in ihrem Magen, doch fast augenblicklich stellte sich eine wohlige Wärme ein, die ihren ganzen Körper durchflutete. Es war das erste Mal seit einer halben Ewigkeit, dass sie etwas Härteres als Wein getrunken hatte, aber sie hatte auch noch nie etwas Grausameres als Ivanas Geschichte gehört.

»Haben Sie noch mehr umgebracht?«, fragte Santos, die das Glas noch in der Hand hielt.

Ivana stellte die Flasche auf den Tisch und antwortete ganz ruhig: »Nein, obwohl ich es liebend gern getan hätte und auch tun würde. Aber lassen Sie uns jetzt zum eigentlichen Grund unseres Treffens zurückkehren – Gerds Tod. Ich habe Informationen für Sie und biete Ihnen meine Hilfe an. Die Voraussetzung dafür ist allerdings, dass Sie niemals von mir verlangen, aufs Präsidium zu kommen.«

»Verraten Sie uns auch, warum?«

»Es ist möglich, dass ich dort Personen begegne, die ich kenne und die vor allem mich wiedererkennen.«

»Wie haben wir das zu verstehen?«

»Denken Sie doch mal nach.«

»Sie wollen damit nicht etwa andeuten, dass bei uns Kollegen sitzen, die sich ebenfalls bestechen lassen, oder?«

»Herr Henning, setzen Sie Ihre rosarote Brille ab und akzeptieren Sie die Realität. Es ist längst nichts mehr so, wie es scheint. Mit Namen kann ich aber leider nicht dienen, weil Ihre werten Kollegen sich mir bisher nicht namentlich vorgestellt haben, das heißt, ich weiß nicht einmal, ob ich überhaupt jemals einem von ihnen begegnet bin. Aber es liegt immerhin im Bereich des Möglichen. Es ist die Regel, dass man sich nicht mit richtigem Namen anspricht, sondern Decknamen benutzt, die obersten Bosse natürlich ausgenommen. Da darf ruhig jeder wissen, um wen es sich handelt, es wird ohnehin nie etwas gegen sie unternommen. Aber wenn ich Ihre Kollegen …«

»Und woher wollen Sie dann wissen, dass es welche von uns sind?«, fragte Henning.

Ivana überlegte und antwortete ruhig und gelassen: »Weil Gerd offenbar einen großen Fehler begangen hat …«

»Was für einen Fehler? Mein Gott, lassen Sie sich doch nicht alles aus der Nase ziehen!«

»Er muss irgendwas gemacht haben, wodurch seine Tarnung aufgeflogen ist.«

»Von was für einer verdammten Tarnung sprechen Sie?«

»Er hat ohne Wissen seines Vorgesetzten und seiner Kollegen ermittelt. Er hätte sich Ziese gern anvertraut, aber das ging nicht.«

»Ja, und? Was hat das mit Tarnung zu tun? Und warum konnte er sich Ziese nicht anvertrauen?«

Ivana ließ einen Moment verstreichen, ehe sie antwortete: »Gerd war einer von uns, das heißt, er hat für beide Seiten gearbeitet, er war quasi ein Doppelagent, obwohl das auch nicht ganz richtig ist, weil er ja im Geheimen Informationen für die Polizei gesammelt hat, die er aber erst preisgeben wollte, wenn er genug zusammengetragen hatte. Nur, wem hätte er diese Informationen geben sollen? Er wusste selbst, dass es sinnlos war. Dennoch hat er weitergemacht. Er hat gegen Windmühlen gekämpft.« Und nach einer kurzen Pause: »Genau wie ich.«

Henning sprang auf und stellte sich direkt vor Ivana. »Das ist nicht Ihr Ernst, Gerd kannte seine Grenzen.«

»Doch, es ist mein Ernst«, erwiderte Ivana ruhig und sah Henning dabei an. »Und Gerd kannte seine Grenzen offenbar nicht. Er hat vor ein paar Tagen gesagt, dass es so nicht weitergehen könne und endlich Maßnahmen ergriffen werden müssten. Aber er allein könne das nicht und müsse jemanden einweihen. Er hat mir allerdings nicht gesagt, wen. Ich habe ihn nicht nur eindringlich gewarnt, vorschnell zu handeln, ich habe ihn im wahrsten Sinn des Wortes angefleht, es nicht zu tun. Ich habe ihm gesagt, dass ich schon seit über zwei Jahren mit diesen Leuten zusammenarbeite und noch keine Gelegenheit hatte, an einen von ihnen ranzukommen, obwohl ich viel näher an ihnen dran bin, und wie er das denn schaffen wolle. Er hat nur gemeint, es gebe für alles einen Weg. Ja, sicher gibt es den, nur manchmal ist es eine Sackgasse, aus der man nicht mehr rauskommt. Sie müssen mir glauben, ich habe mit Engelszungen auf ihn eingeredet. Ich habe mit ihm gestritten wie nie zuvor, bis er gesagt hat, er überlege es sich noch einmal. Überzeugend klang es aber nicht. Dabei wusste er doch genau, dass er niemals an die Hintermänner rankommen würde. Er hätte vielleicht ein paar von den Laufburschen erwischt, aber selbst wenn, keiner von denen hätte das Maul aufgemacht.« Sie rauchte hastig und nervös und pulte mit dem Zeigefinger am Daumen. »Ich hätte ihn nie in die Sache mit reinziehen dürfen, er war damit einfach überfordert. Ich habe zu spät erkannt, dass er zu sehr an die Gerechtigkeit glaubte, und das wurde ihm zum Verhängnis. Es gibt keine Gerechtigkeit, das weiß ich schon lange.«

»Was heißt, Sie hätten ihn nicht in die Sache mit reinziehen dürfen?«

»Ich meine damit damals, als ich angefangen habe nach Larissa zu suchen. Er war der Einzige, der mir bei der Suche nach ihr geholfen hat. Und wie ich schon sagte, haben wir uns kurz darauf schon wieder aus den Augen verloren, weil er zurück nach Deutschland ging. Ich kam vor zwei Jahren her, nachdem ich die Schule der Firma durchlaufen hatte. Und vor nicht ganz anderthalb Jahren wurde Gerd von zwei ehemaligen Kollegen aus St. Petersburg kontaktiert. Er sprach ja perfekt Russisch. Ich habe jedenfalls noch keinen Deutschen kennengelernt, der so akzentfrei spricht. Jeder Russe, der ihn kannte, dachte, er wäre einer von ihnen, ehrlich. Nun, Sie haben ihn gefragt, ob er nicht Lust habe, sich etwas nebenbei zu verdienen. Da er wusste, dass ich mittlerweile zur Firma gehörte, und auch mein Motiv kannte, hat er zugestimmt ...«

»Heißt das, er wusste von Anfang an von diesem Organhandel?«

»Nein, natürlich nicht, das habe ich ihm erst Anfang des Jahres erzählt. Er dachte, es ginge in Anführungsstrichen nur um einfachen Menschenhandel und dass ich auf der Suche nach Larissa war. Jedenfalls hat er sich auf das Abenteuer eingelassen, aber nicht, weil er scharf aufs Geld war, sondern weil er hoffte, dadurch diesen verfluchten Ring auffliegen zu lassen. Er war ein Gerechtigkeitsfanatiker. Und weil er wusste, wie gefährlich dieses Abenteuer war, hat er auch mit niemandem darüber gesprochen, nur mit mir. Doch er wurde mit der Zeit unvorsichtig. Ich habe ihn deshalb wieder und wieder gewarnt, ich habe ihm gesagt, dass er es mit äußerst gefährlichen Leuten zu tun hat, die erst schießen und dann drohen, aber er hat so getan, als hätte er alles im Griff. Er hat gemeint, wenn ich nicht mitziehe, dann mache er es eben allein. Was sollte ich also tun? Ihn erschießen? Ich liebte ihn und dachte, ich könnte ja auf ihn aufpassen, damit er keine Dummheiten macht.«

»Was war sein Aufgabengebiet?«

»Informationen aus seiner Abteilung an die entsprechenden Leute weiterleiten. Wann und wo zum Beispiel Razzien stattfinden und so weiter.«

»Und das hat er auch gemacht?«

»Ja.«

»Dieser verdammte Mistkerl! Ich glaub, ich spinn! Der hat uns alle verarscht.«

»Nein, hat er nicht!«, erregte sich die sonst so gefasst wirkende Ivana. »Er hat Sie nicht verarscht, er hat niemanden verarscht außer ein paar Leute aus der Firma. Bei den Razzien, die er verraten hat, handelte es sich fast ausschließlich um Bordelle, wo Illegale arbeiten. Das ist doch nichts im Vergleich zum Organhandel, oder? Aber auf diese Weise gewann er ganz allmählich das Vertrauen von einigen Leuten und damit auch reichlich Einblicke in die Organisation. Er hat es wirklich nur für einen guten Zweck getan. Und positiv für uns kam hinzu, dass die Firma nichts von unserer Beziehung wusste.«

»Und was für Einblicke hat er gewonnen?«, fragte Santos.

»Wie schon erwähnt, habe ich ihm erst Anfang des Jahres vom

Organhandel erzählt und auch davon, dass es innerhalb der Polizei und beim Zoll mehrere korrupte Beamte gibt. Das war, nachdem Thiessen sich das Leben genommen hat. Allerdings konnte ich nicht mit Namen dienen. Er hat dann sofort angefangen zu recherchieren und hatte schließlich auch Vermutungen, wer zur korrupten Gruppe zählen könnte, ohne mir jedoch auch nur einen Namen zu nennen.«

»Sie waren ein verliebtes Paar, und er soll derart wichtige Infos ausgerechnet vor Ihnen zurückgehalten haben? Das kauf ich Ihnen nicht ab. Sie haben doch über alles gesprochen, aber über so was Wichtiges nicht? Wer's glaubt, wird selig!«

»Er hat die Namen nie genannt, weil er so viele in Verdacht hatte, dass ich bisweilen befürchtete, er fängt an zu spinnen. Das schwöre ich. Aber es kann nur jemand entweder aus seiner Abteilung sein oder vom LKA, die ihn ja öfter angefordert hatten ...«

»Okay, spielen wir's doch mal durch. Da wären Ziese, sein Vorgesetzter, den Sie vorhin schon erwähnt haben, dann Hinrichsen, sein Partner, Köhler, Schmidt, Heinrich, Wessels, Konrad, Klose, Lehmann ... Sagen Ihnen die Namen etwas? Oder wenigstens einer?«

»Er hat ab und zu von Hinrichsen gesprochen, aber eher neutral. Die andern kenne ich nicht, vielleicht aber doch, wenn ich sie sehen würde. Ich habe ihn ein paarmal gedrängt, mich doch einzuweihen, aber er wollte erst eine Bestätigung haben, bevor er ... Das war Gerd, so müssten Sie ihn doch auch gekannt haben. Er hat Ihnen doch auch nichts von unserer Beziehung erzählt. Wenn er geschwiegen hat, dann richtig. Und jetzt hat er sein Wissen mit ins Grab genommen.«

»Wie wahr, wie wahr! Aber könnte es sein, dass einer oder sogar mehrere dieser Kollegen Verdacht geschöpft haben?«, fragte Santos, um wieder Ruhe in die Unterredung zu bringen.

»Es kann sein, aber ich weiß es nicht. Für mich ist das alles ein Rätsel. Es muss etwas geschehen sein, das ihn verraten hat. Oder er hat sich selbst verraten, indem er mit jemandem gesprochen hat, der aber sein Vertrauen nicht verdiente.«

»Wenn das stimmt, was Sie behaupten, dann sind Frau Santos und ich ebenfalls in Gefahr, denn Sie wollen doch, dass wir Gerds Mörder finden.«

»Ja, aber ...«

Henning hob die Hand und unterbrach Ivana. »Moment, Sie haben erklärt, Sie würden den Cheforganisator für die Kliniken in Deutschland persönlich kennen. Woher kennen Sie ihn?«

»Ich dachte, das hätte ich schon gesagt – ich arbeite für ihn.«

»Und in welcher Funktion?«

»Nicht, was Sie vielleicht denken. Ich bin nur ein kleines Rädchen in einem riesigen Apparat. Aber ich versichere Ihnen, ich töte niemanden, dafür sind andere zuständig. Außerdem habe ich Ihnen eben schon gesagt, dass ich seit über zwei Jahren zur Firma gehöre. Und kennen wäre zu viel gesagt, er schaut ab und zu mal vorbei, um nach dem Rechten zu sehen.«

»Aber Gerd wusste von Ihrer Tätigkeit für den großen Boss?«, fragte Santos, doch es klang wie eine Feststellung.

»Ja, ich habe ihn in alles eingeweiht, das heißt in fast alles, denn ich wollte nicht, dass ihm etwas zustößt. Er konnte nämlich manchmal ein echter Hitzkopf sein.«

»Gerd führte einen ziemlich aufwendigen Lebensstil. Woher hatte er das Geld?«

Ivana lachte kurz und trocken auf und sagte: »Ein guter und zuverlässiger Mitarbeiter wird auch gut entlohnt. Er hat so zwischen drei- und viertausend im Monat nebenbei verdient.«

»Wow, nicht schlecht! Viertausend für ein paar mickrige Infos. Ich sollte mal überlegen, ob ich nicht auch die Seiten wechsle«,

280

entfuhr es Henning. »Davon konnte er sich also den BMW leisten und so einiges andere. Und nachdem Gerd tot war, hat sich die Firma den Wagen heute Morgen wieder geholt.«

»Ich weiß nicht, worauf Sie hinauswollen«, sagte Ivana und machte ein ratloses Gesicht.

»Hören Sie doch auf! Heute Morgen tauchten in aller Herrgottsfrühe zwei Gestalten bei Nina auf und gaben sich als Polizisten aus und sagten, sie müssten den BMW in die KTU bringen. Aber der Wagen ist dort nie gelandet.«

»Das ist mir neu.«

»Was soll's«, winkte Henning ab und setzte sich wieder. »Mein korrupter Freund Gerd, ich kapier's einfach nicht!«

»Er war nicht korrupt!«, brauste Ivana auf, ohne jedoch zu laut zu werden. »Gerd wollte diese ganzen Schweine zur Strecke bringen. Ich konnte ihm noch so oft sagen, dass das unmöglich ist, er hörte einfach nicht auf mich. Ich habe ihn geliebt, ich habe ihn über alles geliebt. Er war ein guter Mensch. Ich hätte alles, aber auch wirklich alles für ihn getan.«

»Und was hat er für Sie getan?«

Sie seufzte, ein paar Tränen stahlen sich aus ihren Augen, die sie mit dem Handrücken wegwischte, und sagte mit trauriger Stimme: »Er hat mich geliebt, das ist alles. Noch nie hat mich ein Mann so geliebt wie er. Er war der einzige Mensch, dem ich bedingungslos vertraut habe.«

»Wie schön für Sie«, entgegnete Henning süffisant. »Sie haben ihm vertraut, er Ihnen, und jetzt ist einer von Ihnen tot, nämlich mein Freund. Mir hat er weder etwas von Organhandel erzählt noch von Ihnen.«

»Ich weiß, dass das schwer für Sie zu verstehen ist, aber Gerd hat Sie wirklich immer als seinen Freund bezeichnet. Er hat ein paarmal überlegt, Sie einzuweihen, er hat gesagt, ich müsste eigentlich mit Sören drüber sprechen, aber ich habe ihm davon abgeraten. Es reichte schon, wenn Gerd und ich uns in der

281

Hölle bewegten. Er hat aber immer wieder von Ihnen gesprochen und gesagt, wie viel ihm Ihre Freundschaft bedeutete. Er war auch der Einzige, der zu Ihnen gehalten hat, als Sie ganz unten waren.«

»Was hat er Ihnen über mich erzählt?«

»Sie haben vor gut sieben Jahren einen großen Fehler gemacht, als Sie einen Unschuldigen ins Gefängnis brachten. Ihre Ehe ist daraufhin in die Brüche gegangen, Sie wurden depressiv und haben nur noch Innendienst geschoben … Sie waren jedenfalls in einem sehr tiefen Loch. Gerd war aber immer für Sie da. Selbst in der Zeit, als er in St. Petersburg war, hat er immer wieder mit Ihnen telefoniert oder Ihnen E-Mails geschickt. Wenn er nicht so viel Vertrauen gehabt hätte, würden wir heute nicht hier sitzen.«

»Wusste Nina von Ihrer Beziehung?«, fragte Henning, der die Vergangenheit lieber ausgeblendet hätte, aber mit einem Mal kam eine Wildfremde und steckte ihren Finger in eine Wunde, die er längst geschlossen wähnte, außer wenn seine Exfrau wieder einmal unverschämte Forderungen stellte oder er wehmütig an seine Kinder dachte.

»Woher denn? Gerd wird es ihr kaum gesagt haben.«

»Sind Sie sicher?«

»Absolut, wir mussten unsere Treffen ja geheim halten, niemand durfte jemals davon erfahren. Außerdem hatten sich die beiden kaum noch was zu sagen, und auf sexuellem Gebiet soll auch nicht mehr viel gelaufen sein. Er hat mir mehr als einmal gesagt, dass Nina sich ihm gegenüber ziemlich abweisend verhält.«

»Oh, das ist ja was ganz Neues! Aber jetzt sag ich Ihnen mal was: Nina ist schwanger. So viel zu abweisend und kaum Sex. Oder vielleicht war es ja eine jungfräuliche Empfängnis?«

»Nina ist schwanger?«, fragte Ivana stirnrunzelnd. »Das ist mir allerdings neu. Vielleicht hatte er auch nur Angst, es mir zu erzählen.«

282

»Wir haben es auch erst gestern erfahren«, sagte Henning und stutzte für einen Moment, denn ihm schoss wie eine plötzliche Erkenntnis durch den Kopf, warum Gerd ihm nichts von Ninas Schwangerschaft erzählt hatte – er wusste es selbst nicht. Nina hatte es ihm verschwiegen. Aber warum? Oder er wusste doch davon und fühlte sich miserabel, weil damit mögliche Zukunftspläne mit Ivana zunichte gemacht worden waren.

»Tja, dann wollte er mich wohl nicht mit einer unbequemen Wahrheit konfrontieren. So sind Männer nun mal, immer den leichtesten Weg wählen. Aber was ändert das jetzt noch? Gerd ist tot, das allein zählt.«

»Ivana, mein Bauch sagt mir, dass irgendwas an Ihrer Geschichte nicht stimmt. Ich frage mich nur, was?«

»Ich habe Ihnen die Wahrheit gesagt, aber Sie wissen noch nicht alles. Vorletztes Wochenende wurde Gerd zum ersten Mal anderweitig eingesetzt. Er war mit am Hafen, als angeblich eine große Lieferung Frischfleisch, wie man es nennt, eintreffen sollte. Es war alles abgeriegelt, das SEK war da, ein paar Beamte vom LKA, vom Zoll – und Gerd. Natürlich handelte es sich um eine Fehlinformation, denn Gerd erhielt kurz darauf die Mitteilung, dass zur selben Zeit, als der Frachter gestürmt wurde, in Rostock ein Schiff mit heißer Ladung angelegt hat. Das läuft folgendermaßen: Eine Information wird gestreut, alles ist in Alarmbereitschaft, während in einem andern Hafen in aller Seelenruhe die Ladung gelöscht wird. Ein simples Spiel. Aber Gerd war sich sicher, dass das alles nicht ohne Wissen von weiter oben geschehen sein konnte. Mitte letzter Woche wurde er wieder kontaktiert, ihm wurde mitgeteilt, wie zufrieden man mit ihm sei, und er wurde gefragt, ob sich der Einsatz gelohnt habe ...«

»Wer hat ihn kontaktiert?«

»Das weiß ich nicht, er wusste es angeblich selbst nicht. Er wurde angerufen.«

»Das hört sich so was von verrückt an …«

»Es ist verrückt, aber so läuft das.«

»Soll ich ganz ehrlich sein? Das ist mir alles zu konfus. Ich kann's nicht greifen oder begreifen, vielleicht bin ich auch nur zu doof für diesen Scheiß!«

»Nein, Sie sind nicht zu doof. Es ist wirklich sehr kompliziert, aber wenn man einmal die Regeln kennt, ist es ganz einfach.«

»Und Sie kennen die Regeln?«

»In- und auswendig. Ich werde sie Ihnen jetzt aber nicht erklären, das würde zu lange dauern. Nur so viel – die russischen Mafiaorganisationen sind die mächtigsten kriminellen Vereinigungen weltweit. Sie sitzen überall, sie kooperieren mit andern Gruppierungen, sie töten jeden, der nicht auf ihrer Seite steht oder sich ihnen in den Weg stellt. Und sehr viele Mitarbeiter sind ehemalige Geheimdienstler, die eine sehr harte Schule besucht haben.«

»Inwiefern soll sich der Einsatz gelohnt haben?«

»Ich sag doch, es war ein Test. Bevor die Firma jemanden richtig einweiht, muss er verschiedene Tests durchlaufen. Mehrere davon hatte er bestanden, und es wäre nur eine Frage der Zeit gewesen, bis man ihm vollends vertraut hätte. Doch dazu kam es nicht mehr, denn sein Doppelspiel ist wohl aufgeflogen.«

»Apropos LKA. Er wurde häufig dort eingesetzt. Uns würde interessieren, wofür?«

»Darauf kann ich Ihnen keine Antwort geben.«

»Und wieso nicht?«

»Weil ich es nicht weiß. Er hat nur gesagt, dass sie ihn öfter brauchen, mehr nicht.« Ivana hielt den Blick gesenkt und spielte mit ihren Fingern, ansonsten war sie vollkommen ruhig.

»Ich frag mich, ob ich Ihnen das glauben soll. Sie tischen uns hier seit über einer Stunde eine absolut verrückte Geschichte auf, doch wenn ich eine Frage über seinen Tätigkeitsbereich

284

stelle, wollen Sie auf einmal nichts wissen. Bisschen seltsam, was?«

»Es ist aber die Wahrheit.«

»Wie oft haben Sie sich gesehen?«

»Nicht so oft, wie wir gerne gewollt hätten. Das letzte Mal war Montagnacht und davor am Freitag vergangene Woche, nachdem er Nina in Hamburg abgeliefert hatte.«

»Wieso nur so selten?«

»Es war einfach zeitlich nicht möglich. Wir haben uns meist zweimal in der Woche getroffen.«

»Also gut«, sagte Henning und faltete die Hände, »ich nehm das jetzt mal so hin. Wie war Gerd am Montag drauf?«

»Er hat sich gefreut, mich zu sehen, wir waren etwa anderthalb Stunden zusammen. Mittendrin hat Nina angerufen. Was genau sie wollte, weiß ich nicht. Es war ein sehr kurzes Gespräch.«

»Was hat er zu ihr gesagt?«

»Nicht viel, eigentlich nur, dass er sie gegen Mittag vom Bahnhof abholen würde.«

»Nichts von wegen ›ich liebe dich‹ oder ›ich kann es nicht erwarten, dich wiederzusehen‹?«

»Nein.« Ivana lachte auf und schüttelte den Kopf. »Er war froh, als er endlich wieder auflegen konnte. Nina nervte ihn nur noch. Trotzdem war er am Montagabend stiller als sonst. Ich habe ihn gefragt, ob alles in Ordnung sei, und er hat nur gemeint, er habe einen langen Tag hinter sich und sei müde.«

Henning war verwirrt, ließ sich das aber nicht anmerken, doch Santos' Gesicht verriet ihm, dass auch sie irritiert war.

»Lassen Sie uns mal kurz den Montag rekonstruieren. Hat er mit Ihnen telefoniert, bevor Sie sich mit ihm trafen?«

»Ja, um halb elf. Er war gerade bei einer Observierung und hat seinem Kollegen gesagt, dass er mal pinkeln müsse. Wir haben uns für halb zwölf in seiner Zweitwohnung verabredet ...«

285

»Was für eine Zweitwohnung?«

»Er hat ein kleines Apartment hier in der Nähe. Ich habe auch einen Schlüssel.«

»Waren Sie seit Montagnacht dort noch mal drin?«

»Nein, ich hatte bis jetzt keine Gelegenheit dazu.«

»Dieses Apartment müssen wir uns anschauen. Haben Sie den Schlüssel hier?«

»Ja, Moment.« Sie holte ihn aus ihrer Tasche und reichte ihn Henning.

»Danke. Wenn Sie uns jetzt noch verraten, wo es ist.«

Ivana schrieb die Adresse auf einen Zettel und schob diesen über den Tisch.

»Iltisstraße. Das ist ja gleich hier um die Ecke. Wann ist Gerd nach Hause gefahren?«

»Gegen eins.«

»Hm. Hatten Sie danach noch einmal Kontakt zu ihm?«

»Ja, er hat mich vom Auto aus angerufen und mir gesagt, wie sehr er mich liebe. Das war das letzte Mal, dass ich etwas von ihm gehört habe.«

»Das heißt, er dürfte spätestens um zwanzig nach eins zu Hause angekommen sein«, murmelte Henning vor sich hin. Er hielt kurz inne, dann fragte er: »Kann es sein, dass der oder die Mörder ihn bereits erwarteten? Sie haben doch Erfahrung in solchen Dingen.«

»Ich habe keine Erfahrung in solchen Dingen, aber es ist möglich. Zudem sollten Sie in Betracht ziehen, dass er seine Mörder eventuell kannte und sie arglos ins Haus ließ.«

»Das könnte hinhauen«, sagte Henning und kratzte sich am Kinn. »Was glauben Sie, wie viele Leute aus der Firma kannte er?«

»Ganz wenige, zwei, drei. Aber vielleicht hat ihn gar keiner aus der Firma umgebracht, sondern einer seiner Kollegen, der auch als Spitzel tätig ist und dem er gefährlich wurde. Haben Sie darüber schon mal nachgedacht?«

Henning antwortete nicht darauf. Er stand wieder auf und tigerte im Zimmer auf und ab, wobei er sich dauernd mit der Hand übers Kinn strich. Er war unsicher und merkte, wie sehr sich seine Gedanken wie in einem Karussell immer schneller drehten. Nach all dem Gehörten war er kaum noch in der Lage, klar zu denken. Nach einer Weile sagte er: »Ich habe noch ein paar Fragen an Sie. Halten Sie es für möglich, dass Rosanna nicht durch einen Unfall ums Leben kam, sondern ermordet wurde?«

Ivana zuckte mit den Schultern. »Warum hätte sie jemand umbringen sollen? Sie war ein vierjähriges Mädchen.«

»Das frage ich Sie.«

»Es war doch ein betrunkener Autofahrer, so hat Gerd es mir jedenfalls erzählt. Er war total am Boden, denn er hat die Kleine über alles geliebt. Ich habe jedenfalls einen Mann noch nie so weinen sehen.«

»Waren Sie jemals bei ihm zu Hause?«

»Wo denken Sie hin! Niemals hätte ich einen Fuß in sein Haus gesetzt.«

»Haben Sie Nina jemals gesehen?«

»Nein, ich wollte gar nicht wissen, wer die andere an Gerds Seite ist.«

»Auch kein Foto?«, fragte Henning zweifelnd.

»Nein, nicht einmal das. Ich schwöre es, ich kenne die Frau nicht. Als Gerd und ich uns kennenlernten, war er zwar schon mit ihr zusammen, vorgestellt worden sind wir uns allerdings nicht. Und das blieb auch so, als ich nach Kiel kam. Nina war tabu, ich weiß von ihr nur aus einigen wenigen Erzählungen.«

»Bei den beiden Personen, die heute Morgen das Auto von Gerd abgeholt haben, handelte es sich um einen Mann und eine Frau. Die Beschreibung von Nina würde fast auf Sie zutreffen. Wenn wir ihr ein Foto von Ihnen zeigen würden, würde Sie sie dann wiedererkennen?«

287

»Definitiv nicht, das garantiere ich Ihnen«, antwortete Ivana mit fester Stimme. »Welchen Grund sollte ich haben, Gerds Auto abzuholen? Ich habe selber eins.«

»Ja, diese alte Schrottmühle«, sagte Henning.

»Diese alte Schrottmühle ist mein kleiner unauffälliger Zweitwagen, wie ihn viele haben. Normalerweise fahre ich auch einen BMW.«

Henning holte ein Foto aus seiner Jackentasche und reichte es Ivana. »Kennen Sie diese Frau?«

Sie betrachtete das Foto eine Weile und gab es Henning zurück. »Tut mir leid, die habe ich noch nie gesehen. Was ist mit ihr?«

»Das ist ja wohl ziemlich eindeutig, oder? Sie wurde letzte Nacht tot am Hafen gefunden. Wir gehen davon aus, dass sie als Profikillerin tätig war.«

»Wenn dem so sein sollte, dann tut es mir nicht leid um sie. Eine Ratte weniger.«

»Ivana«, sagte Santos und kam auf sie zu, »Sie waren doch ursprünglich Polizistin, bevor Sie die Seiten gewechselt haben …«

»Ich bin immer noch Polizistin, und ich ermittle weiterhin undercover, obwohl ich mich schon seit längerem frage, welchen Sinn das haben soll. Wem ist damit gedient? Ich weiß, dass Larissa tot ist, ich weiß, dass jedes Jahr viele tausend Menschen in den Westen kommen, ich weiß aber auch, dass die großen Bosse niemals belangt werden, weil man sie nicht belangen will.«

»Wer außer Gerd weiß noch von Ihrer Tätigkeit?«

»Niemand.«

»Woher sollen wir wissen, dass wir Ihnen vertrauen können?«

»Reicht Ihnen nicht, was ich Ihnen bis jetzt erzählt habe?«

»In der Nacht von Montag auf Dienstag wurde Gerd ermordet. Von wem haben Sie diese Information? Bisher stand nichts davon in der Zeitung, nicht einmal von seinem angeblichen Selbstmord, denn so sollte es eigentlich aussehen.«

»Sie gehen sehr unterschiedlich vor. Normalerweise werden lästige Personen mit drei Schüssen liquidiert. Manchmal kommen die Zielpersonen aber auch durch einen Unfall ums Leben oder …« Sie hob die Brauen und fuhr fort: »Aber das habe ich vorhin schon erwähnt. Wie hat man es bei Gerd gemacht?«

»Sie haben meine Frage noch nicht beantwortet, nämlich, was Ihre Aufgabe in der Firma ist«, sagte Santos.

»Ich arbeite in der Verwaltung, genau genommen in der Buchhaltung …«

»Wow, Buchhaltung. Da haben Sie's sicher mit ganz schönen Summen zu tun, oder?«, bemerkte Henning, ohne den Blick von Ivana zu nehmen, die er immer hübscher fand, je länger er sie ansah, fast schön.

»Ja und nein. Ich bin nicht allein verantwortlich, so wie niemand in irgendeinem Bereich die alleinige Verantwortung trägt. Das wäre für die Firma zu riskant. Es sind immer mindestens zwei. Ich bekomme die Listen mit den Zahlen auf den Tisch und sorge dafür, dass alles ordnungsgemäß verbucht wird. Dann werden die Gelder auf verschiedene Konten transferiert, na ja, Sie kennen das Procedere wahrscheinlich.«

»Und die Logistik? Irgendjemand muss doch für den reibungslosen Ablauf der Frachten sorgen.«

»Natürlich, aber das ist strikt von uns getrennt. Jeder weiß eigentlich nur über seinen eigenen Bereich Bescheid. Ich erfahre zum Beispiel immer erst, wo welches Schiff eingelaufen ist, wenn ich die Zahlen bekomme. Die gehen kein Risiko ein. Niemand außer den Bossen weiß über alles Bescheid.«

»Okay, aber jetzt noch mal die Frage: Woher haben Sie die Information, dass Gerd tot ist?«

»Gestern Vormittag kam ein Mitarbeiter zu mir und hat gesagt, dass Gerd von der Liste der Gehaltsempfänger gestrichen werden kann, Code 77. Damit können Sie vermutlich nichts anfangen. Code 77 bedeutet, dass die entsprechende Person liquidiert wurde. Sie können sich gar nicht vorstellen, was da in mir abgelaufen ist. Das war, als hätte mir jemand eine kalte Faust in den Magen gedrückt. Aber ich durfte mir nichts anmerken lassen. Sofort, als sich die Gelegenheit dazu bot, habe ich Gerd angerufen, doch es sprang nur seine Mailbox an. Ich habe es noch ein paarmal probiert, aber immer dasselbe. Das war's, dachte ich nur.«

»Auf welchem Handy?«

»Wir haben beide Prepaidhandys, so dass man die Anrufe nicht zurückverfolgen kann. Ich weiß nicht, wo seins jetzt ist.«

»Aber da ist dann Ihre Nummer drauf«, sagte Henning. »Hat schon irgendwer versucht Sie anzurufen?«

»Nein, bis jetzt nicht. Ich weiß, dass das Handy mich verraten könnte, aber damit muss ich leben. Allerdings kennt die Firma diese Nummer nicht, und wir haben unsere Nummern auch nicht unter einem Namen gespeichert. Sollten Sie im Besitz des Handys sein, werden sie sich natürlich fragen, wer versucht hat, ihn anzurufen beziehungsweise, zu wem die Nummer gehört.«

»Können sie es rausfinden?«, fragte Santos.

»Eigentlich nicht, aber bei denen weiß man nie. Ich habe deshalb vorsichtshalber mein Handy ausgeschaltet und entsorgt.«

»Aha, deshalb also die russische Nummer, die Sie uns gegeben haben. Clever. Trotzdem, wenn das alles so stimmt, wie Sie es beschrieben haben, schweben Sie in großer Gefahr«, sagte Santos.

»Auch dessen bin ich mir bewusst. Aber soll ich Ihnen was sagen? Ich habe keine Angst, denn jetzt, wo Gerd tot ist, habe ich nichts und niemanden mehr, wofür es sich zu leben lohnt. Es ist alles so sinnlos geworden. Aber ich würde Ihnen gerne helfen, seinen Mörder zu finden. Und wenn ich selbst dabei draufgehe.«

»Und wie stellen Sie sich das vor? Sollen wir jeden Kollegen in Kiel fragen, ob er was mit Gerds Tod zu tun hat?«

290

»Nein. Finden Sie die undichte Stelle im Präsidium. Es kann sich nur um Beamte aus der Abteilung Organisierte Kriminalität, Menschenhandel, Prostitution handeln. Auf unserer Lohnliste stehen siebzehn Beamte. Jetzt nur noch sechzehn. Es ist durchaus möglich, dass der eine oder andere mich schon mal gesehen hat …«

»Ja, schon gut, deswegen wollen Sie ja auch nicht aufs Präsidium kommen. Was ist mit den Namen?«

»Keine Namen, Nummern wie bei Gerd. Er wurde in der Buchhaltung als Nummer 323 geführt.«

»323 gleich Gerd. Können Sie uns eine Liste mit allen Nummern beschaffen?«

»Das ist zwar sehr riskant, aber ich versuche es. Wenn ich es schaffe, bekommen Sie die Liste in ein paar Tagen. Ich muss nur höllisch aufpassen, weil bei uns alles videoüberwacht ist und jeder Rechnerzugriff und jeder Speichervorgang dokumentiert und täglich mehrfach überprüft wird. Ich werde mir aber etwas einfallen lassen.«

»Danke. Wohin wurde eigentlich Gerds Lohn überwiesen? Oder hat er das Geld bar auf die Hand bekommen?«

»Auf ein Konto in Österreich.«

»Kontonummer?«

»Hab ich nicht im Kopf, kann ich aber besorgen.«

»Okay. Nur noch eine Frage. Wie viele von diesen Kliniken gibt es?«

»In Deutschland bisher drei. In Schweden, Norwegen, Dänemark und Finnland jeweils eine. Bis Ende des Jahres kommen voraussichtlich noch zwei Kliniken in Deutschland dazu sowie eine in Österreich und in der Schweiz. Was das bedeutet, können Sie sich vorstellen.«

»Nicht ganz«, sagte Henning.

»Noch mehr Ärzte und Chirurgen werden zum Teil gegen ihren Willen rekrutiert, noch mehr Menschen nicht nur aus Russland und anderen osteuropäischen Staaten, sondern auch aus Ländern wie Brasilien, Indonesien und so weiter werden unter Vorspiegelung falscher Tatsachen nach Europa gelockt. Wie schon gesagt, das Geschäft boomt. Aber ich habe noch eine Information für Sie. Gestern wurde wieder ein Kieler Chirurg rekrutiert, zumindest steht er bereits auf der Lohnliste. Er hat den Code 1, das heißt, er ist ein Herzspezialist, genau genommen ist er auf Herztransplantationen spezialisiert.«

»Wie ist sein Name?«

»Er hat nur eine Nummer«, antwortete Ivana.

»Ach kommen Sie, Sie können mir nicht weismachen, dass Sie außer Nummern nicht auch Namen haben.«

»Es ist aber so. Erkundigen Sie sich doch, wer dafür in Frage kommen könnte. In der Regel sucht man Männer aus, die Familie haben. Sie sind meist unter fünfzig und genießen hohes gesellschaftliches Ansehen. Das dürfte für Sie doch nicht allzu schwer sein.«

»So leicht, wie Sie sich das vorstellen, ist das nun auch wieder nicht. Kiel ist in Deutschland eine der führenden Städte für Herzoperationen und auch -transplantationen. Aber gut, wir versuchen es trotzdem. Angenommen, wir finden ihn, wie sollen wir dann Ihrer Meinung nach vorgehen? Mit der Holzhammermethode?«

»Wenn er freiwillig mitmacht, was leider bei vielen der Fall ist, wird es schwer werden, an ihn ranzukommen. Er wird alles abstreiten, und Sie können ihm nicht das Geringste beweisen. Wenn er gezwungen wurde, wird er Angst zeigen, weil er sich gleich von zwei Seiten bedroht fühlt. Da ist zum einen die Angst, dass die Firma sich an seiner Familie vergreifen könnte, und zum andern fürchtet er Repressalien durch die Polizei, weil er ja etwas Illegales tut. Sie müssen sein Vertrauen gewinnen und ihm ganz vorsichtig die Angst nehmen. Er muss das Gefühl haben, dass Sie ihn beschützen können.«

292

»Wir werden unser Bestes tun. Wie bleiben wir in Kontakt?«

»Ich rufe Sie morgen Mittag gegen eins an. Ach ja, das hätte ich beinahe vergessen – unsere Chirurgen werden geradezu fürstlich entlohnt. Sie erhalten zwischen zwanzig- und vierzigtausend Euro pro Operation, es hängt vom Schwierigkeitsgrad ab. Nieren gehören zur Routine, Leber, Pankreas und Lunge sind wesentlich risikoreicher. Manche Chirurgen, die anfangs mit sanftem Druck gezwungen werden mussten, tun es mittlerweile gerne, weil sie so im Jahr weit über eine Million Euro steuerfrei verdienen. Andere wiederum gehen an dem Druck zugrunde wie Thiessen beziehungsweise Code 2. Seien Sie vorsichtig, aber tun Sie etwas, Gerd war schließlich Ihr Freund. Haben Sie noch Fragen?«

»Ja, eine«, sagte Santos. »Wie kommt es, dass Sie so gut Deutsch sprechen? Sie sind doch erst seit zwei Jahren hier.«

»Meine Großeltern sind zur Hälfte deutsch. Ganze Generationen väterlicherseits lebten in Kaliningrad, dem früheren Königsberg. Meine Großeltern wurden direkt nach dem Zweiten Weltkrieg umgesiedelt, und seitdem lebt meine Familie in einem Dorf in der Nähe von Pronin, von dem Sie bestimmt noch nie gehört haben. Meine Eltern, meine Geschwister und ich sind zu Hause zweisprachig aufgewachsen, die Tradition, wenn Sie verstehen. Das einzige Manko ist mein Akzent, den ich wohl nie ablegen werde.«

»Würden Sie uns freundlicherweise ein Haar von sich geben«, sagte Henning.

»Ein Haar?«

»Ja.«

»Warum?« Und nach ein paar Sekunden: »Ah, lassen Sie mich raten. Man hat bei Gerd dunkle Haare gefunden, und jetzt will man wissen, ob sie von mir stammen? Ich kann Ihnen versichern, sie stammen von mir. Aber bitte, lassen Sie es überprüfen«, sagte Ivana, riss sich mit einem Ruck gleich

293

mehrere Haare aus und reichte sie Henning mit einem Lächeln.

»Danke.«

»Sonst noch was?«

Henning schüttelte den Kopf. »Im Moment nicht. Ich hoffe,
dass Sie uns nicht reingelegt haben.«

»Das habe ich nicht, und ich werde es Ihnen beweisen. Es war
auch für mich ein Risiko, mich mit Ihnen zu treffen. Und versuchen Sie nicht, mich anzurufen, ich melde mich morgen wie
versprochen. Gehen wir, ich bin müde.« Während sie auf den
Aufzug warteten, fragte Ivana: »Wie ist Gerd gestorben?«

»Er wurde mit K.-o.-Tropfen betäubt, mit Wodka abgefüllt
und mit Auspuffgasen vergiftet. Er ist genau genommen dreimal ermordet worden.«

»Dass jemand auf eine derart aufwendige Weise umgebracht
wird, habe ich noch nie gehört. Na ja, die lassen sich eben immer wieder was Neues einfallen. Töten ist für die ein Spiel.«

Sie gingen zu ihren Autos. Henning sagte zum Abschied: »Passen Sie auf sich auf. Und verzeihen Sie, wenn ich vorhin …«

»Schon gut, ich kann Sie ja verstehen. Bis morgen, und denken
Sie dran, nichts ist, wie es scheint. Aber auch wirklich gar
nichts.«

Auf der Fahrt zu ihrer Wohnung sagte Santos: »Ich habe mit
allem gerechnet, aber nicht mit so was. Mir kommt es vor, als
hätte ich ihn überhaupt nicht gekannt. Was war Gerd denn
nun? Ein korrupter Bulle? Oder wollte er ein zweiter James
Bond sein?«

»Rechtlich gesehen war er korrupt. Moralisch betrachtet hat
er für das Recht oder gegen das Unrecht gekämpft. Er war
schon immer so. Er hat mir einige Male erzählt, wie leid es
ihm getan hat, wenn er illegale Huren abschieben musste. Er
hat gesagt, warum müssen die raus, die tun doch niemandem

294

was, während andere schwerkriminelle Ausländer sich ins Fäustchen lachen, wenn sie festgenommen werden, weil sie sich einen teuren Anwalt leisten können und ungeschoren davonkommen. Ganz zu schweigen davon, dass sie nicht ausgewiesen werden. Er hat diese Ungleichbehandlung nie begriffen. Ich ehrlich gesagt auch nicht. Zu was sind wir Bullen eigentlich gut?«

Santos erwiderte nichts darauf. Sie hatte die Augen geschlossen und dachte nach. Wenige Minuten vor eins erreichten sie ihre Wohnung und gingen nach einer Katzenwäsche gleich ins Bett. Der Tag hatte an ihren Kräften gezehrt, mehr noch, sie waren mit etwas konfrontiert worden, das weit über ihre Vorstellungskraft hinausreichte – Organhandel in diesem Ausmaß.

Sie lagen eine Weile wach, jeder auf seiner Seite, bis Santos meinte: »Mir geht das mit Nina nicht aus dem Kopf. Angenommen, es stimmt, was Ivana erzählt hat, dass Gerd nichts von der Schwangerschaft wusste …«

»Das hat sie so nicht gesagt.«

»Doch, denn angeblich hat Gerd mit ihr über alles gesprochen. Also hätte er es ihr erzählt. Was mich aber außerdem nachdenklich macht, ist, dass Gerd und Nina sich angeblich nichts mehr zu sagen hatten. Wessen Version stimmt, die von Ivana oder die von Nina, die behauptet, dass zwischen ihr und Gerd alles in bester Ordnung war? Haben die uns die ganze Zeit über nur was vorgespielt? Wenn ja, dann war es perfekte Schauspielerei. Hat er mit dir eigentlich nie über irgendwelche Eheprobleme gesprochen?«

»Ach, Lisa, weißt du, ihr Frauen redet untereinander über so was, bei uns Männern ist das anders. Ich hab immer gedacht, dass die beiden eine harmonische Ehe führen, aber vielleicht ist ja an den Behauptungen von Ivana nichts dran.«

»Aber sie und Gerd hatten eine Beziehung, die weit über das Freundschaftliche hinausging. Du kanntest ihn doch so lange.

295

Glaubst du, dass er sich mit einer andern Frau eingelassen hätte, wenn in der Ehe alles in bester Butter gewesen wäre?«

»Keine Ahnung. Das alles ist mir sowieso viel zu hoch. Aber sollen wir hingehen und Nina darauf ansprechen? Sie würde mit Sicherheit alles abstreiten und uns als Lügner hinstellen.«

»Und wenn? Würdest du es nicht, wenn jemand mit einer solchen Behauptung käme?«

»Keine Ahnung. Ich frag mich nur, von wem Nina schwanger ist, wenn nicht von Gerd.«

»Dann sollten wir sie doch fragen«, sagte Santos.

»Nee, das tu ich mir nicht an. Mein Gott, wenn's bei denen nicht gestimmt hat, dann war's eben so. Es gibt keine perfekte Ehe. Und ich werde einen Teufel tun und Nina fragen, wer sie geschwängert hat. War's Gerd oder ein anderer Mann? Die würde uns hochkant rauswerfen. Ich mach mir viel mehr Gedanken darüber, wie wir diesen Chirurgen ausfindig machen können.«

»Das dürfte das geringste Problem sein. Problematisch wird's, wenn wir mit ihm sprechen und er alles abstreitet. Aber weißt du was, ich kann und will auch nicht mehr darüber nachdenken. Lass uns schlafen und morgen alles durchgehen.«

»Und was ist mit Volker und Kurt?«

»Wir sollten zumindest Volker einweihen. Ich fände es ungerecht, ihn über unsere Aktivitäten im Unklaren zu lassen«, sagte Santos. »Wir bewegen uns so schon auf extrem dünnem Eis, und ich habe keine Lust einzubrechen. Ich hänge nämlich an meinem Leben. Und mit Volker im Rücken fühle ich mich ehrlich gesagt stärker.«

»Und Kurt?«

»Wir sind doch nicht in seiner Abteilung. Und jetzt halt die Klappe und mach die Augen zu.«

»Ist ja gut. Nacht.«

»Nacht.«

Nach ein paar Minuten sagte Henning in das Dunkel hinein:
»Schläfst du schon?«

»Jetzt nicht mehr.«

»Mir ist gerade eben was durch den Kopf gegangen. Darf ich Licht anmachen?«

»Wenn's unbedingt sein muss«, murmelte sie.

Er schaltete die Nachttischlampe an und setzte sich auf. Lisa lag mit dem Gesicht zu ihm, die Decke bis zum Kinn hochgezogen, die Augen geschlossen.

»Hörst du zu?«

»Ja, doch.«

»Okay. Ivana hat doch gesagt, wer alles bestochen wird und dass das bis in die obersten Reihen geht. Dann könnten die das doch eigentlich auch ganz legal machen, wenn eh alle Bescheid wissen und nicht kontrolliert wird. Verstehst du, was ich meine?«

»He, es ist spät, und ich bin müde. Aber damit du endlich auch mal zur Ruhe kommst, Gerd hat doch selbst lange nicht Bescheid gewusst, und wir noch viel weniger. Ich gehe davon aus, dass mindestens achtundneunzig Prozent unserer Kollegen keine Ahnung von diesen Vorgängen haben.«

»Das erklärt aber nicht diese extremen Vorsichtsmaßnahmen.«

»Wenn die Medien davon Wind bekämen, gesetzestreue Bürger auf die Barrikaden gingen und integre Bullen sich zusammenschließen würden, dann wäre Feuer im Busch«, sagte Santos und setzte sich ebenfalls auf, die Knie angezogen, die Arme darauf abgestützt. »Das würde zu einem regelrechten Flächenbrand ausufern, und das können die nicht wollen. Es werden immer nur ein paar wenige eingeweiht, die Öffentlichkeit darf nichts davon erfahren, und wer zu einem Sicherheitsrisiko wird, der wird liquidiert.«

»Aber warum gehen die unter Zwang rekrutierten Ärzte nicht …«

»Sören, tu mir bitte einen Gefallen und schlaf und denk morgen, nein, heute drüber nach.«

»Ich kann nicht schlafen, wenn es da oben rotiert«, sagte er und tippte sich an die Stirn.

»Du nervst, weißt du das? Wie sollen sich denn die Ärzte zusammenschließen? Oder glaubst du allen Ernstes, dass die alle zur selben Zeit am selben Ort sind? Da kennt keiner den andern, stell ich mir zumindest so vor. Mann, jetzt bin ich wieder wach und muss mal.«

»Ich auch.« Er wartete vor der Badezimmertür, bis Lisa herauskam, und sagte: »Und wenn man der Presse mal einen Tipp geben würde?«

»Ohne handfeste Beweise würden die überhaupt nichts unternehmen. Das ist ein viel zu heißes Eisen. Und jetzt lass mich bitte schlafen. Bitte, bitte, bitte.«

»Ist ja gut.«

MITTWOCH, 23.15 UHR

Der Frachter aus Tallinn legte mit gut einer Stunde Verspätung an. Zwei Limousinen, drei Transporter und ein Truck standen seit zweiundzwanzig Uhr bereit, mehrere Männer, unter ihnen Igor, Peter und Oleg, unterhielten sich und rauchten. Es war sehr kühl geworden, der Himmel bedeckt, immer wieder fielen ein paar Tropfen aus den dichten Wolken. Die Frachtpapiere waren längst abgestempelt worden, die Zollbeamten hatten sich zurückgezogen.

Einer der Container wurde mit einem Kran vom Schiff geholt und auf den Truck geladen, der nur wenige Minuten später das Hafengelände verließ, gefolgt von den andern Autos. Auf dem verwaisten Gelände einer ehemaligen Spedition hielten sie. Der Container, in dem sich achtzehn Personen befanden, wurde geöffnet. Igor, Peter und Oleg betraten ihn und leuchteten mit einer Taschenlampe in die Gesichter. Auf einem Blatt Papier waren Namen vermerkt.

»In Ordnung«, sagte Igor, »es ist alles okay. Sie sollen rauskommen.«

Nach und nach setzten sich die Jungs und Mädchen, die jungen Frauen und Männer in Bewegung, die meisten von ihnen noch wacklig auf den Beinen. Sie wankten noch unter dem Einfluss von Betäubungsmitteln heraus. Fünf Kinder mussten getragen werden, weil sie nicht allein gehen konnten oder noch schliefen.

»Willkommen in Deutschland«, begrüßte Igor die Eingetroffenen, von denen jeder ein Namensschild auf der Brust trug, auf Russisch. »Willkommen im gelobten Land. Ich hoffe, ihr hattet eine angenehme Reise.«

Eine junge Frau von siebzehn oder achtzehn Jahren, die als Einzige erstaunlich frisch wirkte, warf ihm einen misstrauischen Blick zu und sagte: »Wo sind wir?«

»Wir bringen euch gleich in eure Unterkunft, wo ihr über Nacht bleibt. Morgen geht's dann weiter nach Berlin.«

»Warum habt ihr uns Schlafmittel gegeben?«, wollte sie wissen.

»Es war eine lange Fahrt, und viele bekommen in einem solchen Container Platzangst und fangen an zu schreien. Wir machen das immer so, es ist nur zu eurem Besten. Freut euch lieber, denn nun fängt euer neues Leben an. Und jetzt rein da«, sagte er mit einem Mal barsch und deutete auf die Transporter. »Und keine weiteren Fragen mehr, hebt euch die für nachher auf.«

»Was habt ihr mit uns vor?«

»Hab ich mich nicht deutlich genug ausgedrückt? Keine Fragen mehr, kapiert?! Wie heißt du?«

»Alexandra.«

»Okay, Alexandra, du bist ein hübsches Mädchen und hast diese Fahrt geschenkt bekommen. Also sei still und tu, was ich dir sage.«

299

Alexandras Augen weiteten sich vor Angst, eine Angst, die sie schon verspürte, als sie in St. Petersburg in den Container steigen musste.

»Ihr bringt uns nicht nach Berlin, oder?«, stieß sie hervor, als würde sie ahnen, dass ihre schlimmsten Befürchtungen sich bewahrheiteten. Etwas hatte ihr gesagt, diese Reise nicht anzutreten, nicht auf die verlockenden Versprechungen hereinzufallen. Ein Studienplatz in Berlin, eine Unterkunft bei einer netten Familie, genug zu essen und zu trinken, ein eigenes Zimmer, das Haus sauber halten, sich um die Kinder kümmern, mehr Taschengeld, als ihr Vater in einem Monat verdiente und womit er sechs Personen ernähren musste. Es hatte sich alles so schön angehört, die Frau war so nett gewesen und hatte so sehr von Deutschland geschwärmt, und doch hatte Alexandra ein ungutes Gefühl gehabt, aber die Aussicht auf ein besseres Leben, eine bessere Zukunft hatte dieses Gefühl, diese innere Stimme einfach blockiert. Und nun war es zu spät. Sie war in einem fremden Land, dessen Sprache sie zwar sprach, aber längst nicht beherrschte, es war dunkel und nieselte, eine unheimliche Atmosphäre. Am liebsten wäre sie davongerannt, irgendwohin, wo sie sicher war, aber sie war umgeben von Männern, die sich wie ein undurchdringlicher Ring von Bluthunden um die Gruppe geschart hatten.

Bevor sie sichs versah, landete Igors Hand in ihrem Gesicht. Sie fiel zu Boden und wollte schon schreien, als er ihr mit einem Schuh auf den Hals trat und zischte: »Hast du noch immer nicht kapiert, was ich gesagt habe? Ich will kein Wort mehr hören, sonst bekommst du noch mal eins in deine hübsche Fresse. Los jetzt, steh auf, wir haben keine Zeit zu verlieren.«

Oleg kam zu ihm und sagte: »Hör auf damit, du weißt, dass die Chefin das verboten hat. Beherrsch dich gefälligst.«

»Ach, halt's Maul! Die sollen einfach keine blöden Fragen stellen.«

300

»Ich hab dich nur gewarnt, das nächste Mal bist du dran.«

»Willst du mir drohen?«, entgegnete Igor und baute seinen bulligen Körper vor dem etwa zehn Zentimeter kleineren Oleg auf.

»Der Einzige, der hier droht, bist du. Wie gesagt, ich hab dich nur gewarnt.«

»Leck mich am Arsch, du kleiner Wichser.«

Nach kaum zehn Minuten waren alle in den Transportern, die sich auf den Weg Richtung Heikendorf machten – die Kinder getrennt von den Jugendlichen und diese von den Älteren. Alexandra schluchzte vor sich hin, bis Igor ihr ohne Vorwarnung einen weiteren Schlag versetzte, woraufhin sie verstummte. Blut tropfte aus ihrer Nase auf die Jacke und die Hose. Igor reichte ihr wortlos ein Taschentuch und meinte, als ihm bewusst wurde, dass er zu weit gegangen war: »Hier, nimm. Tut mir leid, aber ich habe einen anstrengenden Tag hinter mir. Ich wollte dir nicht weh tun.«

»Das hast du aber. Warum hast du mich geschlagen?«

»Frag nicht so viel, sieh lieber zu, dass das Nasenbluten aufhört. Haben sie dir nicht genug gegeben?«

»Was denn?«

»Schlafmittel, was sonst?«

Allmählich kamen auch die andern zu sich, doch die meisten registrierten nicht, was um sie herum vorging. Nur zwanzig Minuten später erreichten sie ihr Ziel. Alle Personen wurden von Igor und seinen Begleitern in einen großen fensterlosen Raum im Untergeschoss geführt, in dem sich mehrere Hochbetten, ein breites Sofa, fünf Sessel und ein großer Tisch mit achtzehn Stühlen darum befanden. Das Licht war grell, fast gleißend. Die meisten kniffen die Augen zu oder hielten die Hände vors Gesicht, denn nach der langen Fahrt in Dunkelheit und der erst langsam einsetzenden Wachheit tat dieses Licht ihren Augen so weh, als würden spitze Nadeln hineingesto-

301

chen. Die Wände waren in einem angenehm sanften Gelb gestrichen, ein paar Bilder und ein großes Aquarium schafften eine wohnliche, beruhigende Atmosphäre.

Alexandra setzte sich leise wimmernd und am ganzen Körper zitternd auf eines der Betten, Igor, Oleg und Peter standen wie Wachhunde nebeneinander an der Tür. Nachdem alle wach waren, auch die Kinder, sagte Igor: »Ihr übernachtet hier. Gleich wird jemand kommen und euch noch einmal ganz offiziell begrüßen.« Zwei kleine blonde Jungs mit hellblauen und sehr traurigen, verängstigten Augen, Zwillinge im Alter von höchstens fünf Jahren, begannen gleichzeitig zu weinen. »Kann sich mal einer von euch um die beiden kümmern?«

Eine junge Frau nahm die zwei bei der Hand, führte sie zum Sofa, setzte sich zwischen sie und legte ihre Arme um sie. Sie sang leise ein Lied, und kurz darauf hörten die Kinder auf zu weinen. Sie zitterten und steckten beide den Daumen in den Mund.

»Wie heißt ihr?«, fragte sie.

»Pjotr«, sagte der eine, »und das ist mein Bruder Sascha.«

»Und wie alt seid ihr? Vier, fünf?«

»Vier«, antwortete Pjotr schüchtern und hielt die rechte Hand hoch, vier Finger ausgestreckt.

»Dann seid ihr aber schon ganz schön groß. Und wenn ich euch so recht ansehe, seid ihr Zwillinge?«

Pjotr, der schnell Zutrauen zu der jungen Frau hatte, nickte. Auch Sascha sah sie mit großen Augen an und schien sich sichtlich wohl und geborgen in ihrem Arm zu fühlen.

Sie richtete ihren Blick auf Igor und sagte: »Was machen diese Kinder hier? Habt ihr nicht wenigstens eine Betreuung für sie?«

»Du bist die Betreuung, alles andere erfährst du gleich. Und jetzt bitte ich alle um Ruhe, keinem passiert etwas, keiner kommt zu Schaden.«

»Und warum hast du sie geschlagen?«, fragte sie beharrlich weiter, deutete auf Alexandra und sah dabei Igor an.

»Das geht dich nichts an.«

Er hatte es kaum ausgesprochen, als die schwere Stahltür aufging und eine Frau hereinkam. Sie lächelte freundlich und sagte, nachdem sie einen Blick in die Runde geworfen und Alexandras Gesicht gesehen hatte: »Was ist passiert? Sind Sie hingefallen?« Und als Alexandra nicht antwortete: »Sie können es ruhig sagen, ich bin für jeden von euch verantwortlich. Und ich will, dass es euch gutgeht. Wenn ihr also irgendwelche Fragen oder Wünsche habt, dann sagt es.«

»Er hat mich geschlagen.« Alexandra deutete auf Igor.

Die Frau drehte sich um, stellte sich vor Igor und sagte in unmissverständlich scharfem Ton: »Du hast sie geschlagen? Was hat sie dir getan?«

»Sie war aufsässig«, antwortete er nur, ohne die Frau anzusehen.

»Wir sprechen uns nachher in meinem Büro. Das ist jetzt schon das dritte Mal, dass du die Kontrolle verlierst. Du weißt, was das bedeutet.« Sie wandte sich wieder den Neuankömmlingen zu. »Wie ich sehe, seid ihr alle wohlauf, und Sie, Alexandra, werden gleich von einem Arzt behandelt. Es tut mir leid, was mit Ihnen geschehen ist, und ich entschuldige mich im Namen der Organisation. Ich möchte mich noch kurz vorstellen, ich bin Frau Petrowa, stellvertretende Leiterin des Unternehmens für Austausch und Vermittlung. Nun zu etwas Unangenehmem. Ich muss euch leider mitteilen, dass sich einiges am geplanten Ablauf geändert hat. Eigentlich wart ihr alle für Berlin vorgesehen, aber unvorhergesehene Umstände machen es erforderlich, dass sieben von euch nach Schweden beziehungsweise Norwegen gehen. Das Leben dort ist mindestens genauso angenehm wie in Deutschland, ihr braucht also keine Angst zu haben. Wir müssen euch auch noch einer weiteren ärztlichen Untersuchung unterziehen, die jedoch nicht allzu lange dauert.

Die für Schweden und Norwegen Vorgesehenen sind Ilja, Andreij, Swetlana, Nadja, Kristina, Veronika und Natasha. Ihr werdet morgen Abend mit der Fähre nach Schweden gebracht und von dort weiter zu den Familien, die euch bereits erwarten. Alle andern bleiben hier. Die Nacht werdet ihr leider in diesem Raum verbringen müssen, denn wir haben unglücklicherweise Renovierungsarbeiten und mussten deshalb hierher ausweichen, aber ihr bekommt gleich etwas richtig Gutes zu essen und zu trinken. So, ich denke, ich habe genug geredet, jetzt dürft ihr Fragen stellen.«

Ein junger Mann, auf dessen Namensschild »Kolja« stand, hob die Hand und fragte: »Wann fahren wir nach Berlin?«

»Übermorgen, vielleicht auch erst in drei Tagen. Wir haben Probleme mit dem Transport.«

»Müssen wir die ganze Zeit hierbleiben?«, wollte ein Mädchen von vielleicht zwölf Jahren wissen, das lange braune und leicht gewellte Haare hatte und ein ebenmäßiges Gesicht mit sehr fein geschwungenen Lippen. Am auffälligsten waren jedoch ihre schon sehr fraulichen Rundungen, mit einem für ihr Alter vollen Busen und einer Figur, um die fast jede erwachsene Frau sie beneidet hätte.

»Nein, nicht die ganze Zeit. Wir werden Gespräche mit euch in einem andern Zimmer führen, wir werden jeden einzeln auf sein neues Leben vorbereiten und euch erst einmal mit dem Land selbst vertraut machen. Die Tür dort hinten«, Petrowa deutete an die Wand, wo sich eine Tür befand, die kaum zu erkennen war, auf die sich jedoch wie auf Kommando alle Blicke richteten, »führt zu den Duschen und Toiletten. Gegenüber ist der Fernsehraum, wo ihr auch russische Programme sehen könnt. Aber besser wäre es, wenn ihr deutsche schauen würdet, um euch schon mal an die Sprache zu gewöhnen. Und da keiner von euch viel Gepäck bei sich hat, werdet ihr von uns vor dem Transport neu eingekleidet.«

»Warum haben wir Schlafmittel bekommen?«, fragte eine andere junge Frau, mit dem Namen Julia Puschkin.

»Das war nur zu eurer eigenen Sicherheit. Wir haben die Erfahrung gemacht, dass manche in den Containern Angstzustände und Panikattacken bekommen, und um dem vorzubeugen, haben wir jedem ein Schlafmittel verabreicht. Es war eine reine Vorsichtsmaßnahme, denn wir hatten ja keinen Psychologen an Bord, der sich um euch hätte kümmern können.«

»Und warum wurde uns das nicht vor der Fahrt gesagt?«

»Weil ihr sonst nur unnötig Angst bekommen hättet. Schaut, ihr seid doch jetzt hier, die Zukunft liegt vor euch, und ihr habt nichts mehr zu befürchten. In ein paar Tagen schon werdet ihr die Strapazen und die Unannehmlichkeiten vergessen haben. Noch Fragen?«

»Was geschieht mit den Kindern?«

»Sie kommen zu Paaren, die keine eigenen Kinder haben, weil sie keine bekommen können. Sie freuen sich so sehr darauf, endlich eine richtige Familie zu sein, und es ist auch für mich jedes Mal schön, diese Freude mitzuerleben. So, wenn es nichts mehr gibt, dann würde ich gerne als Erstes Alexandra bitten, mit mir zu kommen, damit Sie versorgt werden. Ihr andern macht's euch erst einmal gemütlich. Das Essen wird gleich serviert, danach könnt ihr duschen, und dann lasst einfach alles auf euch zukommen. Okay? Glaubt mir, euer neues Leben wird euch nicht nur gefallen, es wird schöner sein, als ihr es euch in euren schönsten Träumen hättet vorstellen können. Das garantiere ich euch. Alexandra, kommen Sie bitte.«

Die Angesprochene erhob sich vom Bett, ging zu Petrowa, warf Igor einen ängstlichen und zugleich eisigen Blick zu und sagte: »Ich bin noch nie geschlagen worden.«

»Das wird auch nicht wieder vorkommen, das verspreche ich Ihnen«, entgegnete Petrowa einfühlsam.

Sie verließen den Raum. Alexandra wurde über einen langen

305

Flur geführt, bis sie an eine Tür gelangten, hinter der sich ein Behandlungszimmer befand. Ein Arzt mittleren Alters saß ein Buch lesend hinter seinem Schreibtisch, stand jedoch sofort auf, als die beiden Frauen hereinkamen, und reichte Alexandra die Hand.

»Dr. Frank, das ist Alexandra. Sie hat sich die Nase gestoßen.«

»Hallo. Dann setzen Sie sich mal, damit ich mir das Malheur anschauen kann.«

Alexandra folgte der Aufforderung und setzte sich auf die Liege. Dr. Frank tupfte ihr vorsichtig das Blut ab, wobei sie ein paarmal kurz zusammenzuckte, berührte leicht ihre Wangenknochen und fragte, ob das weh tue, doch sie schüttelte nur den Kopf. Anschließend tastete er ihre Nase ab, und Tränen schossen ihr in die Augen. Dr. Frank nickte und meinte: »Gebrochen ist nichts, das ist nur eine Prellung. Es wird noch ein paar Tage weh tun. Ich gebe Ihnen jetzt etwas in die Nase, das die Blutung stillt. Haben Sie sonst irgendwelche Schmerzen?«

»Nein.«

»Gut. Dann noch einen schönen Abend und vor allem einen angenehmen Aufenthalt in Deutschland.«

Dr. Frank begab sich hinter seinen Schreibtisch und vertiefte sich sofort wieder in die Lektüre.

»Geht es Ihnen jetzt besser?«, fragte Petrowa auf dem Flur.

»Hm.«

»Kann ich noch irgendetwas für Sie tun?«

»Nein, danke. Ich habe nur Hunger.«

»Das Essen müsste eigentlich schon da sein. Sie werden staunen, was wir alles für Ihre Ankunft vorbereitet haben. Sind Sie müde?«

»Nein, ich habe doch lange genug geschlafen. Welchen Tag haben wir?«

»Donnerstag, es ist aber mitten in der Nacht.«

306

»Dann waren wir drei Tage unterwegs?«, sagte Alexandra, die zunehmend lockerer und auch zutraulicher wurde.

»Ja, ihr seid über Tallinn gefahren und dort auf ein anderes Schiff gewechselt.«

»Das wurde uns aber vorher nicht gesagt. Es hieß, dass wir am Mittwoch nach Berlin gebracht werden würden.«

»Der Zeitplan hat sich eben geändert. Und nun stellen Sie bitte keine Fragen mehr, ich muss mich um so viele Dinge kümmern, vor allem darum, dass es euch allen gutgeht.«

Sie gelangten wieder zu dem großen Raum. Alexandra sah staunend auf den reichlich gedeckten Tisch mit Brot, Kartoffeln, Fleisch, Wurst, Gemüse, Obst, Käse und allerlei Getränken, nur kein Alkohol – so viel, dass es für dreimal so viel Leute gereicht hätte. Viele aßen bereits, hatten sich die Teller bis zum Rand aufgefüllt und machten einen zufriedenen Eindruck. Nur die Zwillinge wollten nichts essen. Sie hielten jeder ein Glas Orangensaft in der Hand und nippten ab und zu daran. Die junge Frau, die sich die ganze Zeit um sie kümmerte, versuchte sie dazu zu bewegen, doch etwas zu essen, doch sie weigerten sich.

»Und, habe ich zu viel versprochen? Greifen Sie zu, es ist genügend da.« Und an die andern gewandt: »Ihr wisst, wo die Duschen sind, Handtücher liegen bereit, ebenso Zahnbecher und -bürsten, auf denen die jeweiligen Namen stehen, Kämme und Bürsten, ihr werdet euch schon zurechtfinden. Es ist ja nicht auf Dauer. Nur noch kurze Zeit, dann seid ihr an eurem Bestimmungsort. Und wenn ihr Wünsche habt, ihr braucht nur Oleg oder Peter anzusprechen, sie werden euch mit Rat und Tat zur Seite stehen. Wir sehen uns in ein paar Stunden wieder.«

Sie ging nach draußen und schloss die Tür hinter sich. Igor stand an die Wand gelehnt da. Seine Haltung straffte sich, als Petrowa auf ihn zukam.

307

»In mein Büro«, sagte sie in scharfem Befehlston. Er folgte ihr wie ein geprügelter Hund, denn er ahnte, was auf ihn zukommen würde, dazu kannte er die Petrowa zu gut. In ihrem Büro, das sie höchstens einmal im Monat, in der Regel sogar seltener betrat, weil sie den größten Teil ihrer Arbeit von zu Hause aus erledigte oder sich mit jemandem an einem andern Ort traf, herrschte sie ihn an: »Was ist bloß in dich gefahren? Seit einiger Zeit schon handelst du immer wieder gegen die Regeln. Wie lange soll ich mir das noch ansehen? Jetzt bin ich schon so selten hier, doch in den letzten Monaten bist du nicht mehr der Igor, den ich kennengelernt habe. Erklär mir, was mit dir los ist? Hast du Stress? Brauchst du jemanden zum Vögeln? Du weißt doch, wo die ganzen schönen Frauen sind, die alles mit sich machen lassen. Oder gibt es außer Samenstau einen andern Grund für dein Verhalten?«

Igor fühlte sich in die Enge getrieben, und er hasste es, von einer Frau auf sein Sexualleben angesprochen zu werden, was er sich jedoch nicht anmerken lassen durfte. Sie hätte er gerne mal im Bett gehabt, aber sie war nicht mehr zu haben, auch wenn es nur ein Gerücht war. Doch sollte es wahr sein, dann durfte er nicht einmal an sie denken.

»Es tut mir leid, aber …«

»Es gibt kein Aber. Jeder, der hier ankommt, muss das Gefühl haben, in Sicherheit zu sein. Das Letzte, was wir brauchen, sind Neue, die sich fürchten. Wir können dein Verhalten nicht länger dulden, das ist dir doch klar?«

In Igors Augen blitzte Angst auf. Er wusste, dass er kurz davor stand, seinen Job zu verlieren, was nichts anderes als den Tod bedeutete. Und er wusste auch, dass jeder ersetzbar war und einige nur darauf warteten, seinen Platz einzunehmen.

»Ich verspreche, mich in Zukunft zurückzuhalten«, sagte er leise.

»Das hast du schon ein paarmal gesagt, aber ich will das nie wieder von dir hören. Ich habe stets auf dich gebaut, du warst bis vor kurzem einer unserer besten Männer. Was ist bloß los? Hast du Probleme?«

»Nein.«

»Was ist es dann?«

»Nichts.«

»Wenn Koljakow davon erfährt, schickt er dich zurück nach Russland. In einer Kiste.«

»Bitte, gib mir noch eine Chance. Wenn ich noch mal Mist baue, bin ich bereit, die Konsequenzen zu tragen.«

»Über die Konsequenzen bestimmst nicht du, sondern wir. Aber gut, du sollst diese letzte Chance bekommen. Ich gebe dir einen Auftrag, für den du ganz allein verantwortlich bist. Kein Wort darüber zu niemandem, weder zu Koljakow noch zu irgendeinem andern. Ich hoffe für dich, du hältst dich daran, denn wenn nicht, kann ich leider nichts mehr für dich tun.«

Sie ging um den Tisch herum, nahm eine Mappe in die Hand und reichte sie Igor.

»Da drin steht alles, was du tun musst. Vorerst wirst du nur beobachten und mir täglich Bericht erstatten, und zwar nur mir allein. Koljakow will damit nicht behelligt werden, er hat mich beauftragt, dich einzusetzen. Ich hoffe, du missbrauchst sein und mein Vertrauen nicht. Noch einmal – du sprichst mit niemandem darüber, du machst nicht einmal eine Andeutung, du benimmst dich wie immer. Das ist ein Auftrag, den du ausnahmsweise ganz allein erledigst, kapiert? Und du unternimmst nichts auf eigene Faust, ich verlasse mich darauf. Falls doch, bist du ein toter Mann. Kein eigenmächtiges Handeln, nur Informationen. Es täte mir unendlich leid, dich zu verlieren, aber so ist das Gesetz. Haben wir uns verstanden?«

»Verstanden. Soll ich rund um die Uhr oder …«

»Nein, du musst ja auch irgendwann mal schlafen. Sagen wir von acht Uhr morgens bis zehn Uhr abends. Ich erwarte deinen ersten Bericht am Freitag um neunzehn Uhr.«

»Darf ich kurz reinschauen?«, sagte er und deutete auf die Mappe.

»Ich bitte sogar darum.«

Und nach wenigen Minuten und mit starrer Miene: »Das wird schwierig. Was, wenn ich entdeckt werde?«

»Das wäre ganz allein dein Problem. Denk dran, es ist deine letzte Chance. Und nun geh, ich habe zu tun.«

Igor schlich aus dem Zimmer, sein Herz schlug bis zum Hals. Auch wenn er es sich nicht anmerken ließ, so hatte er doch zum ersten Mal, seit er für die Firma arbeitete, Angst. Er ging zu seinem Auto und fuhr los. Unterwegs hielt er an einer Tankstelle, holte sich eine Flasche Wodka, die er nur bekam, weil die Dame hinter dem Tresen ihn persönlich kannte, denn normalerweise wurde nach dreiundzwanzig Uhr kein Alkohol mehr verkauft. Aber er brauchte es jetzt, um klarer denken zu können. So redete er es sich jedenfalls ein. Mit aufheulendem Motor und durchdrehenden Reifen raste er von der Tankstelle und erreichte seine Wohnung nur fünf Minuten später.

Petrowa blieb noch eine halbe Stunde in ihrem Büro, bevor sie ebenfalls nach Hause fuhr. Sie hatte einen langen und sehr aufreibenden Tag hinter sich und wollte nur noch schlafen. Und schon übermorgen würde eine weitere Lieferung eintreffen, zwei Container mit insgesamt fünfunddreißig Personen, bestimmt für Kliniken in der Nähe von Berlin, Aachen, Frankfurt am Main und München. Ankunft in Rostock, von dort Weiterfahrt nach Kiel, wo sie die Nacht verbringen würden, um am nächsten Tag verteilt zu werden. Die Logistik funktionierte hervorragend, es war ein riesiges Getriebe, in dem auch die winzigsten Rädchen perfekt ineinanderpassten. Und das war zu einem großen Teil ihr Verdienst, denn gerade was die Organisation der Lieferungen betraf, gab es niemanden, der ihr das Wasser reichen konnte. Und wie hatte Luschenko erst

310

kürzlich gesagt – »Du bist meine beste Frau, von dir können die Männer noch lernen.«

Diese Worte waren nicht nur ein Kompliment, sie waren mehr, sie kamen einem Ritterschlag gleich, denn Luschenko galt als äußerst kritisch und war bekannt dafür, mit Lob sehr sparsam umzugehen.

Sie betrachtete noch einmal die Bilder an der Wand, löschte das Licht, zog die Tür hinter sich zu und schloss ab. Ein letzter Blick in den großen Raum, wo die Neuankömmlinge sich noch immer am Büfett delektierten. Sie wünschte allen eine gute Nacht und sagte, sie würde morgen wieder vorbeischauen. »Es wird alles gut«, sagte Petrowa freundlich. »Keiner von euch braucht sich zu sorgen.«

Auf dem Weg zu ihrem Auto lächelte sie einen Wimpernschlag lang maliziös und dachte: Ja, es wird alles gut – für die Firma und für mich. Und hinterher braucht sich wirklich keiner von euch mehr zu sorgen.

Das Geschäft boomte.

DONNERSTAG, 2.10 UHR

Er befand sich auf einer unendlich weiten Wiese. Der Himmel war grau bis zum Horizont, die dunklen Wolken schienen an einigen Stellen den Boden zu berühren, ein einsamer blattloser Baum mit tief herabhängenden Ästen stand wie ein Skelett in der Mitte. Nichts sonst, nur diese Wiese mit dem unnatürlichen Grün, die Wolken, der Baum, und er.

Er trug nichts als einen grünen Kittel und bewegte sich auf den Baum zu, doch seine nackten Füße schienen auf dem weichen Boden zu kleben. Nur ganz langsam kam er voran, und es kostete ihn eine Menge Anstrengung. Er wollte schneller laufen, schaffte es aber nicht. Mit einem Mal stand er vor einem breiten

Graben, den er vorher nicht bemerkt hatte, und als er hinein-
blickte, zuckte er erschrocken zusammen. Der Graben war in
seiner vollen Länge und Breite gefüllt mit unzähligen Organen
– Lebern, Nieren, Bauchspeicheldrüsen, Lungen, Herzen, Ge-
därmen, dazwischen Augen, die ihn flehend ansahen und aus
denen zum Teil Tränen flossen. Bei noch genauerem Hinsehen
erkannte er, dass die Organe nicht tot waren, sondern lebten –
die Lungen bewegten sich, als würden sie atmen, die Herzen
schlugen in gleichmäßigem Takt, ja, alles bewegte sich, obwohl
es eigentlich nicht hätte sein dürfen, obwohl es dem Gesetz der
Natur widersprach. Er wollte den Blick abwenden, doch er
schaffte es nicht, es war, als würde ihn jemand zwingen, immer
weiter hineinzuschauen. Und schließlich sah er Körper, aufge-
schnittene Körper, Babys, Kinder, Jugendliche, Erwachsene,
Männer und Frauen, entstellt von unzähligen chirurgisch sauber durchgeführten Schnitten. Bei näherem Betrachten aber
bemerkte er, dass die Arme und Beine zuckten, obwohl die
Körper doch tot waren. Blut stieg auf und sammelte sich um
ihn, als wollte es ihn verschlingen.

Was er sah, war ihm unheimlich, Furcht überkam ihn, und er
wollte um den Graben herumgehen, aber etwas, das er nicht
sah, hinderte ihn daran. Und dann fühlte er einen Druck in
seinem Rücken, verlor das Gleichgewicht und fiel in das Meer
aus Leibern, Organen und Blut. Er meinte wehklagendes Weinen zu vernehmen, das immer lauter und lauter wurde, bis er es
nicht mehr ertrug und sich die Ohren zuhalten wollte, doch
seine Arme gehorchten ihm nicht. Er konnte sie nicht anheben,
so dass er gezwungen war, das Jammern, Flehen und Wehkla-
gen zu erdulden. Ich will hier raus, ich muss hier raus, ich habe
doch so viel zu tun, dachte er voller Panik, doch er versank
immer tiefer in den Innereien, bis er fast völlig von ihnen bedeckt war und nur noch sein Kopf herausragte. Er öffnete die
Lippen, um zu schreien, aber sein Mund gehorchte ihm nicht,

kein einziger Laut drang aus seiner Kehle. Und da war auch niemand, der ihm hätte helfen können.

Der blattlose Baum stand nur einen oder anderthalb Meter von ihm entfernt, doch zu weit, als dass er sich an ihm hätte festhalten und aus dem Graben herausziehen können. Er warf einen Blick auf die andere Seite des Grabens und sah überall auf dem Boden Geldscheine, die vorher nicht dort waren, und mit einem Mal ging sein Blick zum Baum, an dessen Ästen statt Blättern Geldscheine hingen. Doch sosehr er sich auch anstrengte, er schaffte es nicht auf die andere Seite. Es war, als würden ihn Arme und Beine festhalten und zwingen, bei ihnen zu bleiben.

Er schaute kurz an sich hinunter, und als sein Blick wieder nach oben ging, sah er auf der anderen Seite einen Mann, der zu ihm sagte: »Das ist es, was ich dir zeigen wollte.«

»Was?«

»Den Tod. Du siehst nur den Tod und kein Leben. Alles ist tot.«

Und es war heiß und wurde immer heißer und heißer, bis er es kaum noch aushielt und glaubte gleich zu verbrennen …

Lennart Loose schoss hoch. Sein Gesicht war schweißüberströmt, genau wie sein Unterhemd und das Laken. Im ersten Moment wusste er nicht, wo er sich befand. Sein Atem ging schwer wie nach einem langen Marsch bergauf, seine Füße schmerzten, sein Hals war trocken, als hätte er laut geschrien. Allmählich beruhigte sich sein Herzschlag, das Atmen fiel ihm leichter. Kerstin lag neben ihm, eingerollt in ihre Decke, den Rücken ihm zugewandt.

Er stand auf, ging in die Küche und trank ein Glas Wasser. Der Traum war so lebendig wie noch vor wenigen Minuten, als er geschlafen hatte. Du musst ruhig bleiben, dachte er, ganz ruhig. Das sind nur die Nerven, nichts als die Nerven. Er schloss die Augen und lief in der Küche auf und ab. Das Unterhemd, das an seinem Oberkörper klebte, begann zu trocknen.

Nein, das sind nicht die Nerven, dachte er weiter. Das hat etwas zu bedeuten, so wie viele Träume in der Vergangenheit eine klare Bedeutung hatten. Manchmal warnten sie ihn, manchmal zeigten sie ihm etwas Schönes. Doch dieser Traum war anders. Er war nicht nur eine Warnung, er war mehr als das. Doch was war die Botschaft? Dass er im Begriff war, etwas Unrechtes zu tun? Dass er seine anfänglichen Bedenken über Bord geworfen hatte, nachdem ihm gesagt worden war, wie viel Geld er verdienen würde? Er wusste es nicht.

Was ist schlecht daran, wenn ich andern helfe? Ich habe einen hippokratischen Eid geleistet, allen zu helfen, die meine Hilfe benötigen. Nichts anderes tue ich doch, oder?

Loose setzte sich an den Tisch, das Glas vor sich, das er zwischen seinen Fingern drehte. Er war müde und doch hellwach. Die Bilder des Traums hatten sich in ihm festgebrannt.

Er stand wieder auf und holte sich einen Block und einen Stift und schrieb den Traum, so grausam er auch gewesen war, in allen Einzelheiten auf. Und er notierte, was ihm aus dem Gespräch mit Koljakow in Erinnerung geblieben war.

Verletze ich meinen hippokratischen Eid, wenn ich für die Firma arbeite? Nein, das tue ich nicht. Oder habe ich mich tatsächlich von Koljakow blenden lassen, von seiner perfekt ausgestatteten Klinik, von seiner freundlichen, höflichen Art, von seinem weltmännischen Auftreten, seiner Offenheit?

Loose lehnte sich zurück, klopfte mit dem Stift auf den Block und sah zur Decke. Dieser verdammte Traum, was hat er zu bedeuten? Nach einer Weile las er die Zeilen noch einmal durch. Er hatte kein Detail ausgelassen, und je länger er las, desto klarer wurde das Bild, das sich ihm erschloss.

Es ist eine Warnung, die nur mich allein betrifft. Kerstin und die Kinder kamen in dem Traum nicht vor. Aber was soll ich tun? Würden sie ihre Drohungen wahrmachen, wenn ich nein sage? Ich habe keine Ahnung.

Koljakow hat mich um den Finger gewickelt und mir eine Menge Geld versprochen. Aber es geht uns doch gut, wir haben alles, was wir zum Leben brauchen, viel mehr als die meisten andern in diesem Land. Und das Glück stand uns immer zur Seite. Sie haben gesagt, ich dürfe mit niemandem darüber reden, nicht einmal Kerstin sollte davon erfahren. Würde alles mit rechten Dingen zugehen, würden sie nicht so ein Geheimnis machen. Woher haben sie die ganzen Organe? Vielleicht verfügen sie über eine eigene Spenderdatei. Das ist die einzige logische Erklärung.

Loose ging wieder in der Küche auf und ab. Er holte sich die angebrochene Flasche Wein und füllte das Glas zur Hälfte. Als er es ansetzte, hörte er eine ihm nur zu vertraute Stimme: »Was tust du hier mitten in der Nacht?« Er hatte Kerstin nicht kommen hören, wie ein Geist stand sie plötzlich in der Tür.

»Ich konnte nicht schlafen«, antwortete er und sah sie erschrocken an.

»Es ist drei Uhr, und du trinkst Wein? Was ist los mit dir?«

»Nur ein schlechter Traum.«

»Aha, nur ein schlechter Traum«, wiederholte sie, und es klang, als hätte sie seine Lüge sofort durchschaut. Ihr Blick schien bis in seine Seele zu gehen. »Und deswegen musst du mitten in der Nacht Wein trinken. Das machst du doch sonst nicht, das ist gar nicht deine Art. Erzähl mir, was los ist.«

»Schatz, da gibt's nichts zu erzählen, das ...«

»Was hast du da geschrieben?«

Loose versuchte mit der Hand den Block zu verdecken, doch sie schob seine Hand beiseite und drehte den Block zu sich.

»Lass das, bitte! Das ist nur ...«

»Nein, ich will das lesen.«

»Das ist vertraulich und ...«

»Du kennst mich, ich würde Vertrauliches niemals weitergeben«, entgegnete sie lapidar und begann zu lesen. Ein paarmal runzelte sie die Stirn, zog einmal die rechte Augenbraue hoch und fragte an einer bestimmten Stelle: »Was heißt das hier?«

»Ist doch unwichtig. Hör zu, bitte, das ist nur der Traum, den ich aufgeschrieben habe«, sagte er beinahe flehend und wollte ihr den Block wegnehmen, doch sie war in dem Moment stärker, denn er fühlte sich kraftlos und ausgelaugt.

»Ein seltsamer Traum«, murmelte sie und las weiter. Sie blätterte die Seite um, stockte, sah ihren Mann an, las wieder und ließ sich schließlich zurückfallen. »Was ist passiert?«

»Nichts und …«

»Nichts? Wer ist dieser Koljakow? Und wer sind Elena und Igor? Sind das auch nur Personen aus deinem Traum? Und was hat es mit den anderthalb Millionen auf sich und der perfekt ausgestatteten Klinik? Alles ein Traum? Du bist am Dienstagabend ziemlich spät nach Hause gekommen, und gestern wurde es noch später. Wo warst du wirklich? Doch nicht in der Klinik.«

Loose trank sein Glas leer. Kerstin beobachtete ihn, sah den Schweiß auf seiner Stirn, die Flecken auf seinem Unterhemd, und sie bemerkte die Unruhe, die ihn ergriffen hatte.

»Hör zu, ich kann nicht drüber reden, ich …«

»Du kannst mit mir über alles reden, ich bin schließlich deine Frau. Hatten wir uns nicht irgendwann vor Jahren geschworen, nie Geheimnisse voreinander zu haben? Gut, kleine Geheimnisse hat jeder, aber das hier ist mehr. Und ich brauche dich doch nur anzuschauen, um zu sehen, dass mit dir was nicht stimmt. Außerdem wärst du sonst niemals auf die Idee gekommen, nachts Wein zu trinken. Bitte, sprich mit mir.«

»Wenn ich doch sage, dass ich nicht darüber reden kann«, stieß er hervor, fuhr sich durchs Haar und stellte sich ans Fenster und sah hinaus in die Dunkelheit. Mit seinen Händen stützte er sich auf der Fensterbank ab.

Kerstin erhob sich ebenfalls und legte ihre Arme von hinten

um ihn. »Du zitterst ja. Schatz, ich frag dich noch mal: Was ist los?«

»Ich kann nicht«, kam es kehlig über seine Lippen.

»Wieso kannst du es nicht? Wir konnten doch bisher immer über alles sprechen. Wieso jetzt auf einmal nicht?«

»Weil ich nicht darüber sprechen soll, auch nicht mit dir«, antwortete er leise.

»Diese Leute, von denen du geschrieben hast?«

»Hm.«

»Was haben sie genau gesagt?«

»Nichts weiter, ich kann nur im Augenblick nicht klar denken. Vorhin war das noch anders, aber dann hatte ich diesen Traum. O mein Gott, warum erzähl ich dir das bloß?«

»Dreh dich um, bitte«, sagte Kerstin. »So, und jetzt der Reihe nach.«

Loose drehte sich um und drückte Kerstin an sich. »Du musst mir hoch und heilig versprechen, niemals mit irgendjemandem darüber zu reden. Bitte versprich es mir.«

»Ja, ich verspreche es. Zufrieden?«

»Elena und Igor kamen vorgestern in mein Büro, als ich eigentlich schon gehen wollte. Sie baten mich um meine Hilfe, es ging um eine Transplantation, die ich vornehmen sollte. Als ich ihnen sagte, dass ich ihnen nicht helfen kann, wurden sie direkter. Mit einem Mal baten Sie nicht mehr, sondern erklärten unmissverständlich, dass ich ab sofort für sie arbeiten soll. Sie waren so unglaublich kalt, vor allem diese Elena. Sie ist wie eine Giftnatter. Sie sagte, ich hätte nur die Wahl zwischen Ja oder Nein. Ein Nein würden sie nicht akzeptieren. Sie legte mir Fotos von euch auf den Tisch und sagte, dass unsere Kinder sehr nett und wohlerzogen seien, und sie sprach auch von dir. Wahrscheinlich seid ihr euch schon mal begegnet, zumindest hörte es sich so an. Gestern allerdings, als ich mit Koljakow gesprochen habe, wurde alles runtergespielt. Ich solle das nicht so ernst nehmen, und es seien gar keine Drohungen und so weiter. Aber irgendwie passt das alles nicht zusammen.«

»Darf ich dich kurz was fragen? Elena, Igor und dieser, Moment, Koljakow, sind das Russen?«

»Sie sind alle Russen. Sie sprechen perfekt Deutsch, wenn auch mit Akzent. Am Dienstag war ich völlig durch den Wind, ich habe fast nicht geschlafen …«

»Das war unübersehbar«, sagte Kerstin.

»Ich hatte Angst vor gestern. Ich sollte um fünf am Hauptbahnhof sein, wo man mich mit einem Lieferwagen abgeholt hat. Sie haben mich zu einer Klinik gebracht, die ich aber nicht kenne und von der ich auch nicht weiß, wo sie ist. Dort hat sich mir dieser Dr. Koljakow vorgestellt. Am Anfang war Igor noch mit dabei, später nur noch Elena. Er hat mir detailliert erklärt, um was es geht und wofür sie mich brauchen. Wir haben gegessen, dann hat er mir die Station gezeigt, wo die Transplantationen vorgenommen werden. Sie haben fünf Säle, die nur mit dem modernsten Equipment ausgestattet sind. Aber zu ihnen kommen natürlich nur Leute, die sich eine solche Transplantation auch leisten können. Offiziell handelt es sich um eine Schönheitsklinik, inoffiziell werden dort auch Transplantationen vorgenommen. Wobei ich nicht weiß, ob es wirklich illegal oder inoffiziell ist.«

»Okay, gehen wir mal vom Schlimmsten aus. Was, wenn dort illegale Transplantationen vorgenommen werden? Das wäre dann doch eigentlich ein Fall für die Polizei.«

Loose winkte nur müde ab. »Das kannst du gleich vergessen. Sie haben mich wissen lassen, wer alles zu ihrer Klientel gehört, das reicht bis oben in die Spitzen der Politik. Und ich kaufe denen das unbesehen ab, sonst könnten sie sich diese ganzen Geräte gar nicht leisten. Da wird von oben etwas abgesegnet, das möglicherweise kriminell ist. Am Freitag habe ich meine erste OP, ein fünfjähriges Mädchen aus Moskau, die Tochter eines Unternehmers, der für die ganze Sache eine gute halbe

318

Million auf den Tisch blättert. Während ich gestern dort war, wurde gerade eine Niere verpflanzt. Sie verpflanzen alles, was heutzutage möglich ist. Kerstin, bitte, kein Wort zu niemandem. Ich flehe dich an, es wäre unser Ende, und wenn ich nur meine Approbation verlieren würde.«

Kerstin blickte ihren Mann betroffen an und fragte: »Wie sieht diese Elena aus?«

»Warum?«

»Ich will nur wissen, ob ich ihr vielleicht schon mal begegnet bin.«

»Ungefähr so groß wie du, dunkle Haare, blaue Augen, eigentlich ein ziemlich rassiger Typ.«

Kerstin überlegte und schüttelte den Kopf. »Attraktiv?«

»Sehr sogar. Du hättest sie erleben müssen, dann wüsstest du, wovon ich spreche. Igor scheint mir hingegen eher so eine Art Brutalo zu sein, aber er ist ziemlich schwer einzuschätzen. Sie war die Wortführerin. Und da scheint auch irgendwas zwischen ihr und diesem Koljakow zu laufen, obwohl er angeblich verheiratet ist. Sie ist wohl seine rechte Hand, die rechte Hand des Teufels. Ich trau ihr jedenfalls keinen Zentimeter über den Weg.«

»Das wäre ja nichts Ungewöhnliches.«

»Ich hab das auch nur so gesagt. Ich weiß eigentlich überhaupt nichts mehr, ich bin völlig fertig.«

»Was hat das mit dem Geld auf sich?«

»Du meinst diese anderthalb Millionen?« Loose faltete die Hände. »Ich bekomme pro OP dreißigtausend, steuerfrei. Bei im Schnitt vier Operationen im Monat ergibt das diese Summe aufs Jahr gerechnet.«

»Die lassen sich deine Arbeit was kosten.«

»Was glaubst du, was die im Monat einnehmen?! Das sind Millionen und Abermillionen allein hier in Kiel oder wo immer sich diese Klinik befindet. Und ich glaube nicht, dass es die einzige Klinik dieser Art in Deutschland ist. Reicht dir das jetzt?«

»Nein, denn ich muss dauernd an deinen Traum denken. Die Verbindung ist nicht schwer herzustellen. Aber wenn ich den richtig deute, dann gibt es einen Weg auszusteigen, bevor es zu spät ist. Du hast eine Wahl, und du kannst deine Entscheidung noch revidieren.«

»Und wenn sie ihre Drohungen wahrmachen?«

»Das werden sie nicht. Und jetzt komm, es ist spät, und du musst in drei Stunden wieder raus. Wir finden gemeinsam eine Lösung, die weder dir noch uns schadet.«

»Du nimmst das ziemlich locker, aber du hast diese Leute nicht kennengelernt, sonst wüsstest du, wovon ich rede.«

»Du triffst die Entscheidung, ich akzeptiere alles, was du machst. Aber bitte denk immer an diesen Traum, er ist eine Warnung.«

»Ich weiß, aber ich hab keine Ahnung, wie ich diese Warnung einordnen soll. Es ist alles so diffus. Vielleicht bin ich auch nur blockiert.«

Sie legten sich ins Bett, Kerstin kuschelte sich an ihn, streichelte ihm übers Gesicht und sagte: »Es ist eine schlimme Situation, ich weiß, aber gemeinsam schaffen wir das. Für uns war doch bisher nichts unmöglich.«

»Bisher«, erwiderte er nur.

»Sei nicht so pessimistisch, dadurch wird es nicht besser. Es gibt einen Weg aus diesem Dilemma.«

»Du hast gut reden. Ich möchte dich erleben, wenn du diesem Igor und vor allem dieser Giftschlange von Elena gegenübersitzt und weißt, dass du keine Chance gegen die hast.«

Loose hatte Mühe, wieder einzuschlafen. In einem fort ging ihm der Traum durch den Kopf, wie eine Endlosschleife. Er sah die Organe, das Blut, das Geld. Blutgeld. Er hatte es Kerstin gegenüber nicht ausgesprochen, aber in ihm keimte

320

ein schrecklicher Verdacht auf, woher die Organe stammen könnten. Und allein dieser Gedanke ließ ihm den Schweiß erneut ausbrechen. Noch hatte er keinen Beweis, und je länger er darüber nachdachte, desto absurder erschien ihm dieser Gedanke. Wenn es aber doch so war, gehörte er ab jetzt zu jenen, die sich ihr Geld mit dem Blut anderer verdienten.

Am liebsten hätte er alles hingeschmissen, Kerstin und die Kinder genommen und wäre mit ihnen bei Nacht abgehauen, ohne irgendjemanden einzuweihen. Irgendwohin, wo sie sicher waren. Doch wo auf der Welt konnte man vor Menschen wie Koljakow oder Elena sicher sein?

Bis sieben Uhr fiel er ab und zu nur in einen leichten Dämmerschlaf, aus dem er jedoch immer wieder durch Träume herausgerissen wurde. Es war bereits die zweite Nacht in Folge, in der er keine Ruhe fand.

DONNERSTAG, 7.35 UHR

Henning und Santos erschienen bewusst früher als gewöhnlich im Büro, wo noch alles verwaist war. Lediglich Volker Harms saß wie üblich um diese Zeit bereits hinter seinem Schreibtisch, einen Becher Kaffee vor sich, und las die Zeitung. Sie hatten inständig gehofft, ihn anzutreffen, bevor die andern Kollegen nach und nach kamen, um mit ihm zu sprechen und ihm von ihrer nächtlichen Unterredung mit Ivana zu berichten.

»Moin«, begrüßte Henning Harms, der die Zeitung sinken ließ und seine Mitarbeiter über den Brillenrand hinweg ansah.

»Moin. So früh schon auf den Beinen? Seid ihr aus dem Bett gefallen«, sagte er trocken und schaute auf die Uhr. »Halb neun ist doch normalerweise eure Zeit …«

»Wir sind nicht grundlos so früh hier …«

321

»Aha. Aber erst mal, was macht dein Kopf? Besser?«

»Alles bestens. Wir müssen dringend mit dir reden, bevor die andern eintrudeln. Sollte jemand reinkommen, wechseln wir sofort das Thema, okay?«

Harms faltete die Zeitung zusammen und legte sie auf den Schreibtisch.

»Da ihr also nicht grundlos so früh auftaucht, dann mal raus mit der Sprache.«

Nachdem sie sich gesetzt hatten, sagte Santos, die die Beine übereinandergeschlagen hatte: »Wir hatten gestern Abend ein Treffen mit einer Frau, die uns kontaktiert hatte, als wir gerade bei Nina waren.«

»Ach ja, und wieso wusste ich nichts davon?«, fragte Harms mit dem für ihn typischen Blick ungehalten.

»Weil sie uns gebeten hatte, mit niemandem, auch nicht mit dir, darüber zu sprechen. Sie sagte, sie habe Informationen über Gerds Tod. Wir wussten selbst nicht so genau, was uns erwartet, aber es hat im negativen Sinn alles übertroffen, was Sören und ich uns ausgemalt hatten. Hör einfach nur zu, einen Kommentar kannst du nachher abgeben. Und bitte behalte alles, aber auch wirklich alles vorerst für dich.«

»Natürlich. Und ganz gleich, was andere zu euch sagen, ich möchte beziehungsweise verlange von euch, informiert zu werden. Ist das angekommen, oder soll ich noch deutlicher werden? Ich bin noch immer euer Vorgesetzter.«

»Entschuldigung, aber das gestern war einfach zu viel …«

»Es hätte nur eines Wortes bezüglich dieses Treffens bedurft, als wir allein im Büro waren. So, und jetzt lass hören.«

»Die Frau hat sich uns nur mit Ivana vorgestellt. Sie ist Russin und lebt seit etwa zwei Jahren in Kiel. Sie hatte nach eigenen Aussagen eine sehr intensive Beziehung zu Gerd, das heißt, sie waren ein Paar. Das letzte Mal, dass sie sich gesehen haben, war in der Nacht von Montag auf Dienstag. Sie hat uns von Ninas Anruf berichtet, aber auch davon, dass zwischen Nina und Gerd schon seit langem nichts mehr lief. Die haben nach außen hin nur eine Show abgezogen … Es geht um Folgendes: Gerd hat undercover ermittelt, angeblich ohne Kurts Wissen, und wir werden ihn auch nicht darauf ansprechen, wir wollen nämlich keine schlafenden Hunde wecken. Wir ermitteln lediglich im Mordfall Wegner und im Fall der toten Asiatin. Diese Ivana hat uns jedenfalls erzählt, dass sie bei der Polizei in Moskau gearbeitet hat. Ihre Schwester war Studentin in St. Petersburg. Als sich jedoch ihre kleine Schwester eine ganze Weile nicht gemeldet hat, hat sie angefangen nach ihr zu suchen, jedoch ohne Erfolg. Der langen Rede kurzer Sinn, sie fand heraus, dass ihre Schwester Larissa nach Deutschland verschleppt wurde. Was genau mit ihr geschehen war, wusste sie lange Zeit nicht. Sie ließ sich nach St. Petersburg versetzen und erfuhr, dass immer wieder Studenten spurlos verschwanden. Sie fand einen Weg in die Organisation, die dafür verantwortlich ist, und gewann offenbar auch das Vertrauen der Oberen. Vor zwei Jahren kam sie dann nach Deutschland. Es geht um Menschenhandel in ganz großem Ausmaß, aber nicht, wie du vielleicht denkst, dass man diese Menschen für Pornos oder Prostitution benutzt, nee, es ist eine ganz andere Dimension. Sie werden wie Vieh hertransportiert, um abgeschlachtet zu werden, weil man ihre Organe braucht …«

»Entschuldigung, wenn ich hier einhake, aber das hört sich doch eher nach Horror und Science-Fiction an«, sagte Harms, als könnte ihn nicht einmal eine derart schreckliche Nachricht aus dem Gleichgewicht bringen.

»Dachten wir auch zuerst, aber Ivana hat die Sache so plastisch geschildert, dass da was dran sein muss. Es geht um Leute, die einen Haufen Kohle haben und dringend auf ein Organ angewiesen sind, entweder für sich selbst oder für einen Angehörigen. Und du weißt ja, wie lang die Listen bei Eurotransplant sind. Und in der Regel werden Kinder Alten vorgezogen. Aber

323

das nur nebenbei. Als Gerd in St. Petersburg war, haben sie sich kennengelernt, aber kurz darauf schon wieder aus den Augen verloren, als Gerd mit Nina nach Deutschland zurück ist. Sie hatte jedoch seine Telefonnummer, denn er wollte wissen, was aus der Suche nach Larissa geworden ist. Den Kontakt zu ihm hat sie aber erst wieder aufgenommen, als sie in Deutschland war. Nicht lange danach wurde Gerd von der Organisation angesprochen, ob er sich nicht ein Zubrot dazuverdienen wolle. Sein Vorteil war ja, dass er perfekt Russisch sprach. Von Ivana wusste er schon von dieser Organisation, wenn auch keine Details, und da muss wohl sein Jagdinstinkt geweckt worden sein. Jedenfalls hat er als Informant gedient, das heißt, er hat Infos über Razzien und andere Kleinigkeiten weitergegeben und dafür ordentlich kassiert. Das ging bis vor knapp zwei Wochen so, als er zum ersten Mal am Hafen eingesetzt wurde, und zwar bei genau jener Razzia, die ohne Ergebnis verlaufen ist. Eine Razzia, für die er vom LKA angefordert wurde. Letzte Woche hat er dann Ivana zu verstehen gegeben, dass er jetzt entsprechende Schritte einleiten werde, was Ivana ihm aber angeblich ausreden konnte. Trotzdem muss irgendetwas passiert sein, das ihn hat auffliegen lassen. Irgendjemand muss ihn verraten haben, jemand, dem er vertraut hat. Das heißt, es könnte sein, dass sein Mörder in unseren Reihen zu finden ist, denn Ivana behauptet, dass außer Gerd noch sechzehn weitere Beamte von Zoll und Polizei auf der Lohnliste der Firma stehen. Das Problem ist nur, dass sie keine Namen hat, sondern die Betreffenden Nummern bekommen. Sie selbst arbeitet in der Buchhaltung und konnte uns deshalb diese ziemlich genauen Infos geben. Gerd hat im Monat zwischen drei- und viertausend Euro bekommen, was auch erklärt, warum er sich so viel leisten konnte. Um das Ganze abzuschließen, wir werden weiter in Kontakt mit Ivana bleiben, sie wird uns Infos geben, zum Beispiel eine Liste mit allen Nummern. Darunter befinden sich

Ärzte, aber auch Kollegen vom Zoll, von uns und von noch weiter oben. Sie meldet sich heute Mittag wieder, will aber unter keinen Umständen im Präsidium auftauchen, weil sie fürchtet, jemand könnte sie erkennen. Also werden wir uns heimlich mit ihr treffen. Das war's in Kurzform.«

»Du hast was vergessen«, sagte Henning. »Gerd hat ein Apartment hier in Kiel, in der Iltisstraße. Dort haben die beiden sich regelmäßig getroffen. Wir werden gleich nachher hinfahren und uns die Bude anschauen.«

»Habt ihr noch mehr auf Lager?«

»Reicht das nicht?«

»Organhandel in solchem Ausmaß?«, fragte Harms zweifelnd.

»Dachten wir auch, aber es hörte sich absolut glaubhaft an. Und außerdem, warum sollte sie uns anlügen? Es gibt keinen Grund. Sie will nur, dass wir die undichte Stelle hier bei uns ausfindig machen.«

»Mehr könnt ihr auch nicht tun, der Rest fällt in den Zuständigkeitsbereich des LKA.«

»Genau da liegt das Problem. Mit wem vom LKA sollen wir darüber reden? Mit diesen beiden Heinis Klose und Lehmann? Wenn Ivana behauptet, es stehen sechzehn Beamte von Polizei und Zoll auf der Lohnliste, woher sollen wir wissen, dass wir nicht an den oder die Falschen geraten? Wenn das nämlich der Fall ist, ist unser Leben keinen Pfifferling mehr wert. Ich werde schön meine Klappe halten, denn ich habe noch keine Lust, den Löffel abzugeben. Wir können uns nur ganz vorsichtig rantasten, um zu sehen, ob zum Beispiel Klose oder Lehmann auf der falschen Seite stehen. Wie wir das anstellen«, Henning zuckte mit den Schultern, »keine Ahnung, ich hoffe jedoch, dass diese Ivana uns weiterhilft. Sie ist diejenige, die das größte Insiderwissen über die Strukturen der Organisation hat. Vielleicht noch wichtig zu erwähnen wäre, dass ein gewisser Luschenko in der Hierarchie ganz oben steht. Multimilliardär, politisch aktiv, einflussreich bis zum Gehtnichtmehr und somit unantastbar, wie sie es ausdrückte. Da ist aber noch jemand im Spiel, dessen Namen sie jedoch noch nicht preisgeben wollte, der auch in die Riege der Unantastbaren gehört. Lisa und ich sind aber sicher, dass sie uns den Namen noch verrät.«

»Und was wollt ihr jetzt von mir?«

»Nur dein Okay, dass wir unsere Ermittlungen frei gestalten können. Das heißt, du müsstest für die Asiatin andere Kollegen einsetzen, weil Lisa und ich mit Gerd voll ausgelastet sind.«

»Ich erwarte aber im Gegenzug permanent auf dem Laufenden gehalten zu werden, damit das klar ist.«

»Versprochen. Volker, du bist der Einzige, mit dem wir darüber sprechen können. Glaub mir, was wir letzte Nacht gehört haben, überstieg und übersteigt unsern Vorstellungshorizont meilenweit. Wenn nur ein Bruchteil dessen stimmt, und daran zweifle ich inzwischen nicht mehr, dann haben diese Welt und die Menschen darauf längst verloren. Wir können nichts ändern, aber wir wollen wenigstens den Mörder von Gerd schnappen.«

»Und wenn es doch diese Asiatin war?«

»Wie sieht der Bericht der Spusi aus? Wurden Einbruchspuren gefunden? Oder irgendwelche anderen Fremdspuren, die bestimmten Personen zugeordnet werden könnten, Nina ausgenommen?«

»Nein.«

»Siehst du. Man hätte nämlich Fingerabdrücke gefunden, auch wenn es unkenntliche gewesen wären. Profikiller, die sich die Kuppen weggeätzt haben, ziehen keine Handschuhe an, wozu auch? Trotzdem hätte man Abdrücke gefunden, allerdings ohne papillare Linien. Oder man hätte ein Haar gefunden, das man eindeutig einer Frau aus dem ostasiatischen Raum zuordnen könnte. Aber nichts dergleichen. Ihr Tod hat einen andern Hintergrund und soll nur dazu dienen, dass wir in die Irre geführt werden. Vielleicht wurde sie nur liquidiert, um uns zu täuschen. Wer weiß? Und noch was – Thiessen, der Leberspezialist, hat auch für die gearbeitet. Jetzt wissen wir auch, was er mit der Hölle gemeint hat.«

Harms sah Henning mit ungläubigem Blick an und fragte: »Das habt ihr auch von ihr?«

»Von wem sonst?! Er hat einen Fehler gemacht und den Freitod gewählt, bevor die andern ihn umlegen konnten.«

»Ich würde gerne mit dieser Frau sprechen. Versucht es möglich zu machen.«

»Mal sehen, ob sie sich drauf einlässt. Kurze Frage noch: Was ist mit den Telefonaten, die Gerd …?«

»Nichts Auffälliges.«

»Und die Kontobewegungen?«

»Habt ihr doch schon bei Nina eingesehen. Ansonsten haben wir kein weiteres auf Gerd zugelassenes Konto gefunden. Und der auf wundersame Weise verschwundene BMW war zwar auf Gerds Namen zugelassen, wurde aber nicht in Deutschland gekauft, sondern in Litauen bei einem Händler namens Ivanauskas. Er vertreibt deutsche Nobelkarossen in so ziemlich alle europäischen Länder, in der Regel fünfundzwanzig bis dreißig Prozent unter dem deutschen Preis. Er gilt als Bestandteil des organisierten Verbrechens, wird aber nicht belangt, weil er eine Art Immunität besitzt. Gerds Wagen wurde auch in Litauen zugelassen, allerdings, wie ihr gesehen habt, mit ganz regulären Kieler Kennzeichen und Papieren. So viel mein kleiner Beitrag zu euerm Exkurs in die OK.«

»O Scheiße! Das gibt's doch nicht …« Mit einem Mal hielt Henning inne, fasste sich ans Kinn und meinte: »Aber das ist ein Ansatzpunkt, wenn wir mit den Kollegen vom LKA sprechen. Dein kleiner Beitrag war gar nicht so klein, sondern hilft uns sogar sehr, er ist quasi die Eingangstür.« Er grinste dabei und klopfte Harms auf die Schulter. »Danke für alles.«

»Wofür?«

327

»Vielleicht einfach nur dafür, dass du unser Chef bist. Wir machen uns dann mal auf die Socken, Gerds geheimes Apartment aufsuchen. Und später statten wir Lehmann und Klose einen kleinen Besuch ab.«

»Warum geht ihr nicht zuerst zu Kurt?«

»Was sollen wir bei ihm? Alle Infos, die wir brauchen, bekommen wir von unsern Spezis Lehmann und Klose. Du weißt ja, wie du uns erreichen kannst. Wir melden uns auch mal zwischendurch. Bis später.«

»Seid um Himmels willen vorsichtig, ich möchte nicht, dass ihr euch unnötig in Gefahr begebt. Hört ihr, das ist keine Bitte, sondern eine Order.«

»Wir hängen an unserm Leben«, sagte Santos. »Und wir werden so vorsichtig sein wie die Igel bei der Paarung.«

»Habt ihr schon mal Igel gesehen, wenn sie's treiben?«

»Nee.

»Woher wollt ihr dann wissen, wie sie's machen? Haut ab und meldet euch. Und keine Alleingänge ohne meine Zustimmung. Wir bewegen uns auf sehr dünnem Eis.«

Draußen sagte Santos: »Es war richtig, dass wir ihn eingeweiht haben. Ich hätte ein ungutes Gefühl gehabt, hätten wir ihn außen vor gelassen.«

»Komm, wir schauen kurz bei Ziese vorbei.«

»Hä? Eben wolltest du doch …«

»Das war eben, ich hab's mir anders überlegt. Wirklich nur kurz.«

»Meinetwegen, ich weiß aber ehrlich gesagt nicht, was das bringen soll.«

»Ich will nur wissen, was er mit Klose und Lehmann besprochen hat.«

Henning klopfte an und öffnete die Tür, ohne ein Herein abzuwarten. Ziese, der eine Kaffeetasse auf dem Tisch stehen hatte, verstaute blitzschnell etwas in der untersten Schublade, trank die Tasse leer, stellte sie hinter sich auf das Regal, holte einen

Pfefferminzbonbon aus seiner Jackentasche und steckte ihn in den Mund. Das Büro war erfüllt vom intensiven Duft eines Eau de Toilette, das Fenster stand sperrangelweit auf, und sehr kühle Luft strömte herein.

»Ja, was gibt's?«, fragte er, wobei sein Blick unruhig wirkte.

»Wir wollten nur hören, was du in Erfahrung bringen konntest«, sagte Henning.

»Nicht viel, außer dass Gerd mit den Kollegen Klose und Lehmann vom LKA zusammengearbeitet hat. Wie ich schon gestern sagte, ging es im Wesentlichen um Observierungen.«

»Und im Unwesentlichen?«

»Razzien, die Vorbereitungsarbeit dazu und natürlich viele Besprechungen.«

»Hm. Und hast du irgendwas über seine Fehlzeiten rausgekriegt?«

»Nein. Ich habe mit Hinrichsen und den andern gesprochen, doch keiner konnte etwas dazu sagen. Es tut mir leid, aber ich habe keine weiteren Informationen für euch. Ihr seid die Mordkommission, also tut euern Job.«

»Das tun wir ständig. Wo ist Hinrichsen?«

»Der kommt heute nicht, ist anderweitig im Einsatz.«

»Anderweitig? Lass mich raten, das LKA hat ihn angefordert.«

»Ja, und? Ist das ein Verbrechen?«, fragte Ziese ungewohnt schroff. Er machte einen übernächtigten Eindruck, hatte tiefe Ringe unter den Augen und schien nervös zu sein. Seine Haut wirkte leicht gelblich, was am fahlen Licht liegen konnte, seine Hände zitterten ein wenig.

»'tschuldigung, aber es war nur eine Frage. Wir sind schon wieder weg.« An der Tür drehte Henning sich noch einmal um und sagte: »Du siehst nicht gut aus, es wäre vielleicht besser, wenn du nach Hause gehen würdest.«

»Es geht mir gut«, entgegnete Ziese. »Wenn ihr bitte die Tür hinter euch zumachen würdet.«

Auf dem Weg zum Parkplatz sagte Santos: »Was ist los mit ihm? So hab ich ihn noch nie erlebt.«

»Hast du bemerkt, wie er schnell was in der Schublade verschwinden ließ?«

»Nein.«

»Und ist dir etwa auch nicht der Geruch aufgefallen und wie nervös er war?«

Santos sah Henning von der Seite an und meinte: »Tut mir leid, ich war mit meinen Gedanken woanders.«

»Ich glaube, er trinkt. Der hat sich zwar mit Eau de Toilette eingedieselt, aber in seinem Büro hat's nach Schnaps gerochen.«

»Jetzt mach mal halblang, ist vielleicht nur wegen Gerd. Kurt ist einfach fertig, dass das ausgerechnet kurz vor seiner Pensionierung passiert ist.«

»Schon möglich. Trotzdem war das eben typisches Alkoholikerverhalten – schnell die Buddel verstecken, schnell austrinken, Pfefferminzbonbon, in Eau de Toilette baden. Seine Frau weiß vermutlich nichts davon oder will es nicht wahrhaben.«

»Komm, du bildest dir da was ein ...«

»Nee, auch sein Desinteresse gestern hat mich schon gewundert. Angenommen, Gerd wusste von Kurts Problem und hat genau aus diesem Grund nicht mit ihm gesprochen? Ein Alkoholiker redet manchmal viel, bisweilen zu viel.«

»Auch das ändert nichts an userm aktuellen Problem. Wenn er an der Flasche hängt, was ich nicht glaube, ist das seine Sache. Wir können ihm bestimmt nicht helfen, wir sind schließlich nicht die Anonymen Alkoholiker. Wir haben wirklich Wichtigeres zu tun.«

»Hast ja recht. Du siehst heute übrigens verdammt gut aus.«

»Find ich auch«, entgegnete sie schmunzelnd. »Mal schauen, was die Männer auf der Straße machen.«

»Sich nach meiner äußerst hübschen Begleiterin umdrehen.«

»Eifersüchtig?«

»Hängt davon ab, wie nahe dir jemand kommt.«

»Ich kann mich ganz gut wehren.«

»Und wenn's ein überaus gutaussehender Millionär wäre?«

»Sag mal, was ist heute in dich gefahren? Hast du irgendwas eingeworfen?«, fragte sie grinsend.

»Wer fährt, du oder ich?«

»Ich«, sagte Santos. »Schlüssel her. Aber da wir nicht gefrühstückt haben und ich einen Bärenhunger habe, werden wir unterwegs erst mal anhalten und uns was genehmigen.«

DONNERSTAG, 9.55 UHR

Kiel, Stadtteil Gaarden, Iltisstraße. Sie fanden einen Parkplatz nur wenige Meter vom Haus entfernt. Es war eines von diesen vielen gleichförmigen und eintönigen Mehrfamilienhäusern, für die Kiel bekannt und derentwegen es auch mit einem eher negativen Ruf behaftet war. Viele bezeichneten die Stadt als langweilig, öde, eintönig, leblos, lieblos, doch sowohl Henning als auch Santos liebten ihre Stadt, denn es gab Ecken mit einem besonderen Flair, und ein Spaziergang am Hafen konnte von so manch düsteren Gedanken befreien, vor allem, wenn eine steife Brise von der See in die Stadt und in die Nase wehte.

Sie gingen zu dem Haus, sahen die Namensschilder durch, bis sie bei den Initialen »G.W.« hängenblieben.

»Zweiter Stock«, murmelte Henning und schloss die Haustür auf. Im Treppenhaus roch es muffig, als wäre seit ewigen Zeiten nicht gelüftet worden, die Treppe war ausgetreten und hätte einer dringenden Erneuerung bedurft, auf der Fensterbank zwischen dem Erdgeschoss und dem ersten Stock stand eine halb vergammelte Grünpflanze, um die sich offensichtlich niemand kümmerte, ein paar Stufen weiter das gleiche Bild.

331

»Trostlos«, sagte Henning.

»Aber ein ideales Versteck. Ich wette, hier lebst du so anonym wie auf einer einsamen Insel.«

Sie betraten das Apartment, in dem kalter Rauch wie eine unsichtbare Wolke in der Luft hing. Zwei Paar Herrenschuhe standen direkt neben dem Eingang im engen Flur, an der Wandgarderobe hingen eine Lederjacke und ein Trenchcoat, auf der Ablage waren ein Schal und ein paar Handschuhe. Das Wohnzimmer war etwa sechzehn Quadratmeter groß. Es war komplett eingerichtet mit einer beigefarbenen Couch, einem dazu passenden Sessel, einem Tisch, auf dem ein Glas stand, daneben eine leere Weinflasche, im Aschenbecher vier Kippen, die Fernsehzeitung lag auf dem Boden. Auf der Fensterbank ein paar pflegeleichte Kakteen und Sukkulenten, dicke, lichtundurchlässige Vorhänge hingen bis zum Boden. Auf der anderen Seite eine bis fast an die Decke reichende, aber nicht sehr breite Regalwand, in der nichts war außer ein paar Büchern und einem Funkwecker. Daneben auf einem Phonotisch ein Fernseher, ein DVD-Rekorder und eine Mini-Hi-Fi-Anlage. Durch eine Tür gelangte man in eine fensterlose Schlafnische, die von einem breiten, zerwühlten Bett ausgefüllt war, dessen Bezug und Laken aus rotem Satin bestanden. Gegenüber vom Bett befand sich die Dusche, Santos warf einen Blick hinein, sah ein Herrenduschgel, Rasierzeug, Flüssigseife, eine Zahnbürste und einen Zahnbecher und mehrere Rollen Toilettenpapier. Nichts, aber auch rein gar nichts deutete auf die häufige Anwesenheit einer Frau hin, nicht einmal in der kleinen Küche, die nur mit dem Notwendigsten ausgestattet war.

»Die waren aber verdammt vorsichtig«, sagte Santos. »Nicht ein Teil, das auf Ivana hindeutet.«

»Es war nur einmal abgeschlossen. Ich werde Ivana fragen, ob das normal ist. Dann fangen wir mal an. Was fällt dir auf?«

»Sören, bitte, ich bin kein Frischling, der gerade von der Polizeischule kommt, also behandel mich auch nicht so«, konterte Santos gereizt, die es auf den Tod nicht ausstehen konnte, wenn Henning sich oberlehrerhaft oder wie ein Ausbilder ihr gegenüber verhielt.

»Sorry, war nicht so gemeint.«

»Kein einziges Bild an der Wand, kein Foto, kein Telefon, kein PC. Ich glaube nicht, dass irgendjemand außer Gerd und Ivana von dieser Wohnung Kenntnis hatte«, sagte Santos und nahm vorsichtig ein Buch nach dem andern aus dem Regal, sah nach, ob womöglich eine Notiz darin versteckt war, und beendete die Suche nach nicht einmal zehn Minuten. Henning nahm derweil die Küche, die Dusche und die Schlafnische unter die Lupe und gab nach einiger Zeit enttäuscht auf.

»Hier finden wir nichts. Aber es kann ja auch sein, dass Ivana uns angelogen hat und hier war, um bestimmte Sachen zu entfernen«, meinte Henning.

»Sie hat uns sowieso nicht die volle Wahrheit gesagt, aber ich glaube nicht, um uns reinzulegen, sondern aus einem andern Grund. Ist dir aufgefallen, wie ruhig sie sich nach außen hin gab? Dabei hat sie sich nur perfekt im Griff gehabt. Das Einzige, was sie wohl eher unbewusst gemacht hat, war, an ihrem Daumen zu pulen, ein Zeichen für Nervosität.«

»Was willst du damit andeuten?«

»Ich will gar nichts andeuten, es ist nur eine Feststellung. Ich versuche mich in ihre Lage zu versetzen, wie ich an ihrer Stelle agieren würde.« Santos ging zum Fenster und sah hinunter zur Straße, auf der nur wenige Fahrzeuge und kaum ein Mensch unterwegs waren.

»Dann lass mal hören.«

»Sie hat ihre Schwester verloren und sich irgendwie in die Organisation eingeschlichen oder eingeschleust. Vorausgesetzt, ihre Vorgeschichte stimmt, nämlich dass sie bei der Polizei war, dann ist sie da schon ein gewaltiges Risiko eingegangen, denn

333

ich kann mir nicht vorstellen, dass sie nicht überprüft wurde. Jetzt ist sie aber drin, arbeitet in der Buchhaltung und weiß zumindest über die Kontobewegungen Bescheid, und da es hier um Millionensummen geht, hat sie definitiv eine Vertrauensstellung inne …«

»Nicht so hastig. Laut eigener Aussage ist das mit dem Vertrauen nicht so weit her, sonst würde sie auch die Namen hinter den Nummern kennen, und außerdem sagt sie selbst, dass sie ständig überwacht wird«, warf Henning ein, der einen Blick unter den Wohnzimmertisch warf und anschließend den Teppich anhob.

»Lass mich doch mal ausreden. Ich versuche mich nur in ihre Lage zu versetzen. Ich hätte gestern Abend mit Sicherheit auch nicht gleich alles preisgegeben. Sie kennt die Namen, da bin ich absolut sicher, sie will aber erst sehen, ob sie im Notfall auch wirklich auf uns zählen kann. Sie hat sich ja schon extrem weit aus dem Fenster gelehnt, als sie das mit dem Organhandel ausplauderte. Ich weiß nicht, ob ich so weit gegangen wäre. Aber für mich gibt es noch etwas, das mich nachdenklich stimmt. Sie ist seit über zwei Jahren Mitarbeiterin in der Firma, aber das kann nicht ihr Endziel sein. Eine Frau wie sie, die in der Buchhaltung einer Verbrecherorganisation versauert, obwohl genau diese Organisation ihre Schwester auf dem Gewissen hat? Nee, das passt vorne und hinten nicht.« Santos schüttelte den Kopf und fuhr fort: »Sie will mehr, viel mehr. Ihren eigenen Angaben zufolge hat sie bereits eine Frau umgebracht, die Professorin von Larissa. Was, wenn sie nur auf eine Gelegenheit lauert, einen der führenden Köpfe zu erwischen? Einen Namen haben wir – Luschenko –, obgleich Ivana behauptet, dass an ihn kein Rankommen sei. Bleibt noch ein anderer, nämlich dieser ominöse Cheforganisator. Vielleicht war er ja schon damals mitverantwortlich für die Transporte und damit maßgeblich am Tod von Larissa beteiligt?«

»Aber dann hätte sie doch mindestens zwei Jahre Zeit gehabt, ihn umzulegen. Irgendwann hätte sich bestimmt die Gelegenheit ergeben, denk ich zumindest.«

»Und wenn nicht? Vielleicht ist er rund um die Uhr von Bodyguards umgeben?«

»Lisa, wenn's in zwei Jahren nicht geklappt hat, dann wird sie bis zum Sankt-Nimmerleins-Tag warten müssen. Ich geb dir recht, sie hat irgendwas vor, und sie will uns dabeihaben. Ich frag mich nur, was das sein könnte und warum oder besser wofür sie uns dabei braucht?«

»Das wird sich noch zeigen. Ich an ihrer Stelle würde aber alles daransetzen, ganz oben klar Schiff zu machen. Luschenko, nur als Beispiel. Sie trägt einen unsäglichen Hass mit sich rum, seit sie weiß, was in der Firma so abläuft. Ich meine, ich brauche nur an meine Schwester zu denken, und da kommen automatisch Rachegelüste hoch. Ich stell mir vor, ich stehe eines Tages einem von diesen Schweinekerlen gegenüber, ich könnte für nichts garantieren. Und bei Ivana ist das alles noch viel extremer, denn sie weiß um diese abgrundtiefe Menschenverachtung um sie herum, der auch ihre Schwester zum Opfer gefallen ist. Sie wird einen Teufel tun und freiwillig länger als nötig mit diesen Leuten zusammenarbeiten, nachdem sie weiß, wie viele Menschenleben diese verdammte Organisation auf dem Gewissen hat. Sie sucht für meine Begriffe nach einem Weg, ihre Rache auch auszuüben.«

»Halt mal. Steigere dich jetzt bitte nicht in etwas hinein, was vielleicht gar nicht stimmt …«

»Ich steigere mich in gar nichts rein. Wir haben doch Fakten. Gerds Ermordung, die Ermordung einer möglichen Profikillerin. Dazu Ivanas recht plausible Geschichte. Warum hätte sie uns das alles auftischen sollen, wenn das nur erstunken und erlogen wäre? Sie kennt ja sogar Details aus deinem Leben, die sie wiederum nur von Gerd haben kann. Jetzt ist Gerd aber tot, und Ivana steht allein da. Da ist niemand mehr, mit dem sie reden kann, außer wir. Also geben wir ihr die Chance, allmählich mit sämtlichen Informationen rauszurücken, denn sie hat wesentliche Teile zurückgehalten, da bin ich sicher. Mir kommt sie so ein bisschen wie eine einsame Wölfin vor, die ihre Jungen verloren hat und selber nichts mehr zu verlieren hat. Kannst du meine Gedankengänge nachvollziehen?«

»Irgendwie schon. Ich frag mich nur, welche Rolle Gerd dabei zukam? Ich kauf ihr ab, dass er als Informant tätig war, aber nur dafür jeden Monat drei- oder viertausend Euro zu kassieren«, er wiegte den Kopf zweifelnd hin und her, »das erscheint mir doch reichlich viel. Außerdem frag ich mich, wozu die einen Informanten brauchten, wenn außer ihm noch sechzehn weitere Beamte auf deren Lohnliste stehen? So eine exponierte Position hatte er nun auch nicht inne, im Gegenteil.«

»Ivana hat doch davon gesprochen, dass alle erst auf ihre Tauglichkeit und Zuverlässigkeit getestet werden. Man hat sich versichert, dass er tatsächlich zuverlässig ist und die entsprechenden Informationen liefert, obgleich man die schon längst aus andern Quellen hatte, bis man ihn dann vor knapp zwei Wochen zum ersten Mal anderweitig eingesetzt hat. Obwohl ich mir vorstellen kann, dass er auch schon vorher in andere Bereiche reinschnuppern durfte. Rechne doch einfach mal hoch. Er kriegt dreitausend im Monat, also sechsunddreißigtausend im Jahr. Bei fünf Beamten macht das hundertachtzigtausend. Nehmen wir noch zehn weitere hinzu, kommen wir auf fünfhundertvierzigtausend, ungefähr so viel, wie ein Herz kostet. Die haben die jährlichen Kosten für fünfzehn Beamte mit dem Verkauf eines einzigen Herzens wieder drin. Jetzt stell dir vor, die machen am Tag nur drei Operationen, macht einundzwanzig pro Woche, vierundachtzig im Monat und das mal zwölf. Allein in einer Klinik. Da fallen die paar mickrigen Euro für einen kleinen Bullen nicht ins Gewicht, vorausgesetzt, sie halten ihn für geeignet, die Leiter nach oben zu klettern. Ich denke, Gerds ganz großer Pluspunkt waren seine Russischkenntnisse. Ein Deutscher, der so perfekt Russisch spricht, ist für eine solche Organisation doch Gold wert. Und wenn er nur als Übersetzer dient oder Mittelsmann.«

»Klingt logisch«, meinte Henning. »Aber mich beschäftigt immer noch die Frage, was er gemacht hat oder wem er auf die Füße getreten ist, dass man ihn beseitigen musste. Ich kann mir nicht vorstellen, dass er unvorsichtig gewesen sein soll und sich der Gefahr nicht bewusst war, in der er von Anfang an schwebte. Und er muss sich genauso dieser Gefahr bewusst gewesen sein, als er, sollte es denn stimmen, mit einem unserer Kollegen gesprochen hat. Das soll jetzt nicht anmaßend klingen, doch ich glaube, er hätte als Erstes mich eingeweiht und nicht irgendeinen andern, oder?«, sagte er und sah Santos dabei fragend an, als würde er von ihr eine Zustimmung erhoffen.

»Tut mir leid, aber ich glaube das eher nicht. Du warst zwar sein Freund, aber du bist beim K 1 und kennst dich mit der Materie OK nicht aus. Und du hast auch nicht gewusst, dass zwischen ihm und Nina nichts mehr lief. Du hast vieles von ihm nicht gewusst, *wir* haben vieles nicht gewusst.«

»Ob das mit Nina seine Richtigkeit hat, wage ich zu bezweifeln. Ivana hat ihn über alles geliebt, da wird der Blick schon ziemlich getrübt. Wir hätten doch gemerkt, wenn es in der Ehe gekriselt hätte, oder?«

»Ich kenne eine Ehe, wo so perfekt geschauspielert wird, dass sie dich glauben machen, alles wäre in bester Ordnung. Meine Mutter hat mir davon erzählt, und ich wollte es erst nicht glauben.«

»Okay, lassen wir das. Hast du dir das Bett mal näher angeschaut? Nur ein Kopfkissen und eine Zudecke. Seltsam, was? Und soweit ich das auf dem Laken erkennen konnte, sind da auch keine Spermaflecken. Und auch sonst nichts, das auf eine Frau hindeutet. Bisschen sehr seltsam.«

337

Santos ging zum Bett, hob die Decke an und sagte: »Das ist doch keine normale Zudecke, eher so was, wie man es bei uns in Spanien hat. Darunter passen sogar mehr als zwei Leute. Und außerdem gibt es welche, die ohne Kopfkissen schlafen. Aber fragen wir doch Ivana.«

»Sie wird uns wieder eine nette Geschichte auftischen, und wir können sie schlucken oder nicht.«

»Sören, sie lügt nicht, sie verheimlicht nur etwas, das macht für mich den Unterschied. Lass uns gehen, diese Bude erdrückt mich. Ach ja, im Aschenbecher liegen Kippen, falls du das übersehen haben solltest. Gerd hat aber nicht geraucht. Und das sind Gitanes, genau die Marke, die Ivana raucht. Sie war also hier, die Kippen sind für mich Beweis genug. Außerdem hat sie dir freiwillig Haare von sich gegeben. Ich wette, wenn die Spusi die Bude auf den Kopf stellen würde, die würden jede Menge Hinweise finden, die mit einer Frau in Verbindung gebracht werden könnten. Zum Beispiel Haare. Wann hattest du eigentlich vor, Jürgens die Haare zu bringen?«

»Nachher.«

»Vor oder nachdem wir mit unsern lieben Freunden vom LKA gesprochen haben?«

»Jetzt gleich.«

»Und danach schauen wir, was Lehmann und Klose so treiben. Wem von beiden würdest du am ehesten zutrauen ...«

»Beiden und keinem. Und jetzt komm, ich will auch raus hier.«

»Und was machen wir jetzt mit der Wohnung?«

»Nichts, zumindest vorläufig. Es gibt diese Wohnung offiziell gar nicht. Ich hoffe nur, dass Ivana uns wie versprochen anruft.«

Sie schlossen zweimal hinter sich ab und gingen nach unten, kein Ton hinter irgendeiner Tür, niemand, der ihnen auf der Treppe begegnete.

Regen hatte eingesetzt, ein kalter, böiger Wind fegte durch die Straßen und ließ das schöne Wetter der vergangenen Tage in

Vergessenheit geraten. Santos klappte den Kragen ihrer Jacke hoch, rannte zum Auto, startete den Motor und fuhr zur Rechtsmedizin.

Jürgens befand sich gerade mitten in einer Autopsie, bei der mehrere Polizeibeamte und solche, die es werden wollten, anwesend waren. Pflichtunterricht, den jeder regelmäßig absolvieren musste. Henning bat ihn, den Anschauungsunterricht für einen Moment zu unterbrechen, gab ihm die Haare und sagte: »Vergleich die mal mit denen, die du bei Gerd gefunden hast. Tu mir aber einen Gefallen und behalt's vorläufig für dich. Erklärung folgt später.«

»Klingt spannend.«

»Es ist mehr als das. Und du als Arzt bist doch an die Schweigepflicht gebunden.«

»Nicht als Rechtsmediziner gegenüber der Staatsanwaltschaft. Aber angenommen, ihr würdet zu mir kommen, wenn ich nicht im Dienst bin und ihr hättet ein medizinisches Problem ...«

»Hast du heute Abend was vor?«

»Eigentlich schon. Aber ich habe nach fünfzehn Uhr hier nur noch Routinekram zu erledigen. In meinem Büro um vier?«

»Ehrlich gesagt wär's mir lieber, wir würden uns an einem neutralen Ort treffen. Ich ruf dich um drei an, und wir machen einen Termin aus. Ist das okay für dich?«

»Klingt spannend. Aber gut, schlag einfach was vor.«

»Danke. Und ich verlass mich auf deine Verschwiegenheit.«

»Das ist eine meiner größten Stärken«, erwiderte Jürgens grinsend, um gleich darauf wieder ernst zu werden. Er legte eine Hand auf Hennings Schulter. »Wir sehen uns. Und du mach dir nicht so 'n Kopf, das fällt nämlich auf.« Er sah Henning noch einmal an und verschwand wieder in seinem Reich.

»Du willst ihn einweihen?«, fragte Santos.

»Er ist Mediziner.«

339

»Aber damit wären wir dann schon vier, die davon wissen. Wem willst du noch davon erzählen?«

»Niemandem. Volker hält dicht und Jürgens sowieso. Hast du etwa Angst?«

»Nee, ich bin nur vorsichtig. Was jetzt, Lehmann und Klose?«

»Lehmann und Klose.«

DONNERSTAG, 11.25 UHR

Sie bewegten sich mit schnellen Schritten auf den Eingang des Landeskriminalamts zu, als Henning angerufen wurde. Ein Blick auf die Nummer, und er meldete sich mit einem »Hallo, Volker«.

»Wo seid ihr?«

»LKA.«

»Das trifft sich gut, Klose hat nämlich gerade angerufen und wollte dich sprechen. Er ist in seinem Büro.«

»Hat er gesagt, was er will?«

»Nein, er hat nur gemeint, er hätte Informationen, die euch interessieren dürften. Mehr nicht. Lass mal schnell hören, was war in Gerds Wohnung?«

»Eine anonyme Absteige mit nur dem Notwendigsten drin, das heißt, er scheint nicht sehr oft dort gewesen zu sein, außer zum … Na ja, du weißt schon, was.«

»Aber es ist definitiv seine Wohnung?«

»Auf dem Namensschild stehen seine Initialen, der Schlüssel passt, also wird's schon seine Bude sein. Noch was?«

»Meldet euch noch mal, wenn ihr bei Klose fertig seid.«

Harms legte auf, und Henning sagte zu Santos: »Wir werden bereits erwartet.«

»Aha, da bin ich ja mal gespannt.«

340

Kloses Büro befand sich im dritten Stock. Er war allein.

»Das ging aber fix. Ich hab doch erst vor ein paar Minuten mit Harms gesprochen. Nehmt Platz«, sagte er mit seiner sonoren Stimme, während er seine mindestens einsneunzig vom Stuhl hievte und erst Santos, dann Henning die Hand reichte.

»Wir waren gerade auf dem Weg zu Ihnen«, sagte Henning.

»Wo ist Ihr Kollege?«

»Lehmann? Irgendwo unterwegs, er hat sich nicht bei mir abgemeldet.«

»Ich dachte, Sie sind ein Team«, meinte Santos.

»Sind wir auch, trotzdem ziehen wir hin und wieder allein los. Kaffee? Ich geb einen aus.«

»Nein, danke«, lehnte Henning ab, während Santos nickte.

»Ich hätte gerne einen.«

»Kommt sofort.« Klose ging nach draußen.

Henning sagte schnell: »Wollen wir wetten, dass Lehmann mit Hinrichsen unterwegs ist?«

»War auch mein erster Gedanke. Die müssen wirklich Personalnotstand haben.«

Oder hier ist was faul, dachte Henning.

Klose kehrte wenig später mit zwei Bechern, in denen der heiße Kaffee dampfte, zurück. »Bitte schön, aber Vorsicht, ist noch heiß.«

»Sie haben Informationen?«, fragte Henning.

Klose nippte an seinem Becher, verzog den Mund, weil er sich offenbar verbrannt hatte, und meinte: »Informationen wäre vielleicht zu viel gesagt, aber mir sind da einige Dinge eingefallen, die mir im Nachhinein etwas merkwürdig vorkommen. Um's kurz zu machen, Gerd wurde von uns seit ziemlich genau anderthalb Jahren mal mehr, mal weniger häufig eingesetzt. Wie ich aber gestern schon betonte, handelte es sich fast nur um Observierungen oder Razzien, bei denen wir seine Unterstützung brauchten ...«

341

»Augenblick, sind Sie der Dienststellenleiter? Ich hab das Schild draußen nicht gelesen«, sagte Henning.

»Nein, ich bin ein stinknormaler KHK. Hin und wieder leite ich die Ermittlungen.«

»Und Lehmann?«

»Warum interessiert Sie das?«

»Einfach so, wir sind eben neugierig«, meinte Henning grinsend.

»Lehmann ist einer unserer Spezialisten. Fragen Sie ihn irgendwas übers Oganisierte, er hat eine Antwort parat. Wollen Sie mit ihm sprechen?«

»Nein, hat mich nur interessiert.«

»Gerd war stets präsent, wenn wir ihn anforderten, er hat sich geradezu aufgedrängt, bei uns mitmachen zu dürfen. Verstehen Sie, was ich damit ausdrücken will?«

»Nicht ganz«, sagte Santos.

»Wenn wir normalerweise jemanden aus andern Dienststellen anfordern, egal, ob OK, Drogen, Sitte oder eine andere Abteilung, kriegen wir oft zu hören, sie hätten keine Kapazitäten frei. Aber wenn ich Ziese angerufen habe oder bei ihm war, hieß es sofort, natürlich, Gerd hat Zeit. Ab und an auch mal Hinrichsen wie heute. Das mag nichts zu bedeuten haben, aber dennoch kommt mir das im Nachhinein etwas seltsam vor, ohne dass ich dieses Seltsame erklären könnte. Ich habe mich gefreut und auch keine Fragen gestellt, nur jetzt fällt mir das auf. Ich wiederhole mich ungern, aber er hat sich förmlich aufgedrängt, bei uns mitzumischen.«

»Moment, wer hat sich aufgedrängt, Ziese oder Gerd?«, wollte Santos wissen.

»Gerd, aber er hatte ja den Segen seines Chefs.«

»Wen haben Sie zuerst kontaktiert, Ziese oder Gerd?«

»Ziese natürlich, wir gehen grundsätzlich den offiziellen Weg. Wir waren wieder mal unterbesetzt und brauchten dringend

Unterstützung. Er hat uns vorgeschlagen, er würde mit Gerd sprechen, und dann passierte das, was ich eben schon erzählt habe. Wir kamen mit Gerd ins Gespräch, und dabei stellte sich heraus, dass er unter allen Umständen mal in einer andern Liga mitspielen wollte. Und eben wegen dieser permanenten Unterbesetzung hab ich das Angebot gerne angenommen.«

»Das heißt, Ziese hat Gerd nur vorgeschlagen, Gerd war dann aber die treibende Kraft?«

»Ja und nein. Ziese hat erklärt, dass er einen fähigen Mann habe, der doch auch mal in was anderes reinschnuppern sollte, anstatt mehr im Büro als draußen Dienst zu machen.« Klose warf Henning einen fragenden Blick zu und strich sich mit der Hand übers Kinn.

»In welche Richtung denken Sie jetzt?«, fragte Henning.

»Noch keine, aber das Merkwürdige ist, und das ist mir auch erst vorhin eingefallen, dass zum Beispiel bei allen Razzien, die wir durchgeführt haben, nur eine erfolgreich war, obwohl es sich dabei auch nur um einen minimalen Erfolg handelte.«

»Wollen Sie damit andeuten, dass Gerd für die andere Seite gearbeitet hat?«, gab sich Henning unwissend. Und außerdem wollte er hören, was Klose noch anzubieten hatte.

»Ich will gar nichts andeuten«, antwortete Klose, beugte sich nach vorn, die Arme auf dem Tisch abgestützt, und sah Henning und Santos mit nachdenklicher Miene an. »Lag es an Gerd, dass unsere Razzien fast allesamt in die Hose gingen, oder war es nur Zufall? Sie kannten ihn doch recht gut.«

»Ich kannte ihn privat, aber nicht beruflich. Und wenn wir uns privat trafen, sprachen wir über alles, nur nicht über den Job.«

»Ach, kommen Sie«, entgegnete Klose mit einer wegwerfenden Handbewegung, »diesen Käse können Sie jemand anderem erzählen, aber nicht mir. Ich habe auch einen Freund, der bei uns arbeitet, und wenn wir mal auf'n Bier gehen, reden wir auch schon mal über das, was bei uns so abläuft. Wir tauschen sogar

343

Interna aus, obwohl wir in unterschiedlichen Abteilungen arbeiten.«

»Wir sind aber nie auf 'n Bier gegangen, weil Gerd nicht getrunken hat«, entgegnete Henning ruhig. »Wenn, dann haben wir uns bei ihm zu Hause getroffen und einen gemütlichen Nachmittag oder Abend verbracht. Ob Sie's glauben oder nicht, Gerd und ich haben nie über Berufliches gesprochen. Er war nicht der Typ dafür. Wenn er zu Hause war, wollte er von dem ganzen Mist nichts hören. Und er wollte auch seiner Frau das Übel dieser Welt ersparen.«

»Dann stellt sich doch die Frage: Warum wurde Gerd Wegner aus dem Weg geräumt? Warum waren bis auf eine alle Razzien erfolglos, seit Gerd bei uns war? Woher hatte er den schicken BMW, den nie einer von uns zu Gesicht bekommen hat?« Klose ließ sich zurückfallen und verschränkte die Arme über dem Bauch.

»Die Frage mit dem BMW stellen wir uns auch …«

»So, jetzt mal Butter bei die Fische. Ich sage Ihnen jetzt, was ich denke. Gerd hat Informationen preisgegeben. Fragt sich nur, an wen?« Er zuckte mit dem Schultern. »Keine Ahnung. Aber für diese Informationen wurde er gut bezahlt, und zwar so gut, dass er sich sogar einen Luxusschlitten kaufen konnte. Egal, was er für uns gemacht hat, andere, die das nie hätten erfahren dürfen, haben's von ihm erfahren. Wie gut kannten Sie Ihren Freund, Herr Henning?«

»Soll das jetzt ein Verhör werden?«

»Nein, aber wie bemerkten Sie gestern doch so schön: Wenn eine Zusammenarbeit funktioniert, dann nur nach dem Quidproquo-Prinzip. Ich bin bereit, alle Karten auf den Tisch zu legen.«

»Woher sollen wir wissen, dass es auch alle Karten sind?«, sagte Santos freundlich lächelnd, um die Spannung aus dem Gespräch zu nehmen.

»Bitte, ein bisschen Vertrauen sollte schon drin sein. Oder halten Sie mich für ein hinterhältiges, korruptes Arschloch? Wenn ja, sagen Sie's mir offen ins Gesicht, dann ist dieses Gespräch für mich beendet, und ich werde mich an Kollegen hier im Haus wenden. Sie sollten sich dann aber darauf gefasst machen, ab sofort immer jemanden im Kreuz zu haben, der Ihnen über die Schulter schaut und Ihnen vielleicht sogar sagt, wo's langgeht. Wollen Sie das?«

»Nein. Aber das eben war doch keine Drohung, oder?«

»Ich drohe nicht, ich will nur wissen, was hier in den letzten Wochen und Monaten abgelaufen ist. Meine Abteilung wurde schon mehrfach als Trottelverein bezeichnet, weil wir einen Misserfolg nach dem andern zu verzeichnen hatten, was wir natürlich nie mit Gerd in Verbindung brachten …«

»Hatten Sie diese Misserfolge auch, wenn Gerd nicht dabei war oder in bestimmte Operationen nicht eingeweiht war?«

Klose überlegte und antwortete: »Gerd war in den letzten anderthalb Jahren fast immer mit von der Partie. Allmählich keimt in mir der Verdacht, dass wir einem Spitzel aufgesessen sind. Oder wie erklären Sie sich das alles?«

Henning fuhr sich mit der Zunge über die Innenseite seiner Wange und nickte. »Okay, unser Verdacht geht in eine ähnliche Richtung, ohne dass wir jedoch auch nur den geringsten Beweis haben. In seinem Haus wurde nichts gefunden, das auf Korruption oder andere kriminelle Aktivitäten hinweist. Wir waren gestern bei seiner Frau. Sie hat uns die Kontoauszüge vorgelegt, aber da waren keine Unregelmäßigkeiten, lediglich den BMW konnten wir nicht in den Belegen finden. Wir vermuten, dass er noch über ein zweites Konto verfügte, was aber noch zu beweisen wäre. Allerdings haben wir herausgefunden, wo er den BMW herhat. Sagt Ihnen der Name Ivanauskas etwas?«

Klose kniff die Augen zusammen. »Was wissen Sie über Ivanauskas?«

»Ich habe zuerst die Frage gestellt.«

»Ivanauskas ist ein litauischer Unternehmer, in allen möglichen

345

Bereichen tätig, unter anderem im Automobilgeschäft. Er mischt aber auch kräftig im Stahl- und Aluminiumhandel mit. Und ihm gehört eine Bank, und er hat sich in verschiedene westeuropäische Unternehmen eingekauft ... Wollt ihr noch mehr hören?«

Henning nickte.

»Er ist Supermillionär, manche behaupten, er sei Milliardär, auf jeden Fall ist er einer der einflussreichsten Männer im Baltikum, mit besten Connections nach Russland, wo er so ziemlich mit jedem kungelt, der was zu melden hat. Kennt jeden, kauft jeden, bewegt sich in einem rechtsfreien Raum, auch wenn immer mal wieder behauptet wird, man würde sich an seine Fersen heften und seine dubiosen Machenschaften auffliegen lassen. Bisher aber ist meines Wissens nichts gegen ihn unternommen worden, außer dass die USA ihm ein zeitweiliges Einreiseverbot erteilt haben, was jedoch inzwischen wieder aufgehoben wurde. Seine Unternehmen laufen zum größten Teil unter fiktiven Namen, nur sein Autohandel und ein Großunternehmen, das Autoteile herstellt, firmieren unter seinem Namen. Und er ist politisch aktiv. Es heißt, er habe eine ganze Riege von Politikern nicht nur in seinem Land gekauft und in wichtige Positionen gehievt. Wir kennen ihn, wir wissen, wie er aussieht, wir kennen seine Geschäftspraktiken, vor allem wissen wir aber, dass er seine Leute überall verteilt hat. Von seiner Sorte gibt es einige, unter denen er beileibe nicht der Einflussreichste ist. Da gibt's noch ganz andere Kaliber, vor allem in Russland.« Er machte eine kurze Pause, sah in seinen Becher, ob noch Kaffee drin war, stellte ihn zurück und meinte: »Gerd hat also seine Karre bei ihm erstanden. Tja, da hat er sich wohl mit den falschen Leuten eingelassen.«

»Er hat nicht nur das Auto bei Ivanauskas gekauft, sondern auch die Papiere aus Litauen bekommen, einschließlich eines Kieler Kennzeichens. Verraten Sie uns mal, wie so was läuft?«

»Ganz simpel. Ich gehe zu dem Händler, lege das Geld bar auf den Tresen, und er bietet mir an, das Auto auch gleich zuzulassen, ganz legal mit deutschen Papieren und Kennzeichen, kostet mich nur ein paar Euro Aufpreis, genau wie hier ...«

»Und das läuft ganz legal ab?«

Klose lachte auf, ließ einen Moment verstreichen und fuhr fort: »O Mann, was ist schon legal?! Wer über die Connections und die Kohle verfügt, kriegt auf diesem verdammten Planeten alles, da sind ein paar Autopapiere Kinderkram. Hast du Kohle, kriegst du Osmium, Plutonium, was immer das Herz begehrt. Wofür du's brauchst, danach fragt keiner, wenn die Kasse stimmt.«

»Und Flensburg? Ich meine, die Autos müssen doch dort registriert sein.«

»Herr Henning, vertun wir doch nicht unsere Zeit mit diesem Zeug. Ich hab echt keinen Bock, jetzt eine Abhandlung über die OK zu halten, vielleicht mal bei 'nem Bier, okay? Aber nur eins noch – die Osteuropäer, allen voran die Russen, haben in kaum fünf Jahren das Geheimnis der Marktwirtschaft, der Korruption und Einschüchterung gelernt, wofür der Westen hundert oder zweihundert Jahre gebraucht hat. Die haben verdammt schnell gelernt, wie das Geschäft funktioniert. Die gehen über Leichen, da kommt's auf einen mehr oder weniger nicht an. Wer nicht hundertprozent mitzieht, wird kaltgemacht. Wir haben gerade letztens bei einem Seminar gehört, dass allein in den vergangenen zwei Jahren über hundert Topmanager entweder spurlos verschwunden sind oder ermordet wurden. Von anderen, die weiter unten standen, ganz zu schweigen.« Klose beugte seinen bulligen Oberkörper nach vorn und fixierte Henning. »Normalerweise halte ich mich zurück, aber das, was aus dem Osten seit ein paar Jahren zu uns rüberschwappt, ist eine riesige Jauchegrube, die hier bei uns ausgeschüttet wird. Halten Sie mal Ihre Nase in den Wind, es stinkt gewaltig. Vor sechzig Jahren kamen die Russen mit Panzern, heute kommen sie mit einem Haufen Kohle, die sie bei uns investieren und so allmählich den Markt übernehmen. Das ist die Realität, die aber keiner sehen will. Tja, so ist das eben.«

Klose lehnte sich wieder zurück, die Hände über dem Bauch gefaltet.

»Ist das nicht ein bisschen übertrieben? Ich meine, Gerds Frau ist auch Russin.«

»Ich werd'n Deibel tun und alle über einen Kamm scheren, aber die, mit denen wir es in unserer Abteilung zu tun haben, die lösen bei mir eine heftige Allergie aus und einen gewaltigen Juckreiz in den Fingern, wenn Sie verstehen. Nur, an diese Scheißbrüder kommen wir nicht ran, und wenn doch mal, sind wir die Arschlöcher, weil wir gleich wieder zurückgepfiffen werden.«

»Von wem?«

Klose zeigte zur Decke und antwortete: »Von oben natürlich. Wir sind doch nur die Deppen vom Dienst. Ich erzähl Ihnen eine kleine Geschichte, die jetzt gar nichts mit den Russen zu tun hat. Vor gut drei Jahren stand mit einem Mal ein Staatsanwalt bei mir auf der Matte und hat mich gefragt, was denn mit Dietmar Pflock sei. Sie wissen schon, der Waffenhändler, Schmiergeldzahler und Geldwäscher. Seit Jahren wurde der weltweit gesucht, und dann fragt man mich, was mit dem sei. Ich hab dem Staatsanwalt das auch gesagt, ich hatte ja überhaupt keine Infos über den Typ, wir hatten hier noch nie was mit dem zu tun, geschweige denn eine Akte auf dem Tisch. Hallo, was hab ich mit diesem Arsch zu tun, hab ich mich gefragt. Der hat sich jedenfalls nicht abwimmeln lassen. Er hat angeordnet, dass ich mich mit meinen Leuten um den Fall kümmere. Ums kurz zu machen, wir haben unter größten Mühen die Akten beschafft, und siehe da, der werte Herr Pflock war gar nicht untergetaucht, obwohl er mit internationalem Haftbefehl gesucht wurde. Er lebte ganz offen und friedlich in Madrid, hatte dort ein Luxuspenthouse und auch

348

sonst alle Annehmlichkeiten und falsche Papiere, die er aber nicht irgendwo bei einem dubiosen Fälscher gekauft hatte, nee, die waren ihm von oberster Regierungsseite ausgestellt worden, und zwar im Jahr 1996. Die haben die ganze Zeit die Öffentlichkeit und auch die Justiz an der Nase rumgeführt, nur ein paar wenige waren eingeweiht, aber die paar wenigen sind die Entscheider und Strippenzieher.«

»96? Das war doch …«

Klose winkte ab. »Vergessen Sie's, der eine ist wie der andere. Beim Prozess war ich die ganze Zeit anwesend. Das Ende vom Lied war, dass Pflock nach dem Urteil als freier Mann das Gericht verlassen durfte, weil ihm sein ehemaliger Big Boss ein Leumundszeugnis erster Güte ausgestellt hat. Ich hätt dem Typ eins in die Fresse hauen können. Uns hat er jahrelang als Dünnbrettbohrer und Dilettanten bezeichnet, dabei hat er dafür gesorgt, dass wir dauernd ins Leere gelaufen sind. Die Krönung aber war, dass der Richter, als Pflock das Schlusswort beendet hatte, aufstand und ihm Beifall klatschte. Das muss man sich vorstellen! Ich war bei so vielen Prozessen schon anwesend, und nie hat ein Richter bei einem Schlusswort zugehört. Die sind mit ihren Gedanken meist schon zu Hause bei Mutti oder bei einer ihrer Nutten, aber der steht auf und klatscht, was er niemals dürfte. Na ja, es hat mir nur einmal mehr gezeigt, wie lächerlich unser Job eigentlich ist. Wir reißen uns den Arsch auf, und andere schieben uns Dynamit hinten rein.«

»Und wie sind Sie an die Akten gekommen?«

»Das war ein langer und mühsamer Weg, bis wir auf einen Kollegen beim BKA stießen, der ebenfalls einen mächtig dicken Hals hatte. Er hat uns heimlich die wesentlichen Akten kopiert, obwohl er dabei Kopf und Kragen riskiert hat. Ohne ihn hätten wir das nie geschafft. Das nur als kleines Beispiel, mit dem ich eigentlich bloß ausdrücken wollte, dass wir bösen

Jungs vom LKA nicht immer die Bösen sind, auf jeden Fall nicht öfter als bei andern Dienststellen.«

»Hat das jemand behauptet?«, fragte Santos.

»Nee, zumindest nicht direkt. Aber ich seh euch doch an, was ihr über uns denkt …«

»Wir sind nur vorsichtig, weil wir mit dem organisierten Verbrechen normalerweise nichts zu tun haben. Wir sind doch irgendwie die Außenseiter, behandeln Vermisstenfälle und Tötungsdelikte, aber das war's dann auch.«

»Schon gut, war ja nicht gegen Sie gerichtet. Und sorry, wenn ich etwas deftig wurde, aber ich hab nur noch einen dicken Hals. Wir laufen permanent ins Leere, und die lachen sich ins Fäustchen. Doch kommen wir wieder zurück zu Gerd. Lassen Sie mich kurz zusammenfassen – Gerd hat sich bei einem der mächtigsten Männer Litauens ein Auto gekauft, mit den entsprechenden Papieren. Das erhärtet doch schon mal meinen Verdacht, dass er nicht ganz koscher war, um nicht zu sagen, er war ein korruptes Schwein. Oder sehen Sie als sein Freund das anders?«

»Ich halte mich mit derartigen Bemerkungen zurück, solange ich keine Beweise habe und auch nicht die Beweggründe für sein Handeln kenne. Seine Frau wusste nicht, woher er das viele Geld hatte. Kann es sein, dass er von irgendjemandem erpresst wurde? Bevor wir ihn an den Pranger stellen und mit Steinen bewerfen, sollten wir doch erst mal rauskriegen, warum er korrupt war. Ein einleuchtendes Motiv sehe ich nicht. Er hat nicht schlecht verdient, er hatte ein Haus, eine nette Familie …«

»Aber nur, bis seine Tochter totgefahren wurde«, warf Klose ein.

»Seine Frau ist wieder schwanger, sie hat es kurz nach dem Unfall erfahren. Das Leben fing wieder von vorn an.«

»Der Tod eines Kindes kann nie durch die Geburt eines anderen kompensiert werden«, entgegnete Klose bitter. »Niemals, hören Sie!«

350

Henning warf Santos einen schnellen Blick zu. Beide dachten dasselbe, ohne es anzusprechen.

»Ich weiß, wovon ich rede, glauben Sie mir. Mein Sohn war acht, als bei ihm Leukämie diagnostiziert wurde. Der arme Kerl hat ein Jahr lang gelitten, dass es mich fast zerrissen hat. Nichts, aber auch rein gar nichts hat bei ihm angeschlagen – bis er endlich von seinen Qualen erlöst wurde. Das ist jetzt zwölf Jahre her. Nicht einmal ein Jahr später bekamen wir eine Tochter, die von meiner Frau von vorne bis hinten betüddelt wird, bis ich es nicht mehr ausgehalten habe, weil ich nur noch ein lästiges Anhängsel war. Ich gebe zu, ich wurde mit dem Tod meines Sohnes nicht fertig, meine Frau aber hatte auf einmal eine neue Beschäftigung, dazu noch ein Mädchen, das sie sich immer gewünscht hatte. Wir haben uns scheiden lassen, doch gut geht's mir damit nicht.« Er sah Henning und Santos an und meinte plötzlich: »Entschuldigung, wenn ich Sie mit meiner Privatgeschichte belästigt habe. Das gehört nicht hierher.«

»Haben Sie nicht«, sagte Santos, die Klose plötzlich mit ganz anderen Augen sah. »Halten Sie es für möglich, dass Gerd zu Dingen gezwungen wurde, die er eigentlich nicht machen wollte?«

»Ach, wissen Sie, in unserm Geschäft gibt es nichts, was es nicht gibt. Aber gut, spekulieren wir mal ein bisschen. Sie fangen an.«

»Das mit den Fehlinformationen begann erst, als Sie Gerd ins Boot holten?«

»Nicht sofort, aber ein paar Wochen später. Manchmal handelte es sich nur um ein paar Illegale in einem Container oder Truck oder um Zigarettenschmuggler, die angeblich eine Lagerhalle für ihre Ware angemietet hatten, manchmal um eine ganz schnöde Razzia in einem Puff, wo sich laut Informant Illegale oder gar Kinder aufhalten sollten.«

»Und Ihnen kam nie der Verdacht, dass Gerd die Schwachstelle oder gar der Informant sein könnte?«

»Nein, dazu war er zu nett und kooperativ. Hätten Sie das bei ihm für möglich gehalten?«

»Noch ist nichts bewiesen, wir spekulieren nur«, bemerkte Santos.

»Für mich ist es bewiesen, aber wenn Sie mich vom Gegenteil überzeugen können, bitte. Ich frage mich nur, warum er es gemacht hat. Aus Geldnot kann's ja nicht gewesen sein, seine Frau hat ja, soweit mir bekannt, mit ihrer Malerei einigen Erfolg.«

»Das hält sich in Grenzen.«

»Gerd hat erzählt, dass sie mit dem Malen in etwa so viel verdient wie er. Er klang sogar ein bisschen neidisch. Das könnte doch ein Grund sein, warum er die Seiten gewechselt hat, oder?«

»Wir haben keine Antwort darauf, wir werden aber eine bekommen.«

»Und was macht Sie da so sicher? Lassen Sie mich raten – Sie haben schon einen Anhaltspunkt.«

»Nein, nur Vermutungen. Ich weiß, ich weiß, damit können weder Sie noch wir etwas anfangen, aber bei uns beginnt ja vieles mit Vermutungen. Eine davon ist, dass Gerd nicht der Einzige in diesem schönen Präsidium war, der sich schmieren ließ und immer noch schön die Hand aufhält. Vielleicht sind es auch mehrere. Sie sagen ja selbst, dass es nichts gibt, was es nicht gibt.«

»Hanebüchen! Ich kenne meine Leute und …«

»Ach ja? Dann war Gerd wohl der Einzige, den Sie nicht kannten«, bemerkte Santos spöttisch.

»Worauf wollen Sie hinaus?«

»Auf gar nichts. Frau Santos und ich sind leider nur bei der Mordkommission, da läuft nichts mit Handaufhalten. Und erzählen Sie mir nicht, dass Sie nicht auch schon von diversen Fällen gehört haben, wo kräftig geschmiert wurde«, sagte Henning mit einem Mal scharf. »Oder kennen Sie sogar welche, die regelmäßig abkassieren?«

»Noch ein Wort, und ich schmeiß Sie hochkant raus«, entgegnete Klose, ohne eine Miene zu verziehen. »Das ist doch genau
das, was ich vorhin angesprochen habe. Für euch sind wir von
vornherein die bösen Jungs. Ich hab in meiner ganzen Dienstzeit nicht einmal die Hand aufgehalten, darauf geb ich euch
mein Wort.«

»Wir wollten sowieso gleich gehen. Aber Gerd war ja wohl nie
auf sich allein gestellt, wenn er für Ihre Abteilung tätig war.
Gibt es vielleicht jemanden, zu dem er einen besonders guten
Draht hatte, mit dem er vielleicht sogar befreundet war?«

»Der kam mit jedem gut aus, besonders aber mit Lehmann. Die
beiden haben eine Menge zusammen gemacht. Keiner von uns
hat mehr Zeit mit Gerd verbracht als er. Sie glauben doch nicht,
dass Lehmann …«

»Ich glaube gar nichts. Lehmann ist nicht zufällig mit Hinrichsen unterwegs?«

»Wie kommen Sie darauf?«

»Wir haben da was flüstern hören, dass er heute an Sie ausge-
liehen wurde.«

»Okay, wenn Sie's schon wissen, warum fragen Sie dann?«

»Spielt er den Ersatzmann, oder hat er bisher auf der Reservebank
gesessen und nur darauf gewartet, eingewechselt zu werden?«
Henning wurde von Santos unterbrochen, die schnell das The-
ma wechselte. »Entschuldigung, wir wollen uns gar nicht in
Ihre Interna einmischen, das geht uns nichts an. Um wie viele
Fehlinformationen handelte es sich in der Zeit, als Gerd in Ih-
rem Team arbeitete?«
Henning musste sich ein Grinsen verkneifen. Er bewunderte
Lisa, wie sie die Situation so schnell erfasste und Klose nicht in die
Verlegenheit brachte, auf die provozierende Frage zu antworten.

»Zwischen zwanzig und dreißig, ich müsste die Einsatzpläne
raussuchen.«

»Und bei wie vielen Observierungen war er eingeteilt?«

»Müsste ich auch nachschauen.«

»Ist nicht so wichtig. Wie erfolgreich waren die Observierungen?«

»Kaum der Rede wert. Was bezwecken Sie eigentlich mit diesen Fragen?«

»Es könnte doch sein, dass Gerd die jeweils observierten oder zu observierenden Personen gewarnt hat, genau wie er Bordellbesitzer und andere gewarnt hat. Was war eigentlich noch mal genau mit dieser Razzia auf dem Frachter vorletztes Wochenende?«

»Wir wurden informiert, dass ein Kahn mit einem Container Frischfleisch andocken sollte. Der Name des Frachters stimmte, das war's aber auch schon. Wir haben mit Hilfe des SEK eine Riesenaktion durchgeführt, und das alles für nichts und wieder nichts.«

»Bekommen Sie öfter solche Infos, dass Schiffe mit heißer Fracht anlegen?«

»Was verstehen Sie unter öfter?«

»Täglich, einmal die Woche, einmal im Monat ...«

Klose zog eine Augenbraue hoch. »Liebe Frau Santos, so läuft das nicht. Unsere Informanten haben die Ohren nicht überall. Und wir haben zurzeit auch niemanden irgendwo eingeschleust. Wir bekommen einen Anruf und gehen dem Hinweis nach. Das passiert manchmal zwei, drei Tage hintereinander, dann wieder ist einen Monat Ebbe. So viel zu öfter. Warum wollen Sie das wissen?«

»Nur so. Sören, ich glaube, es wird Zeit, wir haben noch einiges vor.« Sie tippte auf die Uhr. Henning nickte und sah, dass es bereits Viertel vor eins war.

»Sie haben mich ausgequetscht wie eine Zitrone, und selber haben Sie nichts verraten. Sehr kollegial, wirklich sehr kollegial.«

»Wir haben doch nichts, das müssen Sie uns glauben.«

»Tu ich aber nicht.«

354

Santos beugte sich über den Tisch und sagte: »Glauben Sie's uns einfach, es ist die Wahrheit. Wir tappen noch immer völlig im Dunkeln und sind dankbar für jede Information. Tut mir echt leid.« Sie log, dass sich die Balken bogen, und hoffte, Klose würde das nicht merken. Normalerweise hasste sie es zu lügen, doch manchmal ließ es sich nicht vermeiden. Wie hier und jetzt. »Und ich denke, wir sollten endlich mit diesem blöden Gesieze aufhören, ich bin Lisa und das ist Sören.«

Henning runzelte die Stirn. Er fühlte sich überrumpelt, hatte aber keine Chance, sich zu wehren.

»Günther mit h«, sagte Klose und streckte die Hand aus. »Ich hoffe, ihr verarscht mich nicht, das kann ich nämlich überhaupt nicht leiden.«

»Wir auch nicht«, entgegnete Santos charmant lächelnd. »Bis bald. Ach, beinahe hätt ich's vergessen. Gerd war, wie Ziese sagt, in letzter Zeit öfter krank. Er war aber in dieser Zeit nicht zu Hause. War er da für euch im Einsatz?«

»Möglich. Wenn ihr mir die Daten gebt, kann ich das ganz leicht nachprüfen.«

»Du bekommst sie. Jetzt sind wir aber endgültig weg.«

DONNERSTAG, 11.50 UHR

Igor saß in seinem unauffälligen schwarzen Golf auf der anderen Straßenseite und beobachtete aus einiger Distanz das Haus. Er befand sich in Düsternbrook, dem Vorzeigeviertel von Kiel, wo sich die Reichen und angesehenen Bürger ihr Refugium geschaffen hatten und um diese Uhrzeit höchstens ein paar ältere Herrschaften allein oder mit ihren Hunden spazieren gingen oder der eine oder andere ABC-Schütze schon von der Schule nach Hause kam. Das Hotel Kieler Kaufmann lag nur wenige

355

hundert Meter entfernt. Igor hatte dort schon übernachtet, genau wie Elena, Koljakow, die Petrowa und einige andere, wenn
sie sich mit bestimmten Gästen trafen und für diesen Anlass
eine ganze Etage reserviert wurde.

Doch hier und jetzt widmete er seine ganze Aufmerksamkeit der
Villa mit den drei riesigen Wohnungen, von denen jede knapp
dreihundert Quadratmeter maß und deren Ausstattung keine
Wünsche offen ließ – Marmor und Granit im Eingangsbereich,
Marmor und Granit in den Bädern, Designerküchen und eben-
solche Lampen und Leuchten, erlesene Teppiche und ein Par-
kettboden aus amerikanischer Roteiche. Jede Wohnung hatte
einen Kamin, die Fenster reichten teilweise von der gut drei
Meter hohen Decke bis zum Boden, jeder Raum für sich war
eine kleine Wohnung. Wer es sich leisten konnte, hier zu wohnen, genoss zahlreiche Privilegien, wie einen oder gar mehrere
Tiefgaragenplätze, eine Videoüberwachungsanlage rundherum
und eine Menge mehr Komfort und Sicherheit, die nur mit dem
nötigen Kleingeld zu kaufen waren.

Er war schon einige Male in der Wohnung gewesen und hätte
selbst gern so eine gehabt, doch er konnte und wollte sich nicht
beklagen, wohnte er doch in einer Eigentumswohnung in einem
Mehrfamilienhaus, wo kaum einer den andern kannte, man sich
zwar höflich auf der Treppe grüßte, mehr aber auch nicht. Wenn
ihm nach weiblicher Gesellschaft war, bestellte er eine Frau zu
sich und verbrachte die Nacht mit ihr. In letzter Zeit war es immer dieselbe gewesen, die alles mit sich machen ließ, auch wenn
sie hinterher kaum noch laufen konnte. Für sie zählte jedoch nur
das Geld, und sie wusste, dass Igor sich nicht lumpen ließ und
jedes Mal tausend Euro auf den Tisch legte. Dafür verlangte er,
dass sie sich wie Christina Aguilera (die er über alles bewunderte, nicht nur ihrer Stimme, sondern auch ihrer Schönheit wegen, und die für ihn zu den schönsten und aufregendsten Frauen
der Welt gehörte) herrichtete und so tat, als würde sie für ihn

356

singen, und dabei strippte sie, bis sie fast nackt vor ihm stand. Den Rest erledigte dann Igor für sie. Er hatte sie eine Woche nicht gesehen und für heute Abend bestellt, aber er überlegte, ob er anrufen und einen anderen Termin ausmachen sollte. Andererseits hatte Petrowa ihm gesagt, dass er nur bis zehn observieren müsse, und für genau diese Uhrzeit hatte er seine Christina, wie er sie nannte, bestellt. Ihr richtiger Name war Jasmin, aber Igor hatte sie schon vor mehr als einem halben Jahr ausgesucht, weil er sofort diese Ähnlichkeit mit Christina Aguilera erkannt hatte. Er hatte von ihr lediglich verlangt, dass sie ihre braunen Haare blond färbte und sich schminkte wie seine Diva, deren neueste CD gerade zum hundertsten oder tausendsten Mal lief, allerdings in gedämpfter Lautstärke, schließlich wollte er nicht, dass irgendjemand durch seine Anwesenheit belästigt wurde.

Er musste vorsichtig sein, sehr vorsichtig sogar, denn wenn er entdeckt würde, würde er sich eine plausible Erklärung einfallen lassen müssen, doch bisher hatte er keine parat. Daran aber dachte er an diesem wolkenverhangenen und ungemütlichen Vormittag nicht. Sein ganzes Augenmerk galt dem Haus. Die Vorsicht hatte ihn veranlasst, ungefähr fünfzig Meter vom Haus entfernt zu parken, von wo er es noch sehr gut im Blick hatte, obwohl immer wieder niedergehende Schauer die Sicht trübten und er für kurze Zeit die Scheibenwischer einschalten musste.

Ein Polizeiwagen fuhr langsam an ihm vorbei. Der Beifahrer warf ihm einen kurzen Blick zu, den Igor scheinbar gelangweilt erwiderte. In Wirklichkeit verspürte er eine starke innere Unruhe, die sich auch körperlich bemerkbar machte, indem sein Mund trocken wurde und er sich ständig räuspern musste.

Igor war ihr auf den Fersen, seit sie das Speditionsgelände vor einer guten Stunde verlassen hatte. Sie hatte gesagt, sie fahre nach Hause und erledige dort einige Arbeiten. Und es stimmte, sie war nach Hause gefahren, in ihr sündhaft teures Penthouse, das sie sich nur leisten konnte, weil sie Koljakows rechte Hand war.

357

Er fragte sich, was sie gerade machte und warum er ausgerechnet auf sie angesetzt worden war. So angestrengt er auch nachdachte, ihm fiel lange keine plausible Antwort ein, bis er sich mit einem Mal an die Stirn fasste und dachte: Natürlich, es wird doch jeder irgendwann überprüft. Wahrscheinlich ist auch jemand auf mich angesetzt, um später zu sagen, dass ich meinen Auftrag ordnungsgemäß ausgeführt habe. Natürlich, Elena ist ja nicht irgendwer, sondern die Assistentin vom Chef, und wir kennen uns schon seit gut zwei Jahren und sind ein eingespieltes Team, in dem sie jedoch die tragende Rolle spielt. Gut, die Petrowa hat in ihrem Bereich auch das Sagen. Was soll's, solange die Kohle stimmt.

Aber warum hatte die Petrowa ausgerechnet ihm den Auftrag erteilt? Das hätte doch genauso gut Alex, Oleg oder Peter übernehmen können oder einer der andern. Egal. Er hatte die Petrowa noch nie sonderlich leiden können. Sie war zu kalt und unpersönlich, immer strengstens darauf bedacht, es den Bossen recht zu machen, und sie hatte einen mächtigen Stein im Brett bei Koljakow, wie er zumindest glaubte. Igor musste auch eingestehen, dass sie eine unglaublich fähige und kompetente Frau war. Er hatte noch nie jemanden kennengelernt, der so schnell denken und sich auf Situationen einstellen konnte wie sie. Auch wenn es ihm schwerfiel, er musste zugeben, dass sie zurecht eine leitende Funktion innerhalb der Firma bekleidete. Und er war ihr auch dankbar, dass sie ihn nach der vergangenen Nacht nicht fallengelassen hatte, sondern ihm diese letzte Chance gab. Er wusste selbst nicht, was mit ihm los war, aber in letzter Zeit hatte er sich nicht mehr so in der Gewalt wie noch am Anfang. Dabei hatte er ein hartes Training hinter sich gebracht, bei dem er nicht nur körperlich fit gemacht wurde, sondern man ihn auch mental auf seine neue Rolle vorbereitet hatte. Doch seit einigen Wochen ging es ihm nicht mehr sonderlich gut. Er hatte immer häufiger Magen- und Kopfschmerzen, etwas, das er von früher nicht kannte. Woran es lag, vermochte er nicht zu sagen, er fühlte sich nur immer häufiger unkonzentriert. Dazu gesellte sich eine ihm bis vor kurzem noch unbekannte Unbeherrschtheit. Wie gestern am Hafen.

Er wartete ziemlich genau fünfunddreißig Minuten, bis Elena wieder aus der Einfahrt kam und das Tor sich hinter ihr automatisch schloss. Kaum zehn Minuten später hielt sie vor einer Boutique, ging hinein und blieb dort ungefähr eine halbe Stunde, bis sie mit zwei großen Tüten herauskam. Sie packte diese in den Kofferraum und fuhr los, diesmal jedoch nicht zum alten Speditionsgelände, sondern nach Heikendorf. Igor hielt, nachdem er merkte, wohin es ging, einen großen Abstand und war froh, dass die Observierung fürs Erste beendet war. Wenn die Petrowa ihn fragte, dann konnte er ruhigen Gewissens vermelden, dass Elena nur kurz bei sich zu Hause und anschließend in einer Boutique war, um dann in die Klinik zu fahren.

Als er fünf Minuten nach Elena bei Koljakow anklopfte, das obligatorische »Herein« abwartete und schließlich die Tür öffnete, saßen er und Elena zusammen und blätterten einige Papiere durch.

»Ah, Igor, mein Freund, gut, dass du kommst. Wo hast du die ganze Zeit gesteckt?«

»Ich wurde gebeten, etwas Dringendes zu erledigen.«

»Setz dich zu uns. Wir haben einiges zu besprechen, was die kommenden Tage betrifft, speziell morgen ...«

In der Folgezeit erklärte Koljakow Elena und Igor, was sie am Freitag erwartete, welche Aufgaben sie zu erfüllen hatten, und sagte nach fast einer Stunde: »Habt ihr Fragen?«

Igor sah Elena an, die seinen Blick nicht erwiderte, dann Koljakow, der auf eine Antwort wartete.

»Die Operationen werden trotz allem normal durchgeführt?«

»Alles läuft wie gehabt. Wir haben zwei Patienten am Freitagvormittag, zwei am Nachmittag und die kleine Svenja am

359

Abend, wobei ich sehr gespannt bin, wie Loose sich schlagen wird. Wie ist euer Eindruck von ihm?«

Igor hob die Schultern und sagte: »Der hat doch gezittert wie Espenlaub, der macht, was wir ihm sagen.«

»Und du, Elena?«

»Ich kann mich Igor nur anschließen, er fürchtet um das Wohl seiner Familie. Nach gestern schätze ich ihn allerdings noch etwas anders ein, ich meine, nachdem er die Abteilung gesehen und vor allem erfahren hat, was er verdient … Du hast seinen Gesichtsausdruck doch auch bemerkt, oder?«

»Liebe Elena, ich habe nicht nur seinen Gesichtsausdruck bemerkt, seine Frage war doch das Entscheidende. Ihm geht es wie den meisten, erst Angst, dann nur noch Zögern und schließlich die Gier. Er wird uns ein zuverlässiger Mitarbeiter sein. Doch passt am Anfang trotzdem ein bisschen auf ihn auf. Ich sage es nur ungern, aber ich will nicht noch einmal ein solches Debakel erleben wie mit Thiessen. Loose scheint mir trotz seiner Gier ein labiler Mensch zu sein. Elena, ich möchte dich bitten, ihn in der ersten Zeit unter deine Fittiche zu nehmen. Das heißt nicht, dass du gleich mit ihm schlafen sollst …«

»Und wenn?«, fragte sie spöttisch lächelnd.

»Es wäre deine Sache, aber bedenke, es würde für ihn noch einen weiteren Zwiespalt geben. Warte damit, bis er sich richtig eingearbeitet hat.«

»Wie nett von dir, doch ich hatte nicht vor, mit ihm ins Bett zu gehen, er ist überhaupt nicht mein Typ.«

»Umso besser. So, ich denke, wir sind am Ende angelangt. Ihr wisst, was morgen auf dem Spiel steht. Ich verlasse mich auf euch und natürlich auch auf die andern. Wir sehen uns morgen in alter Frische, um ein letztes Mal die Details durchzugehen. Nur wir drei. Ich erwarte euch um neun Uhr.«

Elena und Igor verließen das Büro.

»Was war gestern am Hafen los?«, fragte sie.

»Wieso, was soll los gewesen sein?«

»Komm, tu nicht so. Ich denke, es wäre gut, wenn du mal eine Auszeit nehmen würdest. Deine Nerven liegen ziemlich blank, das merken auch die andern. Ist nur ein gutgemeinter Rat von mir. Wenn du willst, red ich mit Koljakow und erklär ihm die Situation. Er wird es verstehen. Jeder von uns braucht mal eine Auszeit.«

»Was willst du eigentlich? Meinst du, ich kann nicht auf mich selbst aufpassen und für mich selbst reden? Das gestern ist schon wieder Vergangenheit.«

»Noch ein Fehler, und sie werden dich den Ratten zum Fraß vorwerfen. Du wärst nicht der Erste.«

»Pass lieber auf, dass du keine Fehler machst. Wo ist eigentlich Alex? Ich hab ihn seit vorgestern nicht mehr gesehen?«

Elena antwortete, während sie in den Aufzug stiegen: »Er wurde in die Heimat geschickt.«

»Was hat er gemacht?«

»Fehler.«

Für einen Moment herrschte Stille, bis Igor mit belegter Stimme sagte: »Okay, die Botschaft ist angekommen.«

»Hoffentlich, es wäre nämlich schade um einen fähigen Mann wie dich. Wir haben am Montag wieder einen Einsatz, diesmal in Hamburg. Und wenn morgen Abend die Ladung ankommt, wirst du dich ausnahmsweise mal im Hintergrund halten. Das ist eine Anweisung von oben. Ich soll sie an dich weitergeben.«

»Danke, ich werd's mir merken. Was machst du jetzt?«

»Weiß nicht, ich hatte heute eigentlich nichts mehr vor. Gestern war für mich ein langer Abend, und für dich auch. Du solltest dich ausruhen, damit du morgen wieder fit bist.«

Igor entgegnete nichts darauf. Er ging zu seinem Wagen, stieg ein, wartete, bis Elena losgefahren war, und folgte ihr bis zu der Straße, in der sich ihre Wohnung befand. Nach zwei Stunden wählte er die Nummer der Petrowa und sagte: »Es tut mir leid, ich weiß, ich sollte erst morgen Bericht geben, aber sie ist seit zwei Stunden zu Hause und war auch sonst völlig unauffällig. Was soll ich machen?«

»Dich einfach an die Anweisung halten«, war die knappe Antwort, bevor wieder aufgelegt wurde.

Scheiße!, dachte Igor, warf das Handy auf den Beifahrersitz und blieb bis Viertel vor zehn. Er war durchgefroren, hungrig und durstig und wollte nur noch nach Hause. Es gab Tage, da hasste er seinen Job. Aber in wenigen Minuten würde seine Christina vor der Tür stehen, wie immer in einem beigefarbenen Trenchcoat, darunter jedoch gekleidet wie die personifizierte Sünde, aufgemacht wie die Aguilera in dem Video Lady Marmalade zum Film Moulin Rouge, sie würden Champagner schlürfen, anfangs aus Gläsern, später er aus ihrem Bauchnabel, nachdem sie für ihn getanzt und den Mund bewegt hatte, als sänge sie selbst. Es hatte ein paar Nächte gedauert, bis sie kapiert hatte, was er wollte. Er hatte es ihr praktisch einbleuen müssen, aber jetzt lief alles reibungslos. Für tausend Euro die Nacht nahm sie eine Menge in Kauf, selbst ein paar Prügel, wenn sie nicht gehorchte. Und auch wenn er momentan Probleme hatte, den Spaß würde er sich nicht nehmen lassen. Nicht einmal von der Petrowa.

DONNERSTAG, 13.00 UHR

Hennings Telefon klingelte fast auf die Sekunde pünktlich.

»Ja?«

»Ich muss es kurz machen, aber ich habe die Liste mit allen Nummern, und Sie werden es nicht glauben, auch die dazugehörigen Namen. Ich kann sie Ihnen jedoch erst morgen geben, weil ich sie vorher nicht kopieren und auch nicht rausschmuggeln kann. Waren Sie erfolgreich?«

»Ich weiß nicht, was Sie darunter verstehen, aber bei uns funktioniert alles nur mit Babyschritten. Wir würden uns gerne noch einmal mit Ihnen unterhalten. Ginge es heute?«

»Wann?«

»Wie gestern?«

»Etwas später. Sagen wir elf?«

»Das ist sehr spät …«

»*Sie* wollten doch mit mir sprechen.«

»Einverstanden. Und wo?«, fragte Henning.

»Bei Gerd. Ich werde vor Ihnen hineingehen, Sie kommen eine Minute später. Die Wohnungstür werde ich offen lassen.«

»Von mir aus. Bis heute Abend.«

Henning verzog den Mund und berichtete Santos von dem Telefonat. Sie wirkte alles andere als erfreut, sich wieder die Nacht um die Ohren schlagen zu müssen, zuckte aber schließlich mit den Schultern und meinte: »Lässt sich wohl nicht ändern. Sie diktiert die Regeln.«

Als hätte er Santos' Worte nicht gehört, sagte er: »Klose hat die Asiatin mit keinem Wort erwähnt. Warum nicht?«

»Frag ihn. Geh hoch, ich warte hier auf dich und hör ein bisschen Musik. Wir könnten übrigens mal wieder tanzen gehen, mir ist irgendwie danach«, sagte sie schmunzelnd.

Ohne eine Entgegnung stieg er aus, rannte zu dem Gebäude und in den zweiten Stock und trat in Kloses Büro, der völlig überrascht war von Hennings nochmaligem Kommen – genau wie sein Kollege Lehmann, dessen Gesicht urplötzlich knallrot wurde, als wäre er bei etwas ertappt worden, das niemand außer ihm und Klose wissen durfte.

»Oh, Entschuldigung, störe ich?«, fragte Henning, der merkte, dass auch Klose die Situation etwas unangenehm war.

»Äh … nein. Was kann ich noch für dich tun? Mein Kollege ist eben gekommen.«

Du kannst mir viel erzählen. Dein lieber Kollege war die ganze

363

Zeit nebenan und hat mitgehört, dachte Henning. »Es geht um die tote Asiatin. Ist sie für euch unbedeutend?«

»Warum?«

»Warum, warum? Sie wurde vierundzwanzig Stunden nach Gerd ermordet, und du fragst, warum? Nach ersten Erkenntnissen war sie in kriminelle Machenschaften verwickelt, du erinnerst dich, die weggeätzten Fingerkuppen. Und damit fällt sie eigentlich auch in deinen oder euren Ermittlungsbereich. Wir wollten doch kooperieren, oder?«

»Natürlich, aber unser Hauptaugenmerk liegt nun mal auf Gerd und welchen Schaden er angerichtet hat. Die Asiatin muss da leider ins zweite Glied zurücktreten.«

»Wir gehen aber davon aus, dass beide Morde zusammenhängen. Nur treten wir auch wie bei Gerd auf der Stelle.«

»Wir haben mit den Vietnamesen nichts zu tun, außer wenn's um Zigaretten geht«, warf Lehmann ein, der seine Sprache, die ihm scheinbar kurzzeitig abhanden gekommen war, wiedergefunden hatte.

»Okay, das war's schon. Ich dachte, ihr würdet alle Fälle gleich behandeln. Ciao.«

Unten angekommen, sagte er: »Welche Nationalität hat unsere Tote?«

»Bis jetzt keine. Oder weißt du mehr?«

»Nein, aber Lehmann hat sich verplappert. Er hat nämlich gesagt, dass sie mit den Vietnamesen nichts zu tun haben. Da frag ich mich doch, woher er die Info hat.«

»Lehmann?«

»Da staunst du. Kaum sind wir aus dem Büro raus, ist Lehmann drin. Wenn das kein Zufall ist. Der hat 'ne Birne gekriegt, da wäre jede Tomate neidisch geworden. Der hat garantiert nebenan gesessen und alles mitgehört. Und jetzt wird unser Gespräch ausgewertet und analysiert. Also, woher wissen die, dass es sich um eine Vietnamesin handelt? Und wo ist Hinrichsen?«

364

»Hast du nicht gefragt? Ich hätte mir diesen Triumph nicht nehmen lassen«, meinte Santos und fügte hinzu: »He, ich geh auch noch mal schnell hoch.«

»Nee, lass mal, wir wollen sie doch nicht unnötig verärgern.«

»Vielleicht wissen sie's ja von Jürgens.«

»Glaubst du doch selber nicht. Wir wären die Ersten gewesen, die das erfahren hätten. Irgendwas stört mich an den beiden da oben. Hast du Lehmann und/oder Hinrichsen reingehen sehen, während ich mit Ivana telefoniert habe?«

»Ich hab doch nicht die ganze Zeit zum Eingang geguckt. Hätt ich beinahe vergessen, Gerds Mutter ist bei Volker. Wir sollen uns beeilen. Sie will dich sprechen.«

»Da ist sie uns zuvorgekommen. Mein knurrender Bauch sagt mir, dass sie mehr über ihren Sohn weiß als irgendwer sonst, Ivana ausgenommen.«

»Und was ist mit Nina?«

»Ich kann sie nicht mehr einordnen. Je mehr ich darüber nachdenke, desto sicherer werde ich, dass Ivanas Version die richtige ist. Ich meine, dass zwischen Nina und Gerd nichts mehr gelaufen ist. Ich frag mich nur, warum Nina uns angelogen hat.«

»Das hat Gerd doch auch.«

»Gut, warum Gerd und Nina uns angelogen haben. Okay, sie haben uns nicht direkt angelogen, aber auch nicht die ganze Wahrheit gesagt. Sie haben geschauspielert. Vor allem Nina. Hat das was mit ihrem russischen Stolz zu tun?«

»Frag sie, wenn du den Mut aufbringst.«

»Nina ist mir egal, die hatte doch eh keinen blassen Schimmer von den Aktivitäten ihres Mannes. Und ihr Privatleben geht uns doch eigentlich überhaupt nichts an.«

»Und wieso glaubst du, dass Gerds Mutter mehr weiß als Nina?«

»Sagte ich doch schon, mein Bauch. Die Frau ist vom Leben gebeutelt, und Gerd war der einzige Halt, den sie noch hatte, hat er zumindest immer mal wieder durchblicken lassen. Es

365

wird ihr vielleicht Kraft geben, wenn sie weiß, dass wir alles tun, um den Mord an ihrem Sohn aufzuklären.«

»Ich denke eher, dass wir nur Salz in die Wunden streuen und die alte Frau noch mehr verwirren, wenn sie erfährt, was ihr Sohn so getrieben hat. Die wird aus allen Wolken fallen.«

»Lisa, bitte, hör auf damit. Bisher wissen wir nur von Ivana …«

»Ja, Ivana. Die Frau ist mir irgendwie suspekt. Ich weiß inzwischen gar nicht mehr, was ich von ihr halten soll.«

»Das hat aber bis vorhin noch ganz anders geklungen.«

»Ich hatte Zeit zum Nachdenken. Und Gerds Mutter, ich bin nicht sicher, ob das fruchtbar wird. Sie und Nina verstehen sich nicht, wahrscheinlich, weil sie Vorurteile gegen Russen oder Russinnen hat.«

»Und wenn sie doch etwas weiß, das uns weiterbringt?«

»Glaub ich nicht. Dann hätte sie sich nicht erst heute bei uns gemeldet. Wahrscheinlich braucht sie mal ein bisschen Abwechslung …«

»Sag mal, was ist eigentlich mit dir los?«, blaffte Henning Santos an. »Du malst alles schwarz in schwarz, so kenn ich dich überhaupt nicht. Das ist doch normalerweise nicht deine Art.«

»Vielleicht bin ich nur überfordert, mir geht das alles nämlich auch mächtig auf 'n Senkel. Ich kann das alles nicht greifen und schon gar nicht begreifen. Tut mir leid, doch im Moment kann ich nicht anders. Ist ja auch nicht gegen dich gerichtet. Aber vielleicht brauch auch ich nur mal wieder ein bisschen Abwechslung, mal was anderes als nur Arbeit und zu Hause. Tanzen gehen, zum Beispiel. Vorher schön essen, dann das Tanzbein schwingen …«

»Du wiederholst dich.«

»Anders kapierst du's ja nicht«, entgegnete sie gespielt schmollend.

»Halt keine Predigten und fahr los«, sagte Henning grinsend,

366

der wieder etwas besänftigt war und Lisa auch verstehen
konnte. »Und ja, wir gehen ganz groß aus, wenn das hier vorüber ist.«

»Das kann dauern. Zwei, drei Monate.«

»Mann, bist du ungeduldig.«

»Nicht ungeduldig, nur zur Hälfte Spanierin.«

Henning kniff die Lippen zusammen, den Kopf zur Seite geneigt, und dachte nach. Er hatte die letzten Worte von Lisa
zwar noch mitbekommen, aber ihm war nicht nach Geplänkel.
Ein nicht zu beschreibendes Gefühl sagte ihm, dass er und Lisa
sich auf einer Fährte befanden, die sie noch nicht bewusst
wahrnahmen. Es war, als würden sie sich langsam vortastend
durch eine dichte Nebelsuppe schreiten, und statt lichter schien
der Nebel noch dicker und bedrohlicher zu werden. Sie hatten
in den letzten zwei Tagen eine Menge erlebt und gehört, wobei
die schrecklichen und jede Vorstellungskraft sprengenden Informationen von Ivana am beeindruckendsten waren. Dazu
kamen Ninas Schilderungen ihrer heilen Welt, die relativiert
werden mussten, denn entweder war sie blauäugig oder wollte
die Realität nicht wahrhaben, oder sie log. Doch wenn sie log,
was war der Grund?

Er hätte gerne noch einmal mit ihr gesprochen, am liebsten unter vier Augen, kannte er sie doch, seit sie mit Gerd nach Kiel
gekommen war. Ja, eigentlich kannte er sie schon vorher durch
die zahlreichen euphorischen Mails, die Gerd ihm aus St. Petersburg geschickt und in denen er von seiner Traumfrau und
großen Liebe geschwärmt hatte, während Henning im tiefsten
Tief seines Lebens steckte. Gerd hatte davon gewusst und ihm
immer wieder Mut gemacht, doch Henning hatte die vielen
aufmunternden Mails zwar gelesen, aber er war nicht in der
Lage gewesen, sein Leben in den Griff zu bekommen. Dazu
hatte es erst Lisa bedurft, die ihm die Augen geöffnet hatte. So
gut er Nina auch kannte, sosehr er sie auch schätzte, er scheute

vor einem Gespräch zurück, in dem er ihr intime Fragen stellen würde, die sie womöglich noch mehr verletzten. Sie wollte die heile Welt aufrechterhalten, und er würde einen Teufel tun und diese Welt zerstören. Am Ende der Ermittlungen vielleicht, auch wenn diese sich noch viele Monate, möglicherweise sogar Jahre hinziehen würden. Und ob Nina dann noch in Strande wohnte, bezweifelte er.

Er erinnerte sich gern an die Zeit mit Gerd, wie sie sich Anfang der Neunziger kennenlernten und sich irgendwie sofort sympathisch waren, wie sie oftmals bei einem Glas Wein zusammengesessen und über Gott und die Welt philosophiert hatten und Gerd immer wieder betonte, dass diese Welt noch zu retten sei, auch wenn es nicht so aussehe. Gerd hasste Ungerechtigkeit, Lügen und Betrügen und hatte sich oft genug für andere eingesetzt, manchmal sogar erfolgreich. Einmal sollte eine weißrussische Prostituierte, die gegen ihren Willen in einem Bordell arbeitete, sechzehn bis achtzehn Stunden am Tag, nach einer Razzia abgeschoben werden, doch Gerd hatte es auf wundersame Weise geschafft, dass sie bleiben durfte, und jetzt war sie ganz legal in einem Kosmetikstudio angestellt.

Je länger Henning nachdachte und die Vergangenheit Revue passieren ließ, desto sicherer war er, dass Gerd sich niemals aus niederen Beweggründen mit einer solch menschenverachtenden Organisation eingelassen hätte. Er hätte auch nie einen Kollegen in Gefahr gebracht. Was immer er getan hatte, er musste einen triftigen Grund dafür gehabt haben. Einer war sicherlich Ivana, eine außergewöhnliche und sehr attraktive Frau, deren Leben durch die Erfahrungen der Vergangenheit aus den Fugen geraten war. Sie hatte ihn mit der Wahrheit konfrontiert, und Gerd war bestimmt genauso schockiert darüber wie er und Lisa. Menschen, die unter Vorspiegelung falscher Tatsachen in den Westen gelockt wurden, um hier wie Vieh abgeschlachtet und ausgeweidet zu werden, damit ein paar andere, die ein prall gefülltes

Bankkonto besaßen, leben konnten. Babys, Kinder, Jugendliche, junge Erwachsene – Menschen, die eine Zukunft und ein wenigstens einigermaßen angenehmes Leben haben sollten, mit Träumen, Wünschen, Hoffnungen. Doch nichts von dem erwartete sie, sobald sie mit irgendeinem Schiff im Containerhafen einliefen. Kein schönes Leben, keine Träume, keine Wünsche, nur der Tod. Ein Abgrund, den er nicht sehen wollte, in den zu blicken er aber seit gestern gezwungen war. Und er fragte sich, wie tief dieser Abgrund war und ob dieser ihn nicht verschlingen würde. Bestimmt hatte Ivana noch mehr zu berichten, vielleicht schon heute Abend. Noch mehr Grausamkeiten, noch mehr Dinge, die der menschliche Verstand nicht begreifen wollte. Aber auch er hatte Fragen, auf die sie hoffentlich zufriedenstellende Antworten hatte.

»Was denkst du?«, fragte Santos, während sie sich im Schneckentempo durch eine Baustelle bewegten. Seit beinahe zehn Minuten ging es stop and go.

»Ich muss die ganze Zeit an Gerd denken. Er war einer der feinsten Kerle, die ich je kennengelernt habe. Er war kein Verbrecher, er hätte nie etwas getan, das andern geschadet hätte.«

»Behauptet auch keiner. Dennoch gibt es ein riesengroßes Fragezeichen hinter dem, was er in den vergangenen anderthalb Jahren gemacht hat. Gerd war jedenfalls nicht der, als den du ihn immer gesehen hast. Nicht Mr. Nice Guy.«

»Oh, auf einmal. Wie hast du ihn denn in der Vergangenheit gesehen? Du hast doch selbst auch immer betont, wie nett er ist. Du hast von ihm, von Nina und deren ach so toller Ehe geschwärmt, wie gut die beiden sich verstehen und ergänzen und, und, und …«

»Geb ich ja auch zu«, entgegnete Santos ruhig, »aber seit gestern muss wohl einiges relativiert werden.«

»Da muss nichts relativiert werden, wir müssen nur genau wissen, was vorgefallen ist. Und jetzt Ende der Diskussion.«

DONNERSTAG, 13.40 UHR

Volker Harms und Frau Wegner unterhielten sich angeregt bei einer Tasse Kaffee und blickten auf, als Henning und Santos zur Tür hereinkamen.

»Schön, dass ihr da seid. Frau Wegner kennt ihr?«

»Natürlich«, sagte Henning und reichte ihr die Hand. »Wie geht es Ihnen heute?«

»Nicht besonders gut, wie Sie sich vorstellen können. Aber ich wollte sowieso gehen, das Wesentliche habe ich bereits von Herrn Harms erfahren.«

»Darf ich trotzdem fragen, weshalb Sie mich sprechen wollten?«

»Mich hat nur interessiert, wie weit Sie bei Ihren Ermittlungen gekommen sind. Es ist für mich unbegreiflich, was mit Gerd passiert ist, und weil ich weiß, dass Sie sein Freund waren, dachte ich mir, ich komme mal zu Ihnen.«

»Frau Wegner, hätten Sie noch ein paar Minuten, ich würde mich gerne kurz mit Ihnen unterhalten. Unter vier Augen, wenn es geht.«

»Selbstverständlich, es wartet sowieso keiner auf mich«, sagte sie mit der Bitterkeit einer Frau, die auch den letzten Menschen, den sie liebte, verloren hatte.

»Gehen wir in mein Büro, dort sind wir ungestört.«

Sie erhob sich und folgte Henning. Dieser bot ihr einen Stuhl an und sagte: »Einen kurzen Moment noch, ich muss nur schnell meiner Kollegin etwas sagen.«

Henning trat zu Santos und legte ihr eine Hand auf die Schulter. »Tut mir leid, aber ich möchte mit ihr allein reden. Ist nicht persönlich gemeint.«

»Ich hab Volker genug zu berichten. Viel Spaß.«

»Den werde ich nicht haben. Was hat Frau Wegner gesagt, ihr wart immerhin fast eine halbe Stunde zusammen?«

»Nicht viel. Wir haben uns über früher unterhalten, sie wollte wissen, wie die Ermittlungen vorangehen, ob wir schon einen Verdächtigen haben und so weiter. Ich konnte ihr natürlich nur das sagen, was ich selber wusste. Von unsern Theorien habe ich ihr aber nichts erzählt und auch nicht, dass Gerd womöglich korrupt gewesen war.«

»Sonst nichts?«

»Was denn? Ihr haltet mich doch an einer extrem kurzen Leine«, sagte er vorwurfsvoll.

»Lisa wird dich gleich auf den allerneuesten Stand bringen.«

Henning ging rüber und setzte sich nicht hinter seinen Schreibtisch, sondern neben Frau Wegner. Sie trug schwarze Kleidung, hielt die Beine eng geschlossen, auf den Oberschenkeln die schwarze Handtasche, auf die sie ihre gefalteten Hände gelegt hatte. Sie schien um Jahre gealtert zu sein. Henning fielen die tiefen Furchen in ihrem Gesicht auf, besonders um die Nase und den Mund, aber auch die dunklen Augenringe, die sie zwar mit etwas Make-up zu kaschieren versucht hatte, was ihr aber nicht gelungen war. Ihre Augen waren matt, fast leblos, als sie Henning kurz ansah und gleich darauf wieder zu Boden blickte.

»Frau Wegner, ich brauche ein paar Informationen zu Gerd. Sind Sie bereit, mir ein paar Fragen zu beantworten?«

»Wenn ich Ihnen irgendwie weiterhelfen kann. Ich fürchte nur, dass ich nichts weiß, was Sie weiterbringt«, antwortete sie bedauernd und sah ihn wieder kurz von der Seite an.

»Frau Wegner, manchmal sind es Kleinigkeiten, die uns weiterhelfen. Können wir beginnen?«

»Fragen Sie.«

»Wann haben Sie Gerd zuletzt gesehen?«

»Vor fast zwei Wochen, es war am Samstagmittag. Er hat bei mir gegessen. Ich hatte Kartoffelsuppe mit Würstchen gekocht, das war eine seiner Lieblingsspeisen, die er zu Hause ja nie bekam. Er kam immer zu mir, wenn er mal was Richtiges essen

371

wollte und nicht immer nur dieses russische Zeug«, bemerkte sie abfällig.

»Ohne Ihnen zu nahe treten zu wollen, aber kann es sein, dass Sie und Nina nicht besonders gut miteinander auskommen?«

»Wieso? Hat sie Ihnen das gesagt?«

»Nein.«

»Das tut auch nichts zur Sache. Sie ist oder war nicht gut für Gerd. Er hatte etwas Besseres verdient. Aber glauben Sie mir, das lag nicht an mir, dass wir uns nicht verstanden. Sie ist mir von Anfang an aus dem Weg gegangen, sie wollte nichts mit mir zu tun haben. Die arme kleine Rosanna, Gott sei ihrer armen Seele gnädig, habe ich kaum einmal zu Gesicht bekommen, weil Nina das nicht wollte. Sie hat immer einen Grund gefunden, warum es nicht ging, obwohl wir einen Termin ausgemacht hatten. Entweder ging es Rosanna nicht gut oder ihr … Und Gerd hat sie jedes Mal in Schutz genommen und gemeint, ich solle ihr das nicht übelnehmen, sie sei nun mal so.« Frau Wegner machte ein zutiefst enttäuschtes und gekränktes Gesicht und fuhr fort: »Sie ist nun mal so! Als Großmutter möchte man doch das Enkelkind wenigstens hin und wieder sehen, vor allem, wenn es nur ein paar Kilometer entfernt wohnt. Verstehen Sie, es hätte mir schon gereicht, sie ein-, zweimal im Monat zu sehen. Irgendwann hab ich's dann aufgegeben. Als hätte ich die Krätze, so hat sie mich behandelt. Aber wenn wir doch mal zusammen waren, dann war sie scheißfreundlich. So viel dazu.«

»Das ist aber nicht die Nina, die ich kenne«, sagte Henning.

»Und Gerd hat sie vergöttert.«

»Tja, ich verstehe das auch nicht. Aber es ist wohl so, wie immer gesagt wird, wo die Liebe hinfällt. Gerd war blind, etwas anderes fällt mir dazu nicht ein.«

Ohne darauf einzugehen, meinte Henning: »Sagen Sie, als Gerd das letzte Mal bei Ihnen war, wie hat er sich verhalten? Anders als gewöhnlich?«

»Ich habe Gerd nicht oft gesehen, höchstens einmal im Monat, und dann kam er meist allein.« Sie überlegte und schüttelte den Kopf. »Nein, er war wie immer. Wir haben uns ganz normal unterhalten, bis er zum Dienst musste.«

»Hat er mit Ihnen jemals über seine Arbeit gesprochen?«

»Nein. Nach dem Tod meines Mannes hatten wir vereinbart, niemals über diesen unseligen Beruf zu sprechen. Er hat mir meinen Mann genommen und jetzt auch noch meinen Sohn. Das ist ungerecht, das ist so ungerecht.«

»Ich kann Sie verstehen. Kann ich noch irgendetwas für Sie tun?«

»Ja, schnappen Sie den Mörder meines Sohnes, damit ich vielleicht irgendwann wieder ruhig schlafen kann. Herr Harms hat meine Telefonnummer, falls Sie noch Fragen haben. Ich würde jetzt gerne wieder gehen, ich bin müde.«

»Selbstverständlich. Wie sind Sie gekommen? Mit Ihrem Auto oder ...«

»Nein, mit einem Taxi. Wären Sie so freundlich, mir eins zu rufen?«

»Nicht nötig, ich werde veranlassen, dass Sie nach Hause gebracht werden. Das ist das wenigste, was wir für Sie tun können. Und natürlich werden Sie eine der Ersten sein, die es erfahren, wenn wir denjenigen haben, der Gerd auf dem Gewissen hat.«

»Ich danke Ihnen«, sagte Frau Wegner, als Henning zum Telefon griff und einen Streifenwagen anforderte.

»Keine Ursache. Zwei Beamte werden gleich hier sein und Sie abholen.«

»Wann wird mein Sohn freigegeben?«

»Da müsste ich selber nachfragen, aber es dürfte eigentlich spätestens morgen sein. Ich lass es Sie wissen.«

Er hatte es kaum ausgesprochen, als ein uniformierter Beamter anklopfte und nach einem »Herein« eintrat. Frau Wegner reichte Henning die Hand und verabschiedete sich von ihm.

373

Bevor sie das Büro verließ, sagte sie noch: »Ich weiß, dass Sie auch kein leichtes Leben hatten. Deswegen glaube ich, dass Sie mich wirklich verstehen. Gerd hat sehr viel von Ihnen erzählt und wie viel ihm Ihre Freundschaft bedeutet hat. Er hatte nämlich sonst keine Freunde, nicht einmal in seiner eigenen Abteilung.«

»Moment mal«, sagte Henning, »ich denke, er hat mit Ihnen nicht über seinen Beruf gesprochen.«

»Hat er auch nicht. Auf Wiedersehen.«

Henning sah ihr nach, wartete noch einen Augenblick und ging zu Santos und Harms.

»Ich hab sie nach Hause bringen lassen.«

»Und weiter?«

Henning setzte sich auf die Schreibtischkante und sagte: »Sie gibt zu, Nina nicht leiden zu können, und sie hat auch recht plausible Gründe angeführt. Über Gerd konnte sie mir so gut wie nichts berichten, weil sie ihn nur selten sah. Aber bevor sie ging, hat sie gesagt, dass Gerd außer mir keine Freunde hatte, nicht einmal in seiner Abteilung. Wusstet ihr das? Ich dachte immer, er wäre so beliebt.«

»Ist mir auch neu«, bemerkte Santos erstaunt.

»Und was bedeutet das? Genau, einen weiteren Besuch bei Kurt.«

DONNERSTAG, 14.35 UHR

Alle achtzehn Menschen, die in der vergangenen Nacht in Kiel angekommen waren, befanden sich noch in dem großen Raum. Die Tafel war am späten Vormittag wieder opulent gedeckt worden, alle hatten geduscht und frische Sachen angezogen und warteten sehnsüchtig darauf, endlich zu ihrem Ziel befördert zu werden. Es herrschte angespannte Ruhe, doch keine

374

Angst. Was sollte ihnen schon Böses widerfahren, wenn sie so fürsorglich behandelt wurden? Die Anspannung rührte lediglich daher, dass alle nur auf das Zeichen warteten, zum Auto zu gehen und entweder nach Berlin oder zum Schiff nach Schweden gebracht zu werden.

Oleg und Peter waren um sechs Uhr von einer Frau und einem Mann abgelöst worden, die in einer Ecke saßen und Kaffee tranken, während sie die Anwesenden nicht aus den Augen ließen. Alexandra lag auf dem Bett, die Arme hinter dem Kopf verschränkt, und schien zu schlafen. Die Zwillinge spielten wortlos mit den Händen ein Spiel, das nur sie selbst verstanden, während die andern entweder etwas aßen, sich leise unterhielten oder ebenfalls schliefen. Durch den fensterlosen Raum hatten sie jegliches Zeitgefühl verloren. Auch wenn einige Armbanduhren umhatten, wussten sie nicht, ob es Tag oder Nacht war, wie lange sie sich schon hier aufhielten und wie lange es noch dauern würde, bis sie endlich diesen Raum verlassen durften.

Es war kurz nach halb drei am Nachmittag, als Petrowa hereinkam. Sie wirkte ausgeruht und sah wieder sehr hübsch aus, machte ein überaus freundliches Gesicht und begrüßte jeden persönlich. Sie beugte sich zu den Kindern hinunter, streichelte ihnen übers Haar, unterhielt sich mit ihnen auf Russisch und blieb, nachdem sie mit allen andern ein paar Worte gewechselt hatte, als Letztes bei Alexandra stehen.

»Hallo, was macht die Nase?«

Alexandra wollte aufstehen, doch Petrowa schüttelte nur den Kopf und setzte sich stattdessen zu ihr aufs Bett.

»Sie tut noch weh.«

»Und wie geht's Ihnen sonst? Aufgeregt?«

»Schon«, entgegnete Alexandra, die letzte Nacht noch sehr forsch aufgetreten war, fast schüchtern. »Wann kann ich denn fahren?«

»Es wird sich leider noch um einen Tag verzögern, wir haben

Transportprobleme, die aber garantiert morgen behoben sein werden. Ich wünschte auch, ich könnte euch eine bessere Nachricht bringen, aber das nennt man höhere Gewalt. Ich hoffe, ihr seid nicht zu traurig. Ich verspreche, es wird bestens für euch gesorgt.« Sie nahm Alexandra in den Arm und streichelte auch ihr übers Haar. »Nicht traurig sein, ihr seid doch schon in Deutschland, der Rest ist eine Kleinigkeit.« Petrowa erhob sich. »Alle, die nach Skandinavien fahren, folgen bitte dem jungen Mann dort zum Bus. Ihr werdet zum Hafen gebracht und seid morgen Abend an eurem Bestimmungsort. Ich wünsche euch eine gute Reise und vor allem einen angenehmen Aufenthalt und viel Erfolg für euer weiteres Leben. Vielleicht sehen wir uns ja irgendwann mal wieder. Es heißt ja, man sieht sich immer zweimal im Leben.«

Die sieben Personen nahmen ihre wenigen in Rucksäcken verstauten Habseligkeiten, im Wesentlichen Erinnerungsstücke an die Heimat und Zuhause, Fotos der Eltern, der Geschwister, Verwandten, Freundinnen oder Freunde, und wurden zum Transporter geführt.

Als sie gegangen waren, sagte Petrowa: »Jetzt zu euch. Ich möchte noch kurz mit jedem Einzelnen ein Gespräch führen. Erst mit Alexandra, danach mit Kolja … Ihr alle müsst euch leider noch einmal einer medizinischen Untersuchung unterziehen. Ich habe erfahren, dass etwas Wichtiges vergessen wurde. Ich verspreche aber, es wird nicht lange dauern. Alexandra, kommen Sie bitte? Wir haben nicht viel Zeit zu verlieren.«

Alexandras Blick war misstrauisch, und sie fragte: »Warum das alles?«

»Wenn Sie wieder zurück in die Heimat wollen, bitte, keiner hindert Sie daran. Sie werden dann allerdings zusehen müssen, wie Sie zurückkommen, denn nur die Hinfahrt war kostenlos. Es ist ganz allein Ihre Entscheidung. Berlin oder St. Petersburg. Sagen Sie's jetzt, oder kommen Sie mit mir.«

Alexandra überlegte einen Moment, erhob sich schließlich vom Bett und trat zu Petrowa. »Ich habe doch kein Geld.«

»Sie werden aber Geld haben, wenn Sie bei Ihrer Familie sind. Es steht Ihnen frei, jederzeit zu kündigen, und wenn Sie genug Geld gespart haben, können Sie zurückfahren. Das haben andere auch schon gemacht, weil die Sehnsucht nach Mütterchen Russland zu stark war. Aber ich sag immer, nur die Starken überleben. Sind Sie stark?«

»Ich weiß nicht.«

Petrowa legte eine Hand auf Alexandras Schulter, sah ihr mit verständnisvollem Blick in die Augen und sagte auf Russisch: »Setzen wir uns doch, ich möchte euch nämlich allen eine Geschichte erzählen. Aber erst zu Ihnen, Alexandra. Sie sind stark, sehr stark sogar, und wenn Sie Ihre Stärken hier ausspielen, werden Sie noch viel stärker werden. Jeder von euch ist eine starke Persönlichkeit, sonst wärt ihr nicht hier. Und wer seine Schwächen zu Stärken macht, den kann niemand mehr besiegen. Ihr werdet Großes leisten, ihr werdet Maler, Schriftsteller, Pianisten, Übersetzer, Dolmetscher … Die Welt steht euch in ein paar Jahren offen. Nur weil ihr für zwei, drei Tage keine frische Luft atmen könnt, wollt ihr aufgeben? Schaut mich an, ich kam vor sechs Jahren nach Deutschland. Ich war wie die Mehrzahl von euch eine arme Studentin und hatte keine Ahnung, was einmal aus mir werden sollte. Dann bekam ich völlig unerwartet dieses phantastische Angebot. Ich habe gezögert, weil ich dachte, da ist doch bestimmt irgendwo ein Haken, da muss einer sein, niemand ist so großzügig und lädt dich einfach so ein, in das wundervolle Deutschland zu kommen, um hier zu studieren, zu leben und auch noch Geld dafür zu kriegen. Eine kostenlose Wohnung, ein kostenloser Studienplatz … Gut, ein bisschen Hausarbeit und auf die Kinder der Familie aufpassen war auch bei mir Bedingung. Und jetzt? Jetzt habe ich so viel Geld, dass ich mir fast alles leisten kann. Das ist Deutschland, das ist Frank-

377

reich, Großbritannien, Skandinavien, die USA, Kanada und viele andere Länder. Ich habe meinen Entschluss von damals nicht bereut, ganz im Gegenteil, ich bin Gott so dankbar, dass er mir diese einmalige Chance gegeben hat, etwas aus meinem Leben machen zu können. Glaubt mir, auch ich hatte Angst vor dem, was mich hier erwarten würde. Ich hatte die ersten Tage und Wochen fürchterliches Heimweh, ich sehnte mich nach meiner Familie und meinen Freunden, ich sehnte mich nach allem, was mir so vertraut gewesen war. Ich kenne eure Gedanken und eure Gefühle, weil es auch meine Gedanken und Gefühle waren. Deutschland ist ein wunderbares Land, mit wunderbaren Menschen und so großartigen Möglichkeiten. Und ich verrate euch noch etwas ganz Persönliches. Ich wurde in der Heimat zu Dingen gezwungen, die ich niemals tun wollte. Einige von euch wissen, wovon ich spreche. Es war die Hölle, und aus dieser Hölle wurde ich befreit, weil jemand meine Gebete erhört hat. Ich wurde christlich erzogen, habe aber im Laufe meines Lebens so viel Unchristliches erlebt, dass ich anfing an Gott zu zweifeln. Es gab sogar Zeiten, da habe ich ihn verflucht, weil er zugelassen hat, dass ich so viel leiden musste. Glaubt überhaupt jemand von euch an Gott, ich möchte nämlich niemandem zu nahe treten?«

Einige nickten, andere zuckten nur mit den Schultern.

»Ich kann euch sagen, er hat mich in dieses Land geführt. Gott hat mir den Weg bereitet, dass ich heute ein freier Mensch sein darf. Ich bin ihm so unendlich dankbar dafür. Mein Herz schlägt noch immer für Russland, ich fahre jedes Jahr mindestens zehnmal in meine Heimatstadt und besuche meine Eltern und meine Geschwister. Es ist schön dort, aber ich möchte dort nicht mehr leben. Habt Vertrauen, alles wird gut. Ihr seid müde, ihr seid erschöpft, ihr habt eine lange Reise hinter euch, ich weiß genau, wie es euch geht. Mir ging es damals genauso. Und jetzt schaut mich an und sagt mir, dass ich unglücklich

aussehe. Ich bin glücklich, ich bin glücklich und zufrieden.
Und warum? Weil ich mich nicht umgedreht habe, sondern
immer nur nach vorn geschaut habe. Ihr werdet alle Kontakt
zu euern Lieben haben, ihr werdet sie nicht vergessen, so wenig, wie sie euch vergessen. Ihr seid doch immer in ihren Herzen. Ihr werdet euch schreiben, telefonieren oder übers Internet kommunizieren. Es ist alles so herrlich und einfach. Habt
ihr Fragen?«
Alle hatten aufmerksam zugehört bis auf die Zwillinge Pjotr
und Sascha, die in Julias Armen eingeschlafen waren. Keiner
stellte mehr eine Frage, jeder hatte begriffen, dass er oder sie
die richtige Entscheidung für das künftige Leben getroffen hatte. Und die Petrowa war nett. Und gläubig.
»Gut. Ich hoffe, ich konnte euch wenigstens ein bisschen die
Angst nehmen. Alexandra, wenn ich Sie bitten darf, mit mir zu
kommen. Wir gehen wieder zu Dr. Frank, der Sie gestern schon
behandelt hat. Es wird auch nicht allzu lange dauern.«
»Ich bin doch schon in St. Petersburg untersucht worden«, bemerkte Alexandra auf dem Weg nach draußen leise.
»Es ist wirklich nur eine Kleinigkeit.«
Sie betraten das Sprechzimmer, in dem sich der Arzt und eine
freundliche junge Schwester aufhielten. Dr. Frank reichte Alexandra die Hand und sagte: »Wenn Sie bitte den Oberkörper
freimachen würden, ich muss Sie abhören. Den BH können Sie
anbehalten.«
Alexandra sah Petrowa an und flüsterte auf Russisch: »Ich habe
keinen BH um.«
»Meinen Sie, Dr. Frank hat nicht schon mehr nackte Busen gesehen?«, erwiderte Petrowa lächelnd. »Keine Scheu, er beißt
nicht und macht auch sonst nichts Ungehöriges. Frau König
und ich sind ja auch noch hier.«
Alexandra zog den Pullover aus, unter dem sie nackt war. Dr.
Frank hielt das Stethoskop an ihre Brust und sagte, sie solle ein

379

paarmal tief ein- und wieder ausatmen und sich anschließend auf die Liege legen.

»Auf den Bauch, bitte.«

Alexandra drehte sich um, die Arme angelegt. Sie spürte Dr. Franks Hände, wie er ihre Wirbelsäule abtastete.

»Bitte den Kopf ganz locker lassen«, sagte er.

»Was?«, fragte Alexandra, die das Wort locker noch nie gehört hatte.

Petrowa übersetzte es ihr. Alexandra schloss die Augen. Ihr Kopf wurde ein paarmal hin und her bewegt. Mit einem Mal war da ein leichtes Pieksen, ein Stich in den Hals, und sie spürte, wie etwas in sie hineingespritzt wurde. Sie wollte schreien, doch es dauerte nur wenige Sekunden, bis sie das Bewusstsein verlor.

Zwei Männer kamen aus dem Nebenzimmer, legten Alexandra auf eine Bahre und schoben sie in einen kleinen Raum, wo sie zugedeckt wurde, obwohl die Heizung an war. Alexandra atmete ruhig und gleichmäßig, ihr Blutdruck betrug 110/70.

Petrowa ließ Kolja, einen großgewachsenen schlaksigen jungen Mann von einundzwanzig Jahren holen, der nach kaum fünf Minuten ebenfalls in einen anderen Raum gefahren wurde.

So erging es auch allen andern. Als Letzte kamen die Zwillinge an die Reihe, die einfach nur die Spritze bekamen.

Petrowa ging nach draußen und in ihr Büro und überflog noch einmal den Terminkalender, obwohl sie die Daten der Operationen auswendig kannte. Ganz fett markiert hatte sie sich Freitag, zwanzig Uhr, bis Sonntag, dreizehn Uhr. Wie schon einige Male zuvor würden sie sich auch diesmal im besten Hotel der Stadt treffen. Er hatte eine ganze Etage reserviert, um vollkommen ungestört zu sein. Seine drei Bodyguards würden genauestens darauf achten, wer sonst noch im Hotel wohnte und dass niemand die sogenannte No-go-Area betrat.

Sie las die Termine und dachte: Alexandra ist als Erste morgen früh um neun Uhr dran – Leber und Pankreas. Alle Parameter

380

stimmen mit der Empfängerin überein, einer Mittvierzigerin aus Moskau, die von den dortigen Ärzten längst aufgegeben worden war. Aber durch die Operation hier würde sie schon bald ein recht normales Leben führen können. So ist das Leben, so ist der Tod.

Petrowa steckte den Terminplaner in ihre Tasche, stellte sich ans Fenster und sah hinaus auf den ausgedehnten Park, wo sich nur wenige Patienten aufhielten, zu kühl und launisch war das Wetter heute. Die meisten von ihnen waren ohnehin nur wegen ihrer Schönheit hier, obwohl viele hinterher nicht schöner aussahen, es sich nur einredeten. Narren, dachte sie.

Es war fast halb sechs, als sie ihre Tasche nahm, sich noch einmal umsah und nickte. Es wurde höchste Zeit, nach Hause zu fahren. Sie hatte ihre Pflicht getan, für alles Weitere war sie nicht mehr zuständig.

Unterwegs tippte sie eine Kurzwahlnummer in ihr Handy, wartete, bis am andern Ende abgenommen wurde, und sagte: »Ich bin's, Liebling. Ich habe Sehnsucht nach dir und kann es kaum erwarten, dich zu sehen.«

»Ich weiß. Ist alles vorbereitet?«

»Wie immer.«

»Ich werde mich auch nur kurz aufhalten, dann habe ich fast zwei ganze Tage Zeit für dich. Ich bring dir auch etwas ganz besonders Schönes mit, meine kleine Löwin. Und vergiss nicht, ich liebe dich.«

»Und ich dich erst.«

Sie schaltete das Handy aus, hielt an einem Supermarkt und kaufte ein paar Lebensmittel ein. Zu Hause angekommen, packte sie die Sachen in den Kühlschrank, zog sich nackt aus und ließ sich ein heißes Bad ein. Sie machte Musik an, Tschaikowsky, trank ein Glas Orangensaft mit einem Schuss Wodka, besah sich im Spiegel und war wie immer zufrieden mit ihrem Äußeren. Sie hatte eine perfekte, von der Natur gegebene Figur

381

– 90-62-90. Sie freute sich auf das herrlich lange Wochenende. Er hatte ihr versprochen, sie von hier wegzuholen, in seine Nähe, in sein Haus. Er war verheiratet, doch die Ehe bestand nur noch auf dem Papier. Jeder ging seine eigenen Wege, wie er ihr gegenüber schon vor Monaten angedeutet hatte. Selbst in der Presse ging schon das Gerücht, dass eine Scheidung bevorstand, ohne dass ihm eine neue Liebe angedichtet wurde. Seine Frau hatte längst einen Neuen, einen zwölf Jahre Jüngeren, den er ihr ausgesucht hatte und mit dem sie bereits einige Male auf Partys und Wohltätigkeitsveranstaltungen gesehen und fotografiert worden war. Eine geschickt von ihm eingefädelte Inszenierung, die seine Noch-Frau gerne mitmachte. Bei der Scheidung würde sie etwa fünfhundert Millionen Euro bekommen, vielleicht sogar mehr. Für ihn ein Schulterzucken oder ein Griff in die Portokasse – was waren schon fünfhundert Millionen gegen fünf oder sechs Milliarden?

Ja, sie freute sich auf das Wochenende, das diesmal ein ganz besonderes werden würde.

DONNERSTAG, 14.40 UHR

Henning rief zwanzig Minuten früher als geplant bei Prof. Jürgens in der Rechtsmedizin an, und sie verabredeten ein Treffen für sechzehn Uhr in Murphy's Pub, da Jürgens ein ausgesprochener Liebhaber von irischem Whiskey war, dessen Genuss er bisweilen übertrieb, wie er selbst gestand. So blieb Henning und Santos noch genügend Zeit für eine Stippvisite bei Ziese.

Sie gingen zu seinem Büro, klopften an, und von drinnen ertönte ein kaum vernehmliches »Herein«.

Ziese tippte etwas in den Computer und sah erst auf, als die beiden Kollegen vom K 1 vor seinem Schreibtisch standen. Das

Fenster war trotz des ungemütlichen Wetters weit geöffnet. Es war kalt, was Ziese aber offenbar nichts ausmachte.

»Ja?«, fragte er, und Henning betrachtete ihn ausgiebiger und intensiver als je zuvor, um herauszufinden, ob seine Vermutung nur eine Vermutung war oder Ziese wirklich an der Flasche hing. Seine Augen hatten einen matten Glanz, seine Lippen waren spröde, um die Nase und auf den Wangen hatten sich spinnenbeinartige Äderchen gebildet. Das war aber auch alles, was Henning feststellen konnte, nichts Ungewöhnliches. Ziese machte einen aufgeweckten und klaren Eindruck, auf keinen Fall den eines Alkoholikers. Ich hab mich da wohl getäuscht, dachte er und nahm Platz, nachdem Ziese auf die beiden Stühle gedeutet hatte.

»Was führt euch zu mir?«, fragte der Mann, der in gut zwei Monaten in den Ruhestand gehen würde, mit fester Stimme.

»Immer wieder dasselbe. Wobei ein paar neue Fragen aufgetaucht sind, die wir gerne mit dir besprechen würden.«

»Ich sagte doch, dass ich euch jederzeit zur Verfügung stehe. Fasst euch aber bitte kurz, ich habe um halb vier einen wichtigen Termin außer Haus.«

»Wir versuchen's, auch wenn's vielleicht etwas unangenehm wird ...«

»Ich bin es gewohnt, mich unangenehmen Dingen zu stellen«, erwiderte Ziese trocken und mit regungsloser Miene. »Also, raus damit.«

»Wir haben eine interessante Information erhalten, und wir würden gerne wissen, ob du die bestätigen kannst. Demnach soll Gerd keine Freunde in deiner Abteilung gehabt haben.«

Ziese überlegte, schürzte die Lippen und sah dabei Henning nachdenklich an. »Wer hat euch das denn erzählt? Natürlich hatte Gerd Freunde, oder glaubt ihr, er war ein Einzelkämpfer, von niemand geliebt, von jedem gemieden? Glaubt ihr das allen Ernstes?«

383

»Es klang sehr glaubhaft. Es heißt, er hätte keinen einzigen Freund gehabt, das schließt dich mit ein ...«

»Augenblick, ich war sein Vorgesetzter und nicht sein Freund. Frag die andern, ob sie miteinander befreundet sind. Hinrichsen, Hamann ... Ich glaube, da verwechselt jemand die Begriffe Freundschaft und Kollegialität. Wir sind Kollegen, das bedeutet aber nicht, dass wir auch Freunde sein müssen.«

»Ich glaube, die Person kennt sehr wohl den Unterschied. Uns wurde gesagt, dass Gerd hier auf sich allein gestellt war ...«

»Jetzt reicht's aber! Gerd war zu keiner Zeit auf sich allein gestellt, Hinrichsen war sein Mitarbeiter. Aber ganz sicher gehörte er nicht zu jenen, mit denen er über Eheprobleme gequatscht oder sich Pornos reingezogen hat. Obwohl, da müsst ihr Hinrichsen schon selber fragen, er soll angeblich kein Kostverächter sein«, meinte Ziese mit dem Anflug eines Lächelns, um gleich wieder ernst zu werden. »Wir sind ein Team, einer ist für den andern da und damit basta. Was meine Jungs in ihrer Freizeit treiben, ist mir egal, das Privatleben geht mich nichts an, und ich will auch gar nichts darüber wissen. Noch was?«

Henning schnalzte mit der Zunge und meinte: »Wir reden entweder aneinander vorbei, oder du willst nicht kapieren, was ich meine. In unserer Abteilung sind wir auch ein Team, ich komm mir aber zu keiner Zeit alleingelassen vor ...«

»Hat Gerd dir jemals gesagt, dass er sich alleingelassen vorkommt?«

»Er hat's angedeutet«, log Henning, der hoffte, dass Ziese dies nicht merkte.

»Das ist natürlich was anderes. Was hat er denn ... angedeutet?«

»Dass er manchmal lieber in einer andern Abteilung wäre.«

»Hat er auch gesagt, warum?«

»Er kam mit einigen hier nicht zurecht, und sie offenbar nicht mit ihm.« Es war ein Schuss ins Blaue, und Henning war gespannt, wie Ziese reagieren würde.

Ziese sah Henning prüfend an. »Namen, ich will Namen.«

»Hat er nicht genannt.«

»Schwachsinn! Ihr wart doch so gut befreundet, da sagt man sich doch alles.«

»Also gut, aber ich verlass mich drauf, dass du es für dich behältst. Kann ich mich drauf verlassen?«

Santos sah Henning von der Seite an. Sie war nervös, denn sie merkte, wie er sich von Sekunde zu Sekunde weiter aus dem Fenster lehnte, und sie hoffte, er würde nicht fallen. Sie wagte kaum zu atmen und hörte gespannt zu.

»Mein Wort zählt immer.«

»Hinrichsen – und du.«

Ziese erhob sich und fixierte Henning. »So, das hat er dir also gesagt. Wieso bist du nicht schon früher damit gekommen? Ich verrat's dir – weil es eine glatte Lüge ist. Zumindest, was meine Person betrifft. Es gibt in diesen Räumen keinen, mit dem ich besser zurechtkam als mit Gerd. Und nun überleg dir genau, was du als Nächstes sagen willst.«

»Ich gebe nur das wieder …«

»Du gibst gar nichts wieder, du unterstellst mir etwas. Wenn Gerd sich hier so unwohl gefühlt hat, warum hat er dann nicht seine Versetzung zum LKA beantragt? Die hätten ihn doch mit Kusshand genommen. Junge, Junge, ich hätte alles von dir erwartet, aber nicht so was. Dass ich mir das nach beinahe vierzig Jahren antun muss, das hätt ich im Traum nicht gedacht. Was hab ich dir getan? Gar nichts. Das ist ziemlich erbärmlich, was du hier abziehst. Du hast bei mir 'ne Menge Kredit verspielt, das sollte dir klar sein.«

»Damit werde ich leben müssen. Aber …«

»Du hältst jetzt mal schön den Mund. Lisa, wir kennen uns doch auch schon seit einigen Jahren, was ist deine Meinung dazu? Oder hat Gerd auch dir erzählt, dass er mit mir nicht konnte? Sei ehrlich, so wie Sören es ist«, fügte er ironisch hinzu.

»Keine Ahnung, ich hatte nicht den Draht zu Gerd wie Sören. Aber kommen wir doch zu etwas anderem. Ich finde, es wird allmählich unerquicklich …«

»Das finde ich allerdings auch, und deshalb möchte ich euch bitten, mein Büro zu verlassen und wiederzukommen, wenn ihr wirklich etwas Handfestes habt …«

»Wir sind gleich weg«, wurde er von Santos unterbrochen. »Uns wurde ebenfalls mitgeteilt, dass du Gerd dem LKA als Aushilfe vorgeschlagen hast.«

»Und? Hab ich doch schon gesagt. Die haben angefragt, ich habe Gerd vorgeschlagen und fertig. Was ist daran so besonders?«

»Eigentlich nichts«, antwortete Santos und stand auf. »Wir wollen dich jetzt nicht länger aufhalten.«

»Ihr haltet mich nicht auf, ihr nervt nur. Ich frag mich, was ihr überhaupt hier wolltet. Nur ein paar Beleidigungen loswerden?«

»Sollten wir dich beleidigt haben, tut es uns leid. War nicht so gemeint.«

»Fahrt zur Hölle, aber fahrt. Und macht euch drauf gefasst, dass ich mit Volker über die Sache eben sprechen werde.«

»Tu das. Wir wünschen dir auch noch einen schönen Tag«, entgegnete Santos lächelnd und verließ mit Henning das Büro.

»Er ist kein Alkoholiker, doch ist dir auch aufgefallen, wie er ein paarmal recht nervös geworden ist?«

»Ja, und? Was willst du damit andeuten?«

»Weiß nicht, ist eigentlich nicht seine Art. Er gilt doch als der coolste und ruhigste Vorgesetzte in diesem Haus. Aber er ist vorhin ja regelrecht ausgeflippt.«

»Na ja, ich hab ihn ja auch ganz schön provoziert.«

»Das wollte ich dich sowieso fragen. Warum hast du gelogen? Wolltest du sehen, wie weit du gehen kannst? Oder ärgerst du dich nur, dass wir noch keinen einzigen Schritt vorangekommen sind?«

»Mir war einfach danach. Es geht doch darum, dass wir die

undichte Stelle ausfindig machen, und ich sag dir jetzt was –
dabei ist mir jedes Mittel recht, auch wenn ich es mir mit dem
einen oder andern verscherze.«

Santos fasste Henning am Arm und blieb stehen. »Mal angenommen, nur mal rein hypothetisch – was ist, wenn es gar keine undichte Stelle gibt? Ich hab mir nämlich überlegt, dass,
sollte es tatsächlich so jemanden geben, er zumindest mitverantwortlich für Gerds Tod wäre. Oder, um den Gedanken wei-
terzuspinnen, der- oder diejenige hat Gerd selbst umgebracht.
Einer von uns, der ein kaltblütiger Mörder ist? Kannst du dir
das vorstellen? Ich meine, es gibt schon ein paar, denen ich lieber aus dem Weg gehe, Konrad zum Beispiel, aber ich kenne
keinen, dem ich einen Mord zutrauen würde. Obwohl es auch
Bullen geben soll, die vor nichts zurückschrecken.«

»Lass uns im Auto drüber reden, nicht hier«, sagte Henning,
als mehrere Kollegen an ihnen vorbeigingen.

Sie warfen noch einen Blick in Harms' Büro, der sie zu sich
winkte. »Wie war's bei Kurt?«

»Sören hat ihm kräftig auf die Zehen getreten. Möglich, dass er
sich bei dir beschwert.«

»War das nötig?«

»Kann sein, dass ich etwas zu weit gegangen bin, aber nur etwas. Außerdem soll der sich nicht so haben, in zwei Monaten
hat er seine Ruhe vor uns.«

»Trotzdem, wirbelt nicht zu viel Staub auf, arbeitet subtil, wie
ihr es sonst immer tut, ich bitte euch inständig darum. Das
Letzte, was wir gebrauchen können, ist die Dienstaufsicht.«

Harms' Telefon klingelte. Ziese.

»Ja … Ja, werd ich machen … Beruhig dich wieder, Sören hat
das sicher nicht so gemeint. Wir stehen doch im Moment alle
gehörig unter Strom … Natürlich kann ich dich verstehen, und
ich werde Sören anhalten, sich bei dir in aller Form zu entschuldigen … Nein, er ist nicht hier, er musste dringend außer

387

Haus ... Kurt, lass mich das regeln, ich bin schließlich sein Vorgesetzter ... Ja, und lass es jetzt bitte auf sich beruhen, Sören schießt nun mal ab und zu übers Ziel hinaus ... Ich bitte dich, du wärst so ziemlich der Letzte, der zur Liste der Verdächtigen gezählt würde. Also ... Nein, keine Sorge und beruhig dich bitte ... Ja, ich werde es Sören ausrichten, und er wird morgen bei dir vorbeischauen. Und jetzt belassen wir's dabei, und wenn du willst, gehen wir nachher noch auf ein Bier rüber in die Kneipe. Ich lad dich auch ein ... Gut, dann treffen wir uns um halb sechs dort. Bis nachher.«

Harms hielt den Hörer noch eine Weile in der Hand und meinte mit hochgezogenen Brauen und einem leichten Grinsen: »Sören, Sören, was hast du da bloß angerichtet? Die Getränke gehen auf deine Rechnung, damit du's weißt. Kurt ist ziemlich aufgebracht wegen deines Auftritts.« Henning erwiderte nichts darauf, zog einen Zwanzig-Euro-Schein aus der Tasche und legte ihn wortlos auf den Tisch. Er nickte, gab Santos ein Zeichen und wollte bereits gehen, als Harms sagte: »Ich stehe hinter euch, egal, was ihr macht. Nur bitte subtiler, subtiler. Mehr verlange ich nicht. Das Porzellanzerschlagen überlassen wir lieber andern. Wo geht ihr jetzt hin?«

»Hatten wir das nicht erwähnt? In Murphy's Pub«, antwortete Santos.

»Hab ich vergessen. Sauft nicht zu viel von dem Teufelszeug, das man Whiskey nennt. Ich kann das Gesöff nicht ausstehen, schmeckt für mich wie Seifenlauge.«

»Jürgens liebt Seifenlauge und Desinfektionsmittel«, sagte Santos grinsend. »Bis morgen.«

»Hm, bis morgen. Habt ihr heute Abend nicht noch was vor?« Santos machte erneut kehrt und antwortete: »Wir treffen uns mit dieser Ivana, allerdings zu einer Zeit, wo andere Leute längst sanft schlummern. Und ja, wir sind vorsichtig. Dürfen wir jetzt endlich gehen?«

Harms machte nur eine verscheuchende Handbewegung, lehnte sich zurück, die Hände hinter dem Kopf verschränkt, und dachte nach.

Im Auto sagte Henning, der allmählich seine Sprache wiederfand: »Das war mein letzter Zwanziger für diese Woche. Ich bin pleite.«

Santos nahm seine Hand. »Das ist doch kein Drama. Ich geb dir was und …«

»Scheiße, Mann, ich wollte nie wieder in diese Situation kommen, aber ich konnte Volker das auch nicht abschlagen. Er hat mich auf dem falschen Fuß erwischt. Ich frag mich, wie lange das mit dem Zahlen noch weitergehen soll. Die nimmt mich aus wie eine Weihnachtsgans, und ich kann mir nicht mal das Nötigste leisten. Das ist so verdammt ungerecht.«

»Komm, wir trinken was mit Jürgens, ich übernehm die Rechnung, und später koch ich uns etwas, das ganz schnell geht und sehr lecker ist. Ich bin doch da. He, schau mich an.«

Henning wandte den Kopf, und in seinen Augen war nichts als Traurigkeit.

»He, wenn du so traurig guckst, fang ich gleich an zu weinen. Du solltest mal wieder mit deinem Anwalt sprechen. Es muss einen Weg geben, dass wenigstens sie keinen Unterhalt mehr fordern kann.«

»Anwälte kosten Geld, und das hab ich nicht.«

»Aber ich. Ich hab nämlich allmählich auch die Schnauze voll. Sieben Jahre ist das jetzt her, und die macht keinen Finger krumm. Ich frag mich, wie die mit diesem Hass leben kann. Zusammen finden wir eine Lösung, denn ich werde dir helfen, wo ich nur kann. Wenn du dir aber weiterhin alles so gefallen lässt, gehst du noch vor die Hunde. Das kann und werde ich jedoch nicht zulassen.«

»Das ist lieb von dir, aber im Augenblick haben wir wahrlich Wichtigeres zu tun. Fahr los, sonst denkt Jürgens noch, wir kommen nicht.«

Santos startete den Motor und meinte: »Du wolltest noch was sagen, wenn wir im Auto sind.«

»Ach, das ist nicht so wichtig.«

»Ich will's trotzdem hören.«

»Gerd wurde zu Hause umgebracht. Entweder war schon jemand im Haus, oder er hat jemanden reingelassen, von dem er nichts befürchtete. Ich werde dabei das Gefühl nicht los, dass es doch einer von uns war. Die Asiatin war vielleicht nur ein Ablenkungsmanöver. Du hast doch gesehen, wie klein und zierlich die war. Wenn sie was damit zu tun hatte, dann hatte sie mit Sicherheit einen Komplizen, der ihr half, Gerd ins Auto zu transportieren. Wenn du allein zu Hause wärst und nachts um zwei würde jemand bei dir klingeln und du wüsstest nicht, wer draußen steht, würdest du denjenigen einfach in die Wohnung lassen?«

»Im Leben nicht.«

»Siehst du, das mein ich. Er kannte seinen Mörder, und wir kennen ihn auch. Wir haben das ja alles schon mal durchgespielt, aber wir haben bisher nie ernsthaft an einen aus unsern Reihen gedacht.«

»Und hast du auch schon eine Vermutung?«

»Nicht einmal einen Hauch. Ich zerbrech mir den Kopf und dreh mich im Kreis, es ist zum Kotzen. Aber ich schwör dir, wenn ich diesen Dreckskerl finde, zerleg ich ihn in seine Bestandteile. Der wird sich wünschen, niemals geboren worden zu sein. Da drüben wird gerade ein Parkplatz frei.«

Santos parkte ein. Sie gingen zum Pub, wo Jürgens bereits auf einem Hocker am Tresen saß.

DONNERSTAG, 16.05 UHR

»Da seid ihr ja endlich«, wurden sie von Jürgens empfangen, der eine schwarze Lederjacke, ein weißes Hemd, Jeans und

Sportschuhe trug. Er drückte gerade eine seiner filterlosen französischen Zigaretten aus.

»Fünf Minuten zu spät, das ist nicht mal die akademische Viertelstunde«, bemerkte Santos lachend und fügte hinzu: »Wollen wir uns nicht lieber an einen Tisch setzen, vielleicht dort hinten. Besser, wenn wir ungestört sind.«

»Meinetwegen, auch wenn ich im Pub am liebsten am Tresen sitze. Was wollt ihr trinken? Ihr seid selbstverständlich meine Gäste.«

»Nein, so war das nicht abgemacht«, entgegnete Santos und winkte ab.

»Ich habe den Pub vorgeschlagen, also gehen die Drinks auf mich. Was trinkt ihr? Oder nein, lasst mich einfach machen«, sagte Jürgens, ohne eine Erwiderung abzuwarten, ging zum Tresen und gab die Bestellung auf. Als er zurückkam und sich gesetzt hatte, fragte er: »So, warum treffen wir uns hier? Das hat ja vorhin fast konspirativ geklungen.«

»Das hat mehrere Gründe«, antwortete Santos und spielte mit einem Bierdeckel. »Hast du die Haare schon untersucht?«

»Aber sicher doch. Eine hundertprozentige Übereinstimmung. Wer ist die Dame?«

»Eine Informantin«, wich Santos aus.

»Das glaub ich dir sogar, aber diese Informantin hat definitiv mit Gerd in der Kiste gelegen. Ich will ja nicht zu neugierig sein, mich würde allerdings schon interessieren, wie ihr an die Dame geraten seid.«

»Das fällt leider noch unter die Schweigepflicht. Wir haben ihr zugesagt, dass wir ihre Identität geheimhalten, weil sie um ihr Leben fürchtet. Aber es ist schon richtig, sie hatte ein Verhältnis mit Gerd.«

»Wenn dem so ist, muss ich das wohl akzeptieren. Ging das schon länger zwischen den beiden?«

»Du stellst vielleicht Fragen. Nein«, log Santos, »die kannten sich erst seit ein paar Wochen. Sie hat eigentlich mit dem Fall nichts zu tun, sie und Gerd sind sich zufällig über den Weg gelaufen, und es war eine rein sexuelle Beziehung. Sie ist nur ein sehr ängstlicher Typ.«

»Und wie habt ihr sie gefunden? In der Zeitung stand doch meines Wissens nach nichts über Gerd, oder hab ich da was überlesen?«

»Zufall. Aber lass uns das Thema wechseln, denn wir wollten uns aus einem ganz andern Grund mit dir treffen …«

»Lasst uns erst mal die Gläser heben und den unvergleichlichen Geschmack Irlands von uns Besitz ergreifen. Auf unser Wohl. Cheers!«

Santos, die noch nie zuvor Whiskey getrunken hatte, nippte an ihrem Glas, verzog den Mund und fand, dass Harms recht hatte, es schmeckte ein wenig seltsam, ungewöhnlich. Es hatte tatsächlich etwas von Seife, doch dieser anfängliche Eindruck verschwand schnell, und der Whiskey nahm einen ganz eigenen, eigentümlichen Geschmack an. Sie spürte eine angenehm wohlige Wärme allmählich in sich aufsteigen.

»Und, hab ich zu viel versprochen?« Jürgens sah Henning und Santos gespannt an, als würde er erwarten, dass sie gleich in Jubelschreie ausbrechen würden.

»Sehr gut. Ist mein erster überhaupt.«

»Was, du hast noch nie …?«

»Nein. Ich genieße hin und wieder ein Glas Rotwein, die harten Sachen hab ich bisher nicht an mich rangelassen. Aber der ist gut.«

»Und du?«

»Hm.«

»Hast du was?«, fragte Jürgens und sah Henning forschend an, der noch immer ein melancholisches Gesicht machte.

»Nee, alles bestens, ich lass nur Lisa den Vortritt.«

»Na dann, warum sind wir hier?«

»Was wir dir jetzt sagen, bleibt unter uns, es muss unter uns bleiben, denn wir haben etwas erfahren, das fast zu unglaublich klingt, als dass es wahr sein könnte. Wir gehen aber mal davon aus, dass es der Wahrheit entspricht.«

Santos hielt inne, trank ihr Glas leer und drehte es zwischen den Fingern.

»Jetzt spann mich nicht so auf die Folter«, sagte Jürgens.

»Bin gleich so weit.« Sie beugte sich ein wenig weiter nach vorn, obwohl auch so keiner hätte mithören können, da sich nur wenige Gäste im Pub aufhielten und dazu noch irische Musik gespielt wurde. »Hast du schon mal was von Organhandel gehört?«

Jürgens zog die Stirn in Falten, kippte den Inhalt seines Glases in einem Zug hinunter und gab mit den Fingern ein Zeichen, dass er noch eine Runde bestellte.

»Hab ich, aber nur das, was man so in der Zeitung liest oder irgendwo aufschnappt. Hat das was mit Gerd zu tun?«

»Möglich, muss aber noch verifiziert werden. Du hast also noch nie etwas damit zu tun gehabt?«

Jürgens schüttelte den Kopf. »Wie gesagt, nur davon gelesen und gehört, aber das war auch nichts Weltbewegendes. Um welche Dimension geht es? Nierenspender, die sich für 'n Appel und 'n Ei eine rausschnippeln lassen?«

»Wenn's das bloß wäre!«, stieß Santos hervor. »Nieren, Herzen, das volle Programm. Eigentlich alles, was transplantiert werden kann.«

»Du machst mich immer neugieriger. Erzähl.«

»Es handelt sich um über tausend Menschen, vorwiegend junge, die jährlich herkommen und als Organspender missbraucht werden.«

Jürgens sah Santos zweifelnd an und meinte: »Moment, du sprichst von lebenden Menschen?«

»Ja.«

»Aber ohne ein Herz oder eine Leber kann keiner überleben.«

»Das ist es ja. Das funktioniert wie ganz normaler Menschen-

393

handel, nur mit dem Unterschied, dass hier Endstation ist. Final Destination Kiel. Das Prinzip ist das gleiche wie zum Beispiel bei Zwangsprostituierten – verlockende Versprechen, ein Studienplatz in Berlin oder anderswo, eine gute Gastfamilie oder Adoptiveltern, eben die übliche Palette.«

»Und woher kommen die … Spender?«

»Aus dem Osten, vorwiegend Russland. Dort verschwinden bekanntlich jährlich Tausende von Menschen, ohne dass sich jemand drum kümmert. Hat was mit der Armut, aber auch mit dem System zu tun.«

»Das hört sich wirklich ziemlich absurd an, ich meine, das müsste doch auffallen. Du kannst nicht Jahr für Jahr ein paar tausend Menschen herbringen, ihre Organe entnehmen und … Was passiert mit den Leichen?«

»Die haben 'ne Rückfahrkarte gebucht«, antwortete Santos gelassen. »So, wie sie gekommen sind, fahren sie auch wieder zurück.«

»Und Gerd hat das rausgefunden und musste deswegen sterben, wenn ich richtig kombiniert habe?«

»Wir gehen davon aus.«

»Jetzt macht es auch Sinn, dass Gerd sich in letzter Zeit so oft bei mir aufgehalten hat und alles über das Innenleben meiner Kunden wissen wollte. Der hat mich mit Fragen gelöchert, und ich hab mich immer gewundert, warum ihn das alles interessiert. Jetzt weiß ich's, er hat gründlich recherchiert. Woher habt ihr die Infos? Von der Frau mit den schönen dunklen Haaren?«

»Nein, die hat davon keinen blassen Schimmer. Wir haben Aufzeichnungen gefunden, die Gerd in den letzten Monaten gemacht hat«, schwindelte Santos wieder, während Henning sich an seinem zweiten Glas festhielt und die Unterhaltung scheinbar desinteressiert verfolgte, obwohl er aufmerksam zuhörte.

»Wie kommst du überhaupt darauf, dass sie schöne dunkle Haare hat?«

»Ich bin Rechtsmediziner. Nicht viele Frauen haben so schöne

Haare. Wenn man von den Haaren auf den Rest schließen kann, muss sie sehr hübsch sein. Ist aber leider die Ausnahme, schöne Haare bedeuten nicht automatisch, dass die Frau auch schön ist. Ist sie schön?«, fragte Jürgens augenzwinkernd.

»Geht so«, gab sich Santos bedeckt.

»Ganz passabel«, kommentierte Henning. »Kein Vergleich mit Nina.«

»Wie kann ich euch helfen?«

»Wir brauchen deine Meinung als Mediziner. Man hört oder liest doch immer wieder, dass Transplantationen mit einem gewissen Risiko verbunden sind. Wie wahrscheinlich ist es, dass zum Beispiel ein Herz abgestoßen wird?«

»Ich bin zwar kein Transplanteur, aber heutzutage werden solche Operationen als Routineeingriffe verbucht. Genaue Zahlen sind mir nicht bekannt, doch ich weiß, dass die meisten Transplantate gut angenommen werden, vorausgesetzt, die Parameter stimmen überein. Das heißt, du kannst einem Kind nicht das Herz eines Erwachsenen geben und umgekehrt. Das hängt mit der Pumpleistung zusammen, um es mal salopp auszudrücken. Die Patienten müssen für den Rest ihres Lebens Immunsuppressiva einnehmen, sprich bestimmte Medikamente, die eine Abstoßung verhindern sollen. Die Amis haben gerade eine Testphase mit einem neuen Präparat abgeschlossen, das alles bisher Dagewesene toppt. Wenn aber alles passt, dann ist die Chance, dass der Patient ein vergleichsweise normales Leben führen kann, recht hoch. Das gilt für Niere, Leber, Lunge, Herz und Pankreas, wobei die Wartelisten bei Eurotransplant lang und länger werden, besonders was Nieren angeht. Wer eine Niere braucht, wartet meist zwischen einem und zwei Jahren, manchmal auch länger. Dazu kommt der Allgemeinzustand des Patienten, der mit ausschlaggebend für den Erfolg der Transplantation ist. Es gibt eigentlich sehr viele Faktoren, die verantwortlich sind, ob ein Organ angenommen oder abgestoßen wird. Die

Psyche spielt eine Rolle, aber auch der künftige Lebenswandel. Und dass die Patienten regelmäßig ihre Medikamente nehmen. Mehr hab ich dazu eigentlich nicht zu sagen.«

Als Jürgens geendet hatte und seinen mittlerweile dritten Whiskey trank, fragte Henning: »Hängt es nicht auch vom sozialen Status eines Patienten ab, ob er länger oder kürzer auf ein Spenderorgan warten muss?«

Jürgens verzog den Mund und meinte: »Hängt bei uns inzwischen nicht alles davon ab? Wer Geld hat, kriegt's immer irgendwie hin, sich einen Vorteil zu verschaffen. Leg ein paar fette Scheine hin, und du bekommst, was du willst. Wenn du dazu noch einen Namen hast, der der Öffentlichkeit bekannt ist ... Das sind die Regeln, an denen weder ihr noch ich etwas ändern können. Und ich gehe jetzt mal davon aus, dass die Empfänger der Organe über genügend Geld verfügen. Wissen sie denn, dass andere dafür getötet werden?«

»Keine Ahnung, ob man sie einweiht oder ihnen eine nette kleine Geschichte auftischt, um wenigstens den Empfängern gegenüber den Schein der Legalität zu wahren. Wie ist das eigentlich, man hört doch immer wieder davon, dass mit einem Spenderorgan auch etwas von dem Spender übertragen wird, ich meine damit irgendwelche Eigenschaften ...«

»Das gehört wohl eher ins Reich der Legenden. Natürlich wird immer mal wieder davon berichtet, aber ich geb nicht allzu viel drauf. Es ist ein Organ und nicht die Seele, wenn so was wie Seele überhaupt existiert. Sorry, aber ich bin Existenzialist und Nihilist und glaube nicht an irgendwelchen überirdischen Humbug. Hat vielleicht auch was mit meinem Beruf in der Gruft zu tun. Wenn du dauernd von Toten umgeben bist, wirst du ganz schnell zum Realisten.«

»Und wenn da doch was dran ist?«

»Dann leiden die Betroffenen, oder es geht ihnen besser als zuvor. Tut mir leid, ich kann die Frage nicht beantworten, weil ich an diesen Kram nicht glaube. Sicher mag es Dinge zwischen Himmel und Erde geben, die wir nicht erklären können, aber ich glaube nicht an einen Himmel, in dem ein Gott oder ein übernatürliches Wesen lebt. Ich sehe nur jeden Tag die Realität auf meinem Tisch, und die ist alles andere als erbauend. Wenn ich ein verhungertes oder zu Tode misshandeltes Kind bekomme und aufschneiden muss, dann frag ich mich, wo dieser angebliche Gott war, als so was passiert ist. Mag zynisch klingen, ist aber so. Nihil est in intellectu, quod non sit prius in sensu – nichts ist im Verstand, was nicht vorher im Sinnesvermögen gewesen ist. Und ich glaube nur an meine fünf Sinne und deren Wahrnehmung. Und deshalb genieße ich das Leben in vollen Zügen. Sieht man mir auf den ersten Blick nicht an, was? Noch einen Single Malt?«

»Nein, danke«, sagte Santos, »zwei reichen vollkommen. Wir haben heute Abend auch noch einiges vor.«

»Wenn das so ist, muss ich mir wohl oder übel allein die Kante geben. Kleiner Scherz. Und mit Gerd, da seid ihr sicher, dass er Organhändlern auf die Schliche gekommen war?«

»Noch haben wir keine andere Erklärung für sein gewaltsames Ableben. Danke für den Whiskey, war eine neue Erfahrung«, meinte Santos.

»Wollt ihr etwa schon gehen und mich hier allein lassen?«

»Einem waschechten Existenzialisten fällt doch bestimmt ein, was er mit dem verbleibenden Tag und vor allem der Nacht anfangen kann«, erwiderte Santos mit dem charmantesten Lächeln, dem selbst der härteste Mann nicht widerstehen konnte.

»Das wusste ich schon vorher, ich hab da nämlich vor wenigen Tagen eine bezaubernde junge Dame kennengelernt, die sehnlichst darauf wartet, von einem Professor der Leichenschändung beglückt zu werden. Entschuldigung, wenn ich etwas ordinär klinge, liegt am Whiskey. Er löst meine Zunge und senkt meine ohnehin kaum vorhandene Schamgrenze auf den absoluten Nullpunkt. Ciao, ihr beiden, und passt auf euch auf.«

Er hob sein Glas, trank es leer, holte eine weitere Zigarette aus der Schachtel, die fünfte oder sechste, seit sie zusammensaßen, und steckte sie an.

»Rauchst du immer so viel?«, fragte Henning.

»Seit ich denken kann, na ja, sagen wir, seit ich zwölf war. Wenn man mich eines Tages aufschneidet, wird man nur einen Haufen Teer finden, vorausgesetzt, man schneidet mich überhaupt auf, was ich ehrlich gesagt eher bezweifle, bei den Kürzungen in unserm Budget und den immer weniger werdenden Rechtsmedizinern«, antwortete er grinsend.

»Du hast aber keine Angst davor, dass man dich deiner Eingeweide beraubt«, meinte Henning ebenfalls grinsend.

»Die können mit mir machen, was sie wollen. Tot ist tot und bleibt tot.«

»Dann mal einen vergnüglichen Abend«, sagte Henning und erhob sich zusammen mit Santos und dankte Jürgens noch mal für den Whiskey.

»Den werde ich garantiert haben«, erwiderte Jürgens, sah Henning und Santos hinterher und fügte leise hinzu: »Garantiert werde ich den haben.«

Er bestellte sich noch einen Whiskey, rauchte zu Ende und beglich die Rechnung. Dann begab er sich nach draußen, setzte sich in seinen Jaguar und fuhr in die Bartelsallee. Er hatte keine Angst, um diese Uhrzeit von der Polizei angehalten zu werden, hatte er doch ein Schild mit der Aufschrift »Arzt im Einsatz« an die Windschutzscheibe geklebt. Er hatte freie Fahrt.

DONNERSTAG, 17.25 UHR

»Ich dachte immer, der sei verheiratet«, sagte Santos, als sie nach Hause fuhren.

»Ich auch. Merkst du was? Wir wissen so gut wie nichts über die, mit denen wir so oft und viel zu tun haben. Wie hat dir der Whiskey geschmeckt?«

Santos sah Henning kurz von der Seite an und antwortete: »Ein gepflegtes Glas Rotwein ist mir auf jeden Fall tausendmal lieber. Oder ein Bier.«

»Mir auch. Lass uns was essen, damit ich den Geschmack loswerde. Dazu dieser Qualm, den er mir andauernd ins Gesicht geblasen hat.«

»Kleiner Vorschlag. Während ich uns was zu essen brutzle, gehst du unter die Dusche, dann essen wir, und danach dusch ich. Und hinterher machen wir noch ein Nickerchen, schließlich könnte es sein, dass die Nacht wieder ziemlich kurz wird.«

»Und wenn wir die Rollen tauschen? Ich koche und …«

»Das nächste Mal. Weißt du, was mich ankotzt? Dass wir noch keinen einzigen Schritt weitergekommen sind. Wir wissen bis jetzt nicht, wer unsere Asiatin ist, wir haben keinen Schimmer, mit wem Gerd über seine Undercover-Aktion gesprochen hat, wir haben nicht mal einen winzigen Punkt, an dem wir ansetzen können. Mittlerweile seh ich in jedem, mit dem wir sprechen, einen potenziellen Mörder, egal, ob Kurt, Klose, Lehmann, Hinrichsen. Fehlt nur noch, dass ich auch Gerds Mutter und Nina verdächtige.«

»Geht mir doch genauso. Wäre diese Ivana nicht aufgetaucht, wüssten wir sogar noch weniger. Wir können doch nur von Glück sprechen, dass sie uns kontaktiert hat und vor allem, dass sie uns aufgeklärt hat, was Gerd gemacht hat. Ohne sie wären wir vollkommen aufgeschmissen und würden noch Jahre nach einem Motiv suchen.«

»Du findest sie wohl von Minute zu Minute toller? Wenn ich an gestern Abend denke, wie du fast ausgerastet bist …«

»Ich war nur geschockt, weil ich das nicht glauben wollte. Du bist doch nicht etwa eifersüchtig?«

399

»Blödsinn, obwohl, sie ist eine sehr attraktive Frau, und wenn sie zurechtgemacht ist …«

»Ja, dann sieht sie bestimmt umwerfend aus. Aber ich bin doch nur ein armer Schlucker, mit so was gibt sich eine wie sie niemals ab«, bemerkte Henning mit gespielt weinerlicher Stimme und sah aus dem Seitenfenster.

»Da stimm ich dir zu, ich meine, dass sie zurechtgemacht sicher umwerfend aussieht. Geld hat sie wahrscheinlich selbst genug. Aber mal Spaß beiseite, Ivana schwebt meines Erachtens in wesentlich größerer Gefahr, als sie sich vermutlich bewusst ist. Sie hat zwar betont, dass sie es weiß und keine Angst vor dem Sterben hat … Das, was sie gerade vollführt, ist doch ein Ritt auf der Rasierklinge. Keine Ahnung, ob ich mich das trauen würde. Sie berichtet uns von absolut skrupellosen Bestien, sie schildert uns geradezu plastisch, wie dieses perfide System funktioniert, dass bis in die Spitzen der Politik Leute involviert sind und … Mein Gott, ich hab ihre Anspannung körperlich gespürt. Sollte sie gelogen haben, dann war es eine perfekte Darbietung. Aber es macht Sinn. Wenn ich alles zusammennehme, macht es sogar verdammt viel Sinn. Was Klose uns über diesen Ivanauskas erzählt hat, passt doch einwandfrei in das Bild, das Ivana uns von der Organisation gezeichnet hat. Sie hat nicht gelogen, das war alles echt.«

»Sag ich doch. Umso gespannter bin ich, was sie heute Abend zu berichten hat. Ich werde ihr auf jeden Fall ein paar sehr direkte und auch unangenehme Fragen stellen.«

Henning duschte, während Santos am Herd stand und zwei Putenschnitzel in der Pfanne brutzelte, Reis kochte und einen Salat machte. Um halb acht legten sie sich auf die breite Couch, das »Lümmelsofa«, wie Santos es nannte. Sie kuschelte sich an ihn und schlief ein. Der Wecker klingelte um Punkt zehn. Santos und Henning machten sich langsam fertig und verließen um kurz nach halb elf die Wohnung. Sie wollten Ivana nicht warten lassen.

DONNERSTAG, 20.00 UHR

Loose hatte einen langen und arbeitsreichen Tag hinter sich. Er war seit zwei Stunden zu Hause, hatte mit der Familie zu Abend gegessen, Kerstin hatte die Kinder zu Bett gebracht und sich danach zu ihm gesetzt. Eine Flasche Wein und zwei gefüllte Gläser standen auf dem Tisch. Er stieß mit ihr an, trank einen Schluck und stellte sein Glas zurück.

»Hast du über eine Entscheidung nachgedacht?«, fragte sie, ohne ihn dabei anzusehen.

»Selbst bei meinen beiden OPs hab ich an nichts anderes gedacht. Schatz, ich weiß nicht, was ich machen soll. Die haben mich komplett in der Hand. Und ich kann und werde nicht zulassen, dass sie dir oder den Kindern etwas antun. Das würde ich nicht verkraften, wobei ich inzwischen zu dem Schluss gekommen bin, dass sie euch gar nichts tun würden. Das ist keine Verbrecherbande, sie helfen schließlich Menschen, wieder ein normales Leben führen zu können.«

»Merkst du gar nicht, dass du wirres Zeug redest? Was denn nun, haben sie dich in der Hand, oder sind sie Gutmenschen?«

»Entschuldigung, ich bin noch etwas durcheinander, weil ich nicht weiß, wie ich es dir beibringen soll. Ich habe mich entschieden.«

»Verkraftest du denn das, was sie von dir verlangen?«, fragte sie und sah ihn dabei forschend an.

»Ich bin ja die ganze Zeit am Überlegen und denke, es ist für uns alle das Beste, wenn ich auf ihr Angebot eingehe …«

»Auf einmal ist es ein Angebot. Gut, du nimmst es also an. Auch wenn es gegen das Gesetz verstößt? Du bist doch sonst immer so darauf bedacht, dass alles mit rechten Dingen zugeht.«

»Du hast ja recht, aber wer sagt denn, dass dort etwas Ungesetzliches oder Unrechtes passiert? Gut, ich habe keine Ahnung, wie diese Klinik geführt wird, aber ich gehe davon aus, dass sie ein stilles Abkommen mit Eurotransplant oder einer anderen Organisation haben, die davon profitiert. Koljakow, schade, dass du ihn nicht kennst, ist ein äußerst weltgewandter Mann, sehr distinguiert, sehr gepflegt, rhetorisch unschlagbar und dazu noch sympathisch und keineswegs abgehoben. Ihre Klientel stammt natürlich nur aus den besseren Kreisen, weil die Organe eine Menge Geld kosten. Aber sollte mich das hindern, diese Operationen durchzuführen? Nur, weil ich nicht den ganz offiziellen Weg gehe?«

»Du hast also deine Entscheidung endgültig getroffen«, konstatierte Kerstin Loose und trank von ihrem Wein. »Warum dann aber dieser Traum, der dich so verstört hat, dass du am ganzen Leib gezittert hast?«

»Ich habe keine Erklärung.«

»Und die Drohungen? War das auch nur ein Traum?«

»Wenn ich es recht betrachte, waren es keine wirklichen Drohungen, und Koljakow hat selbst gesagt, dass ich das Wort Drohung aus meinem Gedächtnis streichen soll. Als ich in der Klinik war, kam es mir eher so vor, als würden sie mich bitten, für sie hin und wieder tätig zu sein. Du hättest die Operationssäle sehen müssen, nur das Beste vom Besten. Da passt alles, jedes noch so kleine Detail. Ich hab so was jedenfalls noch nie zuvor gesehen. Dagegen schaut's bei uns aus wie vor dreißig Jahren. Kerstin, ich weiß nicht, ob du meine Entscheidung mitträgst, aber ich werde es tun. Nicht des Geldes wegen, falls du das denkst, obwohl das ein sehr angenehmer Nebeneffekt ist, sondern weil ich mich durch meinen hippokratischen Eid verpflichtet habe, Menschen zu helfen. Ich bringe doch niemanden um, ich rette Leben. Ist das nicht das Wichtigste, was ein Arzt tun kann oder soll? Dieses fünfjährige Mädchen, das ich am Freitag habe, es kann doch nichts dafür, dass es mit einem schweren Herzfehler zur Welt gekommen ist. Soll ich es sterben lassen, nur weil ich falsche Skrupel habe? Oder weil ich an der Integrität der Klinikleitung zweifle? Vielleicht wird aus diesem Mädchen später etwas ganz Besonderes, vielleicht hilft sie andern Menschen, vielleicht wird sie eine große Künstlerin oder … Ich weiß nicht, ob du meine Gedankengänge nachvollziehen kannst, ich weiß nur, dass ich keine Wahl habe. Aber nicht, weil ich gezwungen werde, sondern weil es womöglich meine Bestimmung ist.«

»Ich bin lange genug deine Frau und weiß, dass ein Herz innerhalb weniger Stunden verpflanzt werden muss, sonst ist es unbrauchbar. Wie können sie dann Tage vorher eine OP auf den Freitag festlegen? Hast du dir darüber schon mal Gedanken gemacht? Du bist doch sonst so penibel und korrekt.«

»Das hab ich, Schatz. Wir hatten schon einige Male solche Termine Tage oder Wochen vorher eingeplant, weil wir die Zusage für ein Organ hatten, der Spender aber noch am Leben war. Es sind nicht immer nur Unfallopfer, die als Spender herhalten müssen.«

»Du gestattest mir aber trotzdem, dass ich Zweifel anbringe? Wenn sie dich ganz normal gefragt hätten, hättest du dann zugestimmt?«

»Ich verstehe nicht, was du meinst?«

»Nun, wenn sie dir nicht Fotos von den Kindern und mir auf den Tisch gelegt hätten. Es waren Drohungen, davon kannst du mich nicht abbringen.«

»Heutzutage wird doch in allen Bereichen getrickst, gedroht, betrogen und was weiß ich nicht alles. Die Methoden haben sich in den vergangenen drei, vier Jahrzehnten eben geändert. Und dass die Russen ihre eigene Art haben, Geschäfte abzuwickeln, ist doch inzwischen hinlänglich bekannt, man liest es ja immer wieder. Ich sehe es so: Hätten sie mich tatsächlich zwingen wollen, hätten sie mich entführen können, und keiner hätte jemals herausgefunden, wo ich mich aufhalte. Sie würden

mich nicht bezahlen und alles tun, dass es mir oder uns schlechtgeht. Stattdessen bieten sie mir eine Menge an – beste Arbeits-
bedingungen, hervorragend geschulte Mitarbeiter, nicht zu
vergessen das Geld. Verstehst du, was ich meine? Es geht hier
nicht um Recht und Unrecht, es geht um Menschenleben. Niemand wird getötet, dafür werden aber viele gerettet. Verstehst
du?«, fragte er noch einmal und eindringlicher.
Kerstin drehte das Glas zwischen ihren Fingern und entgegnete: »Du versuchst mir gerade etwas schmackhaft zu machen,
was ich nicht essen will. Warum haben sie zum Beispiel gesagt,
dass du mit mir nicht darüber sprechen sollst?«
»Ach«, winkte er ab, »sie wollen wahrscheinlich nur nicht, dass
zu viele davon wissen. Sie arbeiten im Hintergrund …«
»Ich würde eher sagen im Verborgenen.«
»Nein, da muss ich widersprechen. Das hört sich an wie Untergrund, wie Ratten, die das Tageslicht scheuen … Nein, so sind
die nicht. Ich habe mittlerweile sogar ein recht gutes Gefühl bei
der Sache. Und sorry, wenn ich das jetzt sage, aber ich kann
inzwischen sogar nachvollziehen, warum sie nicht wollen, dass
ich mit dir oder jemand anderm darüber spreche. Kerstin, es
tut mir leid, aber ich muss meiner Bestimmung folgen. Erst ab
Freitag kann ich beweisen, was in mir steckt, weil ich jetzt die
idealen Bedingungen vorfinde. Meine Fähigkeiten, gepaart mit
der perfekten Ausstattung, das ist es, was ich immer wollte.
Und sie haben gesagt, sie wollen nur mit den besten Ärzten
und Chirurgen zusammenarbeiten.«
»Es ist deine Entscheidung. Ich hoffe nur, dass du nicht eines
Tages in einen Abgrund gezogen wirst, aus dem du nicht
mehr rauskommst. Ich habe Angst um dich, und die kannst
du mir auch nicht nehmen, indem du mir mit den ganzen
Vorteilen kommst oder mit deiner Bestimmung oder der Geschichte des fünfjährigen Mädchens. Irgendwo ist ein Haken,
aber du willst ihn nicht sehen. Wahrscheinlich kannst du ihn

404

gar nicht mehr sehen, weil du schon dranhängst, ohne es zu merken.«

»Warum kannst du das alles nicht einfach nur positiv sehen? Warum musst du jedes Mal, wenn ich ein gutes Gefühl habe, das mit deiner negativen Einstellung kaputt machen?«

Kerstin sah ihren Mann mit zusammengekniffenen Augen an, trank ihr Glas aus und erwiderte mit scharfer Stimme, da sie sich persönlich angegriffen fühlte: »Weil ich letzte Nacht nicht vergessen kann, deswegen. Du weißt, ich gebe eine Menge auf Träume. Manche bedeuten nichts, aber manche haben eine sehr tiefe Bedeutung. Tu, was du für richtig hältst. Ich mach mich jetzt fürs Bett fertig, auch für mich war der Tag sehr anstrengend. Und noch was – das eben war sehr unfair. Wieso mache ich jedes Mal mit meiner negativen Einstellung etwas kaputt? Wer von uns beiden ist denn derjenige, der immer von Selbstzweifeln geplagt ist? Du solltest besser dein Hirn einschalten, bevor du redest. Mach doch, was du willst, du wirst schon wissen, was richtig ist. Aber frag mich um Himmels willen nie mehr um meine Meinung.«

»Kerstin, hör zu, es tut mir leid, ich hab das nicht so gemeint ...«

»Ich weiß, wann du was wie meinst. Und du hast es so gemeint und mich sehr verletzt. Und jetzt lass mich in Ruhe und zu Bett gehen.«

»Jetzt schon? Es ist doch noch nicht mal neun«, sagte Loose.

»Na und? Ich habe Kopfschmerzen, aber das scheinst du ja auch nicht bemerkt zu haben. Ich kann nicht mehr klar denken, und ich will vor allem auch nicht mehr denken müssen. Nacht.«

»Nacht.«

Ein letzter nachdenklicher und auch trauriger Blick, dann stellte sie ihr Glas ab und erhob sich. Es schien, als wollte sie noch etwas sagen, doch sie drehte sich um und ging zur Treppe. Loose sah seiner Frau hinterher, wie sie beinahe mühsam die

Stufen hochging, als würde eine schwere Last auf ihre Schultern drücken.

Er schenkte sich Wein nach, machte den Fernseher an und zappte sich durch die Programme, bis er bei einem Thriller hängenblieb. Nein, sie würde ihn nie verstehen, sie war eben eine Frau, geleitet von Gefühlen und nicht vom Verstand. Sie hatte ja auch nicht die Klinik gesehen, hatte nicht mit Koljakow gesprochen und gegessen. Sie war keine Chirurgin und konnte sich nicht einmal vorstellen, wie es in ihm aussah. Die Chirurgie war für ihn nicht nur eine Profession, sie war eine Lebensaufgabe. Und diese wollte er so gut wie möglich und zum Nutzen der Menschen einsetzen.

Eines Tages wirst du mich verstehen, dachte er, eines Tages. Ich hatte immer Angst, vor meinem Vater, etwas falsch zu machen. Das ist jetzt vorbei, ich habe keine Angst mehr. Es wird alles gut, es ist alles gut.

DONNERSTAG, 23.00 UHR

Nach einem kühlen und mit häufigen Schauern durchsetzten Tag hatte der Himmel aufgeklart, Sterne blitzten durch die immer größer werdenden Wolkenlücken, während die Temperatur sich fast dem Gefrierpunkt näherte. Dazu kam ein teils böiger Wind, der die gefühlte Temperatur noch weiter nach unten trieb.

Die Heizung stand auf dreiundzwanzig Grad, Henning und Santos bogen in die Iltisstraße ein, wo sie etwa fünfzig Meter vom Haus entfernt einen Parkplatz fanden. Sie kamen fünf Minuten vor der ausgemachten Zeit an und blieben bis Punkt elf im Auto sitzen, wobei sie aufmerksam die Umgebung beobachteten, was aufgrund der diffusen Straßenbeleuchtung nicht leicht war, doch sie konnten nichts Verdächtiges bemerken.

406

Henning sah im Rückspiegel eine Frau den Bürgersteig ent-
langkommen. Sie hielt den Kopf leicht gesenkt und hatte die
Hände in den Jackentaschen vergraben. Als sie nah genug bei
ihnen war, erkannte er sie – Ivana.

Sie warteten, bis sie im Haus war, stiegen aus und gingen in
den zweiten Stock. Die Wohnungstür war nur angelehnt, sie
traten ein und machten die Tür hinter sich zu. Ivana hatte ihre
Jacke ausgezogen. Sie sah heute anders aus, trug eine enge
Jeans, Sportschuhe und einen körperbetonten Pullover. Und
sie war leicht geschminkt, ihre Augen wirkten größer, der
Mund voller.

»Hallo«, begrüßte sie die Beamten und zündete sich eine Zigarette an. »Ich habe schnell die Heizung angemacht, es ist ziemlich kalt hier drin.«

»Hallo«, sagte Santos und zog ihre Jacke aus und hängte sie an
die kleine Garderobe neben Ivanas Jacke.

»Ist Ihnen auch niemand gefolgt?«, fragte Ivana.

»Nein.«

»Was zu trinken? Ein Bier?«

»Ja, gerne«, antwortete Henning und setzte sich auf das breite
Sofa, während Ivana drei Flaschen holte, sie auf den Tisch stellte und einen Öffner daneben legte.

»Haben Sie den Chirurgen ausfindig machen können?«, fragte
Ivana.

»Nein, wir hatten zu viel anderes zu tun. Sie sagten doch selbst,
dass wir niemanden einweihen sollen, sonst wäre das kein Problem gewesen. Morgen ist auch noch ein Tag, er läuft uns ja
nicht weg.«

»Das tut er bestimmt nicht. Es ist vielleicht ganz gut, dass Sie
noch nichts unternommen haben, und ich schlage vor, es auch
sein zu lassen. Zumindest vorläufig.«

»Und was ist der Grund für diesen plötzlichen Sinneswan-
del?«, wollte Santos wissen.

»Er würde noch mehr Angst bekommen, als er ohnehin schon hat. Ich weiß, das ist schwer zu verstehen, doch ich bitte Sie, wenigstens noch ein paar Tage zu warten. Ich erklär Ihnen das alles noch. Aber Sie wollten sich mit mir treffen. Warum?«

»Wir haben noch einige Fragen, die gestern nicht geklärt wurden«, antwortete Santos.

»Ich dachte, ich hätte schon alles Wichtige gesagt.«

»Vieles, aber nicht alles. Bereit?«

»Es kommt drauf an, was ihr wissen wollt … Oh, entschuldigen Sie, ich wollte nicht zu vertraulich werden, aber Sie waren Gerds Freunde und …«

»Wir können ruhig zum Du übergehen«, entgegnete Santos und reichte Ivana die Hand. »Lisa.«

Henning zögerte einen Augenblick, schloss sich dann aber Santos an und meinte: »Warum eigentlich nicht? Sören.« Ihre schmale Hand war warm. Sie hatte einen dezent festen Händedruck, der eine Menge Energie verriet. Für Sekundenbruchteile trafen sich ihre Blicke, und Henning hatte wie schon gestern das Gefühl, sie könne bis auf den Grund seiner Seele schauen.

»Ich weiß«, sagte Ivana mit sanfter Stimme, »Gerd hat ja oft genug von euch gesprochen. Eure Freundschaft hat ihm sehr viel bedeutet. Lasst uns anstoßen. Auf Gerd?«

»Auf Gerd.« Santos hob die Flasche Bier, sie stießen an und tranken jeder einen Schluck.

»Du hast gesagt, dass du die Liste mit den Namen hast. Wann können wir sie haben?«

»Morgen. Ihr bekommt sie auf einem USB-Stick. Ich muss extrem vorsichtig sein, denn wenn die mich erwischen, bin ich erledigt.«

»Das können wir verstehen. Wir hatten allerdings auch den ganzen Tag über Zeit, uns Gedanken zu machen, und sind zu dem Schluss gelangt, dass du uns wesentliche Informationen vorenthältst. Hab ich recht?«

Ivana sah Santos an und nickte. »Ja, aber das ist nur zu eurem eigenen Schutz. Ich möchte nicht für noch einen oder gar zwei weitere Morde verantwortlich sein, es reicht mir schon, dass ich Gerd verloren habe. Ich würde euch gerne mehr geben, kann es aber nicht. Jetzt noch nicht.«

»Und wann?«

»Morgen werdet ihr alles erfahren, was ich weiß. Auf dem Stick findet ihr eine Menge Informationen. Ich fürchte nur, ihr werdet nicht viel damit anfangen können. Ich gebe sie euch trotzdem, denn dann wisst ihr, wie gefährlich die Firma wirklich ist und welche unglaubliche Macht sie besitzt. Etwas gegen sie zu unternehmen ist unmöglich.«

»Du hast sie uns doch gestern schon sehr plastisch beschrieben ...«

»Das glaubst du nur.« Sie lachte kurz und trocken auf und schüttelte den Kopf. »Was ihr gestern gehört habt, ist nur ein Bruchteil von dem, was wirklich vor sich geht. Die Unmenschlichkeit des Systems kann ich mit Worten gar nicht beschreiben, weil es für vieles, was sie tun, keine Worte gibt. Aber das habe ich auch erst begriffen, als ich Teil der Firma wurde.«

»Versuch's doch wenigstens«, meinte Santos.

»Es hat keinen Sinn und ist im Moment auch gar nicht relevant. Für mich und auch für euch ist es vorrangig, herauszufinden, wer Gerd auf dem Gewissen hat. Habt ihr schon einen Anhaltspunkt?«

»Du weichst andauernd aus. Was ist es, was wir nicht wissen dürfen?«, hakte Santos unbeirrt nach.

Ivana überlegte, ihre Mundwinkel zuckten, und sie antwortete: »Habt noch ein klein wenig Geduld, bald werdet ihr schlauer sein.«

»Wovor hast du Angst?«, fragte Henning.

»Davor, dass *ihr* einen Fehler macht. Um mich mach ich mir keine Sorgen. Die sind cleverer und gerissener und wesentlich mächtiger, als ihr euch vorstellen könnt. Das ist es, was ich Gerd immer klarzumachen versucht habe, aber er wollte nicht auf mich hören. Er war zu ungeduldig und zu selbstsicher. Das war sein Todesurteil, denn niemand legt sich ungestraft mit der Firma an.«

»Und warum ziehst du nicht einen Schlussstrich, indem du aussteigst und irgendwohin verschwindest, wo dich niemand finden kann?«

»Das ist nicht so leicht. Nur ganz wenigen gelingt der Ausstieg. Für alle Übrigen gibt es zwei Möglichkeiten, die Firma zu verlassen. Man geht und wird liquidiert, oder man wird gefeuert, was nichts anderes bedeutet, als dass man ebenfalls getötet wird. Schon meine Treffen mit euch sind mit einem enormen Risiko verbunden.«

Henning wiegte den Kopf hin und her und sagte zweifelnd: »Und das, obwohl du nur eine kleine Buchhalterin bist? Die können doch nicht jeden permanent überwachen, da gibt es doch Abstufungen in der Hierarchie, oder täusche ich mich da?«

»Natürlich gibt es Abstufungen. Es ist wie ein großer Konzern, Aufsichtsrat, Vorstand, Manager, Buchhalter, Sekretärinnen, Boten … Und trotzdem funktioniert die Überwachung perfekt. Es ist ein perfekt funktionierendes System.«

»Aber kein System ist fehlerfrei«, warf Henning ein.

»Sicher, und es gibt auch Wege, sie zu überlisten. Einen habe ich bereits entdeckt, sonst hätten wir uns nie kennengelernt. So, und jetzt zu euch – was habt ihr heute herausgefunden?«

»Nichts. Wir haben mit etlichen Leuten gesprochen, aber auch nur einem etwas anzuhängen würde uns nicht einfallen. Doch vielleicht haben wir auch noch nicht die Richtigen erwischt.«

Ivana schürzte die Lippen, trank von ihrem Bier und steckte sich eine Zigarette an. Sie blies den Rauch zum Fenster hin, schlug die Beine übereinander und sagte: »Ich bin fast sicher, dass ihr schon einem begegnet seid, der auf unserer Lohnliste steht. Das Problem ist nur, wie erkennt man einen korrupten Polizisten, Staatsanwalt, Zollbeamten, Politiker? Keiner von denen wird sich als solcher outen. Wie erkennt man überhaupt einen Verbrecher? Trägt er ein Zeichen auf der Stirn? Hat er ein besonders fieses Gesicht? Oder spricht er besonders ordinär? Oder ist es seine Kleidung? Woran erkennt man einen Verbrecher? Nur weil jemand Russisch spricht, bedeutet das nicht automatisch, dass er ein Verbrecher ist. Die große Mehrheit meiner Landsleute sind aufrichtige Menschen.«

»Dass sie sich äußerlich nicht von andern Menschen unterscheiden, ist mir auch klar«, erwiderte Henning, der schon wie gestern einen leicht genervten Eindruck machte. Bisher war es eine fruchtlose Unterhaltung gewesen, ein Dahinplätschern, und er fragte sich, warum er überhaupt hier war und sich die Nacht um die Ohren schlug.

»Wie schätzt du Ziese ein?«, fragte Ivana.

»Was soll mit ihm sein? Ist er etwa ein Maulwurf?« Henning lachte nur und sah Ivana an, als wäre sie verrückt. »Der Typ geht in zwei Monaten in Rente und hat es ganz sicherlich nicht nötig ...«

»Sind alte Männer sauberer als junge?«, wurde er von Ivana unterbrochen. »Sind sie weniger gierig oder machtbesessen? Die meisten Staatsmänner und ihre Minister sind weit über fünfzig und können den Hals nicht voll genug kriegen. Sie sagen dem Volk, dass es den Gürtel enger schnallen soll, und sie selber gönnen sich ein opulentes Leben. Gier und Machtstreben sind nicht vom Alter abhängig. Sag mir, was du von Ziese hältst.«

»Ivana, was soll der Scheiß? Ziese ist alles, aber kein korrupter Bulle. Weißt du, wie er von seinen Mitarbeitern genannt wird? Paps. Sie nennen ihn Paps, weil er wie ein Vater für sie ist.«

»Ja, und?« Ivana beugte sich nach vorn, ihr Gesicht war nur noch wenige Zentimeter von Henning entfernt, als sie sagte: »Hör jetzt bitte gut zu. Ich habe in den vergangenen Jahren

411

eine Menge Menschen kennengelernt, gute und schlechte. Glaub mir, ich kenne alle, sogar den Teufel. Und soll ich dir sagen, wie er aussieht? ... Wie du und ich. Kein Stück anders. Er trägt einen dezenten dunklen Anzug, eine Seidenkrawatte, italienische Maßschuhe, er hat beste Manieren, ist kultiviert, eloquent, charmant, liebenswürdig, höflich, freundlich, einfach ein Mensch, in dessen Gegenwart man sich wohl fühlt. Mal ist er eine schöne Frau, mal ein distinguierter Herr. Er tritt in so vielen verschiedenen Gestalten auf, dass du ihn unmöglich erkennen kannst. Seine Masken sind perfekt und undurchdringlich. Aber eins ist sicher, du würdest dahinter niemals das Böse vermuten.«

Ivana holte tief Luft und trank einen Schluck.

»Nett ausgedrückt, doch irgendwie zu pathetisch. Ich glaube weder an Gott noch an den Teufel. Aber wenn du meinst ihn zu kennen, bitte«, entgegnete Henning abfällig.

»Das ist dein Problem. Ich kenne ihn, ich habe schließlich jeden Tag mit ihm zu tun. Er lacht dir ins Gesicht und tötet dich mit seinem Lachen. Er tut es aber nicht, wenn du dich ihm bedingungslos unterwirfst. Ich spreche übrigens nicht von einer fiktiven Person, sondern von meinem Chef, von dem, der die Klinik leitet. Er verkörpert genau das, was ich eben beschrieben habe. Und seine Mitarbeiter sind ihm bedingungslos ergeben. Sie sind wie Hunde, die ihm die Schuhe lecken. Aber über ihm steht noch einer, Lew Luschenko. Lew, der Löwe. Wenn er brüllt, zittern alle, selbst mein Chef.« Sie machte eine Pause, ging in dem kleinen Zimmer auf und ab und sah Henning und Santos an. »Nur böse Menschen können das tun, was sie meiner Schwester und vielen andern angetan haben und immer noch antun. Aber wenn du ihnen gegenüberstehst, siehst du das Böse nicht, es ist unsichtbar.«

»Und was sollen wir deiner Meinung nach tun?«

»Wie oft soll ich mich wiederholen? Findet den- oder diejenigen, die Gerd ermordet haben, nicht mehr und nicht weniger. Dafür werdet ihr doch bezahlt. Wenn ihr das nicht schafft, müsst ihr's nur sagen, dann haben wir uns heute zum letzten Mal gesehen.«

»Ivana«, ergriff Santos jetzt wieder das Wort, »so kommen wir doch nicht weiter. Wir tun alles, was wir können, aber wir stoßen an ganz natürliche Grenzen. Wie sollen wir einen Mörder fassen, der womöglich unter dem Schutz deines Chefs steht? Wir wissen ja nicht mal, wo sich diese ominöse Klinik befindet. Es ist unfair, uns mit Informationen zuzuschütten, aber Wesentliches zu verschweigen. Ich gehe nämlich inzwischen davon aus, dass du sehr wohl weißt, wo wir zu suchen haben. Hab ich recht?«

»Ich habe nur eine Vermutung. Wer Gerd umgebracht hat, entzieht sich meiner Kenntnis, aber bei der undichten Stelle kann es sich nur um eine von drei Personen handeln. Gerd hat einige Male von ihnen gesprochen.«

»Namen, wir brauchen Namen. Mach's uns doch um Himmels willen nicht so schwer. Gerds Mutter hat uns gesagt, dass er in seiner Abteilung keine Freunde hatte, also kann's auch niemand von dort sein, denn er wird ja wohl mit keinem von seinen Kollegen über seinen lukrativen Nebenjob gesprochen haben. Oder weißt du etwa mehr?«

Ivana überlegte, sie wurde immer unruhiger und sagte schließlich: »Nein, leider nicht.«

»Du lügst. Wer sind die drei Personen?«

»Tut mir leid, ich kann mich an die Namen nicht erinnern. Außerdem muss ich gehen, ich habe morgen einen langen Tag vor mir und werde mich auch nicht melden …«

»Stopp, so einfach funktioniert das nicht«, sagte Henning und baute sich drohend vor Ivana auf. »Wir lassen uns von dir nicht länger verarschen. Ich könnte dich auf der Stelle verhaften und aufs Präsidium schleifen, wo du unter keinen Umständen hin-

413

willst, weil du ja fürchtest, dort eventuell jemandem zu begeg-
nen, den du kennen könntest.«

»Und mit welcher Begründung?«

»Du hattest ein Verhältnis mit Gerd, deine Haare wurden auf
seinem Körper gefunden, den Rest kannst du dir selbst ausmalen, du bist ja Polizistin.«

»Tu dir keinen Zwang an. Aber du hast nicht einen Beweis,
dass ich Gerd etwas getan habe. Überleg doch mal, hätte ich
Kontakt mit euch aufgenommen, wenn ich ihn umgebracht
hätte? Ganz sicher nicht, und ihr hättet auch nie einen Hinweis
gefunden, der auf mich hindeutet, weder diese Wohnung noch
irgendwelche Aufzeichnungen von Gerd, in denen mein Name
vorkommt. Wir waren nämlich extrem vorsichtig. Gerd war
meine große Liebe, wir haben sogar Pläne für die Zukunft geschmiedet. Ich hab euch das noch nicht gesagt, aber er wollte
sich scheiden lassen, und er meinte es ernst. Das war nicht nur
so dahingesagt. Wir haben uns geliebt, und er war oft traurig,
dass wir uns nur so selten sahen. Er war genauso traurig wie
ich. Jeder Tag ohne Gerd war ein verlorener Tag. Ich hätte ihm
nie auch nur ein Haar krümmen können, er war ein Teil meines
Lebens, nur durch ihn habe ich bis heute durchgehalten. Ohne
ihn wäre ich längst zerbrochen. Aber das verstehst du wahrscheinlich nicht, weil du immer noch glaubst, Nina sei seine
große Liebe gewesen. Das war sie vielleicht ganz am Anfang,
vielleicht auch noch, bis Rosanna geboren wurde, aber dann
ging es steil bergab. Sie hat sich ihm gegenüber nur noch kalt
und abweisend verhalten. Das ist die Wahrheit. Jetzt, wo Gerd
tot ist, ist auch für mich das Leben sinnlos geworden. Macht,
was ihr wollt, sperrt mich ein oder …«

Santos erhob sich ebenfalls und ging zu Ivana. »Ich würde gern
kurz mit dir allein sprechen. Bitte.«

»Gehen wir in die Küche.«

Die Hände zu Fäusten geballt, stellte sich Henning ans Fenster, das er kippte, um ein wenig frische Luft hereinzulassen. Er war wütend, weil er Ivana nicht einschätzen konnte. Mal kehrte sie die harte Seite hervor, mal die mysteriöse, dann wieder die zerbrechliche wie eben. Was ihn jedoch am meisten erzürnte, war, dass sie seiner Meinung nach wichtige Informationen zurückhielt, ohne dass er eine Erklärung fand, warum sie das tat.

Santos machte die Küchentür hinter sich zu, lehnte sich dagegen und sagte leise: »Sören ist ziemlich sauer, das hast du gemerkt. Und wir hätten tatsächlich genügend Gründe, dich zu verhaften und für eine Weile bei uns zu behalten, das ist dir auch klar.«

»Ich weiß. Nur würdet ihr dann bis an euer Lebensende vergeblich nach Gerds Mörder suchen, weil ich kein einziges Wort mehr mit euch wechseln würde. Aber machen wir doch einen Deal. Nur ein kleiner Gefallen, und ich verspreche dir, ihr werdet so viele Informationen bekommen, dass ihr dankbar sein werdet, mich getroffen zu haben. Ich bitte dich wirklich nur um diesen einen Gefallen – gebt mir noch bis morgen Zeit. Den Grund dafür werdet ihr dann erfahren.«

»Aber warum willst du uns nicht wenigstens die Namen verraten? Wir treten auf der Stelle ...«

»Ihr würdet auch auf der Stelle treten, wenn ich euch die Namen nennen würde, denn wie wollt ihr vorgehen, wenn ihr sie habt? Wollt ihr hingehen und sagen: Hallo, wir haben gehört, dass du dich schmieren lässt? Oder wie sonst wollt ihr es anstellen, dass wenigstens einer von ihnen zugibt, korrupt zu sein? Ich bin ganz ehrlich, ich habe Angst, ihr könntet mehr kaputt machen, als euch und mir zu helfen. Und nicht zu vergessen, ihr würdet euch in allergrößte Gefahr begeben. Ich meine es nur gut. Lisa, ich habe mich gemeldet, als ich das mit Gerd erfahren habe, weil Gerd so große Stücke vor allem auf Sören gehalten hat. Immer wieder hat er von ihm gesprochen, gerade in letzter Zeit, als es ihm nicht so gut ging und er drauf und dran war, mit Sören über das alles zu reden. Natürlich hat er auch dich erwähnt und was für eine tolle Frau du bist. Er hat gesagt, wenn er auf dieser Welt außer mir überhaupt jemandem traut, dann euch. Deswegen bin ich zu euch gekommen, weil es das Letzte ist, was ich für Gerd tun kann.«

»Das ehrt uns sehr. Aber, Ivana, wir sind uns durchaus der Gefahr bewusst, und wir würden niemals ohne einen Beweis einen Kollegen mit einer nicht fundierten Behauptung konfrontieren. Gerd hat drei Namen erwähnt, und ich verspreche dir hoch und heilig, dass wir nichts unternehmen, bis wir nicht einen handfesten Beweis haben. Aber ohne Namen tappen wir weiter im Dunkeln.«

»Bitte, nur noch bis morgen. Ihr bekommt den USB-Stick und die entsprechenden Namen. Danach sehen wir uns nie mehr wieder.«

»Du machst es uns nicht leicht. Aber gut, ich werde Sören überzeugen, dass es so am besten ist. Ich hoffe nur, dass du uns nicht hängenlässt. Gibst du mir dein Wort?«

Ivana lächelte zum ersten Mal seit über einer Stunde und versicherte: »Ich gebe dir nicht nur mein Wort, ich schwöre es bei meiner Schwester Larissa, die uns jetzt von irgendwo dort oben zuschaut. Ich rufe euch morgen an.«

Ivana ging einen Schritt auf Santos zu, und es schien, als wollte sie die Küche verlassen. Stattdessen umarmte sie Santos, und als sie sich wieder löste, standen Tränen in ihren Augen. Sie hatte beide Hände auf Santos' Schultern gelegt und sagte: »Seit ich denken kann, war mein Leben alles andere als leicht. Besonders hart wurde es aber, als Larissa verschwand. Ich habe meine Eltern und meine beiden Brüder seit über drei Jahren nicht mehr gesehen. Es wäre zu riskant, sie zu besuchen, meine Tarnung würde womöglich auffliegen, und ich würde sie auch noch in Gefahr bringen. Ich war so froh, dass ich Gerd hatte. Er war der Einzige, der mich nicht nur verstand, sondern mir auch gehol-

416

fen hat und an den ich mich anlehnen konnte. Es war alles kalt, nur wenn ich mit Gerd zusammen war, war es warm. Ich fühlte mich bei ihm so unendlich geborgen. Du als Frau wirst es verstehen, aber wenn er mich nur leicht berührt hat, wusste ich, es gab jemanden, dem ich mich bedingungslos hingeben konnte. Wenn ich mit ihm zusammen war, blieb das Böse draußen vor der Tür. Doch wenn ich rausging, war es wieder kalt, egal, ob im Sommer oder im Winter. Als ich vorgestern von seinem Tod erfahren habe, wollte ich schreien, aber das durfte ich ja nicht. Ich durfte mir nichts anmerken lassen. Es einfach nur unter Code 77 verbuchen und fertig. Und als ich allein war und weinen wollte, da konnte ich es nicht mehr. Da war eine unbeschreibliche Leere in mir. Ich hatte den letzten Menschen verloren, der mir etwas bedeutet hatte. Am liebsten hätte ich mich umgebracht, aber es gibt etwas, das mich am Leben hält, und ihr werdet morgen erfahren, was es ist.« Dabei sah sie Santos unendlich traurig an, wieder Tränen in ihren blauen Augen. Sie legte eine Hand auf Santos' Wange und fuhr fort: »Das Leben ist oft ungerecht. Manchmal sind wir schuld an unserer Misere, manchmal aber auch andere. In meinem Fall sind es andere, denn ich bin immer wie Gerd für das Gute eingetreten. Ich habe einen sehr ausgeprägten Gerechtigkeitssinn, ich hasse es, wenn andere gedemütigt werden, ich hasse es, wenn Menschen grundlos getötet werden, egal, ob in einem Krieg oder wie hier, damit andere leben können. Manche Menschen sind nichts als Bestien, sie lassen sich immer wieder etwas Neues einfallen, um ihre Taschen zu füllen, und dabei sind dem Erfindungsreichtum keine Grenzen gesetzt. Hätte man mir vor sechs Jahren gesagt, dass ich eines Tages in die Hölle gehen würde, ich hätte nur gelacht. Und dann ging alles so furchtbar schnell, Larissa verschwand spurlos, ich fand heraus, was passiert war, und nun bin ich selbst mitten in der Hölle. Ich habe vielen Menschen wehgetan, aber nicht, weil ich es wollte, sondern weil ich keine andere Wahl hatte.«

»Du hattest doch eine Wahl.«

»Nein, und wenn du in meiner Situation wärst, wüsstest du, dass ich keine Wahl hatte. Aber jetzt sollten wir wieder zu Sören gehen. Er wird bestimmt schon ganz ungeduldig sein und sich fragen, warum wir ihn so lange allein lassen.«

Santos beschlich ein seltsames Gefühl, ohne dass sie hätte beschreiben können, woher es kam und was es bedeutete. Ivana hatte sich in den letzten Minuten merkwürdig verhalten. Wie sie gesprochen hatte, hatte geklungen, als würde sie allmählich Abschied nehmen, als hätte sie mit allem abgeschlossen. Sie machte die Tür frei und ließ Santos an sich vorbeitreten.

Henning, der sein Bier ausgetrunken hatte, empfing die beiden Frauen mit einem mürrischen Gesicht und den Worten: »Und, habt ihr euch gut unterhalten?«

»Haben wir«, antwortete Santos gelassen. »Wir warten bis morgen.«

»Aha, und dafür habt ihr über eine halbe Stunde gebraucht? Kann ich noch ein Bier haben?«

Ivana holte eine Flasche, öffnete sie und reichte sie Henning. »Bitte. Ich möchte mich entschuldigen, dass wir dich so lange warten ließen.«

»Ah, das macht nichts, ich bin Warten gewohnt«, erwiderte er sarkastisch. »Darf ich auch erfahren, was es so Wichtiges zu besprechen gab?«

»Sören, ich erklär's dir gleich im Auto«, sagte Santos.

»Gut, gut. Prost, auf euer Wohl.« Er trank die halbe Flasche leer und meinte: »Ich hätte noch ein paar Fragen, vorausgesetzt, du bist bereit, überhaupt noch mit mir zu sprechen.«

»Ich hab doch nichts gegen dich, im Gegenteil.«

Ohne darauf einzugehen, fragte Henning: »Warum gibt es hier nichts von dir, kein Duschgel, keine Zahnbürste, nichts? Und auf dem Bett sind nur ein Kopfkissen und eine Zudecke. Diese Wohnung sieht aus, als hätte nur Gerd darin gewohnt.«

418

»Er hat hier nicht gewohnt, wir haben uns hier nur getroffen, wenn wir zusammen sein wollten. Kommt mit, ich zeig euch was.« Sie ging ins Bad, machte das Licht an, griff an den Spiegel und schob ihn zur Seite. Dahinter befanden sich mehrere Ablagefächer, auf denen Parfumflakons, Make-up, Lippenstifte und Körperpflegeartikel standen und lagen. »So viel zu deiner Frage. Es ist ein kleines Bad, aber sehr funktionell. Und was das Bett betrifft, ich bin es von Kindheit an gewohnt, ohne Kopfkissen zu schlafen, und die Bettdecke ist groß genug für zwei. Zufrieden?«

Henning nickte nur und begab sich wieder ins Wohnzimmer. Die beiden Frauen folgten ihm.

»Was sagt dir der Name Ivanauskas?«

»Ihr habt also doch etwas herausgefunden«, entgegnete Ivana.

»Alle Autos der Firma und der Mitarbeiter werden bei ihm gekauft. Er ist ein enger Freund von Luschenko, wobei Luschenko wesentlich mächtiger ist. Aber Ivanauskas ist nicht zu unterschätzen, er hat es in den letzten fünf Jahren sehr weit gebracht, sein Einfluss wird ständig größer. Er ist machtbesessen und geht über Leichen.«

»Als kleine Buchhalterin weißt du ganz schön viel über gewisse Leute.«

»Ich hatte auch lange genug Zeit zu recherchieren. Gerd hat seinen BMW auch bei Ivanauskas gekauft, aber das wisst ihr ja, sonst hättet ihr mich nicht nach ihm gefragt. Hab ich damit deine Fragen beantwortet? Ich würde jetzt gerne nach Hause fahren.«

»Eine Frage noch. Wie habt ihr es geschafft, eure Affäre …«

»Wie oft soll ich es noch betonen – es war keine Affäre!«, zischte Ivana wütend.

»Gut, wie habt ihr es geschafft, eure Beziehung so lange geheim zu halten?«

»Wir waren einfach nur vorsichtig.«

»Und wie hattet ihr euch die Zukunft vorgestellt? Sollte es immer so weitergehen. Wolltet ihr euch für den Rest eures Lebens heimlich treffen, hier in dieser nicht sehr einladenden Wohnung?«, fragte Henning mit verächtlicher Miene. Es war seltsam, in gewissen Momenten hegte er Sympathie für Ivana, dann wieder wurde er wütend, wenn sie ihn mit einem ganz bestimmten Blick ansah oder knapp und abweisend auf seine Fragen antwortete. Sie war für ihn eine Frau voller Widersprüche, eine Frau, die er nicht einordnen konnte und die wie ein Aal war, der ihm dauernd aus den Händen glitt. Eine Frau ganz anders als Lisa.

»Wir hatten Pläne geschmiedet. In spätestens zwei Jahren wollten wir abhauen und untertauchen, vielleicht sogar schon früher.«

»Im brasilianischen Urwald?«

»Warum bist du so zynisch? Weil du nicht begreifen willst, dass dein Freund Gerd eine andere Frau geliebt hat? Kein Mensch kann bestimmen, wen er liebt. Ich kann nichts dafür, dass er für Nina nichts mehr empfunden hat, ich habe mich nicht zwischen beide gestellt. Als ich kam, war seine Ehe schon kaputt, das ist die Wahrheit.«

»Wer kann schon Wahrheit von Lüge unterscheiden? Es ist deine Version und …«

»Warum hat er wohl diese Wohnung gemietet? Das hier war sein Refugium, hierher hat er sich zurückgezogen, wenn ihm zu Hause die Decke auf den Kopf gefallen ist. Und das war in letzter Zeit immer häufiger. Er war oft allein hier, weil ich ja leider nicht so oft konnte, wie ich gerne gewollt hätte. Ich möchte jetzt aber wirklich gehen, ich muss sehr früh aufstehen.«

Henning, der sich wieder beruhigt hatte, nickte. »Also gut, du meldest dich dann morgen. Wann ungefähr, damit wir uns drauf einstellen können?«

»Im Laufe des Nachmittags oder frühen Abends, genau kann

ich es noch nicht sagen. Doch haltet euch bereit und bringt Zeit mit.«

»Wird das wieder eine lange Nacht?«

»Schon möglich«, antwortete sie, ohne eine Miene zu verziehen. Ihr Blick ging zu Henning und doch durch ihn hindurch, undeutbar und geheimnisvoll. »Aber nach morgen Abend werden wir uns nie mehr wiedersehen. Ich gehe jetzt.«

»Und wir kommen mit«, erklärte Santos.

Auf der Straße sagte Ivana: »Bis morgen. Ich gebe euch noch den genauen Treffpunkt bekannt.«

»Moment, ich dachte, wir würden uns wieder hier treffen«, erwiderte Henning.

»Nein. Gute Nacht. Und denkt dran, nichts ist, wie es scheint.«

Sie lief mit schnellen Schritten die Straße entlang, bis sie mit der Dunkelheit verschmolz. Henning und Santos stiegen ins Auto.

»Was hat sie vor?«, fragte er.

»Das würde ich auch zu gerne wissen. Hast du ihren Blick eben gesehen?«

»Die ist undurchschaubar«, murmelte Henning, als hätte er Santos' Worte nicht gehört.

»Da war so was in ihrem Blick. Ich hoffe, die macht keine Dummheiten«, sagte Santos.

»Und wenn? Wie willst du das verhindern? Ich kann's mir aber nicht vorstellen. Sie gibt uns morgen die Infos, und dann schauen wir weiter.«

»Ja, aber warum sagt sie, dass wir uns morgen zum letzten Mal sehen? Sie muss etwas vorhaben … Wobei sie vielleicht sogar draufgeht. Würdest du ihr so was zutrauen?«

»Keinen Schimmer. Normalerweise kann ich mich auf meine Menschenkenntnis ganz gut verlassen, aber bei Ivana versage ich. Ich komm mit der Frau nicht zurecht.«

»Das hab ich gemerkt, und sie auch. Sie ist nicht dumm, sie ist sehr redegewandt, sie weiß genau, auf welche Fragen sie antworten will und kann ... Was hat sie vorhin gesagt – sie wollte mit Gerd in spätestens zwei Jahren abtauchen. Jetzt ist Gerd tot, und sie steht mutterseelenallein da. Als ich vorhin mit ihr in der Küche war, hat sie mir erzählt, dass sie sich am liebsten umgebracht hätte, nachdem sie das von Gerd erfahren hat. Dann sagte sie, dass es aber etwas gebe, das sie am Leben hält. Was kann das sein? Die Frau hat alles, aber auch wirklich alles verloren. Sören, sie ist total verzweifelt, und wir haben es nicht gemerkt. Du hast sogar noch abfällige Bemerkungen gemacht und ...«

»O ja, jetzt bin auch noch ich schuld! Das ist so verdammt einfach ...«

»Keiner gibt dir irgendeine Schuld, ich muss mir genauso an die Nase fassen!«, herrschte Santos ihn an, um gleich darauf wieder einen moderateren Ton anzuschlagen. »Wir haben nur gehört, was sie gesagt hat, aber nicht das, was sie uns eigentlich mitteilen wollte oder mitgeteilt hat – ohne Worte. Mein Gott, wenn ich nur wüsste, was sie morgen vorhat. Sie hat immer von morgen gesprochen, und ich hab dem keine große Bedeutung zugemessen. Irgendwas passiert, irgendwas hat sie vor. Und ihr eigenes Leben ist ihr dabei völlig egal, sie hat sowieso nichts mehr, wofür es sich zu leben und zu kämpfen lohnt. Sie hat auch niemanden, der ihr helfen könnte, nicht einmal uns. Alles, was sie noch tun kann, ist, uns ein paar Infos zukommen zu lassen. Nach morgen Abend werden wir uns nie mehr wiedersehen, das waren doch ihre Worte, oder?«

»Hm.«

»Scheiße, Mann! Versuch sie anzurufen, du hast doch ihre Nummer.«

»Du glaubst doch selbst nicht, dass sie ans Telefon geht.«

422

»Mensch, jetzt mach schon!«

»Ist ja gut.« Er suchte die gespeicherte Nummer, wählte und wartete, bis eine weibliche Stimme, aber nicht Ivanas, sich meldete und einen monotonen Text auf Russisch runterleierte. Danach piepte es.

»Mailbox. Sie hat ausgeschaltet. Was denkst du?«

»Nichts. Versuch's noch mal und sprich auf diese verdammte Mailbox und bitte Ivana um dringenden Rückruf, wir hätten was vergessen, oder lass dir was einfallen.«

»Du bist sauer auf mich.«

»Quatsch, ich ärgere mich nur, dass ich die Signale nicht bemerkt habe. Sie hat mich in der Küche umarmt und geweint. Als ob es das letzte Mal wäre, dass sie jemanden umarmt hat. Sie hat geweint, und ich blöde Kuh hab nur dumm rumgestanden, statt sie in den Arm zu nehmen.«

»Du machst dir echte Sorgen um sie«, konstatierte Henning emotionslos, während er die Wahlwiederholung drückte, auf die Mailbox sprach und danach das Handy wieder einsteckte.

»Ja, verdammt noch mal, ich mach mir echte Sorgen um sie. Sören, kannst du mir mal verraten, warum du so tust, als ob dir das alles am Arsch vorbeigeht?«

»Es geht mir nicht am Arsch vorbei, ich bin nur überfordert. Ich möchte einen Mord aufklären und nicht in das organisierte Verbrechen reingezogen werden. Das ist nicht meine Baustelle. Und deine auch nicht.«

»Ach ja? Aber vielleicht gehört zur Aufklärung des Mordes an deinem Freund Gerd auch, dass wir für seine Geliebte oder seine Affäre oder seine wahre Beziehung etwas tun, um so an den oder die Mörder zu gelangen. Du hast Gerd nicht gekannt, sonst hättest du gemerkt, dass zwischen ihm und Nina nichts mehr war.«

»Du gibst mir schon wieder die Schuld. Warum muss ich als

Sündenbock herhalten? Ich kann doch nichts für diese ganze verdammte Scheiße!«

»Ich geb dir überhaupt keine Schuld, ich bin nur wütend auf mich selbst. Ich weiß genau, dass ich heute nicht schlafen kann, weil ich mir Sorgen mache.«

»Das hat doch keinen Sinn, sich den Kopf zu zermartern …«

»Das musst gerade du sagen! Ich erinnere dich nur an vorgestern, als du die ganze Nacht an deiner Liste gearbeitet hast. Also erzähl mir nicht, es hat keinen Sinn.«

»Und was willst du stattdessen tun?«

»Keine Ahnung. Ich wünschte, es wär schon morgen Abend. Und ich hoffe und bete, sie tut nichts Unbedachtes.«

»Und wenn doch, du wirst es nicht verhindern können. Aber jetzt malen wir mal nicht den Teufel an die Wand und lassen alles auf uns zukommen. Ich schlage vor, dass wir morgen Nina noch mal einen Besuch abstatten …«

»Können wir gerne machen, aber kein Wort über ihre Ehe, ansonsten sind wir geschiedene Leute.«

»Ich werde mich hüten. Wir teilen ihr mit, dass Gerds Leiche freigegeben wurde, unterhalten uns ein wenig mit ihr und vertreiben uns so die Zeit. Ich wüsste nämlich nicht, was wir morgen sonst noch tun könnten.«

Santos entgegnete nichts mehr darauf. Sie suchte einen Parkplatz und fand einen gut hundert Meter vom Haus entfernt.

Oben ging sie auf die Toilette, wusch sich lange das Gesicht mit kaltem Wasser, besah sich im Spiegel und sagte leise zu ihrem Spiegelbild: »Wer bist du? Du bist schon so lange bei der Polizei, du hast schon mit so vielen Menschen zu tun gehabt, aber du hast noch nie jemanden wie Ivana getroffen. Sören hat recht, sie ist undurchschaubar. Aber sie ist so verletzlich, warum hast du das nicht gemerkt? Sollte es so sein?«

Sie zuckte mit den Schultern, trocknete sich Gesicht und Hände ab, bürstete sich das Haar und ging ins Wohnzimmer, wo

Henning es sich auf dem Sofa gemütlich gemacht hatte. Wortlos holte sie eine Flasche Rotwein, entkorkte sie und stellte zwei Gläser auf den Tisch.

»Jetzt noch Wein?«, fragte Henning verwundert und schaute auf die Uhr. »Es ist ein Uhr.«

»Na und? Ich hab doch gesagt, dass ich nicht schlafen kann. Du brauchst ja nicht mitzutrinken«, entgegnete sie schnippisch.

»Wie willst du dann nachher klar im Kopf sein?«

»Das bin ich schon jetzt nicht mehr. Willst du nun oder nicht?«

»Na gut, ein Glas kann nicht schaden. Komm mal her«, sagte er und breitete die Arme aus.

»Gleich«, erwiderte sie, schenkte ein und setzte sich neben Henning. Sie hielt das Glas in beiden Händen, starrte in die rote Flüssigkeit, trank einen Schluck und spürte Hennings Hand an ihrem Arm.

»Komm her«, forderte er sie auf.

»Mir ist nicht danach, ich würde am liebsten allein sein. Hat nichts mit dir zu tun.«

»Soll ich zu mir fahren?«

»Nein, so war das nicht gemeint. Ich weiß gar nicht mehr, was ich denken soll. Mir wird erst ganz allmählich bewusst, was für eine beschissene Woche wir bis jetzt hatten. Im Moment fühle ich mich so, dass ich alles hinschmeißen möchte.«

»Erklärst du mir auch, warum?«

»Ich habe keine Erklärung. Ich kann aber Klose und seinen Frust verstehen. Die kämpfen auch nur gegen Windmühlen, genau wie wir. Da wird ein Freund von uns umgebracht, und wir haben nicht mal den Hauch einer Spur, die uns zum Täter führen könnte. Dafür verdächtigen wir eine Menge unserer Kollegen, obwohl das ziemlich unfair ist. Aber das eigentlich Schlimme ist, dass ich dauernd an das denken muss, was Ivana uns gestern und heute erzählt hat, vor allem gestern. Wie verkommen muss man sein, wenn man Kinder, Jugendliche und junge Erwachsene tötet, nur weil man ihre Organe braucht? Was ist das für eine Welt, in der wir leben? Und wenn es tatsächlich stimmt, dass die Politik da auch noch mitspielt, wie soll ich dann den Glauben an die Gerechtigkeit bewahren? Wir werden doch von vorne bis hinten belogen und betrogen und verarscht. Kein Wunder, dass wir immer mehr kriminelle Kinder und Jugendliche haben, die haben ja auch tolle Vorbilder. Politiker begehen Verbrechen und kommen ungeschoren davon, Vorstandsvorsitzende begehen Verbrechen und werden nicht belangt. Als Klose das mit Dietmar Pflock erzählt hat, da wusste ich, dass er nicht korrupt ist. Der Frust stand ihm förmlich ins Gesicht geschrieben, weil auch er nur verarscht wurde. Wir Bullen sind wirklich nur ein Trottelverein, wie er's genannt hat. Die Deppen der Nation. Aber wehe, wir begehen den kleinsten Fehler, schon sind wir die Bösen. Was für eine verkehrte Welt!«

Sie trank ihr Glas leer und schenkte sich nach.

»Bist du fertig?«

»Womit? Mit dem Trinken oder mit meinem dummen Gerede?«

»Am besten mit beidem«, antwortete Henning leise. »Dass wir die Deppen der Nation sind, dass wissen wir doch schon seit einer halben Ewigkeit. Warum hängen wohl so viele von uns an der Flasche? Oder warum gehen so viele Ehen den Bach runter? Es ist unser Job. Ich habe einen gravierenden Fehler gemacht und deshalb meine Familie verloren. Okay, wahrscheinlich hatte das auch was Gutes, so habe ich wenigstens das wahre Gesicht meiner Ex kennengelernt. Aber wir dürfen den Kopf nicht in den Sand stecken, egal, wie mies alles ist. Jede vermisste Person, die wir lebend finden, gibt unserm Job einen Sinn. Und jeder Mord, den wir aufklären, ebenfalls. Was sonst noch passiert, damit sollten wir uns nicht belasten.«

426

»Normalerweise belastet mich das auch nicht, weil ich normalerweise nichts damit zu tun habe. Mir geht das nur unglaublich an die Nieren. Ich stelle mir vor, da sind Eltern, die geben
ihre Kinder in gutem Glauben weg, weil sie denken, sie haben
es einmal besser, und in Wahrheit werden diese Kinder umgebracht. Und das alles nur um des lieben Geldes willen. Ich
begreif's nicht.«
»Ich auch nicht, aber wir können's nicht ändern. Wir sind nicht
dazu da, die Welt zu verbessern.« Henning gähnte herzhaft
und streckte sich. »Ich muss schlafen, sonst übersteh ich den
Tag nicht. Soll ich hier auf dem Sofa schlafen?«
»Nicht nötig. Geh ruhig zu Bett, ich bleib noch einen Augenblick hier.«
»Aber trink nicht zu viel«, mahnte Henning und stand auf.
»Ich kann schon auf mich aufpassen. Schlaf gut.«
Er gab ihr einen Kuss auf die Wange, mehr ließ sie nicht zu.
Sie sah ihm hinterher, wie er im Schlafzimmer verschwand und
die Tür anlehnte. Dann ließ sie sich zurückfallen und stierte
an die Decke, wo ein paar Spinnweben hingen. Ich müsste mal
wieder richtig saubermachen, dachte sie. Irgendwann. Sie
trank auch ihr zweites Glas Wein leer und spürte die Wärme,
die ihren Körper durchströmte. Ihr Gesicht fühlte sich ganz
heiß an. Ihr Blick war auf die noch halbvolle Flasche gerichtet,
und sie überlegte, ob sie noch ein Glas trinken sollte. Doch
dann schüttelte sie den Kopf, drückte den Korken hinein und
stellte die Flasche neben den Kühlschrank. Sie legte sich auf
das Sofa, die Beine angezogen, und schloss die Augen. Es dauerte nicht lange, bis sie einschlief, und sie wachte erst auf, als
sie das Rauschen des Wassers in der Dusche hörte. Sie hatte
leichte Kopfschmerzen und fluchte leise vor sich hin und
schalt sich eine Närrin, so viel Wein getrunken zu haben. Sie
nahm ein Aspirin und aß eine Banane gegen die leichte Übelkeit.

FREITAG, 9.00 UHR

Büro von Dr. Koljakow. Elena und Igor kamen pünktlich zur verabredeten Zeit und wurden bereits erwartet. Koljakow trug wie immer einen dezenten anthrazitfarbenen Anzug, ein blaues Hemd, eine rote Krawatte und schwarze italienische Maß-schuhe, Äußerlichkeiten, durch die er ausdrückte, welche Stellung er innehatte. Sein würziges Eau de Toilette erfüllte den ganzen Raum.

»Guten Morgen«, begrüßte er seine Mitarbeiter, erhob sich und reichte erst Elena und dann Igor die Hand, ein Ritual, das er jeden Morgen pflegte, wenn er seine engsten Vertrauten um sich versammelte. »Habt ihr schon gefrühstückt?«

Elena und Igor verneinten, woraufhin Koljakow sagte: »Sehr gut, ich kam nämlich auch noch nicht dazu. Ich schlage vor, dass wir gemeinsam frühstücken und dabei noch einmal die Details des heutigen Tages durchgehen. Ich habe schon alles vorbereiten lassen.«

Sie begaben sich in den Nebenraum, wo ein reich gedeckter Tisch stand – Orangensaft, Croissants, Rühreier, Schinken, verschiedene Marmeladen, Obst, Kaffee und Tee.

»Greift zu, wir wollen den Tag so beginnen, wie wir ihn auch beenden werden, feierlich. Außer euch wurde bisher niemand informiert, und so soll es auch bleiben, er möchte nämlich un-erkannt das Haus besichtigen. Er wird wie geplant gegen halb vier in Holtenau landen und direkt herkommen. Die Zollfor-malitäten sind bereits erledigt.« Er hielt inne, tat sich Rührei und gebratenen Schinken auf den Teller und fuhr fort: »Aber ich will nicht zu viel reden, ihr habt bestimmt Fragen.«

»Und wenn ihn doch jemand erkennt?«, meinte Igor.

»Das ist so gut wie ausgeschlossen. Und falls doch, wird die betreffende Person sofort entfernt. Er hat darauf bestanden, ausschließlich mit uns dreien zu sprechen. Natürlich werden seine Leibwächter bei ihm sein, allerdings nur bei seinem Rundgang durch die Klinik. Später beim Essen sind nur wir vier anwesend. Schließlich wollen wir nicht dauernd von seinen Muskelpaketen umgeben sein.«

»Wo werden die sich aufhalten?«, fragte Elena, während sie ihr Croissant in Marmelade tauchte.

»Im Nebenzimmer. Er verlangt unbedingte Sicherheit, warum, ist mir schleierhaft, aber gut, sein Wunsch ist uns Befehl. Es gibt keinen sichereren Ort als diesen, doch er scheint unter einer Art Paranoia zu leiden. Aber bitte behaltet das für euch, er würde mich umbringen, wenn er wüsste, dass ich so über ihn rede. Jeder hat doch seine Macken.«

Elena lächelte vielsagend und meinte: »Wie lange wird er bleiben?«

»Bis um halb acht. Offiziell fliegt er danach weiter, aber er wird sich noch bis Sonntagmittag in Kiel aufhalten, um dann nach Berlin zu fliegen, wo er sich mit ein paar Politikern treffen wird. Es geht um Stahl, Aluminium und Nickel, er hat vor, die Deutschen ein wenig unter Druck zu setzen. Außerdem wird er im Auftrag der Regierung noch einmal das Thema Gas anschneiden. Und auch das fällt unter das Betriebsgeheimnis. Ich sage es euch nur, weil ich weiß, dass ich mich auf euch verlassen kann. Von heute Abend bis Sonntag will er sich aber erst einmal ein wenig vergnügen, wenn ihr versteht.«

»Das ist seine Sache, wir sind für die Sicherheit hier im Haus verantwortlich«, entgegnete Elena, trank ein Glas Orangensaft und nahm gleich hinterher einen Schluck Tee. »Wird er auch die OP-Säle besichtigen?«

»Natürlich, schließlich will er sehen, wo seine Investitionen abgeblieben sind. Er wird zufrieden sein, wir sind schließlich eine Vorzeigeklinik. Er hat sie ja bisher nur zweimal gesehen, bei der Eröffnung vor sieben Jahren und bei der Einweihung des neuen Trakts vor zwei Jahren.«

429

»Stehen auch geschäftliche Punkte auf der Agenda?«

»Sicher, die besprechen wir dann beim Essen.«

»Was ist mit Petrowa? Sollte sie nicht auch dabei sein?«, wollte Elena wissen.

»Nein, unter gar keinen Umständen. Er hat ausdrücklich angeordnet, dass nur wir drei mit ihm zusammen sind. Leider bist du die einzige Frau in der Runde.« Koljakow holte tief Luft und sagte mit Blick auf Igor: »Du hältst dich bitte weitgehend im Hintergrund, das heißt, du redest nur, wenn du angesprochen wirst. Das Gleiche gilt für dich, Elena, obwohl ich glaube, dass er Konversation mit dir machen möchte. So, lasst uns noch mal stichpunktartig den Ablauf durchgehen. Elena, wenn ich dich bitten darf.«

»Landung um halb vier in Holtenau, Igor holt ihn und die Begleitung ab, Eintreffen gegen vier in der Klinik, kurze Begrüßung, Führung durch die Klinik, anschließend um halb sechs Essen, Verabschiedung um halb acht.«

Koljakow nickte und sagte: »Sehr gut. Nachdem er sich verabschiedet hat, werden er und seine Leibwächter von Igor zu einem bestimmten Ort gebracht, der Igor erst im Auto bekanntgegeben wird. Elena, du wirst auch mitfahren, und ihr werdet unmittelbar danach in die Klinik zurückkehren. Ich verlange absolutes Stillschweigen, was seinen Aufenthaltsort bis Sonntag angeht. Am Sonntagmittag wird er wieder abgeholt und direkt zum Flughafen gebracht. Denkt dran, es ist ein enorm wichtiger Termin, für uns alle hängt sehr viel davon ab. Also, Igor, ich erwarte dich in einem schwarzen Anzug, mit schwarzem Hemd und Krawatte, Elena, putz dich raus, obwohl, so viel brauchst du gar nicht an dir zu machen, aber er steht auf weibliche Frauen, wenn du verstehst«, sagte Koljakow lachend.

»Gibt es sonst irgendwelche Sicherheitsmaßnahmen?«, fragte Elena.

»Da niemand außer uns weiß, dass er kommt, können wir auf

zusätzliche Sicherheitsmaßnahmen verzichten, aber das hatten wir alles schon gestern besprochen. Noch Fragen?«

Kopfschütteln.

»Sehr gut. Ich erwarte einen reibungslosen Ablauf, aber da kann ich mich wohl voll und ganz auf euch verlassen. Elena, Igor, wenn alles nach Plan verläuft, soll es nicht zu eurem Schaden sein. Bist du etwa schon fertig mit dem Essen?«, fragte Koljakow Elena.

»Ich frühstücke nie viel«, antwortete sie. »Was ist mit dem Transport, der heute Abend ankommt?«

»Was soll damit sein? Mit dem habt ihr nichts zu tun. Du sowieso nicht«, sagte er zu Elena, »und du, Igor, machst dir einen schönen Abend, obwohl du eigentlich wieder eingeplant warst. Oleg wird diesmal deinen Part übernehmen. Lass die Puppen tanzen, bis sie nicht mehr tanzen können.« Koljakow schlug Igor lachend auf die Schulter. »Ich wünschte, ich wäre noch so jung wie du und könnte so richtig einen draufmachen. Genieß es, solange du noch kannst.«

Um zehn Uhr erhoben sich Koljakow, Elena und Igor, die wie vereinbart den ganzen Tag über in der Klinik bleiben würden. Nach dem Frühstück fuhr Elena in das Untergeschoss und beobachtete von einem Nebenraum aus, wie eine Lebertransplantation durchgeführt wurde. Sie stand hinter einer Scheibe und sah hinunter auf den Saal, in dem sich vier Ärzte und drei Schwestern aufhielten. Die Spenderin, eine junge Frau, lag auf einem kalten Metalltisch. Ein langer Schnitt zog sich quer über ihre Bauchdecke. Alexandra Molenskaja stand auf einem Schild. Noch lebte sie, aber es war nur eine Frage von Minuten, bis auch die letzten Vitalfunktionen erloschen sein würden. Nur durch einen Vorhang getrennt lag auf einem anderen OP-Tisch eine ebenfalls noch junge Frau, die von den sie bisher behandelnden Ärzten bereits aufgegeben worden war, die aber bald wieder in ihr altes Leben zurückkehren würde – Maria Kristajic, die Frau eines serbischen

Multimillionärs, der den größten Teil seines Vermögens mit kriminellen Geschäften erwirtschaftet hatte und dennoch fast überall auf der Welt seine Strippen zog. Elena hatte ihn vorgestern kennengelernt, als er mit seiner Frau, die leicht seine Tochter hätte sein können, hier vorstellig wurde. Sie war nicht mehr in der Lage gewesen, allein zu laufen, ihr ganzer Körper war gelb, weil die Leber die Arbeit eingestellt hatte. Eine zu spät erkannte Hepatitis C, eine folgende Zirrhose, Gelbsucht, Leberinsuffizienz. Auch die Bauchspeicheldrüse war angegriffen und würde in dieser aufwendigen Operation ebenfalls verpflanzt werden.

Elena blieb einen Moment stehen und begab sich zum nächsten Operationssaal, wo zwei Nieren den Besitzer wechselten. Kolja Chodrow war der Spender, Paul Wesslung der Empfänger. Hundertfünfzigtausend Euro hatte Wesslung hingeblättert, damit er wieder normal auf die Toilette gehen konnte. Hundertfünfzigtausend Euro, für die ein junger Student aus St. Petersburg sterben musste.

Nach einer Viertelstunde fuhr sie wieder nach oben, ging in ihr Büro, machte die Tür hinter sich zu und stellte sich ans Fenster. Es war ein trister, wolkenverhangener und sehr kühler Tag. Die Sonne versuchte vergeblich sich einen Weg durch die dichten Wolken zu bahnen.

Nach einer Weile setzte Elena sich hinter ihren Schreibtisch und bearbeitete ein paar Akten. Am Montag sollte sie mit Igor einen Arzt in Hamburg aufsuchen, einen Lungenspezialisten. Die Recherche hatte ergeben, dass er wegen seiner Spielsucht kurz vor dem Ruin stand, seine Ehe dadurch schweren Schaden erlitten hatte und seine Frau beabsichtigte, die drei Kinder zu nehmen und ihn zu verlassen. Angesichts seiner prekären finanziellen und privaten Situation war er ein leichtes Opfer. Er würde nicht lange zögern, bei ihm musste kein Druck ausgeübt werden, da war man sich einig. Und gleichzeitig würde man ihm klarmachen, dass Sucht jeglicher Form nicht geduldet wurde. Er würde wieder auf einen grünen Zweig kommen und seine Familie zurückgewinnen.

Um zwölf Uhr ging Elena in die Kantine, die einem Fünfsterne-restaurant glich, bestellte einen Teller gemischten Salat mit Hähnchenfleisch, obwohl sie keinen Hunger hatte, und ein Kännchen Tee. Anschließend suchte sie Koljakow auf.

»Ich müsste noch mal kurz nach Hause fahren, mich umzie-hen. Du hast doch gesagt, ich soll mich feinmachen. Ich bin in spätestens einer Stunde wieder hier.«

»Liebste Elena, wir haben jetzt zwanzig vor eins, es reicht, wenn du um drei hier bist. Möchtest du dir etwas Neues kaufen?«

»Nein«, antwortete sie lachend, »ich denke, so viel Aufwand ist nicht nötig. Du wirst mich nachher nicht wiedererkennen.«

»Es war nur ein Angebot.«

»Mein Kleiderschrank quillt über, da hängen Kleider und Ho-senanzüge, die ich noch nie getragen hab.«

»Sei aber pünktlich. Und bitte kein Kleid, er steht auf eng ge-schnittene Hosenanzüge und Blusen mit tiefen Dekolletés. Er ist ein Genießer, aber das weißt du sicherlich längst. Tu ihm und mir den Gefallen«, sagte er, während er mit seinen Blicken ihren Körper abtastete.

Koljakow vertiefte sich wieder in seine Lektüre. Auch er schien nervös zu sein, obwohl er keinen Grund dazu hatte. Elena musste unwillkürlich lächeln und fragte: »Bist du nervös we-gen nachher?«

»Ach, wo denkst du hin, ich habe schon ganz andere Persön-lichkeiten getroffen. Es ist hoher Besuch, und ich möchte nur, dass wir den besten Eindruck hinterlassen. Bist du aufgeregt?«

»Seh ich so aus?«

»Du bist wie immer die Ruhe in Person. Ich würde zu gerne wis-sen, wie du das machst. Immer und überall, egal, was passiert. Du musst mir irgendwann mal dein Geheimnis verraten.«

»Gerne.«

»Und jetzt lass mich bitte allein, ich möchte mich noch etwas entspannen.«

Auf dem Weg zur Tiefgarage begegnete sie niemandem, auch von Igor war nichts zu sehen. Wahrscheinlich hielt er sich im OP-Bereich auf, wo er des Öfteren eingeteilt war, sich um das Personal zu kümmern.

Zu Hause durchschritt sie das riesige, mit exklusivstem Mobiliar ausgestattete Wohnzimmer, duschte, zog sich seidene Unterwäsche mit einem Push-up-BH an, darüber eine weiße, tief ausgeschnittene Bluse, die ihren jetzt noch voller wirkenden Busen kaum verhüllte, einen dunkelblauen Hosenanzug und schwarze Pumps und legte etwas Rouge und Lippenstift auf. Um Viertel vor drei kehrte sie in die Klinik zurück, wo sie, wie es schien, bereits von dem zunehmend nervöseren Koljakow erwartet wurde.

»Ich habe eben die Meldung erhalten, dass er pünktlich landen wird. Igor ist schon auf dem Weg nach Holtenau.« Sein Blick tastete Elena fast gierig ab, als er fortfuhr: »Du siehst bezaubernd aus, einfach perfekt. Du wirst ihm gefallen, und er wird es sich überlegen, ob er sich nicht lieber mit dir … Ich rede dummes Zeug, entschuldige. Und dieses Parfum! Du bist nicht nur sehr klug, du hast auch Stil. Und diese Tasche – wie viel hat sie gekostet, wenn ich fragen darf? Ich würde meiner Frau gerne eine solche schenken, sie hat in zwei Wochen Geburtstag.«

»Ich weiß nicht mehr genau, ich glaube, sechzehn- oder siebzehntausend.«

»Tja, jaja, so viel Geld nur für eine Handtasche. Was soll's, wir arbeiten hart und gönnen uns doch sonst nichts. Allerdings frage ich mich immer, wozu ihr Frauen solche Taschen braucht. Da passt mehr rein als in meinen Kofferraum. Was hast du alles da drin?«

»Du wirst sehr indiskret, wenn ich das bemerken darf. Willst du einen Blick hineinwerfen?«, fragte sie spöttisch.

»Elena, Schatz, ich würde nie einer Frau in die Handtasche

schauen, es sei denn, sie wäre meine Feindin.« Er kam auf sie zu, legte eine Hand auf ihre Schulter und sagte: »Ich bereue nicht einen Moment, dich an meiner Seite zu haben. Ohne dich wäre die Firma nur halb so viel wert. Das meine ich ernst. Die andere Hälfte gehört mir. Meine Maxime ist, jeder ist austauschbar, aber auf manche kann man nicht verzichten. Auf dich würde ich nie verzichten wollen, eher würde ich Igor, Oleg und all die andern in einer Holzkiste zurückschicken.« Er schenkte sich ein Glas Wodka ein, trank es in einem Zug leer, stieß ein langgezogenes »Ah« aus und stellte das Glas auf den Tisch.

»Möchtest du, dass ich hierbleibe, bis er kommt?«

»Nein, du könntest mir aber einen Gefallen tun und unten noch einmal nach dem Rechten sehen.«

»Natürlich. Bis gleich.«

FREITAG, 9.10 UHR

Henning und Santos hatten Harms über den vergangenen Abend Bericht erstattet, wobei sie sich auf das Wesentliche beschränkten und nicht erwähnten, dass sie ein ungutes Gefühl hatten, was Ivana betraf. Santos war unausgeschlafen. Sie hatte die Nacht auf dem Sofa verbracht, und tausend Gedanken waren ihr durch den Kopf gegangen. Ständig hatte sie sich gefragt, welche Rolle Ivana in dem undurchsichtigen Spiel zukam, ohne zu einem schlüssigen Ergebnis zu gelangen. Doch je länger sie über Ivana nachdachte, desto sicherer wurde sie, dass für diese noch junge Frau heute ein entscheidender Tag war.

Nach dem Briefing rief Henning bei Nina an.

»Hi, Nina, ich bin's, Sören. Lisa und ich würden gerne noch mal bei dir vorbeischauen. Passt es dir in einer Stunde?«

»Ja, aber beeilt euch, ich muss noch einmal zum Bestatter und aufs Amt. Wird es lange dauern?«

»Nein, höchstens eine halbe Stunde. Wir sind schon auf dem Weg.«

Auf der Fahrt nach Strande unterhielten sich Henning und Santos noch einmal über Ivana, wobei Santos' Nerven zum Zerreißen gespannt waren.

»Lisa, warum machst du dir so einen Kopf? Die Frau ist so unterkühlt und unnahbar ...«

»Das ist alles nur äußerlich, doch das willst du nicht sehen. Ich habe sie erlebt, und glaub mir, sie ist eine sehr traurige und verzweifelte junge Frau.«

»Mag sein, aber auf der Welt gibt es Millionen und Abermillionen von traurigen und verzweifelten Frauen.«

»Darum geht's doch gar nicht. Lassen wir das Thema, ich bin nicht in der Stimmung, darüber zu diskutieren.«

Nina wirkte abgehetzt und in Eile, als sie sie ins Haus bat. Das Wohnzimmer war ausnahmsweise nicht aufgeräumt, der Fernseher lief, auf dem Tisch lagen mehrere Zeitungen, darunter eine russische. Daneben ein Weinglas und eine angebrochene Flasche Rotwein.

»Fasst euch bitte kurz, ich hab wirklich nicht viel Zeit. Ihr hättet besser am Montag kommen sollen«, sagte sie und machte das Sofa frei. »Nehmt Platz.«

»Wir hätten auch morgen kommen können«, sagte Santos.

»Ich fahre übers Wochenende weg, ich ertrage diese Stille hier nicht mehr. Bis vor zwei Monaten war dieses Haus noch voller Leben, dann starb Rosanna und jetzt Gerd. Ich drehe fast durch. Am liebsten würde ich ganz weit wegfahren, damit ich das hier nicht mehr sehen muss.«

»Kann ich verstehen«, sagte Henning und musste dabei an die Worte von Ivana denken, die mehrfach betont hatte, dass die Ehe von Nina und Gerd nur noch auf dem Papier bestanden hatte. Er musste sich beherrschen, das Thema nicht anzuschneiden, aber er spürte Lisas Anspannung, die hoffte, er

436

würde den Mund halten. Wie oft, dachte er, war er in diesem Haus gewesen, wie oft hatte er mit Gerd und Nina gesprochen, und nie hatte er das Gefühl gehabt, dass zwischen den beiden schon lange nichts mehr stimmte. Sie hatten nach außen die absolute Harmonie gezeigt, doch in Wahrheit war alles nur Schein. Der Schein der schönen heilen Welt, den sie so perfekt zur Schau gestellt hatten. Immer lächelnd, immer gut drauf, nie ein lautes Wort. Sie hatten Karten gespielt, gegrillt, sich über Gott und die Welt unterhalten.

»Gar nichts kannst du verstehen«, erwiderte Nina, »gar nichts. Mir ist alles genommen worden, was ich hatte. Ich werde in meine Heimat zurückgehen, das habe ich gestern beschlossen. Es gibt nichts und niemanden, was mich hier noch hält.«

»Willst du dir das nicht noch mal überlegen?«, meinte Santos, die wie Henning Nina aufmerksam beobachtete.

»Was gibt's da noch zu überlegen? Wie würdet ihr an meiner Stelle handeln? In einem Haus wohnen, in dem jedes Leben erloschen ist? Nein, das kann ich nicht, dazu bin ich noch zu jung. Achtundzwanzig und schon Witwe.« Sie lachte fast hysterisch auf. »He, ich bin noch nicht mal dreißig und habe schon mehr durchgemacht als die meisten andern. Ich halte es nicht mehr aus, ich habe das Gefühl, erdrückt zu werden. Gestern hab ich mich zum ersten Mal so richtig betrunken, weil ich mir sonst vielleicht etwas angetan hätte. Ja, ich geb zu, ich hab mit dem Gedanken gespielt, mich umzubringen, das ist aber schon wieder vorbei. Bringt mir den Mörder von Gerd, damit ich ihm in die Augen schauen kann. Oder besser noch, lasst mich für einen Moment mit ihm allein. So zehn oder fünfzehn Minuten. Das würde mir schon reichen.«

»Erstens haben wir noch keine Spur, und zweitens würden wir dir diesen Wunsch nie erfüllen. Wir leben in einem Rechtsstaat, und Selbstjustiz ...«

»Willst du mich auf den Arm nehmen? Rechtsstaat? Dass ich

437

nicht lache! Wie oft hat Gerd mir von seinem Frust erzählt, wenn er in seinen Ermittlungen behindert wurde, weil irgend so ein selbstgerechter oder korrupter Staatsanwalt nicht wollte, dass er weiterermittelte. Das ist euer verfluchter Rechtsstaat! Für mich ist es ein Unrechtsstaat. Und ihr sitzt hier und wollt mir erzählen, dass ihr noch keine Spur habt! Ph, das könnt ihr eurer Großmutter weismachen, aber nicht mir ...«

»Halt mal, du wirst ungerecht. Wir sind nicht hier, um dir was vorzulügen, sondern weil wir deine Freunde sind. Warum hast du nicht rechtzeitig gemerkt, dass mit Gerd etwas nicht stimmte? Ich denke, du hast so ein Gespür für Menschen.«

»Du stellst schon wieder Behauptungen auf ...«

»Ich tu gar nichts«, entgegnete Henning ruhig. »Aber es scheint, als hättest du deinen Mann nicht gekannt. Und Lisa und mir scheint es, als hätten wir euch beide nicht gekannt. Komm, Lisa, wir gehen.«

»Bleib sitzen«, sagte Nina. »Was meinst du mit, ihr hättet uns nicht gekannt?«

»Nichts«, antwortete Santos schnell, »gar nichts. Das ist Sören nur so rausgerutscht.«

»Dann ist es ja gut. Und ich denke, ihr solltet jetzt wirklich besser gehen, eigentlich hättet ihr gar nicht zu kommen brauchen. Wir sehen uns auf der Beerdigung und danach vorläufig nicht mehr, weil ich direkt im Anschluss nach St. Petersburg fliege. Ihr wisst ja, wo die Tür ist.«

»Nina, Sören hat es wirklich nicht so gemeint«, sagte Santos. »Bei uns liegen die Nerven auch blank, weil wir Gerds Mörder schnappen wollen, aber er ist wie ein Phantom. Bitte verzeih, wenn wir dich verletzt haben.«

»Ich ertrage das alles nicht mehr. Inzwischen habe ich das Gefühl, als würde man mir eine Mitschuld an seinem Tod geben. Ich habe Alpträume, ich kann nicht mehr schlafen ... Lasst mich bitte allein, ich habe eine Menge zu erledigen.«

»Wo fährst du hin?«, fragte Santos.

»Zu meiner Freundin nach Hamburg. Ich brauche diesen Abstand, bevor die Beerdigung ist. Ich mag gar nicht an diesen Tag denken, ich glaube, ich steh das nicht durch. Er liegt in einem Sarg, der langsam in die Erde gelassen wird. Mein Gerd. Er und Rosanna nebeneinander. Wenn mir das einer vor zweieinhalb Monaten prophezeit hätte, ich hätte nur gelacht und gesagt, niemals, so etwas passiert niemals. Und dann ist es doch passiert. So ist das Leben, und so ist der Tod. Wie oft ich diesen Satz in den letzten Tagen gesagt habe. Es gibt keine Gerechtigkeit, nicht für mich.«

»Wenn du jemanden brauchst, du weißt, wie du uns erreichen kannst«, sagte Henning und stand gemeinsam mit Santos auf. »Bleib stark, okay?«

Nina seufzte auf und meinte: »Nina ist nicht mehr stark, Nina hat keine Kraft mehr. Macht's gut.«

Henning und Santos fuhren zurück nach Kiel, aßen zu Mittag und warteten. Sie sprachen über Nina und fragten sich zum wiederholten Male, wer denn nun die Wahrheit sagte – sie oder Ivana. Sie wussten es nicht.

»Weißt du, wie ich mir vorkomme?«, fragte Santos, als sie den Imbiss verließen. »Wie eine Beobachterin. Ich kann mich an keinen andern Fall erinnern, wo ich mich so hilflos fühlte wie hier. Ich weiß nicht, ob du das nachvollziehen kannst, aber wir jagen einen Mörder, ohne zu wissen, wo er sich aufhält oder versteckt. Er hat keine Spuren hinterlassen, er hat sich nicht bei uns gemeldet, alles, was wir wissen, ist, dass Gerd ein Doppelleben geführt hat. Wir ermitteln gar nicht, weil wir nicht mal den winzigsten Anhaltspunkt haben. Das ist so unendlich frustrierend. Wir sind noch nie so ins Leere gelaufen. Noch nie. Als würden wir an einem Fluss stehen, ohne eine Ahnung zu haben, wie man auf die andere Seite gelangt, wo die Lösung zu finden ist. Wenn wir diesen Fall nicht lösen, sind wir die großen Deppen.«

»Wir sind keine Deppen. Da wird ein Spiel gespielt, dessen Regeln wir nur noch nicht kennen. Wir brauchen Geduld, es ist gerade mal drei Tage her, dass Gerd ermordet wurde. Lass uns die undichte Stelle finden, dann finden wir auch seinen Mörder. Wir werden von vorn bis hinten an der Nase rumgeführt, aber ich schwör dir, nicht mehr lange. Klar, momentan beobachten wir nur, was aber auch von Vorteil sein kann, weil der- oder diejenigen sich in Sicherheit wiegen, je mehr Zeit vergeht. Geduld ist zwar auch nicht gerade meine Stärke, aber ich sag mir, dass es der einzige Weg ist, den Fluss zu überqueren. Und wir sollten nicht vergessen, dass Ivana uns Material versprochen hat. Lassen wir uns überraschen, ob es wirklich so brisant ist, wie sie behauptet.«

»Und was machen wir, wenn sie uns Namen gibt, die wir nur zu gut kennen? Nehmen wir mal an, es handelt sich um Klose oder Hinrichsen oder Kurt, was dann? Wir haben noch nie gegen Kollegen ermittelt.«

»Ist mir völlig wurscht, um wen es sich handelt, wir werden knallhart vorgehen. Keine Rücksicht und kein falsches Mitleid, okay?«

Santos zuckte mit den Schultern und meinte: »Ich habe Angst, ohne genau sagen zu können, wovor.«

FREITAG, 12.30 UHR

Lennart Loose hatte eine Bypass-Operation hinter sich und trug wieder seine normale Kleidung, als er ins Büro kam und Frau Mattern sagte: »Vor zwei Stunden war ein Bote hier und hat einen dicken Umschlag abgegeben. Ich hab ihn nicht aufgemacht, weil der Inhalt streng vertraulich ist. Er liegt auf Ihrem Schreibtisch.«

»Danke, ich habe schon darauf gewartet. Ich möchte in der nächsten halben Stunde nicht gestört werden, kein Anruf, nichts«, erwiderte Loose und machte die Tür hinter sich zu. Er öffnete den Umschlag und entnahm den Inhalt, der aus Untersuchungsergebnissen, Krankheitsverlauf, Operationsberichten und zahlreichen Aufnahmen des Herzens der kleinen Svenja bestand. Es würde ihre sechste und sicherlich auch schwerste Operation sein, da ihr Körper bereits sehr geschwächt war. Glücklicherweise war sie noch kräftig genug, um den vor ihr liegenden Eingriff zu überstehen. Dennoch würde es für Loose eine weitere von vielen Herausforderungen sein, die er bereits als Chirurg zu bewältigen hatte.

Er machte sich einige Notizen, und als er fertig war, überlegte er, ob er Kerstin anrufen sollte, die sich am Morgen sehr distanziert, fast abweisend ihm gegenüber verhalten hatte. Einerseits konnte er sie verstehen, sie machte sich Sorgen, andererseits war er alt genug, um wichtige Entscheidungen allein treffen zu können.

Er griff zum Hörer, wählte die Nummer von zu Hause und wartete, bis abgenommen wurde.

»Hi, ich wollte mich nur mal melden.«

»Schön«, sagte sie kurz angebunden. »Gibt's was Besonderes?«

»Nein. Aber hör mir bitte einen Moment zu. Ich muss das machen, es gibt für mich kein Zurück. Ich habe gerade sämtliche Unterlagen über das Mädchen bekommen. Wenn ich ihm nicht helfe, wird es in ein paar Wochen tot sein.«

»Es gibt genügend andere Chirurgen.«

»Richtig, aber sie haben mich ausgewählt, weil ich der Beste bin.«

»Der Größenwahn steht dir nicht. Ich leg jetzt auf, unsere Kinder wollen was zu essen haben. Deine und meine Kinder.«

»Kerstin, warte, ich hab das nicht so gemeint. Sie haben gesagt,

441

ich sei der Beste. Natürlich gibt es auch andere, die so gut sind wie ich, aber …«

»Hör bitte auf. Schon mal was von Hybris gehört? Kein Wort beschreibt dich besser. Bis irgendwann.«

Sie legte auf, Loose hielt den Hörer noch eine Weile in der Hand, kaute auf der Unterlippe und knallte ihn schließlich wütend auf die Einheit. Da hatte er zum ersten Mal die Chance, seine Perfektion in einem perfekten Umfeld unter Beweis zu stellen, und seine Frau sagte, er sei hybrid. Du hast doch keine Ahnung, dachte er und tigerte im Zimmer auf und ab, die Hände in den Hosentaschen. Hybris! Ich stelle mich doch nicht über Gott, und das hat doch auch nichts mit Vermessenheit zu tun, was ich mache. Du hast doch keine Ahnung, was du da von dir gibst. Du weißt wahrscheinlich nicht mal, was das Wort bedeutet. Ich werde es euch allen zeigen, und eines Tages wirst du mir dankbar dafür sein. Er nahm das Foto, das Kerstin und die beiden Kinder zeigte, in die Hand und sagte kaum hörbar: »Eines Tages werde ich ganz oben stehen. Und dieser verdammte Traum war keine Warnung, er hat nichts, aber auch rein gar nichts zu bedeuten. Hörst du, gar nichts!«

Loose stellte das Foto zurück und betrachtete es noch einen Augenblick, bevor er die Unterlagen wieder in den Umschlag steckte. Er hatte sich bereits ein umfassendes Bild von der kleinen Patientin gemacht, und spätestens heute Abend um zehn würde das neue Herz in ihrem Körper schlagen. Dann noch etwa zwei Wochen in der Klinik, um mögliche Infektionen zu vermeiden, und die Gabe von Immunsuppressiva, die sie vermutlich für den Rest ihres Lebens würde nehmen müssen, aber es würde ein lebenswertes Leben sein, in dem sie fast alles machen konnte, was andere Kinder taten.

Ein Blick auf die Uhr, zwanzig nach eins. In nicht einmal mehr zwei Stunden würde er sich auf den Weg zum Hauptbahnhof machen, wo er abgeholt wurde.

Er setzte sich und legte die Beine hoch. Allmählich beruhigte er sich wieder. Er drückte die Wahlwiederholung und sagte, nachdem seine Frau abgenommen hatte: »Kerstin, ich möchte dir nur noch eines sagen. Auch wenn du sauer oder enttäuscht oder was immer bist – ich liebe dich. Ich liebe dich mehr als alles auf der Welt.«

Für ein paar Sekunden herrschte Schweigen am andern Ende der Leitung. Er hörte nur ihr Atmen und im Hintergrund die Kinder, bis sie erwiderte: »Das sind schöne Worte, aber es sind nur Worte. Die Angst kannst du mir damit nicht nehmen, nicht mit einem ›Ich liebe dich‹. Du hast recht, ich bin enttäuscht, denn ich dachte, du wärst mutiger. Es tut mir leid, aber ich glaube nicht, dass du mich liebst. Es gibt nur einen Menschen, den du liebst, und das bist du selbst. Ich habe bisher alle deine Entscheidungen mitgetragen, diesmal kann ich es nicht.«

»Willst du es nicht verstehen, oder kannst du es nicht? Ich habe die einmalige Chance …«

»Ich, ich, ich! Dauernd geht es nur um dich. Wie ich mich fühle, das interessiert dich doch überhaupt nicht, wenn es dich jemals interessiert hat. Bevor ich auflege, will ich dir aber noch sagen, dass auch ich letzte Nacht einen Traum hatte. Ich erzähl ihn dir bei passender Gelegenheit. Es kann sein, dass ich mit den Kindern übers Wochenende zu meinen Eltern fahre, also wundere dich nicht, wenn wir nicht zu Hause sind. Und keine Angst, ich werde ihnen natürlich nichts von deiner neuen Tätigkeit erzählen. Und bitte ruf mich heute nicht mehr an, ich werde das Telefon jetzt leise stellen.«

Sie legte auf, ohne eine Erwiderung abzuwarten. Loose schüttelte nur den Kopf. Dann fahr doch zu deinen Eltern, vielleicht kommst du dort zur Besinnung.

Er lehnte sich zurück, schloss die Augen und spürte den Herzschlag bis in seine Schläfen. Dreißigtausend Euro für eine OP, dachte er, nicht schlecht, nicht schlecht.

Um fünf nach drei verließ er die Klinik und fuhr mit einem Taxi zum Hauptbahnhof. Genau um halb vier fuhr ein schwarzer Mercedes 500 vor, der Beifahrer stieg aus und hielt Loose die Tür auf. Nach zwanzig Minuten erreichten sie ihr Ziel. Privatklinik Sonnenhof. Klinik für plastische und kosmetische Chirurgie. Noch drei Stunden bis zur OP.

FREITAG, 15.35 UHR

Der Learjet aus Moskau landete mit fünfminütiger Verspätung auf dem Flughafen Kiel-Holtenau. Vier Männer kamen die schmale Gangway herunter und begaben sich unverzüglich zu der bereits wartenden Stretchlimousine, die Platz genug für alle bot. Zwei große Koffer wurden eingeladen, einer der Bodyguards warf einen prüfenden Blick in die Umgebung, bis er Igor das Zeichen zum Aufbruch gab. Igor begrüßte die Gäste, danach herrschte Schweigen, bis sie das Klinikgelände um zehn nach vier erreichten und in die Tiefgarage fuhren. Igor brachte die Gäste in den zweiten Stock, wo Koljakow und Elena wie ein Empfangskomitee am Fahrstuhl standen.

»Hallo, Lew«, wurde Luschenko von Koljakow begrüßt. Sie umarmten sich und klopften sich gegenseitig auf die Schulter, während die drei Leibwächter mit steinernen Mienen dastanden und die Szene aufmerksam verfolgten, als würden sie um ihren Chef fürchten. »Hattest du einen guten Flug?«

»Hallo, Ilja. Schön, dich nach so langer Zeit wiederzusehen. Ja, ich hatte einen guten Flug, aber ich wundere mich über das Wetter hier. Es ist schlechter als in Moskau. Ist Deutschland so heruntergekommen, dass wir uns auch noch ums Wetter kümmern müssen?«, fragte Luschenko augenzwinkernd, um gleich darauf zu sagen: »Wer ist die reizende Dame an deiner Seite?

Nein, lass mich raten, das ist Elena, von der du mir schon so viel berichtet hast.«

»Richtig, das ist Elena, der funkelnde Diamant in meinem Haus. Ohne sie würde hier gar nichts laufen. Sie ist nicht nur bildschön, wie du sicherlich längst festgestellt hast, sie ist auch überaus klug und tut alles, damit das Geschäft floriert.«

Luschenko streckte die Hand aus, Elena nahm sie und schüttelte sie, während sein Blick in ihren Ausschnitt ging, einen Moment dort verharrte, bis er ihr in die Augen schaute.

»Sehr nett, dich kennenzulernen. Ich bin Lew«, sagte er lächelnd und ließ ihre Hand wieder los. »Ilja hat bereits so viel von dir erzählt, dass ich schon ganz neugierig auf dich war. Und wenn ich ehrlich bin, er hat nicht übertrieben, im Gegenteil. Schade, dass wir kaum mehr als drei Stunden zur Verfügung haben, aber vielleicht ergibt sich ja ein andermal die Gelegenheit, uns ausführlicher kennenzulernen.«

»Ja, vielleicht«, erwiderte Elena ebenfalls lächelnd und sah ihm direkt in die Augen.

»Nun, wie sieht unser Plan aus?«, fragte Luschenko, ein großgewachsener, schlanker und muskulös wirkender Mann mit kurzgeschnittenen blonden Haaren, grünen Augen und einem Mund, der kaum mehr als ein Strich war. Er hatte schlanke, aber große Hände, seine Stimme war angenehm tief, doch sein Blick verriet in gewissen Momenten die Verschlagenheit, die ihm innewohnte. Er hatte es zu etwas gebracht, galt als einer der reichsten und mächtigsten Oligarchen Russlands, ein linientreuer Anhänger der regierenden Partei. Er selbst war Gouverneur einer kleinen Provinz im Kaukasus, wo es niemanden gab, der ihn nicht wählte, da er dort etwa hundert Millionen Euro in soziale Projekte investiert hatte, aber auch in Betriebe, die in Windeseile aus dem Boden gestampft worden waren und Beschäftigung für fast alle Arbeitnehmer boten.

»Wir wollten dir als Erstes die Klinik zeigen, und danach gibt es ein Essen. Ich hoffe, du hast Hunger mitgebracht«, antwortete Koljakow, der, seit Luschenko aus dem Aufzug getreten war, eine devote Haltung einnahm.

»Aber nur, wenn es Rouladen mit Kartoffeln und Rotkohl gibt«, entgegnete Luschenko lachend.

»Als hätte ich deine Vorliebe für die traditionelle deutsche Küche erraten«, sagte Koljakow, dessen Nervosität mit jeder Minute mehr schwand. »Natürlich war mir dein Wunsch Befehl. Möchtest du ein Wässerchen mit uns trinken, bevor wir unsere Führung beginnen?«

»Nun, ich denke, der Nachmittag ist fortgeschritten und wir können uns einen genehmigen. Dann mal eine Runde für alle.«

Koljakow gab der jungen Dame, die für die Bewirtung zuständig war, ein Zeichen, woraufhin sie ein Tablett mit sieben großen Wodkagläsern brachte.

Sie hoben die Gläser, und Luschenko sagte: »Auf weitere gute Zusammenarbeit, auf Mütterchen Russland, auf die Freiheit und auf unsere deutschen Freunde, die uns so viel Gastfreundschaft entgegenbringen.«

Sie tranken, selbst Elena, die Wodka verabscheute, doch sie wollte Luschenko nicht verärgern, wusste sie doch aus Berichten, dass er leicht reizbar war und zu Jähzorn neigte.

»So, und jetzt will ich meine Klinik sehen«, sagte Luschenko.

»Wir fahren wieder nach unten«, erklärte Elena, »dort befinden sich die Operationssäle.«

»Ich weiß, liebe Elena, ich weiß, ich war schon einmal hier, als die neue Station eingeweiht wurde. Da warst du aber noch nicht hier, denn an ein Gesicht wie deines hätte ich mich erinnert.«

»Doch, ich war hier, aber noch nicht die rechte Hand von Ilja«, korrigierte sie ihn. »Deshalb sind wir uns damals nicht begegnet.«

»Ah, ich verstehe. Aber sag, wie sind die Sicherheitsvorkehrungen? Wer weiß alles, dass ich hier bin?«

»Niemand außer Ilja, Igor und mir. Die andern werden denken, dass du ein potenzieller Patient bist.«

»Sehr gut, sehr, sehr gut. Nicht, dass ich das Licht der Öffentlichkeit scheue, aber in manchen Situationen ist es besser, im Hintergrund zu bleiben.«

Luschenko wurde durch die Station geführt, warf einen Blick in jeden Raum, außer in jenen, in dem gerade operiert wurde, ließ es sich jedoch nicht nehmen, für eine ganze Weile stehenzubleiben und die Operation durch eine Glasscheibe zu verfolgen.

»Was wird hier gerade operiert?«, fragte er.

»Leber und Bauchspeicheldrüse. Eine sehr komplizierte und zeitaufwendige Operation. Aber wenn du auf den Monitor schaust, siehst du, dass die Patientin wohlauf ist.«

In den folgenden zehn Minuten wurde kein Wort gewechselt, doch Luschenkos Gesichtsausdruck verriet seine Gedanken – er schien äußerst zufrieden mit dem Gesehenen. Schließlich, nachdem er genug gesehen hatte, drehte er sich um und sagte zu Koljakow: »Es gefällt mir, aber ich wusste die ganze Zeit, dass ich mich auf dich verlassen kann.«

Koljakows Miene hellte sich auf. Ein Kompliment von Luschenko war mehr wert als ein dicker Scheck, doch mit einem Kompliment würde auch sein Konto weiter gefüllt werden.

»Wie ausgelastet seid ihr in der nächsten Zeit?«, wollte Luschenko wissen.

»Ich habe dir eine Liste vorbereitet, darauf kannst du sehen, dass allein in den kommenden zwei Monaten knapp über zweihundert Operationen anstehen, wobei die Nachfrage steigt. Mittlerweile kommen unsere Patienten auch aus den USA und Kanada, wie ich dir bereits am Telefon mitgeteilt habe. Wir sollten zusehen, dass wir noch ein oder zwei Kliniken aufmachen.«

»Das besprechen wir gleich beim Essen, da kannst du mir deinen Plan erläutern«, sagte Luschenko. »Ich freue mich schon wie ein kleines Kind auf diese wundervollen Rouladen.«

Sie blieben noch einige Minuten auf der Station, bevor sie wieder nach oben fuhren und in dem großen Raum mit den fünf Bildern, in dem auch Loose sein Gespräch mit Koljakow geführt hatte, Platz nahmen. Koljakow ließ erneut eine Runde Wodka servieren, doch nur er selbst, Igor und Luschenko tranken, Elena lehnte dankend ab mit der Begründung, dass sie nicht so viel trinken könne. Luschenkos Leibwächter begaben sich auf ein kurzes Zeichen hin in ein Nebenzimmer. Es war kurz vor sechs. Elena sagte, dass sie mal auf die Toilette müsse, nahm ihre Handtasche und verließ den Raum. Luschenko sah ihr hinterher und wandte sich dann Koljakow zu: »Was für ein Weib! Mein Gott, wenn ich gewusst hätte, was du für eine Perle an deiner Seite hast, ich wäre bestimmt öfter hier.«

Koljakow beugte sich zu ihm hinüber und entgegnete mit gedämpfter Stimme: »Glaub mir, ich hab's schon bei ihr probiert, aber keine Chance. Sie ist ein absoluter Profi, genau das, was wir brauchen, aber mit Männern hat sie's nicht so. Schade, wirklich schade.«

»Wie bist du an sie gekommen?«

»Sie wurde mir von einem unserer Leute in St. Petersburg empfohlen, der leider kurz darauf verstorben ist. Auch ein sehr guter Mann.«

»Und du meinst nicht, dass sie bei mir eine Ausnahme machen würde?«

Koljakow schüttelte den Kopf. »Ich glaube, sie ist lesbisch.« Dabei warf er einen kurzen Blick auf Igor, der die Unterhaltung zwar verfolgte, aber sich jeglichen Kommentars enthielt, genau so, wie Koljakow es gewünscht hatte.

448

Kaum fünf Minuten später kehrte Elena zurück. Sie hatte ein Lächeln auf den Lippen, als sie sich wieder zu den beiden Männern setzte. In den folgenden Minuten ließ sich Koljakow über die Klinik aus, berichtete über die gewaltigen Fortschritte innerhalb der vergangenen zwei Jahre, seit die Klinik eine Runderneuerung erfahren hatte, wobei Elena den Eindruck nicht loswurde, dass es Luschenko nicht sonderlich interessierte, obgleich er viele Millionen in dieses Projekt investiert hatte, doch diese Riesensummen waren für ihn nur Peanuts. Bevor sie zu Tisch gingen, sagte Koljakow: »Wir haben auch einen neuen Herzspezialisten, direkt aus Kiel. Und diese Nachricht wird dich bestimmt erfreuen – er wird nachher die kleine Svenja operieren.«

»Oh, ist es schon so weit? Mein Freund Sergej hat eine lange Odyssee hinter sich und viele Tränen vergossen. Svenja ist sein Ein und Alles, seit seine Frau bei diesem tragischen Unglück ums Leben gekommen ist. Es war ihm eine Lehre, aber wir wären ja Unmenschen, wenn wir ihm nicht eine zweite Chance geben würden, oder?«, sagte Luschenko süffisant lächelnd. »Wann gibt es endlich etwas zu essen? Ich sterbe fast, wenn ich nur an diese Rouladen denke.«

»Du sollst nicht sterben, sondern sie genießen«, entgegnete Koljakow und erhob sich. »Komm, der Tisch ist gedeckt, es ist alles vorbereitet.«

Sie nahmen an dem runden Tisch Platz, rechts von Elena saß Luschenko, links von ihr Koljakow und ihr gegenüber Igor, dem Luschenko nicht die geringste Beachtung schenkte.

Das Essen wurde serviert. Koljakow bedeutete der jungen Dame in dem knappen Outfit, dass sie sich zurückziehen und warten solle, bis er nach ihr klingelte. Luschenko sagte, bevor sie begannen: »Lasst mich noch einen Toast aussprechen. Auf Russland, auf unsern Präsidenten und auf uns. Und lasst uns nie unsere Maxime vergessen – haltet das Volk dumm,

449

und es wird keine Fragen stellen. So soll es auch bleiben. Guten Appetit.«

FREITAG, 17.55 UHR

Henning und Santos saßen im Auto und warteten auf Ivanas Anruf. Eine Spannung hing in der Luft, die erst zerrissen wurde, als Hennings Handy, das er die ganze Zeit über in der Hand gehalten hatte, klingelte. Bereits nach dem ersten Summen meldete er sich. Ivana.

»Seid um exakt achtzehn Uhr dreißig in der Privatklinik Sonnenhof in Heikendorf. Nicht eine Minute früher. Die Rezeption wird um diese Zeit nicht besetzt sein. Fahrt mit dem Aufzug in den zweiten Stock und klingelt dort an der Tür mit der Aufschrift ›Dr. Koljakow‹. Alles Weitere werdet ihr dann erfahren. Und kommt allein.«

Sie beendete das einseitige Gespräch, ohne eine Entgegnung abzuwarten.

Henning legte das Handy wieder an seinen ursprünglichen Platz und sagte: »Heikendorf, Privatklinik Sonnenhof. Du hast wohl recht gehabt, sie hat was vor. Wir sollen um Punkt halb sieben da sein.«

»Sonst hat sie nichts gesagt?«

»Nein. Jetzt hab ich doch ein verdammt ungutes Gefühl.«

»Sollten wir nicht lieber ein paar Kollegen verständigen?«

»Wir sollen allein kommen. Wir kriegen sowieso verdammten Ärger, weil wir weder Volker noch die Interne informiert haben.«

»Die Interne geht uns nichts an, das hätte die Staatsanwaltschaft übernehmen müssen. Ich hab mich sowieso die ganze Zeit gewundert, dass uns der Fall nicht aus den Händen genommen wurde. Mord an einem Polizeibeamten, da sind wir doch normalerweise außen vor. Unsere ganze Aktion seit Dienstag ist illegal.«

»Komm du mir jetzt nicht mit illegal. Nach alldem, was ich bis jetzt gehört habe ... Ach Scheiße, mach hinne.«

»Aufgeregt?«

»Nee, das wäre leicht untertrieben. Ich glaub, ich hab Ivana falsch eingeschätzt. Was kann sie vorhaben?«

»Das wirst du spätestens in fünfunddreißig Minuten erfahren.«

Sie erreichten die Klinik eine Viertelstunde vor der abgemachten Zeit, parkten auf der Straße und schauten immer wieder auf die Uhr, deren Zeiger sich unendlich langsam zu bewegen schienen. Als würde die Zeit bald stehenbleiben. Um genau achtzehn Uhr fünfundzwanzig stiegen sie aus und liefen mit schnellen und ausgreifenden Schritten auf den Eingang zu, über dem in großen Lettern »Privatklinik Sonnenhof« stand. Neben dem Eingang war ein großes Schild »Privatklinik Sonnenhof, Chefarzt Dr. Koljakow, Klinik für plastische und kosmetische Chirurgie, Dermatologie und Allergologie«.

Sie traten durch den Eingang, kamen an der verwaisten Rezeption vorbei, drückten auf den Aufzugsknopf und ließen sich in den zweiten Stock transportieren. Sie fanden die von Ivana genannte Tür und betätigten die Klingel.

FREITAG, 18.20 UHR

Sie aßen, tranken Rotwein und unterhielten sich. Luschenko machte einige Witze, bis Elena sagte: »Entschuldigt mich, aber ich muss schon wieder auf die Toilette. Das liegt am Wodka, ich trinke normalerweise keinen.«

»Warum hast du das nicht gleich gesagt?«, entgegnete Luschenko. »Wodka ist auch nichts für Frauen wie dich, Champagner
ist genau das, was zu einer so schönen Frau passt. Aber beeil
dich, sonst wird das Essen kalt. Oder ist dir schlecht?«
»Nein, es ist nur die Blase. Ich bin gleich zurück.«
Luschenko sah ihr wieder hinterher. Elena spürte seinen lüs-
ternen Blick in ihrem Rücken, als sie mit wiegendem Schritt
zur Toilette ging. Nach drei Minuten kam sie zurück. Sie hatte die Handtasche über die Schulter gehängt und tat, als würde sie etwas suchen, während sie neben Luschenko stand. Mit
einer schnellen Bewegung ließ sie die Tasche zu Boden fallen.
Luschenko hatte keine Gelegenheit mehr, etwas zu sagen, er
fühlte nur noch den Druck des kalten Stahls an seinem Hals.
Dann drückte Elena mit kräftigem Griff seinen Kopf nach
hinten und zischte: »So, Lew, auf diesen Moment habe ich
über fünf Jahre gewartet. Du hast mit allem gerechnet, aber
nicht damit. Und jetzt lass die Hände schön auf dem Tisch
und tu nichts Unbedachtes, sonst findest du dein Hirn gleich
an der Decke. Und ihr beide«, sagte sie zu Koljakow und Igor,
»ihr werdet ganz still sein, ich will keinen Ton von euch hören.
Und auch eure Hände bleiben auf dem Tisch. Kapiert?!«
Luschenko ließ das Besteck fallen, Koljakow und Igor sahen
Elena entgeistert an.
»Was hast du vor?«, quetschte Luschenko durch die schmalen
Lippen.
»Ich werde dir eine kleine Geschichte erzählen. Aber noch ist
es nicht so weit. Und wehe, du versuchst einen üblen Trick,
dann blas ich dir deinen verdammten Schädel weg.«
»Wer bist du?«
»Das erklär ich dir gleich. Aber erst wirst du deine Gorillas
herbestellen. Sag nur, dass sie herkommen sollen. Los, mach!«
»Juri, Dmitri, Andrej, kommt mal her!«, rief er.
Die drei kamen unverzüglich aus dem Nebenraum, und einer

452

von ihnen wollte bereits in die Innentasche seines Sakkos greifen, als Elena ihn anherrschte: »Pfoten weg, sonst ist dein Boss
ein toter Mann. Die Hände hinter den Kopf, und alle an die
Wand dort, auch ihr beide, lieber Ilja und lieber Igor! Wird's
bald?! Und immer schön die Hände oben behalten, ich will sie
sehen.«
Koljakow schluckte schwer, seine Augen waren vor Angst ge-
weitet.
Igor sagte: »Elena, lass den Scheiß, du kommst hier nicht lebend raus«, versuchte er sie umzustimmen.
»Wer hat gesagt, dass ich das will? Und jetzt da rüber.« Als alle
fünf Männer nebeneinander an der Wand standen, meinte sie:
»Geht doch wunderbar. Juri, du wirst jetzt ganz langsam mit
der linken Hand deine Waffe aus dem Sakko ziehen und sie mit
dem Fuß zu mir kicken, wenn dir dein Leben lieb ist.«
Ohne ein Wort von sich zu geben, befolgte Juri den Befehl.
»Hast du noch mehr einstecken?«, fragte Elena.
»Nein.«
»Wenn du mich anlügst, bist du der Erste, den ich erschieße.
Also?« Dabei drückte sie die Pistole noch ein wenig fester an
Luschenkos Hals, den Lauf leicht nach oben gerichtet, so dass
bei einem Schuss die Kugel von unten mitten durchs Gehirn
dringen und an der Schädeldecke austreten würde.
»Nein, ich habe keine weitere Waffe«, wiederholte Juri.
»Und jetzt du, Dmitri.«
Nacheinander zogen alle ihre Waffen, nur Koljakow hatte keine.
»Sehr gut, ihr seid brave Jungs«, sagte Elena höhnisch. »Und
nun kommen wir zum vergnüglichen Teil. Ihr werdet euch alle
nackt ausziehen und die Sachen dort hinten in die Ecke schmei-
ßen. Und verschwendet nicht mal einen Gedanken daran, etwas anderes zu tun.«
»Sie haben doch keine Waffen mehr«, stieß Luschenko hervor.
»Erst wenn deine Affen nackt sind, weiß ich, dass sie keine

Waffen mehr haben. Und jetzt halt dein verdammtes Maul, du redest erst wieder, wenn ich es dir erlaube.«

»Soll ich mich etwa auch ausziehen?«, fragte Koljakow.

»Wenn ich alle sage, dann meine ich auch alle. Du schämst dich doch nicht wegen deines fetten Bauchs, oder?«

Nachdem sich alle ausgezogen hatten, sagte Elena: »Sehr schön. Hier«, sie gab ihrer Tasche einen kräftigen Tritt, »da drin sind Plastikfesseln. Ilja Koljakow, du bist doch ein Meister im Quälen von Menschen. Du hast die ehrenvolle Aufgabe, den Affen die Hände auf dem Rücken zu fesseln. Und ich will es richtig ratschen hören.« Sie wartete, bis Koljakow fertig war, dann fuhr sie fort: »Und nun legt ihr euch auf den Boden, mit dem Gesicht nach unten. Du nicht, Ilja, du gehst auf die Knie und kommst hergekrochen, um jetzt deinem Busenfreund Lew die Hände zu fesseln. Aber sei vorsichtig, mein Finger ist sehr nervös. Du weißt ja, wie das mit dem Abzug ist.«

Koljakow, der schweißüberströmt war, rutschte auf den Knien über den Boden, bis er neben Luschenko war.

»Lew, die Hände ganz langsam hinter die Stuhllehne.«

»Was jetzt?«, fragte Koljakow, als er auch Luschenko gefesselt hatte.

»Auf den Bauch, wie die andern.«

Elena nahm eine Fessel und band Koljakows Hände zusammen. »Dreh dich wieder um, ich will deine verdammte Fresse sehen.«

»Was hast du vor? Willst du uns alle umbringen?«, fragte Luschenko und gab sich gelassen, obwohl die Angst ihm fast die Sinne raubte.

»Weiß nicht, vielleicht. Ihr wärt kein Verlust für die Welt, im Gegenteil, ich hätte nur ein paar stinkende Ratten erledigt. Oder seht ihr das anders? Nun, ich will gar keine Antworten von euch, ihr würdet sowieso nur lügen, denn ihr seht euch ja als Ehrenmänner, die nur Gutes für die Menschen tun. Wie lange habe ich

454

auf diesen Moment gewartet! Lew Luschenko, der große Oligarch, sitzt hier und zittert wie Espenlaub. Na, wie fühlt sich das an? Scheiße, was? Das hättest du nicht für möglich gehalten, dass ausgerechnet ich dein Verhängnis werden könnte …«

»Warte, wir können doch über alles sprechen. Geht's um Geld? Wie viel willst du?«

Elena lachte auf und erwiderte: »Ich hätte wirklich mehr Stil von dir erwartet. Du glaubst allen Ernstes, du könntest mich kaufen? Ich weiß, es gehört zu deinem Leben, kaufen und verkaufen. Du kaufst und verkaufst Menschen, wie es dir beliebt. Und dabei ist dir jedes Mittel recht und kein Preis zu hoch, vor allem, wenn es zu deinem Vorteil ist. Aber ihr müsst zugeben, dass ich eine treue Mitarbeiterin war, dass ich geradezu perfekte Arbeit abgeliefert habe. So, und nun zum Wesentlichen. Ihr glaubt, ihr seid fehlerlos, aber ihr habt einen großen Fehler begangen, und das war, als ihr mich ins Boot geholt habt. Ich gebe zu, ich habe ein wenig nachgeholfen, aber wer tut das nicht, wenn er Karriere machen will?« Sie hielt für einen Moment inne, fasste Luschenkos Kinn und riss seinen Kopf nach hinten. Er schrie auf. »Das hat doch nicht etwa wehgetan, oder? Kleine Geschichte gefällig?«

»Fick dich«, stieß Luschenko hervor. Er hatte es kaum ausgesprochen, als Elena ihm mit der Handkante einen Schlag gegen den Hals versetzte, der ihm für Sekunden die Luft nahm. Ein stechender Schmerz schoss durch seinen ganzen Körper, und er meinte gleich bewusstlos zu werden.

Elena wollte gerade etwas sagen, als es klingelte. Sie schaute auf den Monitor und sah Henning und Santos. »Oh, das sind Freunde von mir. Pünktlich wie die Maurer, wie man in Deutschland zu sagen pflegt. Ab jetzt werden wir uns nur noch auf Deutsch unterhalten, Ilja wird dir bestimmt gerne übersetzen.« Sie betätigte den Türöffner und rief: »Hier hinten sind wir. Kommt rein.«

Henning und Santos traten ein. Sie blieben wie angewurzelt stehen, ihnen stockte der Atem, als sie Ivana mit der Pistole in der Hand und die nackten Männer erblickten.

»Was geht hier vor?«, fragte Santos, die als Erste ihre Fassung wiedergewann.

»Hallo, schön, euch zu sehen. Wenn ich euch bitten dürfte, eure Waffen auf den Boden zu legen, nicht, weil ich euch nicht vertraue, ich will nur nicht, dass ihr Dummheiten macht.«

»Ivana, das ist Wahnsinn …«

»Macht schon, dann erklär ich euch alles. Ich habe nicht vor, euch etwas zu tun.«

Henning und Santos zogen ihre Waffen aus den Holstern und legten sie auf den Boden.

»Bleibt dort stehen und rührt euch nicht. Darf ich vorstellen, Lew Luschenko, Oligarch, Multimilliardär und einer der mächtigsten Männer in Russland, der aber nicht einen einzigen Rubel mit ehrlicher Arbeit verdient hat, sondern durch Bestechung, Machtmissbrauch und Massenmord. Auf sein Konto gehen Tausende von Toten, die meisten davon Kinder, Jugendliche und junge Erwachsene, aber auch Konkurrenten oder einfach nur Leute, deren Nasen ihm nicht gepasst haben. Mindestens zehn Journalisten hat er beseitigen lassen, die es gewagt haben, gegen ihn zu schreiben. Auch ein bekannter russischer Schriftsteller geht auf sein Konto. Auf kaum einen trifft der Begriff Bestie besser zu. Ihm gehört diese wunderbare Klinik, in der Menschen ausgeweidet werden wie Vieh. Habt ihr Fragen an ihn?«

»Nein, du hast uns ja schon alles über ihn erzählt. Ivana, bitte …«

»Ich heiße Elena, das ist mein richtiger Name. Ivana ist mein zweiter Vorname. Ich habe ihn für euch benutzt, um zu sehen, ob Gerd euch von mir erzählt hat. Ich war mir nicht sicher, aber er hat dieses Geheimnis tatsächlich für sich behalten, zwei

Jahre lang. Was ist jetzt, ihr habt die einmalige und nie mehr wiederkehrende Gelegenheit, ihm alle Fragen zu stellen, die ihr wollt. Er wird gerne Rede und Antwort stehen … Nein? Okay, dann stell ich euch die andern vor.

Der Fette da ist Dr. Koljakow, schon zu Sowjetzeiten ein berüchtigter Arzt, berühmt und gefürchtet für seine menschenverachtenden Experimente in einer der größten psychiatrischen Einrichtungen, die es damals gab, über die aber nie jemand gesprochen hat, denn wie heißt es doch so schön, es kann nicht sein, was nicht sein darf.

Der dort hinten ist Igor, ein ekelhafter Lakai, der jeden noch so schmutzigen Auftrag ausführt. Die andern drei sind Luschenkos Gorillas.« Danach sagte sie auf Russisch: »Und das, lieber Lew, sind Sören Henning und Lisa Santos von der Kriminalpolizei. Sie sind Freunde von mir.«

»Sie sind von der Polizei?«, sagte Koljakow und warf Henning und Santos einen flehenden Blick zu. »Bitte helfen Sie uns, Elena ist völlig verrückt geworden. Sie müssen sie stoppen …«

»Halt's Maul, du Schlappschwanz«, wurde er von Elena unterbrochen. Und zu Henning und Santos: »Ich werde Luschenko töten, und ihr werdet mich nicht daran hindern. Ihn und Koljakow. Es tut mir leid, wenn ihr das mit ansehen müsst, aber mir bleibt keine andere Wahl. Wie ich schon sagte, ich habe alles verloren, was mir etwas bedeutet hat, und das ist nur die Schuld von diesen beiden.« Und nach einem kurzen Innehalten: »Nein, nicht nur von ihnen, es gibt noch eine dritte Person, die sich aber leider nicht in diesem Raum aufhält. Ich weiß jedoch, wo sie jetzt ist.« Elena zog einen Zettel aus ihrer Tasche und legte ihn auf den Tisch. »Sören, hol du den Zettel, mir ist nämlich zufällig zu Ohren gekommen, dass Lisa eine ausgezeichnete Nahkämpferin ist. Aber mach keine unbedachte Bewegung, ich will keinem von euch wehtun.«

»Elena, warum tust du dir das an?«, fragte Henning, nahm den

Zettel an sich und warf einen kurzen Blick darauf. Es war die Adresse *des* Kieler Hotels schlechthin.

»Ich tu mir gar nichts mehr an«, antwortete sie müde und mit traurigem Blick. »Keiner kann mir mehr etwas antun, denn wenn ich diesen Abschaum beseitigt habe, werde ich auch gehen. Ich will nur noch meine Ruhe haben.«

»Wir könnten dich in ein Zeugenschutzprogramm nehmen und Luschenko und Koljakow ...«

Elena winkte ab. »Spar dir das, es hat keinen Sinn mehr. Ich sage dir, was passieren würde, würdet ihr Luschenko und Koljakow verhaften. Innerhalb weniger Stunden wären sie wieder auf freiem Fuß, weil jemand von oben ihre Freilassung veranlassen würde. Die würden weitermachen wie bisher.«

»Nein, wir könnten da bestimmt was drehen und ...«

»Ihr könnt überhaupt nichts, ihr seid nämlich nur kleine Bullen, genau wie Gerd einer war. Er war mein Ein und Alles, der einzige Mensch, zu dem ich noch Vertrauen hatte. Seine Liebe war mehr wert als alles Geld dieser Welt. Das hört sich pathetisch an, ist aber die Wahrheit. Ohne ihn ist alles so schwarz und sinnlos geworden.«

»Aber warum willst du zwei Morde begehen? Das ist doch keine Lösung!«

»Es ist sogar die einzige Lösung.« Mit einem Mal wandte sie sich Koljakow zu. »Wusstest du, dass ich einen Mann hatte, mit dem ich für den Rest meines Lebens zusammen sein wollte?«, sagte sie mit Tränen in den Augen. »Ja, es gab einen Mann in meinem Leben, und er war besser als der Beste von euch. Aber wenn euch jemand nicht passt, wird er den Wölfen zum Fraß vorgeworfen. Sag, wusstest du, dass ich einen Mann hatte?«

Koljakow schüttelte den Kopf, in seinen Augen standen pure Verzweiflung und panische Angst.

»Dachte ich mir. Du hast ja auch geglaubt, ich wäre eine Lesbe.

Gerd war der Mann meines Lebens, und er hat für die Firma gearbeitet. Er war bei der Polizei und hat mit mir zusammen verdeckt gegen die Firma ermittelt und von mir erfahren, dass Luschenko an diesem Wochenende kommen würde. Da hat er seinen ersten und leider auch letzten Fehler gemacht, er hat nämlich mit jemandem darüber gesprochen, mit dem er nie hätte sprechen dürfen. Aber eigentlich war es mein Fehler, dass ich ihn überhaupt eingeweiht habe, doch wie ich bereits erklärte, war Gerd der Einzige, dem ich bedingungslos vertraute. Dass er so heißlaufen würde, hätte ich nie gedacht. Er ist wahrlich ins offene Messer gerannt und wurde beseitigt. Weißt du, wer's war?«

»Nein, Elena, ich schwöre dir, ich wusste weder etwas von deinem Freund noch davon, dass er getötet wurde. Ich schwöre es!«

»Diesmal glaube ich dir sogar. Zum Glück weiß ich, wer hinter seinem Tod steckt. Und jetzt, Lew«, sagte sie auf Russisch und drückte ihm die Pistole ins Genick, »ist es Zeit, Abschied zu nehmen. Grüß deine Freunde in der Hölle.«

Sie schoss, bevor Henning und Santos noch etwas sagen konnten. Luschenkos Kopf fiel vornüber. Elena spuckte auf ihn und wandte sich gleich darauf Koljakow zu.

»Ich frage mich, ob ich dich vielleicht doch am Leben lassen soll. Bei all den Beweisen, die ich meinen Freunden übergeben werde, wer weiß, ob man dich nicht doch in Deutschland verurteilen würde. Andererseits, in der Heimat hättest du auch nicht mehr viel Freude am Leben. Die würden wie hungrige Wölfe über dich herfallen und dich zerfetzen. Aber da ich inzwischen alles für möglich halte, werde ich dich doch lieber töten. Viel Spaß in der Hölle, Ilja Koljakow.«

»Elena«, stieß er hervor, sein ganzer Körper war schweißüberströmt, vor lauter Angst hatte er auf den Teppich uriniert, »lass mich leben. Ich flehe dich an!«

459

»Auch du hättest die Wahl gehabt, schon vor langer Zeit, als du noch deine Experimente durchgeführt hast. Du warst stets ein treuer Weggefährte für alle, ob Kommunisten oder solche, die sich Demokraten nennen. Es gibt keinen Weg zurück, und es gibt auch keine Gerechtigkeit.« Elena feuerte drei Kugeln schnell hintereinander ab, zwei in die Brust und eine in die Stirn. Sie sah Henning und Santos an und sagte emotionslos: »Das musste erledigt werden, auch wenn ihr vielleicht anderer Meinung seid. Die andern hier gehören euch. Igor wird bestimmt reden wie ein Wasserfall, um seine Haut zu retten. Er ist ein treuer Sklave, wie Koljakow ihn immer nannte, nicht sehr hell im Kopf, sehr gewalttätig und sehr gehorsam. Gib ihm einen Befehl, und er wird ihn ausführen. Die drei Gorillas kenne ich nicht.«

»Und was hast du jetzt vor?«, fragte Santos und wollte einen Schritt nach vorn machen, doch Elena hielt sie zurück, indem sie mit der Pistole fuchtelte.

»Bleib, wo du bist, ich bin noch nicht ganz fertig. Ihr wollt doch wissen, wer Gerd ermordet hat. Hier«, sagte sie und holte einen USB-Stick aus ihrem Blazer, »da ist alles drauf. Alle Namen, alle Zeiten, alle Konten. Ich rate euch, macht euch eine Kopie davon, denn ich fürchte, man wird euch zwingen, den Stick herauszugeben.« Sie warf ihn Santos zu, die ihn gekonnt auffing.

»Wer hat Gerd umgebracht?«, fragte sie und gab sich betont gelassen, obgleich alles in ihr in Aufruhr war. Ihr Herz klopfte wie wild, sie glaubte gerade einen Alptraum zu durchleben, doch das hier war kein Traum, das hier war bittere Realität.

Elena aber antwortete nicht, sondern sagte: »Die Station, wo die Operationen und Transplantationen durchgeführt werden, befindet sich im zweiten Untergeschoss. In wenigen Minuten beginnt dort eine Herztransplantation. Ich möchte, dass ihr mich nach unten begleitet. Aber macht keine Dummheiten, ich habe nicht nur die Pistole in der Hand, sondern auch eine Kapsel mit Zyankali im Mund.«

Elena sammelte noch schnell die Pistolen ein, verschloss sie in einem Schrank, nahm ihre Handtasche und hängte sie über die Schulter.

»Warum das alles?«, fragte Santos im Aufzug, während die Pistole auf sie gerichtet war.

Ohne auf Santos' Frage einzugehen, sagte Ivana: »Ich möchte mich entschuldigen, dass ich dich bedrohe, aber ich habe von deiner Schlagkraft gehört.«

»Willst du dich umbringen?«

»Das ist nicht mehr wichtig. Schaut euch um«, sagte sie, als sie unten angekommen waren. »Geht vor mir, immer geradeaus. Und du, Sören, rufst eure Kollegen an, die sollen sich um das hier alles kümmern.«

Henning bat Santos, ihm ihr Handy zu geben, da er seins im Auto vergessen hatte. Er wählte die Nummer des KDD und sagte, ein paar Kollegen und ein Mannschaftswagen des Mobilen Einsatzkommandos sollten zur Klinik und in den zweiten Stock kommen und die Tür mit dem Schild »Dr. Koljakow« aufbrechen, alles Weitere würden sie dort sehen. Danach legte er auf.

Loose hatte bereits seinen Kittel an, Svenja lag auf dem OP-Tisch, im selben Raum, nur durch einen Vorhang getrennt, ein kleiner Junge. Loose wurde kalkweiß im Gesicht, als er Elena und die beiden Fremden erblickte.

»Prof. Loose, das sind Herr Henning und Frau Santos von der Kriminalpolizei. Die Operation wurde soeben abgeblasen. Was mit der kleinen Svenja wird, ist mir egal, wahrscheinlich ist es Bestimmung, dass sie stirbt. Aber der Junge bleibt am Leben. Sie sind keinen Deut besser als Ihre Kollegen, denn man hat Ihnen vorhin gesagt, dass dieser kleine Junge, der noch einen Zwillingsbruder hat, für Svenja sterben muss. Ich bin ge-

461

spannt, wie Sie das der Polizei und Ihrer Familie erklären wollen. Wo ist Svenjas Vater?«

»Er wartet oben«, stieß heiser Loose hervor. »Ich wusste nicht, dass ...«

»Halten Sie den Mund. Jeder Arzt wird vor seiner ersten OP eingeweiht. Sie bleiben hier und warten auf die Polizei, die jeden Moment eintreffen wird.«

»Aber ...«

»Kein Aber.« Und zu Henning und Santos: »Es gibt einen Raum, in dem die Spender bis zur OP warmgehalten werden. Den zeig ich euch noch, danach fahren wir ins Hotel.«

»Das ist ein Gruselkabinett«, meinte Henning fassungslos. »Das ist doch nicht wahr, oder?«

»Du wolltest mir nicht glauben. Gerd dachte anfangs auch, ich hätte sie nicht mehr alle, aber das würde wohl jeder denken. Vielleicht versteht ihr jetzt, warum ich so gehandelt habe.«

In dem von Elena angesprochenen Raum befanden sich noch drei Personen, ein kleiner Junge und zwei Frauen, die alle schliefen.

»Um sie wird man sich hoffentlich kümmern. Und jetzt kommt, ich möchte um Punkt acht im Hotel sein.« Sie begaben sich zum Wagen und hörten schon von weitem die Sirenen der Polizeiautos. »Ich sitz hinten. Fahr los«, sagte sie zu Santos. »Und du, Sören, gib euern Kollegen Bescheid, dass sie auch das Untergeschoss abriegeln und die Gefangenen befreien sollen. Sie brauchen dringend ärztliche Betreuung. Und dann schalt das Handy aus.«

FREITAG, 19.57 UHR

Sie trafen drei Minuten vor acht am Hotel ein. Elena hatte die Pistole unter ihrem Blazer versteckt. An der Rezeption hielt

Henning seinen Dienstausweis hoch und fragte nach Luschenko. Die junge Dame sah nach und schüttelte den Kopf.

»Unter dem Namen ist hier niemand abgestiegen.«

»Es wurde eine ganze Etage reserviert«, sagte Elena.

»Oh, Sie meinen das Ehepaar Petrowa. Ja, im vierten Stock. Soll ich Sie anmelden?«

»Nein, das sollen Sie ganz gewiss nicht«, wurde sie von Henning angeblafft. »In welchem Zimmer halten sie sich auf?«

»Der Zimmerservice hat soeben Champagner und Kaviar in Nummer 405 gebracht.«

»Sie haben doch eine Generalchipkarte. Wir hätten sie gern.«

»Aber ...«

»Machen Sie schon, das ist ein Polizeieinsatz. Sie wollen doch sicher nicht, dass ihr Haus mit unangenehmen Meldungen in die Schlagzeilen gerät.« Sie händigte Henning die Karte aus.

»Danke, wir finden den Weg allein.«

Der Flur war wie ausgestorben, nur das Licht brannte. Als sie vor Zimmer 405 standen, holte Henning tief Luft, zog die Karte durch den Schlitz, das grüne Lämpchen blinkte auf, und er drückte die Klinke herunter. Das Licht war gedämmt, leise Musik spielte.

»Lew, wie schön ...«

Petrowa saß auf dem Bett, die Miene wie versteinert, als sie Henning und Santos erblickte. Henning und Santos erschraken. Sie hätten alles erwartet, aber nicht Nina. Die Nina, die immer so gastfreundlich, zuvorkommend und nett war.

»Nein, Nina, nicht Lew, wir sind's nur. Damit hast du nicht gerechnet, Nina Wegner oder auch Nina Petrowa«, sagte Elena verächtlich. Und zu Henning und Santos: »Petrowa ist ihr Mädchenname, den sie auch in der Firma verwendet. Das ist eine Überraschung, was?« Sie wandte sich wieder Nina zu. »Dein lieber Lew wird nicht mehr auftauchen, nie mehr. Er ist seit über einer halben Stunde in der Hölle, zusammen mit Koljakow.«

463

»Ich kann euch das alles erklären, ich … äh …«

»Spar dir deine Worte, es wären nichts als Lügen. Willst du es ihnen erzählen, oder soll ich es für dich übernehmen?« Und als Nina nicht antwortete: »Gut, dann werde ich es tun. Nina wurde von der Firma auf Gerd angesetzt, als er in St. Petersburg war. Sie hatten Anfang 2001 die Station für Transplantationen in Heikendorf eröffnet, nachdem Luschenko die Klinik Mitte 1999 gekauft hatte. Sie benötigten aber dringend jemanden, der nicht nur fließend Deutsch sprach, sondern auch die Logistik übernahm. Nina passte da perfekt ins Schema. Sie war nicht nur klug, sondern auch überaus attraktiv. Fehlte nur noch der passende Mann. Der kam dann auch wenig später. Gerd wurde nach St. Petersburg geschickt, weil er für einen Austausch vorgeschlagen wurde. Dort lernte er Nina kennen, aber das war kein Zufall, sondern eiskalte Berechnung. Die Frau eines Polizisten, was mehr kann man wollen? Eine schöne Frau wie sie wäre die Letzte, die man mit einem Verbrechen in Verbindung bringen würde … Liebe Nina, korrigier mich, wenn ich etwas Falsches sage, aber ich glaube, ich habe alles sehr gut behalten, ich habe nämlich sämtliche Unterlagen eingesehen, mein Vorteil als rechte Hand von Koljakow. Jedenfalls hat sie all die Jahre über im Hintergrund die logistische Leitung innegehabt, ohne dass Gerd auch nur das Geringste davon mitbekam. Sie war regelmäßig angeblich bei einer Freundin in Hamburg, in Wahrheit ging es da nur ums Geschäft. In Hamburg hat sie sich häufig mit Luschenko getroffen. Für ihn war es ein Leichtes, mal schnell mit dem Jet von Moskau oder irgendeiner anderen Stadt rüberzufliegen … Es gab nur ganz wenige Personen, die ihre wahre Identität kannten, Luschenko, mit dem sie seit fast acht Jahren ein Verhältnis hatte, Koljakow und ein Kollege von Gerd, auf den jederzeit Verlass war. Hab ich recht, Nina?«, höhnte Elena.

»Welche Beweise hast du?«, fragte Nina, zog die Brauen hoch, den Mund verächtlich verzogen.

»Unendlich viele. Weißt du, es mag Zufall gewesen sein, dass Gerd und ich uns kennenlernten, nachdem meine Schwester verschwunden war. Aber es war kein Zufall, dass Gerd in die Firma eingeschleust wurde, angeblich, um dort undercover zu ermitteln, in Wirklichkeit wolltet ihr ihn dort nur haben, damit ihr ihn notfalls unter Druck setzen konntet. Er war nur ein Spielzeug in euren Händen. Womit ihr allerdings nicht rechnen konntet, war, dass Gerd und ich uns wiedersehen würden. Und ihr habt nicht mit mir gerechnet. Du hattest nämlich nie die geringste Ahnung von Gerd und mir. Und er hatte leider keine Ahnung, dass du eine verlogene Schlange bist. Aber er hat gespürt, dass er dich nicht liebst, er hat es mir oft genug gesagt. Ich wusste schon lange, welche Rolle du spielst, konnte es Gerd aber nicht sagen, sonst hätte ich alles aufs Spiel gesetzt, wofür ich gekämpft habe. Ich habe nur auf den Augenblick gewartet, dass Luschenko eines Tages in unsere Klinik kommt. Letzten Freitag habe ich erfahren, dass heute der Tag sein würde, und ich habe fatalerweise mit Gerd darüber gesprochen. Und was macht dieser Idiot, er erzählt es Ziese! Paps Ziese, zu dem Gerd so unendlich viel Vertrauen hatte, er hat *meinen* Mann ans Messer geliefert. Ziese hat dir berichtet, was Gerd vorhat, woraufhin du beschlossen hast, deinen eigenen Mann beseitigen zu lassen, und zwar von Ziese und Ti Le. Richtig?«

»Dafür hast du keinen Beweis.«

»Was glaubst du wohl, wie Ziese reden wird, wenn man diesem alten Säufer seine geliebten Flaschen wegnimmt. Er wird darum betteln, einen Schluck zu bekommen, und er wird plappern wie ein altes Waschweib. Ti Le war eine kleine vietnamesische Schlampe, die ich eigenhändig beseitigt habe, denn ich kannte ihre Vorgehensweise. Zu oft wurde dieses Miststück von der Firma eingesetzt. Ich habe sie Dienstagnacht am Hafen abgelegt. Aber sie wäre nie ins Haus gelangt, wäre Ziese nicht dabei gewesen. Gerd hat dem falschen Mann vertraut.«

Henning und Santos waren fassungslos. Elena zündete sich eine Zigarette an, die Pistole unverwandt auf Nina gerichtet.

»Ziese ist euer Mann. Ich dachte, ihr wärt von allein draufgekommen, Hinweise hab ich genug gegeben, dachte ich jedenfalls.«

»Wir hatten ihn zusammen mit einigen andern in Verdacht«, verteidigte sich Henning, der sich unendlich hilflos fühlte.

»Ist doch auch egal, das Wesentliche hab ich hinter mich gebracht. Was ist eigentlich mit deiner Schwangerschaft? Bist du schwanger oder nicht?«, fragte Elena, und es klang fast belanglos, als würde es sie nicht wirklich interessieren. »Ich glaube kaum, denn du und Gerd, ihr habt schon lange nicht mehr miteinander geschlafen. Mir hat er jedenfalls nie etwas davon erzählt. Deshalb war ich umso überraschter, als Sören und Lisa mir davon berichteten. Dann dachte ich aber an dich und deine Lügengeschichten.« Und zu Santos: »Sie ist nicht schwanger, das würde sie sich nie wieder antun. Rosanna war ihr schon viel zu nervig. Das habe ich auch von Gerd. Er hat sich oft beklagt, dass seine liebe Frau so kalt zu der Kleinen war. Ihr Tod war wie eine Befreiung für Nina, was sie Gerd aber nicht zeigen konnte. Ich halte es sogar für möglich, dass sie ihre Finger bei dem Unfall mit im Spiel hatte.«

»Hört euch doch nicht diesen Schwachsinn an!«, schrie Nina und wollte aufspringen, doch Elena gab ihr einen kräftigen Tritt.

»Bleib bloß, wo du bist, du Monster! Ich trau dir alles zu, aber auch wirklich alles!«, zischte sie.

Nina wischte sich das Blut mit der Hand weg und spuckte aus.

»Lüge, alles Lüge! Okay, ich habe mich mit Luschenko verabredet, aber nicht, weil wir was miteinander haben, sondern um etwas über Gerds Tod herauszufinden. *Ich* habe Gerd geliebt! Und er mich!«

»Nina, Nina, ich habe fast das Gefühl, du glaubst deine eigenen

Lügen. Aber damit ist es jetzt vorbei. Du wirst der Wahrheit ins Gesicht sehen müssen, und diese Wahrheit wird dich anspucken. Ich hoffe, sie stecken dich in den dreckigsten Knast und lassen dich nie wieder raus. Nichts mehr mit teuren Klamotten und einem Milliardär als Liebhaber …«

»Die Uhr«, sagte Henning, »die hast du nicht von Gerd, sondern von Luschenko.«

»Fick dich doch! Fickt euch alle, ihr habt doch überhaupt keine Ahnung! Wisst ihr, auch wenn Luschenko und Koljakow tot sind, das Leben wird weitergehen. Oder glaubt ihr wirklich, alle Räder würden mit einem Mal stillstehen? Jeder ist ersetzbar, jeder. Auch ihr. An eurer Stelle würde ich mich in Zukunft in Acht nehmen, meine Landsleute können sehr nachtragend sein. So, und nun könnt ihr mich verhaften, ich frage mich nur, weswegen. Ich habe niemanden umgebracht und auch sonst nichts Unrechtes getan. Ich bin nur eine arme Russin, die innerhalb weniger Wochen ihre Tochter und ihren Mann auf tragische Weise verloren hat.«

»Es gibt so viele Beweise gegen dich, du wirst für den Rest deines Lebens ins Gefängnis wandern. Zeig's ihr, Lisa.«

Santos hielt den USB-Stick hoch und sagte: »Da sind alle Informationen drauf, die die Firma und dich betreffen. Du bist erledigt. Und nun steh auf, es wird Zeit.«

»Und wenn ich mich weigere?«

»Dann werde ich dich erschießen, und sie tragen dich mit den Füßen zuerst raus. Es ist deine Entscheidung«, sagte Elena maliziös lächelnd.

»Das würdest du nie tun«, erwiderte Nina.

»Ich hab's bei Luschenko und Koljakow getan, und bei dir hätte ich noch viel weniger Skrupel. Außerdem warst du vorgestern und gestern in der Klinik und hast dich um die Neuankömmlinge gekümmert. Vier von ihnen leben noch, sie werden dich leicht identifizieren. Jeder sollte wissen, wann er verloren hat. Du hast ja bis jetzt noch nie verloren, aber es gibt immer ein erstes Mal. Und jetzt heb deinen Arsch hoch!«

Nina sah das hasserfüllte Funkeln in Elenas Augen, stand langsam auf und ließ sich von Henning Handschellen anlegen.

»Du hast uns allen nur was vorgespielt«, sagte er, während er den Sitz der Handschellen noch einmal prüfte.

»Das ganze Leben ist ein Spiel, das solltest du in deinem Alter eigentlich längst begriffen haben. Und ich garantiere dir, ich werde auch dieses Spiel gewinnen.«

»Freu dich nicht zu früh.«

»Und das Magische mit den stehengebliebenen Uhren, wie hast du das angestellt?«, fragte Santos, die Nina am liebsten ins Gesicht geschlagen hätte für die Schauspielerei, die Theatralik, die sie an den Tag gelegt hatte, die beinahe perfekte Dramaturgie, womit sie Henning und sie so lange Zeit hinters Licht geführt hatte.

»Kleine, aber feine Tricks. Ich sag doch, freut euch nicht zu früh.« Nina drehte sich noch einmal zu Elena um, die etwa einen Meter von ihr entfernt dastand, fixierte sie mit eisigem Blick und spuckte ihr ins Gesicht. »Wir können gehen«, sagte sie dann zu Henning.

»Kommst du?« Santos sah Elena an. Diese schüttelte den Kopf, während sie sich eine Zigarette anzündete.

»Nein, ich werde diese letzte Zigarette rauchen, dann verschwinde ich. Aber ich hau nicht ab. Wohin auch? Sie würden mich jagen und irgendwann finden. Ich habe dieses Leben so satt, ich mag nicht mehr.«

»Sören, könnt ihr bitte kurz in ein anderes Zimmer gehen, ich möchte mit Elena allein sprechen.«

»Mach aber nicht zu lang, die werden nach uns suchen.« Santos setzte sich aufs Bett, Elena auf den Stuhl.

»Tu's nicht, bitte! Es gibt eine Lösung«, sagte Santos.

»Und wie soll die aussehen?«

»Wir lassen uns was einfallen. Keine Polizei, keine Verhandlung. Wir verschaffen dir eine komplett neue Identität, wir lassen dein Aussehen verändern und …«

»Das ist lieb von dir, aber ich habe meinen Entschluss gefasst. Ich habe vier Menschen getötet, ich bin nicht besser als Luschenko oder Koljakow.«

»Du kannst dich doch nicht mit denen vergleichen! Allein die Beweise, was die Klinik betrifft, denk doch mal drüber nach! Wenn ich dich vorgestern richtig verstanden habe, dann spielt sich das alles auf politischer Ebene ab. Und die werden einen Teufel tun und dich vor Gericht bringen, weil das nur wieder zu politischen Verwicklungen führen könnte. Bitte, Elena, tu's nicht! Es geht weiter, du bist noch so jung. Bitte! Wenn ich erlebt hätte, was du erlebt hast, ich hätte mit Sicherheit genauso gehandelt.«

»Ich bin sentimental, auch wenn man mir das nicht ansieht. Ich will zu Gerd …«

»Der wird auch noch in vierzig oder fünfzig Jahren auf dich warten. Sören und ich werden sagen, dass du uns entkommen bist, wenn du das lieber möchtest. Aber bitte, tu dir nichts an. Du hast mich vorgestern gefragt, ob ich eine Schwester habe, aber ich wollte nicht über sie sprechen, ich kannte dich ja kaum. Meine Schwester, sie heißt Carmen, wurde vor über zwanzig Jahren von mehreren Männern vergewaltigt und halb totgeprügelt. Sie lebt seitdem in einem Pflegeheim und muss rund um die Uhr betreut werden. Sooft ich kann, fahre ich zu ihr, meist dreimal in der Woche. Sie ist der eigentliche Grund, warum ich zur Polizei gegangen bin. Und glaub mir, würde ich auch nur einen der Täter von damals erwischen, ich weiß nicht, was ich tun würde. Vielleicht genau das, was du heute getan hast. Larissa ist tot, meine Schwester auch, obwohl sie noch atmen kann. Manchmal denke ich, es wäre besser, sie wäre tot. Dann wieder schäme ich mich, so zu denken. Gib nicht auf, und wirf vor allen Dingen dein Leben nicht weg. Hast du Geld?«

Elena nickte.

»Genug?«

»Etwas über eine Million.«

»Und da kommst du auch jederzeit ran?«

»Hm.«

»Wo liegt das Geld?«

»Ich habe es über Umwege nach Liechtenstein transferiert. Alle andern Mitarbeiterkonten sind in Österreich und Luxemburg.«

»Dann verschwinde. Wir sagen, du bist uns entkommen. Du hast ja eine Waffe. Du hast uns die schrecklichste aller Welten gezeigt, dagegen ist das, was wir bisher erlebt haben, geradezu harmlos. Hau ab, niemand wird dich suchen.«

Elena überlegte und sagte: »Und wie soll ich vergessen? Hast du auch dafür ein Rezept?«

»Nein, das hab ich nicht. Aber die Menschen, die früher in den Konzentrationslagern lebten und lebend herausgekommen sind, die haben nicht aufgegeben. Vielleicht ist die Zeit das beste Rezept.«

»Bist du immer so?«

»Was meinst du?«

»Wickelst du andere immer so um den Finger?«

»Nur manchmal. Ich hätte ein verdammt beschissenes Gefühl, wenn du dir jetzt die Kugel geben würdest.«

»Ist das mit deiner Schwester wirklich wahr?«

»Ich schwöre es bei meinem Leben.«

»Okay, ich werde gehen. Wohin, keine Ahnung. Mal sehen, vielleicht gibt es ja doch einen Ort, wo ich vergessen kann. Danke. Ich würde dich ja gerne umarmen, aber ...«

»Du traust mir nicht. Kann ich verstehen, würde ich an deiner Stelle auch nicht. Dann umarmen wir uns eben in Gedanken. Schieß einmal in die Luft. Sören und Nina werden denken, du bist tot. Sören werde ich alles erklären, Nina wird die Wahrheit nicht erfahren.« Santos erhob sich, ging zur Tür und sagte zum Abschied: »Ich weiß, wir werden uns nie mehr wiedersehen, aber ich wünsche dir alles Glück dieser Erde. Ich weiß auch, dass ich heute gegen alle Polizeiregeln und Gesetze verstoßen habe, aber das ist mir scheißegal.«

»Danke.«

»Was ist mit der Zyankalikapsel?«

»Ich nehm sie raus, sobald ich in Sicherheit bin. Ich verspreche es. Und vielleicht melde ich mich ja doch irgendwann einmal. Gute Freunde vergesse ich nicht.«

»Sei vorsichtig und pass auf dich auf. Ich geh jetzt raus, und in spätestens zwei Minuten verschwindest du. Wir werden dann schon weg sein. Und keine Angst, unten wird keine Polizei warten. Alles Gute.«

»Danke.« Danach schoss Elena einmal in die Luft, wie Santos ihr geraten hatte.

Henning hatte den Schuss vernommen und war auf den Flur gerannt. Santos kam ihm entgegen und sagte leise: »Sie hat sich erschossen.«

»Verdammt! Ich hätte sie doch laufenlassen.«

Santos meinte erleichtert: »Hättest du?«

»Was soll dieser Gesichtsausdruck?«

»Nichts weiter. Das war schön, dass du das gesagt hast.«

»Sie ist …«

»Pssst.« Santos legte einen Finger auf den Mund und flüsterte: »Nina soll denken, dass sie tot ist. Für die andern im Präsidium ist sie uns entkommen. Kapiert?«

»Ich bin ja nicht blöd. Kriegen wir Ärger?«

»Wieso? Sie hat uns doch die ganze Zeit mit der Waffe bedroht.

471

Was hätten wir tun sollen, wir waren ja unbewaffnet. Und jetzt lass uns gehen, Nina wird uns eine Menge Fragen zu beantworten haben.«

»Hat sie sich den Gnadenschuss verpasst?«, fragte Nina maliziös grinsend.

»Sie hat wenigstens Stil, im Gegensatz zu dir«, erwiderte Henning und schubste Nina auf den Flur. »Auf, wir haben unsere Zeit nicht gestohlen.«

Elena wartete genau zwei Minuten, nahm die Treppe nach unten, stieg in ein Taxi und gab dem Fahrer die Anweisung, sie nach Schleswig zu bringen. Sie lächelte, lehnte sich zurück und schloss die Augen. Es war ein guter und erfolgreicher Tag gewesen.

FREITAG, 19.33 BIS 23.17 UHR

Die Klinik wurde von mehreren Beamten des KDD und des Mobilen Einsatzkommandos gestürmt, die vier gefesselten Männer in Gewahrsam genommen, die Toten abtransportiert. In Windeseile wurde die Klinik durchkämmt, beide Untergeschosse durchsucht, die vier als Spender vorgesehenen Personen in Sicherheit gebracht und das Personal festgenommen. Bei der Durchsuchung entdeckten die Beamten in einer Kühlhalle die ausgeweideten Körper von sieben Personen im geschätzten Alter zwischen zwölf und fünfundzwanzig Jahren. Einige der Beamten mussten sich bei diesem Anblick übergeben und ärztlich betreut werden.

Henning meldete sich um kurz nach neun wieder und fragte, ob alles glatt gelaufen sei.

»Wo zum Teufel habt ihr gesteckt?«, wurde er von Konrad angebrüllt, der den Einsatz in der Klinik geleitet hatte. »Wir haben schon eine Suchmeldung nach euch rausgegeben.«

»Erklären wir dir später, wir müssen gleich jemanden im Präsidium abliefern.«

»Harms ist auf hundertachtzig, der macht sich 'n Kopp wegen euch, ihr Arschlöcher!«

»Schon gut, wir lieben dich auch«, erwiderte Henning und drückte auf Aus.

Volker Harms, der am Freitagabend normalerweise zu Hause vor dem Fernseher saß, tigerte unruhig in seinem Büro auf und ab. Seine Miene hellte sich für einen kurzen Moment auf, als Henning und Santos mit Nina in sein Büro traten, um gleich darauf loszupoltern: »Seid ihr wahnsinnig?! Wo kommt ihr jetzt her? Ich bin angerufen worden, ob ich wüsste, wo ihr seid. Ihr hättet eine Riesenaktion veranlasst, aber von euch keine Spur. Und hier ist die Hölle los! Das hat ein Nachspiel!«, schrie er mit hochrotem Kopf, als würde er gleich explodieren oder einen Herzinfarkt bekommen. Henning und Santos hatten ihn so noch nie erlebt.

»Komm mal wieder runter. Erstens, wir konnten nicht telefonieren, weil wir selber Geiseln waren, und zweitens haben wir einen gewaltigen Erfolg gegen das organisierte Verbrechen erzielt«, erwiderte Santos ruhig. »Ist zwar nicht unser Aufgabenbereich, aber wir sind da völlig ahnungslos reingeschlittert. Kennst du Frau Wegner alias Petrowa?«

»Natürlich. Aber wieso Petrowa, und warum ist sie in Handschellen?«

»Dreimal darfst du raten. Sie ist einer der führenden Köpfe eines international agierenden Menschenhändlerrings ...«

»Ihr habt keine Beweise«, wurde Santos von Nina unterbrochen.

»Setz dich hin und halt die Klappe, sonst hau ich dir eine rein.«

Harms kniff die Augen zusammen und meinte: »Ab nach drüben, wir müssen reden.«

»Sicher, aber vorher sollten wir Nina noch ein paar Fußfesseln verpassen, ich trau der Dame nicht einen Millimeter über den Weg.«

Henning erledigte das, dann gingen sie nach nebenan. Harms knallte die Tür zu. Seine größte Wut war zwar verraucht, doch er ließ Henning und Santos spüren, wie sehr ihn die letzten knapp zwei Stunden mitgenommen hatten.

»So, raus mit der Sprache. Was war heute los, von dem ich mal wieder nichts wissen durfte? Und lügt mich verdammt noch mal nicht an!«

»Du darfst immer alles wissen«, meinte Henning. »Wir haben den ganzen Nachmittag auf einen Anruf von dieser Ivana gewartet. Sie hat sich dann auch um kurz vor sechs gemeldet und uns zu der Klinik in Heikendorf bestellt. Für die ganze Geschichte fehlt uns jetzt aber die Zeit, wir müssen nämlich noch jemanden verhaften.«

»Wen?«

»Wird dir nicht gefallen, aber es ist Kurt.«

»Das wird ja immer schöner! Was liegt gegen ihn vor?«

»Er hat seit Jahren für die Gegenseite gearbeitet. Er war verantwortlich dafür, dass Gerd nach St. Petersburg ging, er hat ihn in die Firma, wie sich die Organisation nennt, eingeschleust, und das alles nicht nur mit Wissen, sondern im Auftrag von Nina, die von Anfang an auf Gerd angesetzt war. Und sie hat auch Gerds Ermordung in Auftrag gegeben und vielleicht sogar ihre Tochter umbringen lassen. Laut Ivanas Aussage hat Kurt zusammen mit unserer toten Vietnamesin Gerd umgebracht. Aber Details später, jetzt holen wir uns erst mal Kollege Ziese.«

»Habt ihr Beweise für diesen hanebüchenen Nonsens?«

»Haben wir, sonst würde Nina nicht hier sitzen. Am besten lässt du sie in eine Arrestzelle bringen. Wir verhören sie morgen. Und es ist kein Nonsens, sondern bittere Realität. Tut mir leid, wenn du einen Freund verlierst.«

»Er ist und war nie mein Freund, nur ein Kollege. Und mit den Zellen, da muss ich euch enttäuschen, die sind alle belegt. Es wurden ja mehr als dreißig Personen festgenommen, wie ihr unschwer auf dem Gang erkennen konntet. Hier ist die Hölle los, meine Freunde, und das nur wegen euch.«

»Tja, wir sind eben was Besonderes«, meinte Santos. »Wenn hier kein Platz mehr ist, dann lass Nina und Kurt doch in U-Haft bringen und die andere Bagage gleich mit. Du wirst ja wohl den Haftrichter überzeugen können, die entsprechenden Papiere auszustellen. Wir sind dann mal weg.«

»Und der Haftbefehl für Kurt?«

»Gefahr im Verzug und Fluchtgefahr. Bis nachher.«

»So wünsch ich mir einen gemütlichen Freitagabend«, brummte Harms, griff zum Telefon und wählte die Nummer des diensthabenden Richters. Anschließend ging er zu Nina und stellte ihr ein paar Fragen, auf die sie jedoch nicht antwortete.

Um zweiundzwanzig Uhr fünf hielten sie vor dem Haus von Kurt Ziese. Henning klingelte, eine verzerrte Frauenstimme krächzte aus dem Lautsprecher.

»Polizei, wir würden gern Ihren Mann sprechen.«

Der Türöffner wurde betätigt, Henning und Santos begaben sich zur Haustür, wo Frau Ziese stand.

»Entschuldigung, ich hab Ihre Stimme nicht erkannt«, sagte sie. »Mein Mann ist im Sessel eingeschlafen. Ist es wichtig?«

»Sehr sogar. Dürfen wir reinkommen?«

»Bitte.« Frau Ziese machte die Tür frei. Henning ging dem Geräusch des Fernsehers nach. Ziese hockte in seinem Sessel, die Beine auf einen Schemel gelegt, und schnarchte leise. Es roch nach Alkohol, ein Geruch, an den sich Zieses Frau wohl längst gewöhnt hatte. Auf dem Tisch standen eine Flasche Cognac und Bier. Henning rüttelte Ziese an der Schulter, bis er die Augen aufmachte.

»Was wollt ihr?«

»Dich. Du bist verhaftet. Deine Rechte kennst du, oder sollen wir sie dir vorbeten?«

»Habt ihr einen Sprung in der Schüssel?«

»Leider nicht. Du wirst beschuldigt, einem Menschenhändler-ring anzugehören, Dienstgeheimnisse preisgegeben und Gerd ermordet zu haben. Die Beweislast ist erdrückend.«

»Kurt, sag, dass das nicht wahr ist.« Seine Frau stellte sich zwischen ihn und die Beamten.

»Geh mir aus dem Weg. Kann ich noch mal auf die Toilette?«

»Nein, es sei denn, ich darf dir beim Pinkeln zuschauen.«

»Arschloch.«

»Zieh dir was an und komm. Es ist vorbei – Paps.«

»Ihr habt sie nicht mehr alle. Ich bin dreiundsechzig und …«

»Halt keine langen Vorträge, ich bin ziemlich schlecht drauf, und du hast keine Ahnung, wie ich sein kann, wenn ich so drauf bin wie jetzt.«

»Kurt, Kurt! Sag, dass das nicht wahr ist!«, schrie seine Frau und schüttelte ihn. »Was wird jetzt aus mir?«

»Guck fern, das ist doch das, was du am liebsten machst. Ich hab dich schon seit einer Ewigkeit nicht mehr interessiert. Gehen wir.«

Auf der Fahrt ins Präsidium schwieg Ziese, dessen Blick stumpf und leer war.

Mittlerweile waren auch Konrad und seine Kollegen eingetroffen. Er kam auf Henning zugestampft, der sich mit Harms unterhielt, blieb direkt vor ihm stehen und blaffte: »Was hast du uns da für 'ne Sauerei hinterlassen?«

»Ich dachte, das wäre deine Lieblingsspielwiese«, erwiderte Henning trocken.

»Hast du die Leichen im Keller gesehen?«

»Nee.«

»Unsere Leute haben sich die Seele aus dem Leib gekotzt. Was ist da abgelaufen?«

»Menschenhandel, illegale Transplantationen, mehr später.«

»Moment, heißt das, da wurden extra welche für diese Schweinereien gekillt?«

»Erraten.«

»O Shit! Seit wann wusstet ihr davon?«

»Seit heute«, log Henning. »Wir haben einen Anruf erhalten und wurden nach Heikendorf bestellt. Blöde Geschichte.«

»Kannst du laut sagen. Ich hab alle zusammengetrommelt, die ich kriegen konnte, wird nämlich 'ne verdammt lange Nacht, wenn ich mich hier so umsehe.«

»Schon möglich, obwohl ich kaum glaube, dass auch nur einer von denen das Maul aufmacht«, meinte Henning.

»Die meisten tun so, als würden sie kein Wort Deutsch sprechen«, sagte Konrad.

»Die tun wirklich nur so«, meldete sich Santos zu Wort. »Sie sprechen alle Deutsch. Das war die Bedingung, dass sie überhaupt in der Klinik arbeiten durften. Die werden aber alle noch weichgeklopft.«

»Der Oberstaatsanwalt und zwei Leute vom Verfassungsschutz sind hier, sie wollen dich und Lisa sofort sprechen«, griff jetzt Harms in die Unterhaltung ein. »Und wenn sie sofort sagen, dann meinen sie das auch so.«

»Was will der Verfassungsschutz?«, fragte Henning mit zu Schlitzen verengten Augen.

»Keine Ahnung, mir wurde noch nichts verraten. Aber die sind ganz bestimmt nicht hier, um gemütlich einen Kaffee mit uns zu trinken. Sie wollen mich auch dabeihaben.«

»Ich kann mir schon denken, was die wollen«, sagte Santos, die sich an Elenas Worte erinnerte. »Ivana hat uns darauf vorbereitet.«

»Und?«, wollte Konrad wissen, der Santos gespannt ansah.

477

»Lass dich überraschen.« Sie schaute auf die Uhr, zwei Minuten vor elf. »In spätestens zehn Minuten weißt du mehr. Bis dahin ruht hier alles. Ich muss aber vorher noch schnell aufs Klo.«

»Beeil dich«, sagte Harms, »wir sind in meinem Büro.«

Auf der Toilette nahm Santos ihr Handy und rief Noll von der KTU an, dessen Mobilnummer sie gespeichert hatte. Es dauerte einen Augenblick, bis er sich meldete.

»Lisa hier. Hör gut zu, ich brauche ganz dringend deine Hilfe. Wo bist du gerade?«

»Bei Freunden.«

»Dann schwing deinen Arsch her und frag nicht lange, warum. Ist dein Büro abgeschlossen?«

»Nee, da muss doch jederzeit jemand reinkönnen.«

»Pass auf, ich leg einen USB-Stick vor deinen Monitor. Kopier den entweder auf einen andern Stick oder eine CD. Und kein Wort zu niemandem. Kapiert?«

»Bin schon unterwegs.«

Santos öffnete die Toilettentür einen Spalt, rannte hinaus und den Gang entlang einen Stock tiefer, riss die Tür von Nolls Büro auf und legte den USB-Stick auf den Tisch. Dann rannte sie wieder zurück und war völlig außer Atem, als sie mit Henning und Harms zu Oberstaatsanwalt Sturm ging, der mit den beiden Männern vom Verfassungsschutz im Besprechungszimmer saß.

»Meier und Plewka«, stellten sie sich kurz und knapp vor.

»Nehmen Sie Platz«, sagte Plewka.

»Das hatten wir sowieso vor, ist ja unser Präsidium«, entgegnete Henning kühl.

»Aber nicht Ihr Fall. Sämtliche von Ihnen und Ihren Kollegen festgenommenen Personen werden uns überstellt, alle sichergestellten Akten und sonstiges Material bekommen wir. Diese Aktion heute hat nie stattgefunden. Habe ich mich deutlich ausgedrückt?«

478

»War nicht zu überhören. Und wieso, wenn ich fragen darf?«

»Dürfen Sie nicht. Die ganze Angelegenheit fällt nicht mehr in Ihren Zuständigkeitsbereich …«

»Auch nicht der Mord an unserm Kollegen Wegner?«

»Auch der nicht. Dafür wäre ohnehin die Interne zuständig gewesen, aber Sie haben sich ja sehr geschickt diesen Fall unter den Nagel gerissen …«

»Ihr Brüder kotzt mich an. Ich weiß genau, wie das jetzt weitergeht. Ihr übernehmt, und alles wird unter den Teppich gekehrt. Keine Informationen nach draußen, es hat diesen Fall nie gegeben und diese Klinik auch nicht. Richtig?«

Plewka grinste kurz, um gleich darauf wieder ernst zu werden und zu entgegnen: »Was ab jetzt passiert, braucht Sie nicht mehr zu kümmern. Ihr seid raus aus der Nummer. Sie haben sich auf eine Ebene begeben, die für Sie ein paar Etagen zu hoch ist. Wenn ich bitten darf.«

»Was?«

»Unterlagen, Material.«

»Wir haben nichts, wir hatten ja noch nicht mal Gelegenheit, auch nur einen zu verhören.«

»Okay. Aber sollten wir rauskriegen, dass ihr uns verarscht, seid ihr die längste Zeit bei der Truppe gewesen, denn dann werden wir dafür sorgen, dass ihr bis zu eurer Pensionierung nur noch Strafzettel verteilt. Klar?«

»Ich würde Ihnen raten, sich nicht zu weit aus dem Fenster zu lehnen, auch ihr Kerle seid nur Laufburschen und austauschbar.«

»Soll das eine Drohung sein? Wenn ja, ich brauch nur zum Telefon zu greifen, und Sie werden schon morgen eine blaue Uniform tragen.«

»Geht's auch freundlicher?«, meldete sich Santos mit charmantem Lächeln zu Wort. »Ich mein ja nur.«

»Werte Dame, du hast uns noch nicht unfreundlich erlebt.«

»Sind wir uns schon mal begegnet? Ich hasse es nämlich, von Leuten wie Ihnen geduzt zu werden.«

»Ihr Kollege hat's anscheinend schon erfasst, im Gegensatz zu Ihnen. Absolute Informationssperre, und sollten wir erfahren, dass doch was an die Presse oder Öffentlichkeit durchgedrungen ist, seid ihr dran.«

»Warum glaubt ihr Burschen bloß, dass wir immer diejenigen sein müssen, die gegen die Regeln verstoßen. Bei euch gibt's wohl keine undichten Stellen, oder?«

»Nicht, dass mir bekannt wäre.«

»Dann, Herr Verfassungsschutz, sollten Sie sich mal besser erkundigen. Für mich ist das Gespräch hiermit beendet, wir haben einen langen Tag hinter uns«, sagte Henning, erhob sich und sah den Oberstaatsanwalt an, der kein einziges Wort gesagt hatte und seinem Blick kaum standhielt.

»Wir sind noch nicht fertig. Wer hat Luschenko und Koljakow umgebracht?«

»Keinen Schimmer, sie waren schon tot, als wir ankamen«, spielte Santos die Ahnungslose und zuckte mit den Schultern.

»Erzählt's dem lieben Gott. Und der Heilige Geist hat euch als Geiseln genommen. Aber wir kriegen das auch noch raus.« Plewka und Meier erhoben sich. Plewka sagte: »Alle Festgenommenen werden sofort von hier weggebracht, um alles Weitere kümmern wir uns. Wiedersehen.«

»Kein Bedarf«, entgegnete Henning, gab Santos ein Zeichen und ging mit ihr in sein Büro. Harms und der Oberstaatsanwalt folgten ihnen.

»Herr Henning, es tut mir leid, aber mir sind die Hände gebunden. Wenn diese Typen auftauchen, hab auch ich nichts mehr zu melden. Haben Sie Informationen zurückgehalten?«

»Nein.«

»Ich glaube Ihnen nicht, fragen Sie mich aber nicht, warum.«

»Das ist Ihr Problem. Da es für uns hier nichts mehr zu tun

gibt, werden meine Kollegin und ich nach Hause fahren. Gute Nacht.«

»Gute Nacht.«

»Ich müsste noch kurz mit euch sprechen, es geht um morgen«, sagte Harms.

»Aber nicht mehr lange, ich will nur noch raus hier, ich hab die Schnauze nämlich gestrichen voll.«

Oberstaatsanwalt Sturm verabschiedete sich von Harms. Als Sturm gegangen war, fragte dieser: »Habt ihr jetzt was zurückgehalten oder nicht?«

»Volker, diese Idioten glauben, sie könnten über alles und jeden bestimmen. Ja, wir haben Infos, und wir werden die auch übergeben, aber vorher machen wir uns eine Kopie. Lisa ist schon auf dem Weg zu Noll.«

»Was hat Noll damit zu schaffen?«

»Er sollte uns nur schnell alle Daten, die auf einem USB-Stick gespeichert sind, kopieren. Mehr nicht. Ich will was in der Hand haben.«

»Und was willst du damit anfangen? Mach keinen Scheiß, die sind stärker als wir.«

»Das lass mal meine Sorge sein, ich nehm das alles auf meine Kappe. Und jetzt verschwinde ich. Bis morgen oder Montag.«

»Mach aber nichts Unbedachtes, bitte. Ich will meine beiden besten Leute nicht in Parkverbotszonen Knöllchen verteilen sehen. Hörst du?«

»Ich bin ja nicht blöd. Nacht.«

Als Henning zu Noll gehen wollte, kam ihm Santos bereits entgegen. »Alles fertig. Hier ist die Kopie, das ist das Original. Ich geb's Volker. Irgendjemand hat es hier abgegeben, natürlich anonym. Kannst ja Sturm mal schnell Bescheid sagen.«

Kurz darauf kehrte Santos zurück, und sie fuhren in ihre Wohnung, jeder seinen Gedanken nachhängend. Erst als sie oben waren, sagte Henning, der seine Jacke in die Ecke feuerte, die Ärmel seines Hemds hochkrempelte und sich auf die Couch fallenließ: »Ich bin so was von angepisst, so angepisst war ich noch nie in meinem Leben. Elena hatte recht, als sie sagte, wir würden mit dem Material nichts anfangen können.«

»Wart's ab, irgendwann kommt die Zeit. He, nimm mich mal in den Arm, ich kann nicht mehr.«

Henning breitete seine Arme aus, Santos legte ihren Kopf an seine Brust und meinte: »Ich bin so heilfroh, dass wir Elena haben laufen lassen. Diese verdammten Bastarde! Plewka und Meier hätte ich am liebsten eine reingehauen.«

»Lisa, wenn der Verfassungsschutz auf der Matte steht, kommt die Anweisung von höchster politischer Ebene. Die Drähte müssen vorhin wie verrückt geglüht haben.«

»Elena hatte mit allem recht, aber wirklich mit allem. Ich hoffe, sie schafft's.«

»Die werden einen Teufel tun und sie jagen. Der heutige Abend hat doch nie stattgefunden.«

»Am liebsten würd ich mir die Kante geben. Wein?«, fragte Santos.

»Geben wir uns die Kante. Wein ist dünner als Blut und schmeckt besser.«

Sie tranken nicht nur die Flasche Wein vom Vorabend leer, sondern auch noch eine weitere. Es war nach drei Uhr, als sie zu Bett gingen. Erst jetzt fiel die unerträgliche Anspannung von ihnen ab. An Schlaf war jedoch nicht zu denken, zu viele Spuren hatte der vergangene Tag hinterlassen.

EPILOG

Am Samstagnachmittag sahen sich Harms, Henning und Santos die Dateien an, die Elena kopiert hatte. Sämtliche Namen der Spender und Empfänger waren aufgeführt, die Namen der Mitarbeiter, die Konten – und die Namen der bestochenen Beamten. Es handelte sich tatsächlich um siebzehn Polizei- und Zollbedienstete, die regelmäßig von der Firma bezahlt worden waren, neun in Kiel und acht in Rostock. Unter ihnen Ziese, Wegner und Hinrichsen. Klose und Lehmann tauchten in der Liste nicht auf.

»Wir haben uns in beiden getäuscht«, bemerkte Santos sichtlich erleichtert.

»Ich bin froh, dass nicht alle solche Schweine sind, wie sie sich manchmal geben. Außerdem ist Klose ganz okay.«

Nach zwei Stunden beendeten sie die Sitzung vor dem Monitor, Harms zog den Stick heraus und sagte: »Den werde ich verschließen und bei Gelegenheit rausholen. Jetzt vertraut ihr bitte mir.«

»Und wo willst du ihn hintun?«

»Mein kleines Geheimnis. Aber sollte mir etwas zustoßen, dann werdet ihr einen Hinweis hier in meinem Büro finden.«

»He, mal nicht den Teufel an die Wand«, sagte Santos mit ernster Miene.

»Nur für den Fall. Das Zeug ist so heiß, damit könnten wir halb Berlin hochgehen lassen. Deshalb auch der Verfassungsschutz.«

Gegen Lennart Loose wurde wie auch gegen keinen andern seiner Kollegen kein Verfahren eingeleitet. Seine Frau hatte sich vorübergehend von ihm getrennt, kehrte aber nach einem Monat mit den Kindern zurück.

Ziese wurde am 30. Juni 2007 in Ehren und Würden für seine Verdienste, die er sich in achtunddreißig Jahren Polizeiarbeit erworben hatte, in den Ruhestand geschickt. Doch weder Harms noch Henning und Santos wohnten der Feier bei, obwohl sie ausdrücklich eingeladen worden waren. Ziese war der Mörder ihres Freundes und Kollegen Gerd Wegner, und einen Mörder konnten sie nicht feiern. Schlimm genug, dass er ungestraft davonkam.

Es kam nie zu einem Verfahren gegen irgendeine der beteiligten Personen. Keine Meldung in der Presse, kein Journalist, der einen Hinweis erhalten hatte. Es war, als wäre nie etwas geschehen. Keine über viertausend Toten in sechs Jahren, keine Spender, keine Empfänger.

Politik.

Nina tauchte unter. Es wurde vermutet, dass sie zurück nach St. Petersburg gegangen war.

Gut drei Monate später, am 29. Juli 2007, klingelte Santos' Handy, während sie mit Henning einen Spaziergang in Laboe am Strand machte. Sie sah keine Nummer auf dem Display und meldete sich mit einem knappen »Ja?«

»Ich bin's«, sagte eine Frau mit russischem Akzent. Santos erkannte die Stimme sofort wieder und strahlte übers ganze Gesicht.

»Hallo, das ist ja eine Überraschung. Wo bist du?«

»Es geht mir einigermaßen gut. Ich wollte nur mal hören, was ihr so macht und wie's euch geht.«

»Sören und ich genießen gerade die Sonne an der Ostsee. Hast du's geschafft?«

»Ja. Ich möchte dir noch einmal danken für das, was du für mich getan hast. Ich wünschte, ich hätte eine Freundin wie dich.«

»Ich bin deine Freundin, das solltest du nie vergessen. Nach dem, was wir zusammen erlebt haben.«

»Ja, ich weiß, das war ziemlich heftig. Hast du eigentlich mal wieder was von Nina gehört?«

»Nein. Und du?«

Ohne darauf zu antworten, fragte Elena: »Es ist schön in Laboe, nicht?«

»Woher weißt du, dass wir …«

»Ich weiß eine ganze Menge«, sagte Elena, »mehr, als du wahrscheinlich ahnst. Ich schicke dir gleich drei Fotos auf dein Handy. Und vielleicht melde ich mich irgendwann mal wieder, um hallo zu sagen.«

»Du bist in unserer Nähe?«

»Ich bin nicht nur in eurer Nähe, ich war nie wirklich weg. Ich habe mitgekriegt, dass euer Verfassungsschutz wieder einmal sehr saubere Arbeit geleistet hat. Das tut mir leid für euch, die ganze Arbeit für nichts und wieder nichts. Ist das nicht schrecklich, immer wieder ins Leere zu laufen? Ich jedenfalls stell mir das ziemlich frustrierend vor, oder?«

»Ja, aber …«

»Nehmt euch das nicht zu sehr zu Herzen, ihr könnt nichts ändern. Was ich noch sagen wollte, in der Klinik läuft alles wie gewohnt, das heißt, es werden wie vor acht Jahren nur noch Schönheitsoperationen durchgeführt. Alles andere, du weißt schon, wovon ich spreche, findet jetzt in einer andern Klinik nicht weit von hier statt. Und natürlich gibt es eine neue Leitung.«

»Was soll das heißen?«

»Das, was ich gesagt habe. Und jetzt wünsche ich dir alles Gute und grüß Sören von mir.«

»Warte noch kurz. Hast du keine Angst mehr?«

»Nein. Ich hatte eigentlich nie wirklich Angst, doch dir das zu erklären würde jetzt zu lange dauern. Aber sieh dir die Fotos an, die ich dir gerade geschickt habe. Ach ja, beinahe hätte ich's vergessen, Rosannas Tod war wirklich ein Unfall. Nina hätte ihre Tochter niemals umgebracht, dafür hat sie sie viel zu sehr geliebt. Bis demnächst mal wieder, und nimm dir das alles nicht zu sehr zu Herzen, das ist nun mal der Lauf der Welt. Und vergiss nie – nichts ist, wie es scheint. Nichts, aber auch rein gar nichts.«

Elena legte auf. Santos sah Henning an und meinte: »Das war Elena …«

»Hab ich mitgekriegt. Und?«, fragte er gespannt.

»Sie klang irgendwie komisch, ich kann's gar nicht beschreiben. Sie hat mir drei Fotos aufs Handy geschickt.«

»Hab ich das eben richtig mitgekriegt, sie ist hier?«

»Ja, sie muss irgendwo sein, wo sie uns sehen kann. Aber bei den vielen Menschen …«

Sie rief das erste Foto von Elena auf, datiert vom 30. Mai 2007.

»Das gibt's doch nicht!«, stieß Santos hervor. »Wie und wo hat sie sie gefunden?«

»Elena ist eben cleverer, als ich dachte. Nina wird nie wieder ihre schmutzigen Spielchen spielen«, sagte Henning und betrachtete das Foto der toten Nina, die drei Einschüsse aufwies – zwei in die Brust und einer zwischen die Augen.

»Sie hat es nur beendet.«

Santos öffnete das zweite Foto, datiert vom 31. Mai 2007. Sie zitterte mit einem Mal am ganzen Körper, während Henning wie zu Eis erstarrte. Er wollte nicht glauben, was er sah. Das Foto zeigte Elena und Nina – sie hatten die Köpfe aneinandergelegt und lachten in die Kamera.

»Was ist das?«, fragte Santos mit belegter Stimme.

»Sag, dass das nicht wahr ist. Die haben die ganze Zeit über gemeinsame Sache gemacht, und wir sind drauf reingefallen. Die Show im Hotel, die ganze Show davor, alles nur Show. Alles, alles, alles nur Show, nichts als eine Riesenshow. Aber warum?«

Santos zuckte nur mit der Schulter und öffnete auch das letzte Foto, datiert vom 18. April 2005. Es zeigte erneut Elena zusammen mit Nina.

Santos hatte Tränen in den Augen. Sie begriff nicht, was sie sah.

»Komm, Schatz, das ist nicht mehr unser Ding«, sagte Henning und nahm Santos in den Arm, die nur noch schluchzte. Sie war traurig, enttäuscht und aller Illusionen beraubt. »Hak's ab, auch wenn's schwerfällt. Ich kann mir vorstellen, wie dir zumute ist. Ich bin nur unendlich wütend. Ich frage mich, warum die diese Show abgezogen haben.«

Santos löste sich aus Hennings Umarmung, wischte sich die Tränen weg und sagte leise: »Macht, Gier? ...«

Henning fasste sich an die Stirn. »O Mann, deshalb hat sie ein paarmal betont, wir würden nichts mit dem Material anfangen können. Sie hätte uns das ganze Zeug niemals zu übergeben brauchen. Es diente einzig dazu, uns unsere Grenzen aufzuzeigen. Und dass wir nie auch nur den Hauch einer Chance gegen die Firma haben. Elena hat die Fäden in der Hand gehalten und uns tanzen lassen. Das Material, alles, was den Organhandel und die korrupten Stellen bei Zoll und Polizei betrifft, stimmt. Fragt sich nur, wie dieses Dreiecksverhältnis funktioniert hat. Tja, das werden wir wohl nie erfahren. Ich bin aber sicher, dass Gerd nicht die geringste Ahnung von diesem Spiel hatte, in dem er nur eine Marionette war. Am Ende sollte alles darauf hinauslaufen, dass Luschenko und Koljakow kaltgemacht wurden, damit Elena und Nina die Firma übernehmen konnten. Gerd musste sterben, weil diese verfluchten Weiber ihren Plan sonst nicht hätten ausführen können, da er vielleicht doch zu dicht an Luschenko dran war. Trotzdem steig ich noch immer nicht ganz hinter die Sache, es ist mir einfach zu kompliziert. Erinnerst du dich an die Liste, die ich gemacht habe? Die meisten Punkte können abgehakt werden, einige bleiben offen. Gerd war korrupt, aber nicht, um sich einen Vorteil zu verschaffen, sondern um an die Hintermänner ranzukommen, weil er Elena helfen wollte. Und dieses Miststück hat ihn vortrefflich für ihren Plan benutzt. Elena und Nina wussten von Anfang an, dass unsere Verfassungsschützer sofort nach der Aktion auf der Matte stehen würden. Ich nehme an, das ist Politik. Elena – ich hab sie am Ende richtig gemocht. Diese verdammte Schlange! Sie und Nina – ein abgekartetes Spiel. Die haben von Anfang an nur mit uns gespielt. Dass Elena uns die Infos gegeben hat, gehörte zum Spiel. Und ich Idiot hab gesagt, ich würde eines Tages die Regeln kapieren. Da hab ich mich wohl gewaltig geirrt. Ich kapier nichts von alldem.«

»Das kapiert keiner, und ganz ehrlich, ich will es auch nicht kapieren«, erklärte Santos und nahm Henning bei der Hand. »Diese Art von Spiel ist mir zu hoch. Wenn ich nur wüsste, wie Elena so die Seiten wechseln konnte. Was geht in einem solchen Menschen vor? Vom Racheengel zum machtbesessenen, skrupellosen Monster. Was verändert einen Menschen so sehr, dass er zum Teufel wird?«

»Geld? Was, wenn nicht Geld?«, war Hennings Gegenfrage, wobei er fast so hilflos wirkte wie Santos. »Und da ist noch was. Wenn du Elena nicht freien Abzug angeboten hättest, was wäre dann wohl passiert? Sie hätte dich und mich erschossen. Oder hat sie deine Reaktion auch einkalkuliert? Es gab für sie doch nur diese beiden Möglichkeiten, oder?«

Santos schluckte schwer und sagte mit kehliger Stimme: »Mir wird kalt, ich möchte nach Hause. Einfach nur noch nach Hause. Bitte.«

**Gänsehaut in Serie: Monatliche Hörstücke
machen Appetit auf neue Krimis und Thriller.
Zum Anhören und Downloaden.
Neu: Der »Killerclub« – welcher Autor kann
am besten morden?**

www.krimi-podcast.de

▷ Kostenlose Hörproben
▷ Bücher und Hintergrundinformationen
▷ Autoren-Interviews im Originalton
▷ »Killerclub« – Hochspannung in Serie!

Andreas Franz
Unsichtbare Spuren

Kriminalroman

1999 – tiefster Winter in Norddeutschland. Am Straßenrand steht die siebzehnjährige Sabine, die darauf wartet, als Anhalterin mitgenommen zu werden. Ein Wagen hält an. Kurz darauf ist das Mädchen tot …

Fünf Jahre später. Wieder wird ein junges Mädchen brutal ermordet aufgefunden. Und es mehren sich die Hinweise darauf, dass der Täter noch für weitere grausame Morde verantwortlich ist. Sören Henning, Hauptkommissar bei der Kripo Kiel, wird zum Leiter einer Sonderkommission ernannt. Im Zuge seiner Ermittlungen macht er eine beklemmende Entdeckung: Offenbar greift sich der Mörder wahllos seine Opfer heraus und kann jederzeit wieder zuschlagen. Ein Täter, der nach dem Zufallsprinzip mordet? Da passiert ein neuer Mord – und Henning erhält ein Gedicht und einen kurzen Brief, die offenbar vom Täter stammen. Dem Kommissar wird klar, dass er selbst ins Visier des Serienkillers geraten ist …

»Andreas Franz ist der deutsche Henning Mankell.
Nur hat er dem Schweden eines voraus – er ist besser!«
Bild am Sonntag, Alex Dengler

Knaur Taschenbuch Verlag

Kommissarin Julia Durant ermittelt

Andreas Franz
Das Todeskreuz

Staatsanwältin Corinna Sittler wird grausam verstümmelt in ihrem Haus aufgefunden. In ihrem Mund entdeckt Kommissarin Julia Durant einen Zettel mit den Worten: »Confiteor – Mea Culpa«. War Rache das Motiv für die brutale Tat? Denn Corinna Sittler war nicht die untadelige Staatsanwältin, für die alle sie gehalten haben. Da geschieht in der Nähe von Offenbach ein weiterer Mord, und diesmal ist ein Richter das Opfer. Peter Brandt, der zuständige Kommissar, setzt sich mit Julia Durant in Verbindung – und muss nun widerwillig mit der Frankfurterin zusammenarbeiten …

Andreas Franz
Tödliches Lachen

Kommissarin Julia Durant erhält einen Umschlag, in dem sich das Foto einer offensichtlich ermordeten jungen Frau befindet. Noch während ihrer Recherchen erfährt Julia, dass eine Leiche gefunden wurde – die Frau auf dem Foto! Am Tatort steht mit Blut geschrieben: »Huren sterben einsam«. Kurz darauf passiert ein zweiter Frauenmord, und wieder wird Julia ein Foto des Opfers in die Hände gespielt. Der Beginn einer grausamen Serie? Julia ahnt nicht, dass sich der Täter ganz in ihrer Nähe befindet …

»Franz offenbart schonungslos – und ziemlich detailliert –
die Abgründe der menschlichen Seele.
Spannend, gut erzählt und absolut lesenswert.«
Donau Kurier

Knaur Taschenbuch Verlag

Andreas Franz
Mörderische Tage

Julia Durants schwerster Fall

Innerhalb kurzer Zeit verschwinden mehrere Frauen spurlos. Es gibt keine Lösegeldforderung, es werden keine Leichen gefunden, die Polizei tappt im Dunkeln. Trotzdem beschließt Julia Durant, ihren lange geplanten und wohlverdienten Urlaub in Südfrankreich anzutreten. Doch kurz bevor sie zum Flughafen fährt, wird sie von einem Unbekannten brutal überfallen und entführt. Er hält sie in einem dunklen und feuchten Kellergewölbe gefangen, in dem sich offenbar noch andere Frauen befinden. Verzweifelt versucht Julia herauszufinden, was der Entführer von ihr will. Inzwischen haben ihre Kollegen im Frankfurter Kommissariat von ihrem Verschwinden erfahren. Die Ermittlungen laufen auf Hochtouren, denn Julia hat nicht mehr viel Zeit …

»Ein Franz, wie seine Fans ihn lieben.«
Krimi-couch.de

Knaur Taschenbuch Verlag